HEYNE<

Das Buch
Rylee und Colton sind verheiratet und bedeuten sich alles. So viele innere Dämonen mussten besiegt werden, aber einige von ihnen sind schwierig im Zaum zu halten. Für ihr gemeinsames Baby wollen sie es schaffen, eine richtige Familie zu werden. Doch Colton treibt noch immer um, wie alles begann und wer er einmal sein wird – und Rylee fragt sich, ob sie ihr anscheinend perfektes Leben festhalten kann. Beide sind nicht darauf vorbereitet, dass ihre Beziehung noch einmal auf die Probe gestellt wird ...

Die Autorin
K. Bromberg lebt mit ihrem Mann und ihren drei Kindern im südlichen Teil Kaliforniens. Wenn sie mal eine Auszeit von ihrem chaotischen Alltag braucht, ist sie auf dem Laufband anzutreffen oder verschlingt gerade ein kluges, freches Buch auf ihrem E-Reader. DRIVEN. *Verbunden* ist der vierte Band ihrer hochgelobten DRIVEN-Serie.

Lieferbare Titel
DRIVEN. Verführt
DRIVEN. Begehrt
DRIVEN. Geliebt

K. BROMBERG

VERBUNDEN

Roman

Aus dem Amerikanischen
von Anu Katariina Lindemann

WILHELM HEYNE VERLAG
MÜNCHEN

Die Originalausgabe erschien 2014 unter dem Titel *Aced*
bei JKB Publishing LLC.

Verlagsgruppe Random House FSC® N001967

Taschenbucherstausgabe 11/2016
Copyright © 2016 by K. Bromberg
Published by Arrangement with JKB Publishing LLC
Copyright © 2016 der deutschsprachigen Ausgabe by Wilhelm Heyne
Verlag, München, in der Verlagsgruppe Random House GmbH,
Neumarkter Straße 28, 81673 München
Printed in Germany
Redaktion: Anita Hirtreiter
Umschlaggestaltung: Nele Schütz Design, München
unter Verwendung von shutterstock/Valua Vitaly (46828672)
Satz: Greiner & Reichel, Köln
Druck und Bindung: GGP Media GmbH, Pößneck

ISBN 978-3-453-42025-0
www.heyne.de

*Finde meine Hand in der Dunkelheit.
Und wenn wir nicht das Licht finden können,
werden wir immer unser eigenes machen.*

Tyler Knott Gregson

Prolog

»Ry?« Ich rufe ihren Namen in der Minute, als ich an der oberen Treppenstufe angekommen bin. In meiner Hand halte ich die kurze Notiz, die sie für mich hinterlassen hat. »Dein *Nichts-außer-Laken*-Date beginnt genau jetzt« steht darauf. Neugierde regiert meine Gedanken und treibt mich an.

Na ja, das und die Vorstellung von ihrem nackten und auf mich wartenden Körper. Mein Tag ist bislang richtig beschissen gewesen, also werde ich mir nicht allzu viel erhoffen und erwarten, ein Wunder könnte es ins Gegenteil verkehren. Aber die Hoffnung stirbt ja bekanntlich zuletzt.

Es spielt gerade SoMo, als ich auf die obere Terrasse des Hauses komme, wo unser ursprüngliches *Nichts-außer-Laken*-Date vor einer verdammt langen Zeit stattfand.

Herr im Himmel. Ich zögere, als ich Rylee vorfinde. Sie lehnt sich auf der Chaiselongue zurück, trägt irgend so einen Fummel aus Spitze, auf den ich nicht besonders achte, weil das Ding durchsichtig genug ist, um mir zu sagen, dass sie darunter splitterfasernackt ist. Ihr Haar hat sie hochgesteckt, ihre Lippen sind ungeschminkt und ihre Knie gespreizt, denn ihre Beine hat sie an beiden Seiten des Stuhls aufgestellt. Sofort bin ich abgelenkt – meine Augen versuchen, einen flüchtigen Blick zwischen ihre Schenkel zu erhaschen –, bevor mir die hochhackigen Absätze, die ihr Outfit komplett machen, auffallen.

Shit. Ich kann die Spitzen der Absätze bereits beim bloßen Anblick förmlich spüren, wie sie sich in meinen Hintern bohren, wenn sie ihre Beine um mich schlingt. An dieser Art von Schmerz kann jeder Mann Gefallen finden.

»Hey«, sagt sie mit ihrer rauchigen Stimme, die mein Herz, meinen Schwanz und jeden einzelnen Nerv dazwischen umgehend anspricht. Ein neckisches Lächeln spielt um ihre Lippen, während ihre Augen schmaler werden, sie mit einem Fuß auf den Boden klopft und die Augenbrauen hochzieht. »Wie ich sehe, hast du meine Nachricht bekommen. Ich bin froh, dass du wusstest, wo du mich finden würdest.«

»Baby, ich könnte taub und blind sein und würde dich immer noch finden. Niemals könnte ich diese eine Nacht vergessen!«

»Oder den Morgen danach«, fügt sie hinzu, und verdammt, aber sie hat recht. Es war ein höllisch heißer Morgen, genauso wie jene Nacht. Schläfriger Sex. Gerade-erst-aufgewacht-Sex. Sonnenaufgang-Sex. Ich glaube, wir probierten alles davon aus und dann noch ein bisschen mehr. Und ich liebe es, wie bei der Erinnerung daran die Schamesröte in ihre Wangen steigt. Meine Sexkätzchen-Ehefrau, die mich nach der Arbeit in Spitze und High Heels begrüßt, ist verlegen. Die Ironie an dieser ganzen Situation ist mir nicht entgangen. Ich liebe es, dass sie selbstsicher genug ist, um anzügliche Bemerkungen zu machen, aber einen Moment später peinlich berührt von dem ist, was sie gesagt hat.

»Das war definitiv ein guter Morgen«, stimme ich ihr zu, während ich sie anstarre. Sie ist immer umwerfend schön, doch heute Nacht sehe ich etwas Neues an ihr – etwas, das anders ist als sonst, und das hat rein gar nichts mit der Spitze zu tun. Ich kann nicht sagen, was es ist, es haut mich allerdings um.

Shit, was habe ich verpasst? Panik macht sich in mir breit, dass ich irgendetwas Wichtiges übersehen habe. Könnte heute einer dieser Tage sein, bei dem Kerle tausend Ausrufezeichen in ihrem Kalender hinter das Datum setzen müssen, damit sie es auch ja nicht vergessen? Im Geiste gehe ich die üblichen Verdächtigen durch: Es ist nicht unser Jahrestag. Ihr Geburtstag ist es auch nicht.

Ich konzentriere mich auf das andere, was uns Kerlen normalerweise nicht auffällt. Sie hat immer noch dieselbe Haarfarbe. Es müssen die neuen Dessous sein, oder? Scheiße, wenn ich's doch nur wüsste! Wenn es die Unterwäsche sein sollte – kann dann ein Fetzen Spitze wirklich ihr Verhalten verändern?

Shit! Zumindest weiß ich, dass Dessous mein Verhalten verändern, aber das aus einem völlig anderen Grund.

Was kann es sonst sein, Donavan? Beiß in den sauren Apfel und frag sie einfach. Erspar dir das Ratespiel und die Schwierigkeiten, in die du geraten wirst, wenn du falsch tippst und ihre Gefühle verletzt. Bring deshalb nicht ihre Hormone wieder aus dem Gleichgewicht, die sie gerade erst wieder unter Kontrolle gebracht hat – nach all den Jahren mit dieser Fruchtbarkeitsscheiße.

»Irgendetwas ist anders an dir ...« Ich rede nicht weiter, damit sie in Ruhe antworten kann.

Aber natürlich beißt sie nicht an. Ich hätte wissen müssen, dass meine Ehefrau zu schlau ist, um es mir so einfach zu machen. Ich werde mich ganz schön anstrengen müssen, um von ihr eine Antwort zu bekommen, also starren wir einander in einem geistigen Wettstreit nur in die Augen, bevor ihr Lächeln langsam zu einem breiten Grinsen wird.

Gib mir einen Hinweis, Ry.

Nein. Das wird sie nicht. So viel hätte ich mir ja schon denken können. Da kann ich auch ebenso gut ihren Anblick bewundern: tiefer Ausschnitt, Spitze, jede Menge nackte Haut und Schenkel, bei denen ich es gar nicht abwarten kann, zwischen sie zu gleiten. Das Grinsen auf ihrem Gesicht verrät mir, dass sie ganz genau weiß, was ich gerade denke, bis ich schließlich wieder ihrem Blick begegne. Als ihre Augen zu dem Tisch neben ihr wandern, gibt sie mir endlich etwas, womit ich was anfangen kann.

Der Tisch ist voller Take-away-Behälter von unserem Lieblingschinesen. Dort steht auch ein Zinkeimer mit Eiswürfeln, aus dem einige Flaschenhälse herausragen, ebenso wie Papierteller und Essstäbchen, die daneben angehäuft sind. Um ehrlich zu sein, war ich so beschäftigt damit gewesen, sie anzustarren, dass mir das Essen noch gar nicht aufgefallen war.

Aber jetzt knurrt mir plötzlich der Magen.

»Ich hab dein Lieblingsessen besorgt«, sagt sie und nestelt hektisch am Saum von ihrem Spitzen-Ding herum. Meine Augen werden daher wieder zurück zu dem V zwischen ihren Schenkeln gezogen, wo der Stoff dunkel genug ist, sodass ich nichts sehen kann. Aber verdammt ... dass ich nichts sehen kann, bedeutet nicht, dass ich's nicht versucht hätte! »Ich hoffe, du hast gerade Lust auf Chinesisch. Ich dachte, wir könnten hier was Leckeres vernaschen.«

Ich kann das blitzschnelle Grinsen, das mir über das Gesicht huscht, nicht verbergen, weil das Vernaschen, an das ich gerade denke, nichts mit Essstäbchen zu tun hat. Und ihren geschürzten Lippen nach zu urteilen, weiß sie auch ganz genau, woran ich gerade denke. Und ja, ich mag zwar hungrig sein, doch Essen ist mir gerade echt egal, weil es da den Geschmack von etwas anderem gibt, das ich viel lieber auf meiner Zunge schmecken würde.

»Ich weiß, dass du hart gearbeitet und Stress wegen dem Rennen nächste Woche hast. Sonoma ist immer heftig für dich gewesen … also habe ich mir gedacht, dass ich dir heute Nacht ein Date mit deiner heißen Ehefrau verschaffe«, fährt sie mit hochgezogenen Augenbrauen fort. Sie neckt und fordert mich gleichzeitig heraus. Verdammtes Scharfmachen.

»Denkt meine heiße Ehefrau etwa, dass wenn sie mich auf der Terrasse in solch einer scharfen Aufmachung empfängt, ich mich dann auch nur im Geringsten für Essen, kühles Bier oder den Sonnenuntergang, den wir während des Dinners genießen könnten, interessieren würde?«, frage ich, während ich zu ihr gehe. Das Bedürfnis, meine Hände auf ihrem Körper haben zu wollen, wächst mit jeder weiteren Sekunde, die verstreicht.

»Als Vorspeise … ja.«

»Ich mag Vorspeisen.« Ich strecke meine Hand aus und zeichne die Linie ihres Schlüsselbeins mit meinen Fingerspitzen nach. Nach all dieser Zeit hat ihr Körper immer noch so etwas verdammt Erotisches für mich.

Die kleinsten Reaktionen auf meine Berührungen, die mir zeigen, dass sie mich genauso sehr will wie ich sie. »Und ich mag auch Dessert ...«, sage ich. Meine Stimme verstummt allmählich. In der Luft liegt eine sexuelle Spannung, als ich auf der Chaiselongue zwischen ihren Schenkeln in die Knie gehe. Sie muss verrückt sein, wenn sie allen Ernstes glaubt, dass sie mich so begrüßen kann, ohne gut und hart gefickt zu werden, bevor wir die Terrasse wieder verlassen. »Aber du hast etwas sehr Wichtiges vergessen.«

Ihre veilchenblauen Augen werden größer, als ich mich zu ihr vorbeuge. »Und das wäre?«, fragt sie atemlos. Alle meine Sinne reagieren auf den Klang ihrer Stimme.

»Du hast vergessen, deinen Ehemann zur Begrüßung zu küssen.« Ich sehe das Aufblitzen eines Lächelns, ehe sie ihren Kopf zurückneigt, sodass unsere Lippen perfekt aufeinander abgestimmt sind.

»Nun gut, lassen Sie mich korrigieren, Sir«, sagt sie, denn sie weiß ganz genau, dass mich diese Bezeichnung nur noch schärfer macht. Shit. Als ob ihr so was schwerfallen würde. Es ist schließlich Rylee, oder?

Bevor ich noch weiter darüber nachdenken kann, was sie sonst noch alles mit mir anstellen könnte, während sie mich *Sir* nennt, lehnt sie sich auch schon nach vorn. Und Scheiße ja, ich will gerade alles von ihr, aber ich werde mir das nehmen, was sie mir anbietet. Davon abgesehen ist die Art, wie sie mich küsst, verdammt sexy. Es ist diese Art von Kuss, bei dem es Kerle nur ungern zugeben, dass sie so etwas lieben: Sie küsst mich sanft und langsam. Es ist ein Kuss, der den Schmerz tief in meinen Eiern hervorruft, ehe er sich dann langsam meine Wirbelsäule hinauf weiter nach oben ausbreitet und meinen Halsansatz kitzelt. Es ist diese Art von Kuss, der zwei Schritte eher kommt, bevor ich die Kontrolle verliere und Höschen zerrissen werden, weil ich unbedingt in ihrer engen, heißen Muschi versinken will. Es ist das einzige Verlangen, das ich verspüre.

Als sie sich zurückzieht, um den Kuss zu beenden, stöhne ich enttäuscht. Ich balle meine Hände zu Fäusten, um mich selbst daran zu hindern, sie ganz an mich heranzuziehen. Ich stehe kurz davor, »Scheiß aufs Dinner!« zu sagen – ganz egal, wie hungrig ich gerade bin.

»Besser?«, fragt sie frech und schaut mich verführerisch an.

»Hm ... da gibt es aber auch noch andere Körperteile, die einmal gebührend zu Hause begrüßt werden müssen.« Ich versuche, ein Grinsen zu unterdrücken, weil ich es liebe, wenn sie so ist, wie sie jetzt gerade ist. Temperamentvoll. Sexy. Mein. Wenn sie alle Hemmungen verliert, in genau der Art, wie sie es nur bei mir tut.

»Welch armer, unterprivilegierter Ehemann du doch bist«, sagt sie mit einem sexy Schmollmund, während ihre Finger meinen Schenkel hinaufwandern. Ich beobachte, wie ihre Hand immer höher kommt, mein Schwanz will definitiv, dass sich ihre Finger schneller bewegen. »Und ich verspreche dir, jeden deiner Körperteile gebührend zu Hause zu begrüßen, aber zuerst ... musst du etwas essen!«

Spaßbremse. Ernsthaft jetzt? Sie denkt, dass sie mich mit ihrer Berührung in Versuchung führen und mir dann einfach nur eine Frühlingsrolle in den Mund schieben kann? Kennt sie mich mittlerweile denn nicht besser?

Dass ich, sobald es sich um sie dreht, keine Zurückhaltung mehr kenne? Na ja, anders sieht's natürlich aus, wenn sie sich zurückhalten muss, ihr praktisch die Hände gebunden sind – und zwar ans Bett …

»Aber du machst mich total scharf.« Ich schaue ihr tief in die Augen, in demselben Moment, als ich auch schon meine Hand ausstrecke und ihre ergreife. Ich platziere sie genau dort, wo ich sie haben will: nämlich auf meinem Schwanz. »Warum warten? Wir können das Dessert auch zuerst haben.«

»Netter Versuch, Ace. Aber das Dinner wird noch kalt.« Sie umschließt mit ihrer Hand meine Eier, kratzt mit ihren Fingernägeln leicht darüber. Aber in dem Moment, als ich meinen Kopf nach hinten fallen lasse und aufstöhne, zieht sie ihre Hand aus meinem Griff. »Lass uns jetzt essen.«

»Oh, jetzt ist es aber leider schon kalt«, lache ich. Was bleibt mir auch anderes übrig? Wie immer hat mich diese Frau fest an den Eiern gepackt – im wahrsten Sinne des Wortes. Ich starre sie an, ein Grinsen liegt auf meinen Lippen und Unglaube in meinen Augen, als ich meine Beine über die Kante des bequemen Polstersessels schwinge. »Du kannst mich nicht in so einem Fummel begrüßen und dann erwarten, dass ich mich auf Hühnchen Kung Pao konzentriere.«

»Aber es ist doch dein Lieblingsgericht«, erwidert sie. Ihre Stimme klingt verspielt. Entschlossen beginnt sie daraufhin, die Behälter zu öffnen.

Na schön, ich bin ja auch wirklich hungrig, gerade hab ich allerdings nicht Appetit auf Chinesisch …

Ich strecke meine Hand aus und ziehe sie an mich, sodass ihr Rücken vor mir ist, und das Gefühl ihres warmen Körpers an meinem verstärkt noch meine Entschlossenheit. Ich finde sowieso, dass chinesisches Essen viel besser schmeckt, wenn es schon einmal aufgewärmt wurde. Und wenn ich in der Sache hier ein Wörtchen mitzureden habe, ist das genau das, was mit unserem Essen später passieren wird.

»Ich bin da anderer Ansicht. Dich vernasche ich am liebsten«, murmele ich an ihrer Schulter, während ihre Locken meine Wange kitzeln und ihr Vanilleduft in meine Nase steigt. Der Körper meiner Frau, die immer alles nach Plan erledigen muss, will mir zuerst widerstehen und versteift sich, aber als ich ihr einen Kuss neben ihr Ohr, in die Alle-Klamotten-fallen-sofort-Zone drücke, schmilzt ihr Körper, der dicht an meinem ist, förmlich dahin, und sie entspannt sich. »Ich will zuerst das Dessert.«

»Immer musst du alles durcheinanderbringen«, seufzt sie, verbindet ihre Finger mit meinen und presst sie dann an ihre Brust. Sie überlegt gerade bestimmt, wie sie mich im Zaum halten könnte. Mittlerweile sollte sie aber doch eigentlich wissen, dass das zu nichts führen wird. Ich bekomme immer das, was ich will, wenn es darum geht, sie zu nehmen.

»Du würdest mich anders auch gar nicht haben wollen.«

»Das stimmt allerdings.«

»Wie wäre es mit einem Kompromiss?«

»Kompromiss?«, fragt sie, so als ob sie schockiert wäre, dass dieses Wort aus meinem Mund kommt, obwohl es doch gerade um Sex geht.

»Ja. Es bedeutet, dass du etwas gibst, und ich gebe dir etwas im Gegenzug.«

»Mich beschleicht das dumpfe Gefühl, dass das, was du geben willst, eine völlig andere Sache ist als das, was ich dir geben will«, neckt sie mich. »Vergiss nicht, dass ich dich kenne, Donavan. Ich weiß, dass du gerne schummelst ...«

»Auf jeden Fall. Das tue ich tatsächlich, besonders wenn es darum geht, mit dir Sex zu haben.«

Sie lächelt nur, schaut mich an und schüttelt dann den Kopf. »Aber ich habe einen Plan.«

»Du hast immer einen Plan«, erwidere ich mit einem verzweifelten Lachen. »Könnte wetten, dass meiner besser ist.«

»Leg es in meine Hände«, witzelt sie und realisiert dann sofort, was sie da gerade eben gesagt hat. Ich kann das Lachen, das sie versucht zu unterdrücken, spüren – wie es von ihrem Rücken in meinen Oberkörper vibriert.

»Wie wär's damit, wenn wir zuerst Sex haben und dann essen?«, schlage ich vor und bin mir dessen bewusst, dass ich sie gerade in den Wahnsinn treibe. Sie lacht, aber zum ersten Mal, seitdem ich wieder zu Hause bin, höre ich etwas aus ihrem Tonfall heraus, das anders klingt als sonst. Bevor ich noch weiter darüber nachdenken kann, fährt sie fort. »Nee. Das war nicht der Plan. Und definitiv ist das auch kein Kompromiss. Zuerst das Essen, dann Sex«, meint sie, als sie sich davonmacht und sich dabei umdreht, um mir ins Gesicht zu blicken. Sie verschränkt die Arme vor der Brust und nickt, versucht ganz offensichtlich, einen Kompromiss mit mir zu finden.

»Ich liebe es, wenn du so fordernd wirst.« Ich lehne

mich mit einem leichten Lächeln auf den Lippen nach vorn und weiß, dass sie sich über meine Bemerkung ärgern wird.

Sie kneift die Augen zusammen, und ich kann es in ihrem Kopf förmlich arbeiten hören, als sie sich Verhandlungsmöglichkeiten überlegt, um letzten Endes doch noch das zu bekommen, was sie will. Ich könnte schwören, dass ich wirklich keinen blassen Schimmer habe, was das ist. In letzter Zeit bin ich durch meine Arbeit dermaßen in Anspruch genommen worden – durch die nur knappe Führung, die ich punktemäßig vor Luke Mason liege, und das vor dem großen Rennen in Sonoma und all der andere Scheißdreck, der damit verbunden ist – und habe deswegen ganz offensichtlich irgendwas verpasst.

»Scheint so, als ob wir in einer Sackgasse gelandet wären«, meint sie schließlich. Ihr früheres Selbstvertrauen, das vorübergehend ins Wanken geraten war, ist wieder zurück, doch ich bin mehr als bereit.

»Gut, dass ich hart verhandele«, sage ich und ziehe die Augenbrauen hoch, als ich auf ihr Outfit blicke.

Und ich werde mich mächtig ins Zeug legen, Süße.

»Oh, ich weiß, dass du das tust, Ace. Aber ich denke, wir müssen die Entscheidung, was wir als Nächstes tun sollten, den Glückskeksen überlassen.« Ihre Augen blitzen herausfordernd auf, als ich auch schon anfangen muss zu lachen, weil sich das total lächerlich anhört.

»Die Glückskekse? Wovon redest du?«

»Na ja ... du hast gesagt, dass du zuerst das Dessert willst, und ich versuche lediglich, einen Kompromiss zu finden«, antwortet sie und klimpert dabei unschuldig mit den Wimpern.

»Ich habe nicht diese Art von Dessert gemeint«, brumme ich. Es gibt nichts, was ich gegen sie und ihren beknackten Vorschlag tun könnte, als mit dem Kopf zu schütteln. Aber fuck, ich werde jegliche Hilfe in Anspruch nehmen, um diesen Prozess voranzutreiben, sodass ich sie in aller Ruhe vernaschen kann. Wenn ich es mir allerdings recht überlege, dann bin ich ziemlich sicher, dass ich mir diese bekloppten kleinen Schicksalsprophezeiungen zu meinen Gunsten zurechtbiegen kann. So soll es dann sein. Los geht's, Ryles! »Es ist zwar lächerlich, aber du hast das hier geplant, sodass du diejenige bist, die die Spielregeln festlegen darf. Bleibt nur zu hoffen, dass in den Glückskeksen steht, du sollst es mit deinem Ehemann so treiben wie die Karnickel.«

Ihr Gesicht leuchtet auf, und ihre Lippen verziehen sich zu einem Lächeln. Sie lehnt sich nach vorn und gewährt mir dadurch einen tollen Ausblick auf ihr Dekolleté, während sie beginnt, die Plastiktüte, die auf dem Tisch liegt, zu durchwühlen. Meine Augen begeben sich auf Wanderschaft und konzentrieren sich auf die dunkle Rötung ihrer Nippel unter dem durchsichtigen Stoff, bis Rylee – mit dem selbstzufriedensten Lächeln überhaupt – anfängt, die Glückskekse vor meinen Augen hin und her zu schwenken.

Sie weiß ganz genau, was sie da gerade tut, und verspürt keinerlei Scham, es hochzuspielen, während ich meine Zunge in meine Wange bohre. Ich warte den richtigen Augenblick ab und lasse sie diesen Moment genießen.

»Nur drei?«, frage ich, als sie die drei Glückskekse vor uns auf dem Tisch platziert. »Wie sollen wir uns darüber einig werden, wer den dritten bekommt?«

»Seitdem wir lernen, Kompromisse zu schließen ...« Ihre Stimme verstummt allmählich, während sie mir mit dem Ellenbogen in die Rippen stößt. Und gerade als sie bereits dabei ist, sich zurückzuziehen, schnappe ich mir ihren Arm, ziehe sie an mich heran und gebe ihr ein unschuldiges Küsschen auf den Mund. Es ist verdammt noch mal einfach schon viel zu lange her, seitdem ich sie das letzte Mal geküsst habe. Sie schubst mich weg, als ich versuche, ihr meine Zunge zwischen die Lippen zu schieben. »Versuchst du etwa, mich zu beeinflussen, damit du den dritten Keks bekommst, Donavan?!«

»Hat es denn funktioniert?« Die Hoffnung stirbt ja bekanntlich zuletzt.

»Hier. Du fängst an«, sagt sie, ohne auf meine Bemerkung einzugehen, als sie mir den Keks in der Zellophanverpackung auch schon vor die Nase hält. Als ich ihn mir schnappe, schiebt sie sich so hin, dass sie direkt vor mir sitzt. Ihr angewinkeltes Knie ist gegen meinen Schenkel gelehnt und verschafft mir dadurch einen perfekten Ausblick auf ihre Muschi. Auf einen Blick kann ich dort den getrimmten Strich ihres Schamhaares erkennen, und fuck, wenn mich das nicht sogar noch schärfer macht.

Glückskeks-Götter, seid mir gnädig! Sex wird gerade gebraucht.

»Okay, dann lass mal sehen«, sage ich, als ich den Keks auspacke, ihn dramatisch auseinanderbreche und dabei bete, dass er eine Prophezeiung für mich bereithält, mit der ich leben kann. Ich klaube den Papierstreifen heraus und schüttle den Kopf, als ich die Worte lese. Echt jetzt? Wie perfekt ist das denn?

»Was steht drauf?«, fragt sie, als ich anfange zu lachen.

»Es ist ein langes Rennen gewesen, aber endlich hast du die Ziellinie erreicht.« Ich sehe auf, und sie scheint genauso amüsiert zu sein wie ich.

»Ich würde sagen, dass das ziemlich passend ist«, sagt sie und kneift die Augen zusammen, als sie über die Worte nachdenkt. »Ich glaube, die eigentliche Frage ist jedoch, von welchem Rennen hier die Rede ist?!«

»Dem Leben?« Ich zucke mit den Achseln. »Fuck, wenn ich das nur wüsste.«

Sie lacht und spielt mit dem Keks in ihrer Hand herum. Warum scheint sie plötzlich nur so nervös zu sein?

»Du versuchst gerade, dir etwas zu überlegen, wie du dir das zunutze machen kannst, damit du doch noch Sex bekommst, aber ich denke nicht, dass der Spruch in dem Keks dir in irgendeiner Weise weiterhilft.«

Shit. Sie hat ja recht. Da ist rein gar nichts, wie ich das hier zu meinem Nutzen hinbiegen könnte, sodass ich Sex bekomme, bevor wir essen, denn wenn ich bereits die sprichwörtliche Ziellinie erreicht habe, dann ist das hier keine gute Prophezeiung für mich, was den Sex anbelangt.

»Verdammt! Das ist ein *Essen-vor-dem-Sex*-Keks. Werd nicht übermütig, Donavan. Ich bin für ein Comeback gerüstet«, sage ich, schiebe ihr ihren Keks zu und nehme einen Bissen von meinem. Ich hoffe, dass dieses alberne Spiel bald vorbei ist, aber ein bisschen amüsiert es mich dann doch. »Du bist dran.«

Das sind Dinge, die ich für meine Frau tue …

»Okay«, meint sie, als sie ihren Keks entzweibricht und auf die Worte starrt. »Hier steht: *Deine Glückszahlen sind sechs, neun und sechzehn.*« Sie sieht auf, ihr

Blick ist verhalten, mit den Zähnen beißt sie sich auf die Unterlippe.

»Das macht ja gar keinen Sinn. Darauf steht wirklich nichts anderes?«, frage ich sie, als ich mir ihr Zettelchen schnappe. Ganz genau. Hier steht genau das, was sie gerade eben vorgelesen hat. Muss eine falsch gedruckte Prophezeiung sein, aber verdammt, ich gehe darauf ein, weil ich es mir zunutze machen kann. »Sehr schön! Das hier ist ein *Sex-vor-dem-Essen*-Keks, weil auf dem Zettelchen steht, dass deine Glückszahlen sechs und neun sind ... neunundsechzig. Und weißt du was? Manche Dinge, die was mit dieser Nummer zu tun haben, mag ich auch ziemlich gerne ...«

»Du bist unverbesserlich!«, sagt sie, schiebt mich verspielt an der Brust weg, bevor sie mich – ganz untypisch für sie – an meinem Shirt fester packt und mich zu sich heranzieht. Unsere Gesichter sind nur wenige Zentimeter voneinander entfernt, ich spüre die Wärme ihres Atems auf meinen Lippen, aber ihr Gesichtsausdruck hat irgendetwas an sich, das mich davon abhält, sie zu küssen.

Und ich halte mich normalerweise niemals zurück, wenn es darum geht, sie zu küssen.

»Was ist los?«, frage ich. Sie schüttelt lediglich den Kopf, versucht die Tränen wegzublinzeln, die ihr in die Augen treten, auch wenn sie weiterhin lächelt. »Rede mit mir, Ry. Was ist los?« Mit meinen Händen umschließe ich ihr Gesicht, während ich auf eine Erklärung warte. Tränen lassen mich immer panisch werden. Wie sind wir denn von sexy über flirtend über lustig schließlich bei Tränen gelandet?

»Ich bin so dumm«, meint sie und schüttelt dabei den Kopf, als ob das die Tränen verscheuchen würde. Sie muss spüren, dass ich gerade kurz davorstehe, komplett durchzudrehen, weil sie gegen meine Hände drückt, die ihren Kopf halten, und dann presst sie auch schon ihre Lippen auf meine. »Ich liebe dich«, sagt sie sanft. Und irgendetwas an ihrem Tonfall lässt mein Herz ein kleines bisschen schneller schlagen. »So wie Hals-über-Kopf-, Schmetterlinge-im-Bauch-Ich-liebe-dich ... das ist alles.«

Ihre Worte graben sich tief in Stellen in mir, denen ich mittlerweile kaum noch Aufmerksamkeit schenke: Der gottverdammte Abgrund, in dem die Dämonen aus meiner Kindheit hausen. Diejenigen, die mein Leben regierten, bis Rylee in mein Leben trat und ihre verdammte selbstlose Liebe dazu nutzte, um Licht in diese Dunkelheit zu bringen, und den hässlichen Zweifel verjagte, der noch gelegentlich zum Vorschein kommt.

Ich lehne mich zurück, um sicherzugehen, dass es dieser Frau, die mir verdammt noch mal einfach alles bedeutet, auch wirklich gut geht. Denn wenn das nicht der Fall sein sollte, werde ich alles tun, was in meiner Macht steht, um sicherzugehen, dass es ihr wieder gut geht. Als sie sich auf die Unterlippe beißt, lächelt und mir als Zeichen, dass alles in Ordnung ist, zunickt, glätte ich mit meinem Daumen die Vertiefung, die ihre Zähne eben in ihrer Lippe hinterlassen haben, bevor ich versuche, die Situation wieder aufzulockern. »Du hast mich eben einen Moment lang ganz schön erschreckt. Ich dachte schon, du wärst traurig wegen der Vorstellung an die Neunundsechzigerstellung, und das würde bedeuten, dass ich fortan Weltschmerz hätte, wegen dieser Bis-dass-der-Toduns-scheidet-Sache, weil ich es schon ziemlich gerne mag, wenn wir diese Stellung machen.«

»Du beherrschst die Nummer auch ausgesprochen gut, also nein, die Nummer bleibt weiterhin im Rennen«, sagt sie mit einem süßen Augenzwinkern. Sie beißt sich in die Innenseite ihrer Wange und beäugt den dritten und letzten Keks in meiner Hand, ehe sie mir wieder in die Augen blickt.

Gott sei Dank, aber irgendetwas stimmt trotzdem nicht mit ihr. »Hier«, sage ich, als ich ihr den letzten Glückskeks hinhalte und hoffe, dass ich das, was ich auch immer falsch gemacht haben mag, wieder geradebiegen kann.

»Nein. Der ist für dich.« Sie schiebt ihn mir zu und lächelt bereits wieder. »Damit es nicht beim Unentschieden bleibt.«

Ich versuche sie zwar dazu zu bringen, den Keks doch zu nehmen, doch sie drückt ihn voller Entschlossenheit in meine Hand und rutscht dann zurück. »Sex vor dem Essen, Sex vor dem Essen«, trällere ich, was uns beide zum Lachen bringt. Aber mein Lachen erstirbt, als ich lese, was auf dem Zettel steht, und versuche, dem Ganzen einen Sinn zu geben. »WwE.«

Was zum Geier? Ich lese es noch einmal, bevor ich meinen Blick hebe und Rylee direkt in die Augen sehe. Ihr Anblick – Tränen treten in ihre Augen, und sie hat ein unglaublich breites Lächeln auf diesen perfekten Lippen – verschlägt mir fast den Atem. Und plötzlich ergibt alles einen Sinn.

Alles verläuft wie in Zeitlupe – Gedanken, Atmen, Vorstellung –, alles ist verlangsamt, außer mein Herz.

Das wummert nämlich wie ein verdammter Güterzug, als ich wieder zurück auf die durcheinandergeworfenen Buchstaben auf dem Zettelchen starre, ehe ich wieder zurück zu Rylee aufsehe.

Das kann nicht möglich sein.

Das kann einfach nicht sein.

»Wirklich?«, frage ich. Mir fällt der ehrfürchtige Unglaube in meiner Stimme noch nicht einmal auf, als ich nach der einen Sache frage, von der ich dachte, dass wir nie wieder die Chance dazu bekommen würden.

Die erste Träne läuft ihr über die Wange, als wir einander einfach nur anstarren, aber diese eine Träne lässt mich nicht panisch werden, so wie es normalerweise bei solchen Dingen der Fall ist.

»Wirklich«, flüstert sie.

Mein anfänglicher Unglaube wird zur verdammt besten Realität überhaupt. Die beste aller Zeiten.

WwE.

Wir werden Eltern.

»Du bist schwanger?« Ich kann noch nicht einmal die Worte glauben, die mir gerade aus dem Mund sprudeln, als ich sie auch schon zu mir auf meinen Schoß ziehe.

Sie bekommt kein Wort heraus, kann nicht »Ja« sagen, also nickt sie lediglich, während ihr die Tränen das Gesicht herunterlaufen, und klammert sich an mir fest. Und verdammt, aber ihre Hände, die sich in meinen Rücken graben, fühlen sich so unglaublich gut an, weil ich glaube, dass ich mich ihr noch niemals näher gefühlt habe als genau jetzt in diesem Moment. Nicht einmal, wenn wir miteinander schlafen und ich in ihr bin.

Eine meiner Hände liegt in ihrem Nacken, die andere

auf ihrem unteren Rücken. Nicht einmal die Luft ist willkommen in dem Raum zwischen uns, als wir uns hier auf der Terrasse fest umschlungen halten. Die Terrasse, auf der sich so viele erste Male für uns ereignet haben. Es mir hier zu erzählen macht jetzt plötzlich so viel Sinn.

Mein Gesicht habe ich in ihrer Halsbeuge vergraben. Und wenn ich gedacht hatte, dass ich mein Herz und meine Seele bereits an sie verloren hatte, dann lag ich so dermaßen falsch, dass es nicht einmal mehr feierlich ist. Genau jetzt, in diesem Moment, habe ich mich noch niemals verbundener mit ihr gefühlt. Meine verfluchte Rylee …

Mein Geist wandert zurück zu den Jahren qualvoller Fruchtbarkeitsbehandlungen, als die Emotionen überkochten und die Hoffnung immer in herzzerreißender Enttäuschung endete. Als wir letztes Jahr endlich einsahen, dass ein Baby auf natürlichem Wege zu bekommen niemals klappen würde, fiel Rylee in ein Loch. Verdammt, ja, es belastete unsere Ehe, aber noch vernichtender war es für mich, dass die Frau, die ich mehr als mein eigenes Leben liebe, mir Tag für Tag, Stück für Stück immer weiter entglitt und ich nichts dagegen tun konnte.

Auf diese Gefühle der ohnmächtigen Hilflosigkeit, die ich damals verspürte, kann ich für immer verzichten.

Als ich mich zurücklehne und meine zitternde Hand an ihr Gesicht lege, denke ich, dass sie noch nie so schön gewesen ist wie jetzt: lebhafte Augen, ein strahlendes Lächeln auf ihren Lippen und etwas ganz Kleines von uns beiden, das gerade in ihr heranwächst.

»Wir werden ein Baby haben«, flüstert sie. Und obwohl ich es nun bereits weiß, muss ich, als ich es noch einmal aus ihrem Mund höre, tief durchatmen, und mein

Herz macht einen Salto. »Der Geburtstermin ist der sechste September.«

Sechs. Neun.

Verflucht.

Endlich haben wir die Ziellinie erreicht, von der wir dachten, dass es nie passieren würde.

1

COLTON

Sechs Monate später …

»Ich hab mir ein bisschen Sorgen gemacht, dass du die Kontrolle über deine Eier verloren hättest, als du fragtest, ob ich heute vorbeikommen könnte, aber das hier?«, meint Becks, als er einen bedächtigen Blick auf den leeren Strand um uns herum wirft. »Das hier ist genau das, was der Arzt angeordnet hat.«

»Wo bleibt dein Vertrauen, Kumpel?« Ich schaue ihn durch meine Sonnenbrille an. »Kannst du dir mich etwa bei einer Babyparty vorstellen?« Als Erwiderung prustet er los. »Und ich kann dir versichern, dass meine Eier genau da sind, wo sie hingehören. Auf gar keinen Fall setze ich jetzt einen Fuß auch nur in die Nähe des Hauses!« Bei dem Gedanken an all die Frauen, die nur allzu gerne ihre Lippenstift-Abdrücke auf meiner Wange hinterlassen würden, täusche ich ein Zittern vor.

»Eine völlig neue Definition für den Östrogen-Wirbel.«

»Verdammt richtig!« Ich stoße mit dem Flaschenhals von meinem Bier an seinen. »Und das nicht im positiven Sinne.«

»Und aus dem Grund allein denke ich, dass das Baby ein Mädchen wird«, lacht er und bringt mich dazu, wegen seiner logischen Schlussfolgerungen zu ächzen. »Kumpel, du hast so lange mit Frauen gespielt, dass es verdammt witzig wäre und dir außerdem auch ganz recht geschähe, wenn eine bis zum Rest deines Lebens mit dir spielt.« Er hält seinen kleinen Finger hoch, um mir damit zu verdeutlichen, dass wenn wir ein kleines Mädchen bekommen würden, es mich um den Finger wickeln würde. Der Wichser hat vermutlich sogar recht, doch das sage ich ihm natürlich nicht. Außerdem ist das schmierige Grinsen auf seinem Gesicht breit genug, dass er den Flaschendeckel verdient hat, den ich nach ihm werfe.

»Keiner spielt mit mir! Da kannst du dir aber sicher sein!« Ich setze mir meine Flasche an die Lippen, während Becks lange und heftig über meine Worte lacht, von denen er weiß, dass sie eine Lüge sind.

»Ich glaube, du hast nicht den blassesten Schimmer, was auf dich zukommt, Kumpel.«

Und er hat recht. Ich habe auch verdammt noch mal absolut keine Ahnung. Gar keine. Das Einzige, was ich weiß, ist, dass je näher der Entbindungstermin rückt, mich umso mehr das Gefühl beschleicht, dass ich nicht genügend Zeit gehabt habe, um für es bereit zu sein. Für es? Vielmehr ist es doch so, dass unser Leben komplett umgekrempelt wird. Verdammte Scheiße, das ist ganz schön beängstigend.

»Also wie kommst du mit alldem hier zurecht?«

»Der Mist beginnt real zu werden«, antworte ich laut grübelnd und langsam nickend.

»In Anbetracht dessen, dass gerade jetzt im Haus eine Babyparty mit Frauen und Toilettenpapier – ich schwöre bei Gott, dass ich manche Rituale nie verstehen werde – und Windeln stattfindet ... ja, es ist definitiv real. Aber ah, netter Versuch, Wood. Du hast mir nie meine Frage beantwortet.«

»Mir geht's gut.« Lass mich in Ruhe, Daniels.

»Wie lange kennen wir uns jetzt schon?«, fragt er, und ich weiß, dass er nun zum entscheidenden Schlag ausholen wird. Ich wünschte, ich wüsste nur, worauf er hinauswill, deshalb konzentriere ich mich darauf, das Etikett von meiner Bierflasche abzumachen, anstatt ihm die Antwort zu geben, die er sowieso schon kennt.

»Weichei«, murmelt er flüsternd. Er ärgert mich und schürt das Feuer, das ich lieber nicht entfachen würde.

»Worauf willst du hinaus, Becks? Du willst hören, dass mir diese ganze Baby-Sache eine Heidenangst einjagt? Dass ich deswegen völlig durch den Wind bin?« Ich sammele eine Muschel auf und schmeiße sie auf einen Haufen Meeresalgen zu meiner Rechten. »Fühlst du dich jetzt besser?«

Am liebsten würde ich weitereilen, runter zum Wasser gehen, um von ihm wegzukommen, aber er kennt mich gut genug, um dann zu wissen, dass mir seine Worte unter die Haut gegangen sind. Dass er – wie beabsichtigt – die richtigen Knöpfe gedrückt hat.

Wie zur Hölle erkläre ich ihm nur, dass sich einerseits alles so wie immer, aber dann wiederum alles auch so anders anfühlt, ich allerdings dennoch nichts daran ändern würde, selbst wenn ich es könnte?! Er würde sofort die verdammte Zwangsjacke herausholen.

»Ob ich mich besser fühle? Nein«, meint Becks und lacht. Mittlerweile bin ich komplett entnervt. »Aber ich glaube, du tust es.« Ich schaue ihn durch meine Brillengläser an. »Willst du darüber reden?«

»Nein!«, schnauze ich ihn an. Fang jetzt ja nicht mit diesem Scheiß an, über den ich nicht reden will. Aber die

Stille nagt an mir, reizt mich, sodass ich schließlich doch zu sprechen beginne. Ich kann Becks vertrauen. Ich weiß, dass ich es kann. Doch als die Worte Form annehmen, ersticke ich fast an ihnen. Steh deinen Mann, Donavan. »Ja. Fuck. Ich weiß nicht.«

»Nun gut, das macht natürlich alles einfacher«, neckt er mich, versucht, auf meine Kosten Witze zu machen.

Ich nehme meine Mütze ab, fahre mir mit der Hand durchs Haar und setze sie dann wieder auf, um Zeit zu schinden. »Ich werde Vater, Becks. Und alles daran jagt mir eine Heidenangst ein. Windeln und die Zukunft und Erwartungen und … Ich weiß nicht, was sonst noch, aber ich bin sicher, dass es da noch eine Million andere Sachen gibt. Was zeichnet mich denn aus, um Vater zu sein? Und damit meine ich nicht einfach nur Vater, sondern dazu auch ein guter. Schau dir doch nur einmal meine beschissene Kindheit an. Das ist alles, was ich kenne. Woher zur Hölle soll ich wissen, dass wenn ich einmal müde oder gestresst bin, ich dann nicht wieder dorthin zurückkehre, was ich immer gekannt habe?« Ich beende die Frage, meine Stimme ist fast schon ein Schreien, und mir wird bewusst, was ich da gerade eben alles gesagt habe.

Nimm dir noch ein Bier, Donavan. Du klingst ja wie ein Vollidiot.

Becks lacht. Es ist kein normales Lachen, sondern vielmehr ein tadelndes Glucksen, das an meinen Nerven schabt wie Schleifpapier.

»Gott sei Dank! Es wurde ja langsam mal Zeit, dass du dich auch so verhältst, dass du durchdrehst, weil es mir definitiv genauso gehen würde. Schau mal, keiner qualifiziert sich, ein guter Elternteil zu sein. Du lernst es einfach mit der Zeit, wenn das Kind dann da ist. Du wirst Fehler machen und daraus lernen.« Er zuckt mit den Achseln. »Und was Letzteres angeht ... Kumpel, schau mal, wie du mit den Jungs umgehst. Du würdest sie niemals verletzen. Das ist gar nicht deine Art und hat auch rein gar nichts mit deiner eigenen beschissenen Kindheit zu tun.«

Als ich seine Worte höre, nicke ich nur. Irgendwie bin ich erleichtert, dass die Scheiße, die in meinem Kopf rotiert, ganz normal zu sein scheint. Aber mein normales und Becks' normales Aufwachsen könnten unterschiedlicher nicht sein. Während ich zwar das Gefühl begrüße, das er mir vermittelt hat, so bringt es doch auch nicht den Güterzug der Angst zum Anhalten, dass ich bei diesem Eltern-Scheiß komplett versagen könnte. Dass Rylee dermaßen Hals über Kopf in das Baby verliebt sein wird, dass sie mich dabei völlig vergisst. Dass durch meine Adern das gleiche Blut fließt wie das meiner Mutter, die keinerlei Respekt vor mir hatte. Dass das gleiche Blut durch meine Adern fließt wie das meines Vaters, der sich einfach aus dem Staub machte.

»Kumpel, es ist völlig normal durchzudrehen«, meint Becks, als ich die Kühlbox öffne und mir noch ein Bier schnappe, um mir meine Dummheit wegzusaufen. »Manchmal wirst du versagen, aber so ist es nun einmal. Es gibt keine Gebrauchsanweisung, wie man sich als guter Vater verhält ... du wirst es mit der Zeit lernen. Es ist ganz ähnlich wie beim Sex. Übung macht den Meister.«

Ich lache. Verfluchter Becks. Er ist die einzige Person, die ich kenne, die Erziehung mit Sex vergleichen könnte, allerdings kann ich die Parallele komplett nachvollziehen. Er versteht mich einfach.

»Und Sex? Na ja, das ist etwas, das ich wirklich ausgiebig geübt habe.«

»Wenn ich mir Rylees Bauch so anschaue, denke ich, dass du darin jetzt ein Profi bist. Also, siehst du? Kein Grund zur Sorge. Du packst das schon.«

»Verdammt.« Das Wort ist raus, als mir Bilder von heute früh durch den Kopf schießen. Eigentlich sollte ich die Couch ins große Zimmer bringen, um Platz für die gemieteten Tische und Stühle zu schaffen, die heute für die Babyparty geliefert werden sollten. Stattdessen sah ich Rylee dabei zu, wie sie mir einen blies. Der Ausdruck in ihren Augen und das Grinsen auf ihren Lippen, als sie meinen glatten Schwanz zwischen ihre Brüste schob, bis er schließlich in die Süße ihres feuchten Mundes glitt. Meine Eier ziehen sich jetzt noch zusammen, wenn ich daran zurückdenke, wie ihre Lippen um meinen Schwanz herum aussahen, als sie die Spitze neckte, bevor er wieder tief in ihren Mund drang.

»So gut, hä?«, fragt mich Becks und zieht mich von der Vorstellung an meine heiße Frau weg.

»Verdammt perfekt.« Es ist zwecklos, gegen das süffisante Grinsen auf meinen Lippen anzukämpfen.

»Also stimmt es dann?« Ich schaue zu ihm rüber, meine Bierflasche stoppt auf halbem Wege, noch bevor ich sie an meine Lippen setzen kann, während ich darauf warte, dass er das näher ausführt. »Dass schwangere Frauen echt so notgeil sind?«

Mein Blick wandert zurück zu dem Haus hinter uns. Gelächter von der Östrogen-Invasion strömt zu uns herunter, und ich nicke nur. »Kumpel, lass dir eins gesagt sein: Voodoo macht auch vor schwangeren Muschis nicht halt.«

»Echt jetzt?«

»Nymphomanin …« Ich ziehe das Wort genüsslich in die Länge.

Sein Gesichtsausdruck in diesem Moment – die hochgezogenen Augenbrauen, das langsame Nicken, der offene Mund – ist typisch für Becks. »Verdammt!«

»Du hast ja keine Ahnung«, erwidere ich lachend.

»Shit. Alle Kerle haben mich gewarnt wegen Hormonen und Gefühlsschwankungen und so einem Scheiß, und ich hocke hier mit einem wölfischen Grinsen, weil die Muschi mein Freund ist. Kumpel, die einzigen Schwangerschaftsgelüste, die Rylee hegt, drehen sich um meinen Schwanz, und ich bin mehr als gewillt, ihr da Abhilfe zu verschaffen.«

»Du verdammter Glückspilz!«

»Als ob ich das nicht selbst wüsste.«

»Hast du keine Angst, dass du …« Seine Stimme verstummt, doch ich kann die Belustigung aus seinem Ton heraushören. »Ach, vergiss es …«

»Beende deinen Satz, Daniels!«

»Na ja, ich wollte fragen, ob du keine Angst hast, dass der ganze Sex das Baby verletzen könnte – ihm in den Kopf stoßen oder so was? Aber dann hab ich vergessen, dass dein Pimmel ja eh nur ein paar Zentimeter lang ist, sodass man sich wegen so was keine Sorgen machen muss.« Er unterdrückt ein Lachen.

»Wichser!« Jetzt wäre ich eigentlich dran, ihm etwas entgegenzusetzen, aber trotz der Stichelei kann ich nicht anders als zu lachen, weil ich auch gar nichts anderes von ihm erwartet hätte. Außerdem kann ich die Ablenkung eigentlich auch ganz gut gebrauchen, weil ich mir die ganze Zeit schon darüber Gedanken mache, ob ich meinen Privatdetektiv Kelly diese Woche hätte anrufen sollen.

Der Stein ist bereits ins Rollen gebracht worden. Zu spät, um ihn jetzt noch aufzuhalten.

Ich weiß, dass nichts Gutes dabei herauskommen wird. In dieser Situation gibt es keine Happy Ends. Eigentlich bin ich sogar sicher, dass es mich noch mehr abfucken wird, als dass es irgendetwas besser machen würde. Aber vielleicht, nur ganz vielleicht, kann ich diese letzte Sache danach ad acta legen. Diese letzte Sache noch abschließen, bevor das Baby auf die Welt kommt, und dann weitermachen.

Den Kreis schließen.

Zumindest können, wenn das hier erst einmal erledigt ist, die gottverdammten Geister sich gegenseitig jagen – immer und immer wieder, wie ein Hamster in seinem Laufrad, während ich Vollgas gebe und in die entgegengesetzte Richtung rase.

»Kumpel«, sagt Becks und reißt mich damit aus meinen Gedanken, »du musst auf jeden Fall den momentanen Vorteil mit dem Sex ausnutzen, solange du noch kannst, denn wenn das Baby erst einmal da ist, wirst du für eine lange Zeit ohne auskommen müssen.«

»So was hab ich auch schon gehört«, ächze ich. Es ist mir vollkommen klar, dass ich irgendwie damit zurechtkommen muss, wenn meine Frau von einer Nymphomanin zur Nonne mutiert. »Veränderungen, Alter. Sie passieren einfach. An einem Tag bin ich noch Single, am nächsten heirate ich, und jetzt stehe ich kurz davor, Vater zu werden. Wie zum Teufel ist das nur passiert?« Trotz meiner Worte habe ich ein breites Lächeln auf dem Gesicht.

»Bin nicht sicher, wie du es hinbekommen hast, eine Frau zu finden, die bereit ist, sich mit deinem Scheißdreck abzufinden, aber sie hat dafür einen verdammten Orden verdient.«

»Vielen Dank für die Unterstützung.« Ich halte mein Bier in seine Richtung und mache eine Prost-Geste.

»Immer. Dafür bin ich ja da … aber bei all diesen Veränderungen, die da vonstattengehen, muss ich dich fragen, was dir so an die Nieren geht. Irgendetwas ist doch los mit dir, und ich kenne dich gut genug, um zu wissen, dass es mehr als das ist, was du mir gerade erzählt hast.«

Jetzt geht das schon wieder los. Möge die Becks'sche psychologische Beurteilung beginnen …

Ich weigere mich, ihn anzusehen, denn er braucht nicht zu wissen, dass bei mir nicht alles in Ordnung ist. Dass dieses Geplänkel lediglich eine Fassade ist, weil sich mein Kopf so anfühlt, als ob man ihn in einen Küchenmixer gesteckt hätte: zu viel, verdammt noch mal zu schnell, mit zu vielen Zweifeln und zu vielem Ungewissen. Meine verfluchte Vergangenheit, die niemals komplett verschwindet.

Gottverdammte Geister.

»Colton?«, treibt er mich an.

Mein Bier kommt auf der Mitte des Weges zu meinem Mund zum Halt, als die Verärgerung aufs Neue in mir brennt und Sarkasmus mein Freund wird. »Fragst du mich als mein Teamchef, als mein bester Freund oder als mein Seelenklempner?«

»Ich habe lebenslange Sonderrechte auf zwei von den dreien, also macht es wirklich einen Unterschied?«

Fuck. Jetzt hat er mich so weit bekommen. Warum treibt er diese verdammte Sache an? Will er die Wahrheit wirklich hören? Weil ich – und das ist so sicher wie das Amen in der Kirche – meinen Kopf lieber in den Sand stecken würde. Unwissenheit ist ein Segen und all dieser Mist.

»Ich werd den Job schon hinkriegen. Mach dir deshalb mal keine Gedanken«, sage ich ein bisschen zu lässig und verfluche mich im selben Augenblick dafür, weil Becks mich im Nu durchschauen wird. Ich frage mich nur, ob er schlafende Hunde nicht wecken oder sie doch wecken wird, sodass sie zum Spielen rauskommen.

»Ah ...«, sagt er und zieht den Klang dabei in die Länge. »Aber du vergisst, dass ich mir sehr wohl Sorgen mache. Das ist schließlich mein Job. Bei dir ist viel Scheiße passiert, und ich muss sicher sein, dass du bei klarem Verstand bist, bevor du überhaupt ein Flugzeug besteigst, um zum Grand Prix zu kommen.«

»Herr im Himmel, Becks! Immer machst du dir Gedanken wegen der Rennbahn. Es gibt auch noch andere Dinge im Leben als das!«, schnauze ich ihn an. Ich bin angepisst, dass er genau weiß, was er zu sagen hat, um mich anzustacheln, und gleichzeitig hasse ich es, dass er ja irgendwie auch recht hat.

Haken mit Köder? Triff Schnur und Senkblei!

Wichser. Man könnte annehmen, dass ich mittlerweile immun gegen Becks' Drängelei-Knöpfe sein sollte, aber trotzdem reagiere ich jedes verdammte Mal wie eine Marionette.

»Mach dir keine Gedanken. Ich werde mit dem Kopf ganz bei der Sache sein«, sage ich und versuche wieder etwas an Bodenhaftung zurückzubekommen. »Bist du jetzt zufrieden?«

»Du glaubst wirklich allen Ernstes, dass ich mir Gedanken wegen der verdammten Rennbahn mache, Donavan? Du denkst, dass die Regeln beim Motorsport das Einzige sind, woran ich immerzu denke? Nein! Wohl kaum. Allerdings mache ich mir durchaus darüber Gedanken, wenn ich zum Hörer greifen und deine Frau anrufen muss, die hochschwanger ist, und ihr erzählen muss, dass ich dich in ein Auto gesteckt habe, obwohl ich wusste, dass du mit deinen Gedanken ganz woanders warst, und dass du einen Unfall gebaut hast und dabei ums Leben gekommen bist, weil du abgelenkt warst und dich nicht vernünftig auf die anstehende Aufgabe konzentrieren konntest. Das ist es, worüber ich mir Gedanken mache … also verdränge, was auch immer du mir nicht erzählen willst, und sag ruhig, dass ich ein egoistisches Arschloch bin, weil ich mir Gedanken über das Rennen mache. Aber was ich wirklich wissen will, ist, ob du mit deinem Kopf bei der Sache bist, sodass ich nicht dabei zusehen muss, wie dich irgend so ein Sanitäter in einen Leichensack steckt, und das alles nur, weil du dich nicht konzentrieren konntest, aber keinem erzählen wolltest, was der Grund dafür ist. Nenn mich egoistisch, bezeichne mich als was du auch immer willst … rede mit mir, rede nicht mit mir … Himmelherrgott … geh einfach nur sicher, dass du startklar bist, sodass so was nicht passiert!« Und dann beendet er, in seiner typischen Beckett-Art, seine Schimpftirade genauso schnell, wie er sie begonnen hat.

Stille kehrt wieder ein. Nagt an mir. Zerrt die Wahrheit aus mir heraus, die ich eigentlich nicht beichten will.

»Ich versuche, meinen Vater zu finden.« Fuck! Wo ist das jetzt hergekommen? Ich wollte doch niemandem etwas davon erzählen, bis ich nicht irgendetwas Handfestes habe – etwas wirklich Hieb- und Stichfestes –, und trotzdem sprudeln mir jetzt irgendwelche Geheimnisse heraus.

Weil ich sehen will, wie er reagiert, schaue ich zu ihm durch meine verspiegelte Sonnenbrille herüber. Er atmet einmal tief durch und nickt dann zweimal mit dem Kopf, als er das eben Gesagte verdaut.

»Ich werde nicht so tun, als ob ich das Warum hinter dem Ganzen verstehen würde … aber, Alter, meinst du nicht, dass es nicht besser wäre, wenn man einige Dinge einfach auf sich beruhen lassen würde?« Ich höre an seinem Tonfall, dass er Verständnis für mich hat, aber zur selben Zeit weiß ich auch, dass er mich gar nicht verstehen kann. Keiner kann das. Ich bin häufiger durch das sprichwörtliche Tal des Todes gelatscht, als ich gerne mitzählen würde. Vielleicht muss ich noch einmal dort hingehen, um den Schatten abzuschütteln, sodass ich normal weitermachen kann, ohne dass er noch über meinem Kopf schwebt.

»Aber das ist es doch gerade – er ist immer wie ein loses Ende da gewesen. Ich muss es einfach fest zusammenbinden, die Schnur für immer durchschneiden und nie wieder zurückblicken.« Ich nehme einen langen Schluck von meinem Bier und versuche den bitteren Nachgeschmack loszuwerden, den der Gedanke an ihn hinterlässt. »Es ist ein Schuss ins Blaue. Kelly wird ihn wahrscheinlich sowieso nicht finden. Und wenn doch? Vielleicht reicht es mir, wenn ich weiß, wo er sich derzeit aufhält. Vielleicht auch nicht«, seufze ich. Ich fühle mich jetzt noch dämlicher als vorher, weil ich Kelly angerufen habe. »Scheiße! Vergiss einfach, was ich gerade gesagt hab.«

»Keine Chance. Du hast es gesagt. Ich hab's gehört. Zumindest erklärt das jetzt, welche Laus dir in letzter Zeit über die Leber gelaufen ist. Weiß Rylee Bescheid?«

»Es gibt noch nichts zu erzählen.« Ich ignoriere das schlechte Gewissen. »Sie hat ohnehin schon genug Stress wegen dem neuen Kind in der Arbeit und dem Baby ... Das Letzte, was ich will, ist, dass sie sich jetzt auch noch meinetwegen Sorgen macht.«

»Dafür hast du ja mich.«

»Ganz genau«, sage ich mit einem entschiedenen Nicken.

»Und dein Vater? Was sagt er zu dem Ganzen?«

Schuld: Das Geschenk, das immer wieder vergeben wird.

»Er weiß noch nichts davon. Ich werde es ihm erzählen, sobald irgendetwas dabei herauskommt. Außerdem ... er ist mein Vater – wenn es etwas gibt, das ich unbedingt tun muss, dann steht er immer hinter mir.« Aber trotzdem: Falls das wirklich der Fall ist, warum erzählst du es ihm dann nicht einfach?

»Genau«, sagt Becks, und dieses simple Wort bestätigt meine Schuld.

Warum um alles in der Welt suche ich nach dem Stück Scheiße, das mich niemals haben wollte, wenn es dort einen Mann gibt, der mich angeschlagen und kaputt bei sich aufnahm und nie zurückschaute?

Genau.

Gedanken. Zweifel. Fragen. Alle drei umkreisen einander. Aber nur Kelly kann bestätigen, ob ich jemals die Antworten finde.

»Ich verspreche dir, dass ich ganz bei der Sache sein werde, wenn ich auf der Rennstrecke bin.« Das ist das Einzige, was ich zu meinem besten Freund sagen kann. Das ist meine abgefuckte Art, mich zu entschuldigen.

Er nickt und verstellt den Schirm seiner Baseballmütze. »Nun gut, ich hoffe, du findest das, wonach du suchst, Kumpel, aber irgendwie glaube ich, dass du das bereits hast.« Als ich zu ihm herüberblicke, neigt er den grünen Flaschenhals in Richtung der Terrasse über meine Schulter hinweg. Verwirrt folge ich seinem Blick und schaue auf, um Rylee zu sehen, die am Geländer steht und sich gerade mit den Gästen unterhält.

Unsere Blicke treffen sich. Der verdammte unerwartete Schlag der Emotionen trifft mich wie ein Rammbock, denn bei einem Mann, der von sich selbst einst glaubte, nie etwas fühlen zu können, hat sie es geschafft, dass ich alles fühle. Die ganze verdammte Bandbreite an Gefühlen.

Ich darf nicht vergessen zu atmen. Der Schmerz des Verlangens ist heute noch genauso stark wie beim ersten Mal, als ich sie sah. Aber heute ist da noch so viel mehr: Bedürfnisse, das Morgen, das Gestern und alles andere, was dazwischen ist.

Becks hat jedenfalls recht.

Mein leiblicher Vater ist nicht das Endspiel. Lediglich ein weiterer Dämon, der meiner Seele ausgetrieben werden muss.

Ich kann mich glücklich schätzen, weil ich das gefunden habe, von dem ich niemals wusste, dass ich es suchte. Gott sei Dank schaut sie mich gerade ebenfalls an.

RYLEE

Die Angst hält mein Herz immer noch gefangen.

Ich versuche, sie niederzudrücken, nicht darüber nachzudenken, und bemühe mich, damit umzugehen, indem ich mich Tag für Tag mit meiner Arbeit, mit den Jungs, mit Colton beschäftige, aber von Zeit zu Zeit übernimmt sie dann doch meine Gedanken. Es spielt keine Rolle, dass ich im siebten Monat schwanger bin. Die Sorge, dass mir dies alles wieder genommen werden könnte, so wie es schon zwei Male zuvor geschehen ist, habe ich immer noch im Hinterkopf – bei jedem Ziepen in meinem Bauch oder Schmerz in meinen Hüften.

Und so sitze ich hier nun im Kinderzimmer, inmitten von Geschenkehaufen von Kinderspielen, Windeln und Babydecken, und fürchte mich, auch nur eine Sache davon zu öffnen, aus Angst, es verhexen zu können. Dass wenn ich ein Päckchen mit Kleidungsstücken öffne, eine Ladung Wäsche vorwasche, Laken auf die Matratze der Wiege lege, ich damit meinen lang gehegten Traum der Mutterschaft zum Platzen bringe.

Der Schaukelstuhl ist jedoch sicher. Hier kann ich getrost ein wenig sitzen, die Augen schließen und spüren, wie sich das Baby in mir bewegt, kann mich an den leichten Reaktionen in meinem harten Bauch erfreuen. Jedes Mal, wenn ich einen Tritt spüre, bin ich etwas erleichterter. Ich kann meine Hände auf meinem Bauch ruhen lassen und wissen, dass er oder sie eine Kämpfernatur und gesund ist, und ich kann es kaum abwarten, ihn oder sie in meinen Armen zu halten. Ich kann hier einfach nur sitzen und die Liebe für dieses Baby spüren, die durch meinen Körper wogt, und weiß ohne jeden Zweifel, dass dieses perfekte kleine Wesen die Liebe, die Colton und ich füreinander empfinden, nur noch stärker und fester machen wird.

Und ich versuche, dieses Gefühl des Glücks aufrechtzuerhalten, damit die Sorgen, die ich fühle, als ich mich vom Schaukelstuhl erhebe und über die Matratze der Wiege streiche, nicht überhandnehmen. Ich kann nicht glauben, dass das hier gerade wirklich passiert, dass in weniger als drei Monaten dieses neue Wesen in unserem Leben sein wird und sich auf einen Schlag alles und auch wieder nichts verändern wird.

Momente in der Zeit. Wie leicht wandern wir doch von einer Rolle zur nächsten und hinterfragen nie den Schmetterlingseffekt von diesen Übergängen. Wie wird dieses eine Ereignis in das nächste übergehen? Oder wird es das überhaupt?

Ein Baby. Unser Baby. Wenngleich auch ein neues Leben in mir heranwächst und ich hin und wieder spüre, wie er oder sie sich bewegt, bin ich trotzdem immer noch überrascht, dass es die Realität ist.

Vorsichtig sinke ich auf die Knie, um die Babygeschenke durchzusehen, die auf dem Boden aufgetürmt sind. Den Geschenkestapeln nach zu urteilen sind unsere Freunde und Familien ziemlich aufgeregt, Baby Donavan kennenzulernen und zu verwöhnen. Ich hebe eine flauschige gelbe Decke auf und lächle automatisch, als ich sie an meine Wange halte, um ihre Weichheit zu spüren.

»Braucht ein Baby wirklich dieses ganze Zeug?« Jäh werde ich durch Coltons Stimme aufgeschreckt. Mit der Schulter lehnt er sich gegen den Türpfosten, seine Daumen hängen in den Taschen seiner Shorts. Jeder Zentimeter seiner straffen gebräunten Brust herunter bis zu dem V seiner Muskeln ruft nach meinen Schwangerschaftshormonen, die meine sexuelle Begierde in den vergangenen letzten Monaten regiert haben.

Und selbst ohne diese Hormone bin ich mir sicher, dass ich ihn trotzdem anstarren würde, weil ich ihn immer noch genauso sehr will wie am ersten Tag. Sein bloßer Anblick bringt mein Blut in Wallung, mein Herz zum Rasen und macht meine Seele zufrieden.

Ich nehme mir einen Moment Zeit und genieße den Anblick meines gut aussehenden Ehemannes. Mein Blick wandert über jede noch so kleine Stelle seines Körpers, bevor ich hochsehe und das übermütige Grinsen auf seinen Lippen wahrnehme, das mir sagt, dass er ganz genau weiß, woran ich gerade denke. Und als ich in seine grünen Augen blicke, sehe ich in ihnen nicht das Vergnügen, das ich erwartet hätte. Stattdessen sehe ich in ihnen eine Mischung aus zurückhaltenden Emotionen, die ich eigentlich nicht einordnen kann. Es erinnert mich an jene ersten Monate, als wir begannen, uns zu verabreden, und er noch Geheimnisse vor mir hatte, und ich hasse das Gefühl der Unsicherheit, das mich hinten im Nacken kitzelt.

Ich schiebe das mir angeborene Bedürfnis beiseite, ihn darauf anzusprechen, um das Problem wieder in Ordnung zu bringen, und sage mir selbst, dass wenn irgendetwas nicht okay sein sollte, er es mir erzählen wird, wenn er bereit dazu ist. Ich schiebe die mich quälende Sorge einfach weg. Wahrscheinlich ist es eh nur der ganz normale Bammel vor der Geburt. Er ist bislang so viel besser mit dem Ganzen umgegangen, als ich gedacht hätte, aber gleichzeitig denke ich, dass er in den letzten paar Wochen auch irgendwie ein bisschen verschlossen gewesen ist. Und während es mich zwar etwas beunruhigt, denke ich mir, dass er sehr wohl auch Ängste und Vorbehalte haben darf, wie die meisten Menschen, die kurz davor stehen, Eltern zu werden.

»Ich bin nicht sicher, ob wir das hier alles überhaupt brauchen. Es ist definitiv ziemlich viel Zeug für ein kleines Baby«, antworte ich schließlich, als ich auf die ganzen Geschenkehaufen um mich herum blicke.

»Du bist umwerfend.«

Das unerwartete Kompliment lässt mich wieder zu ihm aufsehen, und ein Gefühl der Liebe schwillt in meiner Brust an. Unglaube macht sich in mir breit, dass er mich im Moment wirklich schön findet, während ich mich eher so fühle wie ein gestrandeter Wal. Leise lache ich, als ich mich auf den Boden setze. Ich stütze mich mit den Händen hinter mir ab und strecke meine Beine aus.

»Danke, aber ich denke eigentlich nicht, dass mich ein riesiger Bauch und Zehen, die so geschwollen sind wie Würstchen, für die Kategorie *umwerfend* auszeichnen.«

»Nun gut, in diesem Fall dann eben nur für die Kategorie *schön*«, neckt er mich mit einem aufblitzenden Grinsen, während er näher kommt. Er blickt sich um und hebt eine Babydecke auf, die aussieht wie eine karierte

Flagge. Amüsiert zieht er die Augenbrauen hoch, bevor er zu mir kommt.

»Hm«, murmele ich. Dem, was er über das Schönsein gesagt hat, kann ich nicht einmal ansatzweise zustimmen. Aber als ich zurück zu ihm aufsehe, um seinem Blick zu begegnen, kann ich erkennen, dass wenn er mich anschaut, tatsächlich *schön* das ist, was er zu sehen scheint. Und ich nehme es an, denn wenn ein Mann dich in einem Moment sieht, in dem du dich eigentlich am hässlichsten findest, er dich aber als schön betrachtet, dann hinterfrage es nicht.

»Du arbeitest zu hart, Ry«, sagt er, als er sich zu mir niederbeugt. Ich versuche bei dieser Wiederholung nicht aufzuseufzen, aber es ist die eine Sache, über die wir in letzter Zeit regelmäßig diskutiert haben, nämlich dass er will, dass ich in Mutterschaftsurlaub gehe. »Du musst aufhören, so viel zu machen. Lass andere dir helfen.«

Ich schaue runter zu der Decke in meiner Hand. Ich hasse es, dass er ja recht hat und sehen kann, wie schwer es mir fällt, die Kontrolle abzugeben. »Ich weiß, aber es gibt einfach noch so viel zu erledigen, bevor das Baby auf die Welt kommt, und das nur ich erledigen kann. Mit dem neuen Projekt, das nun online gestellt wird, und Auggie, der Probleme hat, und …« Meine Stimme verstummt allmählich, als ich an das neueste Kind in unserer Gruppe denke und wie viel Aufmerksamkeit es braucht, die ich ihm nicht geben werden kann. Alles auf meiner unsichtbaren To-do-Liste schreit danach, erledigt zu werden – wie zum Beispiel gestern –, und der Tag hat einfach nicht genug Stunden. Der bloße Gedanke daran überfordert mich allein schon. Ich atme tief durch, als bereits

Tränen in meinen Augen brennen. Mein innerer Kampf, Leute im Stich lassen zu müssen, taucht wieder auf – ich habe jetzt schon das Gefühl, Mist zu bauen, und dabei habe ich noch nicht einmal den Mutterschaftsurlaub angetreten.

»Atme tief durch, Ry. Ich weiß, dass deine Typ-A-Persönlichkeit all deine Entlein in Reih und Glied haben will. Aber das ist nicht möglich. Andere Leute können auch etwas tun. Es könnte sein, dass sie es nicht genau so machen, wie du es haben willst, aber zumindest verschafft es dir eine Erleichterung. Und wenn es nicht erledigt wird, wird die Arbeit auch immer noch da sein, wenn BIRT kommt.«

»Colton!«

»Was ist so verkehrt an BIRT? Baby in Rylee Thomas«, meint er ganz unschuldig. Er versucht mich nur zu ärgern. Oder will mir ein Lächeln entlocken.

»Hör auf, ihn so zu nennen!« Ich klatsche mit der Hand auf sein Bein, während er laut auflacht, und da hat er auch schon meine Hand geschnappt, bevor ich sie noch wegziehen kann.

»Ihn? Hast du gerade *ihn* gesagt?« Unsere ewige Debatte über das Geschlecht des Babys, das wir noch nicht wissen, ist jetzt gerade zum Gesprächsthema Nummer eins geworden. Colton zieht an meinem Arm, und ich lehne mich nach vorn, gerade als auch er es tut. Er gibt mir einen zarten Kuss auf die Lippen, der eine Schockwelle des Verlangens bis tief in mein Innerstes jagt. Während seine Lippen noch an meinen sind, kann ich spüren, wie sich seine Lippen zu einem Lächeln verziehen.

»Ja, ich habe *ihn* gesagt ... aber das ist nur ein Pronomen«, murmele ich, denn ich liebe es, so nah an ihm zu sein. Die letzten paar Tage hat es sich so angefühlt, als wenn er ganz weit weg gewesen wäre. Ich habe es der Tatsache zugeschoben, dass er einfach genauso überwältigt ist wie ich, wenn auch aus anderen Gründen: die knappe Punkteführung, an die er sich bis zum großen Rennen nächsten Monat klammert, die heutige Babyparty mit über fünfzig Frauen, die in seinen Rückzugsort einfielen, und die bevorstehenden Veränderungen im Allgemeinen durch die Geburt des Babys. Das ist für jeden Mann, der sich auf so etwas einstellen muss, ziemlich viel. Ganz zu schweigen bei einem Mann, der niemals damit gerechnet hätte, irgendetwas davon in seinem Leben zu haben.

Ist das alles noch okay für ihn? Zu sagen, dass er bereit ist, ein Kind zu haben, und das auch wirklich so zu meinen, sind zwei völlig unterschiedliche Dinge. Ich weiß, dass er keine Zweifel hat – er will das Baby genauso sehr wie ich –, dennoch kann ich meine Bedenken nicht unterdrücken, wie er sich auf die unvermeidlichen Veränderungen in unserem Leben einstellen wird.

Träge hält er meine Hand in seinem Schoß. Das Bedürfnis, mich seiner anzunehmen und dadurch meine Sorgen um ihn zu erleichtern, ist gerade äußerst präsent – direkt neben meiner Lust und meinem Verlangen nach ihm. Und das Bedürfnis, beides zu befriedigen, ist einfach zu groß, um dem nicht nachzugeben, also streiche ich mit den Fingerspitzen über den Stoff, der seinen Schwanz bedeckt. Ich liebe es zu hören, wie er schnell nach Luft schnappt.

»Versuchst du mich etwa gerade abzulenken, Ryles?«

»Das würde ich niemals tun«, necke ich ihn und bin dabei völlig konzentriert auf die Versuchung direkt neben meinen Fingern.

»Wir haben über Pronomen geredet, weißt du noch? *Ihn* ist lediglich ein Pronomen?«, fragt er und versucht wieder zurück zum Thema zu kommen. Er flucht, dass ich das Geschlecht doch kennen sollte, weil ich ja schließlich diejenige bin, die das Kind austrägt. Männer ...

Und während ich eine fünfzigprozentige Chance habe richtigzuliegen, weiß ich irgendwie, dass es ein Junge ist. Das muss einfach so sein. Der kleine Junge mit den dunklen Haaren und den grünen Augen, von dem ich in letzter Zeit ständig geträumt habe. Sommersprossen auf der Nase, die sich kräuselt, wenn er Unfug angestellt hat und mein Herz zum Dahinschmelzen bringt, genauso wie es bei seinem Vater der Fall ist. Aber das ist alles lediglich eine Vermutung, die Intuition einer Mutter und auch nichts, was ich laut aussprechen werde.

»Oh, oh.« Der Griff seiner Finger an meinem Arm wird fester, als ich erneut versuche, ihn anzufassen. Ich will ihn davon ablenken, sich auf ein Pronomen zu konzentrieren, welches richtig sein könnte oder eben auch nicht. »Pronomen ...«

»Nun gut, wenn du über Grammatik sprechen möchtest ... Ich meine mich zu entsinnen, dass *feucht* und *willig* Adjektive sind«, murmele ich und weiß verdammt gut, dass er imstande ist, sowohl Unfug als auch Verlangen in meinen Augen zu sehen. Zwei können dieses Ablenkungsspielchen spielen, Ace.

Er wirft seinen Kopf in den Nacken und lacht, und ich weiß, dass er meine Anspielung bezüglich seiner Worte, mit denen er mich in der ersten Nacht neckte, in der wir Sex auf Sex hatten, verstanden hat. Dieses Mal zieht er mich sogar noch näher an sich heran und hält sich nicht mehr zurück, als seine Lippen auf meine treffen. Wir küssen uns leidenschaftlich, so als ob wir uns wochenlang nicht gesehen hätten. Verlangen vermischt sich mit Gier. Leidenschaft prallt auf Lust. Mein Körper vibriert vor lauter Verzweiflung, denn wie könnte er auch nicht, wenn Colton doch jeden meiner Libido-Knöpfe drücken kann, und das mit solch einer simplen Berührung?

Sein Kuss ist wie die Schwerkraft, zieht an jedem Teil von mir, bis ich mich an ihm festklammern will, damit ich hier nie wegmuss. Unsere Zungen treffen sich, zuerst fordernd, bevor sich der Kuss in ein zärtliches Abbild von Liebe und Verlangen verwandelt. Seine freie Hand legt er an mein Gesicht, mit seinem Daumen fährt er mir über die Wange, als er trotz meines Protestes den Kuss beendet. Und zuerst fasse ich den Blick in seinen Augen als eine Art Belustigung auf, dass ich wieder einmal Körperkontakt mit ihm haben will, und als er spricht, weiß ich, dass er meine Versuche durchschaut hat. Verfluchter Mann. Er kennt mich einfach zu gut.

»Hast du etwa vergessen, dass ich der Meister im Ablenken bin, Ryles?« Er zieht die Augenbrauen hoch, und ein übermütiges, schiefes Grinsen zieht einen seiner Mundwinkel hoch. »Ich weiß ganz genau, was du gerade im Schilde führst.«

»Lehnst du etwa gerade Sex ab?«

»Oh Baby, niemals würde ich Sex mit dir ablehnen … ich würde nur gerne wieder zu den Pronomen zurückkehren.« Blitzschnell wirft er mir ein Grinsen zu, als er meine beiden Hände festhält und unsere Finger miteinander verflechtet – vermutlich, um mich daran zu hindern, dass sie sich wieder auf Wanderschaft begeben und ihn noch mehr in Versuchung führen. Für einen Mann, der keinen Namen auswählen will, beharrt er aber sehr darauf, rausbekommen zu wollen, was es denn nun wird.

Er will Pronomen? Ich werde ihm Pronomen geben, geht klar!

»Wie beispielsweise *Steck-ihn-in-mich-rein*-Pronomen?«

Lachend schüttelt er den Kopf. »Nicht diese im Besonderen, nein.«

»Du würdest lieber über Grammatik sprechen, als deine Frau zu befriedigen?«

Das aufblitzende Grinsen ist zurück. »Nein, ich würde lieber mit dir darüber reden, was dir an dem Namen BIRT nicht gefällt.«

»Du bist zum Verzweifeln. Und ein Scherzbold dazu.« Ich weiß, dass ich schlussendlich doch noch den Sex bekommen werde, wenn die Beule in seinen Shorts ein Indiz dafür ist. Jetzt mag er vielleicht noch widerstehen können, aber ich weiß, dass Sex am Ende siegen wird. So ist es immer.

»Also du denkst, dass das Baby ein Junge wird?«, fragt er aufgeregt mit großen Augen. Und sein unbeschwerter Tonfall zupft an meinen innersten Gefühlen.

»Macht es irgendeinen Unterschied, was ich glaube, wenn man einmal bedenkt, dass du nicht einmal über mögliche Namen reden willst? Allzu viel Zeit zum Nachdenken bleibt uns jedenfalls nicht mehr, Donavan.«

»Ich mag es, wenn du mich mit meinem Nachnamen

ansprichst«, sagt er und drückt dann meine Hand, während ich versuche, sie wegzuziehen. »Komm schon, Ryles, handel mal aus dem Bauch heraus. Lass uns im Hier und Jetzt leben. Lebe gefährlich«, sagt der Rennfahrer zu der Sozialarbeiterin. Alles, was ich tun kann, ist, verzweifelt aufzuseufzen.

»Der Name unseres Babys ist eine Sache für immer. So was ist keine Entscheidung, die man Hals über Kopf trifft.« Ich kann's immer noch nicht glauben, dass er nach wie vor an dem Plan festhält, dem Baby erst einen Namen zu geben, wenn es bereits auf der Welt ist. Zuerst dachte ich noch, dass das alles nur ein Scherz sei, aber mittlerweile weiß ich es besser.

»Schau mal, du hast Namen, die dir gefallen, und ich hab welche, die ich mag. Warum warten wir nicht einfach und schauen mal, wie BIRT aussieht, wenn er oder sie auf der Welt ist, und dann sagen wir uns gegenseitig unsere Favoriten und entscheiden uns dann?« Mit zusammengekniffenen Augen schaue ich ihn an. So sehr will ich die Namen wissen, die er bevorzugt oder ob er irgendwelche von denen mag, die ich ihm in den vergangenen letzten Monaten gesagt habe. Seine Stille bezüglich dieses Themas bringt mich noch um. »Lebe gefährlich mit mir, Rylee.« Er lacht, als ich den Kopf schüttle und versuche, Verärgerung vorzutäuschen, um mein Lächeln zu verbergen.

»Ich lebe bereits gefährlich. Ich hab dich geheiratet, erinnerst du dich noch?«

»Oh Baby, ich erinnere mich sehr genau. Kein Mann könnte die Sachen vergessen, die du heute Morgen mit mir angestellt hast«, sagt er mit einem sündhaften Glänzen in seinen Augen.

Sofort steigt mir die Schamesröte ins Gesicht. Es ist mir etwas unangenehm, dass ich heute früh dermaßen notgeil war und ihm nicht widerstehen konnte, obwohl ich wusste, dass die Leute vom Cateringservice jeden Moment kommen könnten. Und natürlich schmerzt mein Körper auch wieder umgehend vor Verlangen bei dem Gedanken an seine lüsternen Augen und seinen Schwanz – dick und hart in meinem Mund –, weil ich ihn schon wieder haben will. Dieses Mal jedoch aus reinem Vergnügen, und ich denke, dass er kein Problem damit haben wird, mir zu Diensten zu sein.

Ich muss dieses Bild aus meinem Kopf bekommen, weil ich denke, dass er gerade genau das erreicht, was er mit dieser Bemerkung bezwecken wollte.

»Wer versucht hier jetzt, wen abzulenken? Wie soll BIRT nun heißen?« Ich ziehe die Augenbrauen hoch, als sein Gelächter ertönt. Dieser Mann ist erbarmungslos. »Was ist, wenn mir keiner der Namen gefällt, die du ausgesucht hast, und umgekehrt gefällt dir auch keiner von meinen Favoriten?«

»Na ja, das ist einfach.« Er zuckt mit den Achseln. »Dann werde ich dich einfach ablenken ...«

»Das muss das Wort des Tages sein. Netter Versuch, aber das wird nicht so leicht, wenn es dabei um so eine wichtige Angelegenheit geht ... oh mein Gott, das fühlt sich gut an«, stöhne ich, als er meinen Fuß in seinen Schoß zieht und beginnt, meinen Fußrücken zu massieren. Alles, was ich in den letzten Tagen so übertrieben gemacht habe – zwischen der Arbeit bis hin zu den Vorbereitungen für die Babyparty –, zeigt sich in der Größe meiner angeschwollenen Füße, deshalb fühlt sich das hier jetzt gerade wie der Himmel auf Erden an. Ich sinke gegen die Wand hinter mir, schließe die Augen, während ich mich dem Genuss hingebe, den er mir verschafft.

Vergessen sind Schokolade, Sex mit Colton, und aufs Paradies verzichte ich auch gerne, weil das hier – eine Fußmassage, wenn man als Schwangere den ganzen Tag auf den Beinen gewesen ist – das absolute Nonplusultra ist. Mit seinen geschickten Fingern drückt, presst und reibt er, um mich in einen komatösen Zustand des Vergnügens zu versetzen.

Ich hebe meinen Kopf und öffne die Augen. Mit einem breiten Grinsen auf dem Gesicht schaut er mich an. »Was?«

»Siehst du?« Er zuckt mit den Achseln. »Ablenkung. Alles, was ich tun muss, ist, vom Thema abzulenken, irgendwie den Gang zu wechseln, und ich bekomme genau das, was ich will.«

Er denkt, er ist so clever, dass ich jedes Mal auf ihn hereinfalle, aber wenn es um Colton Donavan geht, habe ich bereits vor langer Zeit gelernt, dass er gerne Tricks anwendet, um das zu bekommen, was er will.

Gut, dass ich vom Meister gelernt habe, weil ich mittlerweile all seine Tricks kenne und sie gegen ihn einsetzen werde.

»Magische Hände …«, murmele ich atemlos, als er mit dem Daumen gegen eine Stelle drückt und es sich so anfühlt, als würde er einen elektrischen Stromschlag geradewegs in das Delta zwischen meinen Schenkeln schicken.

»Deine Füße sind so geschwollen.« Sein Kopf ist gesenkt, als seine Finger sich ihren Weg meine Wade hinauf reiben und mir viel mehr Freude bereiten, als sie sollten.

»Da gibt's auch noch andere Teile an mir, die geschwollen sind«, sage ich mit ausdrucksloser Miene. Und die Reaktion, die ich von ihm haben will, kommt beinahe sofort, als seine Augen aufleuchten und seine Hände innehalten. Sein schiefes Grinsen – teils arroganter Bad Boy, teils eifriger Liebhaber – ziert seine Lippen, während er meinem Blick standhält.

»Ist das so?« Er versucht sich lässig zu geben, und dennoch zeigt mir seine Reaktion, dass er durchaus gewillt ist, sich auf mein Spielchen einzulassen. Mal sehen, wie schnell er den Köder schluckt, weil diese Frau hier dringend mehr braucht als nur die Berührung ihres Fußrückens.

»Hm, hm ... Geschwollen bedeutet superempfindlich. Und empfindlich bedeutet intensiv.« Ich fahre mir mit den Händen über meine Brüste, die aus meinem Top herausquellen. Seine Augen folgen meiner Bewegung und bemerken meine Nippel, die von meiner Berührung gegen den dünnen Stoff ganz hart werden. Ich mag zwar einen riesigen Bauch haben, kann meine Knöchel nicht sehen und hätte nie im Leben gedacht, dass ich meinen Mann verführen würde, wenn ich im siebten Monat schwanger bin, aber die Art, wie er mich ansieht – mit einem lüsternen Leuchten in seinen Augen, gar nicht zu erwähnen seinem abgehackten Atem –, sagt mir, dass es ihm egal ist. Er findet mich sexy. Er will mich noch. Und diese Tatsache verschafft mir das nötige Selbstvertrauen, um weiterzumachen.

»Intensiv ist gut.«

»Intensiv ist unglaublich«, stöhne ich, als sich unsere Blicke in einem verspielten geistigen Machtkampf begegnen – ein Machtkampf darüber, wer den ersten Schritt macht. »Geschwollen bedeutet eng. Empfänglich. Multi...«

»Ich denke, ich muss das einmal kontrollieren«, sagt er, als er auch schon auf die Knie rutscht, aber dabei nie den Blick von meinem nimmt. Seine Hände rutschen meine Schenkel hinauf, federleichte Berührungen, hinter denen eine Absicht steckt, und dabei meinen lockeren Strickrock hochschiebt.

»Wenn du es schon kontrollierst, dann musst du die *Ware* auch testen«, necke ich ihn. Mit seiner Berührung stellt er meine Entschlossenheit auf die Probe, der Anblick seines gebräunten Oberkörpers und der Duft der Kakaobutter seiner Sonnencreme bewirken, dass sich meine Zurückhaltung allmählich in Luft auflöst.

»Wir sind ja ganz schön fordernd, was?« Er hält inne und zieht die Augenbrauen hoch, ein Lächeln spielt um seine Lippen.

»Bislang gab es keinerlei Beschwerden«, schieße ich zurück, als er sich vorlehnt und mich sanft auf den Mund küsst. Als er beginnt, sich zurückzuziehen, bewege ich mich mit ihm, weil ich jetzt mehr will. Das will ich bei ihm immer.

Seine Augen blitzen erfreut auf, weil er weiß, dass er mich komplett um den Finger gewickelt hat: Ich versuche die Verführerin zu spielen, da alles, was ich will, er ist – in mir, auf mir, dass er irgendetwas mit mir macht, und zwar schleunigst.

»Willst du etwas?«, fragt er, als seine Finger mit dem quälenden Aufstieg fortfahren, zum Gipfel meiner Schenkel. Ich liebe das zischende Geräusch, das er ausstößt, als seine Daumen über das geschwollene Fleisch streichen und er dabei feststellt, dass ich gar kein Höschen trage. Das hatte ich weggelassen, als ich nach dem Duschen in bequemere Klamotten schlüpfte. Er kommt ins Zögern, was seine Berührungen anbelangt. Verlangen und das Bedürfnis, die Kontrolle zu behalten, streiten sichtbar in ihm, bevor er seine Hände dann aber wieder auf meine Knie legt.

»Dich.« Warum um den heißen Brei herumreden, wenn der süße Schmerz tief in meinem Unterbauch bereits entflammt ist und die einzige mir bekannte Person, die den Schmerz stillen könnte, direkt vor mir sitzt.

»Mich?« Er senkt den Kopf und küsst mich zuerst auf meinen linken, dann auf meinen rechten Schenkel. Er schaut unter seinen dichten Wimpern hervor zu mir auf, dann leckt er sich langsam über seine Unterlippe. »Ist das der Grund, warum du keinen Slip trägst? Was genau willst du von mir?«

Seine Hände beginnen sich erneut zu bewegen, verführen mich durch ihre Berührung und hypnotisieren mich mit dem Wissen, was er mir noch vorenthält.

Mein Lachen ist leise und lässt die Andeutung durchblicken. »Na ja, es ist nicht lediglich, was ich an sich von dir will, sondern viel wichtiger ist, wo genau ich dich haben will.«

»Willst du mich hier?«, fragt er, während seine Finger ungemein sanft über meine Spalte streichen. Wenngleich ich auch versuche, stillzuhalten, wölbe ich meine Hüften in einer nonverbalen bettelnden Bewegung nach vorn.

Und dann nimmt er seine Finger weg.

»Ärger mich nicht, Donavan.« Mein Körper befindet sich bereits nahe der Schmerzgrenze und fleht förmlich darum, wieder von ihm berührt zu werden. Sein Lachen erfüllt die Stille des Raumes, als er sich vorlehnt. Er sieht mir in die Augen und umkreist dann mit seiner Zunge den äußeren Rand meiner Nippel durch den Stoff. Nur um mich wissen zu lassen, wie es sich anfühlt, aber nicht genug, um den Empfindungen zu unterliegen.

»Oh, ich ärgere dich doch gar nicht, Donavan«, antwortet er, ahmt mich nach, mit Fröhlichkeit in seinen Augen und einer Absicht in seiner Berührung. »Ich sondiere gerade lediglich die Lage.«

»Ich bin mir ziemlich sicher, dass bei der Sondierung der Lage herauskommen wird, dass du mich ganz schnell ficken solltest.«

Ich liebe dieses blitzschnelle Grinsen, das über sein Gesicht huscht, und das leichte Zucken in seiner Bewegung, als er meine Aufforderung hört. Sein »Ts, ts« folgt auch prompt mit einem Kopfschütteln und einem weiteren Necken seiner Fingerspitzen.

»Sei beruhigt, ich hab schon noch vor, dich zu ficken, Süße, aber ich bin sehr für Chancengleichheit.«

Meine Muskeln verspannen sich beim ersten Teil seiner Aussage, während ich versuche herauszufinden, was er mit dem letzten Teil meint, weil jetzt nicht der richtige Zeitpunkt ist, um Witze zu reißen. Jetzt ist der Zeitpunkt, um einer Frau, deren Hormone gerade verrücktspielen, genau das zu geben, was sie will.

»Chancengleichheit?«, seufze ich frustriert und ringe dann überrascht nach Luft, als Colton mit seinen Knien meine ein bisschen weiter auseinanderdrückt und gleichzeitig seine Finger zwischen meine Schamlippen gleiten lässt. Wenn es möglich wäre, würde mein Körper vor Erleichterung nachgeben und sich zur selben Zeit anspannen, weil ich endlich von ihm berührt werde, und jetzt will ich einfach nur noch mehr.

»Ganz genau«, sagt er, als er seinen Kopf senkt. Sein warmer Atem streicht über meine Klitoris, die seine Finger freigelegt haben. Ich lehne meinen Kopf zurück gegen die Wand, als ein Plätschern der Lust über meinen Körper hinüberrauscht. Meine Hände sind in seinem Haar, und ich hebe meine Hüften, um ihm damit zu zeigen, dass ich mehr von ihm will. Kühle Luft trifft auf meine Haut, als sein Mund meine Haut freilässt, an der er gerade eben noch gesaugt hat. Mit den Händen versuche ich ihn zwischen meinen Schenkeln zu behalten, und ein Lachen verlässt seinen Mund, der Nachhall steigert die Wirkung auf meine Nerven, die er eben erst gereizt hat. »Hier muss alles gleichermaßen stimuliert werden«, sagt er, lässt seinen Kopf wieder sinken, sodass seine Zunge meine Spalte auf und ab gleitet, »… und hier.«

Mir entfährt ein Stöhnen, als Colton seine Finger in mich hineinschiebt und krümmt, um die Nerven in meiner Muschi zu treffen. Und mein Gott … Gedanken und Empfindungen überkommen mich, als die Kombination seiner Finger und Zunge beginnt, mein unersättliches Bedürfnis nach Sex zu stillen.

Er allein gibt den Rhythmus vor: das Gleiten seiner Zunge, die geschickten Bewegungen seiner Finger in mir, das leichte Saugen an meinem Kitzler. Mein Körper reagiert augenblicklich: Muskeln spannen sich an, mein Rücken krümmt sich, meine Hände halten sich an ihm fest, als er die Ebbe und Flut an Empfindungen verursacht, die ich brauche, um meinen Höhepunkt zu erreichen.

»Komm schon, Ry«, murmelt er. Die Hitze seines Atems gegen meine feuchte Haut lässt mich beben und mich gegen seine Hand pressen. »Komm für mich, damit ich dich vögeln kann, wenn du immer noch kommst. Bedecke meinen Schwanz mit deiner Feuchtigkeit, während ihr süßer Geschmack immer noch auf meiner Zunge ist.«

Seine Worte sind wie der letzte Tropfen Benzin, der in das schwelende Feuer gekippt wird. Brandstiftend. Provokativ. Unumgänglich.

Ich gebe mich dem Moment hin – dem Gefühl von einfach allem mit ihm – und stürze in einem freien Fall von weiß-heißer Hitze über den Rand. Ich verbrenne meine Wirbelsäule bis nach außen, bis hin zu meinen Fingerspitzen und Zehen, um stärker zu werden, bevor ich in mein Innerstes zurückgeworfen werde, wo er weiterhin meinen Höhepunkt vorantreibt, bis es kaum noch auszuhalten ist. *Intensiv* ist ein zu bescheidenes Wort, um die Gefühle zu beschreiben, die er gerade in mir auslöst.

Jedes Mal. Dieser simple Gedanke flackert auf, dass er mir jedes Mal nur sein Bestes gibt.

Meine Muskeln sind so verdammt fest – mein Geist dermaßen verloren in dem postorgasmischen Rausch der Lust – und meine Nägel graben sich so tief in seine Schultern, dass ich mir nicht sicher bin, wie er der Umklammerung meiner Schenkel entkommt. Aber als er es dann schafft, mit von meiner Erregung glänzenden Lippen und Gier, die in seinen Augen brennt, kann ich nicht anders, als ihn einfach nur anzustarren und jedem einzelnen verdammten Stern im Himmel zu danken, dass er mein ist.

Weil Colton Donavan an jedem Tag zum Sterben schön ist, aber wenn seine Taille von meinen Schenkeln umrahmt wird, sein Oberkörper entblößt ist, jede noch so kleine Stelle seiner bronzefarbenen Haut ein Schattenspiel ist und der Ausdruck in seinen Augen mir sagt, dass er mich nehmen wird – ohne Kompromisse –, ist er einfach nur unbeschreiblich.

Gefährlich. Ein Rebell. Draufgängerisch.

Die Worte huschen durch meinen Kopf, Erinnerungen überkommen mich – von einem anderen Ort, einer anderen Zeit, aber dennoch so zutreffend, als er seine Shorts aufknöpft und seinen Schwanz herausholt. Er ist dick und hart und bereit, Anspruch auf meinen Körper zu erheben, und verdammt, aber wenn mir bei diesem Anblick nicht schon wieder das Wasser im Munde zusammenläuft, meine verdammten Hormone wieder auf Hochtouren laufen, mal ganz davon abgesehen, dass ich gerade erst gekommen bin.

»Colton.« Sein Name auf meinen Lippen ist gleichzeitig eine Bitte und eine Aufforderung und verursacht, dass sein arrogantes Grinsen wieder zurückkehrt.

Die Spitze von seinem Penis presst sich gegen meine empfindlichste Stelle. Er leckt sich über seine Unterlippe, um sie zu befeuchten. Ein letztes Mal sieht er mir in die Augen, bevor er dorthin schaut, wo er eben aufgehört hat.

»Fuck«, stöhnt er. »Ich liebe es zuzusehen, wie sich deine Muschi um mich herum dehnt. Ich liebe es, wie sie sich um mich herum zusammenzieht, wenn du mich aufnimmst.«

Ich höre zwar seine Worte, aber mein Körper ist komplett darauf konzentriert, wie er mich ausfüllt, er mich dehnt, mir Lust verschafft, bei jeder Bewegung seiner Hüften. So viele Empfindungen fluten durch meinen Körper. Ich kann nur noch die Augen schließen, meinen Kopf nach hinten fallen lassen und mich selbst verlieren – in dem Ansturm des Verlangens, von dem ich weiß, dass es mich erneut einholen wird.

Colton ist einfühlsam, aber dennoch fordernd. Er zieht seinen Schwanz aus mir heraus, ehe er ihn mit der Hand zu meiner empfindlichsten Stelle führt, sodass er mich mit der Spitze dort reiben kann, wo ich es am meisten brauche. Meine Nerven sind dermaßen sensibilisiert, sodass ich, als ich meine Hüften verschiebe, meine Augen weit aufreiße, weil es sich so verdammt gut anfühlt.

Und sein Gesichtsausdruck verrät mir, dass er mich gut genug kennt, um genau zu wissen, dass er diese eine bestimmte Stelle perfekt getroffen hat. Und zwar dermaßen gut, dass er fest entschlossen ist, es noch einmal zu tun. Mich erst aus meinem postorgasmischen Zustand holen, sodass ich für einen Moment Luft holen kann, bevor er dann einen höheren Gang einlegen und mich die nächste Welle der Lust überkommen kann.

Und genau das beginnt er nun zu tun. Er wird schneller, schaut mit einem konzentrierten Blick zu mir herunter, die Lust ist ihm anzusehen. Die Muskeln an seinem Hals und seinen Schultern sind angespannt, die Lippen hat er fest zusammengepresst, als er uns beide jenseits des Randes der Vernunft treibt.

Mein Puls wird schneller, aber mein Geist drosselt das Tempo. Das Stechen des Teppichs in meinem Rücken. Das Pressen seiner Finger in meine Schenkel. Das Gefühl des Vergessens, als er in mir anschwillt. Mein Name auf seinen Lippen. Sein Anblick lässt mich meine Selbstkontrolle verlieren.

»Colton«, schreie ich. Mein Rücken krümmt sich ihm entgegen, als ich seine Bewegungen jede meiner Reaktionen bestimmen lasse. Alles andere, das ich sage, ist ohne Zusammenhang, weil mein zweiter Orgasmus jedes Mal sogar noch heftiger als der erste ist. Dieser ist keine Ausnahme. Ich suche mit den Fingern nach etwas, woran ich mich festhalten kann; und sofort finden Coltons Hände meine, unsere Finger verflechten sich ineinander, als ich den Empfindungen unterliege, die er mir entlockt.

Jetzt, da er weiß, dass ich meinen Höhepunkt hatte, jagt er nach seiner eigenen Erleichterung. Und obwohl ich noch dabei bin, mich von meinem Orgasmus zu erholen, ist es mir unmöglich, meinen Blick von ihm zu nehmen: Er beißt sich in die Unterlippe, stößt härter in mich und sein Kopf fällt zurück, er ist verloren in seiner eigenen Wonne.

»Verdammt, Ry ...«, stöhnt er abgehackt. Für mich ist es der erotischste Klang der Welt, weil ich dafür verantwortlich bin. Als er in mir kommt, verharrt er einen Moment – seine Hände, Hüften, sein Atem sind verloren im Rausch der Lust. Und dann hebt er langsam den Kopf, während er meine Finger loslässt und ein zufriedenes Grinsen auf seinem Gesicht erscheint, als sein Blick auf meinen trifft. »Verflucht.«

»Hm«, murmele ich. Ich fühle mich taumelig und befriedigt und bin absolut verliebt in ihn.

»War das intensiv genug für dich?«

Als ob er das fragen müsste. »Ich denke, dass ich dich behalten werde.«

Er lacht tief und kräftig, als er seinen Penis aus mir zieht, über meine Beine kriecht und sich auf seinen Händen gestützt über mich lehnt. Er schaut mich lange und intensiv an. Da ist so viel in seinen Augen, das ich nicht deuten kann. Das eine aber, das ich sehe, ist das Wichtigste. Es ist der Blick, der mir sagt, dass ich sein Ein und Alles bin – als ob ich irgendetwas dagegen einzuwenden hätte. Welche normale Frau würde das schon tun? Er ist das Gesamtpaket – sexy, aufmerksam, großzügig, schelmisch und am allerwichtigsten: Er gehört mir. Das Wort Liebe ist nicht stark genug für das, was ich für ihn empfinde.

»Ich denke, was das betrifft, hast du auch gar keine andere Wahl.«

RYLEE

»Baxter wird nicht sehr zufrieden mit dir sein.«

Ich schaue hoch von der Hündin, die ausgestreckt auf ihrem Rücken zu meinen Füßen liegt. Ich lächele und weiß, dass mein Hund definitiv nicht zufrieden sein wird, wenn ich mit dem Geruch eines anderen Hundes an mir nach Hause komme.

»Hey, Kumpel. Du hast recht«, sage ich zu Zander, der die Gruppe der Mittelschule-Jungs durch die Eingangstür anführt. »Wie war's heute in der Schule, Jungs?«

Meine Frage wird von den vieren mit einer Abfolge von *in Ordnung, gut, langweilig* beantwortet, als sich ihre Aufmerksamkeit auch schon Racer zuwendet, die von meinen Füßen hochgekrochen ist, um ihre Jungs zu begrüßen. Ich liebe es zu sehen, wie aufgeregt sie alle sind und das neueste Mitglied des Hauses mit ihrer Aufmerksamkeit überschütten.

Während ich mir mit einer Hand über den Bauch reibe, lehne ich mich gegen den Tresen und beobachte sie dabei, wie sie mit dem Fellknäuel auf dem Fußboden hocken. Sie haben alle gerne die Verantwortung für ein Haustier übernommen, und das besser, als ich gedacht hätte. Gott sei Dank! Ich hoffe nur, dass sie ihre Aufgabe als Therapiehund erfüllt und dem letzten Jungen, Auggie, der zu uns gekommen ist, dabei hilft, sich in die Gruppe zu integrieren.

Ich blicke rüber zu dem Tisch, an dem er ruhig sitzt und malt. Seinen Kopf hält er gesenkt, aber ich kann sehen, wie er seinen Blick unter seinem sandfarbenen Haarschopf auf die Jungs und ihre Kameradin richtet. Er beobachtet, wie sie sich gegenseitig necken, sich mit den Ellenbogen in die Rippen rempeln, er merkt, dass sie sich geborgen fühlen, und ich kann sehen, wie er verzweifelt versucht, Anschluss zu finden. Doch so vieles hält ihn noch zurück. Er will ein Teil der Gruppe sein, aber die posttraumatische Belastungsstörung, einhergehend mit einer Vielzahl anderer Probleme, die er hat, weil er in einem gewalttätigen und missbräuchlichen Elternhaus aufwuchs – Dinge, die lange Zeit unter den Radar der Sozialdienste fielen –, haben ihm nicht die Bewältigungsfähigkeiten verschafft, um sich zu integrieren. Wenn einen die Eltern als Bestrafung stundenlang, wenn nicht gar Tage, in einer Hundebox festhalten, ohne jeglichen Kontakt zur Außenwelt und das Jahr um Jahr, ist sich anzupassen keine Sache, die einem leichtfallen wird.

Zu sagen, dass es mir das Herz bricht, ist noch untertrieben. Die Therapeuten schlugen vor, dass wir einen Therapiehund zur Unterstützung heranziehen sollten, in der Hoffnung, dass Racer eventuell den Auftakt für ihn schafft, um eine Verbindung zu den anderen Jungs herzustellen.

Und natürlich ist Auggie auch einer der Gründe, warum ich so gestresst wegen des Zeitmangels bin, ehe das Baby auf die Welt kommt. Ich hoffe so sehr, dass er hier Anschluss findet, mit irgendjemandem Kontakt knüpft – genauso wie mit mir –, ehe ich in den Mutterschaftsurlaub gehe. Wenn das nicht passieren sollte, werde ich mir Sorgen machen, dass er sich hier genauso eingesperrt fühlt wie in dem Gefängnis bei seinen Eltern.

Ich spüre die Bewegung des Babys unter meiner Hand, meine ständige Erinnerung daran, wie viel Glück mein Kind hat, dass es niemals – nicht einmal annähernd – solche Horrorerfahrungen machen wird.

»Hey, Auggie? Willst du noch einen Snack, bevor ich heute Abend verschwinde?« Er schaut zu mir rüber, der Hauch eines Lächelns liegt auf seinen Lippen, als er mir leicht zunickt. Der Anblick seines Lächelns, ganz egal, wie schwach es auch sein mag, gibt mir ein kleines bisschen Hoffnung in diesem Marathon, den wir zusammen laufen. »Oreos und Milch?«

Sein Lächeln wird selbstsicherer, gleichzeitig meldet sich Scooter zu Wort: »Kumpel, ich bin auch dafür!« Perfekt. Das war genau das, was ich wollte. Alle Jungs sitzen gemeinsam bei Keksen und Milch an einem Tisch. Alle in unterschiedlichen Lebensabschnitten, die ihren eigenen Weg zusammen beschreiten.

»Kumpel«, mache ich ihn grinsend nach, »legt eure Rucksäcke weg, und dann steht hier auch schon alles für euch bereit, wenn ihr fertig seid.«

»Irre«, sagt einer von ihnen, als ich das Piepsen meines Handys höre, das mir den Eingang einer Textnachricht meldet. Als ich in die Speisekammer komme, liegt mein Telefon auf der Anrichte. Die Nachricht ist von Colton. Ich hab keine Ahnung, was er braucht, aber meine Schicht endet bereits in fünfzehn Minuten, und diese Chance, alle Jungs einmal beisammenzuhaben, ist einfach zu wichtig, um diesen Moment jetzt zu unterbrechen.

»Okay«, sage ich, als ich zwei Packungen Oreos und

Becher heraushole. »Die Kekse werden der Reihe nach verteilt. Derjenige, der mir etwas Gutes über den Tag erzählt, bekommt was.«

»Das Beste und das Schlechteste!«, sagt Ricky verzweifelt. Er bildet sich gerne ein, dass er schon zu alt für diesen Brauch ist, mit dem wir vor einigen Jahren angefangen haben, aber insgeheim weiß ich, dass es ihm eigentlich Spaß macht.

»Ganz genau.« Ich beginne die Plastikbecher zu füllen, während Kyle Servietten verteilt.

»Auggie ist als Erster dran«, sagt Zander, was mich überrascht. Sowohl Auggie als auch ich zucken bei der Bemerkung zusammen, wenn auch aus komplett unterschiedlichen Gründen. Zander wirft mir einen Blick zu, der mir sagt, dass er ganz genau weiß, was er da gerade tut. Es mag jetzt schon fast sechs Jahre her sein, als er in einer ähnlichen Lage war, doch er erinnert sich noch genau an die Angst von damals, so als ob es erst gestern gewesen wäre, und er versucht Auggie in der einzigen Weise, die er kennt, zu helfen.

Bei dem Gedanken daran, was für ein gutes Herz er hat, erfüllt sich meines mit Stolz, und es erinnert mich daran, wie weit er gekommen ist. Und das Wissen, dass Zander seine Probleme in den Griff bekommen konnte und derart aufblühte, ermutigt mich in meinen Hoffnungen, dass Auggie einmal den gleichen Erfolg haben wird.

»Zander hat recht. Auggie fängt als Erster an«, pflichte ich ihm bei.

Und das Beste daran ist, dass in einem Haus, in dem ständiges Gezanke herrscht, meine Jungs mir gerade bewiesen haben, dass es dennoch umso mehr voller Liebe und Mitgefühl ist.

»Hallo?«, sage ich in den Hörer, während ich die Landstraße entlangkrieche. Während der letzten wenigen Kilometer auf meinem Weg nach Hause bewegt sich der Verkehr nur im Schneckentempo. Ich bin fix und fertig. Da ich davon ausgehe, dass es Colton ist, der mich gerade zurückruft, gehe ich schon beim ersten Klingeln ran, ohne mich vorher zu vergewissern, wer der Anrufer ist. Meine vorherigen Anrufe an ihn wurden immer direkt auf seinen Anrufbeantworter weitergeleitet, seitdem ich die Arbeit verlassen hatte. Deshalb bin ich mir auch so sicher, als ich den Anruf beantwortete, seine prompte Standpauke zu hören, dass ich jetzt endlich in den Mutterschaftsurlaub gehen soll. Und ich hab ja auch noch Glück gehabt, denn so entschieden er auch darauf pocht, so versteht er doch trotzdem meine Gründe, warum ich es bislang noch nicht getan habe. Allerdings habe ich das Gefühl, dass sein Mitgefühl immer mehr nachlässt, je mehr ich außer Puste bin und je geschwollener meine Füße werden.

Das ist auch der Grund, warum ich ihm erzählt habe, es wäre völlig in Ordnung für mich, allein zu den Kontrolluntersuchungen zu gehen, sodass er es nicht hört, wenn Dr. Steele mir sagt, ich müsste langsam mal damit anfangen, mich zu schonen. Und vielleicht ist das auch der Grund dafür, warum ich sofort ans Telefon gehe, damit er glaubt, alles wäre in Ordnung, mal ganz davon abgesehen, dass gerade meine schnell anschwellenden Zehen und Knöchel pochen.

»Rylee Donavan?«

»Ja. Mit wem spreche ich?« Ich versuche, die weibliche Stimme am anderen Ende der Leitung einzuordnen, aber es gelingt mir nicht.

»Hier ist Casey von TMZ und ...«

»Woher haben Sie meine Nummer?«, falle ich der Boulevard-Reporterin ins Wort und bin sofort auf der Hut.

»Uns würde interessieren, ob der Hinweis, den wir bekommen haben, wahr ist und wie Sie mit dem Ganzen zurechtkommen?«

Auf einmal bin ich völlig unruhig und weiß nicht, wie ich mich verhalten soll, aber dann siegt doch die Neugier. Ich stottere eine Erwiderung, obwohl ich weiß, dass ich diese Frage nicht einmal stellen sollte. »W... Worüber reden Sie?«

»Das Video, das die Untreue Ihres Mannes beweist.«

Und es ist so, als ob meine Ohren gar nicht hinhören würden, was sie da gerade gesagt hat – über dem Brüllen des Unglaubens und dem Aufblitzen des Schmerzes, der augenblicklich in meiner Brust brennt. »Video?« Und ich wiederhole das Wort eigentlich mehr für mich selbst als für sie, bin gefangen in meiner eigenen Welt der Verunsicherung.

»Das Sexvideo.«

Ich weiß, dass es nicht möglich ist, aber ich ringe zur selben Zeit nach Luft und höre auf zu atmen. Sofort beende ich den Anruf. Mein Herz sinkt mir in die Magengrube, und ich ringe um Atem. Glücklicherweise biege ich gerade nach Broadbeach ab, weil meine Gedanken dermaßen durcheinander sind und das Adrenalin derart schnell in mir pumpt, dass meine Hände zittern.

Normalerweise lasse ich Bullshit wie diesen hier gar nicht erst an mich heran – immerhin bin ich mit einem Mann verheiratet, der einst dafür bekannt war, weltweit einer der größten Playboys des Motorsports zu sein.

Colton würde mir so etwas nicht antun. Er liebt mich. Er liebt uns. Wir bedeuten einander alles.

Und obwohl ich das weiß, ist da irgendetwas mit diesem Telefonanruf, das mich verunsichert. Verschlägt mir den Atem. Hallt in meinen Ohren, während es das gar nicht sollte.

Woher haben sie meine Nummer? Was für ein Video meinte sie?

Ich bin schon zu nah am Haus, um anzurufen, und selbst wenn ich es wollte, denke ich nicht, dass meine zitternden Finger imstande wären, die richtigen Tasten zu drücken.

Beruhige dich, Rylee. Das ist alles, was ich mir selbst einreden kann, weil das hier nicht das erste Gerücht ist, das über Colton und irgendeine heiße Frau verbreitet wurde. Aber es ist das erste Mal, dass ich ausfindig gemacht wurde, um mich dazu zu äußern, bevor ich überhaupt etwas über den Skandal wusste.

Als sich die Tore an der Auffahrt hinter mir schließen, seufze ich auf – sowohl aus Erleichterung als auch aus Angst –, und ich klettere so schnell aus dem Wagen, wie es mein schwangerer Körper zulässt. Als Sammy die Eingangstür öffnet, ehe ich überhaupt den Schlüssel ins Schloss stecken kann, weiß ich, dass weitaus mehr als lediglich ein Gerücht von TMZ im Umlauf ist.

Noch schlimmer ist aber, dass er mir lediglich zunickt, ohne ein Wort zu sagen, dann geht er nach draußen und schließt die Tür hinter sich, sodass Colton und ich allein sind. Gar kein gutes Zeichen …

»Colton?« Ich rufe seinen Namen, während ich meine Handtasche auf den Tisch plumpsen lasse, bevor ich seiner Stimme ins Büro folge. Während ich das kurze Stück zurücklege, rasen mir so viele Gedanken durch den Kopf, und keiner davon ist angenehm. Ich bin bereit, ins Zimmer zu stürmen und nach Antworten zu verlangen – bezüglich des Gerüchts, dass er mich betrogen haben soll, von dem der rationale Teil meines Gehirns weiß, dass es falsch sein muss.

»Sie sind total verrückt, wenn sie denken, dass ich ihnen glauben werde«, sagt Colton gerade und schlägt mit seiner Faust auf den Schreibtisch. Ich zögere, und meine Fragen ersterben auf meinen Lippen, als ich ihn sehe: den Rücken mir zugewandt, breite Schultern – eingerahmt von dem Fenster, an das er sich lehnt, der Kopf hängt herunter, der Körper ist sichtlich angespannt. Das Meer hinter ihm ist ruhig, aber bereits als ich das Zimmer betreten habe, weiß ich, dass Colton alles andere als das ist.

Es ist kein normaler Anblick, dass man es seinem Körper ansieht, wie aufgebracht er ist. Für eine Sekunde verwirrt es mich und lässt die Angst in mir aufsteigen, dass das, was ich vorhin bei dem Telefonanruf erfuhr, doch den Tatsachen entspricht. Die Verunsicherung, die ich vorhin im Auto verspürte, kommt wieder mit aller Macht zurück, vibriert in meinem Körper, in einem Strahl der Hitze und einer Welle des Schwindels. Die Worte, die ich mit aller Entschlossenheit sagen wollte, als ich Colton sah, werden von Sorge abgelöst, während ich versuche, den plötzlichen Angriff auf meine perfekt unperfekte Welt zu durchschauen.

»Es interessiert mich nicht, was du denkst, was du da angeblich siehst, CJ. Es ist verdammt noch mal nicht möglich! Gar. Nichts. Davon!« Sein Körper vibriert vor Zorn und es schallt von den Zimmerwänden zurück, als er seinem Anwalt am anderen Ende der Leitung zuhört. Ich lehne mich gegen den Türpfosten, versuche mich zu stabilisieren, meine Emotionen befinden sich in einem Aufruhr, während ich versuche, aus dem Gespräch irgendwelche Rückschlüsse zu ziehen, ohne weitere Informationen zu haben. »Ich brauche keinen verdammten Stadtplan ... Was du jedoch nicht zu kapieren scheinst, ist, dass ich mich niemals so einer Situation ausgesetzt habe, in der jemand überhaupt erst so einen Bullshit andeuten könnte!«

Er lässt den Kopf hängen und atmet tief aus, während CJ redet, und sosehr ich auch will, dass er vom Telefon wegkommt und mir erzählt, was zum Teufel hier vor sich geht, will ich doch auch, dass diese Unterhaltung weitergeht, ohne dass er weiß, dass ich zu Hause bin. Ich muss die ungeschönte Version hören, die ich so mit Sicherheit bekommen werde. Colton ohne einen Filter zu hören wird mir erlauben, die ausführlichen Erklärungen zu glauben, die ich in der Minute hören muss, wenn er den Anruf beendet.

»Du hörst mir verdammt noch mal nicht zu!«, ruft er entnervt. »Sie können so viel mit Photoshop daran herumbasteln, wie sie wollen. Es ist einfach nicht wahr! Typen wie ich bekommen in ihrem Leben nur einmal so eine Chance. Ich hab meine Chance bekommen. Ich habe meine Rylee bekommen. Warum um alles in der Welt sollte ich das versauen?« Er bellt seine Worte verärgert heraus, um was auch immer er zu beweisen versucht, Nachdruck zu verleihen, und doch verflechten sich seine Worte um mein Herz und drücken fest zu, weil die Art, wie er es sagt – so als ob es das Natürlichste auf der Welt wäre –, nur dabei hilft, so viele Dinge zu bestärken: der Glaube daran, dass mein Mann Gefühle für mich hegt, das Gerücht absoluter Quatsch ist und vermutlich lediglich aufkam, weil es an dem Tag sonst keinen neuen Gossip gab. Ich muss mir ein dickeres Fell zulegen, was auch immer über uns hereinbrechen mag.

»Scheiße! Hast du wirklich …?« Coltons Worte verstummen allmählich, als er sich umdreht und mich gegen den Türpfosten lehnen sieht. Eine meiner Hände liegt auf meinem Bauch, die andere halte ich mir über den Mund. Wir sehen einander in die Augen, Unsicherheit herrscht zwischen uns, als er mit einem gedämpften Flüstern meinen Namen sagt. »Ry …« Und obwohl ich nicht weiß, ob das, was da auch immer gerade ablief, schlecht war, bestätigen es die Sorgenfalten auf seinem Gesicht und seine angespannte Körperhaltung. »Ich will das ganze Ding sehen. Nicht nur den Zehn-Sekunden-Schnipsel, den du hast. Wenn sie Geld wollen, CJ, dann zeigen sie mir besser ihr Druckmittel jetzt.« Er geht auf mich zu, sein Blick zögert zu keinem Zeitpunkt, mal abgesehen von der Sorge, die sich auf seinem Gesicht abzeichnet.

Als er mich erreicht, zieht er mich ohne ein Wort zu sagen zu sich heran und schlingt seine Arme um meine Schultern, vergräbt seinen Kopf in meiner Halsbeuge, obwohl er den Hörer immer noch an sein Ohr hält.

Und diese Darbietung seiner Gefühle lässt mich ausflippen. Mein Herz donnert. Mein Magen ist aufgewühlt. Meine Augen halte ich geschlossen, als ich seine Vertrautheit förmlich einsauge und versuche, mich daran festzuhalten – so gut, wie ich kann. Denn wenn er sich wirklich Sorgen macht, dann weiß ich, dass ich ausflippen werde.

»Ich bin an meinem Computer. Ich werde auf deine E-Mail warten.« Ich höre das Geklapper seines iPhones, als er es auf den Tisch neben uns wirft, nur kurz bevor er mich näher an sich heranzieht. Meine Hände liegen an seinem Rücken, meine Lippen sind gegen seinen Hals gepresst, ich habe seinen nur allzu vertrauten Geruch in meiner Nase, und trotzdem fühlt es sich plötzlich so an, als ob jetzt so vieles anders wäre.

So stehen wir einige Minuten einfach nur da, trotz der Furcht, die in meiner Seele tobt, während ich es zulasse, dass er meinen Geruch einatmet, weil ich mich vor dem fürchte, was er mir sagen wird, wenn er mich loslässt. Wird er sich entschuldigen? Wird er etwas zugeben, das ich gar nicht hören will und das unsere ideale kleine Welt zertrümmern wird?

»Sag's mir einfach«, bringe ich schließlich heraus. Meine Brust schmerzt vor Sorge und Angst. Sein Körper spannt sich an, als er sich meine Schultern schnappt und sich etwas zurücklehnt, um mich anzusehen. Die Worte der Reporterin wiederholen sich in meinem Kopf.

»Ry ...« Wieder sagt er meinen Namen, und sosehr ich ihn darum anbetteln will, irgendetwas zu sagen, habe ich auch schon fast Angst davor. Ich begrüße die Stille, will aber gleichzeitig auch, dass sie endlich unterbrochen wird. »Jemand behauptet, ein Video zu haben.«

»Also ist es wahr«, stelle ich fest und versuche meiner Stimme nicht anmerken zu lassen, wie ich mich gerade fühle, als mir bereits Tränen in die Augen treten. Und ich habe Angst, dass ich richtig losheulen könnte, also schließe ich die Augen und schüttle den Kopf, so als ob ich meinen Geist von dem bösen Traum befreien könnte, bei dem ich das Gefühl habe, dass er uns in seine Krallen ziehen wird.

»Also ist was wahr?«, fragt er.

»Der Telefonanruf.« Das ist alles, was ich herausbekomme. Absichtlich versuche ich ihm eine Reaktion zu entlocken, sodass er erklären muss, was hier vor sich geht.

»Telefonanruf? Wovon zum Teufel redest du, Ry?« Er macht einen Schritt zurück und fährt sich mit einer Hand durchs Haar, während er sich mit der Hüfte an den Schreibtisch hinter ihm lehnt.

»Ich denke, dass du derjenige bist, der mit den Erklärungen anfangen sollte, Colton, weil ich nämlich gerade ein bisschen am Durchdrehen bin. Irgendetwas geht hier vor sich, und ich hätte es von dir hören sollen ... nicht von TMZ, die mich angerufen haben und wissen wollten, ob ich eine Stellungnahme abgeben will – bezüglich des Gerüchts mit dem Video, das beweist, dass mein Mann mich betrügt!«, schreie ich los. Mit den Händen schlage ich wild um mich, meine Stimme wird höher. Der Unglaube, den ich fühlen möchte, fühlt sich mittlerweile gar nicht mehr so sicher an, als sein Mund aufklappt und seine Hände nach der Tischecke greifen.

Er blinzelt einige Male. Schmerz, den ich nicht verstehe, flackert in seinen Augen auf, während er das verdaut, was ich gerade eben gesagt habe, bevor er schließlich den Kopf schüttelt. »Um Himmels willen, Ry! Du hast tatsächlich geglaubt, dass ich dich betrogen habe?« Der Schock, der an seinem Gesicht abzulesen ist, überrascht mich – grenzenloser Unglaube, dass ich es überhaupt in Erwägung gezogen habe, es könnte wahr sein –, und das holt mich wieder etwas herunter. Ich sehe den Mann, der vor mir steht, kann seine Liebe für mich spüren und weiß, dass ich verrückt bin, überhaupt an ihm gezweifelt zu haben.

»Ich wusste nicht, was ich glauben sollte«, flüstere ich. Mein Eingeständnis hängt in der Luft zwischen uns. Und dann fallen mir wieder seine Worte an CJ ein, und ich weiß, dass ich falschlag. Ich setze mich, mein Körper ist plötzlich genauso erschöpft wie mein Kopf.

»Irgendjemand versucht, uns zu erpressen.«

»Was?!« Normalerweise würde ich lachen bei der lächerlichen Behauptung, wenn mir nicht gerade so hundeelend zumute wäre. »Wer?«

Colton schüttelt den Kopf. »CJ weiß es nicht genau. Er, sie oder mehrere Leute verstecken sich jetzt hinter einem Anwalt.« So viele Fragen rasen mir durch den Kopf, während ich darauf warte, dass er fortfährt.

»Erpressung ist doch illegal, oder nicht?« Ich frage mich, wie sich jemand hinter einem Anwalt verstecken und so etwas abziehen kann.

Colton lacht, was mir aber keinen Trost spendet und nur dazu führt, dass ich mich nun total dämlich fühle, weil ich überhaupt gefragt habe. »Geld im Tausch für eine Sache, von der sie behaupten, dass sie meine ist, betrachtet man für gewöhnlich als *Transaktion*«, sagt er und macht mit den Fingern beim letzten Wort Anführungszeichen, was mich glauben lässt, dass er bereits mit CJ darüber geredet hat. Gerade als ich noch mehr fragen will, sagt er etwas, das meine Ohren heißlaufen lässt und die Richtung meiner Gedanken ändert. »Sie sagen, dass sie im Besitz eines Videos sind, auf dem ich Sex mit einer anderen Frau habe.«

Und obwohl ich so viel auch schon durch mein kurzes Gespräch mit TMZ wusste, schnappe ich dennoch hörbar nach Luft, als ich ihn die Worte aussprechen höre, und beginne automatisch den Kopf zu schütteln, während ich versuche, die Gedanken wieder zu verwerfen. Alles, von dem ich weiß, dass ich es sagen oder fragen sollte, ist in meiner Kehle stecken geblieben. Ich glaube ihm, frage mich aber, warum sich dann die Furcht durch meinen Körper schiebt und jeden Teil von mir hinunterzieht.

Furcht. Neugierde. Unsicherheit. Alle drei wirbeln in einem Strudel des Zwiespalts durcheinander, während ich versuche, das hier zu verarbeiten.

Weil ich nichts sage, macht sich Colton scheinbar Sorgen. Er tritt vor und macht dann wieder einen Schritt zurück, er ist unruhig und verärgert. »Glaubst du mir nicht?«, fragt er. Seine Stimme hebt sich bei jedem Wort um eine Tonlage. Ich antworte nicht, denn ich bin gerade viel zu sehr mit meinen eigenen Gedanken beschäftigt, fühle mich wegen einfach allem komplett überfordert.

»Nein.« Ich forme das Wort mit meinen Lippen, aber bin unfähig, meine Stimme zu finden.

»Zweifel niemals daran, dass ich dich liebe!« Ich springe auf, als seine Stimme durch den Raum donnert. Mit der Handfläche schlägt er auf den Schreibtisch, um seinen Worten Nachdruck zu verleihen. Und ich kann sehen, dass er augenblicklich seine Reaktion bereut. Ich kann es daran sehen, weil er seine Hände zu Fäusten ballt, sein Kopf zurückfällt und er seinen Zorn zu zügeln versucht. Als er seinen Kopf wieder hebt, sieht er mir mit solch einer Entschlossenheit in die Augen, die ich noch nie zuvor an ihm gesehen habe. »Ry, ich schwöre bei dem Leben unseres ungeborenen Kindes, dass ich keine andere Frau berührt, geküsst oder irgendetwas anderes gemacht habe, geschweige denn, dass ich mich solch einer Situation ausgesetzt hätte, in der man mich hätte filmen können.«

Ich zwinge mich zu schlucken. Ich glaube ihm. Habe keine Zweifel. Und trotzdem ... »Ich will es sehen«, sage ich mit mehr Bestimmtheit, als ich fühle.

»Du bist gerade hereingekommen, als das komplette Video bei CJ angekommen ist. Er mailt es mir.« Für einen Moment rümpft er die Nase, und in jenem Augenblick kann ich sehen, wie viele Gedanken er sich deswegen macht. Und gar nicht einmal wegen der Existenz des Videos, sondern vielmehr, was es mit mir machen wird. Mit uns. »Du musst dir das nicht ansehen.«

»Sag mir nicht, was ich zu tun habe, Colton. Wenn du nichts gemacht hast, dann sollte das hier überhaupt kein Thema sein, richtig?« Ich gehe zum Schreibtisch, damit ich mich an den Computer setzen kann, während Colton mit hängendem Kopf am Tisch stehen bleibt und sich gerade zweifellos auf das innerlich vorbereitet, was wir gleich zu sehen bekommen werden.

Ich schalte den Computer an und atme sofort schneller, als ich die E-Mail von CJ in Coltons Posteingang entdecke. Die Betreffzeile »Video« verhöhnt mich, während ich darauf warte, dass Colton rüberkommt.

»Bitte, Ry«, bettelt er. »Ich hab keine Ahnung, was darauf zu sehen ist ... und du wirst es nicht wieder rückgängig machen können, wenn du es dir erst einmal angesehen hast. Ich weiß jedenfalls mit einhundertprozentiger Sicherheit, dass ich nicht darauf zu sehen bin, aber gleichzeitig will ich auch nicht – was auch immer auf diesem Video sein sollte –, dass du dieses Bild in deinem Kopf hast und so an mir zweifelst.« Er lässt wieder den Kopf hängen, bevor er erneut mit aller Entschlossenheit zu mir aufsieht. »Ich würde dich niemals betrügen, Ry. Niemals!«

Nervös fummele ich an meinem Hochzeitsring herum. Ich weiß, dass er die Wahrheit sagt, aber gleichzeitig muss ich es mit eigenen Augen sehen. Ich bewege den Cursor und öffne die Mail. Nur Coltons kräftiges Atmen unterbricht die Stille in dem Raum und gesellt sich zu dem Klang meines eigenen Pulses, der wie ein Schlagzeug in meinen Ohren donnert.

Ich mache einen Doppelklick auf die Datei.

Schnee ist auf dem Bildschirm zu sehen – graue, weiße und schwarze Pixel, die meine Aufmerksamkeit gefangen halten. Ich will unbedingt, dass das Bild klar wird, und zur selben Zeit will ich es auch nicht. Und als es das dann schließlich wird, brauche ich einen Augenblick, um zu glauben, was ich da gerade sehe.

»Oh fuck!«, entfährt es Colton im selben Moment, als der Gedanke auch mich durchfährt.

Das Bild ist dunkel, unscharf, aber das *Was* und *Wo* sind unverkennbar. Die Erinnerung zoomt in hochauflösender Farbe in meinen Geist zurück, als ich auf die eine Person in dem Video schaue, die klar und deutlich zu erkennen ist: Colton, der unbewusst in Richtung Kamera aufsieht, während er gerade die Hüften einer Frau hält und immer und immer wieder in sie stößt.

Allerdings ist es nicht einfach nur irgendeine Frau.

Es ist eine in einem Kleid, das über ihre Hüften gezogen und um ihre Taille herumgewickelt ist, sodass sie komplett entblößt ist.

Und obwohl das Video schwarz-weiß ist, weiß ich ganz genau, dass das Kleid rot ist. Signalrot, um genau zu sein.

Weil ich die Frau bin.

Im Parkhaus.

Auf der Motorhaube von Sex.

Und für den Fall, dass ich nicht sicher gewesen wäre: Auf der Betonwand des Parkhauses steht der Name des Hotels. Da gibt es überhaupt keine Verwechslungsmöglichkeit bezüglich des *Wo* oder *Was*. Oder *Wer*.

Reflexartig lehnen wir uns beide näher heran, als wir uns das ganze Video anschauen – Sekunde für Sekunde, Stoß um Stoß, und ich weiß nicht, ob ich eher fasziniert bin oder entsetzt, bevor ich mir darüber klar werde, was das hier genau bedeutet. Das Filmmaterial der Sicherheitskamera ist ohne Ton, deshalb herrscht im Büro eine schwere Stille, bis der Clip schließlich unklar wird und das Video endet.

Wir sind beide sprachlos, wissen nicht, was wir sagen sollen, sind nicht sicher, was wir tun sollen. Ich habe das Gefühl, als ob man mir ein 500-Kilo-Gewicht von den Schultern genommen hätte, weil Colton recht hatte: Er hat mich nicht betrogen.

Das Gewicht wurde allerdings durch einen Amboss ersetzt, der am Rande einer Klippe hin und her wippt und nur darauf wartet, herunterzufallen und irgendjemanden zu verletzen.

Und wir beide stehen gerade direkt darunter.

Irgendjemand hat Filmmaterial von Colton und mir, auf dem wir Sex haben.

Ich glaube, selbst wenn ich mir das Video noch hundertmal anschauen würde, könnte ich es immer noch nicht glauben.

»Sie müssen auf Drogen sein, wenn sie ernsthaft denken, dass ich ihnen dafür drei Millionen Dollar bezahle«, sagt Colton und unterbricht damit die Stille. Seine Stimme klingt resolut und überrascht mich in mehr Hinsichten als nur in einer. Ich bin sprachlos, halte mir die Hand vor den Mund und zwinge mich, vom Monitor weg- und zu Colton rüberzusehen.

Und wenn ich vorher gedacht habe, dass er verärgert ist, dann ist er jetzt richtig wütend.

»Was hast du da gerade gesagt?«, stottere ich schließlich. Ich bin nicht sicher, ob ich mehr über die drei Millionen geschockt bin oder über die Tatsache, dass es ihn nicht zu interessieren scheint, dass ein Video von uns gemacht wurde.

»Du hast mich schon richtig verstanden«, knurrt er, stößt sich vom Tisch ab und beginnt im Zimmer auf und ab zu gehen.

Ich muss verstehen, was er meint, aber ich warte … ich warte darauf, dass er seinen Zorn zügelt. Meiner Meinung nach steht es überhaupt nicht zur Debatte, ob wir den Betrag bezahlen oder nicht. Da bin schließlich ich zu sehen. Und er. Nackt. Wir haben Sex. Jeder kann es sehen. Oh mein Gott!

Er antwortet nicht, murmelt nur irgendwas vor sich hin und geht weiter auf und ab, er scheint sich gerade irgendetwas zu überlegen. Mir wäre es wirklich lieber, wenn er das mit mir teilen würde, anstatt gar nichts zu sagen. Nach wenigen Minuten geht er zurück zum Computer und lehnt sich über mich. »Schau es dir noch einmal an.«

»Hast du die Polizei verständigt? Hast du ...«

»Das bringt nichts«, schnauzt er mich an. »Es ist nicht unser Eigentum. Es wurde nicht von uns oder aus unserem Haus gestohlen, also haben wir auch keinerlei Anspruch darauf.«

»Aber das sind doch wir auf dem Video!«, wiederhole ich. Meine Stimme bricht, und ich reiße ungläubig die Augen auf.

»Spiel es noch einmal ab«, fordert er mich erneut mit einer Stimme auf, die ich bisher nur gehört habe, wenn er arbeitet. Es ist dieser Leg-dich-nicht-mit-mir-an-Ton, der jedem, mit dem er gerade etwas zu tun hat, sagt, das zu tun, was er will, und das, ohne weitere Fragen zu stellen.

Ich zögere, bin verwirrt, warum er es sich noch einmal anschauen will. Er legt seine Hand auf meine und auf die Maus und drückt die Play-Taste. Unser Bild wird noch einmal zum Leben erweckt, und wieder bin ich wie gelähmt. Es ist wie bei einem Autounfall: Man weiß zwar, dass man wegschauen sollte, aber ist dennoch wie hypnotisiert. Und sosehr ich auch entsetzt bin, so hat es allerdings auch gleichzeitig irgendetwas, uns zusammen zu sehen, aus dem Moment herauszutreten und zu beobachten, wie wir uns aufeinander abgestimmt bewegen. Es ist ein eindeutiger Beweis dafür, dass wir füreinander bestimmt sind.

»CJ glaubt es«, murmelt er, spricht dabei mehr zu sich selbst als zu mir. Ich versuche seinem Gedankengang zu folgen, doch beim nochmaligen Abspielen macht sich ohrenbetäubende Panik in mir breit. Jeder einzelne Atemzug – jeder Gedanke – ist ungemein mühsam. Wie werden wir das hier nur wieder in Ordnung bringen? »Und das wird auch jeder andere.«

Ganz genau, will ich ihn anschreien. Jeder wird glauben, dass wir es sind. Wie könnten sie auch nicht?

Colton dreht meinen Stuhl zu sich herum, sodass ich ihm ins Gesicht blicke. »Vertraust du mir?«, fragt er, und ich schüttle bereits verneinend den Kopf, weil dieses Glänzen in seinen Augen bedeutet, dass er mir gleich etwas sagen wird, das ich nicht hören will. Und gütiger Gott, ja, ich vertraue ihm, aber das hier ist keine normale »Kannst-du-mir-vertrauen?«-Frage. »CJ hat es sich angesehen. Er hat geglaubt, was sie gesagt haben.«

»Hä?« Ich kann ihm nicht folgen.

»Begreifst du es denn nicht, Ry? Sie haben keinen blassen Schimmer, dass du die Frau bist. Dein Gesicht ... ist nicht zu erkennen – in keinem einzigen Einzelbild.«

»Aber jeder andere Körperteil von mir!«, kreische ich auf, als mir plötzlich dämmert, worauf er hinauswill. Das kann nicht sein Ernst sein. Mein Magen verkrampft sich, zwingt mich dazu, mich für einen Moment auf meine Atmung zu konzentrieren, während ich tief in seine Augen blicke und das hinterfrage, was ich in ihnen sehe.

»Schau es dir noch mal an!«

»Ich will es mir aber nicht noch einmal ansehen!«, rufe ich und schüttle seine Hände von meinen Schultern. Seinem Vorschlag kann ich rein gar nichts abgewinnen. »Und ich weigere mich, überhaupt erst drüber nachzudenken, was dir da auch immer gerade durch den Kopf gehen mag.« Meine Panik kehrt wieder mit aller Macht zurück.

»Lass mich ausreden, Ry«, sagt er und geht mit mir auf Augenhöhe, als ich meinen Blick abwende und dorthin sehe, wo meine Hände auf meinem Bauch ruhen. »Bitte schau mich an.« Ich nehme mir einen Moment Zeit, bevor ich meinen Blick wieder hebe, und bin froh, als ich sehe, dass er genauso hin und her gerissen zu sein scheint wie ich. »Denkst du wirklich, dass wenn wir diesen Leuten – wer auch immer hinter dem Ganzen stecken mag – das Geld bezahlen, sie dann keine Kopie als Sicherheit behalten werden? Dass sie nicht trotz der Zahlung ganz aus Versehen das Video ins Internet stellen werden?«

»Colton ...«

»Nein, Ry. Du hast mir eben gerade erst erzählt, dass TMZ dich angerufen hat. Die Erpresser haben also bereits die Medien informiert, einen Samen gesät. Denkst du allen Ernstes, dass sie das tun würden, wenn sie die Absicht hätten, das Geld zu nehmen und dann auf Nimmerwiedersehen zu verschwinden? Irgendetwas ist hier faul, aber ich komm einfach nicht dahinter, was es sein könnte.«

Seine Bemerkung drückt die Atmosphäre um uns herum nieder, und es verlangt mir alles ab, zu blinzeln, zu atmen, nachzudenken, weil das hier gerade einfach nicht wahr sein kann. Aber er hat recht. Die Tatsache, dass sie bereits die Klatschzeitungen kontaktiert haben, sagt mir, dass mehr dahintersteckt ... und zur Hölle, wenn ich doch nur wüsste, was dieses *Mehr* ist oder warum das Video gerade jetzt aufgetaucht ist.

»Ich habe mir das Hirn zermartert, hab ein paar Ideen, aber das tut jetzt gerade noch nichts zur Sache. Tatsache ist, dass sie Geld wollen. Sie wollen uns in Panik versetzen ... wollen uns auseinanderbringen, und zwar genau dann, wenn wir kurz davorstehen, am allerglücklichsten zu sein – glücklicher, als wir jemals waren –, jetzt, da das Baby unterwegs ist.« Für einen Augenblick wird sein Blick sanfter, als er dorthin schaut, wo meine Hände ruhen, bevor er mir wieder ins Gesicht sieht, und das mit mehr Entschlossenheit, als mir lieb ist. »Denk darüber nach, Ry«, bittet er mich inständig, und ich hasse es, dass das, was er gesagt hat, so viel Sinn ergibt.

Er weiß ganz genau, dass sich mein Kopf gerade dreht und ich nicht mehr zuhören kann. Ich beiße die Zähne zusammen und kämpfe gegen eine Welle der Übelkeit an. »Was genau denkst du?«

Seine Brust hebt sich, als er tief einatmet, und ich habe Angst, dass er sich gerade auf die Gegenreaktion vorbereitet – auf das, was er auch immer sagen will. »Es ist nicht so schlimm, wie es aussieht.«

»Was genau? Das Video? Die Situation? Deine Idee?« Meine Stimme wird bei jedem einzelnen Wort immer lauter.

»Alles davon«, erklärt er.

»Sag mal, willst du mich eigentlich verarschen?« Ungläubig reiße ich die Augen auf. »Da gibt es ein Video, auf dem du mich auf der Motorhaube eines Ferraris fickst!«

»Nein. Da gibt es ein Video, auf dem ich irgendjemanden auf der Motorhaube eines Ferraris ficke. Dein Gesicht wird nie gezeigt. Die einzigen Leute, die wissen, dass das Kleid rot ist, sind du und ich. Die einzigen Leute, die wissen, dass du dir kurz vor dem Orgasmus an deine Titten fasst oder dass du mir mit deinen Fingernägeln über meine Hüften kratzt, wenn ich komme, sind du und ich. Und. Kein. Anderer.«

Ich schüttle weiter den Kopf, blinzele nervös, mein Puls pocht in meinen Ohren. »Für dich ist es einfach, so was vorzuschlagen, da das Video so dunkel ist, dass man deinen Schwanz kaum sehen kann. Aber von mir kann man verdammt noch mal einfach alles sehen, ausgestreckt und für jedermann sichtbar.«

»Hör mir mal zu, Ry. Mir könnte es nicht gleichgültiger sein, ob man meinen Schwanz sieht oder nicht.«

»Wie dumm von mir. Ich hatte ganz vergessen, dass du ja daran gewöhnt bist, von jedermann gesehen zu werden. Immerhin warst du einmal der Playboy schlechthin. Du hast deinen Schwanz mehr Frauen präsentiert, als ich zählen mag.« Ich provoziere ihn, weil ich will, dass er genauso aufgebracht ist wie ich.

»Und genau darauf will ich hinaus. Ich bin der berüchtigte Playboy. Der Spieler. Die Leute erwarten so einen Scheiß von mir.«

»Aber sie werden denken, dass du mich betrogen hast«, sage ich, bin völlig perplex, welche Wendung die Ereignisse genommen haben. Und während ich durchaus gelernt haben mag, mich nicht darum zu scheren, was andere über mich denken, so kümmert mich das hier dann doch.

»Es ist mir scheißegal, was die Leute über mich denken ... das weißt du. Die einzige Person, die für mich zählt, bist du. Du weißt, dass ich dich nicht betrogen habe ...«

»Das ist keine gute Idee, Colton.«

»Ich werde einem dahergelaufenen Bastard keine drei Millionen bezahlen, damit er oder sie sich daraufhin umdrehen und das Video dann doch veröffentlichen. Ich werde mich nicht von irgendwelchen Drohungen einschüchtern lassen, Ry. Das hab ich noch nie. Und das werde ich auch nie.« Stumm starren wir einander an, und seine Worte dringen in mein Bewusstsein, setzen sich dort fest. Sosehr ich den Vorschlag auch sofort ablehnen will, fürchte ich doch, dass er recht hat.

»Aber was ist mit deinen Eltern? Meinen Eltern? Dem Baby?«, frage ich. Jeder weitere Moment, der verstreicht, lässt die Panik in meiner Stimme nur noch mehr heraushören. »Es wird ein Video geben, das sie googeln können, und dann werden sie alles wissen.« Ich muss damit aufhören. Ich keuche, denn als das Baby gegen meine Rippen stößt, kann ich nicht mehr schnell genug atmen.

»Beruhige dich, Ry. Bitte.« Er kniet sich wieder hin und zieht mich zu sich heran. Ich schließe die Augen, versuche mir alles wegzuwünschen und weiß trotzdem, dass es ein Ding der Unmöglichkeit ist.

»Wir werden unseren Familien sagen, dass es nicht das ist, wonach es aussieht. Dass es eine Photoshop-Fälschung ist. Wir lassen Chase eine Presseerklärung für die Medien herausgeben. Irgendwas nach dem Motto, dass uns das Band zugeschickt und es manipuliert wurde. Dass man uns erpresst und wir nicht dafür bezahlen werden, weil man ein Bild von mir ausgeschnitten hat und es irgendwie eingefügt wurde und es nicht echt ist.«

Ich stoße ihn weg und starre ihn einfach nur an. Ich verstehe zwar die Logik hinter dem Ganzen, aber trotzdem sind wir beide es doch, die auf dem Video zu sehen sind. Er und ich. »Keiner wird es glauben, Colton. Du weißt besser als jeder andere, dass sich die Presse auf die Sache stürzen und in dem schlechtesten Licht wie nur möglich darüber berichten wird. Sie werden es ausschlachten. Sie werden versuchen zu dokumentieren, wie verzweifelt ich bin. Sie werden alte Fotos von dir mit anderen Frauen ausgraben, werden die Seiten damit zupflastern, um zu zeigen, wie du bist.«

»Wen interessiert's?«

»Mich interessiert es!«, schreie ich, was ihn zusammenzucken lässt, während ich ihn ungläubig mit leeren Augen anstarre. Ist ja klar, dass wir nicht einer Meinung sind. »Mich interessiert es, wenn die Leute denken, dass du hinter meinem Rücken herumvögelst. Ich würde es hassen, wenn sie glauben, dass ich das unterwürfige Weibchen bin, das sich an seinem berühmten Ehemann festklammert und bei ihm bleibt, weil es jetzt ein Baby hat und deshalb sowieso keinen anderen mehr abbekommt!« Die erste Träne läuft mir über die Wange, und ich wische sie weg, denn ich hasse es, dass ich weinen muss und das eben zugegeben habe.

»Nein! Alles, was zählt, ist, was du und ich wissen«, betont er noch einmal, aber seine Worte stoßen auf taube Ohren. »Die Presse wird nicht …«

»Oh doch, das wird sie.«

»Rylee …«

»Sag nicht auf diese Weise *Rylee* zu mir! Willst du, dass sich irgendein krankes Arschloch dazu einen runterholt, wie du und ich gerade Sex haben? Jetzt mal ganz im Ernst – willst du das wirklich? Dreht sich dir bei dem Gedanken nicht der Magen um, Colton? Ich bin deine Ehefrau! Nicht irgendein kleines billiges Flittchen, das du gevögelt und danach weggeworfen hast, Himmelherrgott!« Ich schiebe mich aus dem Stuhl hoch, muss von ihm weg und in Ruhe nachdenken. Er redet verrücktes Zeug, und im Moment habe ich schon genug Verrücktes in meinem Leben.

Als ich durch das Haus gehe, höre ich sein frustriertes Seufzen hinter mir. Ich gehe auf die Terrasse, um auf den Strand zu blicken. Allein kann ich in Ruhe nachdenken, ohne dass er mir mein Hirn vernebelt. Ohne ihn kann ich einmal tief durchatmen und mir seine Erklärungen durch den Kopf gehen lassen, von denen ich befürchte, dass sie zu einhundert Prozent korrekt sind bezüglich dessen, was passieren wird, wenn wir – wem auch immer – das Geld bezahlen.

Wir sind in einer Situation, in der wir einfach nicht gewinnen können. Wir sind verflucht, wenn wir bezahlen, genauso wie wenn wir es nicht tun.

Ich lasse mich auf einen Stuhl am Rande der Terrasse sinken und tätschele Baxters Kopf, der neben mich gekommen ist. Mein Geist wandert zurück zu diesen Bildern, die mit glasklarer Präzision in mein Hirn eingeätzt sind. Es sind gute Bilder. Persönliche Bilder. Intime Bilder. Der Streit im Garten, nachdem ich Tawnys Bemerkungen im Bad gehört hatte. Ich hatte damit gerechnet, dass ich Colton für immer verlieren würde, um dann herauszufinden, dass er es mit mir versuchen und eine Beziehung haben wollte. Die freudige Erregung, die meine Gedanken beherrschte, als wir in den Fahrstuhl stiegen. Der Unglaube, als wir auf den roten Ferrari zumarschierten, und das Wissen, was Colton auf ihm mit mir anstellen wollte. Mein Verlangen überwältigte meine Sinne, gab den Emotionen nach, und dann hatte ich Sex mit Colton auf der Motorhaube, was die Verbindung zwischen uns festigte. Damals hatte ich das Gefühl, ich könnte Bäume ausreißen.

Während dieser ganzen Zeit war jedoch eine Kamera auf uns gerichtet und hielt unseren gemeinsamen Moment fest. Und irgendjemand hinter dieser Kamera sah uns dabei zu.

Meine Haut kribbelt. Der Säureball sitzt in meinem Magen, der bittere Geschmack der Skepsis liegt auf meiner Zunge.

Das hier ist dermaßen verkorkst, dass ich nicht einmal weiß, was ich denken soll, wo ich hingehen soll, was ich tun soll. Aber es war ja so klar, dass wenn ich nur ein einziges Mal nicht mehr so perfekt anständig bin, mir sofort so was passiert. Und sosehr ich auch auf Colton sauer sein will, weil diese ganze Sex-auf-der-Motorhaube-Sache seine Idee war, kann ich es nicht. Ich habe nicht Nein gesagt. Ich habe der Idee zugestimmt, mich von meinem Verlangen überzeugen lassen, mich in dem Moment verloren und jede einzelne Minute genossen – einfach nur deshalb, weil es mit Colton passierte.

Wer hätte gedacht, dass beinahe sechs Jahre später diese Angelegenheit uns heimsuchen würde?

»Hey«, sagt Colton hinter mir. Ich antworte nicht, weil ich nicht einmal mehr weiß, was ich sagen, geschweige denn was ich denken soll. »Es tut mir leid.«

»Wer würde uns so was antun, Colton? Warum nach all dieser Zeit? Das macht doch überhaupt keinen Sinn.« Und selbst nachdem ich die Worte ausgesprochen habe, kommt die gerechtfertigte Gehässigkeit, die ich selbst nach all diesen Jahren noch immer verspüre, mit aller Macht zu mir zurück, wenn ich an diese eine Person denke, die durchaus Interesse daran haben könnte, unser Glück zu zerstören. »Tawny!«

Colton blinzelt langsam, was mir verrät, dass er auch schon darüber nachgedacht hat. »Das glaube ich nicht.«

»Was?« Meine Nackenhaare stellen sich auf. Wut kocht bereits in meinem Blut, als er sich auf die Innenseite seiner Wange beißt und meinem Blick standhält. »Wie kannst du es wagen, sie zu verteidigen?«, beschuldige ich ihn, obwohl mir durchaus bewusst ist, dass er das gar nicht getan hat und ich gerade komplett unvernünftig bin.

»Ich verteidige sie überhaupt nicht«, sagt er in diesem beschwichtigenden Tonfall, der bei mir auf taube Ohren stößt. »Tawny ist nicht dumm genug, um diese Grenze zu überschreiten. Sie mag vielleicht eine nachtragende Fotze sein, aber sie würde mich nicht verärgern. Nicht nach all den Papieren, die ich sie unterschreiben ließ, nachdem ich sie gefeuert hab. Die Konsequenzen für sie, falls sie sich noch einmal mit uns anlegen sollte, hab ich klargemacht, und ich versichere dir, dass sie nicht so dumm ist ...«

»Oh.« Das ist alles, was mir dazu einfällt. Sein Blick hält meinen fest. Ich hatte keine Ahnung, dass er das getan hat. »Aber sie wusste, dass wir in jener Nacht dort waren. Sie wusste, was wir gemacht haben. Als wir wieder zurückkamen, hab ich ihr über ...« Meine Stimme verstummt allmählich, als mir wieder alles einfällt. Ich fühlte mich so siegessicher, als ich ihr erzählte, dass Colton und ich gerade auf der Motorhaube von Sex miteinander geschlafen hatten. In diesem Moment war ich zum ersten Mal voller Zuversicht, wo wir in unserer Beziehung standen.

Oh mein Gott. Bin ich etwa diejenige gewesen, die für das Ganze hier verantwortlich ist?

»Nein, Ry. Das hat nichts mit dir zu tun. Bitte«, fleht er mich an, weil er mich gut genug kennt, um zu wissen, was mir gerade durch den Kopf schießt. »Ich habe viele Leute in meinem Leben verärgert. Bei den Rennen. Beim Daten. Bei geschäftlichen Angelegenheiten. Einfach nur, weil es mich gibt. Es könnte jeder von den vielen sein.«

»Wer wusste sonst noch über jene Nacht Bescheid? Das Personal des Parkhauses? Sammy?« Ich gehe die Namen laut durch und sehe, wie der Zorn in seinen Augen aufflackert, als ich die Person erwähne, der er am meisten vertraut.

»Sammy musste die gleichen Verträge wie Tawny unterzeichnen plus zwanzig weitere. Er war's nicht.« Und ich weiß, dass er es hasst, wie ich die Augen zusammenkneife, weil er fortfährt: »Nicht er, Ry. Wenn er mich erpressen wollte, hätte er noch viel bessere Geschichten auf Lager als das hier.«

Wut schießt durch mich hindurch. Es müssen die Stimmungsschwankungen und die Unsicherheit sein, weil ich mich nicht daran erinnern kann, wann mich Coltons früherer Playboy-Status das letzte Mal dermaßen aufgeregt hat. Dennoch verursacht diese simple Bemerkung, dass ich bei dem bloßen Gedanken sofort auf hundertachtzig bin. »Reizend«, sage ich. Meine Stimme trieft vor Sarkasmus.

»Es ist kein Geheimnis. Ich hab ein bisschen gelebt, Rylee. Ich werde mich nicht dafür entschuldigen, wer ich einmal war, sondern bin eher dankbar dafür, welcher Mann ich mit deiner Hilfe geworden bin. Verstanden?« Das Bissige in seinem Ton trifft mich dort, wo beabsichtigt, und ich fühle mich schuldig wegen meiner abfälligen Bemerkung. Wir schauen einander in die Augen. So viele Emotionen sehe ich dort, und es haut mich um, wie aufgewühlt er ist. Vermutlich hat er das Gefühl, dass er irgendwie für all das hier verantwortlich ist, und trotzdem war sein erster Gedanke, mich zu beschützen. Wie konnte ich nur an ihm zweifeln? Ich beiße mir auf die Unterlippe und antworte ihm mit einem Nicken.

»Wer sonst? Der Hoteldiener oder das Parkhauspersonal? Die Sicherheitsleute?«

»Hm. Unwahrscheinlich. Nicht nach all diesen Jahren. Mir kommt's eher so vor, als hätte da jemand auf den richtigen Zeitpunkt gewartet.« Ich murmele zustimmend. »Mein Bauchgefühl sagt mir, dass es Eddie ist oder irgendjemand, der etwas mit ihm zu tun hat. Es ist reine Spekulation, aber da könnte es so eine Möglichkeit geben ... Ich weiß es nur einfach nicht.« Er atmet aus und reibt sich mit einer Hand übers Gesicht. Das Geräusch, als er sich über die Bartstoppeln fährt, erfüllt die Stille. »Ich habe bereits Kelly angerufen, damit er versucht, ihn aufzuspüren, aber ich zweifele daran, dass wir irgendwas herausfinden werden.«

Mit seinen Augen gibt er mir zu verstehen, dass ich ihm glauben soll, doch mein Herz sagt mir, dass das hier auf meine Kappe geht. Tawny hat irgendjemandem in dieser Zeit davon erzählt, und jetzt – ob sie es nun weiß oder nicht – wird sie ihren letzten Schlag austeilen können. Ich kann Colton nicht ansehen, kann mich ihm nicht stellen, denn ich weiß, dass unsere eine Nacht der Lust – der Beschleuniger für so vieles mehr für uns – nun zurückkommt und uns heimsuchen wird.

»Scheiße!«, ruft er plötzlich. Seine Augen werden größer, als er auch schon seinen Zeigefinger hebt, um mir damit zu zeigen, ich solle einen Moment warten, bevor er ins Haus zurückrennt. In der Zeit, in der ich ihm ins Büro gefolgt bin, hat er bereits noch einmal auf die Play-Taste gedrückt und lässt das Video erneut abspielen. Er zeigt mit dem Finger auf den Bildschirm. »Genau hier!«, ruft er aufgeregt, ein angespanntes Lächeln spielt um seine Lippen. »Gib mir mal mein Telefon«, fordert er mich auf. Seine Miene hellt sich auf, während ich immer noch im Dunkeln tappe, aber dann reiche ich ihm sein Handy.

Ich beobachte ihn, während er durch sein Telefon blättert, meine Augen werden wieder von dem Bildschirm angezogen, zu dem eingefrorenen Bild seiner Hände, die um meine Hüften – in all ihrer nackten Pracht – greifen.

»Schau auf das Datum«, sagt er aufgeregt, während er auf die Kalender-App seines Telefons blickt. Ich sehe auf die Datumsangabe des Videos und stelle fest, dass es manipuliert wurde, weil es falsch ist. Zu sehen ist ein Datum aus dem letzten Jahr und nicht eins von vor sechs Jahren. Ich war dermaßen damit beschäftigt, mich in dem Gefühl der Verzweiflung zu verlieren, als ich Colton und mich in dem Video anschaute, dass ich nicht einmal auf die Idee gekommen bin, auf das Datum zu achten. »Das ist das Datum des Rennens in Iowa im letzten Jahr.«

»Okay.« Ich ziehe das Wort in die Länge, denke darüber nach, worauf er hinauswill.

»Das exakte Datum, Ry! Wenn wir ihm kein Geld geben und dieses Arschloch das Video online stellt, haben wir den Beweis, dass es manipuliert wurde. Es ist unmöglich, dass ich an jenem Tag in dem Parkhaus in Los Angeles war, weil ich bei diesem verdammten Rennen war! Und wir haben den Beweis im Büro, dass wir erst am nächsten Tag zurückgeflogen sind.«

Ich lege meine Hände an die Seiten meines Kopfes, während ich versuche, das hier zu begreifen. »Aber, Colton ... das sind wir«, sage ich skeptisch.

»Ich weiß«, erwidert er. Er bemerkt nicht, wie sehr mich der Gedanke stört. »Aber wer auch immer dieses Video hat, ob er es nun selbst manipuliert hat, um das Datum aktueller zu machen, um Probleme machen zu können, oder es, so wie es ist, vorgefunden hat ... Ich weiß es nicht, aber ich weiß, dass wir alles haben, was wir brauchen, um zu beweisen, dass ich das hier nicht bin, falls sie es der Presse zukommen lassen sollten.«

Ich lasse mich auf einen Platz ihm gegenüber plumpsen. Mein Kopf dreht sich, und meine Brust schmerzt, während ich versuche, mir den besten Plan für einen Angriff zu überlegen. Mich beschleicht das Gefühl, als ob dies hier ein Hinterhalt wäre, mit keinem Weg zur

Flucht. »Wir haben keine Chance, hier rauszukommen«, murmele ich.

»Ich versuche mir etwas zu überlegen, das dich da nicht mit reinzieht«, sagt er, und ich kann die Selbstironie aus seiner Stimme heraushören.

»Ich weiß … Mir fällt es nur schwer, in der ganzen Sache durchzublicken. Ich brauche nur ein bisschen Zeit, um über alles einmal gründlich nachzudenken, ohne den Schock, der meinen Verstand verdreht, verstehst du?«

»Ich weiß«, sagt er, kommt zu mir herüber und steht dann direkt vor mir. Er beugt sich zu mir herunter, sodass wir auf gleicher Augenhöhe sind.

»Haben sie dir einen Zeitraum genannt, in dem du antworten sollst?«, erkundige ich mich. Ich kann's selbst nicht fassen, dass ich das gerade eben überhaupt fragen musste.

»Zweiundsiebzig Stunden.«

Ich strecke meine Hand aus, fahre damit über die Stoppeln auf seiner Wange und streiche durch das Haar am Halsansatz. Ich kann gar nicht glauben, zu was für einer Person er sich während unserer gemeinsamen Zeit entwickelt hat. Er hat gelernt, gute Entscheidungen zu treffen, er hat einen guten Instinkt und will immer nur das Beste für mich. Warum sollte ich daran zweifeln, dass er das genau jetzt nicht auch versuchen wird?

Vertraue mir, flehen seine Augen.

Vertraue ihm, sagt mir mein Verstand.

»Lass uns erst mal schauen, was Kelly herausfindet … danach werde ich deinem Urteil vertrauen, was wir deiner Meinung nach von da an tun sollten, aber ich muss dir sagen, dass nichts tun mir überhaupt nicht gefällt.«

Er nickt mit dem Kopf und lehnt sich vor, gibt mir einen sanften Kuss auf die Lippen. Als er zurücktritt, ist sein Blick ernst und intensiv. »Ich werde es niemals zulassen, dass dir etwas passiert.«

Ich schließe die Augen und lehne meine Stirn an seine. Jeder Ritter hat ein schwaches Glied in seiner Rüstung. Ich fürchte, ich könnte seins sein.

RYLEE

»Das Wachstum des Babys ist normal. Der Herzschlag ist stark und im normalen Bereich … aber ich mache mir etwas Gedanken wegen Ihrem Blutdruck, Rylee«, sagt Dr. Steele, als sie auf ihre Tabelle sieht.

»Ich weiß. Es ist nur … Letzte Nacht ist etwas Unerwartetes passiert, und es ist immer noch ziemlich verrückt und …« Ich verstumme und atme aus, versuche mich wieder einmal zu beruhigen und mir keine Sorgen zu machen wegen dem, um das sich Colton kümmern will, aber ich weiß, dass es sinnlos ist. Ich kann meine Gedanken einfach nicht von den körnigen Bildern losreißen oder der Angst, dass alles außer Kontrolle geraten wird. »Entschuldigung.« Ich schüttle den Kopf, um die drohenden Tränen wegzublinzeln.

»Ist schon okay. Manchmal können die Dinge ein bisschen übermächtig sein, wenn das erste Kind unterwegs ist. Viele Frauen fühlen sich gestresst, weil sie das Gefühl haben, dass sich ihr Leben dermaßen drastisch verändert und sie nicht mehr länger alles tun können.« Sie streckt ihre Hand aus und drückt meinen Unterarm. »Ich tendiere dazu, Ihnen im gegenwärtigen Moment Bettruhe zu verordnen.«

»Nein!«, keuche ich geschockt. Ich blicke zu ihr auf und sehe Besorgnis in ihren Augen, während mein Blutdruck beginnt zu steigen.

»Glauben Sie nur ja nicht, dass ich nicht weiß, warum Colton nicht mitgekommen ist. Er will nicht, dass Sie sich so anstrengen, und Sie haben Angst, dass er, wenn er es aus meinem Mund hört, Sie unter Druck setzt. Das wissen wir doch beide, oder?« Die strenge Warnung in ihrer Stimme ist unmissverständlich. Und es bringt überhaupt nichts, sich dagegen zu sträuben, also nicke ich lediglich mit dem Kopf und falte meine Hände. »Ich vertraue darauf, dass Sie vernünftig sind, oder ich werde mich andernfalls genötigt fühlen, Ihnen für die restliche Zeit Ihrer Schwangerschaft absolute Bettruhe zu verordnen. Je länger das Baby in der Gebärmutter ist, umso besser ist es für ihn oder sie. Eine Frühgeburt aufgrund einer Präeklampsie ist nichts, das ich haben will. Versuchen Sie Colton dazu zu bringen, sich um das zu kümmern, was auch immer letzte Nacht vorgefallen ist, sodass Sie nicht mit hineingezogen werden und Ihr Blutdruck sich wieder stabilisieren kann.«

»Das werde ich«, sage ich, auch wenn ich weiß, dass ich das nicht kann. Mit ihren klugen Augen sieht sie mich prüfend an und versucht abzuschätzen, ob ich aufrichtig bin, dann nickt sie. Ich denke, dass ich glaubwürdig war.

»Okay. Dann sehen wir uns in zwei Wochen wieder. Passen Sie gut auf sich auf«, sagt sie, als sie meine Schulter tätschelt, und verlässt dann den Untersuchungsraum.

Auf meiner Fahrt nach Hause überkommen mich unwillkommene Gedanken wegen letzter Nacht, während ich doch eigentlich gar nicht darüber nachdenken sollte. Anweisung der Ärztin. Aber die Bilder von mir und Colton in dem Parkhaus kommen mir wieder in den Sinn. Die wirklichen Bilder. Diejenigen, an die ich mich erinnere. Nicht die billige Schwarz-Weiß-Version, die völlig stillos ist, sondern diejenigen, die für immer in meinem Unterbewusstsein sein werden, weil sie mir so viel bedeutet haben. Ich atme aus, kann es immer noch nicht fassen, dass eine einzige Nacht, die der Funke für so viele gute Dinge für uns war, nun zurückgekommen ist, und das auf so heimtückische Weise.

Als ich auf die Broadbeach Road fahre, bin ich dermaßen in Gedanken versunken, was ich Colton über den Arztbesuch erzählen werde, sodass ich, als ich in die Kurve der Straße einbiege, die zu unserer Auffahrt führt, völlig geschockt bin, als ich plötzlich das Gedränge sehe. Die Straße ist verstopft mit Paparazzi. Als ich näher heranfahre, entdecke ich zwei von den ganz hohen Tieren – Laine Cartwright und Denton Massey –, und ich weiß sofort, dass hier irgendwas im Busch ist. Durch die geschlossenen Autofenster höre ich Worte wie »Video« und Äußerungen wie »Wie fühlt es sich an?«, und die Hoffnung, die ich eben noch hegte, dass sie ja auch wegen etwas ganz anderem hier sein könnten, zerplatzt wie eine Seifenblase.

Die Arschlöcher haben das Video veröffentlicht!

Mein erster Gedanke ist, dass Colton ihnen gesagt hat, sie sollen abhauen, und mir dann nie etwas davon erzählt hätte, dass sie hier waren. Mein nächster Gedanke ist, dass er so etwas nicht tun würde. Schließlich hat er doch versprochen, erst einmal sehen zu wollen, was Kelly herausfinden kann, bevor er irgendwelche weiteren Entscheidungen trifft.

Mein Herz rutscht mir in die Hose, während ich mich bemühe, meinen Kopf möglichst gesenkt zu halten, als ich durchs Tor fahre. Erinnerungen von dem letzten Mal, als der Eingang zu unserem Haus so aussah wie jetzt, kommen zurück. Damals war Tawny in die Sache involviert, also könnte es dann nicht sein, dass sie auch dieses Mal wieder ihre Finger mit im Spiel hat? Aber gleichzeitig denke ich auch, dass es doch immerhin schon sechs Jahre her ist. Warum jetzt? Warum so etwas? Was ist der Zweck hinter dem Ganzen?

Nichts macht einen Sinn, und diese Tatsache lässt mich noch komplett durchdrehen.

Meine Hände zittern, als ich den Range Rover parke. Und so gerne ich auch sofort aus dem Wagen stürzen würde, um herauszufinden, was zur Hölle hier vor sich geht, habe ich gelernt abzuwarten, bis sich die Tore hinter mir geschlossen haben, ehe ich die Autotür öffne, sodass die Aasgeier kein Foto schießen können. Als die Tore zu sind und ich nicht mehr von den Reportern gesehen werden kann, ist Sammy bereits an der Autotür und öffnet sie für mich.

»Sammy?«

»Rylee«, sagt er mit einem Kopfnicken und Antipathie in seinen Augen und ignoriert meinen fragenden Blick. Meine Füße geraten bei dem kurzen Stück bis zur Eingangstür ins Taumeln, als mir plötzlich ein Licht aufgeht. Wenn das Video tatsächlich veröffentlicht worden ist, dann weiß Sammy, wer auf dem Video zu sehen ist. Schließlich war er es, der den Wagen im Parkhaus abstellte. Er hat mich nackt gesehen. Er hat gesehen, wie ich Sex hatte!

Scheiße!

Und als ich stehen bleibe, bleibt auch er stehen, was

meine Verlegenheit nur noch größer macht. Als er seine Hand sanft auf meinen unteren Rücken legt, um mich zur Tür zu führen, realisiere ich, wie schlimm die Situation wirklich ist. Er schirmt meinen Körper ab, nur für den Fall, dass es doch jemand geschafft haben sollte, mich vor sein weitreichendes Objektiv zu bekommen.

Dieses Mal bin ich froh, dass er mir die Eingangstür öffnet und dann sofort wieder rausgeht, weil ich ihm nicht länger in die Augen sehen kann. Ich schäme mich und fühle mich gedemütigt, aber zumindest wird er die einzige Person bleiben, die Bescheid weiß. Ich lasse meine Handtasche auf den Tisch fallen und mache mich auf die Suche nach Colton.

Er ist nicht im Büro oder in der Küche, und ich bin überrascht, als ich ihn schließlich auf der oberen Terrasse finde. Seine Ellenbogen ruhen auf den Knien, er hält ein Glas mit einer bernsteinfarbenen Flüssigkeit in seiner Hand, in der anderen das Telefon, das er sich ans Ohr hält, und seinen Kopf hat er konzentriert nach vorn geneigt.

»Ganz offensichtlich hat man uns etwas vorgespielt, CJ. Verdammte Ganzfelddeckung, wir haben keine Möglichkeit, den Ball zu bekommen!« Die Resignation in seiner Stimme bewirkt, dass sich die Härchen auf meinen Armen aufrichten, weil ich mich frage, warum er so besiegt klingt, wenn er doch von vornherein schon davon ausgegangen ist, dass so etwas passieren könnte? Dass das Arschloch das Video sowieso veröffentlichen würde? »Ich weiß, aber ... verdammter Mist, das hier ist alles ein Riesendurcheinander! Ich hab das hier nicht kommen sehen. Nicht einmal im Traum hätte ich mit so etwas gerechnet.« Er macht eine Pause, als CJ scheinbar irgendetwas sagt. »Man kann es nicht kontrollieren! Kapierst du das denn nicht?«, schreit er dann. Aufgrund seines Kopfschüttelns scheint er dem, was da gerade gesagt wird, nicht zuzustimmen. »Dieses Gespräch ist hiermit beendet. Bevor ich noch irgendetwas sage, was ich hinterher bereuen werde und das du nicht verdient hast.«

Er lässt das Telefon auf den Stuhl neben sich plumpsen, und ohne aufzusehen, kippt er den Rest des Drinks herunter. Dann blickt er mich flüchtig an, ehe er sich auf sein leeres Glas konzentriert. »Ich nehme an, dass du die zigtausend Textnachrichten, die ich dir geschickt habe, nicht bekommen hast?«, fragt er genervt und aufgewühlt.

»Ich war beim Arzt.« Oh Shit. Ich war dermaßen gestresst, wie ich Colton Dr. Steeles Warnung schonend beibringen könnte, dass ich komplett vergessen habe, meinen Klingelton wieder einzuschalten. »Entschuldigung«, sage ich. Vorsichtig gehe ich auf die Terrasse. »Was ist hier los, Colton?«, frage ich, obwohl ich aufgrund seines Gesprächs mit CJ bereits Bescheid weiß.

Mit einer Hand reibt er sich übers Gesicht, während ich näher komme. Etwas an seinen Bewegungen verrät mir, dass er ein bisschen angeheitert ist. Und ich hasse es, dass er mir nicht in die Augen sehen kann.

»Die Arschlöcher haben das Video veröffentlicht«, sagt er dann. Seine Worte bestätigen genau das, was ich bereits ahnte, als ich die Paparazzi draußen sah. Die Grimasse, die er zieht, verstärkt meine Gefühle der Angst.

»Okay«, erwidere ich mit einem langsamen Nicken. »Na ja, dann hattest du also recht.« Was kann ich sonst auch sagen?

Das leise Lachen, das er von sich gibt, klingt alles andere als amüsiert, und ich will, dass er mich endlich anschaut, sodass ich sehen kann, was er denkt. Aber das tut er nicht. Stattdessen presst er nur die Lippen aufeinander, starrt auf die Flasche Jack Daniel's neben sich und schenkt sich dann noch ein weiteres Glas ein.

»Ich lag so dermaßen falsch.« Die Worte hängen zwischen uns in der Luft, als er langsam seinen Blick hebt, um meinem zu begegnen. Und der Ausdruck in seinen Augen – um Entschuldigung bittend, vermischt mit Bedauern und Sorge – ruft bei mir weitaus mehr hervor als nur Gefühle der Angst. Irgendetwas ist hier völlig aus dem Ruder gelaufen.

»Was meinst du?«

»Sie waren nie an dem Geld interessiert.« Ein weiterer langer Schluck von seinem Drink und die Tatsache, dass er zu keinem Zeitpunkt zusammenzuckt, sagen mir, dass er bereits mehr als nur ein paar Gläser intus hat. »Nein. Nicht einmal annähernd.« Er schüttelt den Kopf, wobei doch alles, was ich tun will, ist, die Antworten aus ihm herauszuschütteln, während sich die Stille in die Länge zieht. »Genau genommen«, sagt er dann, als er das Glas in meine Richtung hebt, »waren sie uns einen Schritt voraus.«

»Was meinst du damit, dass sie uns einen Schritt voraus waren?« Ich rechne mit dem Schlimmsten.

»Sie haben mich an ihrer Angelschnur aufgespult, Ry. Wie einen verdammten Fisch am Haken. Haben das Datum manipuliert, so als ob sie gewusst hätten, dass mir das auffällt. Haben mich denken lassen, dass das hier das einzige Video aus jener Nacht war ...« Seine Stimme verstummt, als er schließlich meinem Blick begegnet. »Aber da gab es noch eins. Einen weiteren Fischhaken.«

Und diese simple Aussage raubt mir schier den Atem und lässt mein Herz wie wild schlagen. »Einen weiteren Fischhaken?« Meine Stimme ist kaum noch ein Flüstern.

»Verdammt richtig«, ruft er. Sein selbstironisches Lachen klingt sowohl böse als auch völlig hoffnungslos.

»Was zum Teufel meinst du, Colton?« Meine Gedanken überschlagen sich. Ich habe Angst, bin besorgt, unsicher, und das kommt alles in diesen Worten zum Ausdruck. Ein weiterer Fischhaken? Was wissen die Paparazzi da draußen, was ich nicht weiß?

»Setz dich«, fordert er mich auf, als er sich auch schon meinen Arm schnappt und versucht, mich dazu zu bringen, mich zu setzen.

»Nicht!«, warne ich ihn und winde mich aus seinem Griff.

Verhätschel mich nicht. Verarsch mich nicht. Sag mir nicht, dass ich mich abregen soll, weil ich keine Idiotin bin. Ich weiß ganz genau, dass hier irgendetwas faul ist.

Sein Blick hält meinen fest, während sich die Stille, die sich wie Stunden anfühlt, zwischen uns in die Länge zieht. Mit jeder weiteren Sekunde, die verstreicht, wächst meine Verunsicherung. Einige Male fängt er an zu sprechen, hört aber jedes Mal wieder auf; die Worte, die er sagen will, fallen ihm nicht ein.

»Sag es mir einfach«, bitte ich ihn inständig.

Für einen Moment schließt er die Augen, bevor er sich mit einer Hand durchs Haar fährt und einen langen Schluck von seinem Drink nimmt. Ich zermartere mir das Hirn, wann ich ihn das letzte Mal so angespannt gesehen habe. Es ist schon so lange her, dass ich das Gefühl habe, völlig aus der Übung zu sein, denn ich weiß nicht, was ich sagen oder wie ich ihn beruhigen soll.

»Sie haben mit mir gespielt. Sie wussten, dass ich *Scheiß auf sie!* sagen und nicht bezahlen würde. Sie wollten nie das Geld, Ry.« Ich kann ihm nicht hundertprozentig folgen und bitte ihn im Stillen, endlich mal zum Punkt zu kommen, weil ich wissen muss, warum er so durch den Wind ist. »Nein. Sie wollten beweisen, was für ein arroganter Hurensohn ich bin. Wollten beweisen, dass selbst wenn ich das tue, von dem ich denke, dass es für meine Familie das Beste ist, ich dich trotzdem nicht beschützen kann.«

»Was ist auf dem Video, Colton?«

»Nahaufnahmen. Dein Gesicht. Dein Körper. Wir beide zusammen. Das richtige Datum«, antwortet er so leise, dass ich einen Moment brauche, um zu begreifen, was er da gerade gesagt hat.

»Nein!«, schreie ich. Er streckt die Hand nach mir aus, aber ich weiche zurück. Der Druck in meiner Brust wird größer und das Brummen in meinem Schädel immer lauter.

»Ry ...« Mein Name aus seinem Mund klingt wie eine Bitte, und obwohl ich es höre, bin ich nicht in der Lage zu antworten. Meine sich widersprechenden Gedanken prallen zusammen wie ein Kaleidoskop – zerbrochene Bilder von nicht beendeten Gedanken, die mich gleichzeitig überfordern und verwirren. »Woher hätte ich das wissen sollen?«

Die Gefühle, die aus seiner Stimme herauszuhören sind, ziehen an jedem einzelnen in mir, und dennoch bin ich nicht sicher, an welchem ich mich festhalten soll, um angemessen zu reagieren. Ich will toben und schreien, während ich zur selben Zeit weglaufen und mich verstecken und mir vorstellen will, dass ich gerade nichts gehört habe.

Ich stütze meine Hände auf der Brüstung ab. Meine Augen fokussieren den ruhigen Strand, aber alles, was ich in mir fühle, ist ein unstimmiger Sturm des Aufruhrs. »Es besteht keinerlei Zweifel, dass ich es bin, die darauf zu sehen ist?«, frage ich, in der Hoffnung, dass er mir das erzählen wird, was ich hören muss.

»Es gibt Nahaufnahmen, wie wir aus dem Fahrstuhl kommen und zum Wagen gehen. Und von dir, während wir dabei sind.« Seine Stimme ist leer, denn wie sollte er auch sonst klingen. »Und von uns, wie wir danach gehen.«

Ich presse meine Handballen gegen mein Brustbein, der Druck steigert sich kontinuierlich, während ich versuche zu begreifen, wie die Situation, von der er mir schwor, sie unter Kontrolle zu haben, mehr einem Tornado gleicht, der kurz davor ist, einzuschlagen.

Und dann begreife ich es plötzlich. Ich bin so perplex gewesen, ihm zuzuhören und von ihm herauszubekommen, was los ist, dass es mir nicht eher in den Sinn gekommen ist, warum die Paparazzi draußen herumlungern. Es geht hier nicht nur um ein Sexvideo, von dem sie glaubten, dass der Prinz des Rennsports seine anständige Ehefrau betrügt. Nein. Keineswegs. Sie sind da draußen und umrunden uns wie Haifische im Wasser, weil sie das Video gesehen haben, auf dem der Prinz tatsächlich gerade diese Ehefrau auf einer Motorhaube fickt.

Oh. Mein. Gott!

Es gibt ein Sexvideo von mir. Das veröffentlicht wurde!

Oh. Scheiße!

Trotz seines durch Whiskey vernebelten Hirns muss Colton gespürt haben, dass ich nun alles begriffen habe, denn als ich mich zu ihm umdrehe, atmet er tief aus. Vorsichtig beäugt er mich, vermutlich fragt er sich, ob ich ausflippen und herumschreien oder in meinen sachlichen, geschäftlichen Lass-es-uns-in-Ordnung-bringen-Modus übergehen werde.

»Wie schlimm ist es?« Das ist das Einzige, was ich herausbringen kann.

»Ich habe bereits Chase auf die Sache angesetzt.«

»Das ist nicht das, wonach ich gefragt habe.« Dennoch beantwortet mir das alles, was ich wissen muss. Wenn bereits seine Agentin für Öffentlichkeitsarbeit verständigt worden ist, bedeutet das, dass es öffentlich ist. So wie außerordentlich öffentlich. So wie nicht-mehr-aufzuhalten-öffentlich. »Wie schlimm, Colton?« Als Antwort erhalte ich nur ein Lachen. Ich setze mich in Bewegung, halte dann an und vergesse, was ich machen wollte. Ich kann mich nicht mehr konzentrieren. »Wie ist das überhaupt …?« Ich kann ja trotzdem hoffen, auch wenn meine Angst mir bereits die Antwort gibt. Der Zorn nagt an mir, wird aber durch Unglauben in Schach gehalten. »Hat es sich bereits wie ein Lauffeuer ausgebreitet?«

»Die Öffentlichkeit liebt die Sexvideos ihrer Promis«, meint er sarkastisch und hat wieder diesen Gesichtsausdruck, den ich gelernt habe zu hassen. Derjenige Ausdruck, den ich während unserer Odyssee, ein Kind zu bekommen, so oft gesehen habe und der besagt, dass er nichts tun kann, um etwas daran zu ändern, außer, einen Fuß vor den nächsten zu setzen und zu versuchen, all das hier hinter uns zu lassen. Und das ist nicht das, was ich im Moment gerade will. Genau genommen ist das gerade sogar das Allerletzte, das ich gebrauchen kann.

Lieber will ich meine Absätze in den Boden rammen, anstatt einen Fuß vor den anderen zu setzen.

Seine Augen, die normalerweise so voller Leben sind, blicken jetzt todernst. Ich schüttle einfach nur den Kopf, als er zu reden beginnt, weil ich eigentlich nicht mehr zuhören will, und dennoch muss ich nun die ganze Wahrheit hören.

»Ich habe unsere Anwälte eingeschaltet, Ry. Wir werden herausfinden ...«

»Macht das noch irgendeinen Unterschied, Colton? Tut es das?« Ich werfe meine Hände hoch, mein Körper vibriert vor Wut, meine Seele wird beherrscht von Scham. »Es ist ja nicht so, dass CJ in der Lage sein wird, es aus dem Internet zu nehmen. Weil es das ist, was du mir gerade erzählst, richtig? Das ist der Grund, warum du mir nicht antwortest, wenn ich dich frage, wie schlimm es wirklich ist, weil du Angst davor hast auszusprechen, dass ein Sexvideo von uns überall hochgeladen wurde und es verdammt noch mal nichts gibt, was wir dagegen tun können!«

Gerade jetzt fühle ich mich in so vielerlei Hinsicht verletzt, und nicht nur, weil ich auf dem Video nackt zu sehen bin. Sondern weil irgendjemand einen intimen, bedeutungsvollen Moment zwischen Colton und mir aufgenommen hat und das nun ausnutzt. Uns damit erniedrigt. Diesen Moment schäbig gemacht hat.

Uns schäbig gemacht hat!

Das hier ist nicht einfach nur irgendein Sex-Skandal. Wir. Sind. Es! Ein verheiratetes Ehepaar. Wir betrügen uns nicht. Wir praktizieren keine sonderbaren Sexpraktiken, die tabu sind. Dass wir einander lieben, bis hin zu dem Punkt, an dem die Außenwelt unwichtig wurde und wir auf frischer Tat beim Sex ertappt wurden, war unser einziger Fehler.

»Bitte beruhige dich, Ry. Es ist nicht gut für das Baby.«

»Mich beruhigen? Willst du mich verarschen? Das hier ist nicht gut für das Baby! Nicht im Geringsten!«, schreie ich, während ich den Zorn zu mäßigen versuche, der gerade außer Kontrolle gerät. »Du bist der verehrte Playboy, hast dein Leben unter Beobachtung der Öffentlichkeit verbracht. So eine Scheiße wie das hier ist doch gut für deine Popularität, richtig? Das könnte dich doch bis hin zum Rockstar-Status mit deinen Groupies erheben, oder? Aber. Nicht. Mich!«, schreie ich, als der Schock schließlich von der Wut abgelöst wird. Und ich weiß, dass ich gemein bin und unvernünftig dazu, aber das ist mir gerade scheißegal, weil es einfach nicht fair ist!

»Ry … Komm schon. Das ist nicht …«

»Nicht fair?«, brülle ich, beende seine Worte, die meine Gedanken widerspiegeln. »Willst du mal wissen, was nicht fair ist, Colton? Was das hier für mich bedeutet. Ich bin das nette Mädchen von nebenan, das für eine gemeinnützige Organisation arbeitet und sich um kleine Jungs kümmert, die zu ihm aufschauen. Wie soll ich das hier bitte ihnen erklären? Scheiße! Ich bin das Gesicht einer Organisation, die um Spenden bittet, um unsere Projekte zu finanzieren. Also wenn du über *fair* reden willst, denk verdammt noch mal darüber nach, was das hier für Auswirkungen für mich haben wird!«

Ich muss mich bewegen, um meine Wut abklingen zu lassen. Das Feuer, das durch meine Venen strömt, zeigt sich in meinem ziellosen und unkontrollierten Herumlaufen, als ich von der Türöffnung zur Brüstung gehe und dann wieder zurück. Colton steht nur da und beobachtet mich, ohne ein Wort zu sagen. »Oh schau mal, Bob, lass uns Rylee Donavan Geld geben. Sie ist diese tolle Frau, die die Beine breit gemacht und sich dabei gefilmt hat, sodass es die ganze Welt sehen konnte. Vielleicht können wir sie bitten, für uns auch so ein Video zu drehen, auf dem sie gerade am Vögeln ist, weil das ganz bestimmt die Kohle für die Organisation in die Höhe treiben würde.«

»Rylee!«, brüllt Colton. Er versucht, mich dazu zu bringen, dass ich meiner unangebrachten Wut Einhalt gebiete, aber das ist mir egal, weil es hier nicht um seine Professionalität geht, die auf dem Spiel steht. Es ist meine! Eine, für die ich Jahre an harter Arbeit, Schweiß und Tränen investiert habe. »Wie soll mich jemals wieder jemand ansehen, ohne dabei daran zu denken, wie ich mit gespreizten Beinen daliege und wie mein Gesichtsausdruck aussieht, kurz bevor ich komme?«

Wir starren einander jetzt an, aber ich kann nicht mehr länger die Boshaftigkeit in meinem Ton oder meinen vorwurfsvollen Blick zurückhalten, als sich die Bilder von jener Nacht bis ins kleinste Detail vor meinen Augen abspielen. Diejenigen, auf denen er mit geöffneter Hose vor mir steht und jeder andere Teil von ihm noch komplett angekleidet ist, während ich auf der Motorhaube liege und zu ihm aufblicke, mein Kleid bis zur Taille hochgekrempelt, die Brüste entblößt. »Die ganze Welt konnte mich nackt sehen. Alles von mir! Weißt du, wie sich das anfühlt? Hast du auch nur die leiseste Ahnung? Scheiße, Colton! Das hier ist etwas, das du bist. Du lebst dein Leben vor aller Augen und ...«

»Und was? Denkst du etwa, dass mir das hier überhaupt nichts ausmacht?« Er kommt näher, mit wogender Brust, sein Ärger ist spürbar. »Dass ich nicht am Boden zerstört bin, dass ein besonderer Moment zwischen dir und mir jetzt im Internet kursiert und jeder es sehen kann? Du denkst, es interessiert mich einen Scheißdreck, dass die Leute meinen Schwanz sehen können? Ja, das interessiert mich tatsächlich nicht, Rylee. Kein bisschen. Ich bin verletzt, und zwar nicht meinetwegen, sondern wegen dir! Es macht mir etwas aus, weil du es bist. Es quält mich, weil es meine Idee war, und du hast mitgemacht, auch wenn ich wusste, dass du so was normalerweise nicht tust. Und was jetzt? Jetzt gibst du mir die Schuld dafür und wirst *ich weiß nicht was* mit unserer Beziehung machen?« Der Muskel in seinem Kiefer zuckt, als er die Zähne zusammenbeißt. Er ballt seine Hände zu Fäusten, und seine Augen flehen mich um Vergebung an, auch wenn es eigentlich ja gar nicht seine Schuld ist. Ich habe freiwillig mitgemacht. Ich habe mich von ihm auf der Motorhaube vögeln lassen, und jetzt – Jahre später – sehen wir ja, was passiert ist.

»Ich weiß es nicht«, flüstere ich. Zu viele Emotionen überwältigen mich und ziehen mich in so viele Richtungen. Er steht da, das Glas klirrt, als er es neben die Flasche Jack Daniel's stellt, bevor er einige Schritte von mir weggeht. Er fährt sich mit der Hand durchs Haar und kommt dann wieder zu mir.

»Wenn wir das an uns heranlassen, haben sie gewonnen. Dann geben wir ihnen genau das, was sie wollten«, sagt er. Es ist eine unausgesprochene Bitte, ihn nun nicht auszuschließen.

Und sosehr ich auch weiß, dass seine Worte richtig sind, weiche ich dennoch zurück, als er seine Hand nach mir ausstreckt. Der Druck in meiner Brust wird immer stärker, und mein Kopf beginnt wehzutun. Ich fühle mich verletzlich, und dieses Gefühl hasse ich.

»Mein Dad ...«, murmele ich. In meinem Kopf beginnt es so schnell zu pochen, dass mir schwindelig wird. »Mein Dad wird davon erfahren. Und Tanner.« Ich weiß nicht, warum der Gedanke für mich so vernichtend ist, wenn ich doch weiß, dass sie es sich niemals anschauen würden, während ein Publikum von Voyeuren es definitiv tun wird, aber das ist jetzt auch egal.

Die Tränen schießen in meine Augen, als ich daran denke, wie beschämt meine Eltern sein werden. Wenn ich daran denke, wie meine Mutter in der Arbeit Fragen beantworten muss oder wie mein Vater reagieren wird, wenn ihn bei seiner wöchentlichen Pokerrunde seine Kumpels danach fragen, ob das wirklich seine Tochter in dem Video ist.

Der stechende Schmerz kommt wie aus dem Nichts. Er schnürt mir sofort die Luft ab, und ich röchele voller Schmerz. Colton ist sofort an meiner Seite, als ich eine Hand an der Lehne des Klubsessels abstütze, während ich mir mit der anderen meinen anschwellenden Bauch halte.

Der sofortige Gedanke *Nein, es ist zu früh* schießt mir durch den Kopf ... und versetzt mich in Angst und Schrecken.

»Ry.« Die Furcht, die ich aus seiner Stimme heraushöre, entspricht dem, was ich gerade fühle. »Setz dich bitte hin.«

Ich rolle meine Schultern, um seine Hände abzuschütteln. Sosehr ich mir auch wünsche, dass er mich jetzt zu sich heranzieht, will ich doch in diesem Moment auch nicht angefasst werden. Will nicht verhätschelt werden. Will nicht beruhigt werden. Meine Nerven sind zum Zerreißen gespannt. Meine Emotionen sind entblößt. Als ich mich hinsetze und auf meine in meinem Schoß gefalteten Hände starre, will ich so unbedingt, dass sich das Baby bewegt, um mir damit zu signalisieren, dass es ihm gut geht, während ich versuche, mich wieder zu beruhigen.

Und natürlich bin ich dabei dazu gezwungen, nachzudenken, muss die Vernunft durch den Unglauben hindurchsickern lassen, und ich hasse es, als ich merke, dass die Tränen beginnen, in meiner Kehle zu brennen.

»Wer würde denn so etwas tun, Colton?« Schließlich sehe ich auf und begegne seinem Blick. Ich hasse es zu sehen, wie er leidet, doch ich habe im Moment einfach nicht die Kraft, ihn zu trösten. Ich weiß, dass mich das zu einem Miststück macht, aber alles, woran ich gerade denken kann, ist mein Job. Die Jungs. Meine Eltern.

Wir.

Ich weiß, dass wir das hier überstehen können, wir haben auch schon vorher Probleme gemeistert, aber jetzt gerade sind wir in unserem Leben in einer dermaßen anderen Lage als bei den anderen Malen. Wir stehen kurz davor, ein Baby zu bekommen. Wie sollen wir nur mit diesem Chaos von außen zurechtkommen, wenn sich bei uns ohnehin gerade alles verändert? Selbst das kleinste Problem kann Schäden anrichten, aber wie kann man so was wieder in Ordnung bringen, wenn man es noch nicht einmal kommen sieht?

Colton setzt sich mir gegenüber an den Tisch, und sein Gesichtsausdruck verrät mir, er wartet darauf, dass ich ihm sage, er solle mich in Ruhe lassen. Wir starren einander einige Sekunden lang an, und während dieses Blickkontakts passieren so viele Dinge zwischen uns, und dennoch kann ich nichts davon in Worte fassen.

»Ich weiß es nicht. Ich werde es herausfinden und versuchen, es wieder in Ordnung zu bringen.« Das ist alles, was er sagen kann. Und dennoch weiß ich, dass man es nicht wieder in Ordnung bringen kann. Die negativen Konsequenzen sind unausweichlich, und das jagt mir eine Heidenangst ein, weil es bei dieser Sache keinen Fallschirm gibt, der uns dabei helfen kann, über das Chaos hinwegzuschweben, das dieses Video noch heraufbeschwören wird.

»Ich weiß«, sage ich ruhig. Ich schüttle den Kopf, um die nahenden Tränen zu unterdrücken, die ich nicht vergießen will.

»Geht's dir gut?«, erkundigt er sich generell nach meinem Wohlbefinden. Aber mir fehlt das Nötige, um ihn anzulügen.

»Das Baby hat getreten.« Ich kann ihm nicht sagen, dass es mir gut geht, weil das nicht stimmt. Es gibt einfach zu viele Dinge, die mir gerade durch den Kopf gehen, und ich muss das erst einmal alles verarbeiten. Er hört nicht auf, mich anzusehen, und gerade jetzt will ich nicht angestarrt werden. Momentan begaffen mich ohnehin schon zu viele Leute online, und dennoch ist derjenige, der am tiefsten in mein Innerstes blicken kann, auch derjenige, bei dem ich nicht will, dass er mich ansieht. Alles, was ich will, ist, mich in einem Loch verkriechen und allein gelassen werden, und darin liegt das Problem.

Meine Privatsphäre existiert nicht mehr.

»Ich will nur für eine Weile alleine sein.«

»Ry, bitte.«

»Nein, ich muss über alles nachdenken und es erst einmal überhaupt verstehen.«

Ich kann sehen, dass er mir sagen will, ich soll nicht gehen, sondern hierbleiben und mit ihm reden, aber ich kann es einfach nicht. Ich weiß ja nicht einmal, was ich mir selbst sagen soll. Ich hab keine Ahnung, wie es jetzt weitergehen oder wie ich noch auf die Füße kommen soll, um mein altes Leben wieder zurückzufordern.

Die Wellen schlagen an den Strand. Ich beobachte sie und weiß, dass die Brise gerade über mein Gesicht streicht, weil sich mein Haar bewegt, aber ich kann es nicht spüren. Meine Gedanken laufen Amok. Bilder in meinem Kopf, die so bedeutungsvoll waren, wurden nun zu der kranken, verdrehten Lust eines anderen Menschen. Ich bin angewidert, als ich mir vorstelle, dass in diesem Augenblick irgendwo irgendjemand gerade einen Orgasmus hat, weil er sich das Video anschaut, auf dem es Colton und ich miteinander treiben, und dieser jemand dazu in seinen eigenen Fantasien schwelgt und sich dazu seine eigene Geräuschkulisse vorstellt.

Mein Magen ist aufgewühlt, als ich mir einen dunklen, heruntergekommenen Raum mit einem gruseligen Typen und einer Box Kleenex daneben vorstelle. Ich weiß, dass ich überreagiere, aber das Bild wiederholt sich immer wieder in meinem Kopf.

Ich fühle mich so ungeschützt, so verletzlich, deshalb rolle ich mich auf dem Klubsessel auf der unteren Terrasse noch mehr zusammen. Diese Gefühle sind so fremd für mich, dass ich mich dagegen sträube, es zu akzeptieren, dass diese Situation wirklich real ist. Seit unserer Heirat gab es diese Verletzlichkeit in meinem Leben nicht mehr, das Gefühl der Hilflosigkeit existierte nicht. Colton hat mir nie einen Anlass dazu gegeben. Von den zufälligen Zeitungsartikeln hin und wieder einmal abgesehen, haben wir es geschafft, dass unser Leben auch weiterhin uns gehörte und nicht von der Außenwelt beeinflusst wurde. Ich habe nie an seiner Fähigkeit gezweifelt, die Dinge wieder auszubügeln, wenn einmal etwas falschlief. Wir haben uns einander zugewendet, uns gegenseitig beruhigt, uns um einander gekümmert.

Aber ich weiß, dass diese drei Maßnahmen dieses Mal nicht wieder alles geradebiegen werden.

Wir können nicht einfach behaupten, dass die ganze Geschichte Schwachsinn ist – dass irgendjemand sich einen Namen machen wollte, indem er uns durch den Dreck zieht –, weil ihr Name irrelevant ist, wenn es um Sex in der Öffentlichkeit geht. Es werden unsere Namen sein, die in aller Munde sein werden, verdreht in irgendeiner schmutzigen Story. Aus mir wird man ein Flittchen machen, denn seien wir doch mal ehrlich: Die Männer erlangen bei so was normalerweise einen Heldenstatus, wohingegen Frauen als Schlampen verschrien sind.

Normalerweise wäre ich inzwischen schon dabei, mich selbst wieder in Ordnung zu bringen. Das ist das, was ich tue und wer ich bin. Wenn es ein Problem gibt, nehme ich es mit klarem Kopf in Angriff, versuche die Schäden zu entschärfen und leite es in die Wege, dass man sich darum kümmert. Aber ich denke nicht, dass es auch nur eine einzige Möglichkeit gibt, bei dieser Situation irgendetwas zu entschärfen, und das ist es, was mich ins Taumeln bringt. Noch schlimmer ist aber, dass ich hier rumsitze und alles nur vergessen will. Trotzdem halte ich mein Telefon in der Hand und bekämpfe den Drang, sehen zu wollen, wie schlimm die Dinge wirklich stehen. Mich beschleicht das dumpfe Gefühl, die Tatsache, dass ich vor einer Stunde meinen Klingelton ausschalten musste, um etwas Ruhe und Frieden zu finden, sei bereits Antwort genug.

»Hey«, sagt Haddie. Das Kissen neben mir senkt sich, als sie sich hinsetzt und ihren Arm um mich schlingt. Ich sollte geschockt sein, dass sie plötzlich hier ist, doch ich bin es nicht. Sie scheint immer zu wissen, was ich hören muss. Ich sollte sie fragen, ob Colton sie angerufen hat, weil er sich verloren fühlt, weil ich gerade jetzt nicht mit ihm reden will, oder ob sie von sich aus gekommen ist. Aber eigentlich spielt es auch überhaupt keine Rolle. Und sosehr ich auch allein sein und mich in meinem Mitleid suhlen will, was ohnehin sinnlos ist, fühlt es sich auch gut an, sie nun bei mir zu haben. Die eine Person, die weiß, was ich in diesem Moment hören oder nicht hören muss, weil sie mich in- und auswendig kennt.

Aus Gewohnheit streckt sie ihre Hand aus und reibt mir über den Bauch, und tief in mir drin, jenseits meiner Scham, weiß ich, dass das Baby der wirkliche Grund ist, warum ich mich wie in einem Nebel gefangen fühle. Ich kann nicht einmal den Gedanken verarbeiten, dass eines Tages unser Sohn oder unsere Tochter ihre Eltern googelt und dabei auf ein Video stößt, in dem wir es gerade auf einer Motorhaube miteinander treiben. In einem Parkhaus. In aller Öffentlichkeit. Wie soll man so etwas bitte erklären?

Mein ganzer Körper verkrampft sich bei dem Gedanken, das Brennen der nahenden Tränen kommt mit aller Macht zurück. »Wie schlimm ist es?«, frage ich zum gefühlt zehnten Mal an diesem Tag. Und wieder erwarte ich eigentlich keine Antwort, als ich mir die Träne wegwische, die mir über die Wange läuft.

»Na ja ...«, beginnt sie und verstummt dann allmählich, versucht, die richtigen Worte zu finden. »Als ich dir damals gesagt habe, du solltest wilden, hemmungslosen Sex mit dem Mann haben, hätte ich wohl auch noch hinzufügen sollen, dass du wilden, hemmungslosen Sex irgendwo haben sollst, wo es keine Kameras gibt.«

Ich kann nur seufzen, bin dankbar dafür, dass sie versucht, der Situation etwas Humor abzugewinnen, aber wirklich witzig finde ich es dann doch wieder nicht. »Das ist nicht lustig.«

»Komm schon. Ein bisschen lustig war das schon«, sagt sie und hält Daumen- und Zeigefinger ein bisschen voneinander entfernt.

»Da ist nichts Lustiges an diesem ... als was man es auch immer bezeichnen mag. Erzähl es mir einfach«, sage ich noch einmal. Ich will wissen, wie schlimm es ist, weil ich ein zu großer Angsthase bin, um es mir selbst anzusehen.

Sie atmet aus, und ich schließe die Augen. Am liebsten würde ich jetzt in mich hineinkriechen. »Es ist schlimm. Überall in den sozialen Medien ist davon die Rede, und Reporter werden eine Zeit lang am Tor herumlungern.«

»Fuck!« Dieses eine Wort sagt alles.

»Ja, so was hat dich erst in diese Situation gebracht, also sollten wir vielleicht ein anderes Wort benutzen.«

Ich drehe meinen Kopf, um sie anzusehen. Amüsiert bin ich kein bisschen, trotz des verzweifelten Lächelns, das meine Mundwinkel nach oben zieht. »Wie wär's mit *Bullshit*?«

»Das ist gut. Und du bist definitiv reingetreten.«

»Hast du es dir angesehen?«, frage ich, weil sie die eine Person ist, die mir die Wahrheit sagen und nichts beschönigen wird. Sie nickt langsam, ihre ernsten Augen halten meinem Blick stand. »Und?«

»Das seid definitiv du und Colton, wenn es das ist, was du meinst«, antwortet sie und kommt sofort auf den Punkt, was meinen Magen aufwühlt. Ich weiß, dass sie sich gerade eine schnippische Bemerkung verkneift – so was wie »geile Braut« oder »heiße Ische« –, deshalb weiß ich ihre Zurückhaltung zu schätzen.

»Hat Colton dir von dem Ganzen … alles über gestern erzählt?«

»Ja«, erwidert sie nüchtern und schaut wieder zurück aufs Meer.

»Warum? Warum tut uns jemand so etwas an, Had?«

»Wenn ich nur einmal raten dürfte, dann würde ich tippen *Geld*«, grübelt sie. »Aber eines daran verstehe ich nicht. Wenn es hier nur ums Geld ginge, würde diese Person dann nicht den Streifen verkaufen, um damit ein Vermögen zu scheffeln? Das Einzige, was wirklich Sinn macht, ist, dass euch irgendjemand ernsthaft fertigmachen will.«

Ich will weinen. Schluchzen. Ausflippen. Stattdessen drücke ich nur meine Handballen auf die Augen und hoffe, dass sie wie durch ein Wunder die Tränen zurückhalten. Denn so verkorkst es auch in meinem Kopf gerade sein mag, habe ich das Gefühl, dass wenn ich erst anfange zu weinen – wenn mir nur eine einzige Träne über die Wange läuft –, dann ist das hier wirklich wahr. Dann ist das hier kein Albtraum, aus dem ich wieder aufwachen könnte.

»Das hier kann gerade nicht passieren«, sage ich vor mich hin.

»Colton macht sich Sorgen um dich«, sagt Haddie sanft. »Er will mit dir reden.«

»Das sollte er auch«, entgegne ich schnippisch und sinke dann in mich zusammen. »Schau mal«, seufze ich. »Ich weiß, dass er sich sorgt, aber ich muss für eine Weile meinen Kopf freikriegen, bevor ich mit ihm rede. Meine Eltern versuchen, mich anzurufen, und Tanner, und nur Gott allein weiß, wer sonst noch eine der Million Nachrichten auf meinem Telefon hinterlässt. Gerade jetzt will ich aber mit niemandem reden.«

»Ich versteh schon«, sagt sie, als ich meinen Kopf auf ihre Schulter lege. »Aber du wirst irgendwann mit jedem sprechen müssen, oder du wirst sonst noch explodieren.«

»Ich weiß«, murmele ich, schließe die Augen und frage mich, wie ich jemals irgendjemandem wieder ins Gesicht sehen kann. Explodieren klingt für mich da nach einer brauchbaren Alternative.

Doch ich kann nicht.

Das Baby. Ich muss mich auf unser kleines Wunder konzentrieren und darf nicht von dieser Sache meinen Stress, meine Gesundheit oder meinen Blutdruck beeinflussen lassen, weil es immer noch zu früh für eine Geburt wäre. Ich muss ruhig bleiben. Die Gefühle vergraben. Mich vor der Scham verstecken. Den Schmerz niederdrücken. Ich muss alles tun, was nötig ist.

Ich habe dieses Baby, das von mir abhängig ist.

Ich bin jetzt Mutter. Meine Bedürfnisse kommen an zweiter Stelle.

5

COLTON

»Wer zum Teufel ist es, Kelly?« Ich kneife mir in den Nasenrücken, während ich auf meinen Computerbildschirm starre. Verdammtes Google! Bilder über Bilder von Rylee starren zu mir zurück. Aufnahmen, die vom Video gemacht wurden. Ihr Körper ist für jedermann zu sehen, und alles, was ich sehe, ist rot. Zorn in meinem Blut, Rache in meinem Geist. Den Vollpfosten zu finden, der dafür verantwortlich ist, ist mein einziger Gedanke, damit ich meine Faust in seine Fresse schlagen und danach nach dem *Warum* fragen kann, falls er dann überhaupt noch bei Bewusstsein sein sollte.

»Ich bin an der Sache dran.«

»Na ja, während ich warte, werden noch einige weitere Tausend Downloads auftauchen. Ist ja nicht weiter wild«, sage ich sarkastisch, auch wenn ich weiß, dass das hier nicht sein Fehler ist. Shit, es ist erst wenige Stunden her, dass das Video aufgetaucht ist, und trotzdem ist es bereits überall: TMZ, Perez Hilton, YouTube, E!, verdammtes CNN. Such es dir aus, es ist dort. »Ich will, dass dieser Mistkerl verdammt noch mal gefunden wird!«

»Und dann was, Colton? Es ist nicht so, als ob sie es aus deinem Haus gestohlen und dann hochgeladen hätten. Es war ein Video, das zufällig aufgetaucht ist und das an einem öffentlichen Ort aufgenommen wurde. Ein gefundenes Fressen für die Öffentlichkeit.«

»Das ist mir scheißegal!«, schreie ich in den Hörer. Mein Telefon meldet einen eingehenden Anruf, und ich zucke zusammen, als ich herunterblicke, um zu sehen, wer es ist. Dad. Fuck. »Ich muss Schluss machen. Halt mich auf dem Laufenden.« Ich starre für einen kurzen Moment auf das Telefon, will das hier nicht jetzt schon in Angriff nehmen, bevor ich dann den anderen Anruf annehme. »Dad.«

»Hey«, begrüßt mich mein Vater. Aus diesem einen Wort merke ich bereits, dass er herauszuhören versucht, wie es mir geht. Er lässt mich nie im Stich. Ganz egal, was für eine Richtung mein Leben auch gerade eingeschlagen haben mag – mein Vater hat mir immer Rückendeckung gegeben.

»Ich nehme an, du rufst wegen den großen Neuigkeiten an?« Sarkasmus ist heute mein Freund. Na ja, der und dieser verdammte Jack Daniel's. Ich musste mich selbst bremsen, um nicht besoffen zu werden. Schließlich brauche ich einen klaren Kopf, sodass ich mich mit diesem Mist hier auseinandersetzen kann. Und dass ich für Ry da sein kann, die in diesem ganzen Shitstorm mein einziger Fokus ist.

Selbst aus berechtigten Gründen, warum ich nüchtern bleiben sollte, schweift mein Blick von meinem leeren Glas zu der Flasche, die auf der Küchentheke steht. Der Anblick des Whiskeys bringt mich in Versuchung. Singt mir zu wie eine Sirene, die mich lockt, damit ich zusammenbreche und in Flammen aufgehe.

»Ich wollte mich nur vergewissern, dass du und Rylee okay seid.« Gott sei Dank sagt er endlich was, zieht mich von der Versuchung weg, meine Probleme im Alkohol zu ertränken. Ich drehe mich um, sodass ich mit dem Rücken zur Küche – und zur Flasche – bin, während ich darauf warte, dass er mehr sagt und die Fragen stellt, von denen ich weiß, dass sie ihm bereits auf der Zunge liegen. Aber da ist nur Schweigen. Ich rolle meine Schultern und atme aus, während ich versuche, die eine Person an mich heranzulassen, die am wichtigsten ist – jeden anderen will ich jetzt gerade ausschließen.

»Ich mache mir ihretwegen Sorgen«, gebe ich zu und schaue aus dem Fenster. Sie liegt immer noch in sich zusammengerollt auf dem Klubsessel, den sie, seitdem Haddie gegangen ist, nicht mehr verlassen hat. Das Essen, das neben ihr steht, ist unberührt. Es bringt mich verdammt noch mal um, nicht rauszugehen und mit ihr zu sprechen, aber ich bin der Grund, warum sie verletzt ist.

Ich werde es nicht zulassen, dass sie sich zurückzieht. Ich denke nicht, dass sie das tun wird. Aber sie hat darum gebeten, erst mal in Ruhe gelassen zu werden, und das akzeptiere ich. Fürs Erste zumindest.

»Es braucht schon einiges, um mich zu überrumpeln, Dad«, sage ich schließlich, während es in meinem Kopf schneller rotiert, als ich meine Gedanken aussprechen kann. »Und das hier ... Scheiße ... das hier hat uns einfach wie aus heiterem Himmel getroffen.«

»Ich will keine Erklärungen, mein Sohn. Ich habe schon zu lange gelebt, um zu wissen, wie die Leute betrügen und Dinge manipulieren, um andere zu verletzen. Ich rufe nur an, um dich wissen zu lassen, dass wir hinter dir stehen. Ich bin da, wenn du reden willst, und ich wollte sichergehen, dass du dich um sie kümmerst.«

»Sie hat mir gesagt, dass sie mir vertraut, dass ich diese Sache wieder in Ordnung bringe, und jetzt? Jetzt weiß ich nicht einmal, was ich ihr sagen soll.«

»Wie wär's, wenn du erst einmal damit anfängst, einfach nur für sie da zu sein?«

Meine reflexartige Reaktion ist, ihn wegen dieser Bemerkung anzuschreien, aber die Worte ersterben auf meinen Lippen, als ich einen anderen Link mit der Maus anklicke und noch mehr Bilder von Rylee auftauchen: Nahaufnahmen von ihrem Gesicht, ihren Brüsten, ihren gespreizten Beinen, verdammt noch mal – einfach von allem!

Ich bin sicher, dass mein Vater durch die Leitung den Knall hören kann, als ich mit der Faust auf den Schreibtisch schlage, trotzdem bleibt er still. Die Trockenbauwand ruft nach mir. In sie reinzuschlagen wäre viel verlockender – befriedigend –, weil die Zerstörung sichtbar wäre, und doch hilft mir das verdammt noch mal auch nicht weiter.

»Für sie da zu sein? Das ist leichter gesagt als getan, Dad. Ich habe sie in mein öffentliches Leben gebracht, habe sie gedrängt, und jetzt ist es das, was sie dafür bekommt, weil sie mich liebt?«

»Ich wette, sie bekommt noch viel mehr als das, Colton. Sonst wäre sie nicht mit dir zusammen.«

Seine Worte hallen förmlich durch die Telefonleitung, als ich mit mir ringe, ob ich ihm nun glauben soll oder nicht. Ist für sie das *Mehr* es wert, um bei mir zu bleiben und all das hier mit mir durchzustehen?

Seine Worte wiederholen sich in meinem Kopf.

Ich hoffe, dass er recht hat. Alles ist in letzter Zeit einfach zu perfekt gewesen. Ist dies hier die Hiobsbotschaft, um mich wieder an meinen Platz zu verweisen und um mich daran zu erinnern, wie grausam das Schicksal sein kann?

»Denk dran, mein Sohn, in der Ehe geht es nicht darum, wie wahnsinnig verliebt man in den guten Zeiten ist, sondern wie sehr man in den schlechten Zeiten füreinander da ist.«

So kitschig der Ratschlag meines Vaters auch klingen mag, nehme ich ihn mir zu Herzen, halte mich daran fest. Und hoffe, dass er der Wahrheit entspricht, weil die Kacke gerade so richtig am Dampfen ist.

»Sie will nicht einmal mit mir reden.« Frustriert lache ich und zwinge mich dazu, den Computer auszuschalten. Wenn ich nur noch ein weiteres Bild sehe, wird die Wand definitiv zu verlockend sein, als dass ich ihr noch länger widerstehen kann. Öffne deine Fäuste, Donavan. Vergiss den Drang, irgendetwas zerstören zu wollen.

»Ich würde jetzt vermutlich auch nicht mit dir sprechen wollen«, sagt er. »Du bist in dieser Welt aufgewachsen. Sosehr deine Mutter und ich dich auch vor ihr zu schützen versucht haben, waren die Kameras dennoch immer da. Du bist an sie gewöhnt, an das Eindringen in deine Privatsphäre. Sie hingegen ist immer eine Privatperson gewesen, und jetzt sind diese beiden Welten auf so zudringliche Weise zusammengekracht. Du musst ihr etwas Freiraum geben. Lass sie damit klarkommen, dass sie sich verletzt fühlt, und dann musst du etwas tun, um sie daran zu erinnern, wie besonders dieser Moment für euch beide war, und du es deshalb nicht zulässt, dass diese Aasgeier euch das wegnehmen.«

Ja. Weil wenn sie dir einmal ein Stück deiner Seele nehmen, wollen sie immer nur noch mehr. Aber ich werde es nicht zulassen, dass sie noch ein weiteres Stück bekommen!

»Danke, Dad.«

»Ich bin immer für dich da, wenn du mich brauchst. Lass uns hoffen, dass sich bald eine neue Riesenstory ergibt und das hier unter den Teppich kehrt – je früher, desto besser.« Die Hoffnung stirbt zuletzt. »Du kannst das hier nicht kontrollieren, mein Sohn. Das Einzige, was du tun kannst, ist, deine Wunden zu Lebensweisheiten machen.«

Mein Telefon piept erneut, als ich gerade wieder zurück zu Rylee schaue. Ihre unbewegliche Gestalt scheint so nah zu sein und doch so fern. »Ja. Danke, Dad. Ich werde bald mit dir reden. Chase ist auf der anderen Leitung.«

»Chase.«

»Du musst eine Stellungnahme abgeben, Colton.« Sosehr ich es auch mag, dass meine Pressesprecherin immer sofort auf den Punkt kommt, will ich gerade nichts von dem hören, was sie zu sagen hat.

»Ich hätte nicht abnehmen sollen«, sage ich, die einzige Warnung an sie, in welcher Gemütsverfassung ich mich gerade befinde.

»Oder ihr beide müsst einen öffentlichen Auftritt hinlegen und aller Welt zeigen, dass ihr euch nicht unterkriegen lasst. Das Ivy oder das Chateau Marmont?«, fragt sie. Sie kennt mich gut genug und ignoriert deshalb meine vorherige Bemerkung.

»Du machst dir vergeblich Hoffnungen, wenn du ernsthaft glaubst, dass ich Rylee jetzt auch nur in die Nähe eines öffentlichen Platzes lasse.«

»Ich verstehe schon, aber du musst dem Chaos entgegentreten.«

»Auf gar keinen Fall! Und jetzt sag mir, wie schlimm es deiner Meinung nach ist.«

»Na ja, keine Publicity ist schlechte Publicity«, sagt sie und bewirkt mit ihrem Kommentar lediglich, dass sich alles in mir vor Wut sträubt.

»Ich tu jetzt lieber mal so, als ob du das gerade eben nicht gesagt hast.«

»Schau mal, ich werde die Sache nicht beschönigen, aber das ist einfach das, was du von der launenhaften, sexuell ausgehungerten Menge zu erwarten hast. Du siehst wie ein Sexgott aus, und man wird dir *Weiter so!* zujubeln, wohingegen Ry genau gegenteilig rüberkommen wird.«

»Aber wir sind verheiratet!«, schreie ich aufgebracht. Ich bin total sauer, dass die anderen sie wie ein Flittchen behandeln.

»Das ist genau das, wie ich es hindrehen werde. Intime Momente zwischen Ehemann und Ehefrau. Du wusstest nichts von den Kameras. Verkauf die Geschichte so, dass irgendein krankes Arschloch es ausnutzt, dass er euch beide während eines leidenschaftlichen Moments erwischt hat. Stelle ihn so hin, dass er der böse Junge ist und ihr die Opfer seid.«

Aber ich bin kein Opfer.

Nie wieder.

Baxters Halsband klimpert, während er mir durch das abgedunkelte Haus folgt. Meine Augen brennen, weil ich so lange auf den Bildschirm gestarrt habe. Ihn abgeschaltet zu lassen hat nicht lange angedauert. So viele Bilder, so viele Kommentare, und jeder einzelne davon war ein persönlicher Angriff auf mich, weil sie alle etwas mit Rylee zu tun hatten. Und es ist erst wenige Stunden her, seitdem das Video veröffentlicht wurde. Ich fürchte mich davor, was der morgige Tag bringen mag.

Mach deine Wunden zu Lebensweisheiten. Die Worte meines Vaters ertönen in meinen Ohren, und trotzdem bin ich gerade jetzt nicht sicher, wie das möglich sein soll. Weisheit wird den Wichser, der hierfür verantwortlich ist, nicht bestrafen. Weisheit wird mich nachts nicht besser schlafen lassen. Weisheit wird nicht als Entschuldigung für Rylee ausreichen.

Als ich das Schlafzimmer betrete, geraten meine Füße ins Wanken, und der Drink in meiner Hand stoppt auf halbem Wege zu meinem Mund, als ich sie sehe. Sie liegt auf ihrer linken Seite und hat sich ein Kissen unter ihren großen Bauch und zwischen ihre Beine geklemmt. Es hört sich so an, als ob sie schlafen würde. Jeder Teil meines Körpers spannt sich an und entspannt sich zur selben Zeit bei dem Anblick von ihr. Perfektion, die ich in keinster Form verdient habe.

Verfluchte Rylee.

Mein Atem.

Mein Leben.

Mein Kryptonit.

Und jetzt habe ich sie durch was auch immer das ist zu Fall gebracht.

Ich sitze auf dem Stuhl gegenüber von dem Bett in unserer kleinen Sitzecke, von der aus man den Strand überschauen kann, der von der Nacht verdunkelt wird. Mit

Mühe halte ich mich zurück, nicht ins Bett zu ihr zu kriechen, sie an mich zu ziehen und ihr zu versichern, dass alles wieder gut wird, wenn sie aufwacht. Weil nicht alles wieder gut wird. Es ist ganz weit davon entfernt, jemals wieder gut zu werden.

Schweigen ist viel besser, als dummes Zeug zu labern.

Also sitze ich dort in aller Stille, mit meinen Füßen auf dem Couchtisch vor mir, und schenke mir noch ein weiteres Glas Whiskey ein. Jetzt kann ich meine Sorgen getrost im Alkohol ertränken – mich davon in den Schlaf singen lassen –, da es bereits schon zu spät ist, als dass mich noch irgendjemand brauchen könnte.

Ich nehme einen Schluck und beobachte Baxter dabei, wie er sich auf sein Lager plumpsen lässt. Shit, wenn er eine Hundehütte hätte, dann würde ich mich heute Nacht dort verkriechen. Und das aus gutem Grund.

Der Alkohol brennt, betäubt aber nicht den Schmerz in meinem Bauch und nimmt dem Unbekannten und der Unruhe auch nicht ihre Schärfe. Nur Rylee ist dazu imstande, und sie redet immer noch nicht mit mir …

Ich hab diese Ehemann-Sache jetzt schon fast sechs Jahre lang mitgemacht. Eigentlich hatte ich gedacht, dass ich diesbezüglich einen ziemlich guten Job machen würde. Aber dann passiert so etwas wie das hier, und ich werde daran erinnert, wie wenig ich eigentlich kontrollieren kann, besonders wenn es darum geht, mich um die mir nahestehenden Menschen zu kümmern. Der Wahnsinn, in dem wir am Morgen aufwachen werden, ist nicht aufzuhalten. Tief in meinem Herzen – das Rylee wieder zum Leben erweckt hat – weiß ich das mit aller Sicherheit.

Genauso wie ich weiß, dass wir diesen Tornado überstehen können, inmitten dessen wir gerade stehen. Es wird vielleicht nicht beim ersten bleiben. Aber ich hoffe inständig, dass er der letzte sein wird. Welch Optimismus, wenn ich es doch gewöhnt bin, auf das Beste im Leben zu hoffen und dennoch das Schlimmste zu erwarten.

Wer zum Teufel hat uns das angetan? Und warum?

Gedanken, Theorien, Spekulationen. Alle drei kreisen in meinem Kopf, und keins von ihnen ergibt einen Sinn.

Rylee. Meine gottverdammte Perfektion in diesem Wirbelsturm des Chaos und Bullshits. Sie ist noch das einzig Kristallklare für mich. Mein Funke. Mein Licht.

Meine Brust schnürt sich zusammen. Wir bringen ein Baby in dieses Durcheinander hinein.

Die Panik, die auf Stand-by gewesen ist, wird betäubt von Jack, aber sie ist immer noch da.

Flackert immer noch.

Sagt mir immer noch, dass es kein Zurück gibt.

6

RYLEE

Ich schrecke aus dem Schlaf hoch. Es ist mehr, als dass nur das Baby auf meine Blase drückt. Es ist die plötzliche Erkenntnis, als ich meine Hand ausstrecke, kalte Laken vorfinde und realisiere, dass Colton nicht neben mir liegt. Und dann, bevor ich noch überprüfen kann, ob er letzte Nacht überhaupt ins Bett gekommen ist, muss ich sofort wieder an den gestrigen Tag denken.
In 3-D.
Mein ganzer Körper verkrampft sich. Ich will mir das Kissen über den Kopf ziehen und mich verstecken, und tatsächlich tue ich das sogar für einen Moment, um meine Gedanken zu sortieren und um mein Ich wiederzufinden, das sich unter Schichten der Erniedrigung und Demütigung verbirgt. Aber so kann ich nicht leben – mich in Schande zu verstecken –, also erlaube ich mir eine kurze Selbstmitleidsorgie, bevor ich aufstehe, um mich der Realität zu stellen.
Das Telefonat mit meinen Eltern kommt mir wieder in den Sinn. Ich entschuldigte mich bei ihnen pausenlos für die Peinlichkeiten, die ich ihnen eingebrockt habe, und versicherte ihnen, dass dieses Filmmaterial nichts gewesen ist, von dem Colton und ich etwas gewusst hätten. Meine Mutter war voller Verständnis und wiederholte ständig, wie leid es ihnen täte, dass irgendjemand versucht, uns auf schlimmste Weise auszunutzen, aber dass

das Wichtigste wäre, mich um das Baby und um meine Gesundheit zu kümmern.

Wer denkt schon, dass er sich jemals wegen so einer Sache bei seinen Eltern entschuldigen müsste? Argh!

Das Baby bewegt sich und erinnert mich daran, wie hungrig ich gerade bin und wie dringend ich auf die Toilette muss. Langsam steige ich aus dem Bett, kümmere mich um mein morgendliches Geschäft und mache mich danach auf die Suche nach Colton und etwas Essbarem. Wir müssen reden. Letzte Nacht habe ich ihn ausgeschlossen, damit ich meine ungläubige Wut nicht an ihm auslassen würde, da diese ganze Angelegenheit letzten Endes genauso mein Fehler gewesen ist wie seiner.

Ich mache mich schon mal auf etwas gefasst, bevor ich aus dem Schlafzimmerfenster zum Tor vor unserem Haus spähe. Da ich im zweiten Stock des Hauses bin, verschafft mir das einen guten Ausblick auf die Straße, und natürlich wünsche ich mir in der Minute, als ich die Vorhänge beiseiteschiebe, dass ich es nicht getan hätte.

Dort lauern immer noch Paparazzi. Sie laufen umher, warten darauf, dass sich irgendetwas im Haus rührt. Sie sind Aasgeier, die auf das kleinste Stückchen Fleisch warten, das sie wegreißen und es dann wie sie wollen benutzen können: zum Diffamieren, Ausschlachten und zum Erfinden ihrer Lügen.

Und es ist ja nicht einmal so, als ob sie nicht schon genug von mir gesehen hätten.

Bei dem Anblick zieht sich mein Magen zusammen. Zu viel. Zu schnell. Ich zucke zusammen, mache mir Sorgen, was das mit meinem Blutdruck anstellen kann. Der Raum um mich herum wird neblig, als mich für einen

Moment der Schwindel überkommt. Ich habe Angst, was ich wohl vorfinden werde, wenn ich mich unten an meinen Laptop setze, und das fügt dem Engegefühl in meiner Brust noch zusätzlichen Druck hinzu.

Ich sitze am Bettrand und versuche mich selbst zu beruhigen. Das Wohlergehen des Babys ist mein einziger Gedanke, als ich versuche, die Zielstrebigkeit zurückzugewinnen, die ich noch vor zehn Minuten verspürte, mich allem direkt zu stellen, was der Tag auch immer bringen sollte. Ein paar tiefe Atemzüge später vibriert mein Handy auf dem Nachttisch. Der Name auf dem Display lässt mich erschaudern, aber mir bleibt nichts anderes übrig, also fasse ich mir ein Herz und gehe ran.

»Hallo?«

»Geht's dir gut, Rylee?« Mein süßer Junge – mittlerweile ein erwachsener Mann, der das College besucht – kommt mir zu Hilfe.

»Hey, Shane. Mir geht's gut. Es tut mir leid.« Die Entschuldigung kommt mir automatisch von den Lippen. Die Worte, von denen ich das Gefühl habe, dass ich sie in den kommenden Tagen noch sehr oft sagen muss.

»Soll ich zu dir kommen?« Diese simple Frage lässt Tränen in meine Augen treten. Ich würde es gerne den Hormonen in die Schuhe schieben, aber das kann ich nicht. Der gestrige Tag hat mir gezeigt, wie grausam Menschen sein können, und dennoch wird mir heute, in genau diesem Moment, wieder einmal gezeigt, wie viel Gutes es noch in der Welt gibt. Dass ein Junge, dem das Leben hart mitgespielt hatte und den ich sein ganzes Leben lang unterstützte und ihm half, seine Vergangenheit zu bewältigen, mich wie ein Familienmitglied behandelt. Und da ist etwas so Ergreifendes an diesem Gedanken, was genau das ist, was ich jetzt gerade gebraucht habe.

»Du hast ja keine Ahnung, wie viel mir diese einfache Frage bedeutet, Shane. Ich weiß dein Angebot wirklich zu schätzen, mehr, als du dir vorstellen kannst, aber da gibt es nicht viel, was man für mich tun könnte. Mehr als alles andere fühle ich mich gedemütigt ... Es ist nur ...« Ich atme hörbar aus, denn was genau soll ich eigentlich sagen? Ich weiß, dass er jetzt erwachsen ist und genauso viel wie jeder andere versteht, dass ich mittlerweile ein Leben wie auf dem Präsentierteller führe, aber das macht meine Hilflosigkeit auch nicht weniger schlimm.

»Ist schon okay. Du musst nichts sagen. Colton und ich haben letzte Nacht miteinander geredet. Er hat mir alles erklärt.« Ich seufze vor Erleichterung auf, weil mich das davor bewahrt, noch einmal die ganzen Unannehmlichkeiten näher auszuführen. Na ja, zumindest was Shane betrifft.

Irgendwann werde ich noch mit den anderen Jungs sprechen müssen. Bei dem Gedanken daran rolle ich meine Schultern vor lauter Unbehagen.

»Bist du ganz sicher, dass ich nicht kommen soll?«, fragt er noch einmal. »Ich kann morgen ein paar Kurse ausfallen lassen.«

»Nein. Aber trotzdem danke. Ich will nicht, dass du irgendwelche Kurse ausfallen lässt. Mir geht's schon viel besser, weil ich deine Stimme gehört habe.«

»Okay, wenn du dir sicher bist.«

»Ja, bin ich.«

»Okay. Da wir gerade über Kurse reden, ich muss jetzt auch zu einem.«

Wir verabschieden uns, und ich sitze noch ein Weilchen mit dem Handy in meiner Hand auf dem Bett.

Alles, woran ich denken kann, ist Shane und der Lichtblick, den mir sein Anruf beschert hat. Wie der kleine Junge, den ich damals in die Gruppe aufnahm, zu einem unglaublichen Mann herangewachsen ist, der sich genug Sorgen um mich machte, um Colton anzurufen, um sich zu vergewissern, ob bei mir alles in Ordnung ist.

Es gibt Gerechtigkeit auf dieser Welt. Und ich habe dazu beigetragen. An diesem Gedanken halte ich mich fest. Ich denke, dass ich ihn in den kommenden Tagen noch häufiger brauchen werde.

Ich gehe die Treppe hinunter und horche, ob ich Colton in der Küche höre. Es ist Totenstille, und ich gerate in Panik. Als ich nach Baxter pfeife und auch darauf keine Reaktion erhalte, gehe ich in Richtung unseres Schlafzimmers im Erdgeschoss, in dem wir unsere Trainingsgeräte haben, und sehe, dass die Tür verschlossen ist. Durch sie dringt das Geräusch von Coltons Füßen auf dem Laufband.

Und sosehr ich jetzt auch mit ihm sprechen muss, so muss ich genauso den Tatsachen ins Auge sehen, wie meine Welt nun durch den prüfenden Blick der Öffentlichkeit wahrgenommen wird. Außerdem beschleicht mich das Gefühl, dass in der Art, wie seine Füße auf das Laufband einhämmern, er die Erleichterung gerade braucht, die ihm diese körperliche Anstrengung bringt.

Auf dem Weg zum Büro schnappe ich mir einen Apfel, aber beiße noch nicht einmal davon ab, als der Bildschirm des Computers erst einmal an ist. Bilder über Bilder von mir übersäen den Monitor. Gute Bilder. Schlechte Bilder. Verletzende Bilder.

Kein Wunder, dass sich das Laufband so angehört hat, als ob es gleich auseinanderbrechen würde. Colton muss einen Blick auf das Desaster geworfen haben, bevor er mit dem Laufen angefangen hat.

Die Bilder saugen mir die Luft aus den Lungen, sodass es mich einen Moment kostet – meine Pupillen weiten sich vor Abscheu –, bevor ich meine Atmung wieder normalisieren kann. Und sosehr ich auch weiß, dass ich den Computer abschalten und nicht auf die Links klicken sollte, um zu sehen, wie mich die Öffentlichkeit wahrnimmt, bin das doch ich. Mein Leben. Ich muss wissen, wogegen ich antrete.

Zögernd klicke ich auf den ersten Google-Link und lande prompt auf einer gewaltigen Klatschnachrichten-Seite. Ein Bild von einigen der Jungs und mir, das uns auf einer Werbeveranstaltung vor einigen Monaten zeigt, dominiert die Seite, aber es ist der Titel, der mich erstarren lässt. »Riskante Sache: Sexvideo-Sirene leitet unsere verhaltensauffällige Jugend.«

Meine Hände beginnen zu zittern, als ich den Artikel und die Kommentare dazu lese, die es nicht verdient haben, auf irgendwelchen Seiten zu stehen. »Rylee Donavan weiß ganz genau, wie man sich den begehrtesten Junggesellen der Motorsportwelt angelt. Ich frage mich nur, was sie für dich – gegen eine kleine Geldspende – alles tun würde.« Oder »Werden auf diese Weise heutzutage Spenden gesammelt? Hat Corporate Cares Probleme, ihr nächstes Projekt zu finanzieren, und deshalb entscheidet sich ihre berühmteste Mitarbeiterin, die Sache selbst in die Hand zu nehmen, um den Bekanntheitsgrad zu steigern? Sie ist bekannt dafür, *alles für die Jungs* zu tun. Uns war nicht bewusst, dass sie mit *alles* das hier gemeint hat.«

Link für Link.

Kommentar für Kommentar.

Ich will nicht glauben, was ich da lese und sehe, also klicke ich immer weiter, lese weiter, werde immer geschockter wegen der Grausamkeit der anderen Menschen.

Oh. Mein. Gott! Das ist nicht möglich. Das ist es einfach nicht. Kann nicht sein. Ich bin nicht diese Person. Die Medienschlampe, die nur ihre Karriere voranbringen will. Denn das ist es, was sie aus mir gemacht haben.

Meine Augen brennen, während ich weitersuche, mir die Sachen genau ansehe und nach etwas Nettem in den Links suche, aber ich verarsche mich nur selbst, wenn ich ernsthaft glaube, dass ich so etwas finden werde. Und wenn ich dann doch mal auf so etwas stoße, dann sind die positiven und unterstützenden Storys vier Seiten hinter dem Mist im Sensationsstil begraben, der sich so viel besser verkauft.

Ich bin entsetzt von den Bildern, die ich noch nicht kenne. Denjenigen aus der neuen Version des Videos. Und dennoch kann ich nicht aufhören, die Links weiter anzuklicken und die Zeilen zu lesen. Ich kann nicht aufhören, mir anzusehen, wie all meine harte Arbeit und Hingabe für einen guten Zweck durch den Dreck gezogen werden, weil irgendein Arschloch irgendetwas beweisen will, in das keiner von uns eingeweiht ist.

Ich lasse das Video erneut ablaufen. Bin gelähmt. Gefangen in den Bildern. Gedemütigt. Frage mich zum ersten Mal, ob dahinter mehr steckt als lediglich ein Angriff auf Colton. Das Erste, woran ich denke, ist: Was ist, wenn das hier alles meinetwegen passiert ist? Was, wenn einer der leiblichen Eltern der Jungs eine Hetzkampagne gegen mich führt, weil ich diejenige war, die sich um ihre Söhne gekümmert hat?

Es ist ein lächerlicher Gedanke. Ich schüttle den Kopf, um nicht mehr weiter daran zu denken. Es ist nicht möglich. Selbst wenn es so sein sollte, hatten sie doch keine Ahnung, dass dieses Video überhaupt existierte.

Aber der Gedanke bleibt zurück. Kreist in meinem Kopf und versetzt mich in Sorge. Zieht meine Augen zurück zu dem Video auf dem Monitor, auf dem das letzte Bild eingefroren ist. Ich schließe die Augen und seufze, weil dieses angehaltene Bild zerstörerischer ist als die Sexszene. Es ist eine Nahaufnahme von Colton und mir, als wir gerade aus der Garage gehen. Er schaut zu mir rüber, und ich schaue nach vorn, beinahe so, als ob ich mein Gesicht in Richtung der Kamera wenden würde. So, als ob ich gewusst hätte, dass sie da ist. Das Schlimmste ist, dass ich das fröhlichste Lächeln überhaupt auf meinem Gesicht habe. Emotionen, die ich selbst nach all diesen Jahren noch spüren kann, kommen wieder zu mir zurück, aber dieses Mal sind sie in den Dreck gezogen worden. Weil mein Lächeln aufgrund der körnigen Qualität des Videos jetzt falsch interpretiert werden kann.

Ich sehe selbstzufrieden aus, manipulativ. So, als ob ich genau gewusst hätte, wo die Kamera war, und jedem, der sich den Streifen ansieht, »Schau mal, wen ich mir geangelt habe!« sagen würde.

Versunken in meinen Gedanken starre ich aus dem Fenster und versuche mir zu überlegen, was wir nun tun sollten, weil meine größte Sorge ist, dass dies hier in irgendeiner Weise die Jungs verletzen wird. Jungs, in deren kurzen Leben schon zu viel passiert ist, dass sie jetzt mit Sicherheit auch nicht noch von so etwas hier negativ beeinträchtigt werden sollten.

»Ry?«, ruft mich Colton von der Tür aus, an der er mit einem Handtuch, das er sich um den Hals gehängt hat, steht und daran mit beiden Händen zieht. Auf seiner Brust sieht man den Schweiß vom Training. Er wirkt zurückhaltend, und doch stecken in dieser einen Silbe so viele Fragen. Geht es dir gut? Wirst du noch mit mir reden? Weißt du eigentlich, wie sehr ich dich vermisst habe?

Und lediglich der Klang seiner Stimme beruhigt das Chaos in mir. Während ich letzte Nacht nur noch auf ihn losgehen wollte – ihm die Schuld geben wollte, während es nicht seine Schuld ist –, will ich heute nur, dass er mich in seine Arme zieht und mich festhält.

»Hey«, sage ich, als ich ihn anstarre und ihn plötzlich in einem völlig neuen Licht sehe. Das hier ist seit unserer Heirat das erste echte Problem, dem wir entgegentreten, und dennoch war er in der Lage, einen Schritt zurückzumachen und mir meinen Freiraum zu lassen. Ich wusste, dass es ihn umbrachte, sich nicht sofort auf das Problem zu stürzen und zu versuchen, das sofort wieder in Ordnung zu bringen, was aber nicht wieder in Ordnung gebracht werden kann. »War das Training gut?«

Er zuckt mit den Achseln. »Ich versuche nur, einigen Scheiß aufzuarbeiten«, murmelt er, während er hinter den Schreibtisch kommt, an dem ich sitze, und den Computer ausschaltet. »Sieh dir das bitte nicht mehr an.«

»Schau mal, ich bin das nette Mädchen. Ich mache nichts, das Aufsehen erregt, deshalb ist das hier ...« Ich atme aus, bin nicht sicher, was ich gerade überhaupt sagen will. »Ich musste einfach wissen, wie schlimm es wirklich ist«, erkläre ich ihm ruhig, während meine Augen ihm folgen, als er sich mit der Hüfte gegen den Tisch vor mir lehnt. Einen Moment sitzen wir nur schweigend da, bis ich schließlich meine Hand ausstrecke. Auf halbem Weg trifft seine Hand meine, unsere Finger verflechten sich miteinander in einer unerwarteten Vorführung der Einheit, was sich dumm anhört, aber sich so bedeutungsvoll anfühlt.

Wir beide gegen sie.

»Und ...«

»Es ist schlimm«, sage ich, als ich von unseren Händen aufblicke, um den traurigen Ausdruck in seinen Augen zu sehen. Als ich lediglich meine Lippen aufeinanderpresse und nicke, weil es sonst nichts mehr zu sagen gibt, drückt er meine Finger.

»Ich habe mit meinen Eltern gesprochen. Mit Tanner. Mit Shane.« Meine Stimme wird immer leiser, als der Unglaube wieder Besitz von mir ergreift, doch ich muss ihn wissen lassen, dass ich versucht habe, den Schaden so gering wie möglich zu halten und Unterstützung zu bekommen. Er ist unsicher, wie er mir antworten soll, während er sonst immer weiß, was er zu sagen hat. Er nickt nur mit dem Kopf, während wir uns immer noch unbeirrt ansehen. »Unser Baby wird in dem Wissen aufwachsen, dass es das hier von uns beiden da draußen gibt.« Meine Stimme ist sanft, klingt ganz anders als der Sturm der Wut, der in meinem Inneren tobt, und dennoch kann ich nicht meine Gefühle zeigen. Ich spüre, wie sich seine Finger wegen meiner Bemerkung anspannen, sehe, wie sich sein Adamsapfel von dem erzwungenen Schlucken rasch auf und ab bewegt, und bemerke das Zucken seines Muskels, als er die Zähne zusammenbeißt.

»Wir werden das hier durchstehen.«

Ein herablassendes Lachen entfährt mir. Der erste Bruch in meiner unaufrichtigen Fassade, weil es für ihn ja so einfach ist, so etwas zu sagen. »Ich weiß.« Stimme wiedergefunden, Gefühle existieren nicht, verunsicherter Ton.

Colton starrt mich an, er will, dass ich mehr sage, aber das tue ich nicht. Sein Starren erwidere ich lediglich mit einem leeren Blick, während mir die Google-Bilder von mir durch den Kopf gehen. Schließlich unterbricht er den Blickkontakt und drückt sich mit seinen Fingern in den Nasenrücken, bevor er aufseufzt.

»Schrei mich an, Ry. Brülle. Tobe. Lass deine Wut an mir aus. Mach irgendetwas, aber sei nicht mehr länger still. Weil ich es nicht ertragen kann, wenn du nicht mit mir redest«, bittet er mich inständig. Alles, was ich tun kann, ist, den Kopf zu schütteln, tief in mir zu graben, um meine Gefühle dazu zu bringen herauszukommen. Als ich keine Worte und auch nicht die Gefühle dahinter finden kann, verunsichert ihn das, beunruhigt ihn. »Es tut mir leid, Baby. Waren wir dumm in jener Nacht? Vielleicht. Bereue ich diese Nacht?« Er schüttelt den Kopf.

»Ich bedauere das alles hier – ja, aber diese Nacht an und für sich? Nein. So vieles ist danach passiert, das dich und mich dorthin gebracht hat, wo wir jetzt sind. Tut mir das leid? Nein. Mir tut es nicht leid. Du hast mich in jener Nacht gedrängt, hast mich dazu gebracht, mich selbst zu fragen, ob ich einem anderen Menschen mehr von mir geben könnte.« Er hebt seine freie Hand, um mit seinem Daumen über die Linie meines Kiefers zu streichen. Seine Berührung ist beruhigend, und seine Worte helfen dabei, den Ernst unserer Situation zu relativieren.

»Es ist nicht deine Schuld«, sage ich schließlich, versuche die Sorge in seinen Augen zu lindern.

»Vielleicht nicht direkt ... aber ich habe dich dazu gebracht, nicht mehr Angst davor zu haben, mal etwas zu tun, was du sonst nicht tun würdest ... etwas zu tun, was nicht deinem Naturell entspricht, und schau, was deswegen passiert ist. Es tut mir ja so leid. Ich wünschte, ich könnte es wieder geradebiegen«, sagt er, lässt seinen Kopf sinken, während er ihn niedergeschlagen schüttelt. »Das Einzige, was ich versuchen kann, ist, den Schaden abzuschwächen. Das ist alles.« Er wirft seine Hände hoch. »Es bringt mich um, weil ich es nicht wieder in Ordnung bringen kann.« Dass seine Stimme bricht und er den Körper anspannt, hat mir alles gesagt, was ich wissen musste, selbst wenn er nichts gesagt hätte.

Ich sehe auf meinen schmerzlich schönen Ehemann, der so verzweifelt versucht, die Dinge, die falsch gelaufen sind und für die er nicht verantwortlich ist, wieder geradezubiegen. Es mit meinen eigenen Augen zu sehen, dass er genauso mitgenommen ist wie ich, bewirkt, dass ich mich ein bisschen besser fühle, und erlaubt mir, tief nach meinen Emotionen zu graben. Endlich finde ich die Worte, die ich brauche und die ich ihm sagen will. Die Entscheidungen, die ich letzte Nacht traf, als ich auf der Dachterrasse saß und mir über die lebensverändernde Situation, in der wir nun stecken, Gedanken machte.

»Stopp! Hör bitte auf, dich wegen dieser Sache fertigzumachen. Ich gebe dir nicht die Schuld.« Ich mache eine Pause, beiße mir auf die Unterlippe, als ich meine Gedanken in Worte fasse und darauf warte, dass er den letzten Satz hört. »Danke, dass du mir letzte Nacht meinen Freiraum gelassen hast. Zuerst war ich sauer auf dich ... aber nur, weil du hier derjenige bist, den man niedermachen könnte. Je länger ich dasaß und nachdachte, realisierte ich, dass mein Zorn jedoch auf diejenigen gerichtet ist, die uns das angetan haben. *Sie* waren es, die einen Moment zwischen dir und mir genommen und daraus etwas gemacht haben, worüber andere richten und uns lächerlich machen können.«

Colton zieht an meinen Händen, sodass der Stuhl, auf dem ich sitze, ihm entgegenrollt. Er lehnt sich nach vorn – unsere Gesichter sind nur wenige Zentimeter voneinander entfernt – und blickt mir tief in die Augen. »Keiner kennt uns. Keiner versteht, warum unsere Beziehung funktioniert, außer uns beiden. Ich kenne dein wirkliches Ich, Rylee Jade Thomas Donavan. Sie haben nicht den blassesten Schimmer, wie unglaublich du bist. Nur ich habe das Privileg, dich mit allen deinen Ecken und Kanten zu kennen. Ich bin der Einzige, der es hört, wenn du schreist und tobst und wie du dann diese kleine Falte auf deiner Stirn bekommst, die so verdammt hinreißend ist. Ich liebe es, dass du die Jungs liebst, als ob sie dein Leben wären, und dass du niemals etwas tun würdest, um sie zu verletzen. Ich weiß, dass du diszipliniert und bescheiden bist und es hasst, etwas einmal ganz anders zu tun, aber dass du es dennoch manchmal für mich machst. Die Tatsache, dass du es tust, bedeutet mir sehr viel. Und noch mehr als alles andere liebe ich, dass du mich *gerannt* hast, selbst dann noch, als ich keine Reifen mehr auf der verdammten Rennbahn hatte.«

Seine Worte hauen mich um und wickeln sich um mein Herz wie eine Schleife um ein Päckchen, dessen Geschenkpapier zerfetzt und zerrissen ist. Sie kriechen in meine Seele und breiten sich dort aus, weil sie genau das sind, was ich hören musste, um die Liebe, die ich ihm gegenüber verspüre, zu verstärken. Mein ruppiger, arroganter Ehemann kann der Mann sein, den ich brauche, wenn es am allernötigsten ist, und das spricht Bände, wie viel ich ihm bedeute.

Er lehnt sich nach vorn und gibt mir einen Kuss auf die Lippen – so sanft, dass ich ihn sogar noch mehr liebe. Als er sich etwas zurücklehnt, legt er seine Stirn an meine, unsere Nasen berühren sich, sein Ausatmen ist mein nächster Atemzug, und ich fühle mich ein bisschen stabiler, auch wenn sich nichts geändert hat.

»Wir stehen das gemeinsam durch, Ry. So, wie wir es auch schon vorher getan haben. So, wie wir es immer tun werden. Das, was zwischen uns ist …«, sagt er, und aus seiner Stimme hört man die tiefen Gefühle, die er für mich hegt. Er macht eine Pause, um die richtigen Worte zu finden. »… ist eine wunderbare Sache.«

»Eine wunderbare Sache ist niemals perfekt«, murmele ich.

»Du hast recht. Wir sind weit davon entfernt, perfekt zu sein. Wir sind auf perfekte Weise unperfekt.«

Wenn ich noch nicht bereits völlig verliebt in meinen Ehemann wäre, würde mich seine Beschreibung überzeugen. Sie verstärkt den Pfeilschuss durch mein Herz. Worte, die ich einst benutzte, um ihn zu beschreiben, sind nun zurückgekehrt, um genau zu erklären, was wir als Paar sind. Und die Tatsache, dass er es erkennt, akzeptiert und anerkennt, macht es noch um so vieles bedeutungsvoller.

»Du hast recht«, sage ich mit zittriger Stimme. Er gibt mir einen Kuss auf die Nasenspitze und lehnt sich dann zurück, streicht mir meine zerzausten Haare aus dem Gesicht, bevor er es in seine Hände nimmt, sodass ich sein Vorhaben in seinen Augen sehen kann.

»Ich verspreche dir, dass ich herausfinde, wer uns das angetan hat, und sie dafür bezahlen werden.« Seine Aussage bedeutet mir sehr viel, aber ich weiß, dass selbst wenn er sie findet, der Schaden bereits vollzogen ist. Wir werden niemals in der Lage sein, diese Bilder – das Intime dieses Moments – zurückzubekommen, und so nicke ich lediglich als Antwort.

»Irgendwie muss ich mit den älteren Jungs darüber reden.« Auch wenn ich völlig ratlos bin, was ich ihnen genau sagen soll. Jeder, abgesehen von Auggie, ist im Teenageralter. Teenager werden durch ihren weitreichenden Zugriff auf die sozialen Medien früher oder später von dieser Sache erfahren. Der Gedanke lässt mir das Herz in die Hose rutschen.

»Nein, das wirst du nicht.« Er reibt sich mit dem Handtuch durch seine Haare und schüttelt dann den Kopf, so als ob ich verrückt geworden wäre.

»Auf einigen der Bilder, die überall im Internet verbreitet wurden, sind sie drauf zu sehen, Colton. Natürlich muss ich mit ihnen reden.« Ich werde leicht hysterisch. »Die Kinder in der Schule werden anfangen zu reden. Sie müssen es von mir hören. Das müssen sie einfach. Ich will nicht, dass sie über mich denken, ich wäre irgend so eine ...« Meine Stimme verstummt allmählich, als ich versuche, mir vorzustellen, was sie jetzt wohl über mich denken.

»Ry, hör mir zu. Sie lieben dich. Du musst nichts ...«
»Doch, das muss ich.«
»Ich werde mit ihnen reden«, sagt er daraufhin in einem sachlichen Ton. Verwundert hebe ich schnell meinen Kopf, da ich weiß, wie unangenehm ihm so was ist.
»Du wirst was?«
»Gerade jetzt, mit den ganzen Presseleuten da draußen, wirst du das Haus auf gar keinen Fall verlassen. Ich lasse es nicht zu, dass sie Fotos von dir schießen, um Futter für ihre Lügen zu haben. Sie können mich haben ... lass sie mich mies behandeln. Nicht dich. Auf gar keinen Fall!« Seine Worte schocken mich, auch wenn sie es nicht sollten. »Chase wird für uns eine Erklärung für die Presse abgeben. Hoffentlich hilft es dabei, das Ganze abebben zu lassen.«

»Hm, hm ...« Ich muss ihn gerade ganz verschreckt anstarren, weil die Leute dennoch immer wissen werden, wie ich nackt aussehe, auch wenn diese Sache irgendwann abflauen wird. Das ist nichts, was leicht zu verdauen ist. Nicht jetzt. Niemals! Und selbst wenn Chase diese Erklärung abgibt, wird es nur sehr wenig dazu beitragen, die Sensationsgier zu zügeln.

»Ich muss jetzt duschen gehen. Dann werde ich für den Rest der Woche von zu Hause aus arbeiten«, sagt er, als er sich erhebt. Durch seine Bemerkung zieht sich mein Magen vor Sorge zusammen.

»Morgen habe ich meine nächste Schicht.« Plötzlich wird mir klar, dass das echte Leben inmitten dieses ganzen Chaos irgendwie weitergehen muss. »Könntet Sammy und du euch etwas überlegen, wie man mich hier rausbekommt, sodass ich hinkommen kann?«

In der Minute, in der sein Körper erstarrt, weiß ich bereits, dass ein Streit im Anmarsch ist. Er ist nicht enttäuscht, geht aber sofort zum Angriff über. »Dr. Steele hat heute Morgen angerufen.« Sofort bin ich genervt und in Abwehrhaltung, bevor er überhaupt noch ein weiteres Wort sagen kann. Mich beschleicht das Gefühl, als ob er darauf gewartet hätte, das hier anzusprechen. Innerlich stöhne ich, weil das bedeutet, dass er über meine Blutdruckprobleme Bescheid weiß.

»Ja?«, sage ich lässig, obwohl ich innerlich bereits auf den coltonischen Weltkrieg vorbereitet bin.

»So wie ich es sehe, bleibst du morgen zu Hause.«

»Das ist Bullshit!« Er hebt lediglich die Augenbrauen, um *Wollen wir wetten?* zu erwidern.

»Na ja, mir scheint, sie hätte angerufen, um sich nach deinem Wohlergehen zu erkundigen. Sie meinte, sie mache sich etwas Sorgen wegen deines Blutdrucks ... wegen des Ganzen hier.« Ich wende meinen Blick ab und starre auf meine Hände, die ich in meinem Schoß gefaltet habe.

»Mir geht's gut.« Ich nicke mit einem erzwungenen Lächeln auf den Lippen.

»Das ist nicht das, was sie gesagt hat«, erwidert er,

was mir das Gefühl gibt, als ob genannter Blutdruck gerade in die Höhe schießt.

»Colton, ich werde morgen zur Arbeit gehen – mit oder ohne deine Hilfe. Wenn du willst, dass mein Blutdruck niedrig bleibt, wirst du mir dabei helfen«, feuere ich mit zusammengepressten Lippen und hochgezogenen Augenbrauen zurück. Zwei können dieses Spielchen spielen. Wir starren einander an – jeder fordert den anderen mit seinem Blick heraus nachzugeben, aber keiner rührt sich.

»Genau. Ich werde dir helfen. Ich werde stattdessen gehen und mit den Jungs reden ...« Er hebt seine Augenbrauen. »... während du hierbleibst.«

»Dräng mich nicht«, warne ich ihn.

Sein Lachen erfüllt den Raum. »Das ist lächerlich, Donavan«, sagt er mit einem Kopfschütteln, als er in Richtung Tür geht. »Ich muss duschen, aber diese Diskussion ist hiermit beendet.«

Als Antwort schnaube ich nur. Abrupt bleibt er stehen, sein Rücken ist mir immer noch zugewandt, als er sagt: »Ich liebe die Jungs, Rylee. Mehr, als du dir vorstellen kannst. Ich hatte mal gesagt, dass ich mich nie zwischen euch stellen würde ... aber du und unser Baby, das du unter deinem Herzen trägst, habt oberste Priorität für mich. Numero uno! Du solltest besser damit anfangen, das genauso zu sehen, oder wir beide kriegen ernsthaft Probleme miteinander. Ende der Diskussion.« Und er gibt mir noch nicht einmal die Chance, meinen Mund wieder zuzuklappen, um ihm etwas entgegenzusetzen, bevor er aus dem Büro abdampft und mir noch ein »Und lass den Computer aus!« über seine Schulter zuruft.

Während ich noch auf die Tür starre, bin ich mir nicht

mehr sicher, was ich jetzt denken soll, also lehne ich mich in meinem Stuhl zurück und versuche, langsam und gleichmäßig zu atmen, um mich wieder zu beruhigen. Colton hat noch nie zuvor so etwas zu mir gesagt, und obwohl alles, was er gerade eben meinte, durchaus Sinn macht, bin ich immer noch verblüfft, dass er es gesagt hat. Und während ein kleiner Teil in mir ganz warm wird, weil mir sein Verhalten zeigt, dass er sich um mich kümmern will, ist ein größerer Teil von mir genervt, dass er mir Vorschriften machen will. Welch eine Ironie.

Es bedeutet ja nicht, dass ich seine Anweisungen befolgen müsste.

Ich schaue an die Zimmerdecke und schließe dann für einen Moment die Augen. Die vielen Dinge, die ich noch zu erledigen habe, rasen mir durch den Kopf, aber nichts davon kann ich tun, weil ich das Haus nicht verlassen und mein Leben nicht normal weiterführen kann. Ich stecke hier fest, und der Gedanke allein löst bei mir klaustrophobische Gefühle aus.

Ich bin ungeschützt gegenüber der Welt, aber eine Gefangene in meinem eigenen Haus.

Während ich mich besiegt fühle, öffne ich wieder die Augen und schaue auf den Strand hinter den Fenstern. Und zum ersten Mal, seitdem wir uns kennen, kann ich wirklich nachvollziehen, warum Colton hier an seinem geliebten Strand einen Zufluchtsort findet – das Krachen der Wellen, den Sand unter den Füßen zu spüren und das Gefühl, ein winziger leuchtender Punkt auf dem Radar von Mutter Erde zu sein.

Ich muss leise lachen, als mir ein Licht aufgeht. Am Strand fühlt er sich unbedeutend. Wie passend für einen

Mann, der mir einst sagte, dass ich das niemals für ihn sein würde, aber dennoch verspürt jener Mann gelegentlich das Bedürfnis, sich so zu fühlen.

Ich lasse die Geschehnisse von damals noch einmal Revue passieren. Der Hauch eines Lächelns spielt um meine Lippen, als ich mir die Merit-Rum-Party in Erinnerung rufe: Tanzen im Klub, gefolgt davon, dass er mir im Gang hinterherrannte. Wütende Worte. Verächtliche Küsse. Hungrige Augen. Eine Fahrt im Aufzug in dem Penthouse mit einer versprochenen Drohung, sich entscheiden zu müssen. Ja. Oder. Nein.

Die Erinnerung spendet mir Trost. Ohne jene Nacht gäbe es wahrscheinlich das hier nicht. Keinen Colton. Kein Baby. Kein Chaos, vor dem man sich verstecken will.

Meine Augen werden zurück zum Strand gezogen. Zurück zu der Versuchung von Coltons Zufluchtsort. Trauigerweise könnte ich jetzt, selbst wenn ich wollte, nicht dorthin flüchten. Zumindest kann er auf sein Surfboard steigen und in seinen Arbeitspausen aufs Meer rauspaddeln, um etwas Distanz von den Fotografen zu bekommen. Ich hab da nicht so viel Glück.

Was würde ich nicht in diesem Moment dafür geben, wenn ich unbedeutend wäre.

Und dennoch weiß ich – tief in mir drin, ganz egal, wie sehr ich es auch versuche –, dass ich das nie für Colton sein werde. Er würde es niemals zulassen. Mein attraktiver, komplizierter und äußerst dickköpfiger Ehemann ist viel zu stolz auf diese beiden Dinge, von denen er nie glaubte, sie jemals zu haben – eine Ehefrau und ihre Liebe –, als dass ich mich jemals wieder unbedeutend fühlen müsste.

7

COLTON

»Schnappt euch ein Bier, Jungs.«

Der Ausdruck auf ihren Gesichtern? Verdammt unbezahlbar, als ich mich zur Kühlbox neben dem Tisch bewege. Aidens Mund steht sperrangelweit offen, wartet darauf, Fliegen einzufangen. Sowohl Rickys als auch Kyles Augen sehen aus, als ob sie gleich aus ihren Köpfen fallen würden. Zander und Scooter rutschen unruhig auf der Bank hin und her, werfen Blicke über ihre Schulter, so als ob sie Angst hätten, dass Jax gleich hereinkommt und sie in Schwierigkeiten geraten.

»Na los«, ermutige ich sie und lehne mich dann herüber, um die Dose selbst zu öffnen.

Aiden sieht es als Erster. Sein Lachen erschallt durch den Raum. »Es ist Root Beer, Jungs.« Seine Stimme klingt teils erleichtert, teils ungläubig, als er seinen Kopf schüttelt und die silbernen Dosen den anderen reicht.

Die anderen kommen dazu. Ihr Blick wandert von den Dosen zurück zu mir. Sie sehen neugierig aus, warum ich wohl hier bin und was eigentlich los ist. Das Aufknacken der Dosenaufsätze erfüllt den Raum. Ich warte, bis sie den ersten Schluck genommen haben und wieder zurück zu mir blicken.

»Ich muss ein Gespräch von Mann zu Mann mit euch führen, Jungs, deshalb hab ich mir gedacht, dass ihr ein oder zwei Bier haben könntet, während wir ein bisschen quatschen.« Ich nicke, um meinen Standpunkt zu bekräftigen, und fünf Jungs nicken als Antwort zurück. »Stecken wir in Schwierigkeiten?«, fragt Ricky und befingert den Aufsatz seiner Dose.

»Nein, aber ich muss mit euch über etwas reden, Jungs.« Scheiße. Scheiße. Scheiße. Warum bin ich nur so nervös? Ich blicke runter auf meine Hände. Reiß dich zusammen, Donavan. Sie sind alle unter vierzehn. Wie werde ich das jetzt anstellen? Mist.

»Worüber?«, fragt Zander mit hochgezogenen Augenbrauen und unschuldiger Stimme.

Und Scheiße. Unschuldig ist hier das Stichwort. Wusste ich mit dreizehn, was Sex ist? Verdammt ja, das wusste ich. Jedenfalls dachte ich, dass ich's wüsste. Ein unschöner Zungenkuss mit Laura Parker beschreibt dann aber auch schon das ganze Ausmaß. Das Bettzeug, das ich am nächsten Morgen zusammenknüllte, weil es mir peinlich war, dass meine Mutter es findet, war meine Realität gewesen.

»Also ... ihr Jungs könntet Sachen an der Schule hören oder im Fernsehen oder Internet über Rylee und mich sehen.« Gerunzelte Augenbrauen. Lippen verziehen sich. Und meine Handflächen schwitzen. Ich räuspere mich. »Manchmal tun Erwachsene im Überschwang des Augenblicks Dinge, die zu ... äh ... hm ... Konsequenzen führen.«

»Überschwang des Augenblicks?«, kichert Aiden. Ich könnte schwören, dass ich rot anlaufe – zum ersten Mal seit einer gefühlten Ewigkeit.

»Wisst ihr, manchmal tut man etwas, ohne vorher darüber nachzudenken ...«

»So wie das eine Mal, als du auf die Theke geklettert bist, um die Kekse vom Kühlschrank runterzuholen und ...«

»Nein. Nicht so was«, unterbreche ich Kyle. Meine Güte, das hier wird ja richtig schwierig. »Eher wie wenn sich zwei verheiratete Menschen lieben, dann ...«

»Müssen sie verheiratet sein?«, unterbricht mich Scooter.

Ernsthaft? Muss ich jetzt wirklich so eine Richtung einschlagen? Ich habe das Gefühl, als säße ich auf heißen Kohlen. Meine Eier brennen, und ich kann nicht stillsitzen.

»Im Grunde genommen ja.« Dafür wird mich der Blitz beim Scheißen treffen. Dass ich lüge, dass sich die Balken biegen.

Aiden kichert schon wieder. Ich nehme an, dass er mit vierzehn weiß, worauf ich hinauswill. Und er findet es witzig, mir dabei zuzusehen, wie ich mich abstrample.

»Jedenfalls wird es Gerede über uns geben, und ich wollte sagen, dass ihr Rylee kennt. Also glaubt bitte nichts von dem Mist, der rumerzählt wird.«

Da! Vielleicht wird das schon reichen.

»Aber warum? Was ist denn im Internet?«

Scheiße, ich hab's gerade vermasselt. Wenn ich in ihrem Alter wäre und mir jemand so was sagen würde, würde ich sofort online gehen und danach suchen. Neugierde und so.

Schon wieder das Gekicher von Aiden. Eines, das mir sagt, dass er entweder Bescheid weiß, weil irgendjemand heute in der Schule etwas gesagt hat, oder es ahnt.

Bewahr einen kühlen Kopf.

»Fünf drei X«, murmelt er atemlos, was mich total verwirrt, aber für die anderen vier macht es scheinbar Sinn, so wie sie schnell ihre Köpfe zu ihm drehen und wie ihre Münder aufklappen, als ob sie ganz genau wüssten, wovon er redet.

»Was?«, frage ich.

Fünf Augenpaare schauen runter auf ihre Dosen und lassen mich weiter im Dunkeln tappen.

»Irgendjemand muss mir erklären, was fünf drei X bedeutet.«

Als Antwort bekomme ich Gekicher mal fünf.

»Aiden?«

Er schaut auf, sieht in meine Augen, und der Blick, den er mir zuwirft, macht mir klar, dass er ganz genau weiß, was ich ihnen sagen will. Ein einziger vernichtender Blick, der mir sagt, dass er sauer auf mich ist, was er auch immer über Ry gelesen haben sollte – als ob das alles meine Schuld wäre –, und alles, was mir dazu einfällt, ist, zu seufzen und mir mit einer Hand durchs Haar zu fahren. Und versuchen herauszufinden, worüber er redet.

Ein Teil von mir liebt diesen Blick, den er mir zuwirft. Er ist sauer auf mich, weil er Rylee beschützen will, aber zur selben Zeit ... echt jetzt? Ich werde durch den Blick eines Vierzehnjährigen beschimpft?

Und dann geht mir ein Licht auf. Wie fünf drei X aussieht. 53X.

SEX.

Verdammt noch mal. Wann bin ich so alt geworden, dass ich nicht mehr solche Ausdrücke kenne, und wann sind diese Kinder so alt geworden und sind es andererseits aber auch wieder nicht?

Ich schüttle meine Knie aus. Atme durch. Was zur Hölle soll ich denn jetzt sagen? Ich wollte eigentlich nicht mit dem Sex-Teil anfangen. Oder? Ich weiß es ja noch nicht einmal selbst. Ich dachte, dass das hier ein Klacks werden würde. Eine kleine Unterhaltung. Irgendwie so was nach dem Motto *Glaubt nicht alles, was ihr im Internet seht oder hört.*

Und nun habe ich Bienchen und Blümchen am Hals, und der kleine Mistkerl Aiden hat gerade ein ganzes verdammtes Hornissennest auf mich geworfen, als ich mal kurz nicht hingeschaut habe.

Weiß jemand, wie sich ein Fisch auf dem Trockenen fühlt?

»Kumpel, das ist völlig in Ordnung«, sagt Aiden, der für die Jungs das Wort ergreift, außer den zwei Jüngsten Zander und Scooter, die rot anlaufen.

»Nein, es ist nicht in Ordnung«, sage ich, finde meine innere Stabilität wieder. »Rylee ist superbesorgt, dass ihr da mit reingezogen werdet, und sie will euch nicht …«

»Hör mal zu, wir werden nichts anklicken, okay?« Meine Augen fallen mir fast aus dem Kopf. »Niemand will euch beim Bumsen zuschauen … am allerwenigsten wir.«

Das ist auch eine Art, wie man es ausdrücken könnte. Mein Mund wird trocken, als Gekicher einsetzt. Röte schleicht sich auf ihre Wangen, und die Augen haben sie von mir abgewandt.

»Na ja … dann …« Scheiße. Gut gemacht, Donavan. Du hast es hingekriegt, dass Aiden jetzt sauer auf dich ist, aber hast es immer noch nicht hinbekommen, ihnen zu verklickern, dass es hier um weitaus mehr geht als nur um Sex. Ich reibe mir mit einer Hand übers Gesicht und versuche mir zu überlegen, was ich sagen soll, um mein Anliegen deutlich zu machen. »Hört mal zu, Jungs. Ihr liebt Rylee so sehr wie ich, richtig?« Einstimmiges Nicken, und jedes Augenpaar wird zusammengekniffen, während sie darauf warten, was ich sonst noch zu sagen habe. »Das habe ich mir gedacht. Deshalb muss ich sichergehen, dass ihr begreift, dass wegen diesen Bildern gemeine, hässliche Dinge über sie gesagt wurden. Sie ist deshalb aufgebracht und sehr verletzt. Aber mehr als alles andere macht sie sich Sorgen, dass ihr da auch noch mit reingezogen werdet. Also wenn ich euch bitte, nichts im Internet anzuklicken, dann tut es auch nicht. Wenn ich euch darum bitte, nicht irgendwelche beschissenen Dinge zu glauben, die über sie oder ihre Gründe, warum sie Corporate Cares unterstützt, erzählt werden, glaubt ihnen nicht. Rylee liegt viel an euch, Jungs, und sie würde sich selbst dafür hassen, wenn ihr wegen dieser Geschichte in irgendeiner Weise verletzt werden würdet. Also könnt ihr mir diesen Gefallen tun? Könnt ihr das Ganze einfach ignorieren und so tun, als ob nichts geschehen wäre, sodass sich Rylee um euch keine Sorgen machen muss?«

Zum Teufel noch mal, bitte tut mir den Gefallen und versteht, worum ich euch bitte.

Aidens Blick begegnet meinem. Die unreife Selbstgefälligkeit von vor wenigen Minuten ist wie weggeblasen. Sie wurde ersetzt durch einen verständnisvollen Ausdruck, der ihn erwachsener erscheinen lässt. Er nickt mir einmal zu, seine Augen sagen mir die unausgesprochenen Worte: *Wir versprechen es.*

Ich rutsche auf meinem Sitz herum, will gerade nur vor Erleichterung zusammensacken. Gott sei Dank. Ich fange an zu reden und halte dann inne, bin unsicher, was ich als Nächstes sagen soll.

»Dodgers«, sagt Aiden, der meine Unsicherheit bemerkt und schneller, als man gucken kann, das Wort ergreift. »Lasst uns jetzt über das Dodgers-Spiel letzte Nacht reden.«

Ich kann nur den Kopf schütteln.

Ich bin noch nicht bereit für diesen Erziehungsmist.

8

RYLEE

»Was zum Teufel meinst du mit frühzeitige Entlassung?«
Ich höre Coltons Stimme von der Treppe her, die bis nach oben ertönt und mich aufschrecken lässt, während ich gerade über den Fallberichten sitze, die ich an meinem Laptop fertig zu machen versuche. Sofort stelle ich meinen Computer beiseite und gehe runter, um herauszufinden, was passiert ist.

»Ich weiß, CJ. Ich weiß«, sagt Colton. Jetzt bin ich in dem großen Raum und kann ihn sehen. Sein Rücken ist mir zugewandt und wird umrahmt von den geöffneten Türen zur Terrasse. Eine Hand hat er an seiner Seite zur Faust geballt, seine Körperhaltung ist angespannt.

»Aber das ist schon ein sehr großer Zufall, findest du nicht? Das Timing, seine Rechtfertigung ... das ist doch alles sehr verdächtig.«

Colton muss meine Anwesenheit spüren, denn er dreht sich um und schaut mir in die Augen. Er hebt einen Finger, um mich zu bitten, noch einen Moment zu warten, bis er das Gespräch beendet hat. Ich beobachte, welche Gefühle ihm übers Gesicht huschen, während er unserem Anwalt zuhört. Er bewegt sich, um die Ruhelosigkeit zu beruhigen, was immer ihm CJ auch gerade erzählen mag. Meine Augen folgen seinem unruhigen Auf-und-ab-Gehen, und ich versuche mir vorzustellen, was hier wohl gerade los sein könnte. Sie verabschieden sich, und dann dreht er sich wieder um und blickt mir ins Gesicht.

»Eddie.«

Das ist alles, was er sagt, als er seine Hände zusammenklatscht. Bloß dieser Name – ein Schlag aus unserer Vergangenheit – und Coltons reflexartige Reaktion bewirken, dass Details von vor drei Jahren zurück in mein Gedächtnis fluten. Das CD-Enterprise-Patent für eine bahnbrechende Nackenschutz-Erfindung, die abgelehnt wurde, weil bereits jemand anderes in dem Prozess war, eine sehr ähnliche genehmigt zu bekommen. Sogar nahezu identisch. Recherchen ergaben, dass der andere Patentanmelder für die Erfindung exakt die gleichen Entwürfe wie CDE hatte. Es bedurfte tieferer Nachforschungen durch die Schichten des Konzerns, um herauszufinden, dass Eddie Kimball im Vorstand saß.

Derselbe Eddie Kimball, den Colton gefeuert hatte, weil er besagte Entwürfe zuvor gestohlen hatte.

Als ich in Coltons Augen sehe, in denen das Feuer aufflammt, denke ich an den zweijährigen Rechtsstreit, der dem Ganzen folgte – über die Eigentumsrechte und zukünftigen Einnahmen von der Erfindung, die auf den Entwürfen basierte. Ich werde wieder an den ganzen Stress erinnert, die Lügen, die Anschuldigungen, die Vermittlungsgespräche und Abfindungsangebote von Eddies Seite aus, um Zeit zu schinden. Nachdem ein Vermögen für Rechtsbeistand ausgegeben worden war, entschied sich das Gericht schließlich zu unseren Gunsten und verurteilte Eddie wegen zahlreicher Vergehen – Betrügerei, Eidbruch, Falschaussage – und verknackte ihn zu einer vierjährigen Gefängnisstrafe.

»Wie?«, frage ich. Ich rechne gedanklich nach, wie viele Jahre er noch abzusitzen hat, und das mache ich über jemanden, von dem ich mir bereits innerlich gesagt hatte, dass er für immer aus unserem Leben verschwunden wäre. Die Gerichtsverhandlung endete vor drei Jahren. Eddies Gefängnisstrafe sollte vier Jahre andauern.

»Frühzeitige Entlassung. Gute Führung. Die Gefängnisse sind zu überfüllt wegen dem Three-Strikes-Gesetz.« Er beantwortet meine unausgesprochene Frage, während er sich mit einer Hand durchs Haar fährt. Er nickt, und ich kann sehen, wie er gedanklich versucht, die Puzzleteile zusammenzusetzen.

»Tawny wusste, wo wir waren.« Das ist alles, was ich dazu sage. Meine Stimme ist leise, mein Blick auf ihn konzentriert. Er sieht auf, kneift die Augen zusammen und beißt die Zähne zusammen, er will mich das nicht noch einmal sagen hören.

»Ich weiß«, seufzt er. »Aber ich versuche gerade herauszubekommen, wie das alles zusammenpasst. Was? Hat Tawny das Video von uns in jener Nacht besorgt? Falls sie es damals getan haben sollte, dann frage ich mich, warum sie es behalten und erst all die Jahre später veröffentlicht hat.« Er lässt sich auf die Couch plumpsen und nimmt seinen Kopf in die Hände, während er versucht, aus dem Ganzen schlau zu werden.

Ich gehe zu ihm, setze mich neben ihn und lehne meinen Kopf an seine Schulter.

»Ich kann dir deine Fragen nicht beantworten, aber das scheint alles einfach so praktisch für sie zu sein, als dass sie da nicht doch ihre Finger mit im Spiel hätte.« Meine Stimme ist ruhig, doch der Ärger feuert bei dem

Gedanken durch meine Adern, dass einer von beiden in der Sache mit drinsteckt. Dabei sollte ich von ihnen eigentlich gar nichts anderes erwarten.

Schlampen werden sich niemals ändern, ich will allerdings keinen weiteren Gedanken mehr an sie verschwenden. Wenn sie das hier getan hat, dann gnade ihr Gott, wenn Colton sie erst fertigmacht.

Der Gedanke macht die öffentliche Demütigung nicht weniger schlimm, aber zumindest könnte es sein, dass wir durch diese neue Information über Eddies Entlassung einen neuen Anhaltspunkt haben.

»Kelly versucht, ihn durch seinen Bewährungshelfer ausfindig zu machen«, sagt Colton und reißt mich dadurch aus meinen Gedanken. Er streckt seine Hand aus und drückt mein Knie, um mir zu zeigen, dass er für mich da ist, obwohl ich weiß, dass er gedanklich gerade meilenweit entfernt ist.

»Das ist alles einfach nur beschissen«, murmele ich, spreche meine Gedanken laut aus und bekomme ein Geräusch der Zustimmung von ihm. Einige Augenblicke sitzen wir einfach nur da. Die Stille ist beruhigend, weil wir wissen, dass es außerhalb dieser Blase, mit der wir uns umgeben haben, Leute gibt, die uns auseinanderbringen wollen.

Mein Handy klingelt von der Küchentheke her, was mich aufseufzen lässt, weil ich mir sicher bin, dass es irgendein aufdringlicher Presse-Mensch ist. »Ich muss meine Nummer ändern«, stöhne ich.

»Ich kümmere mich darum«, sagt er. Er kommt mir zuvor und erhebt sich von der Couch. Allerdings wäre in der Zeit, die es gebraucht hätte, um mein schwangeres

Selbst hochzuwuchten, der Anruf vermutlich ohnehin an meine Mailbox weitergeleitet worden.

Ich sinke zurück in die Couch und warte darauf, dass Colton ans Telefon geht und seine Wut an dem Anrufer auslässt, deshalb bin ich überrascht, als ich höre, wie er die Person am anderen Ende der Leitung freundlich begrüßt.

»Hey, guten Tag!«, sagt Colton. »Sie ist hier, Teddy. Einen Augenblick bitte.«

Und dann ist da irgendetwas an diesem Bruchteil einer Sekunde, der meinen Geist – der von allem an diesem Tag überfordert worden ist – hervorragend funktionieren lässt. Ich dachte an meine Eltern und an die Jungs. Ich las Artikel, die meine Beweggründe denunzierten und mir unterstellten, ich hätte das Video selbst veröffentlicht, um mir dadurch Vorteile zu verschaffen. Ich rief Jax an, damit er meine Schicht übernimmt. Dabei habe ich ganz vergessen, meinen Chef anzurufen. Kein einziges Mal habe ich an Schadensbegrenzung gedacht oder was dieser Mann, den ich zutiefst bewundere, jetzt wohl über mich denken mag.

Schwangerschaftsdemenz ...

Oh Scheiße.

Szenarien flackern durch meinen Kopf, als ich Colton das Telefon abnehme. Unsere Blicke treffen sich für einen kurzen Moment, und ich kann bereits sehen, dass er dasselbe denkt wie ich.

»Hey, Teddy«, sage ich. Meine Stimme klingt zehnmal enthusiastischer, als wie ich mich gerade fühle.

»Wie geht's dir, Kleine?«, fragt er vorsichtig.

»Es tut mir leid, dass ich dich nicht angerufen habe.«

Sofort benutze ich wieder diese vier Wörter, obwohl ich eigentlich gar nichts falsch gemacht habe.

»Das muss es nicht.« Das ist alles, was er sagt, und die unangenehme Stille hängt zwischen uns in der Leitung. Ich kann spüren, dass er sich gerade etwas auszudenken versucht, wie er am besten an dieses Gespräch herangehen könnte. »Aber wir müssen reden.«

Und die Angst, die ich für einen Augenblick zurückgestellt hatte, kehrt mit Glanz und Gloria zurück.

»Was kann ich für dich tun, Teddy?« Ich verspüre das Bedürfnis, aufzustehen und mich ein bisschen zu bewegen, um den Unfrieden zu unterdrücken, den ich bereits verspüre, aber mir fehlt die Energie dafür. Colton kommt hinter die Couch, legt mir seine Hände auf die Schultern und beginnt, die Anspannung wegzumassieren.

Mein Boss seufzt, und das ist das einzige Geräusch, das ich hören muss, um zu wissen, dass meine Ängste bezüglich seines Anrufs berechtigt sind. »Das sind solche Heuchler. Einige Wohltäter lehnen sich dagegen auf, dass du das Projekt leitest.«

Ich atme tief ein, verkneife mir die Bemerkungen, die mir auf der Zunge liegen. »Ach so. Nun gut, dann gebe ich eben die Leitung ab. Lass mich weiterhin meine Schichten machen, und ich werde beim anstehenden Projekt hinter den Kulissen arbeiten.«

Als er nicht sofort antwortet, beiße ich mir auf die Unterlippe. »Ich wünschte, ich könnte das.« Und dann wieder Stille. Wir seufzen gleichzeitig, das Geräusch ist eine Symphonie des Unbehagens.

»Was meinst du damit, du wünschtest, du könntest es?«

»Ry ...«

Und dann wird mir alles klar. Wenn es nach ihm geht, soll ich bei dem Projekt nicht hinter den Kulissen arbeiten. Er will mich komplett raushaben.

»Oh«, sage ich. Coltons Finger verkrampfen sich, als er meine Anspannung bemerkt. Gerade jetzt bin ich froh, dass er mein Gesicht nicht sehen kann, weil er sonst bemerken würde, dass ich am Boden zerstört bin. Er fühlt sich schon schuldig genug für Dinge, die er nicht kontrollieren kann. »Ich werde nicht das Projekt in Gefahr bringen. Die Jungs, die Aufgabe, das alles bedeutet mir einfach zu viel. Ich habe mein Blut, Schweiß, Tränen und mein Herz in diese Sache reingesteckt, und ich kann das nicht aufs Spiel setzen, im Sinne der vielen anderen, denen wir noch helfen können. Ich weiß, dass das hier hart für dich ist, und ich werde dich nicht mich fragen lassen, also sage ich es einfach. Ich werde schon eher in Mutterschutz gehen. Ich werde es hassen. Es wird mich umbringen, Auggie gerade jetzt im Stich zu lassen, genau dann, wenn wir gerade beginnen, Fortschritte zu machen, und endlich ein Lichtblick am Horizont zu sehen ist ...« Meine Stimme verstummt allmählich, während ich mich damit abquäle, in Worte zu fassen, wie hart das hier für mich ist. Im gleichen Atemzug weiß ich, dass es für ihn noch zehnmal härter gewesen sein muss, mich anzurufen und mir das mitzuteilen.

»Dass du eher in Mutterschutz gehst, reicht ihnen nicht, Rylee.«

»Was soll das heißen?«

»Der Vorstand will, dass ich dich in eine unbefristete Beurlaubung schicke.«

»Unbefristet?«, stottere ich. Meine Stimme ist unsicher und ungläubig, als ich ihn zu einer Antwort dränge. »Das verstehe ich nicht.«

»Du weißt, ich respektiere dich. Du weißt, mir ist durchaus bewusst, dass dieses Projekt nur dank dir ein kontinuierlicher Erfolg ist und dass die Jungs jetzt ihren Beitrag zur Gesellschaft leisten, weil du so viel harte Arbeit und Zeit in sie investiert hast.« Ich hasse es, dass sich Teddy plötzlich so anhört, als würde er mit einer Fremden sprechen anstatt mit mir – der Frau, die über zwölf Jahre für ihn gearbeitet hat. Allerdings verstehe ich auch die Mauer der Distanziertheit, die er jetzt um sich errichtet hat. Mehr als ihm bewusst sein mag, verstehe ich es, weil ich meine in diesem Augenblick ebenfalls verstärke. Das muss ich einfach. Es ist die einzige Möglichkeit, wie ich dieses Gespräch durchstehen kann, wenn er mir sagt, dass ich nicht mehr länger die Mutter für meine Jungs bin. Für meine Familie. Als ich nicht antworte, fährt er fort, versucht seinen Halt in einer Welt zu finden, in der er Chef, Mentor und Freund ist. »Ich schwöre bei Gott, dass ich für dich gekämpft habe, Kleine … aber mit der bevorstehenden Vorstandswahl …« Scham ist aus seiner Stimme herauszuhören, doch ich verstehe schon, was er meint. Die alljährliche Wahl ist nächsten Monat, und wenn er sich zu sehr für mich einsetzt, könnte es sein, dass sein Vertrag nicht verlängert wird.

Wenn Teddy seine Position verlieren würde, dann wäre das ein riesiger Fehler. Die Jungs würden dann uns beide verlieren – ihre größten Verfechter. Ich verkneife mir meine Verbitterung, das Bedürfnis, Einwände zu erheben, denn wenn er bleibt, dann weiß ich, dass zumindest noch einer von uns mit ihnen arbeiten wird.

»Es ist bloß vorübergehend. Das verspreche ich dir. Nur bis die Aufmerksamkeit abgeflaut ist.«

Ja. Vorübergehend. Die Verbitterung meldet sich wieder zurück. Unglaube überkommt mich und ruft einen neuen Gedanken hervor: Was ist, wenn sein Vertrag nicht verlängert wird? Würde ich dann immer noch eine Stelle bei Corporate Cares haben?

Angst ersetzt meine Wut, erlaubt mir, mich zu beruhigen und zu erkennen, dass gegen ihn anzukämpfen so ist, als würde ich offene Türen einrennen. Ich muss einfach nur im Hintergrund verschwinden, ganz gleichgültig, dass ich mich so fühle, als würde man mich im Neonlicht baden. Es wird verdammt hart werden, aber ich will ihm nicht noch mehr Ärger bereiten.

»Okay«, antworte ich schwach. Meine Stimme klingt alles andere als überzeugt. Und ich will ihn fragen, woher er weiß, dass es vorübergehend ist – ich brauche hier jetzt einfach etwas Konkretes –, doch gleichzeitig weiß ich auch, dass es völlig sinnlos ist, zu fragen. Das hier ist für uns beide schon schwer genug, also warum auch noch falsche Versprechen machen?

»Ich habe das Gefühl, als ob ich dich für die Spenden verkaufen würde.«

»Nein ...«

»Aber wir brauchen diese Geldmittel«, murmelt er.

Händeringend. Bei gemeinnützigen Arbeiten braucht man immer Geld. Ich habe das schon zu lange mitgemacht, um zu wissen, dass es nie genug ist und es immer noch so viele gibt, denen wir nicht helfen können.

»Ich werde das Projekt nicht in Gefahr bringen, Teddy.« Und ich weiß, dass es ihm schwerfällt, die richtigen Worte zu finden, um mich zu bitten, dass ich zurücktrete. Und die Tatsache, dass es ihm schwerfällt, zeigt mir nur, wie sehr er an mich glaubt, und das bedeutet mir viel. »Ich werde mit sofortiger Wirkung zurücktreten.« Die Worte rauben mir den Atem, als bereits die Tränen meine Kehle verstopfen und jeglichen Klang übertönen. Ich versuche das, was ich gerade gesagt habe, zu begreifen. Coltons Reaktion spiegelt sich in der Anspannung seiner Finger an meiner Schulter wider, und sofort schüttele ich sie ab, drücke mich von der Couch hoch und gehe auf die andere Seite des Raumes. Es ist beinahe ein Reflex, dass ich jetzt das Bedürfnis verspüre, mich mit diesem hier allein auseinanderzusetzen. Als ich mich jedoch zu Colton umdrehe und die unerschütterliche Liebe in seinen Augen sehe, weiß ich, dass ich nicht allein bin. Ich weiß, dass wir gemeinsam eine einheitliche Front bilden.

»Ry …« Die resignierte Traurigkeit in Teddys Stimme ist wie Nadelstiche in eine bereits klaffende Wunde.

»Nein. Es ist okay. Es ist in Ordnung. Ich bin nur … es ist okay«, wiederhole ich. Ich bin mir nicht sicher, ob ich gerade ihn oder mich beruhigen will, und mir ist klar, dass es keiner von uns beiden glaubt.

»Hör auf, mir zu erzählen, dass es okay ist, Rylee, weil es das nicht ist! Das ist Bullshit«, flucht er in den Hörer, und ich kann an dem einen Wort, das er immer und immer wieder sagt, heraushören, wie er sich fühlt.

»Aber dir sind die Hände gebunden. Die Jungs stehen an erster Stelle«, sage ich und höre sofort Coltons frühere Worte, die sich nun ganz anders anhören. »Sie stehen immer an erster Stelle, Teddy.«

»Danke, dass du Verständnis für meine Lage hast.«

Ich nicke, bin unfähig zu sprechen und begreife dann, dass er mich ja gar nicht sehen kann. Das Problem ist, dass ich es nicht verstehe. Ich will toben und herumschreien, ihm sagen, dass ich mich überrumpelt fühle, weil mich das Video nicht daran hindert, meinen Job vernünftig zu machen, und dennoch sind die Würfel gefallen. Das Video verbreitet sich wie ein Virus. Ich habe keinen Job mehr.

Verdammte Scheiße. Die eine Konstante in meinem Leben, die ich schon so lange habe, wie ich denken kann, ist plötzlich weg. Es ist, wie wenn man ein Zielbewusstsein hatte und sich innerhalb weniger Minuten völlig verloren fühlt.

Wie kann ein Video – ein einziger Moment in unseren Leben – diesen gigantischen Welleneffekt heraufbeschwören?

»Ich muss die Jungs noch ein letztes Mal sehen.« Das ist der einzige Gedanke, den ich gerade entwickeln kann.

»Es tut mir leid, Rylee, aber das ist gerade jetzt vermutlich keine besonders gute Idee wegen des ... wegen dieser ganzen Sache.«

»Oh.« Meine Pläne für sie, bevor ich in den Mutterschaftsurlaub gehe, sind nun hinfällig. Die Bindung, die ich mir gerade mit Auggie aufbaute, wird bei meiner Rückkehr nicht mehr existieren.

Falls ich überhaupt jemals zurückkehre.

Der Gedanke trifft mich härter als alles andere. Obwohl Teddy immer noch am Apparat ist, lasse ich den

Hörer fallen, stürme zum Badezimmer und übergebe mich.

Innerhalb weniger Augenblicke fühle ich Coltons Hände an mir: Eine hält mein Haar zurück, mit der anderen reibt er mir beruhigend den Rücken rauf und runter, als mich trockenes Würgen mit heftigem Schaudern überkommt.

»Es tut mir so leid, Rylee. Ich weiß, dass dir dein Job und die Jungs viel bedeuten«, murmelt er, während ich auf dem Klodeckel sitze und die Stirn gegen meinen Handrücken drücke.

Die erste Träne kann ich nicht zurückhalten – das ist das Einzige an Emotionen, das ich zulasse. Ich kann spüren, wie sie ungemein langsam meine Wange hinunterläuft. Mit geschlossenen Augen und dem Mann, den ich liebe, hinter mir, erlaube ich mir, die endlose Unsicherheit in Betracht zu ziehen.

Hat das alles etwas mit mir zu tun? Und wenn dem so sein sollte, dann hat derjenige – wer immer auch dafür verantwortlich sein mag – genau das bekommen, was er wollte. Mich zu zerstören. Mir mein Herz und meine Seele – meine Jungs – wegzunehmen. Mich zu bestrafen, um mich zu brechen.

Mir Colton oder das Baby wegzunehmen wäre jetzt das Einzige, was sie noch tun könnten, was noch schlimmer wäre. Und das wird todsicher nicht passieren.

Ich mag vielleicht niedergeschlagen sein, aber ich werde mich nicht geschlagen geben.

9

COLTON

»Bleibt nur zu hoffen, dass wir es nie brauchen werden.«

»Es ist grundsätzlich eine Vorsichtsmaßnahme«, sage ich über die einstweilige Verfügung, die Rylee gerade eben auf dem Polizeirevier gegen Eddie Kimball unterzeichnet hat. Ich mache meinen Blinker an, überprüfe im Rückspiegel, ob wir noch immer von den Paparazzi verschont werden, während ich in die unbekannte Straße einbiege.

»Wenngleich ich auch immer noch anderer Meinung bin. Du solltest auch eine unterschreiben.«

Nee. Nicht ich. Ich hoffe sogar, dass ich mit dem Wichser direkt konfrontiert werde. Eigentlich fände ich diese Vorstellung sogar äußerst begrüßenswert, denn ich verspüre ein starkes Verlangen, ihm die Wahrheit aus dem Leib zu prügeln.

»Ich werd damit schon fertig«, sage ich ruhig.

Ihr missbilligendes Schnauben wird zur Kenntnis genommen und dann ignoriert. Langsam fahre ich die von Bäumen gesäumten Straßen entlang, hin und wieder lehne ich mich über die Konsole in Richtung des Beifahrersitzes, sodass ich die Hausnummern auf ihrer Wagenseite lesen kann. Und indem ich das tue, habe ich ihre Aufmerksamkeit auf die Frage, wohin wir fahren, weggezogen und die perfekte Ablenkung geliefert, damit sie das Thema fallen lässt. Zumindest fürs Erste. Ich bin sicher, dass sie irgendwann wieder damit anfangen wird, aber jetzt ist sie gerade erst mal abgelenkt.

»Endstation«, meine ich schließlich, als ich das richtige Haus gefunden habe und anhalte.

»Wo sind wir?«, fragt sie neugierig, als sie den Hals streckt, um sich umzusehen.

»Wir sind da, um einem von uns recht zu geben«, antworte ich. »Wart's ab.«

Ich öffne die Tür, steige aus und schließe sie, während Rylee immer noch Fragen stellt, und gehe um den Wagen herum zum Bürgersteig. Sie öffnet ihre Tür, und ich blicke rüber zu ihr, bevor sie aussteigen kann. »Nicht!« Ein einziges Wort, um sie zu warnen, nicht aus dem Wagen zu steigen. Unsere Blicke treffen sich, ihr Temperament flackert auf, aber mein Sturkopf ist größer, und das weiß sie. Deshalb murmelt sie flüsternd nur noch irgendetwas vor sich hin und schließt nach einem Moment wieder die Tür.

Scheiße, wenn ich nicht mal ein Arschloch bin. Na ja, als ob das etwas Neues wäre. Aber gleichzeitig denke ich, dass wenn ich jetzt schon alle meine Karten auf den Tisch lege, ich es ihr direkt ins Gesicht sagen muss. Ich kann den Zickenkrieg-Mist jetzt nicht gebrauchen, von dem ich mir sicher bin, dass Rylee ihn anfangen würde, wenn sie mitkäme: Das wäre nur eine Ablenkung, wenn ich versuche, Tawny auf die Probe zu stellen.

Ich überprüfe noch einmal die Adresse, während ich den zementierten Weg entlanggehe – die Dolche von Rylees Blick brennen Löcher in meine Schultern. Das Haus ist nichts Besonderes – ein bisschen verfallen, Blumen in Übertöpfen, ein roter Wagen auf der Veranda –, und ich kann mir nicht helfen, sondern muss denken, dass es ein ganz schön großer Abstieg ist von der Eigentumswohnung, die sie noch besaß, als ich sie das letzte Mal besuchte.

Ich klopfe an der Tür. In der Nähe bellt ein Hund. Ich bewege meine Füße, nehme meine Sonnenbrille ab, weil ich nicht will, dass es bei dem, was ich zu sagen habe und wie ich es meine, irgendwelche Irrtümer gibt. Lass uns das jetzt erledigen und hinter uns bringen. Ein Problem ist, dass wenn alles gesagt und getan ist, es sein könnte – zumindest beschleicht mich das Gefühl –, dass ich dann wegen Rylee eine bittere Pille schlucken muss, und ich hab gehört, dass so was ziemlich beschissen schmeckt.

Mittlerweile sollte ich es eigentlich besser wissen. Rylee hat, was solche Angelegenheiten betrifft, meistens recht. Aber es gibt nur eine einzige Möglichkeit, um das herauszufinden.

Ich klopfe noch einmal. Schaue über meine Schulter zu Rylee, die noch im Wagen hockt. Das Fenster hat sie heruntergekurbelt, den Kopf zur Seite geneigt, während sie versucht herauszubekommen, was ich hier zum Teufel noch mal tue.

Komm schon. Öffne die verdammte Tür. Ich hab keine Zeit für diesen Scheiß. Verschwendete Minuten. Hat sie oder hat sie nicht? Das ist hier die große Preisfrage.

Tawny.

Bei dem Namen beiße ich die Zähne zusammen. Wegen der Person, die für mich tot gewesen ist. Sie mag eine meiner längsten Freunde gewesen sein, aber sie hat versucht, mich zum Narren zu halten. Hat versucht, mich mit ihren verdammten Lügen an sich zu binden, und mehr als alles andere hat sie sich mit Rylee angelegt. Klappe. Zu. Affe. Tot.

Meine Hände ballen sich zu Fäusten. Erinnerungen kommen zurück. Mein Temperament lodert auf.

Die Tür öffnet sich. Es ist ein Schock, jemanden zu sehen, den ich überhaupt nicht mehr kenne.

»Colton!« Schockiert reißt sie ihre blauen Augen auf. Die Fältchen um ihre Augen sagen mir, dass das Leben hart zu ihr gewesen sein muss. Zu schlecht, so verdammt traurig. Die Schönheitskönigin hat ihre Krone verloren. Du legst dich mit Leuten an, dann erntest du auch, was du säst. Sofort bringt sie ihre Haare in Ordnung und streicht sich ihr Shirt glatt.

Mach dir keine Gedanken, Schätzchen. Ich würde dich noch nicht einmal mit der Kneifzange anfassen.

»Was zum Teufel versucht ihr beide, Eddie und du, abzuziehen, Tawny?« Ich will sie überrumpeln und sehen, ob ich ein kurzes Aufflackern in ihren Augen zu sehen bekomme. Irgendetwas. Einen gottverdammten Hinweis, ob sie bei dem Ganzen ihre Finger mit im Spiel hat.

»Worüber …?« Ihre Stimme wird leiser, während sie ihren Kopf schüttelt. Sie kneift die Augen halb zu, so als ob sie nicht glauben könnte, dass ich hier wirklich vor ihr stehe. Das Gefühl beruht auf Gegenseitigkeit.

Hat es dir die Sprache verschlagen, T?

»Colton … bitte, komm doch erst einmal rein.« Sie streckt ihre Hand aus, legt sie auf meinen Arm, aber ich reiße ihn automatisch zurück. Denkt sie etwa, dass ich ihretwegen hier bin? Dass vielleicht … Scheiße, ich hab keine Ahnung, was sie denken könnte, aber dem Schmerz nach zu urteilen, der in ihren Augen aufflackert, hat sie ganz offensichtlich nicht mit meiner Zurückweisung gerechnet.

Gut. Zumindest ist schon mal die optimale Voraussetzung für dieses Gespräch geschaffen. Ihre Hoffnungen sind zerschmettert. Alle Erwartungen beseitigt.

»Nein danke. Im Auto wartet etwas Besseres auf mich«, sage ich und hebe mein Kinn. Dann mache ich einen Schritt zur Seite, damit sie Rylee sehen kann.

Und dass Rylee auch sie sehen kann. Verstehen kann, warum wir hier sind. Dass ich ihr durchaus zugehört habe und versuche, ein paar Antworten zu bekommen. Ich hoffe nur, dass sich Rylee nicht vom Fleck rührt, damit ich noch einen draufsetzen kann. Das Steuer in die Hand nehmen und dieses Gespräch hier zu meinen Bedingungen beenden kann. Weil ich es einfach tun muss.

»Oh.«

Ja. Oh. Ich bin froh, dass wir die Tatsache, dass ich immer noch verheiratet bin, abhaken konnten. Glücklich verheiratet. Aber jetzt wieder zurück zum Thema.

»Erzähl mir etwas über das Video.« Bilder tauchen in meinem Kopf auf: Ry weinend am Telefon mit Teddy, Ry ganz allein auf der Terrasse, vulgäre Kommentare unter dem Video auf YouTube, was irgendwelche kranken Arschlöcher gerne mit ihr anstellen würden.

»Was für ein Video?« Sie schüttelt den Kopf, die Augen hat sie vor lauter Verwirrung zusammengekniffen.

»Lass den Scheiß, T. Irgendwann einmal bin ich auf deine Lügen hereingefallen, derzeit bin ich ein bisschen knapp bei Kasse, um sie dir abzukaufen.« Ich verschränke meine Arme vor der Brust und ziehe die Augenbrauen hoch.

»Es tut mir leid, Colton, aber ich hab keine Ahnung, wovon du redest.«

Ich kauf ihr ihre Unschuldsnummer nicht ab. »Hast du diese Woche überhaupt nicht ferngesehen? Bist einkaufen gegangen? Hast irgendeine Klatschzeitung gelesen? Irgendetwas?«

»Mein Sohn ist in den letzten Tagen krank gewesen, also falls du nicht gerade *Scooby-Doo* im Fernsehen meinst, dann nicht. Warum? Was ist los?«, fragt sie. Ihr Ton klingt abwehrend, und ich antworte ihr absichtlich nicht. Ich will die Stille dafür nutzen, um sie nervös zu machen. Sie zappelt herum, bewegt ihre Füße, bewegt ihre Zunge in der Wange.

Verdammt. Rylee hatte recht. Sie wusste etwas. Shit!

»Scheiße, ich habe Eddie seit vier Jahren nicht mehr gesehen«, sagt sie schließlich.

Ich starre sie an. Mein Blick ist entschlossen, um irgendeine Unehrlichkeit in ihren Worten zu finden, aber alles, was ich sehe, ist die Frau, die ich einst kannte – heute etwas fülliger, schlampige Klamotten und müde Augen.

Und es ist mir egal, wie hart ihr das Leben scheinbar mitgespielt hat. Das Aussehen kann täuschen. Ich traue ihr immer noch nicht über den Weg. Kein bisschen. Nicht nach dem, was sie uns damals angetan hat und woran sie jetzt – und da bin ich mir sicher – beteiligt ist.

»Ein Video von Ry und mir von vor sechs Jahren ist aufgetaucht. Du bist die Einzige, die wusste, wo wir in jener Nacht waren und was wir gemacht haben.« Ich lasse meine Bemerkung in der Luft hängen. Sie versucht ihre Reaktion zu verbergen – ein Lecken über ihre Lippen, ein schneller Blick zu dem Wagen, der gerade die Straße entlangfährt, aber wenn man einmal eine Beziehung mit einer Person gehabt hat, dann kann man diesen Menschen wie ein offenes Buch lesen. Und ich weiß, dass sie mehr zu sagen hat. »Die Benefizveranstaltung. Als Ry und ich Sex im Parkhaus hatten. Die Medien sind mit Film- und Bildmaterial von uns komplett zugepflastert, Tawny. Du bist die Einzige, die davon etwas wusste!«

Sie zwingt sich zu schlucken. Wirft einen Blick hinter sich, wo Kinderzeitschriften auf dem Fußboden herumliegen. Sie verlagert das Gewicht auf ihren Füßen. Ein Biss in ihre Unterlippe. Danach findet sie endlich den Mut, um mir wieder in die Augen zu blicken.

»Willst du deine Antwort jetzt ändern?«

»Oh mein Gott«, murmelt sie, mehr zu sich selbst als zu mir. Und irgendetwas an der Art, wie sie es sagt, nervt mich. Es scheint aufrichtig zu sein, völlig überrascht, echt. So ein Blödsinn. Sie spielt nur eine Rolle, ohne sich diesmal dabei für die Kameras aufgebrezelt zu haben.

»Das Video hatte ich ja komplett vergessen.«

»Du hast es vergessen?«, höhne ich sarkastisch. »Das ist ja enorm praktisch.«

»Nein, wirklich«, sagt sie, streckt ihre Hand aus, um mich zu berühren, hält dann jedoch inne, vermutlich weil sie sich an meine Reaktion vom letzten Mal erinnert. Kluges Mädchen.

»Ich verliere langsam die Geduld«, sage ich zähneknirschend.

»Als ich in jener Nacht die Party verließ, traf ich mich mit Eddie. Wir hatten einige Drinks. Zu viele … Ich habe ihm von der Wohltätigkeitsveranstaltung erzählt, dass ich dich und Rylee dort zusammen gesehen habe und was sie mir erzählt hat, was ihr beide auf der Motorhaube von Sex getrieben habt. Ich war wütend, fühlte mich zurückgewiesen und hab nicht ein zweites Mal darüber nachgedacht, bis er gefeuert wurde. Damals rief er mich an, war wütend und verstört. Er sagte mir, er hätte die perfekte Idee, um es dir heimzuzahlen, und dass er ein Video von der besagten Nacht in die Finger bekommen hätte. Dass es an einem sicheren Ort wäre.«

Bingo! Zusammenhang hergestellt. Eine Bestätigung. Jetzt müssen wir nur noch versuchen, das Bild zu vervollständigen.

»Und du hast nie daran gedacht, mir davon zu erzählen?«, schreie ich. Meine Hände krümmen sich, als ich dem Drang widerstehe, nach ihren Schultern zu greifen und sie, so frustriert wie ich bin, einmal kräftig durchzuschütteln.

»Es war damals eine andere Zeit. Du hast mich kurz danach gefeuert, und ich war sauer, beschämt, von meiner Mutter verstoßen … deshalb – nein. Es tut mir leid, Colton, aber ich habe es nicht getan. Ich war so damit beschäftigt, mir über mich selbst Sorgen zu machen, ich war egoistisch.« Sie seufzt, umklammert ihre Hände, lässt sie wieder los. Und ich hasse es verdammt noch mal, als sie zu mir aufsieht – mit einer Klarheit in ihren Augen, die ich noch nie zuvor gesehen habe. Ich will das nicht sehen, aber kann es auch nicht ignorieren. »Ich war damals ein anderer Mensch. Die Zeit … Dinge … Kinder, das Leben verändert dich.«

»Kinder?«, schnaube ich, halte den Ärger vor mich wie

einen Schutzschild, als ich mich all diese Jahre später an ihren schockierenden, unerwarteten Hieb zurückerinnere. »Du meinst so wie das angebliche Baby, von dem du damals behauptet hast, dass es von mir ist? Es wie einen Bauern in deinem abgefuckten Schachspiel benutzt hast?« Ich mache einen Schritt nach vorn, die Hände zu Fäusten geballt, voller Zorn.

»Ja …«, sagt sie kaum hörbar. »Mir … mir tut's so …«

»Erspar dir deine Entschuldigungen, Tawny. Deine schwachsinnigen Lügen und Anschuldigungen haben damals fast dazu geführt, dass ich beinahe den wichtigsten Menschen in meinem Leben verloren hätte.« Der bittere Geschmack des Abscheus trifft meine Zunge. »Das ist etwas, das keine Vergebung verdient.«

Meine Worte treffen sie wie ein Doppelschlag – hart, schnell und verletzend. Denkt sie etwa, dass mich ihre zitternde Unterlippe überzeugen kann? Mich die Vergangenheit vergessen lässt?

Wohl kaum.

»Ich weiß«, sagt sie und versetzt mir damit einen Peitschenhieb. Ich hatte Leugnen und Trotz, wenig Entgegenkommen und Arroganz erwartet, und sie gibt mir nichts davon. Wir sehen uns lange an, und Scheiße, aber plötzlich habe ich das Gefühl, als ob ich sie zum ersten Mal in einem völlig neuen Licht sehe. Fall nicht auf ihre Show herein, Donavan! Leute wie sie ändern sich nicht. Können sie nicht. Es ist nicht möglich.

Aber du hast dich auch verändert.

Die Stimme in meinem Hinterkopf ist so leise, kaum hörbar, sie klingt wie ein Schrei und bewirkt, dass ich mir die abfällige Bemerkung verkneife, als sie auch schon durch den unwillkommenen Hauch des Zweifels ersetzt wird.

Der Ausdruck auf Rylees Gesicht taucht wieder in meinem Kopf auf. Ich denke an den Tag, als Tawny in unser Haus marschierte, um mir zu sagen, dass sie von mir schwanger sei. Ein manipulatives Spiel von einem seiner Meister. Zu schlecht nur für sie, dass ich darin auch ein Meister war. Ich hatte kein Problem damit, ihre Lügen, die sie auf uns ballerte, als Herausforderung zu sehen. Aber Rylee ... die hatte nicht einmal einen Schläger in der Hand.

An dem Gedanken halte ich mich fest – Rys Tränen, der hässliche Streit, die Auszeit, die wir nahmen – all das und ich befehle dem kleinen Fünkchen Mitleid, das ich für Tawny verspüre, zu verschwinden. Sie hat das hier selbst heraufbeschworen. Nicht ich. Nicht Rylee. Nur sie ganz allein.

Tawny beginnt zu sprechen und hält dann inne. »Wenn ich gewusst hätte, dass Eddie wirklich ein Video hat ... oder was er tun würde, dann hätte ich es dir gesagt.«

Ich starre sie an, bin misstrauisch wegen der plötzlichen Anständigkeit, die nicht zu der Erinnerung an die Frau passt, die ich einst kannte, und ich übermittele ihr eine optische Warnung: *Du legst dich besser nicht mit mir an.*

»Erzähl mir, was du weißt.« Meine Stimme ist schroff. Ich kann ihr nicht glauben und auch nicht, dass die Jahre sie so verändert haben, dass sie tatsächlich nach mir Ausschau gehalten und es mir erzählt hätte – dass ich nicht lache!

Oder hätte sie es vielleicht doch getan?

Macht das denn irgendeinen Unterschied, Donavan? Bekomm so viele Infos wie möglich aus ihr heraus, dann dreh dich um und geh. Du brauchst gar nicht zu wissen, ob sie sich verändert hat, musst dich nicht fragen, ob sie ein hartes Leben hatte, weil das Einzige, das zählt, die Frau ist, die hinter dir im Wagen sitzt.

»Ehrlich ...«

»Ich würde ja gerne glauben, dass Ehrlichkeit etwas ist, zu dem du inzwischen fähig bist, aber du bist nicht gerade diejenige, die ...« Ich spreche nicht weiter und halte mich zurück, ihr einen Blick in mein Privatleben zu gewähren. Ich will nicht, dass sie irgendetwas von dem Schmetterlingseffekt erfährt, den dieses Video, von dem sie etwas wusste, auf einfach alles in Rylees Leben hatte. Denn wenn sie mich gerade zum Narren hält und doch hinter dem Ganzen steckt – auf welche Art auch immer –, dann hat sie genau das erreicht, was sie wollte: Sie hat Rylee verletzt und damit auch mich. Und während ich auch hin und wieder durchaus verständnisvoll sein mag, so ist das doch lediglich gegenüber meiner Frau, den Jungs und denjenigen, die mir etwas bedeuten. Tawny und ich mögen vielleicht eine gemeinsame Vergangenheit haben, doch sie gehört definitiv nicht zu diesen Menschen.

»Hör mal, ich weiß, dass du es nicht hören willst, aber ich hab Mist gebaut. Ich war in einer schlechten Lage aufgrund von Zwängen, von denen du keine Ahnung hast und die ich auch nicht als Entschuldigung benutzen werde ... aber es ist schon lange her. Wie ich schon sagte: Ich bin jetzt ein anderer Mensch, Colton. Ich erwarte nicht, dass du mir glaubst ... dass mir die Spielchen, die ich abgezogen habe, leidtun, aber es ist wirklich so.« Wir halten dem Blick des anderen stand, meine Zähne habe ich fest zusammengebissen, mein Puls pocht.

Ich hatte erwartet, hierherzukommen, mich mit ihr zu streiten und ihr zu drohen, um ein paar Antworten aus ihr herauszubekommen. Niemals hätte ich gedacht, dass sie jetzt so ist: um Verzeihung bittet, vernünftig und aufrichtig ist. Und was ist verdammt noch mal, wenn sie es mittlerweile tatsächlich sein sollte? Aber das ändert rein gar nichts. Meine höchste Priorität ist, ein paar Antworten zu bekommen, sodass ich versuchen kann, die Ehre meiner Frau wiederherzustellen.

»Anfangs dachte ich, dass er wegen des Videos lügen würde«, fährt sie fort und durchbricht damit meine sich untereinander bekriegenden Gedanken. »Ich dachte, er würde versuchen, mich ins Bett zu kriegen, indem er meine Gehässigkeit schürte, weil du Rylee mir vorgezogen hast, aber ... na ja, weil es eben Eddie war. Du weißt ja selbst, wie vertrauensunwürdig er war.«

Sie lehnt sich mit dem Rücken an den Türpfosten, und ich verlagere mein Gewicht auf den Füßen. Ich will das hier beschleunigen, verdammt noch mal von ihr wegkommen, aber ich brauche mehr Infos. Muss sehen, dass die Erinnerungen wieder zurück in ihr Bewusstsein gerufen werden. Die Lügen, die sie uns auftischte. Ihre manipulativen Methoden. Wie ich dachte, dass sie mit Eddie unter einer Decke stecken würde, als er damals die Entwürfe stahl. Ungeachtet der Ermittler und eidesstattlichen Erklärungen und jedes anderen rechtsgültigen Mittels konnte CJ jedoch nichts finden, das bewiesen hätte, dass sie daran beteiligt gewesen wäre. Zu sagen, dass es mir schwerfiel, an ihre Unschuld zu glauben, ist noch untertrieben. Aber ich tat es. Ich hatte ja keine andere Wahl.

Die Frage ist, ob ich ihr jetzt glaube.

»Hast du es dir jemals angeschaut?« Und es ist eine dumme Frage, aber der Gedanke, dass sie Ry und mir beim Sex zugesehen hat, fühlt sich noch zehnmal aufdringlicher an als bei den ganzen anderen Millionen von Leuten, die es sich angesehen haben.

»Nein. Nie«, sagt sie mit Bestimmtheit in ihrer Stimme, was ihr ein ungläubiges Hochziehen meiner Augenbrauen einbringt. »Wirklich. Deshalb habe ich ja auch nie ein zweites Mal darüber nachgedacht.«

Großartig. Jetzt habe ich ihr die Idee gegeben, es sich doch einmal anzusehen. Toll, Donavan. Wirklich toll. Andererseits musste ich das einfach fragen. Musste es wissen.

Ich atme aus, rolle die Schultern und stelle die eine verbleibende Frage, die für mich keinerlei Sinn ergibt. »Wenn er aber das Video die ganze Zeit hatte, warum hat er dann so lange gewartet?«

Sie neigt ihren Kopf, während sie mich anstarrt, ihre Füße bewegen sich unruhig, ihre Arme hat sie vor der Brust verschränkt. »Ich weiß es nicht, Colton. Ich weiß es wirklich nicht.«

Ich bin ungeduldig, mir ist unangenehm zumute, und ich bin immer noch ein bisschen durcheinander wegen dieser fremden Frau vor mir, die so aussieht wie früher, aber völlig anders klingt. Deshalb nicke ich lediglich, drehe mich um und gehe zurück in Richtung des Wagens. Ich hab keine Ahnung, was ich sonst noch tun soll. Ein *Auf Wiedersehen* ist hier sinnlos. Es gibt jetzt nur ein weiteres Kapitel aus meiner Vergangenheit, das abgeschlossen wurde.

»Colton!«

Jeder Muskel in meinem Körper spannt sich an, meine Füße wollen weitergehen, aber trotzdem lässt mich die Neugierde stehen bleiben. Mit dem Rücken immer noch ihr zugewandt warte ich darauf, was sie mir noch sagen will.

»Es ist schön, dich glücklich zu sehen. Das steht dir gut. Jetzt weiß ich, dass es wegen Rylee ist.«

Ich hebe meinen Blick, um auf Rylees zu treffen, während Tawny noch am Sprechen ist. Ich höre, was sie sagt, nehme es an und versuche nicht, eine versteckte Bedeutung oder tieferliegende Stichelei herauszuhören. Die Augen auf Rylees gerichtet, quittiere ich das Gesagte lediglich mit einem Nicken und gehe dann weiter in Richtung des Autos.

Die Zeit kann Menschen verändern. Die Frau mit den veilchenblauen Augen starrt zurück zu mir? Sie ist mein lebender Beweis, dass ich genau das getan habe: Ich habe mich verändert.

Es könnte sein, dass es auch auf Tawny zutrifft, dennoch verspüre ich jetzt nicht das Bedürfnis, mich darum zu kümmern. Ich habe eine Ehefrau, die wichtiger ist als die Luft zum Atmen, und weil Tawny gerade in der Nähe ist, schnürt es mir schon die Luft ab.

Ich brauche meine Luft zum Atmen.

10

COLTON

»Erzähl mir, wie du sie überrumpelt hast«, sagt Becks.

»Welche?«, frage ich lachend, gefolgt von einem Zischen, als ich den Macallan in einem Zug austrinke. Der Scheiß ist süffig, aber brennt wie Sau.

»Ich hab über Tawny geredet, aber da ist was Wahres dran.« Becks grinst. »Ich vermute, Rylee ist ziemlich ins Schleudern geraten, als sie gesehen hat, dass es Tawny war, die die Tür aufmachte.«

»Da bin ich mir sicher. Aber zum Glück blieb sie im Wagen, oder wer weiß, was sonst noch passiert wäre.«

»Du bist ein mutiges Arschloch, dass du Rylee mitgenommen hast, nach dem, was Tawny mit euch beiden abgezogen hat«, sagt er, während er der Kellnerin mit zwei Fingern ein Zeichen gibt, dass wir noch eine Runde wollen.

»Mutig oder dumm. Aber das hier«, sage ich, halte meine linke Hand hoch und zeige auf meinen Ehering, »bedeutet, dass ich es nicht gewagt hätte, Tawny ohne sie aufzusuchen. Das wäre nicht gut gewesen. Außerdem hatte sie ein Recht darauf, es zu wissen, da sie schließlich diejenige war, die es eingefordert hat.«

»Kumpel, ich kann's immer noch nicht glauben, dass du Tawny nach all dieser Zeit wiedergesehen hast.«

»Ja ... na ja ...« Ich zucke mit den Achseln, denke an all den Scheiß, den ich damals sagte, von wegen ich würde niemals mehr einen Fuß in ihre Nähe setzen. »Manchmal sind die Versprechen, die man sich selbst macht, am einfachsten zu brechen. Und Scheiße, wir waren gerade auf dem Rückweg vom Polizeirevier, also habe ich mir gedacht, warum nicht gleich zwei Fliegen mit einer Klappe schlagen, da wir zur Abwechslung auch mal gerade nicht von den Paparazzi verfolgt wurden.«

»Kaum zu glauben, dass die Paparazzi immer noch hinter euch her sind. Geht's Ry nach dem gestrigen Tag gut?«

Ich atme aus. Verdammte Arschlöcher. »Sie ist ein bisschen aufgewühlt, aber angriffslustig.« Auf dem Tisch balle ich meine Hand zur Faust, als ich mir ihren gestrigen Telefonanruf zurück ins Gedächtnis rufe. Und wie sie einen Spaziergang am Strand machen wollte, um etwas frische Luft zu schnappen, doch die Paparazzi kamen vom Tor hinterher und umschwärmten sie, bevor sie überhaupt das Wasser erreichen konnte.

Und ich weiß, wie sie sich fühlte – sie brauchte frische Luft –, weil es mir genauso geht. Ist das nicht auch der Grund, warum ich jetzt gerade hier bin? Um etwas Druck abzulassen. Mir eine kurze Verschnaufpause zu gönnen, während sie nach der ganzen Aufregung wegen meines gestrigen Besuchs bei Tawny ein Nickerchen hält, um mit Becks abzuhängen, ein bisschen zu quatschen und mal einen Tapetenwechsel zu bekommen, damit ich ein besserer Mann sein kann. Tag für Tag im Haus herumzusitzen kann jeden Mann kaputt machen. Man bekommt das Gefühl, ein Tier im Zoo zu sein: eingesperrt, hin und her laufend, und ständig spielen diejenigen, die hereinglotzen, mit einem.

Ich beiße die Zähne zusammen, und Gott sei Dank standen am Hintereingang von Sullys Kneipe keine Paparazzi herum, sodass Sammy mich absetzen und ich unbemerkt hereinschlüpfen konnte, um Becks hier zu treffen, ohne vorher belagert zu werden. Nach gestern und wie sie Ry behandelt haben, ist meine Zündschnur ganz besonders kurz und bereit, sich bei dem kleinsten Fehltritt zu entzünden.

»War es merkwürdig, sie nach all dieser Zeit wiederzusehen?«, fragt Becks, als er sein Glas an die Lippen setzt.

»Ist der Himmel blau? Scheiße, Mann ... es war verdammt merkwürdig! Aber sie hat mir das gesagt, was ich wissen musste, also hat sie sich vielleicht ja doch ein bisschen geändert.«

»Schenke ihr nur ja nicht allzu viel Glauben«, murmelt er.

»Das tu ich kein bisschen.«

»Clever«, sagt er und schiebt den Pappuntersetzer auf dem Tisch herum. »Ich hätte es mir ja denken können, dass Eddie derjenige ist, der so eine Scheiße abzieht. Dieser Wichser.«

»Wichser«, wiederhole ich, weil es keiner weiteren Worte bedarf. Ich werfe einen Blick auf mein Telefon, um sicherzugehen, dass Ry oder Kelly mir in der Zwischenzeit keine Nachricht hinterlassen haben, weil der Lärm in der Bar immer lauter wird, je länger wir hier sitzen.

»Alles okay?«

»Nach zehn weiteren von diesen hier wird es das sein. Ich muss was trinken, um zu vergessen«, sage ich, rolle meine Schultern und seufze frustriert. Zu viel Scheiße, alles verdammt zu schnell. Ich will meine glückliche, babyverrückte Frau zurückhaben. Ihren Job zurückhaben. Unser Leben zurückhaben. »Es wird überhaupt nichts besser machen, und morgen früh werde ich mich hundeelend fühlen, aber manchmal muss es einfach sein.«

»Genau!«, stimmt mir Becks zu und gibt der Kellnerin erneut ein Zeichen, damit sie zu unserem Tisch kommt, der im hinteren Bereich der Kneipe ist und an dem wir für gewöhnlich sitzen.

»Was kann ich euch bringen, Jungs?«, fragt sie mit einem breiten Lächeln und wogendem Dekolleté.

»Eine Flasche Tequila und zwei Schnapsgläser, bitte. Wir wollen für ein paar Stunden alles um uns herum vergessen«, sagt Becks.

»Da wird der Tequila seinen Zweck erfüllen«, erwidert sie und zieht die Augenbrauen hoch. »Sieht so aus, als ob ihr ohnehin für ein Weilchen hier festsitzt bei den ganzen Paparazzi, die sich draußen zusammengeschart haben.«

»Shit!«, murmele ich leise.

»Tut mir leid, Schätzchen. Wir finden heraus, wer von den Gästen hier sie angerufen hat, und werden sie im hohen Bogen rausschmeißen«, sagt sie lauter als normal, sodass diejenigen um uns herum sie hören können. Sie beginnt bereits wieder wegzugehen, hält dann aber an und dreht sich noch einmal zu uns um. »Und sie dürfen dann auch gleich eure Rechnung mitbezahlen.«

Lachend werfe ich meinen Kopf in den Nacken. »Ich mag deine Denkweise.«

Innerhalb weniger Minuten ist sie auch schon wieder zurück, unsere ansteigende Rechnung und unsere früheren großzügigen Trinkgelder bescheren uns immer den besten Service. »Bitte schön, Jungs«, sagt sie, als sie zwei gefüllte Schnapsgläser vor uns stellt und die Flasche dazwischen. »Gott hab euch selig.«

»Amen«, erwidert Becks, als er sein Glas hebt. »Was ist das Erste, das wir vergessen müssen?«

»Paparazzi.«

»Prost!«, sagt er, als wir anstoßen. »Fickt euch, Paparazzi!«

Wir kippen unsere Shots herunter. Meine Kehle brennt, als die Wärme beginnt, durch mich hindurchzufließen. Becks nimmt sich eine Limette aus der Schüssel, die auf dem Tisch steht, und ich murmele flüsternd »Weichei!« und erhalte dafür ein Fingerschnipsen von ihm. »Hm.« Ich denke darüber nach, was ich als Nächstes vergessen will. »Verfluchter CJ.«

»Okay.« Er zieht das Wort in die Länge, während er uns einen weiteren Shot einschenkt. »Aber wenn ich trinke, um etwas zu vergessen, muss ich vorher wissen, was ich genau vergessen soll.«

Mein Kopf beginnt sich zu drehen, als ich mich in der Bar umsehe. »Mir sind meine gottverdammten Hände gebunden, und das nicht im positiven Sinn. CJ hat heute früher angerufen, hat gesagt, dass laut Gesetz das Video der Öffentlichkeit gehörte. Eddie hat es uns an sich nicht gestohlen. Er hat es kostenlos hochgeladen … verdient nichts daran, und somit haben wir auch nichts gegen ihn in der Hand. Er bekommt seinen Kick, indem er sich mit uns anlegt, und wir haben keine rechtlichen Mittel, um es ihm heimzuzahlen.«

»Ganz sicher wird es aber andere Mittel und Wege geben.« Becks grinst und hebt seine Faust.

»Nun«, sage ich und hebe mein Glas, »darauf trinke ich. Prost, Kumpel.«

»Prost!«

Unsere Gläser klirren gegeneinander. Der Tequila brennt, bis er Wärme verströmt. Unser Gelächter wird lauter und unser Zuprosten nachlässiger, es dauert länger, bis es uns über die Lippen kommt.

Aber ich beginne langsam zu vergessen.

Gedanken über Eddie. Der Druck, wieder alles in Ordnung bringen zu müssen. Die Tausende von Männern, die sich zu dem Bild von meiner Frau, die sich beim Orgasmus an die Titten fasst, einen runterholen. Und die Wut darüber, dass sie ihren Job verloren hat. Und dass ich Vater werde. Das Verlangen, das nächste Rennen zu gewinnen. Dass man mir sagt, ich solle mir bei der Presse auf die Zunge beißen.

Und mein Gott, tut das gut zu vergessen.

Ich bin völlig in meinen Gedanken versunken, versuche auszurechnen, wie viele Shots wir wohl schon gekippt haben, als plötzlich mein Telefon klingelt. Ich fummele an meinem Handy herum, bevor ich rangehe.

»Wenn es gut genug ist, um mich wieder nüchtern zu machen, Kelly, vergebe ich dir vielleicht, dass du gerade meinen Rausch ruinierst«, sage ich lachend in den Hörer.

»Du bist betrunken?«

»Na ja, ich bin auf dem besten Wege.«

»Verständlich«, sagt er in seinem sachlichen Ton. »Eddie meldet sich einmal im Monat bei seinem Bewährungshelfer.«

»Hm«, sage ich, als mir Vorstellungen durch den Kopf gehen, auf ihn vor dem Büro des Sozialen Dienstes zu warten und ihn mit meiner Faust in seinem Gesicht zu begrüßen.

»Denk nicht einmal daran, Donavan. Du hast die einstweilige Verfügung für Rylee erwirkt. Belass es dabei. So wie ich es dir schon die ganze Woche über gesagt habe: Wenn du ihn anfasst, wird er dich anzeigen – ganz so, als ob ihm dieses Video gehören würde, und macht euch euer Leben noch schwerer. Das ist es nicht wert!«

Hör verdammt noch mal auf, mir vorzuschreiben, was ich zu tun habe!

»Lass ihn das mal versuchen«, spotte ich. Ich gestehe mir zwar ein, dass CJ recht hat, aber ich weiß auch, dass Rache einem eine ganz besondere Genugtuung bereitet. Ich beginne bereits, etwas anderes zu sagen, als mich plötzlich der Gedanke überkommt, dass ich in der Lage sein könnte, es ihm heimzuzahlen, ohne auch nur einen Finger dabei krumm zu machen. Das Problem ist allerdings, dass ich gerne mehr als nur einen Finger krümmen will. Ich will eine ganze Knockout-Faust.

»Danke, Kelly. Halte mich auf dem Laufenden.« Gedanken versuchen sich durch meinen benommenen Geist miteinander zu verbinden – darüber, wie ich das alles zu meinen Gunsten hinkriegen kann. Eddie das Leben zur Hölle machen. Rylees guten Ruf wiederherstellen. Das Glücklich-bis-an-ihr-Lebensende zurückbekommen.

Mein Plan könnte aufgehen.

»Alles okay?«, fragt Becks, als er von seinem eigenen Telefon aufblickt.

Später, Donavan. Überleg es dir später. Und genau jetzt? Trink!

»Alles super«, sage ich und mache eine seiner Standardsprüche nach. »Kelly hat etwas über Eddie herausgefunden.«

»Und das ärgert dich? Warum?«

»Ich denke nur nach.«

»Das ist beängstigend«, ärgert er mich, und ich schiebe mein Glas über den Tisch, sodass es mit seinem anstößt. »Und worüber?«

»Schlechtes Juju, Alter«, sage ich schließlich. Ich versuche, das in Worte zu fassen, was mich in den letzten Tagen geärgert hat. Das Trinken, um zu vergessen, hat das nicht betäubt. »Ich habe so ein Gefühl, das nicht weggehen will.«

»Ich kann dir nicht folgen.«

»Die Dinge sind einfach zu perfekt für uns gelaufen. Ich habe dieses verdammte Märchen im Kopf, Becks. Die Prinzessin, das Schloss, der ...«

»Vollidiot«, prustet er los, während er mit dem Finger auf mich zeigt, was mich wiederum zum Lachen bringt. Arschloch. »Entschuldige, ich konnte einfach nicht widerstehen«, sagt er und hebt seine Hände pseudo-kapitulierend hoch. »Bitte, fahre fort.«

»Nee. Lass gut sein.« Halt den Mund, Donavan. Du hörst dich an wie der letzte Vollidiot. Und ein betrunkener noch dazu.

»Nein. Ernsthaft. Rede weiter.«

Ich konzentriere mich darauf, Linien in die Rillen des abgenutzten Tisches zu malen. »Unser Leben war einfach zu gut. Zu perfekt. Und jetzt das Ganze mit dem Video und Rys Job und ...« Meine Stimme wird immer schwächer, während ich versuche, das Gefühl zu beschreiben, das ich selbst nicht verstehe, aber das sich plötzlich so anfühlt, als ob es an mir kleben würde wie eine zweite Haut. »Ich warte nur auf die nächste Hiobsbotschaft, die unsere heile Welt zerstört. Das ist ein beschissenes Gefühl.«

»Gefühle sind wie Wellen, Kumpel. Du kannst sie nicht davon abhalten zu kommen, aber du kannst dich entscheiden, welche davon du an dir vorüberrauschen lässt und auf welcher du surfst.«

»Ja, nun gut. Bleibt nur zu hoffen, dass es mich nicht umreißt, wenn ich mich für die falsche entscheide.«

Becks und ich beschließen, dass wir betrunken genug sind, um dem Chaos die Stirn zu bieten.

Wir drücken die Hintertür vom Sullys auf und werden sofort von grellem Blitzlichtgewitter und dröhnendem Lärm begrüßt. Ich zucke zusammen. Wegen des leichten Alkoholrauschs hören sich das Klicken der Blendenverschlüsse und die Rufe meines Namens so an, als kämen sie direkt durch ein Megafon. Sie bringen mich ins Wanken. Blenden mich.

Reizen mich bis aufs Blut.

Sammy ist hier. Schiebt Leute zurück, damit Becks und ich im Schneckentempo zum Rover kommen können. Aber jeder Schritt, jeder Stoß gegen mich von der Menschenmenge schürt mein Feuer.

Mach einen Schritt. Eine Kamera trifft mich an der Schulter. Meine Hände ballen sich zu Fäusten.

»Colton, wie fühlt es sich an, in dem am häufigsten heruntergeladenen Video seit mehr als fünf Jahren auf YouTube zu sein?«

Noch ein Schritt. Gerufene Fragen. Sammy schiebt die Leute zurück.

»Colton, denken Sie und Rylee darüber nach, bald einen Pornofilm zu machen?«

Noch ein Schritt. Ein einziger Gedanke: Rylee musste mit so was hier gestern am Strand ganz alleine zurechtkommen. Diese Wichser.

»Colton, wie kommt Rylee mit dem Ganzen hier klar?«

Ein weiterer Schritt. Der Wagen ist schon in greifbarer Nähe. Blitzlicht in meinen Augen. Wut in meinen Venen.

Scheiß auf Chases *Kein-Kommentar*-Ratschlag. Scheiß auf jeden. Mir reicht's! Ich wurde schon viel zu weit in eine Richtung gedrängt, aber jetzt bin ich dran auszuteilen!

»Ihr wollt einen Kommentar?«, schreie ich. Stille tritt beinahe augenblicklich ein. »Nun gut, ihr kriegt einen.« Ich blicke rüber zu Becks, der bereits in der geöffneten Fahrzeugtür steht. Seine Augen sind voller Stolz, sagen mir, dass ich das Richtige tue.

»Die Frage ist, wollt ihr wirklich wissen, wie wir uns fühlen, oder seid ihr lediglich daran interessiert, die Tatsachen für eure Story zu verdrehen, weil sich Sex ja so viel besser verkauft als die Wahrheit? Ich verstehe schon. Das tue ich wirklich. Und wenn ihr euch die selbstlose Weltverbesserin vornehmt, die ihr Leben damit verbracht hat, anderen zu helfen, und sie zu einer Schlampe macht, die Sexvideos dreht im Austausch gegen Fördergelder … na ja Scheiße, das verkauft sich noch zehnmal besser. Aber das ist nicht die Person, die Rylee Donavan ist!« Ich atme durch. Mein Körper vibriert vor Wut. Meine Gedanken fügen sich langsam zusammen.

Die Rache, nach der ich Ausschau hielt, hat gerade die perfekteste Showbühne von allen gefunden.

»Was wäre, wenn ich euch eine bessere Story liefern würde? Wie wäre es, wenn ihr euch auf den kranken Bastard konzentrieren würdet, der dieses Video von einem privaten Moment zwischen meiner Ehefrau und mir veröffentlicht hat? Wie wär's, wenn ihr das Arschloch belästigt, das das getan hat, anstatt noch länger meine Frau zu schikanieren? Ich werde euch sogar einen kleinen Vorsprung geben. Eddie Kimball«, sage ich und setze damit meinen Plan in die Tat um. »Konzentriert euch lieber darauf, warum er versucht hat, uns zu erpressen, weil ich euch versichern kann, dass er definitiv eine bestimmte Absicht damit verfolgte, als er dieses Video veröffentlichte. Sex sells! Ich verstehe schon ... aber die Geschichte hinter Eddies Bullshit-Angriff auf den Ruf meiner Frau aufzudecken würde viel besseres Textmaterial abgeben.«

Jetzt wünsche ich dir viel Glück beim Verstecken, du verdammter Betrüger.

Die Nacht entlädt sich in einem Schall. Aber sie machen um mich nun einen Bogen, weil ich ihnen etwas gegeben habe. Zum Abschied nicke ich ihnen noch zu.

Die Kameras blitzen auf. Durch jedes einzelne Blitzlicht fühle ich mich nüchterner. Es lässt mich erkennen, was ich gerade getan habe. Ich rutsche ins Auto neben Becks und bekomme ein anerkennendes Nicken. Mit einem Seufzer lehne ich meinen Kopf an den Sitz.

Fick. Dich. Eddie!

Du willst mit harten Bandagen kämpfen? Ich habe deine Nummer, du charakterloser Hurensohn! Genau in diesem Moment wühlt schon irgendein neugieriger Reporter nach der Story. Sie werden einen Zusammenhang zu deiner frühzeitigen Entlassung aus dem Gefängnis herstellen. Sie werden deinen Namen in der Presse nennen, und er wird erstrahlen wie eine verdammte Leuchtreklame und die vielen Menschen benachrichtigen, denen du einen Arsch voll Geld schuldest.

Oh, und wie sie kommen werden! Ich habe keinen Zweifel daran, bei dem vielen Geld, das du noch irgendwelchen Leuten schuldest. Plus drei Jahre Zinsen. Sie werden dich aus deinem Versteck aufscheuchen – geradewegs in die langreichenden Arme des Karmas.

Das Beste daran ist, dass wenn ich es nicht will, werde ich keinen einzigen Finger rühren müssen, um dir das zu geben, was du verdient hast, weil ich es soeben bereits getan habe.

Die sozialen Medien können dir das Leben zur Hölle machen, wenn du etwas zu verstecken hast. Gut, dass es bei mir nicht der Fall ist. Gut, dass es bei dir der Fall ist!

Rache kann manchmal ein gemeiner, fieser Drecksack sein.

»Geht's dir gut?«, fragt Sammy, als er aus der Gasse fährt und die aufblitzenden Kameras hinter uns lässt.

»Ja, alles bestens.« Ich seufze lang und laut, als ich seinem Blick im Rückspiegel begegne. Es ist verrückt, wie sehr ich Rylee im Augenblick brauche. »Nach Hause, bitte. Ich vermisse meine Frau.«

RYLEE

»Verdammt noch mal!«, schreie ich frustriert, als das Mehl durch die ganze Küche fliegt, weil ich vergessen hatte, den Schutzdeckel auf den Mixer zu tun. Tränen brennen in meinen Augen, als ich mich umsehe und einen Blick auf die Schweinerei werfe. Normalerweise würde ich mich über so was amüsieren, es mit einem Lacher abtun, aber nicht jetzt. Nicht in Anbetracht dessen, wie diese Woche verlaufen ist. Anscheinend kann mich nichts von meiner Mordsangst ablenken.

Ich kneife die Augen zusammen und ignoriere die Stimmen in meinem Kopf, die mir zuflüstern, dass ich verrückt werde, weil ich befürchte, es bereits zu sein. Der Welleneffekt des Videos geht immer weiter, um mich auf meinen Hintern fallen zu lassen. Weg sind die Dinge, mit deren Hilfe ich mich normalerweise wieder sammele: mein Boss, meine Freiheit außerhalb des Hauses, meine Arbeit. Selbst Coltons Besuch bei Tawny hat mich für einen Moment völlig aus der Bahn geworfen. Ja, ich fühlte mich bestätigt, dass Colton meiner Vermutung genug Glauben schenkte, sodass er losging und sie zur Rede stellte, aber gleichzeitig hat es mich auch einen Schritt zurückgeworfen, sie wiedersehen zu müssen.

Schüttel den Gedanken ab, Rylee. Es geht vorbei. Genieße es, einmal die Hausfrau zu spielen, nutze jetzt die ruhige Zeit aus, bevor das Baby kommt und dein Leben auf den Kopf stellt – mit Schlafmangel und Füttern um zwei Uhr in der Früh.

Ich hebe die Packung Eier auf der Arbeitsplatte hoch und puste das Mehl ab, sodass ich sie weglegen und anfangen kann, das Desaster wieder in Ordnung zu bringen. Mit meinen Gedanken bin ich ganz bei dem Chaos, deshalb bemerke ich auch Baxter nicht, der auf dem Fußboden direkt hinter mir liegt. Als ich auf seine Pfote trete, rast er jaulend weg, wodurch ich ins Wanken gerate und mein Gleichgewicht verliere. Ich kann einen Sturz zwar gerade noch verhindern, indem ich mich am Rand der Arbeitsfläche festhalte, aber alle neun Eier fliegen im hohen Bogen aus der Verpackung durch die Küche, machen eine ganz individuelle Symphonie von Platsch-Geräuschen, als sie auf dem Fliesenboden, auf der Arbeitsfläche und an der Kühlschranktür landen.

»Scheiße!« Adrenalin beginnt durch meinen Körper zu schießen, und genauso schnell, wie es mich trifft, verändert es auch seine Gestalt und verwandelt sich in einen Rausch von so vielen Gefühlen, sodass ich mich plötzlich gegen riesige, mich herunterschlingende Schluchzer wehren muss. Aber es bringt rein gar nichts, gegen sie anzukämpfen, weil sie bereits von meinem Körper Besitz ergriffen haben. Also lasse ich vorsichtig meinen schwangeren Körper auf den Fußboden sinken, der voller Mehl ist. Ich lehne mich gegen den Schrank hinter mir und lasse den Tränen freien Lauf.

Welle für Welle. Träne für Träne. Schluchzer für Schluchzer.

So viele Gefühle – Ärger, Demütigung, Verzweiflung – brechen aus mir heraus, bevor sie von den nächsten abgelöst werden, die schon die ganze Woche darauf gewartet haben, herausgelassen zu werden. Und ich habe einfach nicht mehr die Kraft, um noch dagegen anzukämpfen.

»Rylee?«, ruft Colton von der Eingangstür her. Ich schließe die Augen und versuche, die Tränen wegzuwischen, aber keine Chance, dass ich sie vor ihm noch verstecken kann. »Was zum …? Ry, geht's dir gut?«, fragt er, als er an meine Seite eilt. Ich schüttle lediglich den Kopf. Die Tränen fallen immer noch, die Qual zehrt alles auf.

Er kniet sich neben mich, und die Sorge, die an seinem Gesicht abzulesen ist, als er mich mustert, lässt mich unvernünftig werden.

»Lass mich in Ruhe«, sage ich zwischen Schluchzern.

»Was ist denn los?«, fragt er, streckt die Hand aus, um mir Mehl von der Wange abzuwischen, was aber nur dazu führt, dass ich nur noch mehr weinen muss.

»Nicht«, sage ich, als ich meinen Kopf von seiner Hand freischüttle, woraufhin er sich zurücklehnt. Ich kann seinen Blick auf mir förmlich spüren. Er schätzt mich ab, versucht herauszufinden, was passiert ist, und aus welchem Grund auch immer gibt mir dieser Gedanke den Rest. Ich habe die ganze Woche über schon genug Augen auf meinem Körper gehabt, die mich beurteilt und gemustert haben, und diese Vorstellung bewirkt nur, dass sich meine Verzweiflung noch weiter zuspitzt. »Du willst wissen, was mit mir los ist?«, kreische ich unerwartet, was ihn zusammenzucken lässt.

»Bitte«, erwidert er ungemein ruhig.

»Das!«, schreie ich und zeige auf ihn. »Du läufst im Haus herum, als ob alles in bester Ordnung wäre, aber das ist es nicht! Du fasst mich mit Samthandschuhen an und weichst mir jedes Mal aus, wenn ich emotional werde, weil du dich wegen des Videos schuldig fühlst, obwohl es nicht dein Fehler war. Ich hab's satt zu versuchen, mit dir einen Streit vom Zaun zu brechen, weil mir in diesem gottverdammten Haus langsam, aber sicher die Decke auf den Kopf fällt, und du lässt dich nicht darauf ein. Du nickst lediglich und sagst mir, ich solle mich beruhigen, und machst dich dann aus dem Staub. Streite mit mir, verdammt noch mal! Schrei mich an! Sag mir, ich solle mich mal wieder einkriegen!« Meine Brust hebt und senkt sich, und mein Körper zittert schon wieder. Ich weiß, ich verhalte mich gerade absolut unvernünftig und lasse es zu, dass die Hormone das Kommando übernehmen, doch im Moment ist mir das alles scheißegal, weil es sich so gut anfühlt, einmal alles rauszulassen.

»Worüber willst du streiten?«

»Über irgendetwas. Über nichts. Ich weiß es nicht«, antworte ich total frustriert. Jetzt, da er mir die Chance gibt, mich mit ihm zu streiten, weiß ich nicht, worüber ich streiten will. »Ich bin sauer auf dich, weil ich mir Sorgen mache, dass du nächste Woche an diesem Rennen teilnimmst. Ich könnte durchdrehen, weil dich das hier alles ablenken wird und du nicht vorsichtig sein wirst und … und …«

»Beruhige dich, Rylee. Alles wird gut.« Er streckt seine Hand aus, um meine zu nehmen, doch ich reiße sie mit einem Ruck zurück.

»Sag mir nicht, dass ich mich beruhigen soll!«, kreische ich, als er genau das tut, von dem ich ihm gerade gesagt habe, dass ich es hasse. Bilder von dem Unfall in St. Petersburg flackern durch meinen Kopf, und meine Atmung geht schneller. Ich schiebe es weg, aber die Hysterie beginnt, die Kontrolle zu übernehmen. »Ich vermisse die Jungs. Ich mache mir Sorgen wegen Auggie und frage mich, wie es ihm wohl gehen mag. Ich vermisse mein normales Leben. Aber nichts ist mehr normal! Alles ist in der Schwebe, und mit so was kann ich einfach nicht umgehen, Colton! Du weißt, dass ich so was nicht kann!« Ich schweife umher, und ohne Zweifel versucht er gerade, meinem schizophrenen Gedankengang zu folgen.

»Dann lass uns unser eigenes ganz normales Leben machen. Warum starten wir nicht damit, das Babyzimmer fertig einzurichten? Das ist etwas, das wir tun könnten, richtig?«, fragt er mit großen Augen. Panik ist an seinem Gesicht abzulesen. Aber seine Worte rufen nur meine Angst hervor, die mir die Kehle zuschnürt.

»Sieh mich an«, sagt er. »BIRTs Zimmer einzurichten wird nicht auslösen, dass ihm etwas passiert, okay? Ich weiß, dass du es deshalb noch nicht gemacht hast … aber es ist an der Zeit. Okay?«

Mit diesen Worten verlässt mich die Streitlust. Die meinen Körper in Unruhe versetzenden Schluchzer, die mich noch vor wenigen Momenten überkamen, sind nun still. Tränen treten in meine Augen, aber ich weigere mich, zu Colton aufzusehen und mir einzugestehen, dass er recht hat. Das Kinderzimmer ist noch nicht komplett eingerichtet, weil ich Angst hatte, es – wenn ich es fertig mache – zu verhexen. Die grausame Hand des Schicksals wird, wenn ich das Baby als selbstverständlich hinnehme, sich ausstrecken und mir ihn oder sie wieder wegnehmen.

Als ich schließlich den Kloß in meinem Hals herunterschlucken kann, sehe ich auf, um seinen grünen Augen zu begegnen, und nicke, genau als die erste stille Träne mir entschlüpft und langsam meine Wange herunterläuft.

»Es wird alles okay, Baby«, sagt er sanft. Ich verdiene seine Zärtlichkeit nicht, nach dem, wie ich ihn eben gerade angeschrien habe. Und das macht mich natürlich noch mehr fertig, und eine weitere Träne läuft mir die Wange herunter.

»Du bist absolut wunderschön«, murmelt er und streicht mir mein Haar von der Wange. Ich mache die Augen fest zu.

»Nein, bin ich nicht.«

»Ich bin der Ehemann, ich stelle hier die Regeln auf«, sagt er mit einem sanften Lachen.

»Wie kannst du so etwas sagen? Ich bin voller Mehl, weil ich Kekse für dich backen wollte, was normalerweise das Einfachste der Welt ist, aber ich habe dabei so dermaßen versagt und auch noch fast eine ganze Packung Eier fallen lassen. Und mein Bauch ist so riesig, dass ich mir noch nicht einmal die Fußnägel lackieren kann, und sie sehen furchtbar aus, und ich hasse es, wenn meine Zehen furchtbar aussehen. Ich wollte mich heute rasieren, kann mir aber noch nicht einmal zwischen die Beine schauen, um das zu tun, und ich werde Wehen bekommen und habe all diese Haare und sehe so aus, als ob ich überhaupt nicht auf mich selbst achtgeben würde, und … und … wir bekommen ein Baby, und was ist, wenn ich eine schreckliche Mutter bin?« All das gebe ich zu, während wir beide auf dem mit Mehl bestäubten Fußboden hocken, mit einem Hund neben uns, der die zerbrochenen Eier aufschleckt – aber die Art, wie mich Colton ansieht? Er hat nur Augen für mich.

Dieser Gedanke tröstet mich. Dass mein Ehemann, selbst inmitten von diesem ganzen Durcheinander, nur Augen für mich hat. Dass ich in seinen Augen das Chaos um uns herum stoppen kann. Dass ich immer noch sein Funke bin.

Sei mein Funke, Ry.

Für einen Moment sitzen wir in aller Stille einfach nur da. Die Erinnerung an jene Nacht in St. Petersburg ist klar und deutlich in meinem Kopf. Seine Hand liegt an meiner Wange, unsere Blicke sind ineinander verfangen, und da wird es mir auf einmal klar. Mit ihm an meiner Seite wird sich alles so fügen, wie es sein soll. So war es immer. Er weiß, wie er mich, sogar wenn ich gerade am Ausflippen bin und selbst inmitten der wildesten Stürme, wieder beruhigen kann.

Colton lehnt sich vor und gibt mir einen Kuss auf den Bauch, bevor er mich sanft auf die Lippen küsst. »Komm schon«, sagt er, nimmt meine Hand und beginnt, mich hochzuziehen, während ich viel lieber hier sitzen bleiben und mich weiter in meinem Selbstmitleid suhlen würde.

»Warum?«, frage ich, als ich ihn mit schmollendem Mund unter meinen Wimpern hervor ansehe.

»Wir werden uns unser eigenes ›Normal‹ machen.« Zwischen dieser Bemerkung und dem Grinsen, das er mir zuwirft, kann ich ihm einfach nicht mehr widerstehen. Das kann ich nie. Sanft zieht er mich hoch, und ehe ich mich's versehe, hält er mich auch schon in seinen Armen und geht in Richtung Treppe. »Colton!«, lache ich.

»Das, genau da … Ich habe den Klang dieses Lachens vermisst«, murmelt er, als wir am Treppenabsatz ankommen.

Er trägt mich ins Schlafzimmer und setzt mich auf der Bettkante ab, schüttelt einen Haufen Kissen am Kopfende auf und hilft mir dann dabei, mich dagegenzulehnen. Wir blicken uns für einen Moment in die Augen – veilchenblaue sehen in grüne –, und ich weiß, dass er gerade dabei ist, sich etwas auszudenken. Meine Neugierde ist jedenfalls geweckt.

»Rot oder rosa?«, fragt er. Ich schaue ihn an, als ob er verrückt geworden wäre.

»Was?«

»Such dir eins aus.«

»Rot«, sage ich mit einem entschlossenen Nicken.

»Gute Wahl«, erwidert er, als er sich umdreht und im Badezimmer verschwindet. Ich höre, wie sich eine Schublade öffnet, das Klirren von Glas gegen Glas, und dann schließt sich die Schublade wieder. Als er wieder herauskommt, trägt er in der einen Hand ein Handtuch, in der anderen scheint er ein Nagellackfläschchen zu halten, und er hat ein breites Grinsen auf dem Gesicht. Er klettert ins Bett und setzt sich an meine Füße. »Zu ihren Diensten, gnädige Frau.«

Ich starre ihn nur an – ein bisschen geschockt und überrumpelt und absolut Hals über Kopf in ihn verliebt – und sehe seinen völlig verlorenen Blick, was er jetzt wohl als Nächstes zu tun hat. Und während die Typ-A-Persönlichkeit in mir ihm die Antworten sagen will, tue ich es dennoch nicht. Mein Ehemann versucht, sich um mich zu kümmern, ganz abgesehen davon, wie unbehaglich ihm gerade zumute ist, und das ist etwas ganz Besonderes.

Er breitet das Handtuch über der Bettdecke aus und hebt dann sanft meine Beine an, sodass meine Füße daraufstehen. Ich unterdrücke ein Lachen, als Colton das Fläschchen mit dem signalroten Nagellack hochhält und die Anleitung auf der Rückseite liest. Während er sich konzentriert, runzelt er die Stirn und beißt sich auf die Unterlippe. Dann lacht er und schüttelt den Kopf, als er sich auch schon meinen Fuß schnappt.

»Ich muss dich ja wirklich sehr lieben, weil ich so etwas noch nie zuvor für irgendjemanden getan habe.« Seine Wangen erröten, und seine Grübchen werden tiefer. Alles, was ich tun kann, ist, mich zurückzulehnen, breit zu lächeln und ihn sogar noch lieber zu haben als ohnehin schon.

»Nicht einmal für Quin, als ihr noch Kinder wart?«, frage ich und denke daran, wie mir Tanner manchmal bei meinem Mädchenkram half, aber auch nur, wenn ich ihm vorher bei seinem ekligen Jungs-Zeug geholfen hatte.

»Nö«, sagt er, während er sich darauf konzentriert, den Nagel meines großen Zehs zu lackieren. Er schneidet eine Grimasse, während ich fühle, wie er an den Seiten meines Nagels die Farbe wegwischt. Ich kämpfe gegen mein Grinsen an, weil mich das Gefühl beschleicht, dass ich mehr Nagellack auf meiner Haut haben werde als auf meinen Nägeln. Aber das ist okay. Es ist egal. Er gibt sein Bestes, und das ist es, was am meisten zählt.

Ich starre meinen Ehemann an, er ist einfach umwerfend – sowohl innerlich als auch äußerlich. Er hat meiner Schimpftirade zugehört und sich die Sache ausgesucht, bei der er etwas tun kann, um mir zu helfen. Ich wusste immer, dass ich mich glücklich schätzen kann, ihn gefunden zu haben, aber ich habe nie wirklich realisiert, wie glücklich ich tatsächlich bin – bis genau zu diesem Zeitpunkt.

Ich schaue ihm dabei zu, wie er sich konzentriert, während ich versuche, das Chaos von letzter Woche loszulassen.

Verärgerter Schock: Was ich fühlte, als ich herausfand, dass mein Bild auf dem Cover des *People Magazine* war. Drin stand eine ausführliche Story über das Video und unzählige andere Lügen über meine angeblichen sexuellen Vorlieben. Psychologen gaben ihren Senf dazu und äußerten sich über die gesteigerte Erregung, die manche Menschen verspüren, wenn sie Sex an öffentlichen Orten haben, mit dem Risiko, dabei erwischt zu werden. Ich wollte schreien und toben, ihnen sagen, sie sollten damit aufhören, Lügengeschichten über mich zu verbreiten. Ihnen erklären, dass es ein Moment erhitzter Leidenschaft war, sodass wir uns hinreißen ließen. Zwei Menschen, die sich liebten.

Zwei Menschen, die sich immer noch lieben!

Gefangen: Wie ich mich fühlte, als Dr. Steele bei mir zu Hause anrief – etwas, das sie normalerweise nicht tut –, weil ich nicht das Haus verlassen konnte, ohne dass mich Paparazzi bis zu ihrer Praxis verfolgt hätten. Sie ist eine Ärztin, zu deren Klientel viele berühmte Leute gehören. Sie ist allerdings nicht allzu scharf darauf, dass von ihrer Praxis Fotos geschossen werden, während andere Patienten kommen und gehen.

Bloßgestellt: Nicht in der Lage zu sein, ohne Bedenken den Fernseher anzuschalten, meine E-Mails abzurufen oder auf Google zu surfen, da ich weiß, dass eine Möglichkeit besteht, dort auf ein Bild von mir zu stoßen.

Einsam: Wie ich mich fühle, weil ich meine Jungs nicht

täglich sehen kann. Ich vermisse ihr Lachen, ihr Gezanke und ihr Lächeln.

Bestätigt: Tawny über Coltons Schulter hinweg zu sehen. Das Wissen, dass er mir zugehört hatte und sie in meiner Anwesenheit konfrontierte, aber andererseits hatte er mir auch einst versprochen, sie nie wiederzusehen.

Verletzt und doch zuversichtlich: Coltons unerwarteter Vortrag letzte Woche, als er Sullys Kneipe verließ. Meinen Namen und das Wort »Schlampe« in ein und demselben Satz zu hören setzte mir derart zu und quälte mich so sehr, dass ich deswegen einen Streit heraufbeschwor. Aber gleichzeitig weiß ich die Tatsache zu schätzen, dass er überhaupt etwas sagte, dass er etwas tat, um zu versuchen, Eddie bloßzustellen.

So viele Dinge – alle unerwartet – haben dazu geführt, dass mir ständig der Kopf schwirrt und unsere Leben sich in einem permanenten Aufruhr befinden, obwohl ich nicht einmal unser Grundstück verlassen habe.

»Ich frage mich, ob deine kleine Rede neulich die Reporter dazu gebracht hat, über Eddie Erkundigungen einzuholen?«, murmele ich, während ich ihm auf den Oberkopf schaue.

Er sieht auf und begegnet meinem Blick. »Nicht jetzt, Ry. Ich will im Moment über nichts dergleichen reden. Jetzt will ich Zeit mit meiner Ehefrau verbringen, ihre Fußnägel lackieren, mit ihr reden und nicht die Außenwelt hereinlassen, okay?« Er nickt, um dem eben Gesagten Nachdruck zu verleihen. »Im Moment gibt es nur dich und mich und ...«

»Nichts außer dir und mir und das Laken«, beende ich seinen Satz, woraufhin er breit grinst.

»Diesen Satz habe ich schon lange nicht mehr gehört«, sagt er mit einem nachdenklichen Lachen, während er den Verschluss auf das Nagellackfläschchen schraubt. Mir fällt auf, wie viel rote Farbe an seinen Fingern klebt, wegen seines Versuchs, das Zuviel wieder in Ordnung zu bringen. Er schaut erneut hinab und schüttelt den Kopf. »Nicht so gut, wie wenn du es machst, aber ...«

»Es ist perfekt«, versichere ich ihm, ohne überhaupt auf meine Zehennägel zu achten. Das Zuviel an Farbe auf meiner Haut ist fast wie ein zusätzliches Zeichen, das widerspiegelt, wie sehr er mich liebt. »Außerdem wird die Farbe auf meiner Haut beim Duschen wieder abgehen.«

»Wirklich?«, fragt er, als er seine Finger abspreizt und die Nagellackflecken auf seiner Haut begutachtet. Mein Bad Boy ist gekennzeichnet durch die Taten eines guten Ehemannes. »Gott sei Dank, weil ich mir schon Gedanken gemacht habe, wie ich es wieder abbekomme. Ich dachte, ich müsste Vergaserreiniger oder so was benutzen.«

Ich muss kichern, und es fühlt sich so gut an. Das gilt für alles: sein Bemühen, seine sanfte Seite, ihn in einer Situation zu erleben, in der er so fehl am Platz ist, und einfach nur Zeit zusammen zu verbringen.

Er pustet behutsam auf meine Zehennägel, damit sie schneller trocknen, und ich finde so viel Geborgenheit in der Stille. Ich lehne meinen Kopf auf dem Kissen zurück und schließe die Augen, als er sich zum anderen Fuß bewegt.

»Ich weiß, dass du bei dem Rennen nächste Woche gut sein wirst«, murmele ich schließlich, denn ich will nicht, dass er aus dem Wirbelsturm der Emotionen von vorhin schließt, ich wäre so besorgt, wie es den Anschein gehabt haben muss.

»Ich verspreche dir, dass ich nach Hause zu dir und dem Baby komme – unversehrt und gesund«, erwidert er. Sein Blick ist intensiv, und seine Gefühle zeigt er gerade ganz offen, so wie die Tattoos auf seinem Körper. Und ich weiß, dass es ein Versprechen ist, das er wirklich nicht machen kann. Nach all diesen gemeinsamen Jahren weiß ich, dass er nicht kontrollieren kann, was andere auf der Rennbahn tun oder nicht tun, aber ich halte von ganzem Herzen an der Tatsache fest, dass er sich dessen durchaus bewusst ist. Alles, was ich fragen kann, ist: »Und mit einem Apfelkuchen.«

Er lacht wieder, weil das jetzt gerade eines meiner Gelüste ist. Na ja, mal abgesehen von Sex mit ihm. »Du kennst den Weg zum Herzen einer Frau.«

»Nö. Nur den zu meiner eigenen Frau.« Seine Augen leuchten, als er sich vom Bett schiebt, und ich werde sofort traurig, weil ich Angst habe, dass unsere gemeinsame Zeit nun vorbei ist. Ich weiß, er hat viel Arbeit, seitdem er so dahinter her ist, zu Hause bei mir zu bleiben, also frage ich ihn nicht danach, mir noch länger Gesellschaft zu leisten. Außerdem ist er mehr als süß zu mir gewesen, und das, nachdem ich mich vorhin in der Küche wie eine Furie aufgeführt habe.

Deshalb falle ich auch aus allen Wolken, als Colton hinter meinen Rücken und unter meine Knie greift und mich aus dem Bett hebt. Er legt es scheinbar ernsthaft darauf an, sich seinen Rücken zu verrenken, indem er schon wieder meinen schwangeren Arsch trägt, aber der einzige Protest, den ich von mir gebe, ist ein erschrockenes Nach-Luft-Schnappen, als ich in seine Augen blicke, um einen verschmitzten Schimmer in ihnen zu entdecken.

»Halt dich fest.«

»Was hast du …?«, frage ich und bin total verwirrt, als er mich schließlich auf dem Badewannenrand absetzt. Sehnsüchtig schaue ich in die Wanne und denke, was ich jetzt nicht dafür geben würde, reinzusteigen und meinen Körper von dem heißen Wasser umspülen zu lassen. Aber wegen meiner Schwangerschaft darf ich das natürlich nicht, also sitze ich nur still da und warte ab, was Colton im Schilde führt.

Er steigt über mich hinweg und in die Badewanne hinein. Dann hebt er meine Beine hoch – eins nach dem anderen –, sodass sie in dem ovalen Paradies baumeln. Ich starre ihn an, teils will ich ihm sagen, die Anweisung der Ärztin zu brechen und ein Bad zu nehmen, bin aber auch überrascht, dass mein Ehemann – der Mann, der niemals Regeln befolgt, außer wenn es um die Anordnungen der Ärztin geht, was ich während meiner Schwangerschaft darf und nicht darf – abtrünnig zu werden scheint.

Und natürlich gefällt mir das irgendwie.

»Steh auf«, sagt er, als er nach meinen Händen greift und mir hochhilft, sodass wir beide barfuß und vollständig angekleidet in der leeren Wanne stehen. Während er sich auf die Knie fallen lässt, sieht er mir unentwegt in die Augen und zieht äußerst behutsam mein Höschen herunter. Seine Augen leuchten auf, und ein Grinsen spielt um seine Lippen, als er vorsichtig jedes Bein aus den Hosenöffnungen zieht, um zu verhindern, dass mein Nagellack verwischt. Als er fertig ist und ich ihn anstarre, als ob er verrückt geworden wäre, schaut er wieder zu mir hoch und sagt: »Rutsch wieder an den Badewannenrand mit deinen Schultern gegen die Wand.«

Und ich tue, was er mir sagt. Mit dem Po sitze ich auf dem Wannenrand, und mein Rücken ist an die kühle Wand hinter mir gelehnt. Ich schaue ihn neugierig an, als er vor mir auf die Knie sinkt. Er rutscht näher an mich heran, mit den Händen drückt er meine Knie auseinander, während er sich zwischen sie schiebt.

Ich atme ein, blicke in seine Augen. Mein Verlangen nach ihm, das immer noch stärker denn je ist – wenn auch versteckt unter den Schichten der Emotionen, die uns diese Woche beschert hat –, kommt wieder zum Vorschein. Mein Körper reagiert instinktiv bei dem Gedanken an seine Hände an meinem Körper: Wärme flutet durch meine Venen, meine Brustwarzen werden hart, mein Herz klopft schneller, und meine Atmung wird gleichmäßiger.

»Vertraust du mir?«, fragt er und reißt mich damit aus meinem Tagtraum, wie seine Finger meine Schamlippen teilen und er mich mit seiner Zunge befriedigt.

»Immer«, stottere ich. Mir ist bewusst, dass als er mich das das letzte Mal fragte, das Video veröffentlicht wurde. Ich halte die Luft an, als er das Handtuch vom Badewannenrand wegschiebt und eine Rasierklinge und Rasierlotion zum Vorschein kommen. Na ja, vielleicht dann doch nicht so sehr. Meine Pupillen werden größer, als mir klar wird, dass er das zweite Problem lösen will, über das ich mich vorhin unten in der Küche in meiner kindischen Schimpftirade lautstark aufgeregt hatte.

Ich unterdrücke das Bedürfnis, jetzt doch noch einen Rückzieher zu machen, weil eine Rasierklinge an meinem

Intimbereich ein Überdenken der Frage erlauben sollte. Und ich weiß, dass ihm mein Zögern aufgefallen ist, weil er mich mit einem Blick noch einmal um Erlaubnis bittet.

Er will mich rasieren. Ich bin nervös, aber gleichzeitig verspüre ich auch einen Ansturm von Wärme zwischen meinen Schenkeln, wie heiß der bloße Gedanke ist. Ich nicke leicht mit dem Kopf, meine Augen blicken in seine, weil ja … ich bin seit sechs Jahren mit diesem Mann verheiratet, vertraue ihm durch und durch … aber mich von ihm rasieren lassen? Das bedarf schon einer Menge Vertrauen.

Und meinem alten Ich wäre es zudem auch extrem peinlich, hier auf dem Badewannenrand mit gespreizten Beinen bei Tageslicht zu hocken, während sich mein Mann Rasierlotion in die Hand spritzt. Aber aus welchem Grund auch immer ist es okay. Die Welt hat mich inzwischen bereits nackt gesehen. Allerdings ist die Vorstellung so verdammt intim und persönlich, dass ich, als ich herunterschaue, um seine Hand unter meinem Bauch verschwinden zu sehen – nur Sekunden bevor die kühle, feuchte Lotion in der Falte zwischen meinen Schenkeln verteilt wird –, eine neue Verbindung mit ihm fühle, eine neue Intimität, die etwas von dem, das mit dem Video verloren ging, wiederherstellt.

Er dreht den Wasserhahn in der Badewanne auf und lässt das Wasser etwas laufen, während er den Rasierer unter dem Strahl anwärmt. Mit einem ermutigenden Lächeln sieht er zu mir auf und bewegt dann vorsichtig die Klinge unter meinem Bauch. Wir beide halten den Atem an, als er beginnt, mich zu rasieren. Das einzige Geräusch, das man hört, ist das sanfte Schaben von Metall gegen Haut und das Tröpfeln des Wassers in die leere Wanne.

Nach einigen Minuten erlaube ich mir, mich zu entspannen. Die Unfähigkeit zu sehen, was er gerade tut, dient lediglich dazu, sowohl die Intensität als auch die Sinnlichkeit des ganzen Aktes zu verstärken. Er fährt mit dem Rasieren fort. Sein Gesicht ist bei Bereichen, die ich nicht sehen, aber spüren kann, vor Konzentration angespannt. Und es ist nicht der Schmerz, den ich erwartet hatte. Stattdessen ist es das sanfte Drücken seiner Finger, als er meine Haut mal hierhin, mal dorthin verschiebt. Es ist das warme Wasser, als er es in seine Hände schöpft und es über mein Geschlecht plätschern lässt. Es ist die Art, wie seine Fingerspitzen so ungemein leicht über meine Falte streichen, um die überschüssige Rasiercreme wegzuwischen, die sich durch den bloßen Wasserstrahl nicht wegwaschen lässt.

All diese Dinge zusammengenommen sind zu einem intensiven Erlebnis geworden, mit dem ich niemals gerechnet hätte, und dennoch will ich nicht, dass er aufhört. Diese Woche waren wir geistig voneinander entfernt gewesen. Wir waren so gestresst wegen des Videos und dessen Auswirkungen, dass wir nicht einmal innegehalten haben, um einander etwas Aufmerksamkeit zu schenken, von dem *Alles-bei-dir-in-Ordnung?* und *Wie-war-dein-Tag?* einmal abgesehen.

Er fährt mit den Fingerkuppen an meinem Körper herunter. Reflexartig schiebe ich meine Hüften ein wenig nach vorn, eine nonverbale Bitte an ihn, seine Finger zwischen meine Schamlippen zu tauchen, damit er dahinterkommen kann, wie sehr ich ihn jetzt gerade will und brauche. Frustriert stöhne ich auf, als er seine Finger wieder von mir wegnimmt, woraufhin er lachen muss.

»Ist irgendetwas lustig?«, frage ich ihn zwischen zusammengebissenen Zähnen.

Er schüttelt lediglich den Kopf. »Nee. Ich gehe gerade nur sicher, dass ich die kleine Landebahn gemacht habe, die du gerne nett und ordentlich hast«, sagt er mit der Zunge zwischen den Zähnen, während er sich konzentriert und angeblich nichts von der sexuellen Folter bemerkt, der er mich gerade aussetzt. Andererseits ist vielleicht ja auch gerade das seine Absicht. Er kann einfach nicht so ahnungslos sein. Er kennt meinen Körper nur allzu gut, um zu wissen, dass seine Berührung jedes Mal mein Feuer schürt – von glühender Asche hin zu einem Großflächenbrand.

»Da.« Triumphierend lehnt er sich zurück, besieht sich seine Handarbeit und grinst selbstzufrieden, als er wieder zu mir aufsieht. Das selbstzufriedene Grinsen weicht schnell einem übermütigen, als er die lüsterne Verzweiflung auf meinem Gesicht bemerkt. »Was ist los?«, fragt er, stellt sich unwissend.

Er spielt definitiv gerade mit mir. Und, zur Hölle, ich bin mehr als bereit, dass er mit mir spielt. Was gibt es für einen besseren Weg, die Außenwelt einmal komplett zu vergessen, als mich unter den geschickten Händen meines Ehemannes zu verlieren?

»Nichts«, murmele ich, bevor er die Handbrause aus ihrer Halterung heraus- und den Schlauch langzieht, sodass der Duschkopf genau auf das Delta zwischen meinen Schenkeln gerichtet ist. Er schaltet das Wasser an, der Druck des Strahls erzeugt seine ganz eigene angenehme Reibung, und ich muss einen Laut der Begierde unterdrücken.

»Ich glaub, ich habe genau hier etwas von der Rasiercreme übersehen«, sagt er mit einem betroffenen Gesichtsausdruck, ehe seine Finger mich wieder berühren. Aber dieses Mal dringen sie zwischen meine Schamlippen und gleiten vor und zurück, sie schieben sie auseinander, sodass der Wasserstrahl genau auf meinen Kitzler trifft. Ich stöhne auf, als ich mich ihm ganz egoistisch anbiete, indem ich meine Knie noch weiter auseinanderspreize und versuche, meine Hüften hochzuheben.

»Gut. Ich hab's kapiert«, sagt er, als sein Finger über meinen Kitzler streicht, ehe die Berührung und das Wasser plötzlich ganz weg sind.

»Was?«, jaule ich auf, schnappe noch das blitzschnelle Grinsen von ihm auf, als er sich schon daranmacht, sich zu erheben.

»Alles erledigt«, begründet er sein Verhalten, nimmt sich das Extra-Handtuch vom Badewannenrand, um mich abzutrocknen.

»Nein, hast du nicht.«

Er lacht amüsiert. »Deine Zehen sind lackiert, deine Muschi ist getrimmt«, meint er nur. Diesen Punkt auf der To-do-Liste hat er abgehakt. »Was gäbe es sonst noch zu erledigen?« Wir sehen uns in die Augen, und dann wandert mein Blick langsam seinen Oberkörper hinab, während er sich sein Shirt über den Kopf zieht und es vor die Badewanne wirft. Lässig öffnet er seinen Gürtel und zieht ihn durch die Schlaufen, macht auch daraus eine Show, als er ihn zur Seite wirft. Als er Hose und Unterwäsche herunterzieht, steht sein Schwanz bereits stramm.

»Ich weiß es nicht«, sage ich und hebe die Augenbrauen. Ich bringe meinen Vorschlag einfach nicht über die Lippen.

»Okay. Ich werde dann erst mal duschen«, sagt er grinsend, als er bereits beginnt, aus der Badewanne zu steigen, was mich zum Lachen bringt.

»Nein, wirst du nicht.« Sein Blick ist wieder zurück bei mir, hungrig vor Lust, und für den Bruchteil einer Sekunde frage ich mich, warum er sich noch nicht das genommen hat, was gerade direkt vor ihm auf dem Präsentierteller serviert wird, wenn sein Verlangen doch so offensichtlich an seinem Gesicht abzulesen ist – und an seinem Körper übrigens auch.

»Werde ich nicht?«

»Nein.«

Einen Moment lang starren wir uns schweigend, aber mit so viel Gefühl einfach nur an. Und schließlich sage ich ihm das, was mir gerade durch den Kopf schießt. »Ich vermisse dich. Ich will dich.« Irgendetwas flackert in seinen Augen auf, das ich nicht deuten kann, doch ich weiß, dass ihn etwas quält.

»Was ist los, Colton?«

Und ich denke mir, dass es keinen besseren Zeitpunkt als jetzt gibt, ihn das zu fragen, da wir beide im wahrsten Sinne des Wortes entblößt sind. Zwischen uns wird es nichts geben außer der Wahrheit.

»Ich habe mit alldem hier angefangen, indem ich dich in jener Nacht auf der Motorhaube nahm. Ich habe dich darum gebeten, aus deiner Komfortzone herauszukommen und dann einmal zu schauen, was passiert. Scheiße ja, ich will dich, Ry. Jede Sekunde an jedem verdammten Tag. Aber mit alldem, was passiert ist ... Ich weiß nicht ... Ich werde dich nicht anrühren, bis du mir nicht klar und deutlich gesagt hast, dass ich es tun soll.« Während ich ihm sagen will, dass er mich gerade bereits sehr wohl angefasst hat – ziemlich schnell sogar hat er mich geil gemacht –, verstehe ich allerdings auch, wie hart dies hier für meinen immer aktiven Ehemann gewesen sein muss, es sich nicht einfach zu nehmen, wenn er es doch eigentlich will.

Ich neige meinen Kopf und starre ihn an. Ein Lächeln breitet sich auf meinen Lippen aus, als sich meine Brust vor lauter Liebe für ihn zusammenschnürt. »Ich glaube, der Spruch lautet *zu jeder Zeit, an jedem Ort* ... richtig, Schatz?«, frage ich und imitiere perfekt die Art, wie er es sagt.

Sein Grinsen lässt sein Gesicht aufleuchten, seine Körperhaltung ändert sich augenblicklich von zurückhaltend zu draufgängerisch. Seine Schultern werden breiter, er reibt seine Finger aneinander, als ob er es kaum noch abwarten könnte, mich endlich zu berühren. Mit der Zungenspitze befeuchtet er seine Unterlippe. Sein Blick wandert nach oben und über jede noch so kleine Stelle meines Körpers, der Ausdruck in seinen Augen allein bringt meine Nervenenden zum Lodern.

»Das ist ein guter Spruch«, scherzt er. »Es wird Zeit, ihn in die Tat umzusetzen.«

»Ja, bitte«, murmele ich. Er beugt sich vor und stützt beide Hände am Wannenrand neben meinen Hüften ab. Mit schmerzhaft langsamem Tempo lehnt er sich vor und drückt in aller Ruhe seine Lippen auf meine. Der Kuss ist gleichermaßen quälend und verlockend, lässt mein Verlangen noch weiter ansteigen und bringt mich zum Dahinschmelzen. Ein leichter Schmerz sammelt sich in meinem Unterleib an.

»Reite mich.« Die beiden Worte sind alles, was es bedarf. Er sagt sie, während er seine Lippen immer noch an meine presst, und das ist alles, was ich hören muss. Ich lege meine Hände auf seine Schultern, sodass er mir dabei helfen kann aufzustehen, damit wir zum Bett rübergehen.

Dort angekommen, legt er sich hin, stopft sich ein Kissen unter die Hüften, als ich auch schon neben ihn krieche. Ich ziehe mir mein Shirt über den Kopf und küsse ihn noch einmal, bevor ich genau das tue, worum er mich gebeten hat. Gebeten? Wen will ich hier eigentlich auf den Arm nehmen? Es war eher ein Einfordern, aber bei dieser Forderung habe ich absolut kein Problem damit, ihr nachzukommen, da ich es ja bin, die den Nutzen haben wird.

Unsere Lippen treffen sich, und ich kann sein Verlangen nach mir spüren, in der Art, wie seine Hände meine Arme hinab- und dann über meinen Oberkörper gleiten. Seine Finger graben sich in meine Hüften, als er mir dabei hilft, mich auf ihn zu setzen. Unsere Körper drücken das aus, was wir gerade vom anderen brauchen, ohne dass wir dabei auch nur ein Wort sagen müssten.

Augenkontakt ist so viel inniger, als ein Wortwechsel jemals sein könnte.

Ich knie mich mit gespreizten Beinen über seine Hüften und rutsche etwas zurück, sodass seine Eichel genau an meiner Muschi ist. Er greift nach seinem Schwanz und bewegt ihn vor und zurück, um meine Erregung an ihm zu verteilen. Und als wir beide davon ganz feucht sind, sinke ich langsam auf ihn, Zentimeter für Zentimeter auf die gesamte Länge seines Glieds, bis er komplett in mir ist – von der Wurzel bis zur Spitze. Ich lehne meinen Kopf zurück, und ein Stöhnen des Wohlgefallens entweicht meinen Lippen – zur selben Zeit, als er meinen Namen seufzt. Es mag erst eine Woche her sein, als wir uns auf diese Weise miteinander vereinten, aber in unserer Beziehung, in der wir beide körperliche Berührung dafür nutzen, um die Worte auszudrücken, die ungesagt blieben, ist das eine verdammt lange Zeit.

Ich warte einen Moment – genieße das Gefühl, dass er mich ausfüllt. Und da ist etwas an seiner Reaktion, das sogar noch erotischer ist als das Gefühl von seinem Schwanz in mir, die jeden erogenen Nerv in mir erweckt. Es ist die Art, wie er seinen Kopf zurück ins Kissen lehnt, sodass alles, was ich sehen kann, die Unterseite seines Kiefers und sein Adamsapfel sind – die Stelle, an die ich mich so gerne anschmiegen würde. Es ist der Anblick seiner Sehnen an seinem Hals, die sich vor Lust anspannen, die ich ihm verschafft habe. Es sind seine dunklen Bartstoppeln, die ich sehe, und der Kontrast zu der gebräunten Haut. Es ist das Gefühl seiner Hände, die immer noch meine Hüften packen, sodass seine Bizepse gebeugt sind, und die dunklen Brustwarzen, die vor Erregung ganz hart sind.

Alles davon – das Gesamtpaket – ist wie ein optisches Aphrodisiakum, das die Empfindungen, während ich meine Hüften über seinen wiege, so viel intensiver macht. Dann tut natürlich sein kehliges Stöhnen »Verdammt, Ry« auch noch sein Übriges dazu.

Also beginne ich, auf seinem Schwanz auf und ab zu gleiten, nach allen paar Stößen ändere ich den Winkel, um sicherzugehen, dass mich seine Eichel genau dort trifft, wo ich es am nötigsten brauche, damit ich mit ihm zusammen zum Orgasmus kommen kann. Mein Gott, wie sehr ich das hier mit ihm gebraucht habe. Von ihm.

Es ist erstaunlich, wie wir uns so weit voneinander entfernt fühlen können, wie ich nach so viel schrecklichem Chaos in der vergangenen Woche am Ende meiner Kräfte sein kann, aber wenn wir dann so wie jetzt sind, fühle ich mich innerhalb weniger Minuten wieder komplett. Verbunden. Vereint. Unzerstörbar.

Eins.

Ich erhebe mich, lasse seine Eichel mich genau an der Stelle berühren, wo ich es brauche, und schiebe meine Hüften nach vorn, um meine Lust noch intensiver zu machen. Der Umfang seines Schaftes bewirkt, dass sich meine Schenkel über seinen Hüften anspannen. In meinem Körper beginnt sich allmählich Wärme auszubreiten, als Verlangen durch mich hindurchströmt. Ich lasse meinen Kopf zurückfallen, greife hinter mich und kratze mit den Fingernägeln über seine Oberschenkel, woraufhin er mit seinen Hüften vorschnellt und mich an einer noch tieferen Stelle ausfüllt, als ich es je für möglich gehalten hätte.

»Oh mein Gott«, stöhne ich. Meinen Kopf lasse ich nach hinten hängen, meine Hände fallen an meinen Seiten herab. Meine Worte treiben Colton an, spornen ihn an, mit seinen Hüften gegen meine zu reiben, um noch tiefer in mich einzudringen. Und ich ziehe mich zurück, als er hineinstoßen will, was bewirkt, dass sein Schaft nach oben rutscht und gegen meinen Kitzler stößt. Ich rolle die Augen zurück, stöhne zusammenhangslos, als ich kurz davor bin zu kommen, während er über ein Zentrum von Nerven reibt und sich dann zurückzieht und mich damit piesackt, mir nicht gibt, was ich will, und dann zum Endspurt ausholt.

»Komm schon, Baby. Deine Muschi fühlt sich so verdammt unglaublich an. Verdammt, ich liebe es, wenn du mich reitest.« Seine Worte enden mit einem Stöhnen, als ich beginne, mich wieder auf ihm zu wiegen. Es erfüllt mich mit einem Gefühl der Macht, dass ich ihm den Atem rauben kann.

Und wir beginnen, uns gleichzeitig zu bewegen. Ein langsames Gleiten, gefolgt von einem schnellen Reiben von uns beiden, während wir uns die Zeit nehmen, den ständig winkenden Gipfel der Lust zu erklimmen. Klare gemurmelte Worte in der angenehmen Stille. Seine angespannten Finger pressen sich in das Fleisch meiner Hüften. Die Venen an seinem Hals spannen sich vor lauter Anstrengung an, als er versucht, die Kontrolle zu behalten, von der ich langsam spüren kann, dass sie ihm entgleitet. Wir blicken uns tief in die Augen, während wir uns gegenseitig unsere Gefühle mit Taten zeigen. Dann eine Beschleunigung des Tempos. Unser Atmen wird schwerer, und unsere Körper werden glitschig vom Schweiß.

Und trotz des langsamen, süßen Aufstiegs trifft mich mein Orgasmus völlig unerwartet. Das Kribbeln in meiner Mitte beginnt verhalten und gleichmäßig und explodiert dann in einem gewaltigen Ausbruch, der durch meinen ganzen Körper mit solch einer Intensität pulsiert, dass es mir fast den Atem raubt. Mein Körper ertrinkt in dem orgasmischen Nebel und bewirkt, dass jeder meiner Sinne verstärkt wird. Ich höre, wie Colton nach Luft schnappt, als sich meine Muskeln um ihn herum zusammenziehen, ich spüre die unerwartete Sensibilität, die mein Höhepunkt mit sich bringt, und reite auf der Welle der Benommenheit, die mich überfällt.

Und gerade, als ich dabei bin, vor lauter Wonne alles um mich herum zu vergessen – mein Kopf ist leicht, und mein Herz ist voll –, beginnt sich Colton unter mir zu bewegen, was mich dazu antreibt, darauf einzugehen und ihm dabei zu helfen, ihn auf den Gipfel zu ziehen und hinein in das Vergessen mit mir. Wir bewegen uns im Einklang, und als er, während er noch in mir ist, sich in mir ergießt, kann ich sein Schamhaar spüren, das meinen geschwollenen Kitzler noch einmal reizt, um das Nachbeben, das immer noch durch mich hindurchströmt, in die Länge zu ziehen.

»Was ich nicht dafür geben würde, dich genau jetzt umzudrehen und dich bis zur Besinnungslosigkeit zu vögeln«, stöhnt er, als ich wieder zurück nach oben rutsche.

»Ja, bitte«, murmele ich. Er hebt die Augenbrauen in einer nonverbalen Frage, und ich weiß, dass er Angst hat, er könnte das Baby verletzen, aber meine Bemerkung ist die Einwilligung, die er braucht, um zu wissen, dass alles in Ordnung sein wird. Denn sosehr es Colton auch sanft und langsam liebt, weiß ich doch, er tut es letztendlich eher für mich. Er gibt mir das, was ich brauche, damit ich komme.

Und als seine Ehefrau weiß ich, dass es das hier ist, was er braucht. Was er liebt.

Mit seiner Hilfe klettere ich von ihm runter und gehe auf die Hände und Knie, mein Hintern ist in die Luft gestreckt. Ich blicke über meine Schulter und sehe, wie er meinen Anblick in sich aufnimmt – geschwollen, feucht und komplett seins. Unsere Blicke treffen sich, und das Begehren in seinen Augen ist so stark, dass ich glücklich bin, ihm dies hier angeboten zu haben. Nach einer Woche mit dem Gefühl, keinerlei Kontrolle mehr zu haben, hat er dieses Eigentumsrecht über meine Muschi gebraucht, um seine Welt wieder geradezurücken. Und nach all dieser Zeit weiß ich, dass wenn ich ihm die völlige Kontrolle überlasse, es ihm erlaubt, sie wiederzufinden.

»Verdammt, ich liebe es, dich so anzusehen«, murmelt er, als seine Finger meine Spalte entlang nach unten wandern und wieder zurück und dann über den engen Rand meines Afters kreisen. Mein gesamter Körper spannt sich an, als ein tiefsitzendes Verlangen vielversprechend von seiner Berührung in mir brennt – dort, wo wir gelegentlich Dinge ausprobieren, wenn wir einen Gang höher schalten wollen. »Ich liebe es zu sehen, wie verdammt feucht ich dich mache. Die rosa Farbe deiner Muschi. Die Kurven von deinem Arsch. Wie sich deine Haut bewegt, wenn ich in dich von hinten stoße. Wie du deinen Rücken durchdrückst und dein Becken kippst, sodass du mich ganz in dir aufnehmen kannst. Verdammt süchtig machend.«

Er legt seine Hand in meinen Nacken und fährt mit ihr die Länge meiner Wirbelsäule hinab. Diese einzigartige Berührung schickt meine Nerven, die bereits in höchster Alarmbereitschaft sind, in einen Rausch der Vibrationen, welche die gespannte Erwartung noch steigert, wann er endlich in mich eindringt. Und ja, obwohl ich bereits einen Orgasmus hatte, ist es für mich immer erregend, wenn Colton in mir ist, und dieses Gefühl vergeht niemals. Ich weiß, dass diesem Scharfmachen durch seine Berührungen ein überwältigender Ansturm der Empfindungen folgt. Mein gesamter Körper spannt sich an, während ich erwartungsvoll abwarte.

Seine Hände gleiten von meinem Rücken über meine Hüfte und weiter runter an meinen Schenkeln entlang, bevor sie an meiner Beininnenseite zurück hinauf bis zu meiner Muschi wandern. Dieses Mal teilen seine Finger meine Schamlippen, ein Finger gleitet hinein und wieder raus, um schließlich von seinem Penis ersetzt zu werden.

Sein Seufzen erfüllt das Schlafzimmer. Er greift an meine Hüften und drängt sie zurück und wieder dichter an sich heran, während er dabei völlig still bleibt. Sein kehliges Stöhnen passt zu dem inneren Krieg, der in meinem Körper tobt, ob ich nun einem weiteren Orgasmus hinterherjagen oder einfach das an Vergnügen annehmen will, was kommt, und es genieße, ihm dabei zu helfen, seinen Orgasmus zu bekommen.

Und ich bekomme nicht die Chance, meine eigene Frage zu beantworten, weil in dem Moment, als Colton in mir ist, er sich auch schon zu bewegen beginnt. Das Tempo, das er vorgibt, ist so fordernd – ich weiß, dass jeder Mann sich selbst der Nächste ist –, aber es ist absolut in Ordnung für mich. Weil es so etwas verdammt Berauschendes hat, von Colton mit solch einer Autorität genommen zu werden. Es ist animalisch, roh und gierig, und das ist so nötig für die Dynamik in unserer Beziehung. Ich würde ihn gar nicht anders haben wollen.

»Gottverdammt«, schreit er, als das Geräusch unserer

sich vereinenden Körper durch den Raum hallt. Eine Sex-Symphonie.

»Fick mich!«, schreie ich, als sein Schwanz in mir anschwillt, das Zeichen dafür, dass er kurz vor seinem Orgasmus steht. Also greife ich nach hinten und kratze ihm mit meinen Fingernägeln über die Schenkel, als er erneut in mich stößt. Sein Stöhnen ist das einzige Geräusch, das ich hören muss, um zu wissen, dass er verloren ist. Innerhalb von Sekunden wird sein Griff fester, mit seinen Hüften stößt er härter zu, und sein Körper ist komplett angespannt, als ihm mein Name in einem rauen Stöhnen entfährt.

Nach wenigen Momenten seufzt er zufrieden, was für mich wie eine Belohnung ist. Als er aus mir hinausgleitet, beginnt er zu lachen, und es kostet mich einen Moment, bis ich auf meinem Hintern sitze, um zu sehen, was so lustig ist. Er blickt auf die hellblauen Laken und die kleinen roten Flecken darauf.

»Gerade, als ich dachte, dass ich es nicht mehr schaffen würde, deine Zehennägel noch schlimmer aussehen zu lassen, habe ich es doch noch hingekriegt.«

Ich schaue von den Laken auf, um die Liebe, die Belustigung und die Zufriedenheit in seinen Augen zu sehen, und lächle. »Hm. Gut. Das bedeutet, dass wir etwas hiervon noch einmal erledigen müssen.«

»Nur etwas davon?«, fragt er mit zusammengekniffenen Augen. Als ich nicke, erscheint mein Lieblingsgrübchen neben einem verspielten Grinsen auf seinem Gesicht. »Welcher Teil davon könnte es denn wohl sein?«

»Der Unser-eigenes-›Normal‹-machen-Teil.«

»Nur der Teil?«, fragt er mit zur Seite geneigtem Kopf.

Sein Schwanz glänzt von unserer Erregung, als er sich auch schon das Handtuch schnappt, das wir vorher für meine Zehennägel benutzt hatten, und mir dabei hilft, mich sauber zu machen.

»Der Sex-Teil. Definitiv der Sex-Teil«, sage ich mit einem mehr als zufriedenen Lächeln. Er lehnt sich nach vorn und besiegelt meinen Kommentar mit einem Kuss.

»Definitiv der Sex-Teil«, stimmt er mir zu.

12

RYLEE

»Ry, die Reportage hat gerade angefangen«, ruft Haddie aus dem Wohnzimmer. Meine Nerven beginnen zu flattern, als ich aus der Küche zu ihr rübergehe. Heute fühle ich mich nicht allzu gut, somit habe ich zumindest einen Grund, nicht so lange auf den Beinen zu bleiben und mich deswegen nicht schuldig fühlen zu müssen.

Außerdem wird dieses Rennen das erste sein, bei dem ich – seit unserer Heirat – nicht anwesend bin, und es bringt mich schier um, nicht dabei sein zu können. Aber wenn man bedenkt, wie weit ich schon in meiner Schwangerschaft bin und die ganze Aufregung, die es immer noch wegen des Videos gibt, wäre es jetzt das Letzte gewesen, was ich gerade gebrauchen kann, im Fernsehen öffentlich aufzutreten, wo ich überrascht und alles Mögliche gefragt werden könnte.

Es sind bereits zwei Wochen seit der Veröffentlichung des Videos vergangen, und der Wahnsinn ist nur minimal abgeflaut. Meine Ausflüge sind immer noch begrenzt und werden stark überwacht.

Kann nicht irgendein Promi irgendetwas Dummes tun, um die Aufmerksamkeit auf sich zu ziehen und mir damit aus der Klemme zu helfen?

»Hast du den Frequenz-Scanner?« Haddie schenkt sich ein Glas Wein ein, was nach meinen Gelüsten auf jeder erdenklichen Ebene schreit, aber ich wende meinen Blick zu der Schale mit Hershey Kisses, die sie für mich auf den Tisch gestellt hat. Man muss es einfach lieben, eine beste Freundin zu haben, die all deine Macken kennt.

»Nein. Ich glaube, du hast ihn im Büro gelassen«, sagt sie. Ich gebe ihr ein Handzeichen, sie solle sitzen bleiben, und dass ich den Scanner holen werde, mit dem wir Coltons und Becks' Funkkommunikation zuhören können, während er auf der Rennbahn ist.

Ich schnappe mir das Radio, das neben meinem Handy steht, und genau in dem Moment, als ich es aufhebe, klingelt mein Telefon. Die Nummer von den Jungs erscheint auf dem Display, und ein Glücksgefühl durchströmt mich, weil die Telefonate mit ihnen definitiv zu selten gewesen sind, seitdem ich meine erzwungene Beurlaubung antreten musste. Und natürlich habe ich gegen das Gefühl angekämpft, dass ich in ihrem Leben nicht mehr gebraucht werde, denn wenn wir miteinander sprechen, bestehen unsere Gespräche nur aus allgemeinen Nettigkeiten von Jungs, die viel lieber draußen oder mit ihrer Playstation spielen würden.

Und ich werde es auch gar nicht abstreiten und behaupten, dass es mir nicht doch einen kleinen Stich versetzt, nicht diejenige zu sein, zu der sie kommen. Wen will ich hier eigentlich auf den Arm nehmen? Der Stich ist verdammt schmerzhaft!

Also schnappe ich mir sofort das Telefon, als ich die vertraute Telefonnummer erblicke, und antworte sofort – die Verbindung mit dem anderen Teil meines Lebens, nach dem ich mich sehne, ist gerade zum Greifen nah.

»Hallo?«

»Hi, Rylee.«

»Hey, Zander. Wie läuft's, was ist los?« Ich bin so begeistert, von ihm zu hören, dass es einen Moment dauert, bis ich den Anflug der Verzweiflung in seiner Stimme wahrnehme.

»Ich …«, fängt er an und hört dann auf zu sprechen. Sein Seufzen klingt schwer.

»Was, Kumpel? Ich bin hier. Sprich mit mir.« Sorgen überkommen mich, als ich so genau hinhöre, wie ich nur kann, um herauszuhören, was es sein könnte, was er mir nicht sagt.

»Ich werde Probleme kriegen, weil ich es dir erzähle, aber ich weiß, dass du es besser machen kannst«, sagt er ganz schnell, was mich sofort aufmerksam werden lässt.

»Was meinst du?«, frage ich, aber eigentlich muss ich das gar nicht fragen, weil sich jetzt alles zusammenfügt, nachdem das letzte Wort raus ist. Der Small Talk, das Gefühl, dass die Jungs nicht offen mit mir sprechen wollen, das ständige Ausweichen, wenn ich genauer fragte, wie es ihnen ging. Irgendjemand hat ihnen gesagt, dass sie mir keine Infos geben sollen. Ich war selbst so in meiner eigenen verqueren Welt gefangen, dass ich alles, ohne weiter darüber nachzudenken, als gegeben hingenommen habe. Ich habe alles persönlich genommen und nicht tiefer nachgebohrt, um hinter die Maske der Unklarheit zu blicken.

Wie dumm konnte ich nur sein?

Ich bin fassungslos, konzentriere mich allerdings auf das Wichtigste: Zander ist vollkommen durcheinander, und ich muss ihm helfen. Ärgern kann ich mich später noch, Teddy anrufen und meinen Unmut äußern, aber genau jetzt braucht mich einer meiner Jungs, während ich schon gedacht hatte, dass sie das nun überhaupt nicht mehr tun.

»Egal«, korrigiere ich mich, denn ich will nicht, dass er sich selbst in eine Situation bringt, in der er niemals sein sollte, und mir lieber mal erzählen soll, worum es hier geht. »Sag mir, was du brauchst, Zand.«

»Diese Leute ... sie wollen mich aufnehmen«, flüstert er leise mit zittriger Stimme.

Und der egoistische Teil in mir will sofort *Nein* schreien, den Gedanken ablehnen, weil Zander in gewisser Hinsicht zu mir gehört, und dennoch weiß ich gleichzeitig, dass dieses hier genau das ist, was ich mir für ihn wünschen sollte. Ich bin hin und her gerissen, dass ich viel zu sehr an dem kleinen Jungen hänge, der zu mir angeschlagen und gebrochen kam und sich jetzt zu einem verdammt feinen jungen Kerl entwickelt hat.

»Das ist doch eine gute Nachricht«, sage ich und versuche meine Stimme enthusiastisch klingen zu lassen, während ich das so rein gar nicht fühle.

»Nein, ist es nicht.«

»Ich weiß, es ist ein bisschen beängstigend ...«

»Es ist mein Onkel.« Jegliche Ermunterung ist wie ausgelöscht, als Erinnerungen an damals wieder an die Oberfläche kommen. Seine Fallakte kommt mir wieder in den Sinn, und ich denke über Zanders einzigen verbliebenen Familienangehörigen nach.

Wie ist das möglich? Dieses neue Puzzleteil bringt mich völlig aus dem Konzept, mein Unterleib zieht sich in einer Vorwehe zusammen, die mir für einen Moment die Luft in meiner Lunge abschnürt. Aber ich versuche, mich auf Zander zu konzentrieren und nicht auf den Schmerz.

Ich stottere, versuche eine angebrachte Antwort zu finden und zucke zusammen, da mir keine andere einfällt als *auf gar keinen Fall*, und das ist nicht gerade etwas, das ich zu ihm sagen kann. »Erzähl mir, was passiert ist«, fordere ich ihn auf, denn ich muss mir ein klareres Bild von allem verschaffen, von dem ich bislang ausgeschlossen worden bin.

»Er … er hat ein Bild von mir mit dir in einer Zeitschrift und in den Nachrichten gesehen.« Meine ganze Welt bricht zusammen, weil das bedeutet, dass ich die Ursache hierfür bin. Mein Job ist es, meine Jungs zu beschützen, nicht, sie zu verletzen, und dieses gottverdammte Video hat das angerichtet. Ein Foto von Zander und mir, das auf einer Veranstaltung geschossen wurde, wurde irgendwo veröffentlicht, und jetzt will ihn jemand haben.

Oder ihn benutzen.

Ich schlucke den Zorn herunter, der in mir aufzusteigen droht.

»Jax hat mir erzählt, dass sie …«

»Wer sind *sie*?«, frage ich sofort, während ich im Büro auf und ab laufe und versuche, das letzte Bild, das ich von seinem Onkel habe, aus meinem Kopf zu bekommen. Dasjenige, das ich von diesem Mann habe, der zu zugedröhnt war, sodass er es nicht einmal zur Beerdigung seiner eigenen Schwester schaffte: Einstichstellen an den Armen, fettige Haare, Schmutz unter den Fingernägeln und unkontrolliertes Herumgezappel, als er damals die Pflegschaft für Zander bekommen wollte, und das nur aus einem einzigen Grund: die monatliche staatliche Unterstützung für die Betreuung eines Kindes. Während es zwar nicht allzu viel sein mag, so ist es dennoch ein kleines Vermögen für einen Junkie. Machen wir uns doch nichts vor – das Gemeinschafts-Junkie-Haus in dem Ghetto Willow Court ist ja wirklich der perfekte Ort, um einen traumatisierten siebenjährigen Jungen aufzuziehen und ihn dort wieder zurück an ein neues normales Leben heranzuführen. Eigentlich nicht!

Es läuft mir kalt den Rücken herunter bei dem Gedanken, er könnte die Frechheit besitzen, wiederaufzutauchen und Ansprüche zu erheben. Und hier sind wir nun dann also – sechs Jahre später –, und Zander wird die Grundlage seines neuen, normalen Lebens unter den Füßen weggerissen.

»Ich nehme an, dass er jetzt verheiratet ist, und seine Frau und er sahen ein Bild von mir im *People Magazine* und entschieden sich, dass sie mich aufziehen wollten, weil ich der einzige Familienangehörige bin, den sie noch haben.« Seiner Bemerkung folgt ein unverständlicher Laut, der mir zu Herzen geht. Ich weiß, dass er völlig durcheinander sein muss und bereit ist wegzulaufen, weil er sich bei uns nicht mehr sicher fühlt. »Mein Sachbearbeiter hat Jax angerufen und ihm erzählt, dass sie ihnen einige beaufsichtigte Besuche gestatten werden, um zu sehen, wie es läuft.« Und obwohl er es nicht sagt, höre ich die Bitte in seiner Stimme, ihm zu helfen und ihn nicht gehen zu lassen.

»Ich werde ein paar Anrufe tätigen. Mir einmal anschauen, was hier gespielt wird, okay?« Ich versuche hoffnungsvoll zu klingen, aber habe Angst, dass ich keine Kontrolle darüber haben werde, wie sich die Behörden letztendlich entscheiden. Alles, was ich tun kann, ist, meine eigene, hoffentlich immer noch einflussreiche und relevante Stimme durchzusetzen, da ich seine Betreuerin war, und das länger als irgendjemand anderes.

»Bitte, Ry. Ich kann nicht …« Die Stimme des kleinen, angeschlagenen Jungen schrillt zu mir durch – laut und deutlich. Es ist ein Geräusch, von dem ich dachte, dass ich es niemals wieder hören müsste. Eins, an dem ich so hart gearbeitet habe, um es zu überwinden und loszuwerden.

»Ich weiß«, sage ich zu ihm, als mir bereits die Tränen in der Kehle brennen.

»Ich konnte es nicht dir nicht sagen«, sagt er, und ich muss bei der doppelten Verneinung schmunzeln, die er so gerne benutzt. Auf eine seltsame Weise ist es irgendwie tröstend.

»Du hast das Richtige getan. Jetzt geh und sieh dir das Rennen an. Versuch dir deswegen keine Sorgen mehr zu machen, und ich werde schauen, was ich von hier aus tun kann, okay?«

»Ich hab Angst.«

Und da sind sie. Drei einfache Worte, die sich ihren Weg in mein Herz erschleichen und Risse erzeugen.

»Lass es nicht zu, dass sie mich mitnehmen.«

»Ich werde alles tun, was in meiner Macht steht, um sie aufzuhalten«, erwidere ich. Nur was das genau sein wird, darüber bin ich mir noch nicht im Klaren, außer einen Aufstand zu machen. »Ich verspreche es. Ich fußball dich, Z«, füge ich noch hinzu, um seinen Platz in meinem Leben und in meinem Herzen zu bekräftigen.

»Ja, ich dich auch.« Und dann legt er auch schon auf, ohne dass er noch das sagt, was er mir sonst immer noch erwidert.

Ich starre aus dem Fenster und befürchte, dass dies ein Versprechen sein könnte, das ich nicht halten kann. Ich denke an das erste Mal, als Zander zu mir kam – ein gebrochener Junge, der völlig verloren und ängstlich war. Ich denke an die vielen schlaflosen Nächte, die ich neben seinem Bett verbrachte. Ich half ihm, Vertrauen aufzubauen, erschuf diese Verbindung zwischen uns, und jetzt habe ich ihn im Stich gelassen, weil ich nicht da bin, wenn er mich braucht.

Dabei hat mir irgendjemand irgendwo die Hände gebunden, sodass ich es nicht wissen konnte.

Ich tippe mir mit meinem Handy ans Kinn, bin völlig in Gedanken versunken, während ich herauszufinden versuche, warum nach all dieser Zeit sein Onkel plötzlich wiederauftaucht und warum die Sozialdienste die Idee überhaupt in Erwägung ziehen. Weil es einfach zu viele Kinder gibt und nicht genug Sachbearbeiter, und wenn die Ungewollten plötzlich gewollt werden, ist es so verdammt einfach, eines der Kinder loszuwerden und somit die Fallzahlen auf den Listen zu reduzieren.

Ich hasse meine Verbitterung. Mir ist klar, dass nicht alle Sachbearbeiter so sind, aber genau in diesem Moment höre ich die Stimme eines verängstigten Jungen, und Zweifel quälen meine Seele.

Während ich bereits die Nummer wähle, wische ich die Zweifel, ob ich ihn nun anrufen soll oder nicht, weg. Vorher hätte ich nicht ein zweites Mal darüber nachgedacht, und ich hasse es, dass ich es jetzt tue. Organisationen und ihre Vorstände und all dieser Bullshit können mich gerade echt mal am Arsch lecken.

Sie sind es, die man dafür verantwortlich machen

muss. Sie zwingen mich dazu, eine Beurlaubung anzutreten. Binden mir die Hände, sodass ich mich nicht um einen meiner Jungs kümmern kann. Lassen Zander im Stich, wenn er mich gerade am nötigsten braucht.

Zorn tobt in mir. Ich bin auf einen Streit vorbereitet, als Teddy ans Telefon geht.

»Rylee«, begrüßt er mich, gerade als ich beginne, an dem Hochzeitsring an meinem Finger herumzudrehen.

»Teddy, ich weiß, dass heute Sonntag ist, aber …«

»Coltons Rennen, richtig? Ist alles in Ordnung?«, fragt er sofort in einem besorgten Tonfall.

»Colton geht's gut«, antworte ich bewusst kühl, weil er sich Gedanken wegen Colton macht. Ich mache die Augen fest zu, kneife mir in den Nasenrücken und klammere mich an der Fassungslosigkeit fest, dass er mir das hier verschwiegen hat. Und ich weiß, es klingt bescheuert, aber auf einmal kochen meine Emotionen über bei der Tatsache, dass irgendjemand die Anweisung gegeben hat, ich solle bezüglich Zander im Dunkeln gelassen werden. Und dieser Jemand ist aller Wahrscheinlichkeit nach Teddy. »Hast du gedacht, dass es nicht wichtig genug ist, um mir zu erzählen, was gerade bei Zander los ist?«

Am anderen Ende der Leitung herrscht Totenstille. Ich stelle ihn mir vor, wie er gerade wieder seinen Mund zuklappt, der ihm vor Erstaunen offen stand. Eine ungehorsame Rylee gibt es nur selten, und dennoch sollte er nicht den geringsten Zweifel daran hegen, dass ich sofort bei ihnen auf der Matte stehe, wenn es um meine Jungs geht.

»Rylee.« Wieder sagt er meinen Namen, dieses Mal mit einer abgeklärten Frustration.

»Nachdem ich zwölf Jahre für dich gearbeitet habe, hast du nicht gedacht, dass ich wichtig genug sei, um mich wissen zu lassen, dass ...«

»Ich wollte dich nur schützen.«

»Mich schützen?«, schreie ich fast in den Hörer. Ich koche vor Wut, mein Körper bebt vor ungläubigem Zorn. »Wie wär's damit, wenn du deinen Job machen würdest und damit anfängst, diejenigen zu schützen, die am wichtigsten sind? Die Jungs? Zander?«

»Das habe ich«, sagt er mit kaum hörbarer Stimme. »Wenn ich es dir ohne all die Information erzählt hätte, hättest du überstürzt gehandelt, wärst hierher zu den Jungs geeilt, bevor es klare Fakten gab ... und dann wäre die Beurlaubung permanent gewesen, Rylee. Und das würde nicht nur dich verletzen, sondern auch die Jungs. Du bist ihre Nummer-eins-Verfechterin, ihre Streitkraft, und somit habe ich auch Zander geschützt, indem ich dir nichts erzählt habe. Wenn du gefeuert wirst, wirst du nicht da sein, wenn er dich am dringendsten braucht.«

Seine Worte nehmen mir den Wind aus den Segeln. Eigentlich sollten sie mich nur schocken, aber beinahe lassen sie mich noch tiefer fallen, weil es mich erkennen lässt, wie sehr ich die Jungs vermisse und wie verloren ich mich gerade fühle, weil ich nicht in der Lage bin, sie zu verteidigen, obwohl ich weiß, dass es eigentlich so am besten ist – in Anbetracht des Babys, das lieber heute als morgen kommen soll.

»Teddy«, sage ich schließlich. Eine Mischung aus Zweifel und Dankbarkeit ist in meinem Ton hörbar, weil er ja eigentlich recht hat.

»Ich wollte zuerst mit seinem Bearbeiter beim Sozialdienst sprechen und die benötigten Antworten bekommen, bevor ich mich bei dir gemeldet hätte.«

»Okay. Ich wollte nur ...« Meine Stimme wird schwächer, während ich den Kopf schüttle und herauszufinden versuche, in welche Richtung ich dieses Gespräch nun lenke, wenn ich doch vor zwei Minuten diesbezüglich noch so sicher war. »Warum meldet er sich jetzt?«

»Vielleicht denkt er, es sei die richtige Gelegenheit? Oder aus Pflichtgefühl?« Er fischt nach den richtigen Antworten, während ich tief in meinem Inneren weiß, dass es keine andere Antwort gibt als *eigennützige Absichten*.

»Zander hat mich angerufen, Teddy. Er fürchtet sich zu Tode.« Und ich mich auch.

»Ich weiß, dass er das tut, Rylee, aber das hier ist es doch, was wir anstreben. Diesen Jungs ein gutes Zuhause finden und ihnen das Leben geben, das sie verdient haben. Ich weiß, dass du ihm nahestehst und dir Sorgen machst, aber der Sozialdienst erledigt seinen Job, und sie überprüfen dieses Paar ...«

»Es ist nicht einfach irgendein Paar«, sage ich skeptisch, »sondern sein Onkel, der ein Hardcore-Junkie war. Sie wollen Geld. Es kann einfach keinen anderen Grund geben, wenn jemand sein eigen Fleisch und Blut fast sieben Jahre lang ignoriert und es dann auf einmal doch haben will.«

»Das wissen wir nicht. Menschen können sich ändern.« Das Lachen, das ich ihm als Antwort gebe, ist so voller Zweifel, dass es sich nicht einmal wie mein eigenes anhört. Mein Magen zieht sich zusammen, und Säure wird in ihm durchgeschüttelt.

Sie lieben ihn nicht. So viele Gedanken rasen und kreisen gerade in meinem Kopf, doch das ist derjenige, an dem ich am meisten festhalte.

»Vielleicht, aber ich bin misstrauisch, es ihm abzukaufen. Nicht, dass er letzten Endes doch mehr will als lediglich den Zuschuss für den Lebensunterhalt, den er für das Aufziehen von Zander bekommen würde. Es ist schon so viel Zeit vergangen, Teddy, und voilà – er sieht im Fernsehen ein Bild von Zander und mir, und auf einmal verspürt er dieses tiefe Bedürfnis, wieder ein Onkel zu sein? Das kauf ich ihm einfach nicht ab.«

Das ist völliger Schwachsinn!

Ich höre sein Seufzen und spüre, dass mein Stresslevel ansteigt, was definitiv nicht gut für den Blutdruck ist. »Lass uns einfach mal schauen, was passiert, oder? Es wird einen überwachten Besuch geben, lass uns einfach abwarten, wie die Dinge laufen, und dann mal schauen, was passiert.«

»Aber Zander will es nicht«, rufe ich laut.

»Natürlich nicht, Ry. Für ihn ist es beängstigend, aber das ist unser Beruf. Die Kinder zurück in eine Familie führen und sie das möglichst normalste Leben führen lassen.«

»Ich glaube immer noch nicht, dass hier irgendjemand das Beste für Zander im Sinn hat außer mir.«

»Das nehme ich dir jetzt aber übel, Rylee, und ich werde es darauf schieben, dass du durcheinander bist.« Die ernste Warnung wurde zur Kenntnis genommen, und dennoch ist es einem Teil von mir herzlich egal. »Vertrau mir einfach, dass ich meinen Job richtig mache.«

»Jawohl!«, erwidere ich und versuche den Hohn in meiner Stimme, den ich in Hinsicht auf die Verwarnung verspüre, zu kontrollieren. »Ich bin aufgebracht, Teddy, weil er aufgebracht ist und ich nichts dagegen tun kann.«

»Ich weiß, Kleine. Und das ist auch der Grund, warum du ihre Nummer-eins-Verfechterin bist. Ich halte dich auf dem Laufenden, was die ganze Situation angeht. Jetzt muss ich Schluss machen, bevor Mallory noch durchdreht, weil ich an einem Sonntag arbeite.«

»Es tut mir leid, dass ich dir auf die Nerven gehe«, entschuldige ich mich und gestehe ihm damit zu, dass er neben den Jungs auch noch ein Privatleben hat. Genauso wie ich. Ich erinnere mich an Coltons Worte, dass ich endlich damit anfangen muss, mich auch um unsere Familie zu kümmern.

Ich atme aus, als ich in den Stuhl hinter dem Tisch sinke und versuche, die letzten zehn Minuten zu verarbeiten.

Und ich glaube nicht, dass mit der Zeit das hier alles irgendwann einen Sinn ergibt.

Wenn irgendwelche Leute kommen und ihn haben wollen, weil sie ihn lieben, ihm ein normales Leben geben wollen und Zander es auch will, dann bin auch ich absolut dafür. Zu einhundert Prozent. Aber der verängstigte Ton und das Zögern in seiner Stimme schrien förmlich vor Unruhe und Angst. Es drückte so viel mehr aus, als es Worte jemals hätten tun können.

Alles um mich herum gerät mit rasender Geschwindigkeit außer Kontrolle, und es gibt absolut nichts, was ich tun könnte, außer ihn selbst aufzunehmen. Und so verlockend dieser Gedanke auch sein mag, so würde es bedeuten, dass ich sechs anderen Jungen das Gefühl vermitteln würde, Zander ihnen vorgezogen zu haben. Und das würde ich niemals tun. Ich liebe sie alle.

Ich fasse mir an den Magen, als ein scharfer Schmerz ihn zusammenziehen lässt, und sage mir selbst, tief durchzuatmen und mich zu beruhigen. Das Problem ist, dass ich weiß, dass *ruhig* keine Option mehr ist, weil es in letzter Zeit den Eindruck erweckt hat, als wäre jeder auf irgendetwas aus.

Und es beunruhigt mich, wie ich ein Baby in diese Welt setzen soll und in welchem Ausmaß ich ihn oder sie überhaupt so sehr beschützen könnte, wie ich es gern täte.

»Ry? Kommst du?« Haddies Stimme bahnt sich ihren Weg durch den Dunst des Zweifels und der Sorge, der jeden meiner Gedanken niederdrückt.

»Bin gleich da!«, rufe ich. Viel lieber würde ich hier sitzen bleiben und versuchen, mir etwas zu überlegen, wie ich das hier wieder in Ordnung bringen kann.

»Und es scheint ganz so, als ob Colton in dieser Saison auf der Rennbahn gar nichts falsch machen könnte, Larry. Bleibt nur zu hoffen, dass all seine lehrplanunabhängigen Aktivitäten ihn nicht daran hindern, das hier heute zu einem guten Ende zu bringen«, sagt der Fernsehansager, als die Kamera in einer Frontalen auf Coltons Fahrzeug in der Boxengasse mit seiner darum versammelten Crew schwenkt. Bei der Bemerkung des Kommentators werde ich bleich, doch mit jedem weiteren Tag lege ich mir ein dickeres Fell zu.

Es macht es nicht leichter, aber wird langsam Teil meines normalen Alltags. Und ich bin eigentlich nicht sicher, ob ich dieses neue normale Leben überhaupt mag.

Ich bemerke, dass Haddie mich beobachtet, wie ich auf den Kommentar im Fernsehen reagiere. Ich will nicht darüber reden, also konzentriere ich mich auf den Bildschirm. Ich kann den Hinterkopf von Becks erkennen, Smittys vor Konzentration angespannten Gesichtsausdruck, während er irgendetwas am Kotflügel einstellt, und dann entdecke ich Colton irgendwo hinten, der gerade mit einem anderen Rennfahrer quatscht. Sein Anblick beruhigt mich sofort und lässt mich nach meinem Handy greifen in Erwartung auf seinen versprochenen Anruf, den er noch vor dem Rennen machen wollte. Seine Stimme ist genau das, was ich im Moment hören muss.

»Scheiß auf sie!«, sagt Haddie und streckt ihren Mittelfinger in Richtung des Fernsehers, was mich zum Lachen bringt. Als ich zu ihr rübersehe, könnte ich schwören, dass sie genau das mit ihrer Bemerkung beabsichtigt hat.

»Du hättest ruhig gehen können, weißt du. Ich wäre auch schon alleine klargekommen«, sage ich, dabei weiß ich sehr wohl, dass ich sie lieber bei mir habe, damit sie mir hilft, meine Nerven zu beruhigen, weil ich nicht beim Rennen sein kann.

»Was? Und deinen schwangeren Arsch im Stich lassen? Nö. Wird nicht passieren.« Sie lächelt, als sie ihr Weinglas an die Lippen setzt. »Außerdem hätte ja auch jemand hier sein müssen, um den Weinschrank zu bewachen.«

»Ihn bewachen oder leeren?«, frage ich und hebe die Augenbrauen, woraufhin sie loslacht, gefolgt von einem schuldbewussten Achselzucken.

»Welchen Nutzen hat es, wenn nichts getrunken wird?«

»Auch wieder wahr«, grübele ich, verrutsche auf der Couch, als plötzlich ein scharfer Schmerz meinen unteren Rücken trifft. Sosehr ich auch das Zusammenzucken zu verbergen versuche, bleibt es von Haddie nicht unbemerkt. Ich beiße die Zähne zusammen und stehe den Schmerz durch, als sich mein Magen schon wieder dreht und ich gegen eine Welle der Übelkeit ankämpfe, die für einige Zeit meinen Körper gefangen hält.

»Geht's dir gut?«, fragt Haddie. Sie steht auf und kommt zu mir rüber, aber mit einem Handzeichen gebe ich ihr zu verstehen, sie solle da bleiben, wo sie ist, während ich tief Luft hole und ein falsches Lächeln aufsetze.

»Ja. Ich glaube, das Baby ist nicht allzu begeistert über irgendetwas, das ich gegessen habe«, lüge ich, rede es mir selbst ein, obwohl ich weiß, dass es höchstwahrscheinlich der Stress wegen allem ist: das Video, Zander, das Rennen. Zu viel auf einmal.

»Oh, oh«, erwidert sie auf eine Weise, die mir verrät, dass sie mir meine Geschichte nicht abkauft. »Es hat nichts mit dem Telefonanruf wegen Zander zu tun oder …«

Das Klingeln meines Handys unterbricht sie, und ich fummele bereits daran herum. Ich muss jetzt einfach Coltons Stimme hören, damit ich wieder ruhiger werde.

»Colton?« Meine Stimme klingt verzweifelt, doch das ist mir im Moment egal.

»Hey, Süße. Ich werde gerade angeschnallt, aber ich wollte noch ganz schnell anrufen, um dir zu sagen, dass ich dich liebe.« Seine Stimme klingt schroff, Lärm ertönt im Hintergrund.

»Ich liebe dich auch«, murmele ich in den Hörer und seufze.

»Alles okay bei dir?«, fragt er. Es klingt so, als ob er die Zurückhaltung in meiner Stimme zu begreifen versucht.

Die Tränen brennen mir bereits in den Augen, während ich nicke, bevor mir dann aber klar wird, dass er mich ja gar nicht sehen kann. Ich schlucke den Kloß in meinem Hals herunter. »Ja. Es ist Renntag. Du weißt, wie nervös mich das immer macht.« Und eigentlich lüge ich ihn gerade nicht einmal an. An solchen Tagen bin ich immer supernervös, es sind allerdings die Dinge über Zander, die ich unbedingt mit ihm teilen will, aber nicht kann, solange das Rennen nicht vorbei ist.

Ich kann es nicht zulassen, dass er sich über solche Sachen Gedanken macht, wenn er sich doch auf sein Rennen konzentrieren sollte.

»Alles wird gut gehen, Ry. Genau genommen werde ich dieses Rennen gewinnen, danach nach Hause eilen, mir meinen Siegerkuss von dir abholen und meine karierte Flagge einfordern.«

Meine Gedanken wandern zu meinem Lager mit den Karierte-Flagge-Slips – meine inoffizielle, jedoch von Colton genehmigte Renntag-Uniform. Die Unterwäsche, die ich an jedem Renntag getragen habe, seit diesem ersten in St. Petersburg vor so langer Zeit.

Genauso wie das Höschen, das ich in diesem Augenblick trage.

»Gut gekontert, Ace«, lache ich. Ich fühle mich jetzt ein bisschen besser, auch wenn seine Worte meine Unruhe nicht schwächer werden lassen, wenn ich ihn im Fernsehen mit mehr als dreihundert Sachen pro Stunde die Rennstrecke entlanggrasen sehe, eingezwängt zwischen einer Betonwand und einem anderen Fahrzeug.

»Magst du es?«, lacht er. »Trägst du gerade so eins?«

»Du gewinnst besser und kommst ganz schnell nach Hause, dann kannst du es selbst herausfinden.«

»Verdammt heiß.«

»Fahr vorsichtig«, wiederhole ich, als ich Becks seinen Namen im Hintergrund rufen höre.

»Immer.« Ich weiß, dass er gerade dieses großspurige Grinsen auf dem Gesicht hat, und seine Selbstsicherheit lässt mich etwas erleichterter durchatmen.

»Okay.«

»Hey, Ryles?«, sagt er, gerade als ich schon den Hörer weglegen will.

»Ja?«

»Ich renn dich.« Und ich kann noch sein Lachen hören, als er auflegt, aber das Gefühl, das diese Worte hervorrufen, bleibt noch lange zurück, nachdem das Gespräch beendet ist. Mit dem Telefon an meine Brust gepresst hocke ich auf der Couch und schicke ein Stoßgebet gen Himmel, um ihn gesund und wohlbehalten zu mir zurückkommen zu lassen.

»Geht's dir gut?«, fragt Haddie behutsam.

»Ich werde ihm von der Sache mit Zander erzählen, wenn er zurück nach Hause kommt«, sage ich, so als ob ich mein Handeln rechtfertigen müsste.

»Radio-Check, eins, zwei, drei.« Die Funkverbindung wird zum Leben erweckt, als die Stimme von Coltons Spotter ertönt und uns augenblicklich von unserem Gespräch ablenkt.

»Radio-Check, A, B, C«, erwidert Colton, und zum ersten Mal seit gefühlt sehr vielen Stunden muss ich lächeln.

Aber der tiefe Schmerz in meinem Bauch hält an. Die Spannung in meiner Brust wird nur noch größer, als die vertraute Ansage im Fernsehen gemacht wird. »Gentlemen, starten Sie die Motoren.«

13

COLTON

Fuck, ist das heiß. Mein Feuerschutzoverall klebt an meiner Haut. Schweiß saugt sich durch die Handschuhe. Meine Hände verkrampfen sich vom festen Zupacken des Steuerrads. Mein Körper schmerzt vor Erschöpfung.

Aber der Sieg ist zum Greifen nah, dass ich ihn schon fast schmecken kann.

Geh mir verdammt noch mal aus dem Weg, Mason!

Sein Wagen ist langsamer, seine Rundenzeit lässt um wenige Zehntel nach, und dennoch schneidet er mir jedes Mal den Weg ab, wenn ich versuche, ihn zu überholen, um vom dritten Platz aufzurücken.

Verdammtes Arschloch!

»Immer mit der Ruhe, Wood.« Becks' Stimme ertönt laut und deutlich durch das Funkgerät.

»Scheiß drauf! Er ist langsamer. Der soll sich bewegen!«, sage ich, während die Wucht nach der vierten Kurve Druck auf meine Stimme ausübt.

Ich passiere die Start/Ziel-Linie. Vier weitere Runden liegen noch vor mir.

»Er hat nur noch wenig Kraftstoff«, informiert mich Becks. Das ist seine Art, mich zu beruhigen und etwas Zeit zu schinden, sodass ich den Wagen nicht zu hart rannehme, zu schnell bin und dadurch Kraftstoff aufbrauche und mir die Endphase vermassele. Und er weiß, dass ich es weiß. Er weiß, dass wir beide das gleiche Ziel verfolgen. Aber er weiß auch, dass ich am Ende eines Rennens immer vor lauter Adrenalin ganz aufgedreht bin und den Blick für Einzelheiten verlieren könnte.

»Ist bei uns alles gut?«, frage ich und beziehe mich damit darauf, ob wir noch ausreichend Brennstoff haben.

»Es ist schon recht knapp, aber ja – alles in Ordnung.«

Ich ziehe das Lenkrad nach rechts, versuche an Mason vorbeizuziehen, doch er versperrt mir den Weg, und das Wagenende schiebt sich zu nah an die Wand. »Arschloch!«, rufe ich, während ich versuche, die Kontrolle über den Wagen wieder zurückzugewinnen.

»Achte auf das lose Zeug«, sagt mein Spotter durch das Mikro. Ich verkneife mir den Klugscheißer-Kommentar *Ich weiß, dass es da ist*, weil ich zu sehr damit beschäftigt bin, gegen die Anziehungskraft auf das Rad anzukämpfen. Gegen die Betonbarriere neben mir bei über dreihundert Sachen pro Stunde wegen loser Fahrzeugteile auf der Rennbahn zu prallen steht heute nicht auf dem Programm.

Drei Runden noch.

Meine Arme brennen vor Anstrengung, als ich das Lenkrad in die nächste Kurve ziehe. Mein Blick wandert zu den Fahrzeugen vor mir, zu dem Wagen direkt vor mir und zu denjenigen neben mir, und ich scanne die Umgebung, ob ich eine kleine Lücke finden kann, um zu überholen.

Ich sehe es just in dem Moment, als Becks ins Mikro brüllt: »Er ist raus! Er ist raus! Los! Los! Los, Wood!«

Nur Bruchteile von Sekunden. Luke Mason neben mir. Luke Mason rollt an den Auffangstreifen am Ende der Rennbahn, als ich ihn überhole.

Benzin müsste man haben, du Arschloch.

Scheiße ja. Ein Auto weniger. Eins ist noch vor mir. Komm schon, Baby. Ich drücke aufs Gas und werfe einen prüfenden Blick auf die Messgeräte, um sicherzugehen, dass ich sie bis an ihre Belastbarkeitsgrenze bringe, weil ich noch eine Runde vor mir habe. Ich weigere mich, auch nur ein Tröpfchen im Auto zu lassen, wenn ich es noch an der Start/Ziel-Line nutzen kann.

Langsam, Colton. Langsam, sage ich mir selbst, als sich der Tacho durch die rote Linie schiebt, genau in dem Moment, als ich mich Stewarts Wagenende nähere. In seine Zugkraft eingesaugt zu werden hilft mir dabei, Benzin einzusparen, und dafür bin ich dankbar, weil ich mir sicher bin, dass Becks bereits einen Koller in der Boxengasse kriegt und sich fragt, ob ich sie noch über die Grenze treiben werde.

Weiße Flagge. Nur noch eine Runde.

Beweg dich, Baby. Mach schnell.

»Es kommt zu Verkehr in Kurve zwei«, sagt der Spotter, als ich aus Kurve eins komme und eine Ansammlung von Autos sehe, die mindestens eine Runde hinter mir liegen und jetzt die Rennbahn verstopfen. »Geh vom Gas«, weist er mich an, was Becks dazu bringt, ins Mikro zu fluchen. Das bedeutet, dass ich etwas langsamer werden sollte, aber das kann ich nicht – mein Ziel ist Platz eins!

»Bist du sicher?«, fragt Becks. Er hinterfragt so was sonst nie. Ich hab nicht die Zeit, eine Antwort abzuwarten, weil ich bereits zu der weißen Linie des Fahrbahnrandes rüberziehe, um zu überholen, und bete, dass es funktioniert, denn die zurückliegenden Fahrzeuge machen Platz für die führenden Fahrzeuge.

Und gerade, als ich ihn hinterfragen will, tut sich eine Lücke zwischen den vorderen und mittleren Autos in diesem Getümmel auf, und sie ist nur groß genug für einen einzigen Wagen: Stewart oder ich. Ich schlängele mich um den Wagen, hinter dem ich mich befinde, benutze die eingesparte Energie von dem Zugwind, um mir Auftrieb zu geben. Unsere Reifen reiben gegeneinander. Stewart von der inneren, ich von der äußeren Fahrbahn.

Es ist wie ein verdammtes Feiglingsspiel – derjenige, der nachgibt, hat verloren. Wenn keiner nachgibt, gehen wir beide drauf. Reaktionen innerhalb von Bruchteilen einer Sekunde. Wer wird seinen Fuß auf dem Gaspedal halten? Ich war schon so oft in Lebensgefahr, also lasse ich es nicht zu, dass die Angst jetzt Besitz von mir ergreift. Auf gar keinen Fall. Ich gebe nicht klein bei!

Ich höre das Quietschen von Reifen, als der Wagen wieder beginnt loszukommen, nachdem wir gegeneinanderprallen. Ich umklammere das Lenkrad und versuche, es gerade zu halten, als wir Seite an Seite alle vier Kurve zwei meistern.

Und ich weiß, dass es verrückt ist. Es muss wie ein Himmelfahrtskommando für die Zuschauer aussehen, weil es vier von uns gibt und nicht genug Platz, um das hier fortzuführen, und trotzdem gibt keiner von uns nach. Aber einer muss nachgeben, und das werde verdammt noch mal nicht ich sein, solange ich es verhindern kann! Angst ist vorübergehend. Bedauern hält ewig an. Und ein weiteres Drücken aufs Gaspedal macht klar, dass es bei mir nur alles oder nichts gibt.

Wir rasen in Kurve drei, als die beiden äußeren Fahrzeuge zurückfallen. Jetzt gibt es nur noch Stewart und mich. In einem Kopf-an-Kopf-Rennen rasen wir in die letzte Kurve.

Jetzt heißt es Endspurt, um den Sieg endgültig zu entscheiden.

Ich schieße aus der Kurve und hole das Letzte aus ihr raus: Die Tankanzeige rutscht in den roten Bereich, und ich bete, dass es sich auszahlt. Ich kann nicht sagen, wer vorne liegt, wir scheinen auf gleicher Höhe zu sein, unsere Fahrzeuge testen ihre Grenzen aus – Mensch gegen Maschine.

Komm schon, eins drei. Komm schon, Baby.

Die karierte Flagge weht aus einhundert Meter Entfernung. Halte den Wagen gerade, Donavan. Weg von der Wand. Weg von Stewart. Nicht berühren. Wenn wir uns berühren, ist es für uns beide aus.

»Komm schon, Wood!«, schreit Becks ins Mikro, als die karierte Flagge weht und ein Japsen aus dem Funkgerät ertönt. Ich hab keine Ahnung, wer von uns beiden gewonnen hat. Bruchteile einer Sekunde vergehen, die sich wie Stunden anfühlen.

»Verdammt, ja! Wir haben gewonnen!«, schreit Becks. Euphorie steigt in meinem müden Körper hoch, macht ihn wieder munter und erweckt ihn wieder zum Leben, als ich eine Faust in die Luft hebe.

»Verdammt geil!«

Victory Lane. Überall sind Menschen und Kameras, als ich hineinfahre. Becks und der Rest der Crew begrüßen mich. Das Komische ist, dass ich immer noch nach dem einen Gesicht Ausschau halte, das ich am liebsten sehen will, obwohl ich weiß, dass Rylee nicht hier ist.

Und ich denke nicht, dass mir klar war, wie sehr mich

das durcheinanderbringen würde – wie viel es mir bedeutet, dass sie bei jedem Rennen dabei war –, aber in die karierte Victory Lane zu fahren, ohne sie zu sehen, fühlt sich etwas weniger vollkommen an. Sie ist so viel mehr für mich als nur meine Ehefrau. Sie ist mein Ein und Alles.

Und dann lache ich, als ich aufsehe, während ich gerade den Sicherheitsstift aus dem Lenkrad nehme und Becks dort stehen sehe. »Gottverdammter Sieg, Wood!«, sagt er. Er nimmt mir meinen Helm und die Sturmhaube ab, übergibt sie jemand anderem und hilft mir dann, aus dem Wagen auszusteigen. Meine Beine sind wackelig, und mir ist total heiß, doch als mich mein bester Freund an sich zieht, um mich kurz zu umarmen, wird mir klar, dass ich endlich diesen unglaublichen Titel auf dieser Rennstrecke gewonnen habe, dem ich schon so verdammt lange hinterhergejagt bin.

»Gute Arbeit, Kumpel«, sage ich zu ihm, als ich mir eine Schirmmütze, die Smitty mir hinhält, aufsetze. Ich bin todmüde, aber mein Körper ist voller Adrenalin wegen des Sieges.

Die nächsten Minuten vergehen wie im Flug: Konfetti regnet herunter, Dankesreden an die Sponsoren, Interviews, das kalte Gatorade, das noch nie besser geschmeckt hat, der Champagnerregen auf die Crew. Ich bin total zufrieden, bin so verdammt froh, dass ich dieses Problem nun los bin, indem ich endlich dieses Rennen gewonnen habe. Ich mache den Werbezirkus mit, danke den Sponsoren, rede gut über die Konkurrenten, danke den Fans, aber das, was ich wirklich tun will, ist, zurück zu den Boxen zu kommen, Rylee anzurufen, zu duschen und mich mit Becks zurückzulehnen und mir einen kühlen Drink zu genehmigen, bevor ich wieder dem Medienzirkus entgegentrete.

Fünftes Interview beendet. Ich rolle meine Schultern, nehme einen Schluck Gatorade und bereite mich darauf vor, dieselben Fragen für den Nächsten in der Warteschlange noch einmal zu beantworten.

Doch als ich aufblicke und den Ausdruck auf dem Gesicht meines Vaters sehe, ist der Nächste in der Warteschlange vergessen. Der Sieg schmeckt nicht mehr ganz so süß. Mein Herz beginnt wild zu hämmern. Mein Kopf dreht sich. Meine Füße bewegen sich wie von selbst, als ich mir den Weg zu ihm bahne.

»Dad«, sage ich. Die Angst und die Sorge in meinem Tonfall passen zu dem Ausdruck auf seinem Gesicht.

»Es geht um Rylee.«

14

RYLEE

Ich bin in Träumen verloren.

In Dunkelheit und Wärme, und ich sehe ein kleines Mädchen mit engelsgleichen Locken und einem herzförmigen Mund. Ihre rundliche Hand hält den kleinen Finger meiner linken Hand fest. Ich bin wie hypnotisiert von ihr, als sie kichert. Der Klang wärmt meine Seele, erfüllt mein Herz und lässt es gleichzeitig schmerzen.

Da ist ein Zupfen an meiner rechten Hand, das mich zusammenschrecken lässt. Ich habe nie bemerkt, dass da auch noch jemand anderes an meiner Seite war – so dermaßen fasziniert bin ich von meinem verlorenen kleinen Mädchen. Ich schaue herunter auf einen Kopf mit dunklem Haar, genau in dem Moment, als er zu mir aufblickt. Ich werde von einer Reihe von Sommersprossen begrüßt, einem schiefen Grinsen und grünen Augen, die so vertraut aussehen.

»Hast du dich verlaufen?«

»Nee«, meint er nur, während er unsere miteinander verbundenen Hände vor- und zurückschwenkt. Ein Grübchen blitzt auf, als sein Grinsen breiter wird. »Nicht mehr.«

Arme umfassen meine Taille. Die angenehme Wärme eines Körpers, der mich aus dem Traum zieht, an den ich mich schon nicht mehr erinnern kann. Ich schmiege mich an ihn, der Geruch meines Ehemannes ist unverkennbar – eine Mischung aus Seife und Eau de Cologne –, und Ruhe überkommt mich wieder.

Dann höre ich das Überwachungsgerät piepen, das Rauschen des Herzschlags des Babys erfüllt den Raum, und mit einem Schock erwache ich im Hier und Jetzt. Ich befinde mich in einem Krankenhausbett, werde von Maschinen überwacht und bin überhaupt nicht bei uns zu Hause, wo ich mich geborgen fühlen könnte.

»Ich bin's nur«, murmelt er an meinem Hinterkopf. Mein Haar wird warm von seinem Atem, als er mich näher zu sich heranzieht. Unsere Körper liegen in der Löffelchenstellung, und unsere Herzschläge pochen gegeneinander in einem trägen Rhythmus.

»Du bist hier«, sage ich mit erschöpfter Stimme.

»Eilzustellung«, sagt er, und ich kann das Lächeln in seiner Stimme hören. »Den ganzen Weg von der Victory Lane.«

»Herzlichen Glückwunsch. Ich bin so stolz auf dich, und es tut mir so leid, dass du deine Feier meinetwegen frühzeitig verlassen musstest.« Seit Jahren will er den Grand Prix gewinnen, und natürlich kann er das eine Mal, als er es schafft, meinetwegen den Ruhm nicht gebührend genießen.

»Hm.« Er küsst mich ein weiteres Mal, während sich seine Finger mit meinen verbinden. »Ich bin lieber hier bei dir. Es wäre nicht dasselbe ohne dich gewesen. Ich habe dich vermisst, Ryles.«

Wie einfach er mich doch zum Lächeln bringen und die Angst verjagen kann.

»Ich hab dich auch vermisst ...« Ich warte darauf, dass er beginnt, Fragen zu stellen, und wie aufs Stichwort seufzt er resigniert, weil er diesen Moment nun ruinieren muss.

»Wollt ihr zwei, dass ich einen Herzinfarkt erleide?«, fragt er. So viele Gefühle überlagern sich in seiner Stimme in diesem einzigen Satz.

»Nein. Alles ist jetzt in Ordnung. Nur einige Wehen, die sie stoppen konnten. Ein Ultraschall. Einige CTGs. Alles übliche Routine-Sachen, um sicherzugehen, dass alles okay ist«, erkläre ich ihm und versuche, mir nicht anmerken zu lassen, wie durcheinander ich war, als ich an die Maschinen angeschlossen wurde, die das Baby und mich kontrollieren sollten. Wie sich der Raum plötzlich mit einem Meer von Arztkitteln füllte, und obwohl Haddie meine Hand hielt und mir dadurch etwas von meiner Angst nehmen konnte, war alles, was ich wollte, Colton.

»Übliche Routine-Sachen?«, fragt er skeptisch. »Du hast immer noch Probleme mit deinem Blutdruck. Das ist verdammt weit entfernt von *üblich*, wenn es um dich und das Baby geht.«

Scheiße. Für einen Moment schließe ich die Augen, stehe meine Feigheit durch und bereite mich darauf vor, ihm die Wahrheit zu sagen.

»Sagst du mir jetzt mal, was Sache ist, Ry?«

Ich muss an die vielen Warnungen denken, die uns wegen meiner Schwangerschaft gesagt wurden: das hohe Risiko, die verletzten Arterien von dem Unfall und die Fehlgeburten, die mit heftigen Blutungen während der Wehen ein Problem darstellen könnten, die Überlastung auf meine Gebärmutter, die anwächst, je größer das Baby wird.

»Du hast jedes Recht, wütend auf mich zu sein«, flüstere ich, weil es irgendwie einfacher ist, es auf diese Art zu sagen. »Ich hatte den Stress unter Kontrolle, habe versucht, den Blutdruck im normalen Bereich zu halten … und dann zwischen dem Rennen und …« Meine Stimme verstummt allmählich. Ich seufze, was die Schwere in meinem Herzen wegen Zander ausdrückt.

»Und dann was?«, fragt er. »Was ist sonst noch passiert, dass du dich so überfordert hast?« In der Minute, als die Worte aus seinem Mund sind, weiß ich, dass er sie bereits bereut, das merke ich durch das schnelle Anspannen seines Körpers gegen meinen.

Sollte ich einmal alles aufzählen, was jetzt gerade Stress in mir auslöst?

»Bevor das Rennen anfing, hat mich Zander angerufen. Er hatte Angst, war durcheinander. War mit den Nerven völlig am Ende. Sein Onkel versucht, die Vormundschaft für ihn zu bekommen.« Meine Worte klingen so ruhig. Ich versuche, meine Gefühle in Schach zu halten, da der konstante Rhythmus meines Herzschlags auf dem Monitor neben uns erkennbar ist.

»Okay«, sagt er langsam, und ich kann förmlich spüren, wie es in seinem Kopf rattert und er herauszufinden versucht, worauf ich hinauswill. »Du musst mir mehr als das sagen, damit ich verstehe, warum dich das ins Krankenhaus gebracht hat.«

»Es ist sein Onkel.« Ich schlucke die Wut herunter und fahre dann fort. »Das Junkie-Arschloch, das nichts mit ihm zu tun haben wollte, als er damals zu uns kam.«

»Warum meldet er sich jetzt?« Seine einfache Frage und die Verwirrung, mit der er es sagt, drücken genau das aus, wie ich mich fühle. Erleichtert atme ich aus, bin dankbar für die gleiche Reaktion, weil es meine bestätigt, was diese ganze Angelegenheit betrifft.

»Was denkst du wohl?«, frage ich angeekelt, und obwohl es nicht auf ihn bezogen ist, spüre ich, dass er es so auffasst.

»Das Video. Die Fotos von dir mit den Jungs, die überall verbreitet wurden«, sagt er dann, als plötzlich alles für ihn einen Sinn ergibt.

»Hm, hm ...«, erwidere ich nur, weil es nichts anderes zu sagen gibt, ohne es so klingen zu lassen, als dass ich zum Teil ihn für diese Wende der Ereignisse verantwortlich mache.

»Geld?«, fragt er.

»Die monatlichen Bezüge für die Pflegschaft sind nicht so schrecklich hoch, aber ...«

»Aber genug, um seine *Angewohnheiten* zu unterstützen, sofern man welche haben sollte«, grübelt er laut.

»Oder besser noch«, sage ich, als mich der Gedanke überkommt, er mir den Atem verschlägt, auch wenn es mir lieber wäre, diesen Gedanken nicht einmal in Erwägung zu ziehen, »ein Interview mit Zander verkaufen, in dem er alle möglichen pikanten Details ausplaudert – über die Frau, die dabei hilft, Corporate Cares am Laufen zu halten, und die gerade zufälligerweise aufgrund der Veröffentlichung eines Sexvideos beurlaubt wurde.«

»Das könnte die plötzliche Eile durchaus erklären.«

»Könnte ...« Ich zucke mit den Schultern, schließe die Augen und konzentriere mich auf das Gefühl der Sicherheit, das ich durch seine um mich geschlungenen Arme verspüre.

»Menschen tun alles für Geld.«

»Und manche brauchen noch nicht einmal Geld als Anreiz.« Die Bemerkung entfährt mir, ohne dass ich vorher weiter darüber nachgedacht hätte, aber ich bin mir absolut sicher, Colton weiß, dass ich damit Eddie meine. Das verdammte Video ist der Auslöser für das alles hier geworden: das Eindringen in unsere Privatsphäre, der Verlust normaler Freiheiten, Scham, meinen Jobverlust, Zanders Situation, mein Krankenhausaufenthalt, der Zusammenbruch unseres Lebens. Zu. Viele. Auswirkungen.

»Ry ...« Mein Name entfährt ihm in einem resignierten Seufzer, als er sein stoppeliges Kinn gegen meinen Nacken reibt, was meinen ganzen Körper in Alarmbereitschaft versetzt. »Du musst dich und das Baby an erste Stelle setzen.«

»Ich weiß. Das muss ich. Ich versuche zu ...« Und Colton hat zu einhundert Prozent recht ... aber in gewisser Hinsicht ist Zander auch mein Kind. »Aber du hast ihn nicht gehört, Colton. Er war in Panik. Hatte Angst. War verloren. Und ich habe es nicht gewusst!« Ich atme tief durch und konzentriere mich auf das Brummen der Maschine, welche die Bewegungen des Babys überwacht. Ich konzentriere mich darauf und fühle mich zentriert. »Teddy hat mir eine Art Erklärung gegeben – das typische Blabla, dass das hier doch das ist, was wir anstreben. Es ist Bullshit! Er hat nicht das gleiche Verhältnis zu den Jungs wie ich ... er kennt nicht alle Einzelheiten ihrer Geschichten wie ich.«

»Aber er wird sich für sie einsetzen, wenn es darauf ankommt«, sagt Colton sanft – was zur selben Zeit eine leise Beruhigung wie auch ein ungewollter Schlag in mein Gesicht ist. Aber ich spüre nicht den Schmerz des Schlags. Ich weiß, dass Coltons Bemerkung lieb gemeint ist.

Das sind meine Jungs. Mein Herz. Niemand wird in dem Ausmaß für sie kämpfen wie ich. So viel weiß ich jedenfalls.

»Ich sollte diejenige sein, die ihnen hilft«, murmele ich. Mein Herz schmerzt, mein Körper ist erschöpft. »Aber ich denke nicht, dass es irgendetwas bringt. Wenn sie ihren Job so halbherzig tun, wie sie es für gewöhnlich machen, und sie die beiden nicht auf Herz und Nieren überprüfen, dann werden sie ihn bekommen.«

»Es sei denn, dass er vorher adoptiert wird«, sagt Colton. Er zieht mich näher an sich heran, und ich nicke.

Wir gewöhnen uns an die Stille des sterilen Raumes, der – mit Colton an meiner Seite – um so vieles erträglicher ist. Die Wärme seines Atems, der Duft seines Eau de Cologne, seinen Körper an meinem zu spüren – alle drei Dinge erden mich und lösen dieses Gefühl der Angst ab, dass alles außer Kontrolle gerät, und mit dem ich in dieses Krankenhaus eingeliefert wurde.

Die Bewegungen des Babys, die ich immer wieder fühlen kann, erinnern mich an meine Prioritäten und meine bedingungslose Liebe. Langsam beginne ich wegzudämmern.

»Wir könnten Zander adoptieren.«

Coltons Worte lassen mich aus meinem Halbschlaf aufschrecken. Mein Atem geht schneller, mein Körper zuckt, für einen Moment ist mein Herz voller Hoffnung, als ich mir der Bedeutung seiner Worte bewusst werde. Tränen kribbeln in meinen Augen, weil dieser Mann, der hinter mir liegt, ein so großes Herz hat. Derjenige, der einst schwor, dass er nicht lieben könnte, doch bis jetzt bringen mich jeden Tag die Fähigkeit und die Art, in der er es doch tut, nur dazu, mich immer mehr in ihn zu verlieben.

»Die Tatsache, dass du es gesagt hast, bedeutet mir viel, aber ... aber ich kann mich nicht dazu entscheiden, einen der Jungs zu adoptieren«, sage ich mit einem hin- und hergerissenen Herzen, weil ja ... es würde alle Probleme auf einen Schlag lösen, wenn ich es allerdings täte, würde es den anderen Jungs das Gefühl geben, dass ich Zander mehr liebe als sie, und das ist nicht so. »Aber danke, dass du es gesagt hast. Die Tatsache, dass du es überhaupt in Erwägung ziehst, bedeutet mir sehr viel.«

»Ich denke, wir sollten mehr tun, als es lediglich in Erwägung zu ziehen.« Bei seiner Bemerkung nicke ich nur, denn die Entschlossenheit in seiner Stimme ist zu stark, als dass es Sinn machen würde, dagegenzuhalten, da ich weiß, dass er aus Erfahrung spricht und genau weiß, wie es ist, ein kleiner Waisenjunge zu sein. »Schließe es nicht gänzlich aus, Rylee.«

»Das werde ich nicht«, sage ich sicherheitshalber. »Aber ich kann das den anderen Jungs nicht antun, die genauso sehr wie Zander zu irgendjemandem gehören wollen.«

»Sie gehören einander«, sagt er. »Und das ist am wichtigsten.«

Seine Worte verwirren mich. Sie sind unerwartet und so wahr. Und widersprechen sich. Wie würde es denn nicht die Verbindung zwischen ihnen zerstören, wenn wir nur einen von ihnen adoptieren würden?

»Schalte mal deinen Verstand ab, Ryles. Fahre ihn für eine Weile runter. Tu's für mich. Für das Baby. Für dich.« Er reibt mit seiner Hand meinen Arm rauf und runter, streicht über meinen Bauch zwischen den beiden Wehenschreibern, die neben mir stehen. Ich bin sicher, dass es reiner Zufall ist, aber innerhalb von Sekunden erfüllt das Geräusch von den Bewegungen des Babys unter seiner Hand den Raum. Das Stocken von Coltons Atmung als Reaktion darauf zu hören lässt mein Herz anschwellen.

»Es tut mir leid, dass ich dich von deiner Siegesfeier weggeholt habe«, murmele ich. »Aber gleichzeitig tut's mir wiederum auch gar nicht leid, weil ich froh bin, dass du hier bist.«

»Nirgendwo sonst wäre ich gerade lieber«, sagt er, als er sein Kinn auf meine Schulter legt und einen Kuss auf meine Wange drückt. »Das war gelogen. Es gibt definitiv einen anderen Ort, an dem ich jetzt gerne wäre.«

Die Andeutung schnürt ihm seine Stimme ab, und da Sex das Einzige an Schwangerschaftsgelüsten ist, das ich verspüre, stöhne ich.

»Ich habe so das Gefühl, dass diese Victory Lane für eine Weile geschlossen ist«, sage ich.

»Gut, dass ich es gerade in Alabama eingefordert habe.«

»Du sprichst hoffentlich über eine Trophäe, Ace.«

»Ach was. Die liegt hier in meinen Armen.«

15

RYLEE

»Ich brauche deine Hilfe, Shane«, sage ich. Ich klinge verzweifelt, aber das ist mir gerade völlig egal.

»Rylee«, lacht er. Er klingt so sehr nach einem erwachsenen Mann, viel eher als der hilflose Teenager, der einst allein und traumatisiert zu mir kam. Die Ironie, dass ich diesmal diejenige bin, die sich Hilfe suchend an ihn wendet, ist mir nicht entgangen. »Colton hat gesagt, dass du anrufen und versuchen würdest, mich zu bestechen, um dir dabei zu helfen, aus dem Haus zu flüchten.«

Verdammt! Colton hat wirklich an alles gedacht, um mich im Haus festzuhalten, in dem es sich so anfühlt, als ob die Wände mit jedem Tag immer näher an mich heranrücken würden. Natürlich sind es schon weniger Paparazzi geworden, doch es gibt sie immer noch, und immer noch halten sie die Sensationsgier aufrecht. Sie mögen nicht mehr alle draußen hocken, aber die Cover der Schundblätter zeigen immer noch das unscharfe Bild von mir in der Garage. Allerdings ist jetzt daneben noch eins von mir zu sehen, wie ich vor zwei Tagen das Krankenhaus in einem Rollstuhl verließ, mit reißerischen Überschriften versehen.

»Ich versuche nicht, dich zu bestechen, was eine Flucht betrifft. Ich sitze hier, bin nicht dickköpfig und höre mir die Anweisungen des Arztes an, solange ich weiß, dass es Zander gut geht«, gestehe ich. »Ich habe mit ihm gesprochen, und es scheint ihm okay zu gehen, und Colton und Jax erzählen mir, dass es ihm gut geht, aber Shane – mit dir wird er offen reden.« Die letzten Worte betone ich, sodass er begreift, dass ich mich an ihre brüderliche Verbundenheit wende, die sie über die Jahre hin aufgebaut haben. Die Verbindung zwischen zwei angeschlagenen Seelen, die zusammen geheilt sind und die ähnliche Erfahrungen gemacht haben, die niemals jemand haben sollte, aber es durchgestanden haben, was ihnen erlaubt hat, das sonderbare, vertraute Paar im Haus zu sein.

Und ich hoffe, dass ich jetzt diese Verbundenheit heranziehen kann, um herauszufinden, wie es Zander wirklich geht.

»Unter einer Bedingung«, sagt Shane, was mich völlig aus dem Konzept bringt.

»Hm, hm?« Ich bin neugierig, ob Colton irgendetwas mit dieser Bedingung zu tun hat.

»Dass du alles Weitere mir überlässt. Ich will nicht, dass du total gestresst bist und dann wieder zurück ins Krankenhaus musst. Ich werde dir alles erzählen, was ich herausfinde, solange ich weiß, dass du dich und das Baby allem anderen voranstellst.« Ich höre seine Worte, und sosehr ich auch von seiner Bedingung genervt bin, so setzt es dann doch der Stolz auf ihn außer Kraft und erlaubt mir, dem zuzuhören, was er sagt – der Sorge in seiner Stimme, dem Mitgefühl in seinen Worten, dem bemerkenswerten Mann, zu dem er geworden ist.

Es zeigt mir, dass ich meinen Job gut gemacht habe. Und an diesem Gedanken klammere ich mich fest, da ich mich jetzt gerade nicht weiterhin um die Jungs kümmern kann. Ich muss darauf vertrauen, dass die Zeit, die ich in die beiden Jungen investierte, etwas gebracht hat und dass ihre Verbindung unerschütterlich bleibt, wenn einer den anderen gerade am nötigsten braucht.

»Kann ich mich darauf verlassen, dass du das tust, Rylee?«, fragt er noch einmal und bahnt sich mit seinen Worten einen Weg durch das Gefühl, das meinen Geist vernebelt und meine Kehle verstopft.

»Ja«, antworte ich. Ich fühle mich wie ein ausgeschimpftes Kind, und dennoch fällt es mir schwer, irgendetwas anderes als Liebe für ihn zu empfinden.

»Er quält sich, hat Angst und macht sich Sorgen. Wir sind die einzigen Guten, die er kennt. Er fürchtet sich, zu dem Leben zurückzukehren, in dem er nicht weiß, was als Nächstes kommt … und das kann ich gut nachvollziehen«, murmelt er. Zweifellos ist er gerade in seinen eigenen Erinnerungen versunken.

Er erzählt mir genau das, wovon ich ausgegangen bin, aber was kein anderer bestätigen würde.

»Danke, dass du es mir erzählt hast.« Meine Gedanken rasen, ich will rübereilen und Zander ins Gesicht sehen, um ihn zu beruhigen, und ich will Teddy anflehen, sich mit mir in Verbindung zu setzen, auch wenn er sicher darauf wartet, dass sich der Bearbeiter mit ihm in Verbindung setzt.

»Ich komme nächste Woche für ein paar Tage nach Hause. Ich werde bei den Jungs bleiben, hab auch bereits mit Jax darüber gesprochen, und ich werde Zeit mit Zander verbringen, um sicherzugehen, dass alles mit ihm in Ordnung ist.«

»Danke«, sage ich sanft mit geschlossenen Augen und einem Herz voller Liebe in den Hörer. »Das ist wirklich cool, dass du das machst. Er verbringt gerne Zeit mit dir.«

»Er gehört zur Familie«, erwidert Shane. Vor meinem inneren Auge kann ich förmlich das jungenhafte Lächeln auf seinem Gesicht sehen sowie das lässige Schulterzucken, das so typisch für ihn ist. Ich kann nur lächeln und es mir eingestehen. Ja, ich habe einen guten Job gemacht.

»Er gehört zur Familie.«

Es scheint so surreal, Babyklamotten zusammenzulegen. Ja, mein Bauch ist so riesig, dass ich nicht einmal mehr meine Zehen sehen kann, und ein Berg gelber Klamotten umgibt mich, aber mit allem, was los ist, fühlt es sich noch so weit weg an und gleichzeitig so nah.

»Während der Gedanke, wie du ans Bett gefesselt bist, ziemlich heiß ist, würde ich es bevorzugen, es mit dir als freiwillige Kandidatin zu tun und nicht, weil du nicht auf den Arzt hörst«, sagt Colton vom Eingang her. Ich drehe mich um und sehe, wie er mich angrinst, aber die Warnung sehe ich ebenfalls deutlich in seinen Augen.

»Niedlich. Sehr niedlich«, sage ich belustigt.

»Na ja. Du wärst sogar noch niedlicher, wenn du flach auf dem Rücken im Bett liegen würdest.« Wir stehen einander gegenüber, ein visueller, geistiger Wettstreit herrscht zwischen uns, und als er schließlich den Augenkontakt abbricht und um sich blickt, bemerke ich seinen verdutzten Gesichtsausdruck. »Du legst Sachen weg?«

»Ich hab mir gedacht, dass es allmählich mal Zeit wird«, murmele ich. Es ist mir ein bisschen peinlich, wie lange mich meine Sorgen aufgehalten haben, das endlich zu tun. »Ich weiß jetzt, dass wenn er erst auf der Welt ist, es ihr gut gehen wird.«

»Netter Wechsel der Pronomen«, lacht er, als er zu mir kommt, von hinten seine Arme um mich schlingt und sein Kinn auf meine Schulter legt.

»Ich konnte dich doch nicht glauben lassen, dass ich BIRTs Geschlecht kenne.«

Sein Lachen erschallt, die Vibration geht von seiner Brust in meine über, während ich noch die letzten Babydecken zusammenfalte, die ich vorgewaschen hatte. »BIRT, was? Du hast dich jetzt doch mit meiner dunklen Seite angefreundet und nennst ihn nun so?«

»Ich habe immer deine dunkle Seite gemocht.« Ich meine damit etwas ganz Bestimmtes, aber als ich bemerke, dass seine Hände, die eben noch über meinen Bauch geglitten sind, zögern, realisiere ich, dass er es auf eine ganz andere Weise aufgefasst hat. Für einen Moment stehen wir schweigend einfach nur da, während ich ihn seine Geister abschütteln lasse, die meine Bemerkung wieder zum Vorschein gebracht hat.

»Hast du das gespürt?«, frage ich. Ich lege meine Hände auf seine, sodass ich sie dorthin dirigieren kann, wo sich das Baby gerade eben unter seinen Handflächen bewegt hat.

»Es ist so seltsam«, murmelt er. In seiner Stimme ist eine gewisse Ehrfurcht, die mir sagt, dass die Dunkelheit in seinen Gedanken sich fürs Erste verabschiedet hat. Er drückt seine Hände gegen meinen Bauch und scheint unbedingt zu wollen, dass sich das Baby noch einmal bewegt.

»BIRT mag die Stimme seines Vaters«, sage ich sanft, sauge diesen Moment förmlich ein, den wir nie wieder zurückbekommen werden, wenn das Baby erst einmal auf der Welt ist. Er drückt seine Lippen an meinen Hals und lässt sie dort. Es ist beinahe so, als ob er wüsste, was ich gerade denke, und auf die gleiche Weise fühlt wie ich, deshalb versucht er die Zeit aufzuhalten, um das Hier und Jetzt andauern zu lassen.

»Ich hab etwas für dich. Kommst du mit mir?«, fragt er.

»Sind das irgendwelche Handschellen oder Fesseln?«, necke ich ihn.

»Nur wenn du es willst.« Lachend nimmt er meine Hände und führt mich runter den Flur entlang und in unser Schlafzimmer hinein.

Ich werfe ihm einen Blick zu, als er leicht aufs Bett klopft, damit ich mich draufsetze. »Und ich bin drauf reingefallen«, sage ich, als er mir auf die Matratze hilft und ich mich frage, was hier eigentlich vor sich geht, da Dr. Steele gesagt hatte, dass wir mit dem Sex ein wenig warten sollen. Und so strikt wie Colton ihre Regeln bislang befolgt hat, will er mich entweder dazu zwingen, mich auszuruhen, oder er plant, sich selbst anzustrengen.

Ich tippe auf Letzteres.

»Es ist nicht das, was du denkst, du Nymphomanin«, meint er, als er Kissen hinter meinen Rücken und unter meine Knie stopft, bevor er sich vorlehnt und mich auf die Lippen küsst. Und weil ich ihm niemals widerstehen kann, lege ich meine Hand in seinen Nacken und lasse sie dort, damit ich mir noch einen weiteren Kuss von ihm stehlen kann.

»Ein Mädchen kann hoffen«, murmele ich an seinen Lippen. Als er sich zurückzieht, erhellt ein Lächeln sein

Gesicht, und ein verschmitzter Funke ist in seinen Augen zu sehen.

»Nicht, bis dieses Mädchen eine Genehmigung vom Arzt bekommt«, sagt er. Er geht ums Bett herum und schnappt sich irgendetwas von seinem Nachttisch, hält es hinter seinem Rücken versteckt, sodass ich es nicht sehen kann. Das Süßeste an seiner Aktion ist, dass ich an den Bewegungsabfolgen beobachten kann, wie sich mein selbstbewusster, anspruchsvoller Ehemann ins Gegenteil verwandelt und ich so weiß, dass was auch immer hinter seinem Rücken ist, ihn unsicher macht.

»Ich hab etwas für dich«, sagt er und bleibt dann mit einem Kopfschütteln stehen, das mich an die Jungs erinnert, wenn einer von ihnen verlegen ist. Diese Geste rührt mich und gibt mir ein genaues Bild davon, wie BIRT einmal aussehen wird, wenn es ein Junge wird. Colton schaut auf eine etwas unbeholfen eingepackte rechteckige Schachtel in braunem Papier herunter, während er sie mir herüberreicht. Ich lege meine Hand auf seine und lasse sie nicht los, bis er mich ansieht.

»Danke, aber ich brauche nichts.«

»Ich dachte damals, dass es eine gute Idee wäre … aber jetzt habe ich das Gefühl, dass es doch nicht so überzeugend ist, also kannst du ruhig über mich lachen …«

»Ich werde es lieben«, sage ich voller Überzeugung. Denn wenn dieses Geschenk ihn so unsicher macht, dann weiß ich, dass er derjenige ist, der hier etwas tut, was ganz untypisch für ihn ist und ihn auch etwas nervös macht.

Während er mich die ganze Zeit dabei anstarrt, packe ich langsam das Geschenk aus, um einen Bilderrahmen zu finden, der aus dickem, derbem Holz gemacht ist, aber ohne ein Foto darin. Für einen Moment starre ich das Geschenk an, denn während es eigentlich ziemlich schön ist, spüre ich, dass es hier eine tiefere Bedeutung gibt, und ich versuche herauszufinden, was mir Colton damit sagen will.

»Er ist leer«, sagt er und zieht damit meinen Blick wieder zu sich, während meine Hände über das Holz streichen. Es ist verwittert, aber raffiniert, rau, aber gleichmäßig – irgendwie wie wir beide. Die Idee zaubert ein Lächeln auf meine Lippen.

»Das sehe ich.«

»Es sind ein paar harte Wochen für uns gewesen«, sagt er, als er auf das Bett neben mich klettert. Er liegt auf seiner Seite, den Kopf hat er mit seiner Hand abgestützt, während ich nicke und herauszufinden versuche, wie das hier alles zusammenpasst. »Kelly versucht, meinen Vater zu finden.« Mein Geist macht bei diesem Satz eine Vollbremsung, weil ich so verwirrt und verloren bin, wie wir von einem Bilderrahmen plötzlich zu einer Person gekommen sind, über die Colton noch nie zuvor geredet hat.

»Was?« Ich schaue ihn an, während er sich auf seine Hand auf meinem Bauch konzentriert. Mein Mund öffnet und schließt sich wie bei einem Guppy, weil ich nicht weiß, was ich sagen soll oder wie wir von Punkt A nach Punkt B in dieser Unterhaltung gekommen sind. Ich sehe, dass er genauso verwirrt ist wie ich, also bremse ich mich in meinem Bedürfnis, es wissen zu wollen, und lass ihn in Ruhe die Worte finden, um alles zu erklären.

»Ich habe Angst davor, Vater zu sein«, sagt er schließlich und fährt dann mit seinem Geständnis fort. Es ist ja nicht so, als ob ich seine Angst nicht nachvollziehen könnte, weil ich sie ebenfalls verspüre, aber ich beginne langsam einen Zusammenhang herzustellen, in dem Sinne, dass er sich davor fürchtet, wie sein Vater zu werden, den er nie kennengelernt hat. »Und ich dachte mir, wenn ich vielleicht etwas über meinen Samenspender wüsste, dann würde es mir ein wenig die Angst nehmen, dass ich so wie er werde.«

Sosehr ich auch sein Gesicht in meine Hände nehmen will, sodass er dazu gezwungen wird, mir in die Augen zu sehen, so gebe ich ihm doch den Freiraum, den er braucht. »Du wirst kein bisschen so sein wie er, Colton. Meiner Meinung nach besteht daran nicht der geringste Zweifel.«

Ich habe ihn zusammen mit den Jungs gesehen und wie er ihnen dabei geholfen hat, Probleme zu meistern, die nur er verstehen konnte. Hat er denn gar keine Ahnung, wie wichtig so was ist? Wie diese Interaktion auf den unglaublichen Vater hinweist, der er mit Sicherheit einmal sein wird? Ich wünschte, er könnte denselben Mann im Spiegel erkennen, den ich jeden Tag sehe.

Er nickt lediglich mit dem Kopf, sagt einen Moment lang gar nichts. Ich wünschte, es gäbe irgendetwas, das ich sagen oder tun könnte, um ihn zu beruhigen, wenn auch nur die Zeit zeigen wird, dass ich recht habe.

»Ich weiß nicht«, sage ich kopfschüttelnd. »Ich denke, es ist eine schlechte Idee ... Ich sehe keinen Sinn darin, dass ihn zu finden dir in irgendeiner Hinsicht weiterhelfen könnte.« Und vermutlich sollte ich meine Meinung für mich behalten, sollte ihn die Vergangenheit auf seine Art verarbeiten lassen, aber gleichzeitig haben wir in letz-

ter Zeit einfach derart viele Probleme und Sorgen, sodass ich nicht weiß, wie viel mehr wir noch ertragen können.
»Was erhoffst du dir davon, wenn du ihn findest?«
»Einen Neuanfang.« Dann beseitigt er jegliche Emotion aus seiner Stimme. »Der Rahmen ist leer, weil ich dieses neue Kapitel unseres Lebens mit einem kompletten Neuanfang beginnen will. Unsere Familie hat das verdient. Es ist …« Seine Stimme wird schwächer. Ich strecke meine Hand aus und verflechte meine Finger mit seinen. Seine tiefgründigen Gedanken sind so verdammt überwältigend, dass ich nicht die richtigen Worte finden kann, um jetzt schon zu sprechen. »Vergiss es einfach.«
»Nein. Bitte, sprich weiter. Ich bin still, weil ich bewegt und sprachlos bin, dass du daran gedacht und das hier für uns getan hast … besonders nach allem, was diesen Monat passiert ist.«
»Ich klinge wie eine verdammte Tussi, aber dieser leere Rahmen ist auch mein Versprechen an dich, dass ich vom heutigen Tage an nicht einfach nur Fotos mit dir machen, sondern Erinnerungen erschaffen will. Mehr gute als schlechte. Lustige. Unvergessliche. Wertvolle. Sie werden mit der Zeit wechseln und sich verändern. Jeder neue Abschnitt unseres gemeinsamen Lebens wird diktieren, was hier reinkommt, aber mehr als alles andere wird dieser leere Rahmen mit unserem neuen, normalen Leben gefüllt sein …« Seine Stimme verstummt allmählich. Tränen treten mir in die Augen. Die Tiefe an Gefühlen in diesem unglaublichen Geschenk von einem Mann, der sich selbst für unromantisch hält – trotz der großartigen, beeindruckenden Dinge, die er immer wieder tut –, ist so ergreifend und passend.

»Ich liebe ihn«, flüstere ich. Mein Blick trifft auf seinen, als ich ihn mit Tränen in den Augen ansehe. »Er ist absolut perfekt.« Zärtlich streiche ich über den Rahmen. In gewisser Hinsicht ist er meine leere Schatzkiste, und ich schwelge in dem Gedanken, wie sehr Colton innerlich gewachsen ist, seitdem wir uns kennengelernt haben.

Ich rutsche auf meine linke Seite und sehe ihm ins Gesicht. Unsere Körper liegen sich direkt gegenüber. Einige Momente schauen wir einander einfach nur an, unsere visuelle Verbindung ist so intensiv, als Gefühle ausgetauscht werden, ohne dass dabei ein einziges Wort fällt.

»Ich habe nichts, was ich dir geben könnte«, sage ich schließlich.

Ein schüchternes Lächeln zieht seine Mundwinkel nach oben. »Du hast mir mehr gegeben, als ich je wollte.«

Es ist albern, dass ich selbst nach all dieser Zeit immer noch instinktiv auf Lob von ihm reagiere, aber es ist nicht zu leugnen. Als ich zitternd Luft hole, werden seine Augen schmal, und meine Finger gleiten über die Furchen in dem Rahmen, der zwischen uns liegt.

»Manchmal spiele ich das *Ich-habe*-Spiel mit den Jungs ... willst du es mit mir spielen?« Sein Grinsen wird breiter, und ich verstehe die Anspielung.

»Du weißt, dass ich niemals die Chance ablehnen würde, mit dir zu spielen«, sagt er und nickt mir zu, damit ich fortfahre. »Wie spielt man das?«

»Ich erzähle dir etwas, das mit *Ich habe* beginnt, und dann bist du dran. Du darfst allerdings keine Fragen stellen ... Auf diese Art bist du dazu gezwungen zuzuhören. Es ist eine *Ich-bin-dran,-dann-kommst-du*-Sache.«

Es überrascht mich, dass ich ihm in all unserer gemeinsamen Zeit das noch nie erklärt habe, doch ich habe so das Gefühl, dass dies der absolut perfekte Moment dafür ist. »Ich fange an. *Ich habe auch Angst*«, flüstere ich, so als ob die leisere Stimme mein Bekenntnis irgendwie harmloser klingen lässt.

Er beginnt etwas zu sagen, das nicht mit *Ich habe* beginnt, und ich bringe ihn zum Schweigen, indem ich ihm einen Finger auf die Lippen lege. »Keine Beruhigungen. Manchmal gibt dir das das Gefühl, dass deine Ängste nichtig sind. Du bist dran.«

Ich beobachte ihn dabei, wie er die Worte zu finden versucht, um das auszudrücken, was auch immer so schwer auf seiner Seele lasten mag. Er holt tief Luft, schaut für einige Momente über meine Schulter hinweg. Seine Finger zupfen am Bettlaken. In den letzten fünf Jahren hat er so große Fortschritte gemacht – nicht nur darauf bezogen, seine Gefühle zu erkennen, sondern auch, sie auszudrücken. Und doch kann ich gerade jetzt erkennen, dass er ratlos ist, wie er sie in Worte fassen soll.

Die Stille zieht sich in die Länge. Meine Sorge darüber, was ihn so sprachlos macht, wächst.

»Ich habe Angst, dass du mir niemals verzeihen wirst – wegen des Videos und weil ich es nicht wieder in Ordnung bringen konnte.« Er schaut mich nicht an.

Für einen Moment schließe ich die Augen. Ich lasse die Entschuldigung in seiner Stimme mein Balsam für meine offenen Wunden sein, die das Video verursacht hat, und nicke, um ihn wissen zu lassen, dass ich ihn gehört habe. In Anbetracht der vielen Male, in denen er sich bereits entschuldigt hat, sollte es mich eigentlich gar nicht weiter verwundern, dass dies sein erstes Bekenntnis war. Gleichzeitig weiß ich es durchaus zu schätzen, dass er scheinbar das Bedürfnis verspürt, es mir noch einmal zu sagen.

»Ich habe die Befürchtung, dass wenn uns jetzt Leute sehen, sie nur noch an das Video denken werden. Ich kann nur hoffen, dass sich das legt und irgendwann einmal ganz aufhört.« Colton schließt für einen Moment die Augen und nickt fast unmerklich. Seine Reaktion ist alles, was ich sehen muss, um zu wissen, dass er genauso fühlt wie ich.

»Ich habe die Hoffnung, dass Eddie das bekommt, was er verdient«, sagt Colton voller Abscheu und Verachtung.

»Da bin ich ganz deiner Meinung«, lache ich, weil ich zwar kein Geständnis gemacht, aber im Grunde auch nicht gegen die Regeln verstoßen habe.

»Man soll doch den anderen nicht beruhigen«, murmelt er mit einem scheuen Lächeln auf den Lippen.

»Stimmt«, sage ich. »Du bist dran.«

»Ich habe Angst, du könntest dich so stark auf Zander konzentrieren, dass dich das wieder zurück ins Krankenhaus bringt«, sagt er, zieht seine Augenbrauen dabei hoch und schaut auf meinen Bauch.

»Ich habe Angst, ihn im Stich zu lassen und nicht in der Lage zu sein, ihm zu helfen, wenn er mich am allernötigsten braucht.« Ich kämpfe gegen die Unruhe an, die sich in mein Geständnis geschlichen hat, und versuche den Gedanken an die tatsächlichen Auswirkungen zu verdrängen. Ich habe nämlich auch Angst, dass genau das passiert, wovor Colton sich fürchtet.

»Ich habe das sichere Gefühl, dass wir das irgendwie

hinkriegen werden«, sagt er, schüttelt den Kopf, um mich zu stoppen, bevor ich überhaupt noch meinen Mund öffnen kann. Er kennt mich einfach zu gut.

»Ich habe das sichere Gefühl, dass mein Ehemann dieses Spiel mag, weil es mich davon abhält, zu viel zu sagen und mit ihm zu streiten«, gestehe ich nüchtern, was ihn dazu bringt, laut und mir zustimmend zu lachen. Der Klang zaubert ein Lächeln auf meine Lippen, ehe sich die Stille wieder um uns herum niederlässt, während Colton sich überlegt, was er als Nächstes sagen könnte.

»Ich habe Angst, dass ich nicht Manns genug sein werde, um dir das zu geben, was du brauchst – und das, wenn du es am allernötigsten brauchst.« Er leckt sich über die Lippen und zwingt sich zu schlucken. Seine Augen weichen niemals von meinen, abgesehen von der Welle an Gefühlen, die sich ihren Weg durch sie bahnt.

Wow. Nun gut, ich nehme an, dass er jetzt mit den tiefen Bekenntnissen rausrückt. Ich habe so rein gar nicht mit dieser Bemerkung von ihm gerechnet. Für eine Sekunde wirft sie mich zurück, während ich versuche, das Ganze zu durchschauen. Meint er damit in allen Lebensbereichen oder nur, wenn das Baby kommt? Ich frage mich, was er glaubt, was es ist, das ich brauche und das er mir nicht geben kann.

Zweifel ist der Meißel, welcher die Risse hervorruft, um eine feste Beziehung zum Bröckeln zu bringen, und ich hasse es, dass er das Gefühl hat, ich könnte, was ihn betrifft, irgendwelche Zweifel hegen.

»Colton«, beginne ich zu sprechen. Ich breche meine eigenen Regeln, weil ich ihm sagen will, dass er für mich mehr als Manns genug ist, und zwar in allen Lebensbereichen, aber er streckt seine Hand aus und legt mir einen Finger auf die Lippen.

»Oh, oh.« Er schüttelt den Kopf. »Du bist dran.«

Ich starre ihn einfach nur an, will ihm unbedingt sagen, dass er dermaßen falschliegt, wenn er sich über so etwas Gedanken macht, und trotzdem tue ich es nicht. Ich kann es nicht. Ich muss ihm erlauben, das zu sagen, was er sagen will. Voller Frustration und Unbehagen atme ich aus, denn wir mögen uns zwar in- und auswendig kennen, aber dennoch offenbaren wir hier unser Innerstes mehr als je zuvor, und so erlösend es auch sein mag, ist es auch verdammt Furcht einflößend.

»Ich habe Angst, dass du mich nicht mehr sexy findest, wenn das Baby erst einmal da ist.«

Er sagt zwar gerade nichts, aber schüttelt den Kopf, um mir damit klarzumachen, dass ich verrückt bin. »Ich habe Angst, dass du jedes Mal, wenn du mich ansiehst, denkst, du hättest einen Fehler gemacht, weil du mich geheiratet hast.«

Ist er verrückt? Seine Worte versetzen mir Stiche ins Herz. Es ist so unglaublich, dass die Außenwelt Colton für einen arroganten, selbstbewussten Mann hält. Jedoch mit mir – ganz besonders gerade hier und jetzt – offenbart er seine Unsicherheit, die alle Menschen haben, aber anderen nicht zeigen.

»Ich habe Angst, dass du dich zurückziehst, wenn das Baby da ist«, sage ich, ohne vorher darüber nachzudenken, und ich realisiere, dass ich meine tiefste Furcht soeben laut ausgesprochen habe. Dass Coltons Atem sofort stockt, zeigt mir, ohne dass er überhaupt ein Wort sagen muss, dass er vor der gleichen Sache Angst hat. Für einen Moment gerate ich in Panik, Furcht schnürt mir die Kehle zu. Ich weiß, dass ich das hier irgendwie in Ordnung bringen muss, also spreche ich weiter, »... aber du musst wissen, dass ich das hier nicht ohne dich schaffen werde.«

Stille lässt sich zwischen uns nieder. Unsere Blicke verfangen sich ineinander. Mein Herz hofft, dass er wirklich das hört, was ich sage. »Ich habe Angst, dass ich im Kreißsaal Panik kriege, Dinge sehe, die ich nicht wieder vergessen kann, oder dass ich nicht damit klarkomme zu sehen, dass du Schmerzen hast.«

Ihn etwas sagen zu hören, wovor die meisten Männer Angst haben, gibt mir ein besseres Gefühl. So als ob wir in gewisser Hinsicht normal sind, während unsere Beziehung und alles, was uns umgibt, im Moment ganz weit davon entfernt ist.

»Ich habe Angst vor den Geburtswehen.« Wer hätte das nicht? Der unbekannte Schmerz und das absolut Unvorhergesehene, gefolgt von dem wunderschönen Ergebnis. Colton zieht lediglich die Augenbrauen hoch und nickt.

»Ich habe Angst, dass ich wie *sie* sein werde«, sagt er dann. Die Bezeichnung *sie* ist unmissverständlich: Er spricht von seiner Mutter und seinem Vater. Sein Blick brennt sich in meinen, und es bringt mich um, dass er sich selbst in dieselbe Kategorie gesteckt hat wie sie. Ja, er hat ihre Gene, aber das bedeutet nicht, dass er nicht ein anderes Herz hat.

Blut macht den Körper aus, nicht den Menschen.

»Ich habe Angst, dass ich als Mutter zu viele Fehler machen werde.«

Colton rollt mit den Augen, was mich dazu veranlasst, die Hand auszustrecken und ihm sein Haar aus der Stirn zu streichen. Er schnappt sich mein Handgelenk, führt meine Handfläche an seine Lippen und drückt einen süßen Kuss in ihre Mitte, bevor er sie herunterführt und sie an sein Herz legt. »Ich habe die Gewissheit, dass ich als Vater weitaus mehr Fehler machen werde, aber ich weiß, dass mit dir an meiner Seite unser Baby zu einem unglaublichen Menschen heranwachsen wird … genauso wie seine Mutter.« Die letzten Worte flüstert er, was bewirkt, dass Tränen in meinen Augen brennen, was in einem völligen Widerspruch zu dem sanften Lächeln auf meinen Lippen steht wegen der Art, wie er sein Bekenntnis änderte, um daraus ein positives zu machen.

Ich hätte wissen sollen, dass er einen Weg finden würde, damit ich mich wieder besser fühle, indem er die Regeln bricht, ohne sie wirklich zu brechen.

»Ich habe so das Gefühl, dass BIRT deine grünen Augen haben wird, deinen Dickschädel und deine unglaubliche Fähigkeit zu lieben«, sage ich, als sich Colton räuspert. Seine Finger spannen sich über meinen an seiner Brust an. Ich weiß, dass er meine Bemerkung anfechten will, um seine Furcht, so zu werden wie seine leiblichen Eltern, etwas zu mindern, aber er tut es nicht.

Und das ist ein gutes Zeichen, weil er es hoffentlich, wenn ich es oft genug sage, irgendwann einmal selbst glaubt.

»Ich habe Angst, dass alles einfach zu gut für uns lief. Aber zuerst kam das Video … und jetzt …« Er atmet aus, und ich versuche dahinterzukommen, was ihn quält, »… jetzt heißt es, auf die nächste Hiobsbotschaft zu warten.«

Ich starre ihn an, er ist so perfekt unperfekt und voller Angst – genauso wie ich –, und dennoch ist er heute Nacht hier reinmarschiert und hat mir ein Geschenk gemacht, woran die meisten Ehemänner nicht einmal denken würden.

Trotzdem zweifelt er immer noch an uns, macht sich immer noch Gedanken, dass uns der ganze Mist negativ beeinflussen wird, wenn wir doch nichts anderes als einander brauchen.

Alles, was wir je gebraucht haben, war einander.

»Ich habe die Gewissheit, dass selbst wenn die nächste Hiobsbotschaft kommt, sie dann von einem Tintenfisch kommt – mit einer Hiobsbotschaft an jedem Arm, sodass wir mit jeder davon klarkommen werden, weil ich den einzigen Mann geheiratet habe, der jemals für mich bestimmt war. Wir werden mit allem klarkommen, das uns in die Quere kommt – Hiobsbotschaft für Hiobsbotschaft.«

Colton lässt sich auf den Rücken fallen und fängt an zu lachen – tief und lang. Ich bin sicher, er brauchte einfach nur etwas Humorvolles, um den Stress loszulassen, der sich an ihm festgekrallt hat. Es tröstet mich, dass ich auf ein Spiel zurückgreifen kann, das ich mir einst für kleine Jungs ausdachte, und es trotzdem auch eine Auswirkung auf den erwachsenen Mann in meinem Leben hat.

Andererseits: Jungs, Männer … da ist wirklich einer wie der andere.

Nach einem Moment rollt er sich zurück auf die Seite und rutscht zu mir rüber, sodass mein Bauch an seinen stößt. Er hält mein Gesicht in seinen Händen. »Hiobsbotschaften an den Armen von einem Tintenfisch?« Er lacht schon wieder, zieht dabei die Augenbrauen hoch, und sein unwiderstehliches Grübchen zeichnet sich ab.

»Ganz genau. Sie haben doch acht Arme – ziemlich viele Hiobsbotschaften«, necke ich ihn. Ich will den Moment festhalten – jetzt, da unsere Herzen ein bisschen leichter sind.

Colton schüttelt lediglich mit einem sanften Lächeln auf den Lippen den Kopf. In seinen Augen liegt so viel Liebe und in seiner Berührung unendlich viel Zärtlichkeit. Was für ein Riesenglück ich doch habe, mein Leben mit diesem Mann, der voller Gegensätze steckt, teilen zu dürfen.

»Gottverdammt, ich renn dich, Ryles«, sagt er, besiegelt die Empfindung mit einem Kuss und stiehlt mir wieder einmal mein Herz.

Mit geschlossenen Augen – unsere Lippen berühren sich, und unsere Herzen schlagen in einem Takt – denke ich zurück an unseren Hochzeitstag, an die Schwüre, die wir machten, und die Versprechen, die wir einander gaben und bis zum heutigen Tag gehalten haben. Das *Du weißt schon, dass das von Dauer ist?*, und ich weiß, dass es nichts gibt, was ich je ändern würde, weil er hier ist. Er ist mein, und ganz egal, was das Leben uns noch bringen mag, er wird hier sein – meinetwegen. Er hat mich beschützt. Mich an erste Stelle gesetzt. Mich wichtig gemacht. Mich ganz gemacht.

Mit jedem wunderschönen vernarbten, verbogenen Teil von ihm.

16

COLTON

»Hast du ihm die Scheiße aus dem Leib geprügelt?«

Ich schaue von dem Papierstapel auf, der vor mir auf dem Tisch liegt, als Becks vor mir Platz nimmt und seine Füße auf die Tischkante legt. »Bitte. Fühl dich ganz wie zu Hause.«

»Lass dich nicht stören, wenn ich's tu«, sagt er in dieser für ihn so typischen langsamen und gedehnten Art, die mich gleichermaßen aufregt und beruhigt. »Also?«

»Er ist nicht aufgetaucht«, erkläre ich kopfschüttelnd. »Ich saß draußen vor dem verdammten Büro – eine Stunde vor und noch eine Stunde nach seinem Termin mit seinem Bewährungshelfer, und der Scheißkerl ist einfach nicht gekommen.«

Solch eine Zeitverschwendung, das Büro zwei Stunden lang zu überwachen. Während ich auf Eddie wartete, konnte ich einen Drogenhandel und eine Hure beobachten, die einem Kerl im Auto einen blies. Ich wollte ihn aus der Reserve locken und selbst mit ihm abrechnen.

»Kannst du bei der einstweiligen Verfügung nicht in Schwierigkeiten geraten, wenn du ihm auflauerst?«, fragt Becks.

»Die einstweilige Verfügung wurde für Rylee eingereicht. Nicht für mich«, antworte ich grinsend. Auf gar keinen Fall will ich ihn in Rylees Nähe haben! Aber ich?

Ich habe absolut kein Problem damit, mit ihm konfrontiert zu werden. Um ehrlich zu sein, gäbe es sogar nichts, was mir lieber wäre.

»Also du kannst dich ihm nähern, ihm in den Arsch treten und ...«

»Und es hat keinerlei Auswirkungen«, sage ich achselzuckend. »Na ja, außer für ihn.«

»Den Mann kann man aus den Schwierigkeiten raushalten, aber den Jungen in ihm kann man nicht aufhalten, um danach zu suchen«, sagt er kopfschüttelnd.

»Verdammt richtig!«

»Aber warte. Er ist nicht aufgetaucht, also was jetzt? Schickt man ihn jetzt wieder zurück ins Gefängnis wegen Gesetzesübertretung oder so was?« Er verflicht seine Finger und legt seine Hände dann hinter den Kopf.

»Keine Ahnung. Möglicherweise ... aber ich hab so das dumpfe Gefühl, dass er viel mehr Angst vor den Kredithaien und ihren Schlägertypen hat, als einen Termin bei seinem Bewährungshelfer zu verpassen. Wieder zurück ins Gefängnis zu kommen könnte für ihn sogar der sicherste Ort sein in Anbetracht der ganzen Telefonanrufe, die ich bekommen habe und in denen ich nach seinem Aufenthaltsort gefragt wurde.«

»Gut gespielt, Kumpel«, sagt Becks mit einem Kopfschütteln. »Seinen Namen gegenüber den Presseleuten zu nennen.«

»Darauf bin ich in jener Nacht in der Bar gekommen. Die Kredithaie haben an unsere Türen geklopft, als wir ihn damals feuerten. Dann hat er uns verarscht, indem er uns die Entwürfe gestohlen hat, um sie zu verkaufen, sodass er ihnen die Schulden zurückzahlen konnte. Also warum ihn nicht verraten und die Kredithaie benutzen, um es ihm heimzuzahlen?«

Und der Kreis schließt sich. Sie sind überall, wo ich auch hinblicke.

»Gruseliger, verdammter Scheiß, Kumpel«, grübelt Becks. Ich blicke zu der Garage nach unten. »Also ... wie steht's? Geht's Ry gut?«

»Ja. Gut.«

»Das klingt nicht gerade überzeugend.«

Ich lehne mich in meinem Stuhl zurück und lege meine Füße auf den Tisch, genauso, wie er es vorhin getan hat. Lege meine Hände hinter den Kopf und blicke zur Decke. »Was wäre, wenn ich dir erzählen würde, dass ich mir überlege, Zander zu adoptieren?«

Becks erwidert nichts, dennoch kann ich an dem Zucken seines Körpers, das ich am Rande wahrnehme, erkennen, dass er mich gehört hat. »Scharfsinn ist nichts, womit du dich auskennst, oder?«, hustet er.

»Nö. Also?«

»Ich würde dich fragen, ob du total verrückt bist, und das in vielerlei Hinsicht. Ganz besonders, weil du *ich* sagst und nicht *wir*.«

Verdammte Pronomen.

Ich rolle mit den Augen. »Semantik.«

»Du klingst nicht allzu sicher, was das betrifft«, sagt Becks, während er meine Geschichte zerpflückt.

»Rylee meinte, dass sie nicht darüber nachdenken würde, weil sie keinen der Jungs bevorzugen kann. Das versteh ich, aber ich hab ihr gesagt, dass ich trotzdem darüber nachdenken werde. Diese ganze Zander-Geschichte macht sie echt fertig.«

»Macht sie fertig oder dich?«, fragt er. Seine Augen fordern mich heraus, ihn anzulügen.

Scheiße. Er liest mir die Leviten, und ich hab überhaupt keine Chance, es zu leugnen, da er meine Vorgeschichte kennt. Denn verdammt ja, ein Teil von mir will Zander die gleiche Chance geben, die auch ich einst bekam. Ich will ihn retten, so, wie ich einst gerettet wurde.

Und dennoch verstehe ich auch Rys Standpunkt, weil ich ihn nicht auswählen kann und somit nicht die anderen Jungs.

»Du hast einmal zu mir gesagt *Kämpfe oder flieh*. Ich entscheide mich für kämpfen«, sage ich und denke an jene Nacht vor langer Zeit zurück, in der Ry ihr Baby verlor. Becks brachte mich dazu, aktiv zu werden und trotz meiner Angst den Tatsachen ins Auge zu sehen … Schlagartig erkannte ich, dass Rylee die ganze Mühe wert war, und noch mehr als das. »Na ja, ich werde kämpfen.«

»Wofür denn, Wood? Was genau ist es, wofür du jetzt kämpfst?« Er lehnt sich nach vorn, stützt seine Hände auf den Knien ab und blickt mir in die Augen.

Ich schiebe mich von meinem Stuhl hoch und gehe rüber zu der Fensterwand, aus der man runter zu dem Laden blicken kann. Es ist leichter, den Typen da unten zuzuschauen, als sich mit diesem Scheiß hier auseinanderzusetzen.

Erinnerungen, von denen ich geglaubt hatte, ich hätte sie längst vergessen, treffen mich wie aus dem Nichts: die Angst bei jedem Klopfen an der Eingangstür, dass meine Mutter kommen würde, um mich von Dorothea und Andy wegzuholen. Hände, die sich für ein High Five hoben, aber nicht abklatschten. Licht, das im Flur angelassen wurde, weil im Dunkeln schreckliche Dinge passierten. Superhelden-Poster an den Wänden, die ich anstarrte, wenn mich die Albträume überfielen. Furcht verwandelte sich in Hoffnung. Die Hoffnung schenkte mir das Leben.

Das Leben gab mir Liebe: Rylee.

»Ich kämpfe, weil sie, wie du gesagt hast, das verdammte Alphabet ist, Becks.« Ich drehe mich um und blicke ihm ins Gesicht. Die Hände habe ich an den Seiten ausgestreckt und zucke mit den Achseln. »Diese Jungs sind ihr Leben, und sie ist meins.«

Dieses Gespräch, dieses Geständnis und diese Gefühle – das alles zusammengenommen macht mich unruhig. Unbehaglich. Verletzlich.

Es fügt noch weitere Gefühle auf die Spitze von Gefühlen, auch wenn ich das doch gar nicht will.

Mein Handy klingelt, und dafür bin ich dankbar, weil der Scheiß hier gerade echt schwer wird. Und das einzig Schwere, das ich mag, ist Rys Gewicht auf mir.

»Kelly.«

»Ich hab deinen Vater gefunden.« Ich erstarre. Mein Verstand setzt aus. Meine Hände stoppen auf halbem Wege in der Luft und fallen dann herunter.

Warum um alles in der Welt hab ich das gemacht? Der Zweifel lacht mir förmlich ins Gesicht, zeigt mir, er ist noch da und wartet nur darauf, dass ich einen Fehler begehe.

Ich kann nicht sprechen und räuspere mich.

»Eine Bestätigung sollte innerhalb der nächsten Stunde kommen. Ich schicke dir dann in einer Mail seine Adresse.«

»Ja. Danke.« Ich lasse das Telefon aus meiner Hand gleiten, mit einem dumpfen Aufprall landet es auf dem Tisch. Eine Minute lang starre ich es an. Entscheidung. Erstaunen. Vermeidung.

Du hast das bekommen, was du wolltest, Donavan. Was wirst du jetzt tun?

RYLEE

Ich bin auf dem Weg zu den Jungs. Zander trifft sich mit seinem Onkel. Hab's gerade erfahren und beeile mich, dass ich rechtzeitig dort ankomme.

Shanes Nachricht wiederholt sich in meinem Kopf – immer und immer wieder, als ich in meiner Tasche nach den Autoschlüsseln suche, bevor ich zur Wäschekammer gehe, die mit der Garage verbunden ist, um nachzusehen, ob sie an der Schlüsselablage hängen. Tun sie nicht. Mein Körper vibriert vor Angst, und mein Herz schnürt sich zusammen, weil ich zu Zander will, um das hier mit ihm durchzustehen.

Ich möchte jede Kleinigkeit, die sein Onkel gesagt oder getan hat, auseinandernehmen, damit ich die Forderungen vorbringen kann, warum man ihm Zander nicht geben darf.

Ich weiß, dass ich Shane gegenüber mein Versprechen gerade breche, nichts zu unternehmen, wenn er mir Infos über Zander besorgt, aber ... er ist doch einer meiner Jungs! Ich muss einfach dort sein. Wenn Shane derjenige wäre, der in Not ist, würde ich das Gleiche tun.

»Sammy!«, rufe ich. Ich bin nicht sicher, ob er in seinem Büro im Erdgeschoss oder draußen ist und dort eines der vielen Dinge erledigt, die stets ein Rätsel für mich bleiben werden. Ich bin schlau genug, um zu wissen, dass

Colton ihm der Einfachheit halber kürzlich gesagt hat, er solle in der Nähe des Hauses bleiben, damit er ein Auge auf mich haben kann. Das gefällt mir gar nicht. »Sammy, weißt du, wo meine Schlüssel sind?« Ich versuche, nicht panisch zu klingen, aber es nützt nichts, weil ich so schnell wie möglich zu den Jungs kommen muss.

»Ist alles in Ordnung?«, fragt er, als er den Flur zu mir herunterläuft. Die Sorge in seinem Tonfall passt zu dem Ausdruck auf seinem Gesicht. Und mir wird klar, dass er gerade denken muss, ich hätte Wehen, infolgedessen auch das etwas panische Aufreißen seiner Augen.

»Ja. Ich suche nach meinen Autoschlüsseln.«

»Soll ich für dich zum Laden gehen?«, fragt er und kneift die Augen zusammen.

»Nein danke. Ich muss zu den Jungs«, sage ich ihm, während ich meine Arme vor der Brust verschränke und ihn lediglich anstarre.

»Entschuldige, aber du sollst nirgendwo hingehen. Colton hat gesa...«

»Hat etwa er meine Autoschlüssel versteckt?«, frage ich. Meine Stimme wird bei jedem Wort schriller. Die Wirklichkeit holt mich ein, dass ich durch die Schwangerschaftsdemenz doch nicht so vergesslich geworden bin, wie ich einmal dachte, als ich meine Schlüssel nicht finden konnte, aber letztendlich war Colton derjenige gewesen, der sie versteckt hatte. »Verarschst du mich eigentlich?«, schreie ich und werfe meine Hände hoch. Meine fehlgeleitete Wut ist jetzt auf Sammy gerichtet.

»Er wollte nur dafür sorgen, dass du sicher bist«, sagt er ruhig, er weiß allerdings, dass er mein Temperament nicht herausfordern sollte.

Ich gehe langsam von ihm weg, versuche mir etwas zu überlegen, wie ich hinkommen kann, und drehe mich schließlich um. »Dann fahr du mich hin.«

Bei meiner Aufforderung zuckt Sammy zusammen, weil ich ihn noch nie um irgendetwas gebeten habe, geschweige denn etwas von ihm verlangt hätte, seit Colton und ich verheiratet sind. »Lass mich Colton anrufen«, sagt er, als er bereits losgehen will.

»Nein!« Er hält an, dreht sich zu mir um und schaut mich an, als ob ich komplett verrückt wäre. Das Lustige daran ist, dass es wohl auch wirklich so ist, aber ich habe jetzt keine Zeit, mir deswegen Gedanken zu machen. »Ich bin genauso dein Boss wie er. Ich werde den Kopf dafür hinhalten, Sammy, aber einer meiner Jungs braucht mich jetzt.« Ich weiß, dass ich ihn gerade in Teufels Küche bringe – er muss entweder den Ehemann oder die schwangere Ehefrau verärgern. Aber zu diesem Zeitpunkt ist mir das alles herzlich egal. Alles, woran ich denken kann, ist Zander.

»Rylee«, seufzt er resigniert.

»Vergiss es«, sage ich, als ich plötzlich eine Idee habe. Ich gehe an ihm vorbei und zu dem Versteck, in dem Colton die Extraschlüssel aufbewahrt. »Ich nehme dann einfach Sex.« Er schnappt nach Luft, und ich weiß, dass ich ihm soeben den Gnadenstoß versetzt habe, indem ich damit gedroht habe, Coltons Baby zu nehmen. Mein Ehemann mag zwar ein großzügiger Mann sein, aber wenn es um seinen geliebten Ferrari geht, sieht das schon wieder ganz anders aus.

Meine Gedanken wandern zurück zu dem einen Mal, als ich ihn danach fragte, ob er mich hinters Steuer ließe.

Netter Versuch, Süße, aber der einzige Ort, an dem du Gas geben darfst, ist auf der Motorhaube. Ich kann immer noch sein verräterisches Grinsen und den lüsternen Ausdruck in seinen Augen sehen, bevor ich widerwillig von der Fahrertür zurücktrat.

Das war vor drei Jahren. Ich bin clever genug, als dass ich mich zwischen einen Mann und sein Auto stellen würde, aber ich weiß auch, wie ich es als Druckmittel einsetzen muss, um das zu bekommen, was ich will.

Während Sammy noch hinter mir steht, öffne ich die mittlere Schublade des Schreibtisches und mache eine Show daraus, sie zu durchwühlen, um zu beweisen, dass ich es ernst meine.

»Ich habe Colton versprochen, darauf aufzupassen, dass du hierbleibst.«

»Ich werde mich später um ihn kümmern, wenn du mich fährst, Sammy. Mich nicht zu den Jungs zu bringen ist zehnmal schlimmer für meine Gesundheit und das Baby, als mich hinzubringen. *Happy wife, happy life*«, sage ich mit aufgesetztem Enthusiasmus. »Und falls nicht – voilà!« Ich drehe mich zu ihm um und lasse den Schlüssel zwischen meinen Fingern hin und her baumeln.

Unsere Blicke treffen sich für einen Moment, bevor seiner wieder zurück zu dem Schlüsselanhänger schießt. »Scheiße«, murmelt er flüsternd durch zusammengebissene Zähne. Dieses eine Wort kann so vieles bedeuten, aber genau in diesem Augenblick bedeutet es für mich, dass ich gewonnen habe.

Sieg für die schwangere Frau!

Ich schließe die Tür des Hauses der Jungs mit meinem Schlüssel auf. Es ist mir vollkommen egal, ob ich deshalb in Schwierigkeiten gerate oder nicht, denn den fremden Autos in der Einfahrt nach zu urteilen, ist irgendjemand bereits hier. Ich bin dankbar, als ich Jax' und Kellans Autos auch auf der Straße sehe. Ich weiß, dass sie durchaus in der Lage sind, mit dieser Situation klarzukommen, aber es ist Zander. Mein Zander. Der Junge, mit dem ich endlose Stunden verbrachte, um sein gebrochenes Herz zu heilen. Der Junge, der mich fußballt.

Als ich das Wohnzimmer betrete, höre ich erstauntes Schnaufen. Die Jungs blicken von ihren Hausaufgaben auf, die sie am Tisch machen, und kommen mit einer aufgeregten Racer dicht auf ihren Fersen auf mich zugerannt. Auggie lehnt sich mit einem sanften Lächeln auf den Lippen zurück, während ich mit verzweifelt vermissten Umarmungen und einem den Kopf zum Schwirren bringenden Wortschwall begrüßt werde, als sie mir alle zur selben Zeit erzählen wollen, was bei ihnen in der Zwischenzeit alles passiert ist. Kleine Hände streichen über meinen Bauch, und sie sagen mir, wie viel größer er jetzt aussieht, und fragen mich, wann das Baby kommt, weil sie es kaum erwarten können, ihn kennenzulernen, bei einem Haus voller Jungs wissen sie schließlich einfach, dass das Baby ein Junge werden muss. Ein Mädchen steht gar nicht zur Debatte. Mein Herz schwillt an und schmerzt gleichzeitig, denn obwohl nur wenige Wochen vergangen sind, fühlt es sich so an, als ob ich Jahre ihres Lebens verpasst hätte.

Ich schlucke meine Wut auf Eddie herunter, dass er mir das hier weggenommen hat. Das nicht enden wollende Geplapper, die klebrigen Hände und die dreckverschmierten lächelnden Gesichter. Die Dinge, die mir so viel bedeuten und mein Herz mit Freude erfüllen. Zur Hölle, ja, ich bin wütend auf Eddie, aber genau jetzt bin ich mit meinen Jungs zusammen, und ich will nicht, dass seine Rachgier die kurze Zeit, die wir zusammen haben, trübt.

Später kann ich mich immer noch aufregen. Später kann ich voller Wut in mein Kissen boxen. Aber genau in diesem Moment werde ich das hier in mich aufsaugen und die Tatsache ignorieren, dass ich ab der Minute, in der ich wieder gehen muss, jede einzelne Sache verpassen werde.

»Rylee?«, sagt Kellan, als er in den Flur kommt. Seine Augen sind weit aufgerissen, und sein Grinsen heißt mich willkommen.

»Hey! Entschuldige, dass ich nicht vorher angerufen habe, aber ...«

»Du bist hier aus dem gleichen Grund wie Shane, der hier ständig anruft, um zu sagen, dass er jeden Moment herkommt, oder?« Seine Stimme ist täuschend – er lässt sich vor den Jungs nichts anmerken, aber seine Augen verraten mir alles –, es ist offensichtlich, dass auch er sich große Sorgen um Zander macht. Als die Jungs Shanes Namen hören, fangen sie an zu johlen, sie sind aufgeregt und freuen sich, dass ihr großer Bruder auf dem Weg zu ihnen ist, um mit ihnen zu toben und um ihnen Geschichten zu erzählen, wie cool es auf dem College ist.

»Ja.« Ich nicke. »Er braucht mich«, forme ich lautlos mit den Lippen über dem Gerangel der Jungs hinweg, und er gibt mir mit dem Kinn ein Zeichen in Richtung der hinteren Veranda, die ich aber durch die halb gekippten Jalousien nicht erkennen kann.

»Okay, Jungs, wie wär's, wenn ihr jetzt eure Hausaufgaben fertig macht«, sage ich, gehe direkt wieder in meine alte Rolle über, für die ich geboren wurde, und ich weiß, dass Kellan es mir nicht übel nimmt, wenn ich für kurze Zeit das Kommando übernehme. »Ich muss mal nach Zander sehen, und wenn ich zurückkomme, werde ich, wenn ihr bis dahin mit euren Hausaufgaben fertig seid, zum Abendessen bleiben.«

Jubel erfüllt die Luft, gefolgt von dem Geräusch rutschender Stühle und dem Sich-gegenseitig-mit-dem-Ellenbogen-in-die-Rippen-Stoßen, als der Kampf, sich seinen Platz am Tisch wieder zurückzuerobern, einsetzt.

Kellan blickt mir wieder in die Augen – jetzt, da die Jungs uns nicht beobachten und ich sehe, dass er wegen der ganzen Sache genauso bestürzt ist wie ich. »Wie lange sind sie schon hier?«, frage ich, als ich eine Hand nach unten strecke, um Racer hinter dem Ohr zu kraulen.

»Jax ist draußen bei ihnen, um alles zu beobachten. Der Bearbeiter, der Onkel, die Tante und Zander«, fügt er dann hinzu und beantwortet die Frage, die ich als Nächstes gestellt hätte.

»Danke.« Wir blicken uns für einen Moment in die Augen, und plötzlich wird mir klar, wie nervös ich war, mit ihm und Jax konfrontiert zu werden. Sie sind diejenigen, die die Auswirkungen meiner Entlassung direkt zu spüren bekommen – Extraschichten, verwirrte Jungs, neugierige Fragen. Und dennoch schenkt er mir, anstatt kopfschüttelnd wegzugehen – wegen des ganzen Chaos, das ich uns allen eingebrockt habe –, ein leichtes, aber aufrichtiges Lächeln. Ich sehe keine Feindseligkeit oder Mitleid, wovor ich mich so gefürchtet hatte. Stattdessen sehe ich Kameradschaft, als ob er wissen würde, dass ich Himmel und Erde in Bewegung setzen würde, um das alles wieder in Ordnung zu bringen, wenn ich es nur könnte, weil ich nicht blind gegenüber den Strapazen bin, die nicht nur ich hinnehmen musste, sondern jeder, der in diese Sache involviert ist.

Ich lächle zurück – mein Dankeschön, dass er nicht über mich urteilt. Er nickt, als ich die Tür zum Garten langsam aufschiebe und hinaustrete, bevor ich die Tür wieder hinter mir schließe. Ich sehe Zander, und sofort bricht es mir das Herz. Ich werde sechs Jahre in der Zeit zurückversetzt, als er damals gebrochen und traumatisiert zu uns kam. Er sitzt auf einem Stuhl in meine Richtung gewandt, hat die Knie an seinen Oberkörper herangezogen und mit den Armen umschlungen. Mit ausdruckslosem Blick starrt er in Richtung des Holzzaunes. Das, was ich auf seinem Gesicht sehen kann, ist ein Ausdruck absoluter Distanziertheit. Alles, was noch fehlt, ist der Kuscheltierhund, den er damals immer als Trost mit sich herumschleppte, der jetzt aber irgendwo in seinem Schrank ist.

An einem einzigen Nachmittag haben die beiden Menschen, die ihm gerade gegenübersitzen – sein Onkel und seine Tante – möglicherweise wichtige Jahre harter Arbeit zunichtegemacht – die endlosen, zermürbenden Stunden, derer es bedurfte, um sein Vertrauen zu gewinnen, ihm dabei zu helfen, die Albträume zu lindern, die seine Psyche in Besitz genommen hatten. Habe ich den hoffnungsvollen, süßen Jungen verloren, den ich so liebe?

Zander hebt den Kopf, und seine ausdruckslosen Augen blicken in meine, machen meine verhaltene Hoffnung zunichte, dass aus dieser Situation irgendetwas Positives entstehen könnte. Es verlangt alles von mir ab, damit ich mich zu einem Lächeln zwinge und ihm ermutigend zunicke, mit ihnen zu reden. Er starrt mich an, der Ausdruck von Verrat steht ihm ins Gesicht geschrieben, aber es ist notwendig, dass der Berater meine Bemühung sieht, diese Verbindung zu unterstützen. Wenn ich ihn nach dem Treffen anspreche, um ihm zu sagen, dass er dies nicht zulassen kann, dann werde ich nicht so unprofessionell aussehen.

Ich wende meinen Blick von Zander zu seinem Onkel und seiner Tante. Der Onkel sieht zu mir herüber. Scheiße. Ich kann in seinen Augen lesen, dass er mich wiedererkennt, bevor er anzüglich meinen Körper mustert, und das nicht in einer allzu dezenten Art, die mir sagt, dass er ganz genau weiß, wie ich nackt aussehe.

Meine Haut kribbelt, und vor lauter Abscheu ist mein Magen aufgewühlt. Das leichte Grinsen, das er mir zuwirft – lediglich ein Hinweis, wie er seine Lippe verzieht –, sagt mir, dass er weiß, was für ein Gefühl mir das gibt, und er genießt es. Er nickt mir leicht zu und schaut dann wieder zurück zu seiner Frau.

Ich sehe ihnen dabei zu, wie sie versuchen, mit Zander ein Gespräch zu beginnen. Sie versuchen, mit ihm über Dinge zu reden, die ihn nicht interessieren. Weil er jetzt ein dreizehnjähriger Junge ist, nicht mehr der Siebenjährige, den sie vielleicht einmal gekannt haben mögen. *SpongeBob ist nicht cool und Xbox nicht mehr heiß begehrt*, will ich sie anschreien. *Jetzt liebt er Fuß-*

ball und Lego und liest gerne Harry Potter *und* Percy Jackson.

Ihr wisst überhaupt nichts über ihn! Das Einzige, was ihr wollt, ist das Geld, das er euch einbringen wird.

Ich kann unter ihr gekämmtes Haar und ihre besten Klamotten blicken, kann die Wölfe in Schafspelzen erkennen. Ich bin mir sicher, dass sie keinerlei Interesse an Zander oder das Beste für ihn im Sinn haben. Und das wird immer offensichtlicher, je länger Zander still bleibt und keinerlei Regung zeigt, weil die beiden ihr Rumgezappel und ihre Aufmerksamkeit jeweils dem anderen zuwenden, mit gehobenen Augenbrauen und zuckenden Schultern, und sich still fragen, was sie nun tun sollen, da er ihnen nicht antwortet.

Ich schaue rüber zu dem Berater, der auf der anderen Seite mit überkreuzten Beinen sitzt. Einer seiner Knöchel ruht auf dem anderen Knie, und er balanciert ein Papierklemmbrett auf seinem Bein. Und obwohl er einen Stift in der Hand und Papier, auf dem er sich Notizen machen sollte, hält, liegt sein Telefon auf dem Papier. Er ist so sehr damit beschäftigt, eine Textnachricht an irgendjemanden zu tippen, dass er nicht ein einziges Mal aufgesehen hat, um die Interaktion zu beobachten – oder eher das Nichtvorhandensein –, und er bemerkt auch nicht die geistige Abwesenheit von Zander, der sich in seine eigene Welt geflüchtet hat, die er sich vor so langer Zeit in seinem Kopf erschuf. Die gleiche Welt, für die ich Monate brauchte, um ihn da wieder herauszuholen, ihm zeigte, dass nicht alle Menschen schlecht sind – es nicht alle darauf angelegt haben, diejenigen zu verletzen, die sie lieben – und dass es sicher wäre, aus dieser erdachten Welt herauszukommen.

Mein Körper vibriert vor Wut, ich beiße mir auf die Zunge, weil ich am liebsten zu ihm gehen, ihn in meine Arme ziehen und das Versprechen wiederholen würde, das ich ihm einst vor vielen Jahren gab: Ich werde es nicht zulassen, dass ihm jemals wieder etwas Schlimmes widerfährt.

Völlig versunken in meiner Beobachtung vergesse ich ganz, dass Jax da ist, bis er sich bewegt, um auf stille Weise meine Aufmerksamkeit auf sich zu ziehen. Und als ich zu ihm hinsehe, drücken seine Augen genau das Gleiche aus wie Kellans. Sie sagen mir, dass er dieselben Zweifel hegt.

Niemals werden sie uns Zander wegnehmen.

Jetzt muss ich mir nur noch überlegen, wie ich das verhindern werde.

»Zander?«, rufe ich, als ich sein Zimmer betrete. Die Rollläden sind zugezogen, und es kommt kein Licht herein, aber durch das Licht, das durch die offene Tür scheint, kann ich sehen, dass er sich in seinem Bett auf der Seite zusammengerollt hat.

Als er nicht antwortet, wird das Gefühl der Angst, das mich im Nacken gekitzelt und meinen Magen aufgewühlt hat, immer stärker. Ich blicke rüber zu Shane, der mir gegenüber im Flur steht, und die Sorge in seinen Augen spiegelt genau das wider, was ich fühle.

Gemeinsam gehen wir ins Zimmer. Shane hat hier lange genug gelebt, um die Regeln zu kennen. Er steht an der Wand, um alles zu beobachten, während ich weiter vorgehe, um mit Zander einen Kontakt herzustellen. Und meine unmittelbare Befürchtung ist, dass Zander sich nun sogar noch mehr verschlossen hat. Jax und ich haben fünf Minuten mit dem Berater verbracht, lieferten ihm triftige Gründe, warum sich der Onkel nicht dafür eignet, um Zander aufzuziehen. Ich habe das Gefühl, dass unsere Argumente auf taube Ohren stießen. Jetzt, da ich Zander sehe, wie er sich auf seinem Bett mit seinem geliebten Kuscheltier, das er dicht an seine Brust gepresst hat, wiegt, bin ich sogar noch besorgter als je zuvor. Ich kann mich nicht an das letzte Mal erinnern, als er zu seinem obersten Schrankfach kletterte und seinen geliebten Stoffhund aus seiner Kiste herausholte, der die einzige konkrete Erinnerung an sein früheres Leben ist.

Ich sitze auf dem Stuhl neben seinem Bett und verspüre einen Anflug von Hoffnung, als er zurückrutscht, wie um für mich Platz zu machen. »Darf ich?«, frage ich, als ich meine Hand ausstrecke, um ihn zu berühren. Ich hasse das Gefühl, als ob wir wieder ganz am Anfang stehen würden. Als er mit dem Kopf nickt, seufze ich leicht, so erleichtert bin ich. Er macht mir gegenüber nicht komplett zu. Die Stille um uns herum wiegt schwer. Ich kann seine Angst förmlich riechen, und leider ist es etwas, das ich nur allzu gut kenne, wenn es um meine Jungs geht.

Gott, wie ich sie vermisst habe.

Mit meiner Berührung versuche ich ihn zu trösten, weil ich weiß, dass Worte jetzt nicht weiterhelfen. Und dann habe ich eine Idee.

»Ich hab eine Idee.« Ich rutsche vom Stuhl und dann ganz langsam auf meine Knie. Ich lege meine Arme auf die Decke und mein Kinn auf meine Hände, sodass unsere Gesichter direkt voreinander sind. Ich nehme seinen heruntergezogenen Mundwinkel wahr und warte darauf, dass er zu mir aufschaut, damit er sieht, dass ich hier bin und nirgends hingehen werde.

»Ich denke, wir sollten das *Ich-habe*-Spiel spielen«, sage ich und hoffe, dass er mitmacht, da ich so herausfinden könnte, inwieweit er bereits rückfällig geworden ist.

Sein Blick wandert zu meinen Augen, und ich sehe, dass etwas in ihnen flackert, aber ich warte ab, denn ich weiß, dass Geduld gerade jetzt unheimlich wichtig ist. Ich strecke meine Hand aus und umfasse seine, ich muss die Einsamkeit etwas lindern, die er spürbar ausstrahlt.

Er öffnet einige Male seinen Mund, schließt ihn allerdings jedes Mal wieder, bevor er schließlich zu sprechen beginnt. Seine Stimme ist nur ein Flüstern. »Ich habe Angst.«

Drei Worte. *Ich habe Angst.* Sie sind alles, dessen es bedarf. Ich schließe die Augen und hole tief Luft, weil ich in diesem Moment an Coltons Geständnisse von vor einigen Nächten erinnert werde. Mir wird bewusst, dass, egal, wie alt sie sind, die Angst immer da sein wird. Sie wird sich über die Zeit verwandeln und sich ändern, aber die unsichtbaren Wunden ihrer Jugend haben unauslöschliche Spuren hinterlassen und werden immer eine tiefgreifende Auswirkung darauf haben, wie sie Gefühle verarbeiten und mit Veränderungen umgehen.

»Ich habe auch Angst«, gestehe ich, woraufhin seine Augen ganz groß werden und mich dazu auffordern, weiterzureden. »Ich habe Angst, dass du zurückweichst und nicht realisierst, wie sehr ich darum kämpfe, dass du sicher und gesund bleibst.«

»Ich habe Angst, dass es ihnen egal ist, weil ich lediglich eine Nummer in einem kaputten System bin, und dass sie mich nur als erledigt abhaken wollen«, gesteht er, und es erstaunt mich, wie wissend er im Hinblick auf die planmäßigen Abläufe ist, an denen wir so hart gearbeitet haben, um ihn zu schützen.

»Ich habe die Gewissheit, dass du so viel mehr als nur eine Nummer bist, und genau genommen bist du sogar ein cleverer, lustiger, mitfühlender Teenager, genauso wie auch ein unglaublicher Fußballspieler«, sage ich und hoffe, dass sich das Positive seinen Weg bahnt und über das Negative hinweghilft. Der Hauch eines Lächelns spielt um seine Lippen. Als er in meine Augen blickt, glitzern Tränen in ihnen, die er wegblinzelt.

»Ich habe ...« Er macht eine Pause, als er versucht, den Rest seines Gedankens zu ergründen. »Ich habe die Gewissheit, dass meinem Onkel die monatliche Zahlung, die er für mich bekommen würde, wichtiger ist, als einen dreizehnjährigen Jungen in seinem Haus zu haben.« Lang und gleichmäßig atmet er aus. Ich überlege krampfhaft, was ich als Nächstes sagen soll, um ihm noch mehr seiner Gefühle zu entlocken und ihn zum Weitersprechen zu bringen, sodass ich überrascht bin, als er, ohne dass ich ihn drängen müsste, weiterspricht.

»Ich erinnere mich an sein Zuhause«, murmelt er. »Der Zigarettenrauch, die verbogenen Löffel, die Feuerzeuge und die Alufolie neben den Nadeln auf dem Wohnzimmertisch, die ich nicht anfassen durfte. Die Couch, die eigentlich hätte braun sein sollen, die aber an den Rändern fast weiß war und überall voller Flecken, was ich sogar sehen konnte, wenn die Rollläden zugezogen waren. Ich erinnere mich daran, wie ich in der Ecke hockte, während mein Vater und er sich auf die Innenseite ihrer Arme schlugen, bevor sie mir den Rücken zudrehten ... und dann lehnten sie sich auf der Couch zurück, starrten an die Zimmerdecke und hatten ein gruseliges Lächeln auf ihren Lippen.« Er blickt auf unsere Hände, wo ich ihm mit meinem Daumen über seine Hand streiche. Und ja, er hat die Regeln gebrochen, hat sein Geständnis nicht mit »Ich habe« begonnen, aber er redet, und das ist zehnmal mehr, als ich je erwartet hätte, als ich neben ihm auf die Knie sank.

»Ich habe ein ganz schlechtes Gefühl, und es tut mir leid, dass du das hier durchmachen musstest.« Ich versuche meiner Stimme Stärke zu verleihen, sodass er nicht merkt, wie sehr mich seine Worte getroffen haben. »Und ich habe wiederum ein gutes Gefühl und bin so stolz auf die Person, die du trotz alledem geworden bist.«

Sein Blick wandert bei diesen letzten Worten wieder zu meinen Augen. Einige Male schüttelt er den Kopf, so als ob er sie zurückweisen wollte, als meine Aussage in sein Bewusstsein dringt. »Du hast zwei *Ich-habe* gemacht«, sagt er.

»Das hab ich wohl.« Ich verrutsche auf meinem Platz, fühle einen festen Stich, als sich mein Magen vor Sorge umdreht. Plötzlich habe ich das Gefühl, als ob ich krank werden würde. Ich versuche, tief durchzuatmen und den Schmerz etwas zu lindern. »Du kannst jetzt etwas sagen, wenn du willst.«

»Ich habe die Absicht wegzulaufen, falls mir gesagt wird, dass ich bei ihnen leben muss.« Mein Mund öffnet sich vor lauter Schreck, und sofort beginne ich dagegen anzufechten, aber er schüttelt lediglich den Kopf, um mir damit zu sagen, dass ich nicht sprechen darf. Ich beiße mir auf die Zunge, auf der so viele Bitten liegen, er möge doch Vertrauen haben.

»Ich habe die Absicht, alles zu tun, was in meiner Macht steht, damit nichts dergleichen passiert.« Die Traurigkeit und Resignation kehrt wieder in seine Augen zurück. Tränen treten mir in die Augen, und meine Brust zieht sich zusammen. Dies ist ein Versprechen, das ich durchziehen muss.

»Ich habe die Gewissheit, dass …«, beginnt er, schüttelt aber dann den Kopf. »Vergiss es.«

»Nein. Bitte erzähl es mir«, dränge ich ihn, weil ich mir Sorgen mache, als seine Stimme bricht. Scheiße. Ein weiteres schmerzhaftes Stechen. Gedankenverloren hält Zander seine Augen geschlossen, seine Lippen hat er fest zusammengekniffen.

Nach einiger Zeit holt er lange und ungleichmäßig Luft, und als irgendwo im Haus Gelächter ausbricht, öffnet er seine Augen und schaut mich wieder an. »Ich habe die Gewissheit, dass wenn sie die Erlaubnis bekommen, mich aufzuziehen, ich sterben werde.«

Und ja, er ist ein dreizehnjähriger Junge, und die meisten Leute würden seine Aussage als melodramatisch abtun, doch er ist kein Mensch, der so etwas sagt, um Aufmerksamkeit zu erhalten. Als seine Aussage in der Luft hängt und uns die Luft abschnürt, ringe ich um eine Antwort, damit er weiß, dass ich ihn höre und ihn nicht ignoriert habe.

Und dennoch habe ich keine Ahnung, was ich jetzt sagen soll, weil seine Bemerkung so viele Nebenbedeutungen haben kann, und ich bin mir nicht sicher, welche er damit meint.

»Zander ...« Ein scharfer Schmerz lässt mich den Rest meines Gedankens vergessen, und ich krümme mich vor Schmerzen. Ich versuche, mein schmerzverzerrtes Gesicht zu verbergen und gegen das Bedürfnis anzukämpfen, mich in der Fötusstellung zusammenzurollen. Ein weiterer Stich trifft mich, bringt meinen ganzen Körper dazu, sich anzuspannen. Ich greife nach der Decke und zucke zusammen, als ich die Nässe zwischen meinen Beinen spüre. Eine volle Blase, auf der das Baby ruht, und ein angespannter Körper sind keine gute Kombination.

Sekunden verstreichen, während ich versuche, den Schmerz zu registrieren, und einem Haufen Jungs erklären soll – die besessen sind von Körperfunktionen –, was gerade passiert ist. Dann bemerke ich, dass sich die Nässe immer weiter ausbreitet.

Ein weiterer scharfer Stich trifft mich, dieses Mal entweicht mir dabei ein Keuchen. Mein Kopf dreht sich, als Euphorie vermischt mit Angst durch meinen Körper vibriert – in einem Crashkurs von mit Adrenalin versetzten Hormonen.

»Rylee?« Im Nu ist Shane an meiner Seite. Zander setzt sich auf. An seinem Gesicht kann ich die Panik ablesen, und seine Augen fragen Shane, ob er irgendetwas tun kann. Der sieht genauso erschrocken aus.

»Meine Fruchtblase ist geplatzt«, lache ich hysterisch.

»Was?«, schreit Shane panisch. »Du kannst nicht ... es ist nicht ... oh Scheiße! Was brauchst du?« Unruhig läuft er hin und her, ist unsicher, was er tun soll, während ich tief und langsam durchatme und mich hochdrücke. Dann bleibt er abrupt stehen, seine Augen leuchten auf, und sein Mund ist vor Schreck weit aufgerissen. »Das ist passiert, weil ich dich hierhergebracht habe, ist das nicht so? Der Stress. Zander. Verdammte Scheiße!«

»Nein.« Ich schüttle den Kopf und versuche, meine eigene Angst zu verbergen.

»Doch, das ist so! Du hast es versprochen«, schreit er besorgt. »Oh mein Gott. Oh mein Gott!« Er greift sich in die Haare, geht auf und ab. »Colton wird mich umbringen! Er wird mich verdammt noch mal umbringen!«

»Shane«, sage ich sanft. »Shane!« Er bleibt stehen und dreht sich zu mir um. »Nein. Das wird er nicht.«

»Es ist zu früh«, flüstert er mit angsterfüllten Augen.

»Geh und hol Sammy.« Oh Scheiße.

Es ist zu früh.

Der Gedanke rast durch meinen Kopf, lähmt mich mit einer Mischung aus Unruhe, Angst und Sorge, bis mich ein Schniefen hinter mir wieder ins Hier und Jetzt zurückholt.

Die normale Schwangerschaftsdauer ist noch nicht vorüber. Bei einer Schwangerschaft, in der ich mich in einem Dauerzustand von Sorge und Angst befand, ist der Gedanke geradezu zermürbend.

»Mir geht's gut, Zand.« Ich hoffe, dass das die Wahrheit ist, und habe Angst, dass dem nicht so ist.

Ich schaue zurück, um Augen voller Tränen zu begegnen. »Das ist meine Schuld«, flüstert er.

Nein. Nein, das ist nicht wahr.

Aber zum ersten Mal in meinem Leben greife ich hinter mich, lege meine Hand auf seine und sage nichts, um ihm seine Ängste zu nehmen.

Weil meine jetzt gerade größer sind.

Und als ich seine Hand drücke, bin ich mir nicht sicher, wen ich hier gerade mehr beruhigen will – ihn oder mich.

18

COLTON

Schwingen. Gucken. Gehen. Sich am Kopf kratzen und nachdenken. Dann alles wieder von vorne.

Warum manche Leute wöchentlich Golf spielen, ist mir ein Rätsel. Ich bin dermaßen gelangweilt, dass es sogar interessanter wäre, Farbe beim Trocknen zu beobachten.

Es hat schon seinen Grund, warum ich den Motorsport als Beruf gewählt habe. Adrenalin. Schnelligkeit. Aufregung. Zu schade, dass ich mir nicht den Golfwagen schnappen und Gas geben kann auf dieser langweiligen Grünfläche. Na, das wäre doch ein Mordsspaß!

Aber die Schirmherrschaften rufen. Der Werbezirkus muss durchgezogen werden. Das In-den-Hintern-Kriechen muss beginnen.

Ich werfe Becks einen Blick zu, der gerade hinter dem Chef von Pennzoil steht, und bemerke, wie er mir ein schiefes Grinsen zuwirft, das sagt: »Jetzt sei nicht so unausstehlich.« Und er hat ja recht. Ich muss das hier tun, aber ich hab so viel Scheißkram zu erledigen und nicht genug Zeit dafür. Mit dem Mittelfinger kratze ich mir am Kopf, zeige ihm auf diese Art heimlich den Stinkefinger, was bewirkt, dass sein Grinsen noch breiter wird und er den Kopf schüttelt. Ganz offensichtlich genießt er mein Elend.

Der schrille Ton meines Handys unterbricht die Stille, gerade als der Pennzoil-Vertreter dabei ist, mit seinem

Schläger auszuholen. Der Ball verfehlt das Ziel, und er wirft mir einen Blick zu, weil ich die Todsünde begangen habe und mein Handy auf dem Golfplatz nicht auf lautlos geschaltet habe.

Fuck. Ich glaub, das hab ich verbockt.

Ich murmele eine Entschuldigung, während Becks rübergeht, um meinen Fehler wieder auszubügeln, und nehme den Anruf an, um herauszubekommen, was Sammy braucht.

»Sammy.«

»Es ist an der Zeit!«, höre ich Rylee sagen. Verwirrt halte ich das Telefon vor mich, um aufs Display zu schauen. Ganz genau. Das ist Sammys Nummer.

»Zeit für … was?«, rufe ich, störe die Stille auf dem Golfplatz erneut und scheiße drauf, weil sich gerade mein Kopf dreht und mein Herz wie verrückt hämmert.

»Das Baby«, flüstert sie. In ihrer Stimme höre ich eine Mischung aus so vielen Gefühlen, von denen ich kein einziges zuordnen kann.

»Bist du sicher?«, frage ich wie der letzte Vollidiot. Natürlich ist sie sich sicher.

»Meine Fruchtblase ist geplatzt.«

Na ja, noch sicherer geht's ja gar nicht. Oh fuck! Das hier ist echt. »Ich bin auf dem Weg!«

Ich beginne auf der Grünfläche in eine Richtung zu gehen, halte dann an und gehe in die entgegengesetzte Richtung. Meine Hände zittern, ich bin völlig durcheinander und habe absolut keine Ahnung, was ich als Nächstes tun soll. Das Adrenalin, nach dem ich erst vor wenigen Minuten gebeten hatte, strömt jetzt durch mich hindurch wie Kerosin bis hin zu dem Punkt, dass ich mich auf nichts mehr konzentrieren kann und dennoch gerade alles tun muss.

»Wood? Alles klar bei dir?«, fragt Becks, weil ich wie ein verdammter Strauß aussehe, der dämlich vor und zurück stakst.

»Ich muss los.« Ich stecke das Handy in meine Tasche. Nehme es wieder heraus. Greife nach meinem Golfschläger. Stecke ihn kopfüber in meine Golftasche. Beginne nach meinem Handschuh zu suchen, kann ihn nicht finden, bis ich merke, dass ich ihn noch trage.

»Colton!« Becks' strenge Stimme bahnt sich ihren Weg durch das Durcheinander in meinem Hirn, sodass ich aufhöre, ziellos herumzulaufen.

»Das Baby ... Rylee hat Wehen. Ich muss los«, sage ich erneut, als Becks seinen Kopf zurückwirft und anfängt zu lachen.

»Jetzt sind wir nicht mehr so ruhig und gefasst, stimmt's?«, kichert er.

Wenn Blicke töten könnten, dann würde er jetzt in einem Leichensack liegen. Ich beginne, meine Golftasche nach meinen Autoschlüsseln zu durchwühlen, bevor ich realisiere, dass wir uns gerade auf Back Nine befinden und von dem Parkplatz des Country Club viel zu weit entfernt sind.

»Immer mit der Ruhe, Kumpel.« Er legt mir seine Hand auf die Schulter und drückt sie. »Ich werde dich zum Klubhaus fahren und komme dann zurück und kümmere mich um die Anzugträger«, sagt er. An meinem wirren Verhalten kann er ganz genau ablesen, was ich gerade denke. »Versprich mir nur, dass du sicher genug bist, um zu fahren.«

Die Bemerkung hat nicht einmal eine Antwort verdient.

Drück die Nach-oben-Taste. Drück sie noch einmal. Mach drei Schritte. Murre. Drück sie noch einmal.

Ich bin nicht nervös. Kein bisschen.

Das Klingeln ertönt. Betrete den Fahrstuhl. Drücke die Nummer-drei-Taste. Lächle höflich dem Mann im Lift zu, aber halte den Kopf gesenkt.

Vergiss es. Ich drehe gerade komplett durch.

Ein Halt im ersten Stock. Der Mann geht raus. Drücke die Taste, damit sich die Tür schließt. Drücke sie noch einmal. Jetzt geh endlich zu!

Ein Baby. Ach du Scheiße.

Die Tür schließt sich.

Ich komme, Ryles.

Die Türen öffnen sich genau in dem Moment, als mein Handy klingelt. Ich nehme den Anruf an, während ich in die Richtung des Schwesternzimmers eile.

»Ich hab nicht viel Zeit, Shane. Was gibt's?«

»Geht's ihr gut?«

»Keine Ahnung. Ich bin fast da. Ich schreib dir dann eine Textnach...«

»Es tut mir so leid. Es ist alles meine Schuld.«

Wie bitte? »Was ist deine Schuld?«

»Ich habe Rylee gesagt, dass ich mich um Zander kümmern würde, und dann habe ich sie angerufen und ihr erzählt, dass ich hinfahre, weil sich sein verdammter Onkel mit ihm getroffen hat, und dann ist sie auch hingefahren. Zander hat ihr viele Dinge erzählt und ihr gesagt, dass er sterben würde, wenn er dort hinmüsste, und deshalb hat sie die Wehen bekommen. Jetzt mache ich mir natürlich solche Vorwürfe, dass ich das alles ausgelöst habe …«

»Hoppla! Jetzt mal ganz langsam«, sage ich, damit sein Redeschwall aufhört. Wovon zum Teufel spricht er? Seine Worte reizen mein Temperament wie ein Juckreiz. Wie? Warum?

Fehlende Teile setzen sich zusammen. Ry war bei den Jungs. Sammy hat sie zum Krankenhaus gefahren. Verdammt! Sammy hat sie auch zu den Jungs gefahren, um noch einmal ganz von vorne anzufangen. Gegen. Meine. Anweisungen!

Der Juckreiz entwickelt sich zu einer voll entwickelten Kratzwunde. Ich werde ein ernstes Wörtchen mit Sammy reden müssen. Daran besteht überhaupt kein Zweifel.

»Colton?« Ich kann die Angst aus seiner Stimme heraushören, weil ich jetzt richtig sauer bin.

Ich bin ganz wirr im Kopf, sodass ich falsch abbiege und mich im falschen Flur verlaufe, in diesem Ungetüm von einem Krankenhaus. »Ich bin nicht sauer«, lüge ich zwischen zusammengebissenen Zähnen, weil – zur Hölle ja – ich bin stinksauer, aber nicht auf ihn. Sondern auf meine Ehefrau!

»Sie hat nur versucht, Zander zu helfen«, sagt er leise, und mein Herz ist bei diesem Kind. Kind? Scheiße. Er ist jetzt ein Mann. Wann zum Teufel ist das eigentlich passiert? Ich versuche immer noch, das zu durchschauen – von der Tatsache einmal abgesehen, dass ich ihretwegen hier bin und sie unser Baby bekommt –, doch es ist mir nicht entgangen, dass Shane gerade versucht, sie vor meinem Zorn zu schützen.

Obwohl ich total fertig bin und mich in diesem verdammten Krankenhaus auf der Suche nach ihr völlig verlaufen habe, ist es unmöglich, nicht zu erkennen, was für einen großartigen Job sie gemacht hat, indem sie ihren Jungs Mitgefühl für andere anerzogen hat.

Unser Baby kann sich glücklich schätzen, sie als Mutter zu bekommen.

»Colton?« Shanes Stimme zieht mich gerade rechtzeitig aus meinen Gedanken zurück, um nicht schon wieder in die falsche Richtung zu laufen.

Reiß dich zusammen, Donavan. Pass auf. Du musst zu Rylee.

»Ist er okay?« Endlich verdaue ich seine Worte von vor einer Minute darüber, was Zander gesagt hat. Meine Schuhe quietschen auf dem polierten Boden, als ich den Flur heruntereile und nach Schildern Ausschau halte, die mir den Weg weisen könnten.

»Ich bin bei ihm. Ja. Aber Rylee war so mitgenommen und ...«

»Schau mal. Ich werde das irgendwie in Ordnung bringen, okay?« Dann komme ich an einer Stelle vorbei, und mich beschleicht das dumpfe Gefühl, als ob ich hier vorhin schon mal dran vorbeigekommen wäre. Ich bin unruhig. Besorgt. Muss unbedingt zu Rylee, aber gerade jetzt würde ich wirklich nirgendwo hinfinden, so durcheinander wie ich bin.

»Da kann man nix in Ordnung bringen«, sagt er resigniert.

»Doch, wenn wir ihn adoptieren würden«, sage ich, ohne vorher darüber nachzudenken, denn ich bin abgelenkt, überwältigt, versuche meinen Weg zu Rylee zu finden und mich hier zurechtzufinden und führe gleichzeitig ein Gespräch, das ich im Moment überhaupt nicht haben sollte.

»Oh.«

Und dann wird mir klar, was ich da eben gesagt habe und vor allem, zu wem ich es gesagt habe. Fuck! Rylees Bedenken rasen durch meinen Kopf, und trotzdem hab ich meine große, verdammte Klappe aufgerissen und genau das gemacht, was sie nicht wollte – einen der Jungs verletzt. Sie glauben zu lassen, dass wir einen bevorzugen.

»Scheiße!«, stoße ich zwischen zusammengebissenen Zähnen hervor, als ich anhalte und mir in den Nasenrücken kneife. Ich muss mir was überlegen, wie ich es wieder einrenken kann. Schließlich bin ich selbst auch schon mal an so einem Punkt gewesen. Ungewollt. Habe mich herabgewürdigt gefühlt. Eifersüchtig. Bin auf dem Schulhof fertiggemacht worden. Bring das wieder in Ordnung, Donavan! »Das ist nicht das, was ich meinte. Ich tue gerade zu viel auf einmal: reden, gehen und Rylee suchen. Ich hab ihr das mit Zander vorgeschlagen, einfach nur, um die Situation wieder geradezubiegen, aber wir würden es niemals wirklich tun, weil wir nicht nur einen von euch adoptieren könnten und die anderen nicht. Und der Sozialdienst ...«

»Würde es niemals zulassen, dass ihr alle adoptiert«, beendet er den Satz für mich. Aber dann sagt er nichts mehr.

Keiner sagt etwas, und ich verziehe das Gesicht, als mir bewusst wird, was mir da gerade rausgerutscht ist. Weil ich geredet habe, ohne vorher mein Hirn einzuschalten.

Fuck. Fuck. Fuck! Rede mit mir, Shane. Denn sosehr ich das hier auch richtigstellen will, hätte ich trotzdem auch schon bereits vor zehn Minuten woanders sein müssen.

»Shane?«

»Na klar. Macht Sinn«, sagt er. Und verdammt, ich bin hin und her gerissen, ob ich sichergehen will, dass er jetzt wirklich nicht total mitgenommen ist, oder ob ich nicht lieber schleunigst dahin kommen will, wo ich hinmuss. Ich sehe auf und könnte mir in den Arsch beißen, als ich das Schwesternzimmer zu meiner Linken erblicke.

»Ich bin da. Muss jetzt los. Wir reden später. Ich halte dich auf dem Laufenden, okay?«

»Ja.« Ich beende das Gespräch, während ich ungeduldig darauf warte, dass die Schwester endlich aufsieht. Und als sie es tut, bekomme ich die übliche Reaktion: weit aufgerissene Augen, schweres Atmen, gerötete Wangen.

»Hi. Wa … Wie … Was kann ich für Sie tun?«, stottert sie, als sie sich auch schon automatisch mit einer Bewegung, die ich in meinem Leben häufiger gesehen habe, als ich noch zählen mag, die Haare glatt streicht.

»Die Zimmernummer von Rylee Donavan, bitte.« Mein Lächeln ist erzwungen, meine Geduld gleich null. Weil ich sie nun endlich sehen, sie berühren, wissen muss, dass sie keine Schmerzen hat.

Das ist ja hochintelligent, Donavan. Wehen. Das Wort bedeutet schon an sich, dass es nicht einfach wird. Schmerz ist unvermeidlich.

»Der Raum ist 311, und Sie werden das hier brauchen«, meint sie, als sie eine Besucherplakette von einem Stapel auf der Kante neben ihr herauszieht. »Welchen Namen wollen Sie?« Sie winkt ab. »Ihr Geheimnis ist bei mir sicher.«

»Ace Thomas.« Ohne vorher darüber nachzudenken, ist der Name auch schon raus. Wo ist das denn jetzt hergekommen?

»Dann also Ace Thomas«, sagt sie, schreibt es auf und reicht mir dann die Plakette. »Viel Glück, Mr. Donav ... Thomas.«

Ich lächle ihr zu und laufe dann den Flur runter, wo Sammy auf einem Stuhl vor ihrer Zimmertür sitzt. Er hebt seinen Blick und schaut mir in die Augen. Er weiß, dass ich es weiß. Er weiß, dass ich stinksauer bin, und sein Rücken wird ganz steif.

»Ihre. Sicherheit. Steht. An. Erster. Stelle!«, stoße ich zwischen zusammengebissenen Zähnen hervor. »Immer! Verstanden?«

Die Worte, die er mir als Freund sagen will, stehen deutlich in seinen Augen, aber seine Pflicht als mein Angestellter und wichtigster Security Man halten ihn davon ab, etwas zu sagen. »Verstanden.«

Das ist alles, was er sagt. Das ist alles, was ich von ihm hören muss. Diskussion beendet. Standpunkt klargemacht.

Ich drücke die Tür auf, gehe in den Raum und bin nervös, was mich wohl erwartet. Jetzt gibt's kein Zurück mehr. Dies ist so real, wie es nur sein könnte.

Ry ist mit dem Rücken mir zugewandt, und Dr. Steele geht gerade raus. Sie lächelt, als sie mich sieht. »Alles sieht gut aus, Colton. Seien Sie darauf vorbereitet, innerhalb der nächsten vierundzwanzig Stunden Vater zu werden«, meint sie und schüttelt dann meine Hand.

»Colton!« Erleichterung. Ich kann es in ihrer Stimme hören und atme nun ein wenig ruhiger, da ich endlich hier bin.

»Ich glaube, wir hatten nicht mehr Zeit, um diese Zehennägel neu zu lackieren«, sage ich, als ich an ihr Bett trete und ihr einen Kuss auf die Lippen gebe. Das habe ich gebraucht. Ein bisschen von Ry, um mich zu beruhigen.

»Oder um andere Dinge zu tun«, murmelt sie lächelnd.

»Ich bin so schnell, wie ich konnte, hergekommen.«

»Ace Thomas, was?« Ihr Blick wandert runter zu meinem Namensschild und dann wieder amüsiert zu meinem Gesicht. »Mir scheint, ich habe das schon irgendwo mal gehört.«

»Hm. Ich weiß nicht genau, was du meinst.« Ich stelle mich unwissend.

»Erzähl nur ja nicht meinem Ehemann, dass du hier bist. Er hat einen fiesen rechten Haken.«

Ich lache. Mein Gott, wie ich diese Frau liebe! Ich nehme ihr Gesicht in meine Hände, nehme das Gefühl ihrer Haut unter meiner in mich auf und seufze erleichtert. »Geht's dir gut?« Sie nickt, ihr Blick sucht nach meinem, und ich weiß, wonach sie sucht. Sie weiß, dass ich eins und eins zusammengezählt habe. »Ja, ich bin sauer auf dich ...«

Fuchsteufelswild. Wütend.

Aber meine Liebe zu dir ist stärker.

»Sei nicht sauer auf Sammy. Ich habe ihn dazu gebracht, es zu tun«, sagt sie mit einem Zusammenzucken, und ich verkneife mir das Schnauben, das ich darauf erwidern will, weil Sammy ein Scheißkerl ist. Ich zweifle daran, dass sie ihn dazu veranlasst hat, aber gleichzeitig weiß ich auch, wie Rylee wird, wenn es um ihre Jungs geht.

»Hast du mit Zander gesprochen? Ich muss wissen, dass es ihm gut geht.«

Sie ist wirklich eine Heilige. In einem Moment, in dem es nur um sie geht, kann sie dennoch nur an ihre Jungs denken.

»Rylee«, seufze ich, aber ich weiß, dass sie nicht aufgeben oder sich entspannen wird, bis sie weiß, dass alles mit ihnen in Ordnung ist. »Ich hab gerade mit Shane gesprochen.«

»Was hat er über Zander gesagt?«

»Wir haben geredet. Shane ist immer noch bei ihm. Ich bin mir sicher, dass bei ihm alles okay ist. Wir konzentrieren uns jetzt lieber auf …«

»Nein. Das ist es nicht! Er hatte Angst und hat gesagt, dass er …«

»Ich werde ihn anrufen, okay? Ich werde sichergehen, dass es ihm gut geht. Wenn ich dir verspreche, das zu tun, wirst du dann aufhören, dir wegen jedem anderen Sorgen zu machen, und fängst an, endlich mal an dich zu denken?« Ihre großen veilchenblauen Augen sehen zu mir auf, versuchen herauszufinden, ob ich es wirklich ernst meine, und als sie scheinbar damit zufrieden ist, was sie sieht, beißt sie auf ihre Unterlippe und nickt widerwillig. »Gut, weil ich kein Nein akzeptiert hätte.« Ich werfe ihr ein bestimmtes Lächeln zu, von dem sie immer sagt, dass es Höschen fallen lässt. Sie rollt mit den Augen.

»Hast du vergessen, dass das hier meine Show ist, Ace?« Sie lacht, als sie ihre Hand ausstreckt und mein

Shirt packt, um meine Lippen für einen weiteren Kuss an ihre zu ziehen. Auf jeden Fall. Wegküssen. »Ist nicht nötig, mir dieses Lächeln zuzuwerfen. In Anbetracht dessen, dass ich sowieso kein Höschen trage, das ich fallen lassen könnte.«

Darüber muss ich lang und heftig lachen. Der Krankenhauskittel, die Geräte an ihrem Bauch, die Gummihandschuhe. Sie alle schreien förmlich *sexy*. Na ja, eigentlich nicht. »Also es besteht keinerlei Möglichkeit …«

»Auf gar keinen Fall«, erwidert sie, drückt gegen meine Brust, und so albern es auch klingen mag, fühle ich mich durch diese Neckerei ein bisschen entspannter, was diese Situation gerade betrifft.

»Hast du Schmerzen?«, frage ich. Ich bin etwas unsicher, was ich fragen oder tun soll.

»Nur, wenn ich Wehen habe«, antwortet sie mit einem Grinsen. Klugscheißerin.

»Also sitzen wir jetzt einfach nur rum und warten?«

»Wir sitzen einfach nur rum und warten, ja«, erwidert sie. Während ich auf dem Stuhl neben ihrem Bett sitze, greife ich nach ihrer Hand.

Stunden vergehen.

Minuten ticken. Sekunden verstreichen langsam.

Erwartung tobt. Langeweile bremst. Zweifel klingt nach.

Ich bin aufgeregt. Kann's kaum erwarten, diesen kleinen Menschen kennenzulernen.

Die Wehen setzen wieder ein.

Was tu ich jetzt? Fuck. Fuck. Fuck! Ich bin noch nicht bereit, Vater zu werden.

Die Wehen klingen wieder ab.

Steh es klaglos durch.

Ich bin dreist, launisch und egoistisch und sage verdammt noch mal zu viel.

Hör auf, dich wie ein Weichei aufzuführen.

Die Wehen setzen wieder ein.

Ich hab noch nie in meinem Leben eine Windel gewechselt. Noch nicht einmal ein Baby im Arm gehalten. Oh mein Gott, was tue ich nur? Ich hab absolut keine Ahnung. Bin total ungeschickt. Wie konnte ich nur denken, dass ich das hier tun könnte?

Die Wehen klingen wieder ab.

Es ist ein kleines bisschen zu spät, um jetzt noch einen Rückzieher zu machen, Donavan.

Panik krallt sich um meine Kehle. Angst schnürt mir die Luft ab. Ich stehe rum, gehe den Raum auf und ab, um meine Nerven zu beruhigen, während Rylee schläft.

Atme, Donavan, verdammt noch mal, atme! Rylee ist hier diejenige, die in den Wehen liegt, und du bist nervös? Denke an sie. Mach dir Sorgen wegen ihr.

Alles, was danach ist, wegen dem du dir jetzt gerade Gedanken machst, wird einfach geschehen.

Entspann dich.

Ich rufe Shane an, um Zeit totzuschlagen. Versuche meine Fehler wiedergutzumachen und will sichergehen, dass er es locker nimmt. Will sichergehen, dass es Zander besser geht. Ich beende das Gespräch. Schicke Sammy nach unten, damit er anständigen Kaffee besorgt. Warte noch etwas länger.

Ich schaue aus dem Fenster zu der Stadt da unten, gerade als die Dunkelheit der Nacht beginnt, das Tageslicht abzulösen. Ich atme tief ein. Atme all den Bullshit aus. Ich sehe auf, bin überrascht, als ich in der Spiegelung der Fensterscheibe sehe, dass Rylee wach ist.

Unsere Blicke treffen sich, während sich ein schläfriges Lächeln auf ihren Lippen abzeichnet und meine Welt wieder geradegerückt wird. Wie konnte ich nur daran zweifeln? Unsere Verbindung? Unsere Liebe? Unsere Zukunft? Sie ist einfach die Beste. Alles, was sie jemals in meinem Leben berührt hat, ist besser geworden, sie hat es in Gold verwandelt, mich als Mann mit eingeschlossen.

Ich drehe mich wieder um. Bin bereit, es zu tun.

Reifen auf der Rennstrecke.

Hände auf dem Lenkrad.

Es ist an der Zeit, unsere erste Erinnerung in den Rahmen zu legen.

19

RYLEE

»Das machst du großartig, Baby«, murmelt Colton in mein Ohr. Mein Kopf liegt auf dem Kissen, meine Augen sind geschlossen. Er streicht mir das Haar aus der Stirn, küsst meine Hand, die er in seiner hält.

»Ich bin müde«, flüstere ich. Ich bin dermaßen erschöpft wie noch nie zuvor in meinem Leben. Erschöpft bis auf die Knochen. Todmüde. Und dennoch ist da dieser tieferliegende Strom, der mich antreibt.

»Ich weiß, aber du hast es fast geschafft«, ermutigt er mich. Er fühlt sich hilflos. Ich weiß, dass es so ist. Mein großer, böser Ehemann, der nicht herbeistürmen kann, um meine Rettung zu sein. Der nichts anderes tun kann, als meine Hand zu halten.

Ich öffne die Augen und sehe in seine grünen. »Geht's dir gut?«, frage ich. Ich bemerke das verhaltene Gefühl in seinen Augen und nehme an, dass er durcheinander ist.

»Pst. Mir geht's gut. Mach dir meinetwegen keine Gedanken. Lass uns jetzt BIRT kennenlernen«, sagt er mit einem beruhigenden Lächeln, das mir genau das gibt, was ich gerade brauche.

Ein Lachen. Einen Moment, um zu entspannen, wenn auch nur ganz kurz. Diesen Mann, der so voller Widersprüche steckt und mein Herz zu einhundert Prozent besitzt. »Du bist erbarmungslos.«

»Und du bist wunderschön.«

Tränen treten in meine Augen. Ich bin mir sicher, dass es die Hormone sind, die durch meinen Körper wogen, oder es ist diese Verbundenheit, die ich gerade jetzt mit ihm spüre, inmitten dieses Moments, in dem ich dieses Leben, das wir gemeinsam erschaffen haben, auf die Welt bringe, aber plötzlich sind die Tränen da. Er streckt seine Hände aus, seine Daumen sind an meinen Wangen, er hält mein Gesicht in seinen Händen und schüttelt dabei ganz langsam den Kopf.

»Danke«, sagt er. Das schüchterne Lächeln, das ich so sehr liebe, spielt um seine Lippen, während seine grünen Augen vor unermesslichen Gefühlen aufgehen. Und ich bin mir nicht sicher, wofür er sich gerade bei mir bedankt – diese einfachen Worte könnten so vieles bedeuten –, also nicke ich nur leicht, weil er keine Ahnung hat, wie viel mir dieses Wort und die Absicht, die dahintersteckt, bedeuten.

»Eine weitere Wehe kommt, Rylee. Sie müssen jetzt ganz tapfer sein. Noch ein paar Mal pressen, und ich denke, dann ist das Baby da«, sagt Dr. Steele. Mit ihren Worten belebt sie meine aufgebrauchte Energie aufs Neue.

»Okay.« Ich nicke, während Colton meine Hand drückt.

»Jetzt einmal ordentlich pressen«, sagt sie.

Ein tiefes Einatmen. Mein ganzer Körper ist angespannt, als ich die Luft anhalte und presse. Schwindel überkommt mich, als das Zählen im Zehn-Sekunden-Takt sich langsam dem Ende zuneigt. Die Welt um mich herum verblasst, wird langsam schwarz, da jeder Teil meines Körpers erschöpft ist.

»Da ist das Köpfchen«, sagt sie, zieht mich wieder aus der Dunkelheit heraus und macht das hier alles noch wirklicher, dringlicher, als ich es mir je vorgestellt hätte. »Ganz viel dunkles Haar.«

Und als ich die Augen öffne, hat sich Colton wegbewegt, sodass er runter auf das Baby schauen kann. Sein Gesichtsausdruck, als er wieder zu mir zurücksieht? Furcht und ein unfassbares Gefühl in seinen tränenfeuchten Augen. Sein Kiefer ist entspannt, und Ehrfurcht steht ihm übers ganze Gesicht geschrieben. Unser Augenkontakt ist nur von kurzer Dauer, aber intensiv, bevor der faszinierende Anblick unseres Babys seine ganze Aufmerksamkeit auf sich zieht.

Und so neidisch ich auch bin, dass er unser kleines Wunder als Erster zu Gesicht bekommt, so weiß ich doch auch, dass ich diesen Ausdruck auf seinem Gesicht niemals vergessen werde. Der Stolz und das Staunen, die seinem Gesicht abzulesen sind, haben sich für immer in meinem Herzen eingeprägt.

COLTON

Meine Hand wird in einem schraubstockartigen Griff gequetscht.

Das Gleiche gilt für mein Herz, allerdings aus einem völlig anderen Grund.

Der Anblick vor mir. Unglaublich. Unbeschreiblich. Er festigt mich auf eine Art und Weise, die ich nie für möglich gehalten hätte.

»Jetzt kommt das Schwierigste, Ry. Ein letztes Mal pressen, und Sie haben es überstanden«, sagt Dr. Steele, als sie zu Rylee aufsieht und dann wieder zurück dorthin, wo meine Augen wie festgeklebt sind. »Und los!«

Meine Hand wird gequetscht. Rylees Stöhnen erfüllt den Raum. Ihr Körper ist angespannt. *Spiderman. Batman. Superman. Ironman.* Die Worte kommen wie aus dem Nichts. Ich bin mir nicht einmal sicher, ob ich sie gerade laut geflüstert oder sie lediglich in meinem Kopf aufgesagt habe. Aber der einzige andere Gedanke, der mir durch den Kopf zuckt, ist, dass sie hierhergehören.

Der Kreis schließt sich.

Und dann sind alle Gedanken weg. Das Gefühl hat das Zepter übernommen. Stolz schwillt in meiner Brust. Winzige Schultern tauchen auf, schnell gefolgt von einem kleinen Körper.

Momentaufnahmen der Zeit verstreichen. Sekunden, die sich wie Stunden anfühlen.

Man hat mir meinen Atem gestohlen. Entführt. Geraubt. Und das Gleiche gilt für mein verdammtes Herz, anders kann ich es gar nicht beschreiben, als Dr. Steele sagt: »Herzlichen Glückwunsch, es ist ein Junge!«

»Oh Scheiße.« Meine ganze Welt gerät aus den Fugen, bewegt sich, kippt kopfüber und dreht sich um ihre eigene Achse. Und ich könnte nicht glücklicher darüber sein.

Leises Weinen. Dunkles Haar. Die Nabelschnur wird durchgetrennt. Ich kann es gar nicht glauben, als mein Blick auf das Baby fällt. Mein Sohn.

Ach du Scheiße.

Mein Sohn.

Ich bin Vater.

Der Moment trifft mich wie ein unerwarteter Schlag, jeder Teil von mir reagiert darauf, als Dr. Steele ihn auf Rylees Bauch legt. Krankenschwestern machen ihn sauber, während Rylees Schluchzer den Raum füllen, als sie ihn zum ersten Mal zu Gesicht bekommt.

Ich sehe auf kleine Finger und Zehen, winzige Ohren und Augen und versuche zu begreifen, wie dieses komplett perfekte Wesen ein Teil von mir sein kann.

Wie ist das überhaupt möglich?

Ich schwelge in Gefühlen, lehne mich runter und gebe Rylee einen Kuss auf die Stirn. Ihr Blick ist genauso wie meiner auf unseren Sohn fokussiert. »Ich liebe dich«, murmele ich. Meine Lippen sind noch immer an ihre Haut gepresst.

Sein Weinen stoppt genau in dem Moment, als Rylee ihn zärtlich an sich drückt. Er weiß es. Wie einfach ist denn das? Und wenn ich dachte, dass ich vorhin einen unerwarteten Schlag bekommen hatte, dann gibt mir der Anblick von ihr, wie sie unseren Sohn in ihren Armen hält, den Rest. Ich schaue herunter auf sein kleines Gesicht und ihres, die nebeneinanderliegen. Nie hätte ich damit gerechnet, dass ich einmal Wogen spüren würde, die durch mich hindurchströmen, dass sich etwas um mein Herz schlingt und es auf eine Art ausfüllt, von dem ich nie gedacht hätte, dass so etwas überhaupt möglich sein könnte.

Meine ganze Welt.

Meine Rylee. Mein Sohn. Mein Ein und Alles.

»Er ist wunderschön«, sagt sie ehrfürchtig, und Tränen laufen ihre Wangen herunter. Sie drückt einen Kuss auf sein Köpfchen, und aus irgendeinem Grund haut mich dieser Anblick komplett um.

Die Zukunft läuft vor meinem inneren Auge ab: die ersten Schritte, aufgeschürfte Knie, der erste Home Run, der erste Kuss, die erste große Liebe.

Tränen brennen in meinen Augen. Meine Brust zieht sich zusammen. Alles, woran ich denken kann, ist, dass dieser kleine Junge während seines Lebens von vielen Frauen geküsst werden mag, aber der erste Kuss ist der wichtigste.

Er wird Rylee abgenommen. Weinen erfüllt den Raum. Er wird gemessen und gewogen. Untersucht und angeschaut. Ich kann meinen Blick nicht von ihm nehmen, nicht für eine einzige Sekunde.

Ich schaue zurück zu Ry. Ihre Augen sehen aus wie meine – so überwältigt von allem, für das wir keine Worte finden können. Ich fühle mich wie ein Trottel – die Tränen in meinen Augen, das Unvermögen zu sprechen –, als ob ich jetzt so ein arroganter Typ sein sollte wie immer. Scheint ganz so, als ob auch Arschlöcher wie ich eine empfindliche Stelle haben. Ja. Ry ist immer das für mich gewesen, aber mich beschleicht gerade das Gefühl, dass ich soeben noch jemand anderen gefunden habe, der alle anderen in den Schatten stellt.

Wenn ich es zulasse.

Mein Herz gerät ins Stolpern. Die Erinnerung flackert auf und erstirbt innerhalb von Sekunden. Eine, die ich nicht zuordnen kann, an die ich mich nicht erinnern kann, und dennoch weiß ich irgendwie, dass sie eine Bedeutung hat.

Ich verschwende keinen weiteren Gedanken daran, als mir die Krankenschwester meinen Sohn hinhält, der fest in eine Decke eingewickelt ist.

Ich erstarre, weil ich plötzlich Angst habe, dass ich ihm wehtun könnte. Gott sei Dank bemerkt die Schwester meine Reaktion, weil sie mir zeigt, wie man ihn hält, und legt ihn mir dann in die Arme.

Dann sieht er zu mir auf. Und dieses Mal erstarre ich aus einem komplett anderen Grund.

Ich bin fasziniert, verloren und werde wiedergefunden. Von strahlend blauen Augen, kleinen Lippen und einem leisen Weinen. Von dunklem Haar und perfekten Ohren. Von seiner unberührten Unschuld, dem bedingungslosen Vertrauen und Liebe: Alle drei schenkt er mir, ohne dass man ihn darum bitten müsste – das erste Mal, als ich ihm in die Augen blicke.

Ich will etwas sagen, will meinem Sohn versichern, dass ich ihn nicht enttäuschen werde. Ich öffne den Mund, schließe ihn wieder. Ich kann ihn nicht anlügen.

Kann es nicht sagen, wenn ich weiß, dass ich es irgendwann vermasseln werde.

Aber ich werde mit absoluter Sicherheit alles für ihn tun, was in meiner Macht steht.

21

RYLEE

Kneif mich.

Das hier kann nicht echt sein. Dieser wunderschöne kleine Junge in meinen Armen kann eigentlich nicht meiner sein.

Aber wenn dies hier ein Traum ist, ist es so unglaublich real, dass ich niemals davon aufwachen will. Klar, ich bin vollkommen erschöpft, und einmal davon abgesehen, dass meine Beine immer noch etwas taub sind, tut mir alles andere weh. Aber der eine Schmerz, von dem ich nicht glaube, dass er jemals weggehen wird, ist derjenige in meinem Herzen, das überläuft vor lauter Liebe.

Ich kann nicht aufhören, ihn anzusehen, während er fest an meine Brust gedrückt schläft. Die Krankenschwestern haben vorgeschlagen, ihn in die Wiege zu legen, aber ich kann es noch nicht ertragen, mich von ihm zu trennen. Ich habe viel zu lange auf diesen Augenblick gewartet. Ich bin auf jede seiner Einzelheiten fixiert und komme einfach nicht darüber hinweg, wie sehr er Colton ähnelt, zumindest was ich denke, wie er als Baby ausgesehen hat.

Als ich durch den schwach beleuchteten Raum zu Colton blicke, hält er gerade sein Handy hoch und macht ein weiteres Foto in einer endlosen Serie von Bildern von uns. Es ist hinreißend, wie er jeden Moment dokumentieren will. Sein Bedürfnis, für seinen Sohn konkrete Erinnerungen zu haben, weil er selbst absolut keine Babyfotos von sich hat, ist zugleich bewegend und bittersüß.

Ich lächle sanft, als das Blitzlicht erlischt, und hebe dann meine Augenbrauen und warte darauf, dass er das Telefon sinken lässt. Als er es tut, treffen sich unsere Blicke, und ich sehe ein schwaches Aufflackern in seinen Augen, das ich nicht einordnen kann. Er blinzelt es weg, so schnell, wie es gekommen ist, und lächelt mir dann erschöpft zu.

»Schläft er?«, fragt er und lehnt sich nach vorn, sodass er es selbst sehen kann.

»Nein. Willst du ihn mal halten?«, frage ich. Mir ist schon klar, dass ich ihn eigentlich gar nicht abgeben will, und dennoch habe ich das Gefühl, dass ich ihn bisher ziemlich in Beschlag genommen habe. Es ist erst zwei Stunden her, dass wir in das Zimmer für die Mütter umgezogen sind, und zwischen den Versuchen, das Baby zu stillen, und den Krankenschwestern, die ständig rein- und rausgingen, hatte Colton noch keine weitere Chance, unseren kleinen Sohn zu halten.

»Nein.« Er schüttelt den Kopf. »Lass ihn.« Er kommt zu mir und setzt sich auf die Bettkante, lehnt sich nach vorn, um dem Baby einen sanften Kuss zu geben, bevor er mir einen gibt. Unsere Lippen verweilen für einen Moment aufeinander, bevor er sich zurücklehnt und tief seufzt, während er wieder den Kopf schüttelt. Allerdings kann ich es absolut nachvollziehen, weil ich meinen Kopf ebenfalls schüttele. Ich versuche zu begreifen, dass die Erfahrung, von der ich nie dachte, sie jemals machen zu dürfen, gerade eben eingetreten ist.

Und ich konnte sie mit ihm teilen.

»Nun gut, ich nehme an, dass ich diese Namens-Angelegenheit jetzt nicht mehr länger hinauszögern kann, außer wir wollen aus BIRT den offiziellen Namen auf der Geburtsurkunde machen.«

»Nein«, flüstere ich, kämpfe dabei gegen das Lächeln auf meinen Lippen an. »Also, wir werden jetzt wirklich gleichzeitig unsere erste Wahl sagen und dann so weitermachen?« Die ganze Idee macht mich nervös, denn ich hasse es, dass so eine dauerhafte, wichtige Entscheidung auf die Schnelle gemacht wird.

»Ganz genau. Ein perfekter Plan.«

»Nein.« Er wird mir noch den Rest geben, wenn er dieses Verhalten beibehält. Und das weiß er. Ich kann es an dem leichten Grinsen auf seinem Gesicht sehen und dem Leuchten in seinen Augen. Verdammt, Donavan.

»Oder wir könnten ihn auch einfach Ace Thomas Donavan nennen und Schluss für heute machen«, murmelt er. Seinen Kopf hat er zur Seite geneigt, die Lippen vorgeschoben, als er auf meine Reaktion wartet. Mein Blick wandert hinab auf seine Besucherplakette, auf der die beiden Namen stehen, und für einen Moment überkommt mich vollkommene Klarheit inmitten des Nebels durch die Medikamente und die Erschöpfung.

Ace Thomas.

Als ich auf meinen süßen kleinen Jungen hinabschaue, rolle ich den Namen auf meiner Zunge, während er sich immer und immer wieder in meinem Kopf wiederholt. Er entspricht nicht einmal annähernd den ungewöhnlichen und modernen Namen, auf die ich mich auf meinen vielen Listen irgendwann begrenzt hatte, und dennoch … Als ich auf seine winzigen Finger starre, die sich um meinen kleinen Finger geklammert haben, kann ich nicht glauben, dass ich nicht selbst auf den Namen gekommen bin, weil er nicht perfekter sein könnte.

Diese beiden Namen haben so eine große Bedeutung in unserer Beziehung, also warum sie nicht einfach zusammenfügen? Mein Spitzname für Colton und seine endlosen Versuche herauszubekommen, wofür Ace stand. Meinem Sohn vermache ich einen Teil meiner Identität, indem ich ihm meinen Familiennamen als zweiten Namen gebe. Unser erstes Date auf der Kirmes, als Colton den Namen als Decknamen benutzte und mir später gestand, dass er es tat, weil er mich ganz für sich allein haben wollte. Und natürlich Coltons eigene Definition von der Abkürzung, die mittlerweile so gut passt.

Und schau mal, was wir jetzt als Resultat haben.

»Ace Thomas«, murmele ich sanft. Der Klang gefällt mir immer mehr, mit jeder weiteren Sekunde, die verstreicht.

»Ich hatte andere Namen im Sinn, aber während ich hier saß und dir beim Schlafen zwischen den Wehen zusah, konnte ich den Namen einfach nicht mehr aus meinem Kopf bekommen. Er passt, oder?«

»Das tut er wirklich«, antworte ich zaghaft. Als ich von unserem Sohn zu Colton blicke und dann wieder zurück zu unserem Sohn, weiß ich, dass er auf perfekte Weise Sinn ergibt. »Hey, Ace«, sage ich zu dem sich in meine Arme kuschelnden Baby. Mein Herz setzt einen Schlag aus, als ich das Gefühl bekomme, dass das Unmögliche möglich geworden ist und unsere kleine Welt, die wir uns erschaffen haben, komplett wird.

Das zarte Saugen seines Mundes an meiner Brust ist seltsamerweise das beruhigendste Gefühl, das ich je erlebt habe. Beinahe so, als ob mein Körper gewusst hätte, dass es einmal so sein sollte. Und als ich zu ihm runterschaue, wird mir klar, dass dieses kleine Wesen hier zu einhundert Prozent von mir und Colton abhängig ist. Es ist ein Gefühl, das Demut hervorruft und absolut überwältigend ist, aber eines, bei dem mir ganz warm ums Herz wird.

»Werdet ihr zwei auch mal schlafen?«, fragt mich die Krankenschwester, als sie meine Organe wieder einmal überprüft. Es scheint mir, als ob diese Unterbrechung immer dann passiert, wenn ich gerade eingeschlafen bin.

»Wir versuchen es«, murmele ich sanft, während ich zu Ace herunterschaue, der gerade trinkt.

»Ich weiß, dass es anstrengend ist, wenn die Schwestern ständig rein- und rauslaufen, aber Sie sollten sich überlegen, ihn in den Säuglingssaal zu geben, sodass Sie auch mal ein bisschen schlafen können.«

»Auf gar keinen Fall!« Coltons Stimme klingt resolut, als er von dem Lehnstuhl in der Zimmerecke aus spricht. Die Krankenschwester und ich drehen unsere Köpfe nach ihm um. »Es hat einen Grund, warum Sammy da draußen auf einem Stuhl sitzt. Das Letzte, was wir gebrauchen können, sind Paparazzi, die Fotos von ihm schießen, die sie dann dem Höchstbietenden verkaufen können, und die Bilder dann überall verbreitet werden. Nein! Ende der Diskussion.«

Ich starre ihn an, kneife die Augen immer und immer wieder halb zu, während ich verarbeite, was er gerade eben gesagt hat. Wie konnte ich es mir nach dem Riesendurcheinander der letzten Monate, als die Medien in unser Privatleben eingedrungen sind, in unserer kleinen Blase nur so gemütlich machen, dass mir dieser Gedanke nie in den Sinn kam? Dass die Leute danach schreien würden, um Bilder von Ace zu bekommen, mit denen sie dann das große Geld machen können?

»Er hat recht«, sage ich und bin überrascht, als ich zu der Schwester schaue, die uns anschaut, als ob wir verrückt geworden wären.

»Okay«, sagt sie dann mit einem verständnisvollen Lächeln. »Lassen Sie es mich wissen, falls Sie Ihre Meinung doch ändern sollten. Wir haben hier recht viel mit dieser Angst zu tun. Ich kann Ihnen versichern, dass wir hier in der Tat Sicherheitsmaßnahmen haben und dadurch zu verhindern wissen, dass so etwas passiert. Wenn Sie letztendlich doch etwas Schlaf brauchen sollten, klingeln Sie mich einfach im Schwesternzimmer an.«

»Danke«, sagt Colton. Während er sie anstarrt, beißt er kurz die Zähne zusammen.

Sie beendet ihre Kontrolluntersuchung bei mir und streckt dann ihre Hände aus, um Ace zu untersuchen, da er eingeschlafen ist und nicht mehr länger an meiner Brust liegt. Sie sieht auf ihr Fieberthermometer und runzelt die Stirn. »Seine Körpertemperatur ist ein bisschen zu niedrig. Das ist für Neugeborene nicht ungewöhnlich, aber wir werden ihm dennoch ein bisschen helfen. Legen Sie ihn an Ihre Haut.« Sie beginnt ihn auszuziehen, zieht ihm das weiße T-Shirt aus, sodass mir ein kleines rosa Bündel überlassen wird, das neben der weißen Windel noch kleiner erscheint.

Ich weiß, dass das normal ist, aber es ist etwas anderes, wenn es dein eigenes Kind ist. Die Schwester reicht mir

Ace, schiebt das Schulterteil meines Kittels herunter, sodass ich Ace hineingleiten lassen kann und seine weiche Haut an meiner nackten Brust liegt.

»Wir werden ihn da für eine Weile lassen und schauen, ob das hilft, sonst müssen wir einen Säuglingsbrutkasten reinbringen, okay?«

»Okay«, antworte ich, während sie bereits ihre Sachen zusammensammelt. Ich bin noch nicht einmal wirklich aufmerksam, weil das Gefühl von ihm an meiner nackten Haut einfach zu überwältigend ist. Er versucht, an meinem Schlüsselbein zu nuckeln, und ich lache leise bei dem Gefühl und wie unwirklich sich das gerade alles anfühlt.

Als ich aufblicke, sehe ich, wie Colton uns gebannt anstarrt. Sein Gesichtsausdruck ist vollkommen ruhig. »Woran denkst du gerade?«, frage ich und weiß nur allzu gut, dass es eine Fangfrage sein könnte, aber ich muss sie dennoch stellen.

»Nichts. Alles.« Er zuckt mit den Achseln. »Alles hat sich verändert, und trotzdem ist nichts anders. Ich weiß nicht, wie ich es erklären soll.«

Langsam nicke ich. Ich verstehe und verstehe wiederum auch nicht, was er meint, und brauche eine ausführlichere Erklärung von ihm, habe allerdings das Gefühl, dass ich keine bekommen werde. Ace bewegt sich, und meine Aufmerksamkeit wird wieder zu ihm zurückgezogen. Ich beobachte ihn ein wenig, während ich gegen die Erschöpfung und die Angst ankämpfe, dass ich ihn verletzen könnte, falls ich einschlafen sollte, während er immer noch auf meiner Brust liegt.

»Ich habe das Gefühl, als wenn ich ihn an mich reißen würde«, murmele ich, küsse ihn auf sein Köpfchen, genieße den Geruch eines neugeborenen Babys, bevor ich wieder zu Colton rüberschaue und dabei entschuldigend die Nase rümpfe.

»Nein. Du machst das gut«, sagt er mit einer Geste, um seinen Worten Nachdruck zu verleihen, ehe er sich in seinem Stuhl zurücklehnt, die Augen schließt und damit quasi das Thema wechselt.

»Willst du ihn wirklich nicht halten?«

»Nein.« Seine Augen sind immer noch geschlossen. »Die Krankenschwester hat gesagt, dass er deine Wärme braucht, damit sich seine Körpertemperatur wieder erhöht.«

»Er kann auch deine Körperwärme spüren«, erkläre ich. Obwohl ich müde bin, versuche ich nachzuvollziehen, wieso er mein Angebot nicht annehmen will.

»Nein. Nein. Mir geht's gut.« Mit immer noch geschlossenen Augen und mit vor der Brust verschränkten Armen lehnt er schnell die Idee ab.

Er hat Angst vor Ace. Großer Mann. Kleines Baby. Mangel an Erfahrung. Ängste vor Unzulänglichkeit. Dieser Gedanke flimmert durch meinen Kopf und wird schwächer: Seine Vorgeschichte, seine entschiedene Ablehnung, die Art, wie er beschäftigt tut, wenn ich möchte, dass er Ace hält, verstärken meine Vermutung.

Ich habe Angst. Coltons Geständnis bei dem *Ich-habe*-Spiel geht mir durch den Sinn.

»Er braucht dich auch«, flüstere ich. Meine Stimme bricht wegen meiner Gefühle, was Colton dazu bringt, seinen Kopf zu heben, sodass sich unsere Blicke treffen. »Dein Sohn braucht dich auch, Colton.«

»Ich weiß«, sagt er langsam nickend. Und obwohl da

eine verhaltene Beklommenheit in seinen Augen zu sehen ist, mache ich dieses Mal keinen Rückzieher, sondern lasse meine Augen alles fragen, was ich nicht laut aussprechen oder wo ich ihn nicht weiter antreiben kann. »Ihr beide seht zusammen so friedlich aus, einfach perfekt. Ich will euch nur nicht stören.«

Und sosehr ich auch weiß, dass er das, was er sagt, ehrlich meint, weiß ich doch gleichzeitig auch, dass er mich mit seiner Antwort davon ablenken will, weiter nachzubohren.

Rede mit mir, Colton. Sag mir, was da in diesem wundervollen, komplizierten, vernarbten, verängstigten, schönen Kopf vor sich geht.

Ich will ihn beruhigen, ihm sagen, dass er Ace nicht fallen lassen, verletzen oder seine Unschuld beflecken wird, und dennoch glaube ich nicht, dass es im Moment irgendetwas gibt, das ich sagen kann, um ihm seine Unsicherheit zu nehmen.

Gib ihm Zeit, Rylee.

22

COLTON

Das kann nicht real sein. Ich weiß, dass es nicht sein kann.

Sie ist tot.

Kelly hat mir den Beweis geliefert. Also warum ruft sie aus dem Zimmer nach mir? Ausgerechnet aus dem Zimmer, das solch eine abscheuliche, tief sitzende Reaktion in mir hervorruft? Ich habe Galle in meiner Kehle. Mein Mund fühlt sich an wie am Morgen danach, wenn ich eine ganze Flasche Jack Daniel's geleert habe. Mein Magen gleicht einem Bad von Säure.

Lauf, Colton. Setze einen Fuß vor den nächsten und hau ab, solange du noch kannst.

»Colty, Colty. Kleiner, süßer Colty«, sagt sie in einer Singsang-Stimme. Eine, die ich noch nie zuvor bei ihr gehört habe. Sie ruft mich. Zieht mich herein. Lässt mich es sehen wollen und gleichzeitig Angst vor der Gewissheit haben.

Gottverdammte Geister. Eben klangen sie noch, als ob sie schlafen würden, aber jetzt kommen sie zurück, um mich heimzusuchen.

Ich betrete den Eingang. Der Geruch von Schimmel und Moder steigt mir in die Nase und zieht die Albträume heran, von denen ich gedacht hatte, dass sie vorbei und aus meinem Kopf verschwunden wären. Das Problem: Es sind keine Albträume. Sie waren Realität. In meiner Welt.

Und als ich aufsehe, haut es mich einen Schritt zurück, um die Frau im Schaukelstuhl zu sehen. Ich kenne sie, erinnere mich aber nicht daran, dass sie jemals so ausgesehen hätte: Das dunkle Haar trägt sie zurückgekämmt, hat ein rosa Top an und den sanftesten Ausdruck auf ihrem Gesicht, als sie herunter zu dem Baby blickt, das sie in ihren Armen wiegt. Sie sitzt im Mondschein, lächelt, und eine Hand des Babys ist um einen ihrer Finger geschlungen.

»Colty, Colty. Süßer, kleiner Colty«, singt sie wieder, und alles, was ich tun kann, ist, meine Augen halb zuzukneifen und mich zu fragen, ob das, was ich da gerade sehe, echt ist, ob es wirklich passiert oder ich es mir lediglich einbilde.

Das bin nicht ich. Das kann nicht sein.

Das bin ich!

Ich klopfe mir leicht auf die Brust. Sehe das Funkeln meines Eherings gegen das Licht. Und dennoch kann ich nicht anders, als meine Mutter anzustarren, die so echt aussieht und normal und ... nett! Nicht diese zugedröhnte Frau mit dem wirren Haar, die mich täuschte, mich eintauschte und mich zu ihrem eigenen Nutzen hungern ließ.

»Hör auf, ihn so zu nennen. Er wird noch einen Komplex bekommen.« Eine tiefe Stimme zu meiner Rechten erschreckt mich. Ich erhasche einen Blick auf den Mann, der im Schatten steht: groß, breitschultrig, dunkles Haar, tief sitzende Jeans, nackter Oberkörper.

Aber ich kann sein Gesicht nicht sehen.

Mein Herz rast. Ist es mein Vater oder das Monster?

Ist er vielleicht ein und dieselbe Person?

Die Galle kommt mir hoch – schnell und heftig –, und ich übergebe mich auf dem Teppich, als mich der Gedanke in einer Weise zerreißt, die ich nie für möglich gehalten hätte. War das Monster etwa mein Vater?

Ich übergebe mich erneut. Mein Körper weist den Gedanken immer und immer wieder zurück, aber keiner in dem Raum bewegt sich oder bemerkt mich.

Es ist ein Traum, Colton. Ein verdammter Traum. Es ist nicht echt. Das ist es nicht.

Und dennoch scheint der Mann, der nun aus dem Schatten hervortritt, als ich wieder aufsehe, anders zu sein – bekannter als noch vor wenigen Momenten, aber es ist die Stimme meiner Mutter, die mich meinen Kopf wieder zu ihr drehen lässt.

»Acey, Acey. Kleiner süßer Acey.«

Nein! Ich schreie, doch ich bringe keinen Ton heraus, als sie zu mir aufsieht. Ihre Augen sind jetzt blutunterlaufen und stumpf. Ihr Mund ist rot angemalt wie bei einem pervertierten Clown. Sie hebt das Baby hoch – meinen Sohn – und überreicht ihn dem Mann.

»Nein!«, *schreie ich noch einmal. Ich kann mich nicht rühren, kann ihn nicht retten. Meine Füße sind am Boden festgeklebt. Die Dunkelheit des Raumes verschluckt mich allmählich.*

»Ja«, *brummt der Mann, während er seine fleischigen Finger ausstreckt, um ihr Ace abzunehmen.*

Die Hände. Diese Hände. Diejenigen aus meinen verdammten Albträumen. Diejenigen, die meine Seele beschmutzten.

Ich kämpfe gegen die unsichtbaren Hände an, die mich festhalten. Ich muss zu Ace kommen, muss ihn retten.

Und dann tritt der Mann aus der Dunkelheit und in das Licht. Mein Schrei erfüllt den Raum und schmerzt in meinen Ohren. Aber keiner schaut zu mir rüber. Keiner hält inne. Er ist das Monster aus meiner Kindheit, der meinen Sohn nimmt, doch er hat mein Gesicht.
Mein Gesicht!
Meine Hände.
Ich werde meinen Sohn missbrauchen.
Spiderman. Batman. Superman. Ironman.

Geschockt wache ich auf von meinem Kampf, als ich aus dem Krankenhausstuhl mit dem Arsch auf den Boden knalle. In der Stille des Raumes bleibe ich dort einige Sekunden lang liegen. Meine Atmung geht heftig. Ich kann keinen klaren Gedanken fassen. Mein Herz rast außer Kontrolle.

Verdammte Scheiße!

Ich schließe die Augen und lasse meinen Kopf zurück auf den Boden sinken. Mein Körper ist angespannt, mir ist schwindelig. Gedanken, Bilder, Emotionen prallen zusammen wie der Gummischutt, der verstreut auf der Rennstrecke liegt: Du hast dich immer davor gefürchtet, ihn zu berühren – aus Angst, dass du ins Schleudern gerätst. Aber dieses Mal muss ich es tun. Ich muss wissen, was mir noch mehr Angst bereitet hat als die normalen Albträume.

Es spielt keine Rolle, weil ich bereits durchgedreht bin. Durchgeknallt. Da ist nur eine Sache, an die ich mich erinnere, und das ist etwas, von dem ich mir wünsche, es zu vergessen: Ich bin derjenige, der Ace wehtut!

Beziehungsweise bin ich derjenige, der Ace wehtun wird.

Reiß dich zusammen, Donavan.
Schüttele es ab.
Es war nur ein Traum.
Warum fühlt sich die Angst dann realer an als alles andere, was ich je in meinem Leben gefühlt habe?

RYLEE

»Kannst du ihn einen Moment nehmen?«, frage ich Colton. Er ist gerade in der Ecke des Krankenhauszimmers mit seinem iPad beschäftigt. »Ich will mir die Zähne putzen, bevor alle hier eintrudeln.«

Coltons Blick wandert zu mir herüber und dann zur Wiege, die die Krankenschwester verschoben hat, damit sie außerhalb meiner Reichweite ist. Ich zucke zusammen, als ich versuche, mich im Bett etwas aufzusetzen. Colton erhebt sich langsam und kommt an mein Bett. Ich bin keine, die es normalerweise darauf anlegt, aber ich weiß, je länger sich Colton vor Ace fürchtet, desto schwieriger wird diese Veränderung, ein Kind zu haben, für ihn letztendlich sein. Mir tut alles weh, was man mir bestimmt auch deutlich ansieht.

Zaghaft streckt er die Hände aus, und ich lege ihm Ace in die Arme. Er atmet hörbar ein.

»Danke. Es dauert nur eine Sekunde«, sage ich. Ich drücke mich vom Bett hoch und gehe langsam zum Waschbecken. Ich nehme mir Zeit, bürste meine Haare, putze mir die Zähne und trage dann noch ein wenig Make-up auf, während ich Vater und Sohn aus den Augenwinkeln beobachte.

Colton steht da, schaut auf Ace herunter, und seine Züge werden weicher, als er die große Ähnlichkeit zwischen ihnen beiden bemerkt. Ich frage mich, was ihm wohl gerade durch den Kopf geht. Ist die Verbindung stärker als die Furcht, oder versucht er immer noch mit diesem lebensverändernden Moment klarzukommen?

Ich beobachte im Spiegel, wie sich Colton langsam mit Ace, den er in den Armen wiegt, hinsetzt, und ich schwöre bei Gott, dass mein Herz bei diesem Anblick vor Liebe gar nicht noch mehr anschwellen kann. Colton ist gerade komplett auf Ace konzentriert, also nutze ich die Gelegenheit, um die beiden ungestört zu beobachten.

Irgendetwas muss an diesem Anblick sein, das mir wieder in Erinnerung ruft, was ich glaube ihn gestern sagen gehört zu haben. Als ich während der letzten Wehen langsam das Bewusstsein verlor, hat Colton – das glaube ich zumindest – leise die Namen seiner Superhelden gemurmelt.

Je länger ich sein ungeschicktes Verhalten beobachte, desto sicherer werde ich, dass er es tatsächlich getan hat. Aber die Frage ist: warum?

Als ich wieder zurückgehe, setze ich mich absichtlich auf das Bett, ohne ihm vorher Ace abzunehmen. Das Lustige daran ist, dass er – so vertieft wie er in seine Beschäftigung mit unserem Sohn gerade ist – es noch nicht einmal bemerkt.

»Warum hast du die Superhelden aufgezählt, bevor er geboren wurde?«, frage ich ihn sanft. Er mag zwar herunterschauen, aber ich kann sehen, wie sich sein Körper anspannt, und ich weiß, dass es einen Grund dafür gibt.

Die Stille zieht sich in die Länge, und entweder hat er mich nicht gehört, oder er will mir nicht antworten. Trotzdem hält er immer noch Ace in seinen Armen, und das ist es, was zählt. Ich lehne meinen Kopf zurück, und gerade, als ich die Augen schließe, beginnt er zu sprechen.

»Weil ich dachte, dass wenn ich sie riefe, müsste er sie selbst niemals rufen. Und ich wollte unser Baby in dieser Welt willkommen heißen mit der Stärke von denjenigen, die mir Hoffnung gaben, die mich am Leben hielten, damit sie an seiner Seite sind.«

Seine Worte und der raue Ton in seiner Stimme sagen mir, dass er immer noch so viele Ängste hat, über die ich noch nichts weiß. Als ich die Augen öffne, um seinem Blick zu begegnen, hasse ich es, die Schatten der Vergangenheit zu sehen, von der ich gedacht hatte, dass wir sie längst hinter uns gelassen hätten. Diese Schatten habe ich schon lange nicht mehr in seinen Augen gesehen.

»Colton ...« Sein Name aus meinem Mund ist gleichzeitig eine Bitte, eine Entschuldigung und eine zärtliche Geste, und bevor ich noch etwas anderes sagen kann, klopft jemand an die Tür, und der Moment ist vorbei.

»Herein«, sage ich.

Innerhalb von Sekunden herrscht in dem Zimmer ein riesiges Durcheinander von Geräuschen, Leuten, Luftballons und *Oh*s und *Ah*s, als unsere Familien und Freunde in den Raum einfallen.

»Lass mich mein Enkelkind sehen«, sagt Coltons Mutter Dorothea, als sie die Meute in den Raum führt. Mit einem breiten Lächeln streckt sie ihre Hände aus, um ihrem Sohn Ace abzunehmen.

»Man könnte denken, dass man ein Mitglied des Königshauses ist, mit all den Presseleuten da draußen«, sagt Haddie über den Trubel hinweg, und obwohl ich sie noch nicht sehen kann, so kann ich sie doch hören.

Ich schaue rüber, begegne Coltons Blick und nicke ihm zu. Er hatte recht, dass er den Anruf tätigte, um die Jungs von hier und aus dem Fadenkreuz der Kameras der Paparazzi fernzuhalten. Und verdammt, ja, ich will sie alle sehen. Ich will Zander in die Augen blicken, um wirklich sicherzugehen, dass alles bei ihm in Ordnung ist, so wie er am Telefon behauptet hat. Und ich will mich bei Shane bedanken, dass er letzte Nacht bei ihm geblieben ist. Ich hätte sie gerne hierher zum Krankenhaus geholt – ein Ort, den die meisten von ihnen immer noch mit etwas assoziieren, wo sie die Ärzte anlügen mussten, warum sie verletzt waren – und sie sehen lassen, dass es nicht immer ein schlechter Ort ist. Damit sie den neuesten Bruder in der Familie kennenlernen und mit eigenen Augen sehen könnten, dass es mir gut geht.

Jedoch ist das Letzte, was ich will, dass sie vorsätzlich in die Öffentlichkeit gezerrt werden. Das sollte schon allein wegen Zander um jeden Preis verhindert werden. Außerdem mag Teddy zwar, was meinen gestrigen Besuch bei den Jungs und meine Einmischung bei Zanders Besuch angeht, ein Auge zugedrückt haben, sodass der Vorstand nichts davon mitbekommt, aber ich denke nicht, dass er in der Lage wäre, es noch einmal zu tun, wenn Bilder von den Jungs im Krankenhaus im Internet auftauchen würden.

»Oh mein Gott, er ist hinreißend«, sagt Dorothea und reißt mich aus meinen Gedanken. Ich blicke zu Colton und dann wieder dorthin zurück, wo Andy, meine Mutter und mein Vater sich um sie herumscharen, während sie das neueste Familienmitglied hält. Ich betrachte sie alle für einen Moment, bin fasziniert, wie meine stets majestätisch wirkende Schwiegermutter sich ganz gerührt zeigt, während sie in ihren ersten Momenten als frischgebackene Großmutter schwelgt.

»Wir haben uns gedacht, dass wir dich alle gleichzeitig in Beschlag nehmen, sodass du es in einem Rutsch hinter dich gebracht hast«, sagt Quinlan, als sie sich vorlehnt und mich fest umarmt. Aus irgendeinem Grund – vermutlich rotieren meine Hormone gerade im Schnelldurchgang durch meinen Körper – halte ich sie ein bisschen länger fest, als es nötig wäre, und atme einfach nur ihren Geruch ein.

»Danke«, sage ich, als sie sich zurückzieht und mich genau mustert.

»Geht's dir gut?«, fragt sie, woraufhin ich nicke. Ich bin so gerührt, dass ich keinen Ton herausbekomme.

»Ja«, erwidere ich mit einem sanften Lächeln. »Ich bin einfach nur müde.« Sie drückt meine Hände, und mein Daumen fährt über das kleine rosa Herz, das auf die Innenseite ihres Handgelenks eintätowiert ist.

»Gratuliere!«, sagt ihr Rockstar-Freund Hawke hinter ihr, bevor er vortritt und mir ein Küsschen gibt. »Wir können es gar nicht abwarten, ihn nach Strich und Faden zu verwöhnen.«

»Lass ihn gar nicht erst in Fahrt kommen«, sagt Quin und rollt mit den Augen. »Er hat bereits eine Mini-Gitarre für ihn gekauft. Und ein Mikrofon. Und ...« Hawke legt ihr eine Hand auf den Mund, in einem vorgetäuschten Versuch, sie zum Schweigen zu bringen und um ihm die Peinlichkeit zu ersparen, aber ich glaube, es ist bereits ein bisschen zu spät dafür.

»Aus dem Weg.« Ich weiß, dass man diese Stimme

nicht ignorieren kann, und das will ich auch gar nicht. »Ich muss mein Mädchen sehen.«

Hawke und Quin machen einen Schritt zurück, sodass Haddie durch die Menschenmenge hindurcheilen und sich auf mich stürzen kann. Innerhalb von Sekunden finde ich mich in einer dermaßen festen Umarmung wieder, dass ich kaum noch atmen kann.

»Du bist Mama«, sagt sie mir mit solch einer Liebe und Zuneigung ins Ohr, dass mir die Tränen in den Augen brennen. Es ist mir auch egal, weil wir gemeinsam bereits durch dick und dünn gegangen sind und ich jetzt überglücklich bin, dieses Hoch mit ihr zusammen erleben zu können. »Weißt du eigentlich, wie schwer es mir fällt, die Großeltern nicht zurückzustoßen, sodass ich ihn ganz allein für mich in Beschlag nehmen kann?«

»Ich glaube, du wirst den Kampf verlieren«, sage ich, weiche etwas zurück und blicke in ihr lächelndes Gesicht und auf die Tränen in ihren Augen.

»Und Ace, nicht wahr?«, sagt sie mit einem Zucken ihrer Augenbrauen, was ihr ein Grinsen meinerseits einbringt, wenn man bedenkt, dass sie diejenige ist, die damals diese ganze Abkürzungssache mit mir startete.

»He, warum werde ich ignoriert?«, fragt Becks, als er sich in den Raum quetscht und entlang der Wand in meine Richtung kommt, weil jeder jetzt auf meine Mutter konzentriert ist, die gerade Ace am Bettende in ihrem Arm hält.

»Ich sehe, wie es dir geht, Donavan«, sagt er, als er sich vorlehnt und mir einen Kuss auf die Wange gibt. »Das hast du gut gemacht, Ry. Wir freuen uns so für dich.«

»Danke, Becks.« Oh mein Gott. Wo kommen denn

gerade nur all diese Emotionen und Tränen her? Man könnte denken, dass das hier traurig ist, aber es ist das genaue Gegenteil: nämlich perfekt!

»Und natürlich sieht er genauso aus wie sein Onkel Becks. Einfach atemberaubend.« Haddie, die neben ihm steht, verdreht die Augen und wirft ihm dann den »Ich-bin-unschuldig«-Gesichtsausdruck zu, als er zu ihr herübersieht, und das bringt mich zum Lachen.

»Nee. Ich bin mir ziemlich sicher, dass er sein gutes Aussehen von seinem Onkel Tanner hat«, sagt mein Bruder, der jetzt neben Becks tritt, ihn mit einem freundlichen Händeschütteln begrüßt und Haddie auf die Wange küsst, bevor er zu mir schaut. »Hey, Kleines. Wie kommst du mit dem Ganzen hier zurecht?«

»Es ist unbeschreiblich«, sage ich sanft, weil es wirklich keine Worte gibt, um meine Gefühle auch nur annähernd auszudrücken.

»Du siehst toll aus.« Ich rolle die Augen bei der Bemerkung. »Und er sieht definitiv mir ähnlich.«

»Bullshit, Thomas«, sagt Colton, als er an die andere Bettseite tritt und seine Hand ausstreckt, um die meines Bruders zu schütteln. »Darauf muss ich Anspruch erheben.«

Tanner macht mit den Armen ein Zeichen, dass er sich geschlagen gibt und es gar keinen Wettstreit gäbe, woraufhin Colton lacht. Er schaut zu mir runter und drückt meine Hand. Ich kann in seinen Augen den Stolz auf Ace sehen, und das gibt mir mehr Hoffnung, als ich zu erwarten wagte, dass er seine Angst in den Griff bekommt. Da sieht man einmal, was diese paar Minuten, Ace zu halten, bereits bewirkt haben.

»Wo ist deine bessere Hälfte?«, frage ich Tanner.

»Sie musste eine Veranstaltung organisieren und ist superdeprimiert, dass sie nicht mitkommen konnte, wird es aber morgen versuchen.« Er lehnt sich vor und umarmt mich ganz fest. Dann flüstert er liebevoll in mein Ohr: »Mom ist im siebten Himmel, dass sie noch ein Baby hat, das sie verwöhnen kann. Sie erzählt bereits Dad, dass sie keine Ahnung hat, wie sie es aushalten soll, so weit weg von ihm zu wohnen, also sei darauf gefasst, dass sie jetzt viel Zeit mit ihm verbringen will.«

»Danke für die Vorwarnung, aber es könnte durchaus sein, dass ich ihre Hilfe brauche.«

»Ha! Dass du sie brauchst und annimmst, sind zwei grundverschiedene Dinge«, meint er und hebt zweifelnd die Augenbrauen. Er hat ja so recht, doch das darf ich ihn nicht wissen lassen. Ich schaue rüber, wo Ace gerade in den Armen meiner Mutter liegt, und das Bedürfnis, ihn halten zu wollen, ist gerade dermaßen übermächtig, dass ich mir selbst sagen muss, dass es ihm gut geht. Und natürlich ist das so. Ich vertraue jeder einzelnen Person in diesem Raum, wenn jemand allerdings fast neun Monate lang ein Teil von einem war, fällt es schon ein wenig schwer, diese Verbindung nicht zu brauchen.

Mein Blick wandert rüber zu Andy und Colton, die sich kurz, aber herzlich umarmen. Ich sehe, wie Andy zurücktritt, eine Hand immer noch an Coltons Wange, und mit seinen Augen nach denen seines Sohnes sucht – in der Art, wie er es immer tut, um zu sehen, ob es seinem Sohn gut geht. Es ist ein Blick bedingungsloser Liebe, und ich hoffe, dass wenn mich Leute mit Ace sehen, sie dann das Gleiche denken.

Ihre Verbundenheit hält mich gefangen. Während ich Colton dabei beobachte, wie er die Liebe seines Vaters annimmt, verflüchtigen sich all meine Bedenken über Coltons mangelnde Hingabe. Indem Andy es seinem Sohn vorgelebt hat, hat er ihm auch alles Nötige geliefert, das er braucht, um zu wissen, wie man ein guter Vater zu sein hat. Meine Ängste schwinden, als sich ein klares Bild in meinem Kopf formt, wie Colton Ace lieben wird: bedingungslos.

Genauso, wie er mich geliebt hat.

Andy blickt in meine Richtung. »Und da ist die Frau der Stunde!« Seine Stimme dröhnt durch den ganzen Raum, und er zuckt augenblicklich zusammen, als ihm bewusst wird, wie laut er eben war.

»Andy ...« Er stürzt auf mich zu und gibt mir eine seiner Bärenumarmungen, die man normalerweise bis in seine Zehenspitzen spüren kann, aber zumindest ist er dieses Mal ein bisschen vorsichtiger als sonst. »Rylee, mein Mädchen, du hast mich so verdammt glücklich gemacht. Wieder einmal ganz und gar. Du bist solch ein Segen für diese Familie.« Er zieht sich ein wenig zurück und macht mit mir dann das Gleiche, was ich eben noch bei ihm mit Colton bewundert habe – Hand an meiner Wange, sein Blick sucht nach meinem –, und ich fühle mich gesegnet, dass ich von meinen Schwiegereltern so abgöttisch geliebt werde.

»Geht's dir gut?«, fragt er. Seine Augen überprüfen meinen Gesichtsausdruck ganz genau, um sicherzugehen, dass mein Lächeln echt ist.

»Mir geht's so gut wie nie zuvor«, flüstere ich lächelnd. Wie viel Glück hatte Colton eigentlich, dass er gerade an der Türschwelle dieses unglaublichen Mannes abgesetzt wurde? Ein Mann voller Geduld, der in der Lage war, ihm beizubringen, was es bedeutet, jemanden bedingungslos zu lieben. Dafür werde ich ihm ewig dankbar sein. »Herzlichen Glückwunsch, Großvater.«

Er wirft seinen Kopf zurück und lacht dieses für ihn so typische Lachen, das seinen ganzen Körper vereinnahmt und das mich so sehr an Coltons erinnert, obwohl er adoptiert ist. Ich drücke seine Hände und frage mich, ob Ace, wenn er älter ist, einmal auch so lachen wird.

»Aus dem Weg, Andy. Ich muss diese neue Mama umarmen, die mir gerade eben mein allererstes Enkelkind geschenkt hat«, sagt Dorothea. Sie drückt ihren Mann zur Seite, nimmt mein Gesicht in ihre Hände und gibt mir einen Kuss auf jede Wange.

»Hi.« Ich bin überrascht, als ich Tränen in ihren Augen sehe.

»Danke«, flüstert sie. Ihre für gewöhnlich nachhallende Stimme klingt unsicher und ist voller Gefühle. »Er ist absolut hinreißend. Du musst völlig aus dem Häuschen sein.«

»Kein Grund, sich bei mir zu bedanken ...«

»Oh doch!«, sagt sie kopfnickend, um mir damit zu signalisieren, dass sie keinerlei Widerrede akzeptiert. Ich bin clever genug, um mittlerweile zu wissen, wann man mit ihr einen Streit vom Zaun brechen kann, und das hier ist jetzt gerade definitiv nicht der passende Augenblick dafür. Sie lehnt sich nach vorn und gibt mir die gefühlt hundertste Umarmung in ebenso vielen Sekunden, bevor sie mit einem sanften Lächeln auf den Lippen und grenzenloser Liebe in ihren Augen etwas zurückgeht.

Mein Blick wandert über ihre Schulter hinweg zu meinem Vater. Nie werde ich den Ausdruck auf seinem Gesicht vergessen: Ehrfurcht, Stolz – Unbehagen, weil hier alle in dem Raum wie die Ölsardinen zusammengepfercht sind –, aber mehr als alles andere sehe ich Liebe in seinen Augen.

»Hi, Süße.« Er kommt vor und gibt mir ein Küsschen. Aber so leicht lasse ich ihn nicht wieder gehen. Ich schlinge meine Arme um ihn und umarme ihn ganz fest.

»Hey, Daddy. Was denkst du?«

»Ich denke, dass ich nicht stolzer auf dich sein und ihn nicht mehr lieben könnte, und dabei bin ich bislang noch nicht einmal dazu gekommen, ihn zu halten«, sagt er lachend. »Du wirst eine fantastische Mutter sein.«

Dieses Mal kämpfe ich nicht mehr gegen die Tränen an, sondern lasse eine meine Wange herunterlaufen, weil das ein riesengroßes Kompliment von einem Mann ist, den ich mein ganzes Leben lang vergöttert habe.

»Jetzt bist du dran«, sagt meine Mutter, stößt meinen Vater leicht von der Seite an, während sie ihm Ace hinhält, damit er ihn zum ersten Mal nehmen kann. Ich beobachte sie dabei und weiß sofort, dass ich es lieben werde, sie dabei zu beobachten, wie sie für meinen Sohn Großeltern sein werden. Und nicht, dass nicht auch Dorothea und Andy tolle Großeltern sein würden, aber das hier sind meine Eltern, also berührt mich diese Vorstellung noch ein kleines bisschen mehr, denn ich weiß, dass dieselben Arme, die mich als Neugeborenes wiegten, dasselbe bei Ace tun werden.

Ich blicke zu meiner Rechten und sehe, dass Colton die beiden ebenfalls beobachtet, und realisiere, dass er niemals in der Lage sein wird, den gleichen Gedanken zu haben wie ich eben gerade, und einem Teil von mir tut das sehr leid für ihn. Zum allerersten Mal verstehe ich wirklich sein Zögern, weil er sich hier ein bisschen wie ein Außenseiter fühlen muss, weil keine einzige Person hier dasselbe Blut wie er hat. Es ist ein demutsvoller Gedanke, der mir gleichzeitig die Augen öffnet.

Mein Vater sieht von Ace in seinen Armen auf und fragt Colton irgendetwas, sodass sich die Aufmerksamkeit meiner Mutter auf mich richtet. »Hey, Kleine«, sagt sie, während sie sich auf die Bettkante neben mich setzt und mir Haarsträhnen aus dem Gesicht streicht. »Du siehst müde aus. Hast du große Schmerzen?«

»Nein, ich bin nur wund, aber der Schmerz war es das wirklich wert«, antworte ich, während sie sich vorlehnt und mir einen Kuss auf die Stirn gibt.

»Ja, definitiv. Ihr beide wisst in der Tat, wie man ein hübsches Baby macht.«

»Das liegt in den Genen«, sage ich.

Das Geplauder um uns herum geht weiter, als mich meine Mutter darum bittet, ihr noch einmal alles zu erzählen, was ich ihr bereits schon früher am Telefon berichtet hatte: wie meine Fruchtblase platzte, die Geburtswehen, über Ace' Appetit, seine Gesundheit, meinen Genesungsprozess. Irgendwann rutsche ich zu ihr rüber, sodass wir direkt nebeneinander auf dem Bett sitzen. Ich lege meinen Kopf auf ihre Schulter, und sie spielt mit meinem Haar, so wie sie es immer gemacht hat, wenn ich mal als Kind krank war. Es ist beruhigend und besänftigend, und sie ist gerade einfach die Person, die ich jetzt brauche – beim Übergang vom Schwanger- zum Muttersein. Sie weiß, dass ich keine Worte brauche, lediglich ihre stille Unterstützung, und es bedeutet mir sehr viel, als ich mich in diesem Raum umsehe, der proppenvoll ist mit unseren Freunden und Familien.

Es gibt kaum Platz für alle, um sich wirklich bewegen zu können, und jeder schaut dabei zu, wie Ace herumgereicht wird, und macht Komplimente, was für ein pflegeleichtes Baby er doch sei, dass ihm das hier alles überhaupt keine Angst zu machen scheint. Plötzlich werde ich von dem Gedanken überwältigt, wie viele herzzerbrechende Tiefs ich bereits durchstehen musste, um ein Baby zu bekommen, und es jetzt nicht perfekter hätte sein können.

Mein Herz ist voller Liebe – mehr als jemals zuvor in meinem ganzen Leben.

Die Zeit vergeht, das Gerede lässt nach, und irgendwann beginnt Ace zu weinen. Mein Körper reagiert sofort. Panik macht sich in mir breit, während Tanner versucht, ihn zu beruhigen, indem er ihn an seine Schulter legt. Es ist nicht so, als ob ich nicht wollte, dass mein Bruder ihn hält, aber eigentlich bin ich es doch, die ihn nun gerade halten muss. Mein Körper vibriert mit einer seltsamen neuen Mischung aus Mutterinstinkt und Hysterie, weil ich meinen Sohn wiederhaben muss.

»Ich kann ihn nehmen, Tanner«, sage ich, versuche es ihm unterschwellig klarzumachen.

»Ich komm schon klar, Ry«, erwidert er. Als ich Haddies Blick begegne, weiß sie ganz genau, dass ich kurz davor bin, auszuflippen.

»Tanner.« Die Stimme meiner Mutter ertönt warnend über dem Geplapper der anderen. »Wir haben hier eine frischgebackene Mama, die ein bisschen überwältigt ist von uns, weil wir hier alle auf einmal reingeplatzt sind. Sie hat Ace schon ein Weilchen nicht mehr gehabt, und ich bin mir sicher, dass sie allmählich ein bisschen verzweifelt wird, also warum gibst du ihr ihn jetzt nicht einfach mal?« Obwohl ich gerade nicht ihr Gesicht sehen kann, weiß ich ganz genau aus eigener Erfahrung, was für einen Blick sie ihm gerade zuwirft.

Prompt reagiert er auch. Aber als er mir Ace übergibt, bin ich bereits am Schwitzen und steuere auf eine voll entwickelte Panikattacke zu. »Bitte schön«, sagt er, als er ihn mir in die Arme legt und uns beiden noch einen Kuss gibt. »Er ist wirklich ein hübsches Kerlchen.«

Und ich kann wieder atmen. Ace weint, und ich hab keine Ahnung, ob es wegen der ganzen neuen Eindrücke ist oder ob er eigentlich nur Hunger hat, aber das ist gerade zweitrangig, weil er endlich wieder in meinen Armen liegt. Ich sehe auf, um Colton in der Menschenmenge zu entdecken, und er weiß ganz genau, dass ich gerade durcheinander und überwältigt bin. Als er zu mir schaut und mit den Lippen *Ich liebe dich* formt, bringt das meine Welt wieder etwas mehr in Ordnung.

»Okay, Leute«, sagt er, nachdem er mir zugezwinkert hat. »Es ist Essenszeit, und zwar nicht für mich.« In dem Zimmer ertönt Gelächter. »Danke, dass ihr gekommen seid, um Ace kennenzulernen, aber es wird Zeit, sich zu verabschieden und aufzubrechen.«

Der Raum explodiert in einem überstürzten Rausch von Umarmungen, Glückwünschen und Versprechen, später in der Woche vorbeizuschauen oder anzurufen, bevor Colton sie alle hinausführt. Die Frauen bleiben noch ein Weilchen länger und stellen die Fragen, die sie nicht stellen konnten, als die Männer noch dabei waren, ehe sie schließlich auch widerwillig den Raum verlassen und nur noch meine Mutter als Letzte zurückbleibt.

»Danke«, flüstere ich ihr seufzend zu, während ich meinen Krankenhauskittel aufknöpfe und Ace an die Brust lege. Eine Welle der Beruhigung überkommt mich augenblicklich. Jetzt ist alles wieder besser.

»Bei mir ist das zwar schon sehr lange her, aber ich erinnere mich noch gut an das Gefühl von Panik, jemand könnte mir mein Kind wegnehmen. Das war völlig überwältigend.«

»Das kann man wohl sagen«, murmele ich. Wir haben beide unsere Köpfe geneigt, als wir dabei zusehen, wie Ace wieder glücklich und zufrieden wird.

»Denk nur dran, dass deine Hormone für eine Zeit lang aus dem Gleichgewicht sind, also rechne mit Hitzewallungen und Stimmungsschwankungen ...«

»Großartig«, lache ich.

»Wie kommt Colton mit dem Ganzen zurecht?«, erkundigt sie sich.

»Ganz okay«, antworte ich zögernd und bin mir nicht sicher, ob ich gerade versuche, sie zu täuschen, oder ob ich will, dass sie weiter nachforscht. Aber weil sie meine Mutter ist, bin ich mir ziemlich sicher, dass es Letzteres ist.

»*Okay* kann ziemlich viel bedeuten«, murmelt sie, während sie ihren Kopf an meinen lehnt, der auf ihrer Schulter liegt.

Einige Momente lang sage ich gar nichts. So involviert unsere Familien auch in unser Leben sein mögen, so plaudere ich doch in der Regel auch nicht jedes Detail aus. Ein Teil von mir fühlt sich gerade ziemlich alleine. Ein Teil von mir braucht wiederum die Bestätigung, dass das, was ich denke, was ich deswegen tun sollte, das Richtige ist.

»*Okay* in dem Sinne, dass er da ist, aber ich weiß, dass er Angst hat – aus vielen Gründen. Er hat Angst, zu viel zu tun, nicht genug zu tun, ihn fallen zu lassen, keine Verbindung mit ihm aufbauen zu können, dass er wie seine leiblichen Eltern sein könnte … keine Ahnung.« Es ist einfach zu viel, um das alles für mich zu behalten. Aber zumindest habe ich es der einen Person gesagt, von der ich weiß, dass sie nicht über mich urteilen und es auch nicht weitertratschen wird. Gott sei Dank haben wir so ein inniges Mutter-Tochter-Verhältnis.

»Männer sind ziemlich launisch«, murmelt sie. »Natürlich hat er Ängste. Und seine sind vermutlich ein wenig gerechtfertigter, nach allem, was er durchmachen musste. Gib ihm Zeit. Er schaut auf seine Hände und sieht, wie groß sie im Vergleich zu Ace' Kopf sind, und denkt daran, wie er ihn aus Versehen irgendwie verletzen könnte.« Ich murmele etwas Zustimmendes. Das beruhigende Gefühl, wie ich Ace die Brust gebe, und mein Schlafmangel führen dazu, dass mich meine Erschöpfung einholt. »Dein Körper wurde dazu geschaffen, um dies hier zu tun, um das hier zu sein … Er hat innerhalb der letzten neun Monate alle möglichen Veränderungen mitgemacht. Außerdem hast du deine Jungs aufgezogen, sodass du ungezwungener mit Kindern umgehen kannst als er.«

»Das stimmt«, sage ich leise.

»Das hier ist etwas völlig Neues für Colton. Ein Schock, wenn man bedenkt, wie er zuvor sein Leben gelebt hat. Die eine Sache, die er nie wollte oder erwartet hätte, bis er dich kennenlernte. Männern fällt es schwer, sich Veränderungen anzupassen, wenn sie keine Kontrolle darüber haben. Er wird wieder zu sich kommen, Süße. Ihm bleibt ja gar nichts anderes übrig.«

Aber das stimmt nicht, denke ich mir. Ich kenne den alten Colton, der sich mit undurchdringlichen Stahlwänden vor allen abschottete. Wobei er das seinem Sohn doch nicht antun würde. Nie im Leben würde er das tun. Weil ihn das zu sehr wie seine leiblichen Eltern machen würde.

»Ich weiß. Ich will nur nicht, dass er sich zurückzieht.«

»Es könnte sein, dass er das erst einmal ein bisschen tut, aber die Sache ist die, Rylee: Die Verbindung zwischen dir und Ace und Colton und Ace ist komplett unterschiedlich. Das perfekte Beispiel ist das, was gerade eben passiert ist. Du willst nicht von Ace getrennt sein. Er ist wie die Luft, die du zum Atmen brauchst. Für Männer ist es nur selten dasselbe.«

»Von der Seite habe ich es noch nie gesehen.«

»Ich weiß, dass der Gedanke daran, von ihm getrennt zu sein, dein Herz zum Rasen bringt. Wenn du müsstest, würdest du keinen weiteren Gedanken daran verschwenden, über Bürgersteige zu fahren – wenn nötig, über Menschen –, um so schnell wie möglich zu ihm zu kommen. Das ist völlig normal«, sagt sie kichernd. »Mir ging's bei dir und deinem Bruder genauso. Ich brauchte zwar auch mal eine Pause ... aber in der Minute, als ich sie hatte, musste ich wieder so schnell wie möglich mit euch zusammen sein. Aber für Colton? Seine Gefühle sind anders. Jetzt gerade ist da diese riesige Veränderung in seinem Leben. Zum Positiven natürlich – ja, aber gleichzeitig ist es für ihn auch verdammt Furcht einflößend. Davon abgesehen, dass er sich Gedanken macht, dass er in deinem Leben durch einen Mann ersetzt wird, der vermutlich sogar hübscher ist als er.«

Bei ihrer Bemerkung muss ich lachen, doch ihre weisen Worte haben mehr ins Schwarze getroffen, als ich gedacht hätte. »Danke, Mom. Du findest immer die richtigen Worte.«

»Eigentlich nicht, aber trotzdem danke.«

Wie aufs Stichwort öffnet sich in diesem Moment die Tür, und Colton kommt herein, als sich meine Mutter gerade vom Bett erhebt. »Mein Stichwort«, sagt sie, als sie sich rüberlehnt und Ace einen weiteren Kuss gibt, bevor sie mir in die Augen schaut. »Ich bin immer für dich da. Immer. Jederzeit.«

»Danke. Ich hab dich lieb.«

»Ich dich auch«, sagt sie, als sie Ace einen letzten Blick zuwirft und sich dann zu Colton umdreht. »Ich lasse dich jetzt mit deiner Familie allein, Colton. Pass gut auf meine beiden Babys auf.« Sie geht zu ihm und umarmt ihn lange, ehe sie ihm einen Kuss auf die Wange gibt.

»Das werde ich. Lass mich dich noch hinausbegleiten.«

Sie gehen aus dem Raum, und wieder einmal umgibt die beruhigende Stille Ace und mich.

24

RYLEE

Ich verschiebe Ace von meiner linken zu meiner rechten Seite, als die Tür aufschwingt. »Danke, dass du sie noch hinausbegleitet hast«, sage ich abgelenkt. Als von Colton keine Antwort kommt, schaue ich auf, und mir entfährt ein kleiner Aufschrei, als ich den Mann sehe, der in der Nähe des Fußendes steht.

»Tut mir leid. Sie haben mich erschreckt.« Ich muss noch ein zweites Mal hinsehen und bemerke den blauen OP-Kittel und die Operationshaube, die sein Haar bedeckt, während er auf das Notizbrett in einer Hand und einen Stift in der anderen herunterschaut.

»Schichtwechsel, Kontrolle«, murmelt er und hält seinen Kopf dabei immer noch gesenkt. Obwohl ich sein Gesicht nicht erkennen kann, verspüre ich plötzlich ein mulmiges Gefühl in der Magengrube, das über meine Haut zu kribbeln beginnt und sich seinen Weg bis zu meiner Kehle hinaufbrennt. »Wie geht es Ihrem süßen kleinen Baby?« Bei seiner Stimme und der Frage stellen sich meine Nackenhaare auf.

Wo bist du, Colton? Ist Sammy mit dir gegangen?

»Was kann ich für Sie tun?« Meine Stimme klingt gleichmäßig und ruhig, trotz der Alarmglocken, die in meinem Kopf schrillen, als ich geschickt versuche, auf sein Namensschild zu spähen, das umgedreht an seinem Kittel hängt.

»Jetzt, da Sie ihn haben«, sagt er, hebt ein wenig seinen Kopf und weist zu Ace hin, der an meiner Brust ruht, »könnten Sie sich vorstellen, wie es wäre, wenn Sie ihn verlieren würden?«

Bei dieser extrem seltsamen Frage vibrieren zwiespältige Gefühle in mir, und dennoch scheint er völlig normal und darauf konzentriert zu sein, was er sich in seine Tabelle einträgt. Ich versuche Ace ein wenig zu verschieben, sodass er meine entblößte Brust verdeckt, und bewege gleichzeitig langsam meine Hand in Richtung der Ruftaste für die Krankenschwestern. Natürlich befindet sie sich gerade dort an dem Seitenteil des Bettes ganz in der Nähe, wo er steht, also versuche ich mich dabei so diskret wie möglich zu verhalten, während mich die Unsicherheit überkommt.

»Nein. Niemals«, antworte ich schließlich.

»Ich habe alles verloren. Meine Frau. Meine Kinder. Alles verloren wegen einer Person«, sagt er. Seine Stimme klingt leer und gleichmäßig. Ich starre ihn jetzt an und will, dass er endlich den Kopf hebt. Ich bemerke, dass er sich rasch und wild irgendetwas aufschreibt, allerdings hat er mir bislang noch gar keine Frage gestellt, auf die man sich irgendwelche Notizen machen könnte.

Mein Finger schwebt über der Ruftaste. Ich will keine Szene machen, aber dennoch sagt mir mein Bauchgefühl, dass hier irgendetwas nicht mit rechten Dingen vor sich geht. Die Worte meiner Mutter gehen mir wieder durch den Kopf, wie verrückt man sich manchmal als Mutter fühlen kann, und ich frage mich, ob es das ist, was hier gerade vor sich geht: Die Hormone spielen verrückt und nehmen meinen Verstand in Besitz.

Ace muss mein Unbehagen spüren, weil er zu weinen beginnt. »Tut mir leid«, antworte ich schließlich. Ich bin abgelenkt, bemühe mich zu sehen, was er tut, während ich gleichzeitig versuche, mich um meinen Sohn zu kümmern. »Wie furchtbar.«

»Ich dachte mir, es wäre nur fair, wenn er wüsste, wie sich so etwas anfühlt. Sich verletzlich zu fühlen. Ungeschützt zu sein. Sich einfach nur vorzustellen, dass er alles verlieren könnte. Sein Glück in Gefahr zu bringen.«

Ich schüttle den Kopf. Die Unruhe kehrt erneut zurück, während ich versuche herauszubekommen, worüber er zum Teufel noch mal spricht, während Ace' Gejammer immer lauter wird. »Es tut mir leid. Ich kann Ihnen nicht folgen, und Sie geben mir ein unangenehmes Gefühl. Ich würde es begrüßen, wenn Sie den Raum verlassen würden.«

Zum ersten Mal schaut er auf und blickt mit seinen kristallblauen Augen in meine. In seinen sehe ich einen Anflug von Humor, der zu dem leichten Grinsen auf seinen Lippen passt. »Natürlich. Ich brauche nur Ihre Unterschrift auf diesem Formular, das ich einreichen muss, und dann werde ich Sie nicht mehr weiter stören«, sagt er, als er zu mir kommt und die Aktenmappe auf den Tisch neben mir legt. Sosehr ich mich in seiner Anwesenheit auch unwohl fühle, sehe ich ein weiteres Mal zu ihm auf, versuche herauszufinden, warum er mir so bekannt vorkommt, aber er hat seinen Kopf bereits wieder gesenkt und ist darauf konzentriert, nach irgendetwas in seiner Tasche zu kramen.

»Natürlich.« Alles. Verschwinde nur einfach wieder.

Ich setze Ace zwischen meinen Schenkeln ab, als ich mir den Stift schnappe, den er mir hinhält.

Und dann öffne ich die Mappe.

Mein Mund klappt auf.

Ich bin geschockt.

In meine Intimsphäre wird eingedrungen.

Meine kleine Blase zerplatzt.

Gleichzeitig ergibt plötzlich alles einen Sinn, als ich das Foto von mir aus dem Video sehe – mit ausgestreckten Gliedern und jeder Teil von mir unverkennbar.

Ich schaue zurück zu ihm. Sein Haar ist etwas länger als damals, und er trägt jetzt ein Ziegenbärtchen, das seine Narbe verdeckt, die ihn sonst sofort verraten hätte. Aber es besteht keinerlei Zweifel daran, dass dies hier der Mann ist, der unsere Welt in den vergangenen Monaten komplett auf den Kopf gestellt hat.

Eddie Kimball.

Ich meine ein Knipsen zu hören. Bin mir nicht sicher. Ich zwinge meine Augen dazu, von seinem Gesicht zu dem Telefon zu schauen, das er hochhält, und direkt bevor der Blitz losgeht, neige ich meinen Körper nach vorn, verstecke mein Gesicht und die entblößte Brust und fange an zu schreien. Mein Finger drückt immer und immer wieder auf die Ruftaste, während Ace' Geschrei mit meiner wachsenden Panik ansteigt.

»Hilfe!«, schreie ich. Ace' Heulen eskaliert. »Hilfe!«

»Warum denn auf einmal so kamerascheu? Donavan hat mir alles genommen. Rache ist süß!« Er rennt aus dem Zimmer – gerade in dem Moment, als die Stimme der Schwester in der Gegensprechanlage ertönt.

»Ist alles okay bei Ihnen, Mrs. Donavan?«

»Sicherheitsdienst!«, schreie ich. Ich hebe Ace hoch und drücke ihn fest an meine Brust, wiege ihn, während ich am ganzen Körper zittere und die Angst zu verarbeiten versuche, die mein Urteilsvermögen einschränkt.

Die Tür wird aufgestoßen, als die Krankenschwester hereingerannt kommt – in genau demselben Moment, als ein lauter Knall im Gang zu hören ist, gefolgt vom Feueralarm, der durch den ganzen Gang ertönt. »Geht es Ihnen gut?«

»Ja. Ja. Uns geht's gut.« Ich wiege mich weiter. »Es ist alles gut«, sage ich immer und immer wieder zu Ace, so als ob ich mir selbst versichern würde, dass bei mir alles in Ordnung ist. Aber das ist es nicht.

Ich bin weit davon entfernt.

Die Krankenschwester nimmt den Telefonhörer im Raum ab und beginnt Worte zu sagen, die ich nicht höre, weil mir mein Puls in den Ohren dröhnt. In der Minute, als sie den Hörer senkt, stoppt der schrille Alarm.

Aber derjenige in meinem Kopf und in meinem Herzen schreit sogar noch lauter. Ich habe Angst, dass er jetzt niemals aufhören wird.

Angst, die ich bislang erst wenige Male in meinem Leben verspürt habe – die Autounfälle, die mich einen Mann verlieren ließen und einen anderen beinahe –, lässt mich nun nicht mehr los. Wir sollten sicher sein. Ich sollte glücklich sein. Und dennoch hat der Mann, der bereits so viel Unheil in unserem Leben angerichtet hat, meine Welt erneut zusammenbrechen lassen.

»Sagen Sie mir, was passiert ist«, sagt die Schwester im selben Moment, als Colton völlig außer Atem in den Raum gestürzt kommt. Seine Körperhaltung verrät eine klare Abwehrhaltung, sein Blick ist wild vor Angst, als er über Ace und mich wandert, um sicherzugehen, dass es uns gut geht.

»Rylee? Sie haben nach dem Sicherheitsdienst für diesen Raum gerufen.«

»Eddie.« Das ist das Einzige, was ich sagen muss, damit er versteht, warum mir gerade die Tränen übers Gesicht laufen, was ich selbst noch nicht einmal bemerkt habe. Ich halte Ace so fest an mich gedrückt, dass wenn er nicht so schreien würde, ich vermutlich denken würde, ihn schon längst erdrückt zu haben.

»Bist du in Ordnung?«, fragt er mich zwischen zusammengebissenen Zähnen. Der Muskel in seinem Kiefer pulsiert, während er auf meine Antwort wartet. Ein schnelles Nicken meinerseits, und er stürmt auch schon wieder aus dem Raum.

Mein altes Ich hätte ihm hinterhergeschrien, er solle zurückkommen. Hätte ihm gesagt, dass ich ihn jetzt mehr brauche. Was zum Teil ja auch immer noch so ist.

Aber ich sage kein Wort.

Mir. Geht's. Gut. Fürs Erste jedenfalls.

Eddie Kimball hat sich gerade mit meinem Sohn angelegt.

Ich hoffe, dass sich mein Ehemann nun mit ihm anlegt.

25

COLTON

»Die Polizei kümmert sich darum.«

»Einen Scheißdreck tut sie!«, knurre ich ins Telefon zu CJ und Kelly, während ich im Flur des Krankenhauses wie ein eingesperrtes Tier auf und ab laufe. »Er war in ihrem Zimmer. Allein. Der verdammte Bastard war in ihrer und Ace' unmittelbarer Nähe. Hat sie verhöhnt. Das ist ein gottverdammtes Problem!«

»Hat er ein Foto machen können?«, fragt CJ und stupst damit schlafende Hunde an.

»Woher soll ich das wissen?«, knirsche ich zwischen zusammengebissenen Zähnen. »Sie weiß es nicht. Sie glaubt nicht, ist sich aber auch nicht sicher. Es ist alles zu schnell passiert.« Meine Haut kribbelt. Ich muss daran denken, wie verdammt nah er ihr war. Und Ace.

Der schwere Seufzer in der Leitung macht mich noch nervöser, weil mich das Gefühl beschleicht, dass man mir etwas verschweigt. »Was verheimlichst du mir?«

Ärger nagt an mir. Wut, wie ich sie noch nie zuvor verspürt habe, schrammt durch meine Entschlossenheit und stellt meine Zurückhaltung auf die Probe, um jetzt nicht das Auge-um-Auge-Recht einzufordern, weil er bereits schon zu viel von mir genommen hat.

»Nichts«, antwortet CJ, und bevor ich noch weiter fragen kann, fährt er fort. »Das Sicherheitspersonal des Krankenhauses ...«

»Ist für'n Arsch!«, beende ich den Satz für ihn. »Sie lassen einen x-beliebigen Mann, der sich mit Arztkittel und Operationshaube verkleidet hat, die er sich wahrscheinlich bei Schrott-R-Us oder so gekauft hat, einen Ausweis aus dem Schwesternzimmer stehlen und in aller Seelenruhe in ihr Zimmer spazieren – genau in dem Moment, als mir Sammy dabei half, mit den Aasgeiern vor dem Krankenhaus fertigzuwerden, als ich gerade unsere Familie hinausbegleitet habe. Er muss sich versteckt haben, als Sammy ihn nicht gesehen hat. Wahrscheinlich hat er uns die ganze Zeit beobachtet und darauf gewartet, bis ich ging. Verdammtes Arschloch!« Ich balle die Hände zu Fäusten. Das Bedürfnis, irgendwo reinzuschlagen, ist im Moment so verdammt stark, und dann muss ich auch noch gerade auf einem Flur stehen, wo nichts in unmittelbarer Reichweite ist, das ich kaputt machen könnte. »Sie können froh sein, wenn ich sie nicht verklage wegen ...«

»Beruhig dich ...«

»Erzähl mir nicht, dass ich mich beruhigen soll!«

»Ich habe bereits Beschwerde beim Krankenhaus eingereicht, und Kelly hat die Polizei informiert wegen der Verletzung der einstweiligen Verfügung, die ...«

»Überhaupt nichts bringen wird, aber mach ruhig. Sei nur darauf vorbereitet, eine Kaution hinterlegen zu müssen, wenn er mir begegnen sollte, weil du sie dann brauchen wirst.« Ich blicke zu Rylees Zimmertür und weiß, dass ich diese Wut unbedingt loswerden muss, bevor ich ihr wieder gegenübertrete, damit ich ihr keine Angst einjage.

»Colton, lass das Rechtssystem ...«

»Ich werde genau jetzt Rylee hier rausholen.« Ich brauche seinen beschwichtigenden Bullshit nicht zu hören, der zu überhaupt nichts führen wird. Nicht so, wie es meine Faust erledigen wird, wenn sie in Eddies Gesicht kracht. »Ich werde eine Krankenschwester einstellen, falls das nötig sein sollte, aber wir werden innerhalb einer Stunde hier verschwinden. Scheiß auf die Entlassungspapiere. Falls es nötig sein sollte, lasse ich Sammy warten, aber ich werde sie keinem Risiko mehr aussetzen.«

»Verständlich«, höre ich Kelly zum ersten Mal etwas sagen.

»Findet ihn oder ihr seid gefeuert!«

Ich beende das Telefonat. Das Bedürfnis, mein Handy hinzuschmeißen, ist so heftig, dass ich mich für einen Moment hinhocke, den Kopf in die Hände nehme und mich dazu zwinge, tief durchzuatmen. Ich tue genau das, weshalb ich CJ angeschnauzt hatte, dass er es nicht zu mir sagen solle: mich beruhigen und vernünftig sein. Aber die Vernunft hat sich genau in jenem Moment verabschiedet, als das Arschloch meine Frau belästigte.

Vernunft wird verdammt noch mal total überbewertet.

Oh Gott, ich wünschte, ich hätte ihn vorher aufgespürt. Dass ich ihn irgendwo auf der Krankenhausanlage angetroffen und ihm bis zur Bewusstlosigkeit die Seele aus dem Leib geprügelt hätte.

Aber nichts. Er hat sich in Luft aufgelöst. Fuck!

Genauso wie die Geister in meinen Albträumen, die in meinem Hinterkopf sitzen und über das hier lachen. Mich tadeln und mir sagen, dass dies hier der Beweis dafür ist, dass ich noch nicht einmal auf meine eigene Ehefrau und meinen Sohn aufpassen kann. Dass ich nicht besser bin als meine Mutter. Dass ich denselben Mann meine Frau und jetzt auch noch meinen Sohn bedrohen lasse, während ich auf der anderen Seite dieser gottverdammten Tür hocke, mit gebundenen Händen, unfähig, irgendetwas zu tun, um ihn aufzuhalten.

Acey, Acey. Süßer, kleiner Acey.

Ich reibe mir mit den Händen übers Gesicht, als ich wieder aufstehe und mir dabei selbst sage, dass die Mischung aus Wut und Erschöpfung mir gerade einen Streich spielt. Ich muss die Stimmen in meinem Kopf ausschalten. Muss dem Zweifel sagen, dass er sich verpissen und abkratzen soll.

Was ich jetzt brauche, ist das Knirschen von Eddies Nasenbein gegen meine Fingerknöchel.

Ich seufze und eile in Richtung des Krankenhauszimmers. Vor fünf Minuten noch konnte ich gar nicht schnell genug aus dem Raum herauskommen, damit ich ihr nicht in die Augen und die Angst in ihnen sehen müsste oder Ace ansehen und wissen müsste, dass ich ihn bereits enttäuscht habe, obwohl er noch nicht einmal dreißig Stunden auf der Welt ist. Und dennoch ist jetzt alles, woran ich denken kann, so schnell wie möglich wieder zu ihnen zurückzukommen, ihre Sachen zusammenzupacken und so schnell wie möglich das Krankenhaus zu verlassen und zurück nach Hause zu kommen – in unsere eigene kleine Welt.

26

RYLEE

Mir bricht der Schweiß aus. Es ist anders, als was ich je zuvor erlebt habe. Ich verspüre eine Hitze, die den ganzen Körper überkommt, welche die Gliedmaßen zum Zittern bringt, das Herz zum Rasen und mich ganz schwindelig macht. Ich schlucke die Unruhe herunter, als Sammy uns aus dem Schutz des Krankenhaus-Parkhauses herausfährt und in die Auffahrt, wo uns die Paparazzi sofort umschwärmen.

Alle sind in einem drängelnden Kampf in dem Versuch, mit ihren Kameras durch die dunkel getönten Fensterscheiben des Rovers zu blicken und das erste Foto von Ace zu bekommen. Die heiß begehrte Aufnahme, die sie verkaufen und mit einem einzigen Vollbild das Gehalt eines ganzen Jahres verdienen könnten.

Fäuste hämmern an die Fenster. Mein Körper zuckt zusammen. Ich lehne mich über die Babytrage, die zwischen Colton und mir festgeschnallt ist. Mit dem Rücken bin ich zum Fenster gewandt, um die Sicht auf Ace zu versperren. Mit geschlossenen Augen kämpfe ich gegen die drohenden Tränen an.

»Nicht, Ry. Bitte nicht«, murmelt Colton, als er seine Hand ausstreckt, um nach meiner zu greifen. Mit der anderen streicht er mir übers Haar. Ich räuspere mich, blinzele die Tränen weg und starre auf Ace – dieses süße, unschuldige Baby, das nichts von dem hier verdient hat.

Ich habe mich freiwillig für diesen Lifestyle entschieden, weil ich Colton liebe, aber jetzt habe ich dieses Baby hier mit reingezogen. Ich weiß, dass es zu spät ist, um einen Rückzieher zu machen, doch ich will mich nicht damit abfinden. Eddie marschierte in den Raum, um den schönsten Moment in unserem Leben zu verderben, genauso wie er es auch schon mit dem Video gemacht hat.

»Wir werden das hier nie wieder zurückbekommen«, flüstere ich. Hände trommeln an die Heckscheibe, als Sammy in den Verkehr einbiegt und weg von den Geiern, die begierig darauf warten, dass man ihnen etwas zum Fraß vorwirft.

»Was meinst du?«

»Diesen Moment. Unsere Zeit im Krankenhaus, in der wir eine Verbindung mit ihm hätten aufbauen können, bevor uns der Alltag in die Quere kommt. Eddie hat uns das genommen. Er hat das Gefühl weggenommen. Wir werden es nie wieder zurückbekommen.«

»Doch, das werden wir!«, erwidert Colton sofort. Er lässt meine Hand los und legt seine Hände an mein Gesicht, sodass ich aufsehen und in seine Augen blicken muss, die so voller Sorge und Schuldgefühl wegen allem, was passiert ist, sind. »Erinnerst du dich an den leeren Bilderrahmen? Das hier war die erste Erinnerung, die wir hineintun werden. Niemand wird je in der Lage sein, uns das wieder zu nehmen, Baby. Es sind nur du, Ace und ich. Unsere erste Erinnerung ist ohne unser Zutun in diesen Rahmen gerutscht. Eddie war nur für den Bruchteil einer Sekunde da. Es tut mir so leid, dass ich es vermasselt habe und nicht da war. Aber dies – dieser Moment, diese

Erinnerung, dieses lebensverändernde Ereignis – stellt es in den Schatten.«

Er streicht mit seinem Daumen über meine Unterlippe, so als ob er seinen Worten mit seiner Berührung Nachdruck verleihen wollen würde. Und es funktioniert. Seine geflüsterten Worte und seine besänftigende Berührung beruhigen mich dermaßen, sodass ich in der Lage bin, die äußeren Faktoren auszuklammern und mich darauf zu konzentrieren, was am meisten zählt: wir.

Um diesen Gedanken noch weiter zu festigen, gibt er mir einen Kuss auf die Nasenspitze und dann einen auf die Lippen, bevor er seine Stirn an meine lehnt. »Danke für das schönste Geschenk, das ich jemals bekommen habe – von dir einmal abgesehen. Diese Erinnerung braucht noch nicht einmal einen Rahmen, weil der Ausdruck auf deinem Gesicht, als du Ace zum ersten Mal in deinen Armen hieltst, für immer in meinem Geist eingebrannt sein wird.«

Seine Worte verankern sich in meiner wirren Seele und in meiner Grundlage, die unter meinen Füßen verrutscht ist. Seine Berührung verstärkt unsere unbestreitbare Verbindung und unumstößliche Liebe. Das Baby, das friedlich in der Trage zwischen uns schlummert, ist der größte Beweis dieser Liebe.

»Ich gebe dir nicht die Schuld. Niemals. Ich bin nur … wir haben einfach nur mehr als uns, um das wir uns Gedanken machen müssen, und das macht mir Angst, weil ich das Gefühl habe, dass wir über nichts mehr die Kontrolle haben.«

»Niemand kann das Leben kontrollieren, Ry. Das macht die Schönheit und die Angst aus, dieses Leben zu leben. Wir nehmen jeden Tag so an, wie er kommt, versuchen unseren eigenen kleinen Teil davon aufrechtzuerhalten und genießen jeden gottverdammten Moment, der uns geschenkt wird.«

»Ich will einfach nur, dass unser kleiner Teil seinen Frieden hat.«

Vor den Toren von unserem Haus geht es genauso verrückt zu mit den ganzen Paparazzi wie schon beim Krankenhaus. Vermutlich sogar noch schlimmer, weil alle wussten, wohin wir fahren würden, als wir das Krankenhaus verließen. Und so lassen wir wieder das Programm über uns ergehen – das Trommeln an den Fensterscheiben und Schreie, dass wir eine Stellungnahme abgeben sollen.

Völlig verzweifelt, niemals wieder irgendeine Art von Privatsphäre zurückzubekommen und unseren Sohn nicht vor diesem absoluten Wahnsinn schützen zu können, sage ich zu Sammy, er solle in die Garage fahren, um uns rauszulassen, was bedeutet, dass er zuerst Sex rausfahren muss, damit er den Range Rover hineinfahren kann, während ich im Wagen sitze.

Ich weiß, dass ich mich lächerlich verhalte, aber dennoch wurde schließlich jeder Teil meines Lebens und Körpers vor der Öffentlichkeit entblößt – in meine nicht existierende Privatsphäre wurde wieder einmal auf so ungemein einfache Weise eingedrungen, wie es durch Eddies heutige Vorführung bewiesen wurde –, dass ich unbedingt Ace erst mal für uns haben muss, bevor wir ihn mit der Welt teilen.

Scheiß auf die Angebote von unserer Pressesprecherin Chase, die vom *People Magazine*, *US* und *Star*, die uns für die ersten Bilder von Ace lächerliche Geldbeträge anbieten. Das Geld ist für mich unwichtig – viel wichtiger ist, dass wir etwas von unserer Privatsphäre zurückerlangen. Unsere Normalität. Sich nicht mehr wie auf dem Präsentierteller zu fühlen. Die Verletzlichkeit, die sich einstellt, wenn man ständig von neugierigen Blicken umgeben ist.

Ich will, dass unsere zerplatzte Blase wieder intakt wird. Colton und ich haben so hart daran gearbeitet, um diese Blase um uns herum aufzubauen – wir haben unsere Heirat und uns in den ersten Tagen unserer Ehe abgeschottet. Die Blase, die den Presseleuten sagte, sie sollen uns in Ruhe lassen, weil ganz egal, wie sehr sie es auch versuchten, wir uns nie ihrem Tratsch und ihren Tricks beugten.

Und das haben wir auch nicht.

Selbst bei der Veröffentlichung des Videos haben wir es nicht getan. Und dennoch habe ich das Gefühl, als ob sie uns etwas gestohlen hätten. Den Teil von uns, der uns das Gefühl gibt, wie jedes andere Paar in Amerika zu sein, das versucht, dass seine Ehe funktioniert und seinen Alltag lebt. Es ist nicht so sehr die Anonymität, sondern eher der konstante Zustand, entblößt und verletzlich zu sein – vor den neugierigen Blicken und der öffentlichen Kontrolle, was dazu führte, dass ich meinen Job verlor, dass Zander in Gefahr gebracht wurde und uns einen besonderen Moment in unserem Leben genommen und es in einen wahren Internet-Rausch verwandelt hat.

Es ist einfach alles zu viel. Alles auf einmal. Ich hoffe so sehr, dass Ace uns dabei helfen wird, diesen Frieden wiederzufinden. Dieses kleine Stück vom Frieden, von dem ich Colton erzählte, dass ich es so dringend brauche.

Meine Nerven liegen blank. Mein Körper ist jenseits der Erschöpfung. Mein Geist befindet sich in einer mentalen Überlastung – in dem Ausmaß, dass alles, auf das ich mich zu konzentrieren versuche, nur noch schwieriger wird anstatt leichter. Es ist schon so lange her, dass ich mich so gefühlt habe, Mrs. Immer-alles-unter-Kontrolle. Dennoch bin ich gerade so erschöpft, dass ich nicht einmal die Kraft aufbringen kann, mich darum zu kümmern.

Wir gehen ins Haus, und so müde ich auch bin, fühle ich mich unruhig, zappelig, will mich in einem Zimmer mit meinen beiden Männern einsperren und die Außenwelt um mich herum vergessen. Ich drücke Ace an meine Brust und laufe auf und ab, lasse das Gefühl der Unruhe meine Bewegung kontrollieren.

»Ry, du musst dich setzen«, sagt Colton, als er die Treppe aus dem oberen Stockwerk herunterkommt, wo er die Taschen und Geschenke abgelegt hat. Ich kann lediglich den Kopf schütteln und versuchen herauszubekommen, warum ich mich so unruhig fühle – selbst in unserem eigenen Haus. »Du hast gerade ein Baby bekommen und mir versprochen, es langsam angehen zu lassen, bis es dir körperlich wieder besser geht. Das hier« sagt er und weist auf mein Herumgelaufe, »ist nicht ausruhen.«

»Ich weiß. Ich werde es tun«, murmele ich leise. Mein Geist ist ganz woanders und wird von einem Gedanken in Beschlag genommen.

»Was ist los, Ry? Ich sehe doch, wie es in deinem Kopf arbeitet. Was ist los?«

»Hast du dir jemals gewünscht, wir könnten die Außenwelt einfach ausschließen? Uns hier unser eigenes kleines Reich erschaffen und alle anderen links liegen lassen?« Ich halte an, als ich die letzten Worte ausspreche, aber mein Geist wandert weiter.

Colton legt seinen Kopf schief und starrt mich an. Er versucht dahinterzukommen, worauf ich hinauswill. »Ja. Ständig.« Er lächelt sanft. »Aber ich denke, du würdest irgendwann genug von mir haben, wenn ich deine einzige Gesellschaft wäre.«

Ich zwinge mich zu schlucken, als die großen Glasschiebetüren sich hinter ihm auftürmen. Ihre Größe hat mich niemals zuvor gestört, aber jetzt scheinen sie auf einmal wie ein riesiges Signalfeuer zu sein, das unser Leben der Öffentlichkeit preisgibt und den Leuten gestattet hereinzuschauen.

»Keiner kann hier hereinsehen, Rylee. In den fünfzehn Jahren, in denen ich hier gelebt habe, wurde kein einziges Foto vom Strand aus gemacht.« Er klingt ernst, seine Augen sind voller Sorge. Ich sollte es lieben, dass er mich so gut einschätzen kann. Ich sollte es begrüßen, dass er sofort versucht, meine Sorgen zu beruhigen, bevor ich sie überhaupt laut ausgesprochen habe.

Aber ich kann es nicht. Ich bin zu sehr auf diese riesigen Fenster und die Kameras mit Langstreckenlinsen fokussiert, die es irgendwie doch schaffen könnten, uns durch die getönten Scheiben zu sehen.

»Was ist mit skrupellosen Reportern? Oder Drohnen? Drohnen sind der letzte Schrei«, sage ich und riskiere damit, wie eine Verrückte zu klingen, doch das Bedürfnis, diesen Raum vor der Außenwelt abzuschotten, ist größer.

»Du weißt, dass die Fenster getönt sind. Wir können zwar raussehen, aber keiner rein, außer wenn die Fenster geöffnet sind, okay?« Ein beschwichtigender Tonfall schwingt in seiner Stimme mit, der mich zuerst aufregt, aber schließlich mit dem Moment der Hysterie Schluss macht und mich wieder zurück zu mir selbst bringt.

»Entschuldige.« Ich schüttle den Kopf und drücke einen sanften Kuss auf Ace' Stirn. »Der heutige Tag hat mich total durcheinandergebracht. Ich will nicht verrückt klingen. Ich bin nur müde und ...«

»Der heutige Tag hat mich auch durcheinandergebracht, Ry. Ich danke Gott, dass ich letztes Jahr das Überwachungssystem auf den neuesten Stand gebracht habe.« Er kommt zu mir und zieht Ace und mich in meinen sicheren Ort – in seine Arme – und gibt uns beiden einen Kuss auf die Stirn. »Ihr beide seid mein Ein und Alles. Es gibt nichts auf der Welt, das ich nicht tun würde, um sicherzugehen, dass ihr beide in Sicherheit seid.«

Die nächsten zwölf Stunden vergehen in Runden von Schlaf, gefolgt von unscharfen Momenten, in denen ich Essen in mich reinschaufele, Windeln wechsele und versuche, wach zu bleiben, während ich Ace stille, damit ich ihn nicht irgendwie verletze. Es ist ein brutaler Kreislauf, und ich bin sicher, dass ich alles falsch mache. Ich kann es nicht ertragen, Ace weinen zu hören, aber wenn er es doch tut, versuche ich, ihn zu stillen, oder lege mich mit ihm auf meiner Brust auf die Couch, damit ich ein bisschen schlafen kann, wenn er es auch gerade tut. In der Minute, wenn ich ihn in seine Wiege lege, wacht er nämlich immer jedes Mal sofort auf.

Ich bin halb am Vor-mich-hin-Dösen, demnach selig, und dennoch schlafe ich nur leicht – zum Teil aus Angst, dass ich Ace nicht höre, falls er aufwachen und mich brauchen sollte. Als ich dann aus meinem Schlaf aufschrecke – mein Herz schlägt mir bis zum Hals, und mein ganzer Körper schmerzt –, ist das, was mir am meisten Angst macht, ich könnte eingeschlafen und dabei auf die Seite gefallen sein mit Ace neben mir, der an meiner Brust saugt.

Das panische Gefühl verdoppelt sich, während ich sofort meine Hand auf Ace' Brust lege, um sicherzugehen, dass er atmet und ich, während ich schlief, nicht auf ihn gerollt bin. Gerade als ich mich wieder etwas beruhige, schlägt Colton neben mir um sich, schreit mit einer Stimme, die sich leer anhört und so klingt, als ob er sich fürchten würde. War das etwa der Grund, warum ich eigentlich erst aufgewacht bin?

»Colton!«, stoße ich keuchend hervor und versuche, ihn aufzuwecken. Gleichzeitig nehme ich eilig Ace in die Arme, sodass Colton ihn nicht versehentlich verletzt, während er mit seinem Albtraum ringt. »Colton!« Ich versuche mich am Kopfende mit Ace, den ich an meine Brust gedrückt habe, hochzudrücken, während Coltons Proteste und sein schroffes Knurren die Stille um uns herum im Raum füllen.

»Nein!«, schreit er wieder, aber dieses Mal wacht er selbst davon auf. Ohne seine Augen in dem mondbeschienenen Raum sehen zu können, weiß ich, dass, worüber er auch immer geträumt haben mag, ihn immer noch am ganzen Körper zittern lässt. Ich kann seinen Angstschweiß riechen, kann das Krächzen seiner Stimme hören und spüren, wie orientierungslos er gerade ist.

»Es ist okay, Colton«, sage ich und erschüttere ihn aufs Neue, da er bei dem Klang meiner Stimme hochschreckt. Es bringt mich völlig aus der Fassung in Anbetracht dessen, dass ich mich nicht daran erinnern kann, wann er das letzte Mal solch einen Albtraum hatte. Als ich meine Hand ausstrecke, um ihn zu berühren, zuckt er zusammen, und ich lasse meine Hand auf seinem Arm liegen, um ihn wissen zu lassen, dass ich bei ihm bin und er nicht in dem dunklen Raum mit der muffig riechenden Matratze ist, was immer noch von Zeit zu Zeit seine Träume regiert.

Oder vielleicht doch häufiger, und er hat es mir nur nicht erzählt.

»Scheiße«, knurrt er, als er sich von der Matratze hochschiebt und auf und ab zu laufen beginnt. Er versucht die zwiespältigen Gefühle, die in ihm toben, zu verarbeiten. Er rollt seine Schultern, um das in den Griff zu bekommen, was ihn auch immer in seinen Träumen heimgesucht haben mag.

Nach einigen Momenten, in denen er seine Hände hinter dem Kopf verschränkte und komplett in Gedanken versunken war, kommt er an meine Bettseite und lehnt seine Hüften gegen die Matratze. »Es tut mir leid.«

»Du musst dich für nichts entschuldigen«, sage ich und beäuge ihn vorsichtig, während ich seine Körpersprache studiere, um von ihr auf seinen seelischen Zustand zu schließen. Ob er total erschrocken ist, schlecht gelaunt oder verstört.

»Verdammter Traum«, sagt er mehr zu sich selbst als zu mir. Da ich mich nicht erinnern kann, wann ich Ace das letzte Mal gestillt habe, lege ich ihn an meine Brust, während Colton ganz in seinen Gedanken versunken ist.

»Willst du darüber reden?«

»Nein!«, motzt er los, aber seufzt dann, als ihm die Schärfe in seiner Stimme bewusst wird. »Tut mir leid ... Ich bin gerade nur ziemlich durch den Wind. Okay?«

Ich kann nur nicken und hoffen, dass er noch mit mir sprechen wird und das herauslässt, was ihn beschäftigt, damit es ihn nicht innerlich auffrisst, so wie ich weiß, dass es seine Vergangenheit manchmal tut. Er weiß nicht, dass ich es sehe, wenn die Geister wieder von ihm Besitz ergreifen, wie die Dämonen aus seiner Vergangenheit versuchen, sein Glück zu zerstören, in seinen Augen herumspuken und Falten in sein Gesicht einätzen.

Sosehr ich es auch hasse, diese Frage zu stellen, muss ich es dennoch einfach tun. »Ist es wegen Ace?«, frage ich so sanft wie möglich und warte schon beinahe ängstlich auf seine Antwort.

»Nein.« Er seufzt tief. »Doch«, sagt er dann sogar noch sanfter, als ich es zuvor getan habe. Und sosehr ich auch deswegen innerlich durchdrehe, sosehr es die Theorie bestätigt, die ich bereits im Krankenhaus hatte, kenne ich Colton doch auch gut genug, sodass ich mich zurücklehne und ihm zuhöre, weil er einen Moment verdient hat, um mir alles in Ruhe zu erklären. »Es ist nicht er, Ry. Und du auch nicht ... es ist nur so, dass Vater zu sein diesen Mist in mir aufwühlt, von dem ich gedacht hatte, ihn schon längst verarbeitet zu haben.«

»Das ist verständlich.«

»Nein, das ist es nicht! Das ist verdammter Bullshit. Du kannst unseren Sohn neun Monate lang austragen, all die Geburtsschmerzen aushalten wie ein gottverdammter Champion, siehst noch nicht einmal mitgenommen aus, und zur Hölle, wenn ich nicht das verdammte Arschloch bin, das dermaßen abgefuckt von seinen Albträumen ist, sodass ich sogar Angst habe, im Bett neben dir zu schlafen, für den Fall, dass du Ace hier auch liegen hast.« Seine Worte hängen in der Stille, während sie sich wütend in dem Raum zwischen uns ausbreitet.

»Kelly hat deinen Vater gefunden, oder?«

Colton schaut zu mir rüber, und obwohl es dunkel ist, kann ich sehen, dass er seine Zähne zusammengebissen hat, und ich sehe auch die innere Anspannung in seinen Augen und kenne die Antwort bereits, bevor er ungemein langsam mit dem Kopf nickt. Alles ergibt nun einen Sinn.

»Ja, und zwischen dem und den Träumen ist mein Kopf wie eine verdammte Patchworkdecke aus einem Haufen Bullshit.« Der Schmerz in seiner Stimme ist rau, die Unruhe in ihm fast schon spürbar, und während ich ihn nur selten dazu dränge, über gewisse Dinge zu reden, so tue ich es doch dieses Mal.

»Wieso?«

»Wieso?«, ahmt er mich nach und lacht sarkastisch.

»Erzähl mir von deinen Träumen.«

»Nein.« Seine schnelle Antwort verunsichert mich und sagt mir, dass sie schlimmer sind als die Albträume, die er normalerweise hat und bei denen er kein Problem damit hat, sie mit mir zu teilen. Und das versetzt mich in Sorge.

»Planst du, deinen Vater zu treffen?«, frage ich und weiß nur zu gut, was das letzte Mal passierte, als ich solch einen Vorschlag machte. Wie er seine Mutter ausfindig machte und jene Nacht auf der Rennbahn, in der er mir seine Vergangenheit offenbarte, seine Dämonen freiließ, die ihn sein ganzes Leben lang in den Abgrund gezogen hatten. Ich hatte ihm dabei geholfen, vorwärtszugehen. Als er jetzt nicht antwortet, reagiere ich komplett anders als damals, als er mir zum ersten Mal davon erzählte, dass er seinen Vater suchen wollte. »Ich denke, du solltest es tun.«

Colton schreckt bei meiner Bemerkung auf, seine Verwirrung über meine 180-Grad-Drehung ist ihm deutlich auf seinem hübschen Gesicht abzulesen. »Was?«

»Vielleicht musst du ihm einfach in die Augen sehen und erkennen, dass du kein bisschen so wie er bist. Vielleicht findest du auch heraus, dass er überhaupt nichts von dir wusste oder ...«

»Ober vielleicht finde ich auch heraus, dass mein Vater derjenige war, der mich missbraucht hat und nicht nur ihr Blut durch meine Adern läuft, sondern auch seins.« Seine Wut lässt meinen Geist in eine Richtung wirbeln, die ich noch nie zuvor in Betracht gezogen hatte.

»Was sagst du da, Colton?« Sanft dränge ich nach mehr, weil ich nicht mit so etwas gerechnet hatte.

»Meine Träume«, beginnt er und hält dann für einen Moment inne, während er den Kopf schüttelt. Er streckt seine Hand aus, um Ace' winzige Hand zu halten, die unter der Decke hervorlugt. »Ich habe diesen Traum gehabt, dass ich in den Raum gehe und da meine Mutter ist. Sie ist jünger, hübscher, überhaupt nicht so, wie ich sie in Erinnerung habe, und sie hält ein Baby in ihren Armen. Zuerst denke ich, dass ich es bin. Sie singt mir etwas zu, und da ist ein Mann in der Ecke, den ich nicht richtig erkennen kann. Als ich wieder zurück zu ihr sehe, sieht sie wieder so aus, wie ich sie in Erinnerung habe – zugedröhnt, verbraucht ... Es ist alles so wirklich. Ich kann sie riechen, den muffigen Zigarettengeruch. Ich kann die Tropfen des Wasserhahns hören, die ich damals immer zählte. Ich sehe die Superhelden, die ich mit Kreide auf die Wand zu malen versuchte, sodass ich mich auf sie konzentrieren konnte, wenn ...« Seine Worte brechen mir das Herz angesichts des Horrors, den er durchmachen musste und überlebte und jetzt wieder aufs Neue erlebt, aufgrund der Umstände, über die ich keine Kontrolle habe.

Ich wünschte, es gäbe etwas, das ich tun könnte, ihn trösten, irgendetwas tun, um ihm dabei zu helfen, den Schmerz und den inneren Konflikt von ihm zu nehmen. Aber ich kann es nicht. Alles, was ich tun kann, ist, an seiner Seite zu sein, ihm zuzuhören und bei ihm zu sein, wenn oder falls er sich dazu entscheidet, sich diesem Dämon zu stellen.

»Fuck«, flucht er, als er sich wieder vom Bett hochschiebt. Baxter hebt seinen Kopf, um zu sehen, ob es Zeit fürs Gassigehen ist, während Colton zu der Fensterwand geht, in die Dunkelheit der Nacht und zu seinem geliebten Strand blickt. »Das verfluchte Problem ist, dass ich es in dem Traum bin. Sein Körper. Seine Hände. Sein übler Geruch. Aber es sind meine gottverdammten Hände, die nach Ace greifen, um ihn zu nehmen und das – was auch immer – unserem Sohn anzutun.« Mein Magen dreht sich um, als ich herunter auf Ace' engelsgleiches Gesicht blicke. Ich kann mir noch nicht einmal vorstellen, wie ich mit ihm leiden werde, wenn die ersten Aufnahmen von ihm gemacht werden, somit kann ich auch beim besten Willen nicht das Grauen nachvollziehen, das Coltons Mutter ihren Sohn ertragen ließ, um fünf Minuten high zu sein.

»Oh, Colton«, murmele ich. Ich will, dass er wieder zurückkommt, damit ich meine Arme um ihn schlingen und ihn beruhigen kann. Aber ich weiß, dass selbst meine Berührung nicht die stürmischen Wellen, die in seinem Inneren gegeneinanderkrachen, beruhigen kann.

»Weißt du ... ich hatte Kelly gebeten, meinen Vater ausfindig zu machen, sodass ich wieder zum Ausgangspunkt meiner Geschichte zurückkehren und sie dann abschließen könnte. Ich will mit Sicherheit keine Kumbaya-Session mit ihm, so viel ist schon mal sicher. Ich war mir noch nicht einmal sicher, ob ich überhaupt mit ihm reden wollte, aber tief drin wollte ich wahrscheinlich sehen, ob wir uns in irgendeiner Weise ähnlich sind. Dumm, ich weiß, aber ein Teil von mir muss es einfach wissen.« Er dreht sich nun zu mir um, um mir ins Gesicht zu blicken, und in gewisser Hinsicht begreife ich, dass er mich darum bittet, etwas zu verstehen, das er noch nicht einmal selbst begreift.

»Und jetzt?«, frage ich in der Hoffnung, dass er weiterspricht, dass seine Ängste laut auszusprechen ihm erlaubt, sie zu überwinden.

»Jetzt ist es so«, seufzt er und streicht sich mit einer Hand durchs Haar, solch eine eindrucksvolle Silhouette gegen das Mondlicht, das durch die Fenster hinter ihm scheint, »dass ich mich frage, ob die Träume wahr sind. War der Scheißkerl wirklich mein Vater?«, fragt er. Seine Stimme ist voll von verstörtem Unglauben. »Als Kind habe ich das kein einziges Mal gedacht. Kein einziges Mal habe ich diese Verbindung gezogen. Ich wusste, dass ich ihr verdorbenes Blut in mir hatte, habe das bewältigt, denn ich wusste, dass zumindest die andere Hälfte von mir okay war ... Aber was ist, wenn er genauso schlecht ist? Oder sogar noch schlimmer? Was ist, wenn ich meinen Vater treffe und dann die Gewissheit habe, dass es wahr ist? Was dann, Ry?«

Der Ausdruck auf seinem Gesicht und der Klang in seiner Stimme zerreißen mich innerlich, weil alles, was ich ihm jetzt anbieten kann, lediglich Worte sind, und Worte werden hier nicht weiterhelfen. Sie werden ihm nicht die Angst nehmen oder das Ungewisse entschärfen. Aber ich biete sie ihm dennoch an. »Dann werden wir uns damit auseinandersetzen. Du und ich. Zusammen.« Ich greife nach seiner Hand und verflechte meine Finger mit seinen. Er atmet aus. »Eltern geben dir ihre Gene, machen aber aus dir nicht die Person, die du wirst.«

Wird er jemals frei von dieser Qual sein? Wird er jemals den unglaublichen Mann in sich sehen, den wir alle sehen?

»Trotzdem, Ry. Wenn es wahr ist … Jedes Mal, wenn ich Ace halte, werde ich dann …? Ich weiß es nicht.« Seine Stimme wird allmählich schwächer, als er herunter auf unsere Hände sieht. Die Stille wiegt schwer in der Luft um uns herum.

»Seitdem ich acht Jahre alt war, hat es keinen einzigen Menschen in meinem Leben gegeben, mit dem ich blutsverwandt war. So ist es eben, wenn man adoptiert ist. Und es ist nicht so, als ob Andy, Dorothea oder Quin dieses Gefühl abgeschwächt hätten, weil sie miteinander verwandt sind und ich nicht … aber ein Teil von mir wollte diese Verbindung mit irgendjemandem haben. Unbedingt. Ich beobachtete Andy, prägte mir alles ein, sodass ich lernen konnte, wie er zu lachen, wie er zu reden, solche Gesten wie er zu machen. Damit ich einfach nur jemandem ähnlich sein konnte. Damit uns Leute zusammen sehen und allein von unseren Angewohnheiten her denken konnten, dass ich sein Sohn war.«

»Colton.« Das ist das Einzige, was ich herausbringe, als Schmerz in meinem Herz ausströmt, sich in meine Seele gräbt und mir die Tränen in die Augen treibt wegen des kleinen Jungen, der sich wünschte, zu irgendjemandem zu gehören, und wegen des erwachsenen Mannes, der immer noch von seinen Erinnerungen eingeholt wird.

Der immer noch von seinen Erinnerungen hin und her gerissen ist.

»Weißt du, wie es ist, zum ersten Mal in fast dreißig Jahren mit jemandem verwandt zu sein? Blut. Gene. Eigenarten. Alles vererbt. Und dass Ace ein Teil von mir ist?« Der Unglaube, der in seiner Stimme mitschwingt, ist lauter als seine Worte.

»Du bist nicht mehr allein.« Ich drücke seine Hand, eine stille Bestätigung.

»Du hast recht. Das bin ich nicht«, sagt er. Ich beobachte, wie sich seine Körperhaltung verändert – sein Rücken wird steif, die Schultern richten sich auf –, um defensiver zu sein. Die Verletzlichkeit eines Mannes dauert trotz allem nicht so lange. »Aber gleichzeitig war ich so naiv zu glauben, dass dies – die Blutsverwandtschaft mit Ace – den Rest der ganzen Scheiße aufheben würde.«

Ich ziehe die Augenbrauen hoch. »Was für eine Scheiße?«, frage ich, versuche herauszufinden, welches von der Vielzahl an Dingen als Scheiße angesehen werden kann.

»Nichts. Vergiss es«, meint er, als er wieder aufsteht und mir und Ace einen Kuss auf die Stirn gibt. »Nur ein paar Dinge, die ich mit mir selbst ausmachen muss. Ich verspreche dir, dass ich versuche, schnell zu sein.«

Unsere Blicke verbinden sich im Schutze der Nacht, und ich mache mir Gedanken, was die Dunkelheit wohl verbirgt, was ich normalerweise sehen würde. Ich hatte gedacht, dass es lediglich der Gedanke wäre, Vater zu sein, aber jetzt mache ich mir Sorgen, dass weitaus mehr dahintersteckt.

Ich war dermaßen in meine eigene Welt vertieft – mit allem, was in den letzten Wochen geschehen ist –, dass ich mich jetzt wie ein Arschloch fühle. Ich kann mir Sorgen wegen Zander machen, kann wegen meines Jobs mitgenommen sein, und dennoch habe ich kein einziges Mal innegehalten, um auf den Mann neben mir zu achten – meinen Fels in der Brandung – und daran zu denken, mit was für einem anderen Mist er sich herumschlagen musste.

Ich will es ihm sagen, nur nicht gerade jetzt. Kann er sich nicht gleich darum kümmern? Zur Hölle, ja, es ist ein egoistischer Gedanke, aber gleichzeitig denke ich mir, wenn ich herunter auf Ace schaue, dass unser Sohn doch alles andere in den Schatten stellt. Er ist der perfekte Moment in unserem Leben, und wir müssen genau so bleiben, alle zusammen, als eine Einheit. Colton hat mir diesen Moment versprochen, und jetzt haben wir ihn gefunden, und alles, was ich tun will, ist, so lange wie nur möglich daran festzuhalten.

Aber als ich zurück zu Colton aufblicke und seine angespannte Körperhaltung sehe, erkenne ich, dass, während der Moment für mich perfekt sein mag, er einfach nur ein bisschen länger braucht, um ihn zu finden.

»Geh schlafen. Ich werde mich für ein Weilchen auf die Terrasse setzen, um wieder einen klaren Kopf zu bekommen«, sagt er. Ich weiß, das bedeutet, dass er noch an den Albtraum denkt, der nach wie vor in seinem Kopf herumspukt, und noch nicht bereit ist, sich schlafen zu legen, aus Angst, der Traum könnte zurückkehren.

Ich unterdrücke das, was ich wirklich sagen will. Geh nicht. Ohne dich fühle ich mich im Bett allein. Sprich mit mir. Stattdessen sage ich: »Okay. Ich bin da, wenn du mich brauchst.« Weil wir dich brauchen. Aber ich weiß auch, dass Ace und ich sein Ich brauchen, das zu einhundert Prozent er selbst ist, und wenn er etwas Zeit braucht, um wieder dorthin zurückzugelangen, dann muss ich ihm das zugestehen.

Für ihn. Alles für ihn.

Und für uns.

Das ist die Ehe: Man selbst sein, aber auch das zu sein, was der Partner braucht, wenn er es am allermeisten braucht. Für den anderen eine Stütze sein, wenn dieser sich gerade nicht selbst halten kann.

»Gute Nacht«, sagt er noch, während er bereits in Richtung Tür geht.

»Colton?« Sein Name ist zum Teil eine Bitte, zum Teil eine Frage, weil ich weiß, dass er gerade dichtmacht und mich womöglich ausschließt.

Er bleibt in der Türöffnung stehen und dreht sich zu mir um. »Alles wird gut, Ry. Alles.«

27

COLTON

Ich bring den Scheißkerl um.

Meine Füße stampfen auf den Sand. Einer nach dem anderen. Mein Rhythmus: Fick. Dich. Eddie.

Zornige Schritte kommen schneller ans Ziel, tun aber verdammt noch mal absolut nichts dagegen, um die Wut zu mindern. Das Einzige, was sie tun, ist, die Entfernung zwischen mir und den Paparazzi zu vergrößern, die am öffentlichen Eingang zum Strand hocken.

Meine Lunge ist angegriffen. Meine Beine schmerzen. Meine Augen brennen, als Schweiß in sie tropft. Ich mache weiter mit meinem Tempo. Ich brauche die Erschöpfung, den Sand, den Raum, um meinen Kopf wieder klarzubekommen, bevor ich mich umdrehe und wieder zurückeile.

Fick. Dich. Eddie.

Ich bringe mich selbst an den Rand der Erschöpfung. Laufe so weit nördlich, wie ich kann, ehe ich mich vorbeuge, meine Hände auf den Knien abstütze und nach Luft ringe. Und obwohl ich total erschöpft bin, verschwindet das Bild nicht aus meinem Kopf. Das wird es auch nicht.

Das Foto, das er geschossen hat.

Rys Gesicht ist in der Ecke zu sehen. Den Mund hat sie protestierend geöffnet, mit einer Hand deckt sie ihre Brust ab, die andere streckt sie aus, um die Kameralinse abzudecken. Aber der Spaß geht auf unsere Kosten. Es war nicht Ry, von der er ein Bild machte. Nee. Sie war lediglich die Gestalt um das herum, was Eddie haben wollte: Ace, der zwischen ihren Schenkeln sitzt. Weiße Windel. Ein Durcheinander von dunklem Haar. Den Mund weinend aufgerissen. Das Gesicht ganz rot.

Unser Kleiner ist erst einen Tag alt und wird bereits da mit hineingezogen. Benutzt. Für Geld. Um uns zu verletzen. Nimmt das reinste Wesen in meinem Leben und benutzt es, um uns zu verletzen.

Verdammt noch mal, das ist überhaupt nicht cool. Das ist schäbig. Inakzeptabel.

Fick. Dich. Eddie.

Ich drehe mich wieder gen Süden. Meine Füße setzen sich erneut in Bewegung. Meine Arme pumpen. Mein Abschied aus der Realität ist nur vorübergehend.

Ich hoffe doch, dass es die halbe Million, die er dafür einkassiert hat, wert war. Wenn ich mit ihm fertig bin, wird er feststellen, dass das verdammte Foto ihn weitaus mehr gekostet hat.

Jetzt muss ich mich Rylee stellen. Muss ihr sagen, dass der Mann, der uns unseren Moment genommen hat – unser kleines Stück vom Frieden –, wieder etwas von uns gestohlen hat. Er hat uns die Möglichkeit genommen, unseren Sohn der Welt auf unsere Art vorzustellen. Hat aus Ace eine Schachfigur in seinem abgefuckten Spiel gemacht.

Fick. Dich. Eddie.

Rylees Gesicht kommt mir in den Sinn: die Augen vor Panik weit aufgerissen, ihre Stimme zögernd, die sie aufzehrende Paranoia wegen der Fenster. Und nun muss ich noch ein bisschen mehr Wahnsinn zu ihrem Chaos hinzufügen.

Auf die Spitze von allem anderen, was ich bereits aufgeschüttet habe.

Zu viel. Einfach viel zu viel. Offene Enden. Unerwartete Überraschungen. Gezwungenes Handeln. Unkontrollierbare Situationen. Das niemals enden wollende Ungewisse.

Fick. Dich. Eddie.

CJs Worte waren wie Benzin, das man in einen bereits außer Kontrolle geratenen Großflächenbrand hineinschüttete. Was war seine Antwort gewesen, als ich ihn danach fragte, wie es sein kann, dass dieser kleine Wichser in diesem verdammten Vergeltungsspiel die Oberhand behalten kann? *Die einzige Macht, die Eddie über euch hat, ist eure Reaktion darauf.* Woraufhin ich nur ein knappes *Fick dich!* zurückgab.

Er hat keine Macht über mich. Kein bisschen. Ich lasse ihn denken, dass er sie hat, doch seine Tage sind gezählt. Die Karten liegen auf dem Tisch. Es mag sein, dass er den Joker hat.

Aber ich habe alle Asse.

28

RYLEE

»Pst! Seid nicht so laut. Ihr werdet ihm noch Angst machen«, flüstert Aiden den anderen Jungs zu, die sich um ihn herum versammelt haben. Oder vielmehr sich um Ace versammelt haben.

Sieben Köpfe – blond, braun und einer davon rot – bilden eine geschlossene Front von übereifrigen Jungs, alle wetteifernd, ihn in Shanes Armen beim Schlafen zu beobachten. Alle außer einem.

Zander sitzt auf der Couch außerhalb des Kreises und schaut aus der Ferne zu. Ein leichtes Lächeln ist auf seinem Gesicht zu sehen, aber da ist eine Distanz in seinen Augen, die ich erkenne und überhaupt nicht leiden kann. Ich schaue ihm dabei zu, wie er alles beobachtet, allerdings keine Anstalten macht, näher zu kommen. Und mein Instinkt sagt mir, dass er etwas tut, mit dem er sich auskennt – er errichtet eine Mauer um sich herum, distanziert sich von seinen Brüdern, sodass der Hieb, wenn man ihn zu seinen neuen Pflegeeltern bringen sollte, nicht ganz so schlimm sein wird.

Auch eine Form von Abwehrmechanismus.

Warum verspüre ich plötzlich das Bedürfnis, diese Richtung einzuschlagen?

Ich schaue von Zander auf, um Shanes Blick über den Köpfen der anderen zu bemerken. Wir sehen uns in die Augen, und ich kann den Blick in ihnen nicht deuten. Er wird nun langsam erwachsen, macht nächstes Semester schon seinen Collegeabschluss und ist so viel besser darin geworden, die Emotionen in seinen Augen zu kontrollieren. Ich kann nicht erkennen, was sie sagen, und es ist nicht so, als ob das hier jetzt der richtige Zeitpunkt oder Ort wäre, ihn zu fragen, was er mir verschweigt.

Auggie und Scooter stoßen einander mit dem Ellenbogen in die Seite. Diese Interaktion überrascht mich, und obwohl meine Verwarnung automatisch folgt, lächelt auch ein kleiner Teil in mir bei diesem kleinen Schritt in Auggies Marathon-Reise, sich in die Gruppe zu integrieren. Und dann ist der andere Teil in mir wiederum traurig, dass ich nicht dabei gewesen bin, um etwas von diesem Fortschritt mitzubekommen.

»Immer mit der Ruhe, Jungs«, ruft Colton ihnen aus der Küche zu, in der er gerade mit Jax steht, als wieder Ellenbogen einen anderen Jungen anrempeln.

Fragen ertönen von links und rechts. Schläft er die ganze Zeit? Bin ich jetzt dran, ihn zu halten? Sind die Windeln eklig? Bin ich jetzt dran, ihn zu halten? Ist er wirklich aus deinem Bauchnabel rausgekommen? Bin ich jetzt dran, ihn zu halten? Ist es wahr, dass er aus deinem Busen Milch trinkt?

Die letzte Frage erntet ein bisschen Gelächter und gerötete Wangen.

»Zander, willst du dich neben mich setzen?«, frage ich, denn ich muss den Jungen ein wenig aus der Reserve locken.

»Okay«, murmelt er, als er sich von der Couch erhebt und zu mir kommt. Er setzt sich neben mich, und ich lege meinen Arm um ihn, ziehe ihn ein bisschen näher an mich heran. Ich muss und will ihm ein wenig Geborgenheit geben und mir im Gegenzug auch etwas von ihm holen, auch wenn er nichts sagt.

»Ich hab dich vermisst«, murmele ich, als ich ihm ein Küsschen gebe, das ihm mit Sicherheit peinlich ist, aber das ist mir egal. Zuneigung ist niemals vergebens, ganz egal, wie sehr die andere Person auch denken mag, dass sie sie nicht braucht oder will.

»Ich dich auch«, erwidert er. Ich lehne meine Wange an seinen Kopf und halte ihn einfach nur, während die anderen Jungs damit weitermachen, Ace anzustarren, und völlig fasziniert davon sind, wie klein er ist.

Ein Teil von mir ist etwas überrascht, dass ich nicht so ausgeflippt bin, wie ich zuerst dachte, wenn ich diese typischen, nicht allzu behutsamen Jungs dabei beobachten würde, wie sie sich um ihn scharen. Aber ich sollte es auch gar nicht sein. Das hier sind schließlich meine Jungs – meine Familie –, und ich vertraue ihnen, weil ich weiß, dass sie niemals etwas verletzen würden, was mir so lieb und teuer ist.

Dann bin ich wiederum dermaßen erschöpft, dass ich denke, das Einzige, was mich augenblicklich hellwach bleiben lässt, das Geräusch von Ace' Weinen wäre. Davon abgesehen habe ich das Gefühl, als ob ich durch einen Nebel wandere.

Ich rede mit Zander, frage ihn über die Schule und einfache Dinge aus, versuche ihn aus seinem Schneckenhaus zu locken, als plötzlich ein Blitzlicht losgeht.

Etwas in mir dreht komplett durch und übernimmt die Kontrolle.

»Nein!«, schreie ich, springe von der Couch hoch, so schnell, wie es mir mein wunder Körper erlaubt. Köpfe drehen sich zu mir um, während der Schock alle im Raum zum Schweigen bringt. »Keine Fotos!« Meine Stimme zittert, klingt aber dennoch resolut. Mein Herz rast, und meine Finger zittern, während die Angst von meinem Körper Besitz ergreift. Ich bin auf einem von Panik durchsetzten Autopiloten, als ich Connor sein Telefon aus der Hand reiße und sofort das Bild lösche, das er eben von Ace gemacht hat.

Ich sehe den Schock in seinen Augen, den offenen Mund, sein Kopfschütteln, und dennoch ist alles, woran ich gerade denken kann – Ace. Alles, was ich fühlen kann, ist der Zorn, den ich unter Kontrolle gehalten habe, nachdem ich gestern aus allen Wolken gefallen bin, als Colton mir von Eddies bislang schlimmstem Eindringen in unsere Privatsphäre erzählte. Wie es mich innerlich aufgefressen hat – Stück für Stück. Es gab mir das Gefühl, dass unsere Welt nun komplett aus den Fugen geraten ist und wir nie wieder unsere Blase zurückbekommen werden.

Ich brauche unsere Blase zurück. Unbedingt.

Ich stehe im Wohnzimmer, umklammere mit einer Hand das Telefon. Die Jungs schauen zu mir und wissen nicht, was sie tun sollen. Ich beginne zu zittern, als mich ein heißer Blitz von Schwindel verschlingt. Schweißperlen treten mir auf die Haut. Mein Magen dreht sich um. Ich schaue die Jungs nacheinander an, unfähig, etwas zu erklären, und bin besorgt, weil ich sie gerade erschreckt habe und dennoch nichts daran ändern kann.

Die Panikattacke überkommt mich augenblicklich wie eine Sturzflut und reißt mich mit sich – verstärkt alles, was ich gefühlt habe, und dann noch etwas mehr. Aber gerade, als meine Knie beginnen einzuknicken, schlingt Colton auch schon von hinten seine Arme um mich und zieht mich an sich.

»Atme, Ry«, murmelt er in mein Ohr. Sein warmer Atem auf meiner erröteten Haut, ein Geräusch, das mich auf den Boden der Tatsachen zurückholt, während ich das Gefühl habe, durchzudrehen. Als ich mich wieder konzentrieren kann, sprechen die Gesichter der Anwesenden Bände. »Alles okay. Nur eine kleine Panikattacke. Ich hab dich.«

Seine Worte und seinen Körper an meinem zu spüren, relativiert die Unruhe, die mich packt – Körperglied für Körperglied, Nerv für Nerv bis hin zu dem Punkt, an dem es schwierig wird, sich zu konzentrieren oder durchzuatmen. Meine Kleidung klebt an mir, als mir der kalte Schweiß ausbricht.

»Ich hab dich«, sagt er wieder. Seine Stimme ist das Einzige, auf das ich mich konzentrieren kann. Die eine Sache, die ich brauche. Ich kann die Sorge auf den Gesichtern der Jungs sehen, aber meine Gefühle sind wie gelähmt. Ich kann nicht fühlen, kann mich nicht darum kümmern, mich zu sorgen, ihnen zu erklären, dass ich okay bin, dass sie sich keine Gedanken machen sollen. Kurz kann ich mich konzentrieren. Die Tatsache, dass ich nicht als Erstes an die Jungs denke, bedeutet, dass irgendetwas nicht mit mir stimmt. Das ist so rein gar nicht meine Art.

Und diese Feststellung – dieses Bruchstück der Realität – ruft eine zweite Welle der Unruhe in mir hervor, die mich noch härter trifft als die erste.

»Irgendetwas ist nicht in Ordnung«, flüstere ich so leise, dass ich nicht einmal weiß, ob Colton mich gehört hat.

»Ry geht's gut«, höre ich Jax sagen, als er vortritt und die Jungs beruhigt, was eigentlich meine Aufgabe wäre. Aber ich kann nicht. Die Worte stecken in meiner Kehle fest. »Nur eine kleine Panikattacke.«

»Lass uns nach oben gehen«, murmelt Colton. Er ist immer noch hinter mir, und gerade als er uns umdreht, sehe ich Shane, und unsere Blicke treffen sich. Ich kann die Angst in seinen Augen sehen, auch ihm steht die Panik ins Gesicht geschrieben, jedoch schiebt mich Colton weiter den Flur entlang, bevor ich mich noch entschuldigen kann.

»Ich kann nicht«, murmele ich, bin völlig benommen. »Es tut mir leid. Ich weiß nicht …«

»Komm schon, Baby.« Seine Stimme ist beruhigend. Sanft hebt er mich in seine Arme, als wir erst einmal aus dem Blickfeld der Jungs sind. »Ich hab dich.« Ich beginne mich zu winden, bin unsicher, unruhig, einfach alles auf einmal. »Ich lass dich nicht fallen, Rylee. Ich werde dich niemals fallen lassen«, murmelt er an meinem Gesicht.

Ich lasse mich in seine Arme sinken, höre die Worte und lasse ihn die Zügel in die Hand nehmen. Ich weiß, dass er recht hat, aber ich will nicht zugeben, dass es mir gerade wirklich schwerfällt, mit allem klarzukommen. Jeder Schritt, den er macht, ist wie der Hammer, der auf die schwere Last auf meinen Schultern noch einen draufsetzt.

»Es ist einfach alles zu viel, zu schnell«, murmele ich.

Schritt.

Die Veröffentlichung des Videos. Das Eindringen in unsere Privatsphäre. Entblößt. Voller Scham. Verletzt. Hilflos.
Schritt.
Die erzwungene Beurlaubung. Verloren. Meine Aufgabe weg. Betrogen.
Schritt.
Zanders Onkel, der auftauchte. Hände gebunden. Ungeeignet. Situation ausgenutzt.
Schritt.
Ace' Geburt. Emotionale Überlastung. Große Freude. Bedingungslose Liebe.
Schritt.
Eddie im Krankenhauszimmer. Angst. Panik. Verraten.
Schritt.
Erste Nacht zu Hause als frischgebackene Mutter. Überwältigt. Erschöpft. Verändert.
Schritt.
Das Wiederauftauchen von Coltons Albträumen. Beunruhigend. Zerstörerisch. Ein Joker.
Schritt.
Eddie, der Ace' Bild verkauft. Verletzt. Benutzt. Ausgenutzt. Hilflos.
Schritt.
Zander heute. Kühl. Verängstigt. Wortkarg.
Schritt.
Das Aufblitzen von Connors Kamera. Außer Kontrolle. Abwehrend. Verängstigt.

Zu viel, zu schnell. Coltons Worte wiederholen sich in meinem Kopf.

»Hör auf, nachzudenken, Baby«, sagt Colton. »Du

verkrampfst dich immer noch. Lass das alles mal für eine Weile draußen.«

Ich schließe die Augen, als er den Treppenabsatz erreicht. Mein Puls rast, und mein Körper zittert immer noch, aber ich fühle mich jetzt ein bisschen ruhiger mit dem Stakkato seines Herzschlags gegen mein Ohr. Sanft legt er mich auf dem Bett ab, die Weichheit der Matratze unter mir ist nicht annähernd so beruhigend wie die Wärme seines Körpers an meinem.

»Ein bisschen besser?« fragt er, als er mir das Haar aus dem Gesicht streicht.

Ich nicke, hasse das Brennen der Tränen in meinen Augen und das Brennen in meinem Hals. »Es tut mir leid.« Das ist das Einzige, was ich noch hinbekomme auszusprechen, während ich versuche, mich in dem durch Panik versetzten Nebel wieder selbst zu finden.

»Nein ... sag nicht, dass es dir leidtut«, sagt er und gibt mir einen Kuss auf die Stirn. »Du bist erschöpft. Ich weiß, du bist daran gewöhnt, immer die Starke zu sein, aber hör auf, dagegen anzukämpfen, dass du es gerade nicht sein kannst. Erlaube dir mal ein paar Stunden, es nicht zu sein, okay?«

Ich öffne die Augen und schaue in seine. Ich sehe Liebe, Sorge, Mitgefühl, und mehr als alles andere sehe ich sein Bedürfnis, sich um mich zu kümmern. Deshalb seufze ich, auch wenn ich mich jetzt weniger zittrig fühle und nicke. »Ich muss mich entsch...«

»Ich hab alles unter Kontrolle.« Er hält mir einen Finger an die Lippen, damit ich nicht mehr weiterrede. »Schließ einfach nur die Augen und ruh dich aus.«

Und das tue ich. Ich schließe die Augen, als ich ihn den

Flur zurückgehen höre. Ich höre ihn die Treppe hinunter und dann auf dem gefliesten Boden unten gehen. Ich zwinge mich dazu, mich zu entspannen, versuche meinen Kopf frei zu bekommen.

Aus irgendeinem Grund glaube ich nicht, dass es klappen wird.

Ace weint.

Gerade hatte ich meine Augen geschlossen.

Das Weinen wird lauter.

Warum ist es draußen dunkel?

Und es wird lauter.

Wie lange habe ich eigentlich geschlafen?

Und lauter.

Bitte lasst mich allein.

Ich drücke meine Augen fester zu. Rolle mich auf die Seite, weg vom Türeingang. Ich muss einfach nur schlafen. Will nicht nachdenken. Muss mich einfach nur wieder zurück in die Dunkelheit des Schlummers treiben lassen und alles ausschließen.

»Ry? Ry?« Colton drückt mich leicht an der Schulter. Ace' Weinen nimmt ungeahnte Höhen an.

»Ja«, murmele ich. Meine Augen sind immer noch geschlossen, aber meine Brüste kribbeln von dem Brennen der Milch, die eintritt, als mein Körper instinktiv auf das Geräusch meines Babys reagiert.

»Ace hat Hunger«, sagt er, drückt wieder meine Schulter.

Und obwohl er die Worte sagt und ich Ace' Weinen hören kann, ist der angeborene Instinkt nicht da. Mein Mund ist ausgetrocknet. Ich kann nicht Nein sagen. Ich bin mir auch nicht sicher, ob ich das überhaupt will. Aber gleichzeitig ist das einzige Wort, das ich benutzen kann, um zu beschreiben, wie ich mich fühle: lustlos.

Du bist einfach nur müde. Du hast eine Stunde geschlafen, obwohl du eigentlich zwölf bräuchtest. Dein Körper ist wund, verändert sich, macht Überstunden, um Milch zu produzieren und um zu heilen, und das macht dich nur noch angeschlagener als jemals zuvor.

Das ist alles.

»Okay.« Mehr kann ich nicht sagen, während ich mich auf die Seite rolle und automatisch mein Shirt hochhebe. Meine Brüste schmerzen, sie sind von der Milch so schwer. Colton legt Ace neben mich, in die Mitte unseres Bettes, während ich meine Brustwarze in seinen Mund schiebe.

Ace beginnt zu saugen, und ich warte darauf, dass sich das vertraute Gefühl einstellt. Dasjenige, das ich jedes Mal verspürt habe, wenn wir uns verbunden haben – in der natürlichsten aller Handlungen. Da ist normalerweise diese wohltuende Ruhe, die sich in mir ausbreitet, wie Endorphine nach einem Work-out. Aber dieses Mal, als Ace andockt, will ich nur meine Augen schließen und mich wieder zurück in den Schlaf verkriechen, den ich so bitternötig habe.

»Bin sofort wieder da«, sagt Colton, was Panik in mir auslöst und was ich nicht so recht verstehen kann.

Geh nicht! Ich schreie die Worte in meinem Kopf, und dennoch kommt kein Ton über meine Lippen. Meine Kehle fühlt sich so an, als würde sie sich langsam mit Sand füllen. Meine Brust fühlt sich fest an. Schweißperlen bilden sich auf meiner Oberlippe.

Reiß dich zusammen, Ry. Es sind nur die Hormone. Es ist die Umstellungsphase. Vermischt mit Erschöpfung. Und das Gefühl, nicht zu wissen, was ich tue, selbst wenn ich es tue.

Morgen wird es besser sein.

Und am Tag darauf sogar noch besser.

29

COLTON

»Willst du mir erzählen, was wir hier tun, mein Sohn?«

Ich blicke zu meinem Vater herüber und dann wieder zurück zu der Garage auf der anderen Straßenseite. Ich antworte ihm nicht. Und selbst wenn ich es ihm erzählen wollen würde, bin ich mir nicht sicher, was ich genau sagen sollte. Mein Körper vibriert vor Verunsicherung. Mein Kopf und mein Herz sind meilenweit entfernt von der Entscheidung. Ich hocke auf dem Beifahrersitz und spiele nervös mit den Beinen. *Jet Black Heart* wird gerade passenderweise im Radio gespielt, und alles, was ich tun kann, ist, die Worte mitzusummen. Erinnerungen werden wach, passend zu dem, wie ich mich gerade fühle.

Das Auto meines Vaters fällt in dieser Nachbarschaft auf wie ein bunter Hund. Gepflegt und rot, für meine Verhältnisse unauffällig, aber auffällig in diesem heruntergekommenen Stadtteil. Wahrscheinlich hätte ich darüber nachdenken sollen, als ich ihn anrief und sagte: »Du musst mich wo hinfahren.«

Sonst hab ich nichts gesagt.

Natürlich war er innerhalb einer Stunde bei mir zu Hause, die Beifahrertür stand bereits offen, sodass ich nur noch hereinrutschen musste. Er stellte keine Fragen. Es war beinahe so, als ob er gewusst hätte, dass ich Zeit für mich brauchte, um den ganzen Scheiß in meinem Kopf zu verarbeiten.

Kein Small Talk. Kein Dummes-Zeug-Quatschen. Nur das Drehen des Lenkrades, wenn ich ihm sagte, nach links oder rechts zu fahren.

Also warum bin ich hier? Warum jage ich diesem gottverdammten Dämon hinterher, wenn der Mann, der neben mir sitzt, doch alles ist, was ich je brauchte?

Alles kehrt zum Ausgangspunkt zurück. Letztendlich fügt sich alles zusammen. Nun muss ich nur die logische Verbindung für mich selbst ziehen, bevor ich sie dort zurücklasse und für immer gehe.

Mein Ellenbogen ruht an der Tür. Ich reibe mir über die Stirn, während ich auf die verfallene Fassade starre. Die Reparaturwerkstatt ist an der Seite offen, ein spätes Modell einer Limousine ist auf einer Hebevorrichtung, verrostete Teile sind nur auf der Außenseite der Tür zu sehen, aber es ist das Paar Stiefel, das ich auf der anderen Seite des Wagens erspähen kann, das meine Aufmerksamkeit in Beschlag nimmt.

Beeil dich, Donavan. Entweder jetzt oder nie.

»Bin sofort wieder zurück«, sage ich zu meinem Vater, als ich die Tür öffne und dabei feststelle, dass ich nie seine Frage beantwortet habe. Mein Herz ist mir in die Hose gerutscht. Ich bin total durcheinander, aber ich gehe dennoch über den Bürgersteig und rauf zu der offenen Werkstatt und frage mich, ob ich kurz davorstehe, meinem schlimmsten Albtraum entgegenzutreten oder einem Mann, der noch nicht einmal den blassesten Schimmer hat, dass ich überhaupt existiere.

Rückblicke treffen mich wie ein Wagen, der frontal in eine Mauer kracht: Unheimlich schnell, wie aus heiterem Himmel, und es verschlägt mir schier den Atem. Erinnerungen, die so stark sind, dass ich das Gefühl habe, wieder in *diesem Zimmer* zu sein: voller Scham, zitternd vor Angst und gegen den Schmerz ankämpfend.

Ich gerate ins Straucheln. Mein Puls pocht. Mein Bewusstsein hinterfragt mich. Mir dreht sich der Magen um.

Und gerade als ich mich schon umdrehen und wieder zurückgehen will, kommt der Mann um die Motorhaube herum. Ich erstarre.

»Verdammt, hau ab!«, knurrt er. Zuerst denke ich, dass er mich meint, aber dann sehe ich, wie er nach einem Köter tritt, der in der Tür steht. Sein Aufjaulen hallt durch die Werkstatt und wird allmählich leiser, doch es sagt mir so viel über diesen Mann, und das in nur wenigen Sekunden, in denen ich hier gewesen bin.

Nur Arschlöcher treten Tiere.

Er sieht mich zur gleichen Zeit, als ich ihn ansehe. Unsere Blicke treffen sich. Seine Augen sind grün, genauso wie meine. Seine Neugierde ist geweckt. Sein raffgieriger Blick wandert zu dem teuren Wagen hinter mir, zu meiner Uhr, meinen teuren Klamotten.

Mein erster Gedanke: Es ist nicht er. Er ist nicht der Wichser, der mich in meinen Träumen verfolgt und mir meine Kindheit geraubt hat. Das erleichterte Aufatmen, mit dem ich gerechnet hätte, kommt allerdings nicht. Erleichterung vermischt mit Verwirrung verstärken den Druck in meiner Brust.

Wir starren einander an wie eingesperrte Tiere, die versuchen, die Situation abzuschätzen. Die versuchen herauszufinden, warum es sich so anfühlt, als wäre da eine Bedrohung, wenn doch keine ausgesprochen wurde.

Ich nehme jedes seiner Details in mir auf: Das Haar trägt er glatt nach hinten, seine rissigen Hände sind verschmutzt mit Schmierfett, eine Zigarette baumelt an seinen Lippen herunter, er hat ein Tränen-Tattoo im linken Augenwinkel, und da ist dieser unverkennbare Gestank nach Alkohol. Seine Lippen hat er spöttisch verzogen, und er ist ganz offensichtlich gereizt.

Mein zweiter Gedanke: Ich kenne deinen Menschenschlag. Die anderen sind schuld an deinem Schicksal. Pech. Harte Zeiten. Niemals dein Fehler. Er denkt, ihm steht alles zu, aber verdient hat er einen Dreck.

Ich starre ihn an – mit zusammengebissenen Zähnen und suchenden Augen – und warte auf eine Reaktion. Irgendetwas. Der kleine Junge in mir malt sich aus, dass er auf irgendeine verdammte Weise wissen würde, dass ich sein Sohn bin. Irgendeine Art von Wiedererkennung. Ein sechster Sinn.

Doch da ist nichts. Nicht einmal ein kurzes Aufflackern in seinen leblosen Augen.

Sekunden vergehen. Aber die Emotionen, die in mir toben, lassen es wie eine Stunde anfühlen. Ich bin mir nicht sicher, warum ich auf einmal so gereizt bin. Die Lunte fängt Feuer. Die Verwirrung wächst.

Doch das bin ich. Meine Gereiztheit steht an erster Stelle. Der Zorn ist zum Leben erweckt.

Er macht einen Schritt nach vorn. Sein Blick wandert immer noch zum Auto und meiner Uhr, im Geiste malt er sich vermutlich aus, wie viel er mir für erfundene Reparaturen abknöpfen kann. Weil es das ist, was er sieht: reicher Typ, teures Auto und eine Chance, mich reinzulegen. Nichts anderes ergibt einen Sinn. Er schaut runter zu dem roten Lappen, mit dem er sich die Hände abwischt, bevor er mir wieder in die Augen sieht. Dreister Scheißkerl mit einem breiten Grinsen auf den Lippen.

»Kann ich Ihnen mit irgendetwas behilflich sein? Macht der Wagen Probleme?« Seine Stimme klingt nach vielen Jahren des Rauchens.

Ich kann meinen Blick nicht von ihm losreißen. Ich hasse es, dass ich auf etwas warte, dass sich irgendetwas in seinen Augen abzeichnet, während ich es andererseits auch wiederum nicht will. Nur etwas, das mir zeigt, an einem gewissen Punkt in seinem Leben doch eine Bedeutung für ihn gehabt zu haben. Nur ein kurzer Augenblick, an dem er an mich gedacht hat. Ein Stich der Reue. Eine Frage wie *was-wäre-wenn*.

Aber da ist absolut nichts, nur seine Worte, die in der Luft hängen. Er kneift seine Augen zusammen, macht seine Schultern breiter.

Ich verlagere das Gewicht auf meinen Füßen. Schlucke. Entscheide mich.

»Nein. Ich brauche absolut nichts von Ihnen.«

Ein letzter Blick. Ein erstes und letztes Adieu. Und damit schließt sich der Kreis.

Zum Teufel mit dem Scheiß!

Ich mache auf dem Absatz kehrt und gehe, ohne mich noch einmal umzublicken. Mit zitternden Händen und hin und her gerissenem Herz rutsche ich auf den Beifahrersitz. Ich kann meinem Vater nicht in die Augen sehen. Meinem echten Vater. Der einzige Vater, den ich habe.

»Fahr nur.«

Der Wagen fährt an. Die Welt rauscht an mir vorbei, als ich mich zurückbegebe in die Geborgenheit der Unschärfe. Der Ort, an den ich schon so lange nicht mehr zurückgekehrt bin. Mein Vater sagt kein Wort, stellt keine Fragen. Er fährt nur und lässt mich allein mit diesem verdammten Güterzug von Lärm in meinem Kopf.

Bedauern. Zweifel. Verwirrung. Wut. Schmerz. Unsicherheit. Schuld. Jedes einzelne Gefühl davon braucht seine Zeit im Scheinwerferlicht, während wir fahren. Schalt es ab, Colton. Schließ es ein. Stoß es weg.

Der Wagen hält. Die Verschwommenheit lässt nach, alles wird klar. Der Strand erstreckt sich vor uns vom Highway 101. Das ist mein Platz. Der Ort, an den ich mich zurückziehe, wenn ich nachdenken muss.

Natürlich wusste er, dass er mich hierherbringen müsste. Dass dies hier das ist, was ich jetzt gerade brauchte.

Einen Moment sitze ich einfach nur da, ruhig, bewege mich nicht, bevor die Schuld die Luft im Wagen aufzehrt, bis ich nicht mehr atmen kann. Ich stoße die Tür auf und komme ins Taumeln. Ich brauche frische Luft, den Raum, um nachzudenken, und die Zeit, um zu trauern, auch wenn da nichts wirklich tot ist, um das man trauern müsste.

Und das ist genau das gottverdammte Problem – ist das nicht so? Warum zur Hölle bin ich so mitgenommen? Was habe ich denn erwartet? Ein Wiedersehenstreffen? Ein *Gut gemacht, Junge!*? Zum Teufel nein! Nichts davon wollte ich. Und dennoch wollte dieser klitzekleine, winzige Teil von mir die Gewissheit haben, dass ich von Bedeutung war. Wollte die Gewissheit, dass das Blut, das durch unsere Adern fließt, uns irgendwie miteinander verband.

Aber das tut es nicht. Nicht einmal annähernd. Ich bin kein bisschen so wie er. Ich weiß das bereits von den zwei

Minuten, in denen ich ihm gegenüberstand, ihm in die Augen sah und nichts außer Gleichgültigkeit verspürte.

Weiß er überhaupt, dass ich existiere? Der Gedanke kommt aus dem Nichts, und ich weiß nicht, ob er die Situation schlimmer oder besser macht. Unwissen über Verlassenwerden.

Verdammt, wenn ich's doch nur wüsste. Zur Hölle, als ob mich das kümmern würde.

Aber das tut es.

Meine Brust schmerzt. Das Atmen fällt mir schwer. Ich setze mich auf die Ufermauer, entferne den Sand vom Asphalt und rede mir ein, dass das doch genau das war, was ich wollte. Ich wollte mir beweisen, dass er mir nichts bedeutet. Den Kreis schließen. Und es hinter mir lassen.

Also was zum Teufel läuft falsch bei mir?

Es ist der Mann, der im Auto hinter mir sitzt. Er ist es. Wie konnte ich ihn nur betrügen? Wie konnte ich mich von ihm dorthin fahren lassen? Könnte es sein, dass er jetzt denkt, ich halte ihn nicht gut genug für mich, während er mir doch alles gegeben hat?

Ich bin so ein egoistisches Arschloch. Zu denken, dass ich nach mehr suchte, wenn ich es doch direkt vor mir hatte – seit dem Tag an, als er mich auf seiner Türschwelle fand.

Das Meer kracht an den Strand, und ich verliere mich in dem Anblick. Finde Trost in dem Geräusch. Nutze den einen Ort, zu dem ich immer geflohen bin, um den Shitstorm in meinem Kopf zu beruhigen.

Ich höre ihn, bevor ich ihn sehe. Das Geräusch seiner Schritte. Der Geruch der Seife, die er bereits benutzte, als ich noch ein kleiner Junge war. Das Schlurfen, als er seine Beine über die Mauer schwingt, um sich neben mich zu setzen. Die Geräusche seiner Gedanken schreien in die Stille.

»Alles okay bei dir, mein Sohn?«

Seine Worte sind wie Gift, welches die Schuld schürt, die ich mir bereits offen eingestehe. Alles, was ich tun kann, ist, auszuatmen und zu nicken. Meine Augen starren geradeaus aufs Wasser.

»War das dein Vater, Colton?«

Ich nehme mir einen Moment Zeit, bis ich antworte. Nicht, weil ich darüber nachdenken müsste, sondern weil es wichtig ist, wie ich antworte. War er mein Vater? Was das Blut angeht, ja. Und dennoch fühle ich mich, wenn ich Ace halte – obwohl ich eine Heidenangst und keine Ahnung habe, was ich da tue, und immer noch Angst habe, dass ich nicht der Mann sein werde, der ich für ihn sein sollte –, mit ihm verbunden. Auf eine unbeschreibliche, unzerbrechliche Art.

Bei dem Mann bei der Werkstatt habe ich es nicht gespürt.

Aber ich spüre es bei Andy.

Ich schaue zu ihm rüber. Wir blicken uns in die Augen, grau zu grün, Vater zu Sohn, Superheld zu dem Geretteten, Mann zu Mann, und ich antworte ihm mit nicht einmal einem Hauch des Zögerns.

»Nein. Du bist es.«

30

RYLEE

»Bist du sicher, dass es dir gut geht und du keine Hilfe brauchst?«

Nein. Doch.

Stille erfüllt den Raum, in dem eigentlich meine Antwort sein sollte: »Ja. Uns geht's allen gut, Mom. Ich bin nur … Ich versuche nur, ihn an eine Routine zu gewöhnen, und das will ich erledigt haben, bevor die Leute beginnen vorbeizukommen.«

Ich beiße die Zähne zusammen. Die Lüge klingt so fremd, da sie aus meinem Mund kommt. Wie ein Echo in einem Tunnel, das ich wiedererkenne, aber nicht als meine eigene Stimme identifizieren kann, als sie zu mir zurückkehrt.

»Weil es völlig normal wäre, wenn du Hilfe bräuchtest, Süße. Es ist doch kein Grund, sich zu schämen, wenn du deine Mutter brauchst, wenn du selbst Mutter wirst.«

»Ich weiß.« Meine Stimme ist kaum mehr als ein Flüstern. Es ist die einzige Antwort, die ich ihr geben kann.

»Du weißt, dass ich für dich da bin. Jederzeit. Tag oder Nacht. Um da zu sein, um dir zu helfen oder um einfach nur am anderen Ende der Telefonleitung zu sitzen.«

»Ich weiß.« Die Emotion in ihrer Stimme – die Woge von Liebe in ihr, als sie herauszufinden versucht, ob ich ehrlich bin – richtet mich fast zugrunde.

Fast.

»Okay. Ich lass dich dann jetzt zurück zu meinem hübschen Enkelsohn.«

Stille.

»Mom?« Furcht. Hoffnung. Sorge. Alle drei krachen ineinander und äußern sich darin, als meine Stimme vor Verzweiflung bricht.

Erzähl ihr, dass etwas nicht in Ordnung bei dir ist. Dass du dich nicht wohlfühlst.

»Ry?« Eindringlich. Fragend. Es wissen wollend.

Nein. Es ist alles in Ordnung bei dir. Du kommst damit klar. Deine Hormone spielen lediglich verrückt. Das ist normal.

»Bist du noch dran, Rylee? Bist du in Ordnung?«

»Ja. Mir geht's gut.« Eine schnelle Antwort, um die Unsicherheit, die ich verspüre, zu kaschieren. »Ich wollte nur ... Ich hab vergessen, was ich fragen wollte. Tschüss, Mom. Hab dich lieb.«

»Ich dich auch.«

Wieder Stille.

Die Musik von der Babyschaukel, in der Ace sitzt, schwebt aus dem Wohnzimmer herein. Er beginnt zu weinen, und dennoch sitze ich weiterhin einfach nur da und starre auf den Strand da draußen, bin völlig in meinen Gedanken versunken. Ich rede mir ein, dass es mir gut geht. Sage mir selbst, dass die Leere, die ich plötzlich verspüre, völlig normal ist. Ich frage mich, ob ich vielleicht nicht richtig veranlagt bin, um Mutter zu sein.

Dass vielleicht, nur vielleicht, in Wirklichkeit ein anderer Grund dahintersteckte, warum ich meine beiden anderen Babys verlor.

Das ist Mist, und das weißt du.

Aber vielleicht …

»Ry?«, höre ich Colton rufen, als die Haustür zuknallt. Ace' Weinen nimmt an Lautstärke beim Klang der Stimme seines Vaters zu, und alles, was ich tun kann, ist, hier sitzen zu bleiben, völlig versunken darin, die Wolken draußen vor dem Fenster anzustarren. Ich öffne den Mund, um Colton zuzurufen, dass ich im Wohnzimmer bin, aber kein Ton kommt aus meinem Mund.

»Rylee?« Coltons Stimme ist dieses Mal etwas hartnäckiger, die Sorge ist aus ihr herauszuhören, und es ist gerade genug, um durch den Nebel zu brechen, der mich scheinbar in der Hand hat. Ich lege meine Hände auf die Armlehnen, um aufzustehen, doch irgendwie schaffe ich es nicht.

Da ist eine Veränderung in Ace' Weinen zu hören. Zuerst klingt es durcheinander und dann gedämpft, und ich gebe einer unnatürlichen Erleichterung nach, denn ich weiß, dass Colton ihm seinen Schnuller gegeben hat. Der Erleichterung folgt schnell eine intensive Welle der Selbstverachtung. Warum konnte ich das nicht selbst machen? Ace nehmen. Warum musste ich darauf warten, bis Colton durch die Haustür kommt, um sich um ihn zu kümmern? Das ist meine Aufgabe. Warum konnte ich meine Beine nicht dazu bringen rüberzulaufen, um es selbst zu tun? Ich versage auf ganzer Linie bei der einen Sache, die ich immer wollte und immer wusste, dass ich dafür geboren wurde: Mutter zu sein.

Tränen treten mir in die Augen, und meine Kehle brennt, als ich den Kopf schüttle, um die Gedanken loszuwerden, von denen ich weiß, dass sie lächerlich sind, sie aber dennoch fühle. Reiß dich zusammen, Rylee. Du bist eine gute Mutter. Du brauchst einfach nur etwas mehr Zeit, um dich zu erholen. Es sind die Hormone. Es ist die Erschöpfung. Vermutlich eine postnatale Depression. Es ist das Bedürfnis, jede Kleinigkeit für Ace selbst zu erledigen, weil du nicht glaubst, dass Colton es zu diesem Zeitpunkt tun kann, bei dem Ganzen, was er gerade durchmacht. Du versuchst lediglich, dich der Herausforderung zu stellen und alles zu machen, während du es gerade einfach nicht kannst, und das macht deine Typ-A-Persönlichkeit verrückt.

»Rylee?« Colton ruft meinen Namen, Panik ist aus seiner Stimme herauszuhören.

»Ich komme«, rufe ich, als ich mich dazu zwinge aufzustehen und die Galle runterschlucke, die in meiner Kehle aufsteigt. Ich gehe das Stück zum Wohnzimmer, um Colton vorzufinden, der gerade unbeholfen Ace hält und versucht, den Schnuller in seinem Mund zu behalten, damit er mit dem Weinen aufhört.

Ich sehe auf die beiden und weiß, dass ich eigentlich überwältigt vor Liebe sein sollte, aber aus irgendeinem Grund ist alles, was ich tun will, mich wieder hinzusetzen und die Augen zu schließen. Also tue ich es auch einfach. Und obwohl ich sie geschlossen halte, kann ich förmlich spüren, wie sein Blick auf mir lastet. Die Stille, die zwischen uns normalerweise so beruhigend ist, ist auf einmal unangenehm und beunruhigend. Beinahe so, als ob er über mich urteilen würde, weil … weil, ich weiß nicht, warum, aber ich spüre es trotzdem.

»Alles okay bei dir, Ry?«

Ob alles okay bei mir ist? Ich öffne die Augen und starre ihn an, bin nicht sicher, wie ich ihm antworten soll, weil sich im Moment mit Sicherheit nicht alles okay anfühlt.

»Ja. Ja. Ich war nur ... äh ...« Ich denke nicht, dass selbst wenn ich meine derzeitige Gefühlslage in Worte fassen könnte, er mich verstehen würde. Ich suche nach Worten, während ich ihn dabei beobachte, wie er versucht herauszufinden, wie man den Strampler aufmacht, sodass er Ace' Windeln wechseln kann.

Habe ich überhaupt schon die Windel gewechselt? Bin ich aufgesprungen und habe mich darum gekümmert, weil ich doch immer die Supermami sein muss, von der ich denke, dass das von mir erwartet wird, und ich es ja auch selbst von mir erwarte? Ich kann mich nicht erinnern. Fünf Tage der schlaflosen Nächte und endlosem Windelwechseln und Füttern laufen zusammen. Es ist ganz so, als ob mein Kopf und mein Körper in eine Waschmaschine geworfen und der Schleudergang eingeschaltet worden wäre, und als sich die Tür öffnet, ist alles durcheinander und verkehrt herum.

Als ich wieder zu mir komme, hat er aufgehört, an den Druckknöpfen zwischen Ace' Beinen herumzufummeln, und seine Augen sind auf meine gerichtet. Er wartet darauf, dass ich den Satz beende. »Ry?« Ich hasse den Ton in seiner Stimme – liebe zwar seine Sorge, aber hasse die Frage in ihr. Geht es mir gut? Ist alles in Ordnung?

Nein, ist es nicht! Das würde ich am liebsten schreien, um ihn sehen zu lassen, dass sich irgendetwas gerade gar nicht gut anfühlt. Aber trotzdem sage ich nichts.

Dann fällt es mir wieder ein. Verloren in diesem Nebel der Hormone und der Erschöpfung, habe ich komplett vergessen, wohin er vorhin auf dem Weg war, was er heute gemacht hat. Ursprünglich war ich so in Gedanken versunken, weil ich mir Sorgen um ihn machte, da ich noch nichts von ihm gehört hatte.

Bei dem Gedanken an meinen Egoismus zucke ich zusammen. Dass ich hier nur rumsaß und mich selbst bemitleidete, wenn ich doch von dem Mut weiß, den es ihm abverlangte, seinem Vater entgegenzutreten.

»Entschuldige. Ich bin hier. Nur … ich war im Büro, hatte mir Gedanken gemacht, weil du nicht auf meine Textnachrichten geantwortet hattest. Ich war …« Als er dieses Mal von Ace aufsieht, kann ich den Stress sehen, der sich in die Fältchen auf seinem hübschen Gesicht eingeätzt hat, und ich weiß, ohne dass er ein Wort sagen muss, dass er tatsächlich seinen leiblichen Vater gefunden hat. »Du hast ihn gefunden?«

Er seufzt, als er zurück auf den unruhigen Ace schaut und langsam nickt. Ich gebe ihm Zeit, die richtigen Worte zu finden, um das auszudrücken, was er sagen muss. Ich beobachte, wie er seine Hand ausstreckt und mit ihrer Rückseite über Ace' Wange streicht. Der Anblick, wie er auf diese Art einen Kontakt zu unserem Jungen herstellt, zerreißt mir das Herz. Das Gefühl, von dem ich noch vor einigen Momenten dachte, es verpasst zu haben – die absolute Liebe, meine beiden Männer zusammen zu sehen –, erfüllt mich dermaßen mit Freude, dass ich mich daran festklammere und plötzlich feststelle, wie geistig abwesend ich zuvor war.

Der Gedanke allein lässt mich einen Schluchzer unterdrücken. Ich habe das Gefühl, als ob ich den Verstand verliere. Bleib ruhig, Ry. Bleib. Ruhig. Colton braucht dich jetzt. Es ist gerade nicht der richtige Zeitpunkt, ihn zu brauchen, weil er jetzt derjenige ist, der dich braucht.

»Hast du?«, frage ich und versuche mich wieder zu sammeln.

»Er hat Hunger«, sagt er unvermittelt, während er ihn hochhebt und zu mir trägt. Ich kenne ihn gut genug, um sofort zu erkennen, dass er etwas aus dem Weg geht, und dennoch ignoriere ich es für einen Moment, als er mir Ace in die Arme legt, damit ich ihn stillen kann. Mein Kopf und mein Körper funktionieren noch nicht zusammen, damit ich so reagiere, wie ich müsste.

Und so laut Ace auch brüllen mag, ist das Letzte, was ich jetzt gerade tun will, ihn zu stillen. Das mag zwar gefühllos sein, aber meine Gedanken sind gerade ganz woanders. Ich höre nicht mehr hin, wie Ace schreit, und konzentriere mich auf Colton, wie er durch den Raum geht und dann in die Küche. Ich bekomme mit, wie der Geschirrschrank geöffnet und dann wieder geschlossen wird, höre das Klirren von Gläsern und weiß, dass er sich gerade einen Drink eingeschenkt hat. Jack Daniel's.

Scheiße. Es muss wirklich richtig schlimm gewesen sein.

Ich wünschte, er hätte mich heute mitgenommen. Ich wünschte, wir hätten Ace nicht, sodass ich keine Angst haben müsste, mein eigenes gottverdammtes Haus zu verlassen wegen der Kameras und des niemals endenden Eindringens in unsere Privatsphäre. Diese beiden Sachen verhinderten, dass ich heute für meinen Ehemann da war – an einem Tag, an dem er mich am allermeisten gebraucht hätte. Die Schuld sticht scharf, verzehrt meine

Seele, während ich darauf warte, dass er zurückkehrt und hoffentlich mit mir spricht.

Wie aus dem Nichts und ohne einen direkten Auslöser überwältigt mich plötzlich eine Welle der Traurigkeit in einer Art und Weise, wie ich es noch niemals zuvor erlebt habe. Bedrückend. Erstickend. Dermaßen erdrückend, dass es erheblich schlimmer ist als die dunkelsten Stunden, nachdem ich Max und meine beiden Babys verlor. Und gerade als mein Schock von dem Ansturm abebbt, wird ein Gedanke immer stärker und verschlägt mir schier den Atem. Ich will einfach nur unser Leben zurück, als es nur Colton und mich gab und sonst niemanden.

Oh mein Gott. Ace.

Der unausgesprochene Gedanke überrascht mich. Seine Absurdität raubt mir für einen Moment den Atem, ist allerdings so schnell verschwunden, wie er auch gekommen ist. Der bittere Geschmack davon klingt jedoch nach, aber glücklicherweise durchbricht die ansteigende Lautstärke von Ace' Weinen ihren festen Griff auf meine Psyche.

Ich versuche, mich am Riemen zu reißen. Gewissensbisse und Verwirrung regen mein Handeln an, als ich ihn näher zu mir hole, ihn immer und immer wieder küsse und bitte, mir einen Gedanken zu verzeihen, von dem er noch nicht einmal jemals etwas wissen wird.

Aber ich werde mich daran erinnern.

Mit zitternden Händen gehe ich so schnell wie möglich die Bewegungsabfolge durch, ihn mir an die Brust zu legen. Ich brauche diesen Moment, in dem wir uns miteinander verbinden, um die Unruhe, die ich in mir spüre, zu beruhigen. Als sein Weinen während des Säugens schwindet, schließe ich die Augen und warte darauf, dass der Rausch der Endorphine einsetzt. Ich hoffe darauf, flehe darum, aber bevor ich es fühle, höre ich, wie Colton wieder in den Raum hereinkommt und vor mir stehen bleibt.

Ich öffne die Augen, blicke in seine und kämpfe gegen den Drang an, weggucken zu wollen aus Furcht davor, dass er, wenn er genauer hinsieht, in mich hineinsehen kann und den furchtbaren Gedanken bemerkt, den ich gerade eben hatte. Panik überfällt mich, meine Nerven sind so empfindlich wie Fleisch auf heißen Kohlen. Ich brauche jetzt einfach nur etwas, um mich zu erden – entweder den wohltuenden Rausch des Stillens oder die Umarmung meines Mannes –, um zu verhindern, dass ich das Gefühl bekomme, langsam die Kontrolle zu verlieren.

Und gerade als meine Atmung flacher wird und mein Puls zu rasen beginnt, fällt es mir wie Schuppen von den Augen. Der langsame Rausch von verspäteten Hormonen breitet seine Wärme in meinem Körper aus und schwächt die unberechenbaren und außer Kontrolle geratenen Gefühle. Plötzlich habe ich etwas mehr Klarheit, kann mich sammeln, und die Person, auf die ich mich jetzt am meisten konzentrieren muss, steht gerade direkt vor mir.

In der Stille des Raumes sehen wir uns in die Augen. Die Intensität und Verwirrung in seinem Blick bringt mein Herz dazu, sich zusammenzuziehen von dem unverkennbaren Schmerz, den ich in den Tiefen seiner grünen Augen erblicke. Sie wandern runter zu Ace an meiner Brust und bleiben dort für einen Moment hängen, bevor sie wieder in meine Augen blicken mit einem Hauch mehr Weichheit in ihnen, aber der Schmerz in ihnen ist immer noch so klar wie der Tag.

»Willst du darüber reden?«

Colton räuspert sich und schluckt, sein Adamsapfel bewegt sich rasch auf und ab. »Ich habe gesehen, was ich sehen musste, und weiß jetzt, was ich wissen muss. Neugierde befriedigt«, sagt er, als er sich auf den Couchtisch vor mich setzt.

Ich kenne diesen Ton in seiner Stimme – zurückhaltend, sich schützend, ungerührt. Da braut sich gerade ein ganzer Sturm hinter dem gequälten Ausdruck in seinen Augen zusammen, dennoch bin ich nicht sicher, ob ich es aus ihm herausziehen oder es lieber sein lassen und den Sturm vorüberziehen lassen sollte.

Aber meine eigene Neugierde überwältigt mich. Mein angeborenes Bedürfnis, alles wieder in Ordnung zu bringen, ihn zu trösten und ihm zu helfen, bestimmt mein Handeln. »Hast du ...?«

»Er ist ein Stück Scheiße, okay?«, explodiert er, erschreckt damit sowohl mich als auch Ace. »Es hat ihn einen Scheißdreck interessiert, wer ich war. Alles, was er sah, waren ein schönes Auto und tolle Klamotten, und es war ihm anzusehen, dass er sich bereits zusammenrechnete, wie viel Kohle er mir abknöpfen könnte. Er stank nach Alkohol, hatte seine Tattoos, um zu zeigen, dass er im Knast gewesen war ...« Die Worte kommen mit einer Wucht aus ihm heraus, der Wirbelsturm in ihm muss gerade fürchterlich toben. Der Muskel in seinem Kiefer pulsiert vor Wut, seine Muskeln sind sichtbar angespannt, als er das Glas mit der bernsteinfarbenen Flüssigkeit an seine Lippen setzt. Er bewegt den Alkohol in seinem Mund, versucht herauszubekommen, was er als Nächstes sagen soll, bevor er ihn schließlich herunterschluckt. »Ich bin kein bisschen so wie er. Ich werde niemals so sein wie er.« Entschlossen stößt er die Worte aus.

»Ich habe nie gedacht, dass du das wärst oder jemals so sein würdest.« Ich bin immer noch unsicher, was ich sagen soll, also spreche ich es direkt aus. Gerade jetzt braucht er nicht verhätschelt oder mit Samthandschuhen angefasst zu werden. Das würde nur die Richtigkeit seiner Gefühle herabsetzen und was er gerade durchmacht.

»Nicht, Ry«, warnt er mich, als er sich vom Tisch hochschiebt. Sein Zorn nagt sichtbar an ihm. »Spar dir deine schönen Worte, was für ein guter Mann ich doch bin, weil ich es nicht bin. Davon bin ich gerade meilenweit entfernt, also danke … aber nein, danke.«

Er dreht sich um, um mir ins Gesicht zu blicken. Seine Augen fordern mich heraus, mehr zu sagen, das Abwehrschild, das er trägt, ist griffbereit, hoch erhoben und aufgerüstet. Unsere Blicke treffen sich, meiner fragt nach mehr. Ich muss wissen, was passiert ist, was die solide Grundlage, auf der er so lange Zeit stand, erschüttern konnte.

»Du weißt, dass ich heute ohne jegliche Erwartungen, welcher Art auch immer, hingegangen bin. Aber ein kleiner Teil von mir … ganz offensichtlich der abgefuckte Teil«, sagt er mit einem herablassenden Lachen, »dachte wohl, dass er mich sieht, und Scheiße, ich weiß nicht … dass er einfach wissen würde, wer ich bin. Nach dem

Motto, weil das gleiche Blut durch unsere Adern fließt, wäre es eine automatische Sache. Und sogar noch abgefuckter, als wissen zu wollen, dass ich irgendwann mal ein Zeichen auf seinem verdammten Radar war, war gleichzeitig, dass ich gar nicht wollte, dass er es erkannte.« Seine Stimme wird lauter, und er wirft seine Hände an die Seiten. »Also ja ... erzähl mir, wie ich das erklären soll.« Sein Zorn klingt rau in seiner Stimme, und es gibt nichts, was ich sagen könnte, um den Schmerz aus dem zu nehmen, was er durchgemacht hat. Ich wünschte nur, dass ich mit ihm dort gewesen wäre.

»Du schuldest niemandem eine Erklärung«, sage ich sanft. Colton läuft herum, bewegt sich wie ein eingesperrtes Tier. »Jeder will das Gefühl haben, dass er zu irgendjemandem gehört ... dass er mit jemandem verbunden ist. Du hast jegliches Recht, verwirrt zu sein und verletzt und alles andere, das du fühlst.«

»Alles andere, das ich fühle?«, fragt er. Das selbstironische Lachen ist zurück und dauert dieses Mal länger. »Wie zum Beispiel, was für ein verdammtes Arschloch ich bin, dass ich Andy darum bat mitzukommen? Den einzigen Vater, den ich je gekannt habe und ihn bat – den einzigen Mann, der sich je um mich gekümmert hat –, mich zu einem Mann zu fahren, der in seinem ganzen Leben nie einen weiteren Gedanken an mich verschwendet hat? Ja ... weil das geradezu nach Sohn des Jahres schreit, oder etwa nicht?«

Seine Schimpftirade stoppt genauso abrupt, wie sie begonnen hat. Aber dass er sich zurückhält, noch mehr zu sagen, drückt sich in seinen zu Fäusten geballten Händen an seinen Seiten aus. Ich kann seinen inneren Kampf sehen. Ich weiß, dass er sich schuldig fühlt, diese letzte Tür zu seiner Vergangenheit schließen zu müssen – auf Kosten davon, dass sich Andy vermutlich weniger wichtig in seinem Leben fühlt.

Ich will ihn schütteln und ihm versichern, dass Andy es nicht als Betrug ansehen würde. Ich will ihm irgendwie klarmachen, dass es Andy so auffasst, dass sein Sohn den letzten Schritt macht, um seine Dämonen hinter sich zu lassen. Um diesen Teil seines Lebens – seinen leiblichen Vater –, der alles aufwirbelt, für immer abschließen zu können.

»Dein Vater hat dich immer unterstützt, Colton.« Er bleibt stehen, mit dem Rücken ist er mir immer noch zugewandt, aber ich weiß, dass er mir aufmerksam zuhört. »Er hat dich dazu ermutigt, etwas über deine Mutter herauszufinden. Du bist sein Sohn!« Colton lässt den Kopf hängen, die Last seiner Schuld wird aus seiner Körperhaltung mehr als deutlich. »Er hat bewiesen, dass er alles für dich tun würde … Ich vermute, er war froh, bei dir gewesen zu sein, als du dem letzten Unbekannten aus deiner Vergangenheit entgegengetreten bist.«

Ich hoffe, er hört wirklich meine Worte und realisiert, dass man als Elternteil nur das eigene Kind unversehrt, gesund und glücklich sehen will und dass es genau das war, was Andy heute für ihn wollte. Ich dachte, ich hätte es kapiert. Jetzt habe ich Ace – wenn auch erst seit fünf Tagen –, und ich weiß, dass ich Himmel und Erde für ihn in Bewegung setzen würde, damit er genau das ist.

Ohne etwas zu sagen, kommt er auf mich zu und setzt sich vor mich hin. Er streckt die Hand aus und kitzelt Ace' Handinnenseite, und dieser umklammert daraufhin

Coltons kleinen Finger. Da ist etwas an diesem Anblick – große Hand, kleine Finger, die sie festhalten –, das mich hart trifft und die Vorstellung verstärkt, dass Ace wirklich, was auch nur die kleinste Sache angeht, von uns abhängig ist. Dass wir in gewisser Hinsicht sein Rettungsanker sind. Ich frage mich, ob es ein Baby spürt, wenn eine Hälfte dieser Verbindung abwesend ist.

»Ich schaue auf Ace«, sagt er, seine Stimme ist jetzt ruhiger, gleichmäßiger, »und fühle diese sofortige Verbindung. Ich dachte, das wäre einfach so, weil ich mit jemandem zum ersten Mal in meinem Leben das gleiche Blut habe. Dass es einfach eine automatische Sache wäre, die du spürst, wenn du mit jemandem verwandt bist. Ich kann dir gar nicht sagen, wie oft ich mich in den vergangenen Jahren wie ein verdammter Außenseiter gefühlt habe, dass ich betrogen worden war, weil ich solche Gefühle haben musste.« Für einen Moment hält er inne, fährt sich mit einer Hand durchs Haar und räuspert sich. Das Kratzen in seiner Stimme ist das einzige Anzeichen von verletzten Gefühlen. »Aber heute stand ich da, schaute auf diesen verbitterten Mann, der genau die gleichen Augen wie ich hatte und der nicht damit belästigt werden konnte, sich um mich zu scheren, und ich fühlte absolut nichts. Da ist einfach rein gar nichts zwischen uns. Überhaupt keine Verbindung. Und sein Blut fließt durch meine Adern.« Seine Stimme bricht, aber sein Eingeständnis bringt jeden Teil in mir dazu, sich vor lauter Gewissensbissen wegen meiner Gefühle, die ich nur wenige Minuten zuvor hatte, zu sträuben.

Das war der ironische Widerspruch dazu, wie verzweifelt ich die Verbindung mit Ace brauchte, als er zum

Stillen andockte, damit ich mich wieder vollständig und ganz bei mir fühlen konnte.

»Ich bin deswegen total ausgeflippt, Ry«, gesteht Colton und zieht mich wieder von meinen Gedanken weg. »Die Verbindung, von der ich fast mein ganzes Leben lang gedachte hatte, sie zu vermissen, hatte ich die ganze Zeit bereits mit meinem Vater. Andy. Heute musste ich feststellen, dass Blutsbande einen Scheißdreck bedeuten, wenn du nicht die Zeit investierst, um ihnen diesen Wert zu geben. Also ja, Ace und ich haben das gleiche Blut … aber ich bin nicht besser gewesen, als mein Samenspender es zu mir war.«

Ich will dagegenhalten, das ist immer mein Plan B, doch er schüttelt lediglich den Kopf, um mir zu zeigen, dass ich still sein soll. Als er seinen Blick von Ace löst, um meinem erneut zu begegnen, sehe ich so viele Gefühle in seinen Augen, doch es ist die Reue in ihnen, die mir auffällt.

»Schau mal, mir ist bewusst, dass ich nicht besonders aktiv gewesen bin, was Ace betrifft. Ich fühle mich immer noch wie gelähmt, weil ich Angst habe, ihn zu verletzen oder etwas falsch zu machen, weil ich absolut verdammt ratlos bin. Aber als ich da in der Einfahrt stand und dieses Stück Scheiße ansah, wurde mir klar, dass es Ace egal ist, ob ich perfekt bin … alles, was für ihn zählt, ist, dass ich immer für ihn da bin. Genauso, wie es Andy für mich war. Scheiße, Ry, ich war dermaßen damit beschäftigt herauszufinden, was für ein Vater ich für Ace sein muss, dass ich letztendlich überhaupt keiner gewesen bin.«

Meine Tränen kommen augenblicklich, als ich auf den

kleinen Jungen schaue, der komplett von dem erwachsenen Mann, den ich schon immer geliebt habe, in den Schatten gestellt wird.

»Du wirst ein großartiger Vater sein, Colton.«

Wir beide lehnen uns gleichzeitig nach vorn, unsere Lippen berühren sich. Wir geben uns einen sanften Kuss, in dem all unsere Gefühle stecken, die wir füreinander empfinden: Akzeptanz, Verständnis, Liebe und Stolz.

»Du bist kein bisschen so wie er. Wir haben das schon immer gewusst. Jetzt weißt du es endlich auch. Ich bin so stolz auf dich, Colton Donavan«, murmele ich an seinen Lippen. Er gibt mir noch einen weiteren Kuss auf den Mund, bevor er mir noch einen als Signatur auf die Nasenspitze gibt.

Einige Zeit sitzen wir einfach nur so da in der Stille. Wir drei. Meine neue kleine Familie.

Ich kämpfe heftig gegen diesen Sog des Konfliktes in mir, der permanent geworden zu sein scheint, damit ich diesen Moment genießen kann. Damit ich mir dieses Gefühl ins Gedächtnis einprägen kann – das Gefühl der Vollständigkeit, das ich mit ihnen an meiner Seite verspüre.

Und alles, woran ich denke, ist, dass der Sturm endlich vorübergezogen ist.

Ich hoffe nur, dass da keine neuen Wolken am Horizont aufziehen.

31

RYLEE

Ich starre auf die E-Mail von CJ auf dem Bildschirm, auf die fünf Magazine, die unten auf der Seite aufgelistet sind mit lächerlichen Geldbeträgen daneben. Ihre Angebote für die ersten Fotos der frischgebackenen Donavan-Familie. Der gezähmte Ex-Bad-Boy-Motorsport-Superstar, seine sexsüchtige Ehefrau und ihr kleines perfektes Baby zwischen ihnen.

Meine Muskeln spannen sich an. Vor meinen Augen verschwimmt alles. Mein Mund wird trocken, wenn ich nur daran denke, dass irgendjemand seinen Blick auf Ace werfen kann. Der bloße Gedanke daran, ihn aus dem Haus zu bringen, lässt mich in Panik geraten. Glücklicherweise konnte Colton den Kinderarzt dazu bringen, wegen der ersten Untersuchung einen Hausbesuch bei uns zu machen, ansonsten hätte ich nicht gewusst, was ich getan hätte.

Ich schließe die E-Mail. Niemals. Ohne Wenn und Aber. Öffentliche Bilder stehen nicht einmal zur Debatte.

Jegliche Fotos, was das angeht.

Denn obwohl die Öffentlichkeit Eddies Foto von Ace bekommen hat – verschrumpeltes, rotes Gesicht, geöffneter Mund, verschwommene, sich bewegende Hände –, um einen Einblick zu bekommen, so war es doch nicht genug. Nicht einmal annähernd. Es hatte beinahe den umgekehrten Effekt. Sie wollen jetzt mehr. Überwachen das Haus, versuchen Grace zu bestechen, heimlich ein Foto zu schießen, während sie das Haus putzt. Ganz egal was, scheinbar ist nun gar nichts mehr tabu.

Und ich weigere mich, ihnen etwas zu geben. Sie haben bereits genug von mir genommen.

Mein Telefon auf dem Tisch neben mir vibriert schon wieder. Ich sehe aufs Display. Dieses Mal ist es eine Nachricht von Haddie anstatt von meiner Mutter, von der ich heute bereits fünf bekommen habe und die mir mitgeteilt hat, dass sie bald kein Nein mehr als Antwort akzeptiert. Dass sie dann eben ohne zu fragen vorbeikommen wird, damit sie ihren Enkelsohn sehen und mir helfen kann.

Ich lösche den Text vom Display und sende ihn damit zu den zig anderen Nachrichten von unseren Familien und engen Freunden, die danach fragen, wann sie vorbeikommen, ob sie uns Abendessen vorbeibringen oder ob sie für mich Windeln beim Laden holen können.

Nimm das Angebot an, Rylee.

Das letzte Mal, als jemand vorbeikam – die Jungs –, hatte ich einen Nervenzusammenbruch. Und allein – in der Stille des Hauses – hatte ich noch viele weitere. Das Letzte, was ich jetzt brauche, ist, jedem zur Schau zu stellen, wie instabil ich bin.

Sag ihr einfach, dass sie vorbeikommen soll.

Nein, weil sie dann wissen wird, wie sehr ich mich abquäle. Ich kann nicht jeden Menschen die Lüge sehen lassen, die ich lebe. Dass die Frau, von der alle sagten, sie würde die geborene Mutter sein, nicht einmal kurz ihren Sohn ansehen kann, ohne wegrennen und sich im hintersten Winkel verstecken zu wollen. Wie ich immer mehr zusammenzucke, wenn er weint, wie ich mich zusammenreißen muss, um zu ihm zu gehen, wenn ich doch viel lieber im Bett liegen, mir die Ohren zuhalten und weinen würde.

Tippe die Worte, Ry. Frag sie, ob sie vorbeikommen will.

Ich hab den Babyblues. Das ist alles. Eine gottverdammte Achterbahn der Gefühle, extreme Freude, verflochten mit Momenten von die Seele ergründenden Tiefs, und alles kontrolliert von den Hormonen.

Sie würde es nicht verstehen. Diese Gefühle sind ganz normal. Jede frischgebackene Mutter macht sie durch, aber keine Person versteht es, außer wenn sie selbst mittendrin steckt.

Ich kann das hier allein durchstehen. Es ist lediglich mein Bedürfnis, alles kontrollieren zu wollen, wodurch erst das Gefühl entsteht, dass es unkontrollierbar ist: die Außenwelt, meine Gefühle, einfach alles. Ich kann beweisen, dass ich damit klarkomme, dass ich gut darin bin. Es sind bislang erst sieben Tage gewesen. Ich komme damit schon alleine klar.

Nimm die Pause an, die sie dir anbietet. Es ist genau das, was du brauchst.

Wie kann ich jemand anderen auf Ace aufpassen lassen, wenn es mir bei Colton schon schwerfällt? Ich weiß, dass ich die Einzige bin, die Ace stillen kann, aber es gibt ja noch andere Dinge, die mir jemand abnehmen kann. Und es ist ja nicht so, dass ich glaube, Colton würde damit nicht zurechtkommen, aber wenn ich den anderen zuvorkomme und mir selbst beweise, dass ich es im Griff habe, dann hilft mir das vielleicht auch dabei, mich weniger durchgedreht zu fühlen.

Nimm dir ein paar Minuten nur für dich. Lass sie vorbeikommen. Gönn dir eine ausgiebige Dusche. Putz deine Zähne, ohne hinstarren zu müssen, ob sich seine Brust noch bewegt. Iss etwas, ohne dass sich ein Baby währenddessen an dir festklammert.

Ich hebe mein Telefon auf. Meine Hände zittern, als ich auf Haddies Textnachricht starre. Jeder Teil von mir befindet sich im Zwiespalt darüber, was ich schreiben soll.

Uns geht's gut. Danke. Wir gewöhnen uns gerade nur ein. Vielleicht nächste Woche, wenn sich alles besser eingespielt hat.

Ich drücke auf Senden. Wird sie die Antwort durchschauen? Wird sie trotzdem vorbeikommen und nach fünf Minuten Bescheid wissen, dass mit mir etwas nicht stimmt?

Vielleicht ist es ja das, was ich will.

Keine Ahnung.

Ich schließe die Augen und lehne mich auf dem Stuhl zurück. Völlig in Gedanken versunken versuche ich wieder etwas runterzukommen, da Ace gerade in der Schaukel neben mir schläft, während sich Colton außerhalb der Mauern meines mir selbst auferlegten Gefängnisses befindet.

Die erste Träne fällt und gleitet still meine Wange hinab. Gedanken kommen und gehen mit jeder weiteren Träne, die herunterfällt, aber aus irgendeinem Grund kann ich mich nur auf den leeren Bilderrahmen neben mir auf dem Bücherregal konzentrieren. Derjenige, der dafür gedacht ist, mit den neuen Erinnerungen gefüllt zu werden, die wir zusammen als Familie erleben, und dennoch ist das Einzige, was ich sehe, als ich meine Augen öffne, dessen Leere.

Genau so, wie ich mich fühle.

Ich bin mit der Absicht hergekommen, so viele Dinge zu tun, und jetzt kann ich mich beim besten Willen nicht mehr daran erinnern, was sie waren. Ich schwöre, dass die Schwangerschaftsdemenz sich in ein postnatales Gehirn verwandelt hat, so angeschlagen und vergesslich wie ich mich fühle, auch wenn ich völlig wach bin.

Sieh nach Zander. Gönn dir eine Dusche. Versichere Shane, dass es dir nach neulich Abend gut geht. Pumpe Muttermilch ab. Frag Colton, ob die Polizei bei ihrer Suche nach Eddie schon einen Schritt weitergekommen ist. Iss was. Ich muss daran denken, etwas zu essen. Schreib Teddy eine E-Mail über den Stand von Zanders Sachbearbeiter. Beantworte die Textnachrichten auf dem Handy.

Das alles bereitet mir Kopfschmerzen. Jede einzelne Sache. Und so wichtig alles davon auch ist, so will ich doch nichts davon erledigen. Alles, was ich tun will, ist, mir die Decke über den Kopf zu ziehen und einfach nur zu schlafen. Der einzige Ort, an den ich vor meinen Gedanken und Gefühlen flüchten kann, die sich nicht wie meine eigenen anfühlen.

Gerade will ich Outlook auf dem Computer schließen, als eine E-Mail weiter unten auf dem Bildschirm meine Aufmerksamkeit weckt, die ich vorher noch gar nicht gesehen hatte. Sie ist von CJ und hat den Betreff *LAAKFs-Vorgang hat begonnen.*

Was, zur Hölle? Welcher Vorgang mit der Los-Angeles-Abteilung für Kinder- und Familiendienste hat begonnen? Coltons Bemerkungen von vor einigen Wochen fallen mir wieder ein, aber ich weigere mich, ihnen meine Aufmerksamkeit zu schenken. Ich weigere mich zu glauben, dass er das getan hat, wovon ich ausgehe.

Ich öffne die E-Mail und lese:

Colton,
gemäß Deiner Anordnung habe ich damit begonnen, alles in die Wege zu leiten, um Dich und Rylee als geeignete Kandidaten für die Adoption von Zander Sullivan zu befähigen. Ich möchte wiederholen, dass es ein langwieriger und oftmals mühsamer Prozess sein kann und nicht unbedingt zu Eurem Wohlwollen ausgehen könnte. Im Anhang findest Du die ausgefüllten Formulare, um den Stein ins Rollen zu bringen.

Ich lese die E-Mail noch einmal, die Gefühle fahren in meinem Kopf Karussell: Schock, Unglaube, Stolz und Wut.

Wie konnte er das tun, ohne mir etwas davon zu erzählen? Wie konnte er mich nur so unter Zugzwang setzen und einen der Jungen gegenüber den anderen bevorzugen?

Aus irgendeinem Grund kann ich nicht das Positive daran begreifen. Ich kann es sehen, realisieren, aber nicht lange genug an dem Gedanken festhalten, dass einer meiner Jungs Colton genug bedeutet, dass er das tun will. Alles, was ich sehen kann, ist, dass er die Entscheidung ohne mich getroffen hat.

So etwas steht nicht einmal zur Debatte.

Kann es gar nicht.

Vielleicht mag es einen retten, aber die anderen würde es vor den Kopf stoßen.

Ich verliere den Halt an den Rändern des Abgrunds, bei dem ich bereits das Gefühl gehabt hatte, dass ich mir langsam wieder meinen Weg herauswühlen würde, aber jetzt gleite ich zurück in dessen Dunkelheit. Es kommt unerwartet und ist alles aufzehrend. Die Gefühle sind dermaßen intensiv, so unabwendbar, dass, als ich das nächste Mal hochkomme, um nach Luft zu schnappen, sich die Schatten im Raum verlagert haben. Eine gewisse Zeit ist verstrichen.

Ich bin total erschrocken. Ace schreit. Markerschütternde Schreie, die meine Mutterinstinkte wecken und meine Brüste, die übervoll mit Milch sind, schmerzen lassen. Und dennoch ist alles, was ich tun will, zum Strand zu flüchten, wo mir der Wind in die Ohren peitschen und das Geräusch nehmen wird. Mir eine Entschuldigung gibt, warum ich ihn nicht höre.

»Gottverdammt, Ry! Wo zum Teufel steckst du?«, brüllt Colton durch das Haus. Missbilligung und Zorn färben das Echo, als es mich trifft.

Ist es das, was mich aus meiner Trance gerissen hat? Dass Colton mich gerufen hat?

Das Déjà-vu trifft mich. Gleicher Ort, gleiche Situation wie gestern, und trotzdem ist der Ton in Coltons Stimme dieses Mal um einiges lauter. Bevor ich überhaupt noch einen Fuß ins Wohnzimmer setzen kann, bin ich auf einen Streit vorbereitet.

Ich betrete den Raum, als Colton gerade einen wirklich wütenden Ace aus seiner Schaukel hebt und ihn an seine Brust drückt, um zu versuchen, ihn wieder zu beruhigen. Als er meine Schritte hört, schaut er hoch, und der Blick, den er mir zuwirft, lähmt mich.

»Das ist jetzt schon das zweite Mal in zwei Tagen, dass ich durch die Haustür komme und Ace schreiend vorfinde, und du bist nirgends anzutreffen! Was zum Teufel ist hier los, Rylee?« Seine Stimme ist eiskalt, Ärger und Verwirrung stehen an vorderster Front.

Wie vom Donner gerührt starre ich ihn an. Mir ist bewusst, dass ich die Maßregelung durchaus verdient habe, dass er jegliches Recht hat, diese Frage zu stellen, und dennoch finde ich nicht die Worte, um es ihm zu erklären.

»Antworte mir«, fordert er mich auf, was Ace dazu bringt, erneut mit dem Schreien anzufangen, wobei ihm sein Schnuller aus dem Mund fällt.

»Ich … ich … ich kann nicht.« Ich suche nach den richtigen Worten, um auszudrücken, was hier los ist, während ich es doch nicht einmal selbst weiß. Also wechsele ich schnell das Thema. Bestimmt wird die Diskussion ziemlich unangenehm. Er ist gereizt wegen der emotionalen Überlastung, weil er seinen Vater gestern getroffen hat, und ich bin überfordert wegen meiner Stimmungsschwankungen. »Wie kannst du es wagen, Adoptionspapiere wegen Zander für uns abzuschicken und es vor mir geheim zu halten?! Ich habe dir gesagt, dass ich mich nicht für nur einen der Jungs entscheiden kann!«, schreie ich aus voller Lunge. Mir ist klar, dass das eine mit dem anderen nichts zu tun hat – aber das fühlt sich verdammt gut an. So verdammt erleichternd, da ich so vieles für eine so lange Zeit unterdrückt habe. Und ja, ich zettele gerade einen Streit an, um ihn von der Wahrheit abzulenken, aber als ich erst einmal angefangen habe, kann ich nicht mehr aufhören. »Du hast es hinter meinem Rücken gemacht, Colton. Wie kannst du es wagen? Wie kannst du es wagen, nur für eine gottverdammte Sekunde zu glauben, dass du weißt, was ich will oder was Zander braucht?«

Colton steht einfach nur da, etwas sprachlos, die Augen weit aufgerissen und die Zähne zusammengebissen – unser Baby an seiner Schulter –, und starrt mich einfach unverfroren an. »Ich weiß nicht, was Zander braucht?«, fragt er. Seine Stimme wird bei jedem Wort lauter. »Du willst Streit, Süße? Da musst du schon schweres Geschütz auffahren, weil wir beide die Wahrheit kennen, was Letzteres betrifft.« Schmerz flackert in seinen Augen auf, und sosehr ich mich auch gerade selbst dafür hasse, ändert es nichts daran, um den Tsunami der Wut, der mich überkommt, noch aufzuhalten.

»Du. Hast. Es. Vor. Mir. Verheimlicht!«, zische ich mit kaum hörbarer Stimme.

»Habe ich das?«, fragt er ungläubig und geht ein paar Schritte auf mich zu, während Ace wieder zu schreien beginnt. »Ich habe dir gesagt, dass ich einen Blick auf die Sache werfen würde. Die E-Mail ist im Computer klar und deutlich einsehbar. Wenn ich es vor dir verheimlicht hätte, glaubst du nicht, dass ich die Mail dann nicht längst gelöscht hätte? Oder besser noch CJ gesagt hätte, er solle sie mir an meine geschäftliche E-Mail-Adresse schicken, damit du sie nicht siehst? Ich war gerade dabei, unsere Namen in das System einzutragen, um Interesse an Z zu zeigen, um sich vielleicht mit dem Sachbearbeiter anzulegen, damit er mit der Bearbeitung aufhört. Reiß dich zusammen, Ry ...«

»Wage es ja nicht, mir so was zu sagen!«, schreie ich. Seine einfache Bemerkung macht mich hysterisch, weil ich nicht die Wahrheit darin sehen will. Ich kann es nicht. »Marschiere hier nicht rein, so als ob du eine verdammte Ahnung hättest, was hier los ist, und behandele mich nicht so, als wäre ich dein gottverdammtes Kindermädchen!«

Bei meinem Themenwechsel zuckt sein Kopf wegen meines verbalen Peitschenhiebs zurück. »Wovon zum Teufel redest du? Ich hab dir bestimmt schon tausendmal gesagt, dass du mich dir helfen lassen sollst, und du hast es nicht zugelassen. Es ist so, als ob du auf irgendeiner verdammten Mission wärst und beweisen willst, dass du die Supermami bist. Soweit ich unterrichtet bin, ist das hier aber kein Wettbewerb, also hör auf, daraus einen zu machen. Und was soll das mit dem Kindermädchen? Herr im Himmel! Hast du den Verstand verloren?« Er schaut mich an, seine Brust hebt und senkt sich. Er schüttelt den Kopf, so als ob er mich nicht mehr wiedererkennen würde, und das Traurige daran ist, dass ich mich in diesem Moment selbst nicht wiedererkenne.

Ich verachte diese Frau, die einen Streit mit ihrem Ehemann provoziert hat, weil sie Angst hat, verwirrt ist und nicht weiß, was in ihr vorgeht. Allerdings scheine ich auch um nichts in der Welt damit aufhören zu können. Wir stehen uns nur wenige Meter gegenüber, aber da ist nichts als vibrierende Feindseligkeit in der Luft zwischen uns.

Da ist so viel, was ich ihm sagen will. So viele Dinge, die ich ihm erklären muss, und dennoch kann ich nicht die richtigen Worte finden, und Ace' permanentes Geschrei ist, wie wenn man Kies in eine offene Wunde reiben würde, was mich nur noch mehr aufzuhetzen scheint.

Colton kommt näher, seine Augen suchen in meinem Gesicht nach Antworten, die ich ihm nicht geben kann. »Wenn du mit mir über etwas streiten willst, das es das wert ist, dann weißt du, wo du mich finden kannst, Rylee.« Seine Augen fordern mich heraus, etwas darauf zu erwidern ... Als ich nichts sage, hält er mir den weinenden Ace hin. »Bis dahin kümmere dich erst einmal um Ace. Dein Sohn ist hungrig und ist das für wer-weiß-wielange schon gewesen, bevor ich durch die verdammte Tür reinkam.«

Ich schaue runter auf Ace und dann zurück zu Colton, als mein Körper erstarrt und Worte aus meinem Mund sprudeln, von denen ich nicht glauben kann, dass ich sie ausspreche. »Füttere ihn doch selbst.«

Nein. Das habe ich nicht so gemeint.

»Was?« Verwirrung, wie ich sie noch nie zuvor bei ihm gesehen habe, überzieht sein Gesicht.

Hilf mir, hiermit aufzuhören, Colton. Bitte hilf mir.

»Gib ihm Muttermilchersatz.« Meine Stimme klingt nicht einmal so wie meine eigene.

Irgendetwas stimmt nicht mit mir. Siehst du es denn nicht?

»Rylee ...« Ace' Schreien eskaliert, als Colton ihn mir hinhält. Ich weiß, dass der Kleine meine Milch riechen kann. Ich weiß, dass er hungrig ist, aber dieser gottverdammte Nebel der Teilnahmslosigkeit fällt wie ein Bleivorhang um mich herum – bis hin zu dem Punkt, dass es alles von mir abverlangt, mich nicht umzudrehen und wegzurennen. Gleichzeitig denke ich darüber nach, einfach nicht zu kämpfen, wobei es mich schockt, dass ich überhaupt wegen etwas kämpfen muss.

Nimm meine Schultern und schüttel mich kräftig durch. Sag mir, dass ich Schluss machen soll mit dieser verdammten Angst.

Meine Gedanken, mein Atem, meine Seele fühlen sich so an, als ob man sie ersticken würde bis hin zu dem Punkt, dass sich der Raum um mich herum zu drehen beginnt und sich mein Körper so anfühlt, als hätte ich eben einen Ofen betreten. Die Luft ist heiß und dick, und ich sauge sie ein, was es schwer macht zu atmen und ich ganz benommen bin.

Er beäugt mich, verzweifelt wandert sein Blick von Ace zu mir, während er herauszufinden versucht, was hier los ist. Er hat Angst. Macht sich Sorgen. Ist total erschrocken.

Ich bin es auch.

»Ich dachte, du wolltest die ersten zwei Monate stillen, dass ...«

»Ich produziere keine Milch«, lüge ich, während ich mich abquäle, durch den zähflüssigen Schleier der Dunkelheit zu waten, der sich so anfühlt, als ob er mich packt und von meinen Füßen aus meine Beine hinaufsickert.

Nein. Nein. Nein. Kämpfe, Rylee. Kämpfe gegen den Sog an.

»Hör auf, mich anzulügen.«

»Ich lüge nicht.« Er zeigt auf mein Shirt. Ich schaue runter und entdecke zwei feuchte Flecken auf meinem roten Oberteil, wo Milch aus meinen Brüsten durch die Stilleinlage wegen Ace' kontinuierlichem Weinen ausgetreten ist.

Das bist nicht du. Ace. Denk an Ace. Er braucht dich.

Ich bin völlig erschöpft und ausgelaugt von diesem Krieg in mir, der damit fortfährt zu toben, ohne Rücksicht darauf, ob ich überhaupt auf das Schlachtfeld gehen will oder nicht.

»Gib ihn mir«, schluchze ich. Plötzlich kommen mir die Tränen heftiger als zuvor, während ich meine Hände ausstrecke, um Ace zu nehmen. Und die Sache, die mich sogar noch mehr als meine eigenen Gedanken trifft, ist der Ausdruck auf Coltons Gesicht und die schwache Art, wie er Ace wegzieht, nach meinen Augen sucht, um sich zu vergewissern, dass es mir gut geht, bevor er ihn mir wieder reicht.

Ich drehe ihm den Rücken zu, setze mich auf die Couch und schnappe mir mein Stillkissen, und innerhalb von Sekunden hat Ace angedockt, gierige Hände kneten, ein kleiner Mund sucht verzweifelt nach Nahrung. Ich schluchze weiterhin unkontrolliert, aber ich weigere mich, aufzusehen und Coltons Blick zu begegnen. Ich kann es nicht. Ich muss meinen Job machen. Muss die beste Mutter sein, die ich für Ace sein kann, während ich gegen diesen unsichtbaren Anker ankämpfe, der mich langsam niederdrückt und nach unten zieht.

»Rylee?«, sagt Colton ruhig. Die Zurückhaltung ist hörbar an seinem gleichmäßigen Ton, als er herauszufinden versucht, was gerade überhaupt passiert ist.

Ich brauche einen Moment, um mit dem Weinen aufzuhören, lang genug, um wieder in der Lage zu sein zu sprechen. »Kannst du bitte zum Laden laufen und Muttermilchersatz besorgen? Ich brauche das gerade wirklich.« Es überrascht mich, dass er es überhaupt gehört hat, denn meine Stimme ist so leise. Aber er muss jetzt einfach gehen, damit ich einen Moment habe, um mich zu sammeln, damit er nicht denkt, dass ich nun komplett durchdrehe, obwohl wirklich nicht mehr viel dazu fehlt.

»Rede mit mir, bitte.«

»Mir geht's gut. Alles in Ordnung. Ich habe nur ein bisschen den Babyblues, und was mir wirklich helfen würde, wäre, wenn du genau jetzt zu dem Laden gehen und mir etwas Muttermilchersatz besorgen würdest, sodass wenn ich mich wie im Moment fühle, du mir beim Füttern von Ace helfen kannst.« Ich versuche meine übliche Haltung zurückzugewinnen, mit langsamen und wohlüberlegten Worten um Hilfe zu bitten, auf die einzige Art, zu der ich im Moment fähig bin.

Bitte geh einfach nur, und gib mir ein paar Minuten, damit ich diesen Nervenzusammenbruch hinter mich bringen kann, sodass wenn du zurückkommst, es mir wieder besser geht.

Ich kann sein Zögern zu gehen spüren in der Art, wie er ein paar Male beginnt, sich in Bewegung zu setzen, und dann wieder innehält, bevor er schließlich laut aufseufzt. »Bist du sicher, dass …?«

»Bitte, Colton. Ich werde genau hier sein und Ace in den zehn Minuten stillen, in denen du fort bist.«

»Okay. Ich beeil mich.« Und die Tatsache, dass er erneut zögert, ist beinahe zu viel, als was ich ertragen könnte. Die Tränen brennen wieder in meiner Kehle.

Aber dann geht er schließlich doch, und in der Minute, als er weg ist, begrüße ich die unsichere Stille, die mich umhüllt wie eine warme Decke, die frisch aus dem

Trockner kommt. Ich will mich hineinkuscheln und sie mir über den Kopf ziehen, bis ich nichts mehr sehen oder denken oder fühlen kann. Mich selbst in dem Nichts um mich herum verlieren.

Ich schaue runter zu Ace und hasse mich augenblicklich. Ich habe dieses wunderschöne, gesunde Baby, von dem ich weiß, dass ich es sehr liebe, aber ich scheine dieses Gefühl nicht aufbringen zu können, wenn ich es ansehe. Diese Liebe ist der natürlichste aller Instinkte, die einfachste und komplexeste Form von Liebe – von Mutter zu Kind –, und dennoch ist irgendwie etwas so kaputt in mir. Wenn ich ihn ansehe, fühle ich nur einen Hauch anstatt dem allumfassenden Rausch, den ich erst vor einigen Tagen noch verspürte.

Und das zu wissen und es zu verlieren, ist so unvergleichlich viel schlimmer, als es nie gekannt zu haben.

Jetzt, da Sie ihn haben, könnten Sie sich vorstellen, wie es wäre, wenn Sie ihn verlieren würden? Eddies spöttische Bemerkung flackert durch mein Hirn, verfolgt mich. Bringt mich dazu, mich selbst zu hinterfragen.

Er hat dir das angetan, Rylee. Er ist verantwortlich.

Wie ist das möglich? Er kann nicht der Grund dafür sein.

Es muss so sein. Etwas muss bei mir falsch laufen.

Meine Mutter hat mir erzählt, dass die meisten frischgebackenen Mütter am liebsten fliegen würden, um schnellstens nach Hause zu ihrem Baby zu kommen. Was sagt das über mich aus, wenn ich stattdessen in die entgegengesetzte Richtung fahren will?

Alles, was ich will, ist, dass dieses Gefühl der Verbundenheit wieder da ist. Dass sie sich nicht so verdammt erzwungen anfühlt, weil das genau das ist, wie ich mich gerade fühle, wie ich da so in dem leeren Haus sitze. Ich stille ihn, weil er ernährt werden muss, nicht, weil ich das Bedürfnis verspüre. Ich mache es mechanisch. Ich schaue auf mein Leben hinter einem Einwegspiegel, und keiner weiß, dass ich mich dort versteckt habe.

Ich schließe die Augen, ein Widerspruch in jeder Hinsicht, und versuche meinen Kopf zu beruhigen. Und in der Minute, in der ich mich zum gefühlt ersten Mal entspanne, springe ich, so schnell ich kann, wieder auf und renne ins Büro – Ace hängt währenddessen immer noch an meiner Brust. Ich schnappe mir mein Telefon und wähle verzweifelt Coltons Nummer, während der schwarze Schleier des Verderbens und der Finsternis über meinen Verstand gleitet.

Ring.

Bilder von Colton, wie er gerade irgendwo tot am Straßenrand liegt, füllen meinen Kopf. Auto zertrümmert. Aus dem Wagen geschleudert, weil er mir helfen wollte und deshalb in solch einer Eile war, dass er vergaß, den Sicherheitsgurt anzulegen.

Ring.

Colton liegt erschossen auf dem Boden des örtlichen Minimarktes, weil er in einen Raubüberfall geriet.

Ring.

Die Tränen brennen in meinen Augen. Meine Gedankengänge sind wie eine Horror-Diashow, die mir sagt, dass Colton nicht mehr nach Hause kommen wird. Panik greift nach meiner Kehle, Klaustrophobie überkommt mich in einem weit offenen Raum.

Ring.

»Nimm ab. Nimm ab!«, schreie ich in den Hörer. Hysterie überkommt mich, während ich zurück ins Wohnzimmer gehe. Mit einer Hand wiege ich immer noch Ace, in der anderen halte ich das Telefon.

Piep. Coltons Stimme ertönt, als sein Anrufbeantworter angeht.

Nein. Bitte nicht.

Ich gehe auf und ab, Nerven prallen mit Sorge zusammen, Panik kracht in Furcht. Ich steigere mich in einen Rausch hinein, während ich auf das Klopfen von der Polizei an der Haustür warte, die mir mitteilt, dass Colton etwas zugestoßen ist.

Das Problem ist dieses Mal jedoch, dass ich nicht, wie ich es noch vor einigen Tagen konnte, den Emotionen entfliehen kann, die meine Gedanken gefangen halten, und ich merke, dass ich den Verstand verliere. Nein, dieses Mal bin ich dermaßen beunruhigt, dass ich, als Colton schließlich die Tür öffnet, ihn mit Ace auf dem Arm schon beinah überfalle. »Oh mein Gott, du bist okay«, schluchze ich, schlinge meinen freien Arm um ihn, muss die Wärme seines Körpers an meinem spüren, damit ich glauben kann, dass es wirklich wahr ist.

»Hoppla!«, sagt er, ist überrascht von meinem plötzlichen Überfall. Er lässt die Tasche fallen, in der die Dose mit dem Muttermilchersatz ist, und versucht mich so gut wie er kann zu beruhigen, ohne Ace dabei zu zerdrücken. »Mir geht's gut, Ry. Bin nur kurz zum Laden wegen des Muttermilchersatzes gegangen.« Ich kann den besänftigenden Ton in seiner Stimme hören, die Verwirrung darin, aber das ist mir egal, weil er hier, gesund und zu mir zurückgekommen ist.

»Ich hab mir solche Sorgen gemacht. Ich hatte dieses schreckliche Gefühl, dass dir etwas zugestoßen ist, und als du nicht an dein Telefon gegangen bist, dachte ich, dass ...«

»Pst. Pst.« Er streicht mir über die Wange, während er mir in die Augen sieht. »Mir geht's gut. Ich bin hier. Tut mir leid wegen meines Telefons. Ich hatte es vorher auf lautlos gestellt, damit es Ace nicht aufweckt, wenn er gerade ein Nickerchen hält.«

Ich nutze die Klarheit in seinen Augen, um die Unsicherheit in mir zu beruhigen. »Ich werde Ace in seine Schaukel setzen, kannst du ihn mir geben?«, fragt er. Seine Augen sehen beunruhigt aus, als er dorthin schaut, wo Ace gerade in meinen Armen schläft, dann sieht er wieder hoch in meine Augen. Ich zwinge mich dazu, tief durchzuatmen, reiche ihm Ace und schaue dann zu, als Colton ihn in seiner Schaukel anschnallt und sie anschaltet.

Innerhalb von Sekunden ist er wieder bei mir, zieht mich an seine Brust und umarmt mich fest. Ich atme seinen Geruch ein. Versuche, alles Vertraute an ihm in mir aufzunehmen, um die Unruhe in mir zu beruhigen: Diese Stelle unter der Krümmung seines Halses, die nach Eau de Cologne riecht, der Rhythmus seines Herzschlags gegen meine Wange, das Kratzen seiner Bartstoppeln gegen meine nackte Haut, das Gewicht seines Kinns, das auf meinem Kopf ruht.

Ich lasse los, lasse ihn die Last hochhalten, die meine Schultern niedergedrückt hat. »Ry ... du jagst mir eine Heidenangst ein. Bitte rede mit mir. Lass mich etwas tun ... irgendetwas, damit ich dir das geben kann, was du brauchst. Hilflosigkeit steht keinem Mann besonders gut, am wenigsten mir«, bittet er mich inständig. Er hält mich nur noch fester, während seine Worte bei mir auslösen, dass ich mich einerseits zurückziehen, aber gleichzeitig auch meine Hände in seinen Rücken graben will.

»Irgendetwas stimmt nicht mit mir, Colton. Ich bin kaputt.« Meine Stimme ist kaum mehr als ein Flüstern, aber ich weiß, dass er es gehört hat, weil er innerhalb einer Sekunde seine Hände an mein Gesicht legt und es hochhebt, damit ich die Sorge in seinen Augen sehen kann.

»Nein. Niemals. Du bist nicht kaputt, nur ein bisschen angeschlagen«, sagt er mit einem sanften Lächeln, versucht den Moment von vor so langer Zeit zu wiederholen. Ein Stück unserer Vergangenheit wieder zurückzuholen, um zu versuchen, die gegenwärtige Situation wieder in Ordnung zu bringen, doch dieses Mal bin ich mir nicht allzu sicher, ob es etwas nützt.

»Ich habe das Gefühl, als ob ich verrückt werde.« Es ist so schwer, die Worte auszusprechen. So, als ob ich sie eins nach dem anderen aus meiner Magengrube hervorziehen müsste. Als sie schließlich raus sind, fühle ich gleichzeitig sofortige Reue wie auch Erleichterung. Die kontinuierlichen Widersprüche scheinen das Einzige zu sein, das meine Gedanken beherrscht.

Sein Kopf bewegt sich reflexartig. Augenblicklich weist er meine Bemerkung zurück, während seine Hände über meine Wangen streichen. Er blickt mir tief in meine Augen. »Was kann ich tun? Möchtest du, dass ich Dr. Steele anrufe?« Ich weiß, dass er Panik hat, er ist der Situation, dass meine Hormone verrücktspielen, hilflos ausgesetzt und unsicher, was er tun soll, um mir zu helfen.

»Nein.« Ich verwerfe den Gedanken sofort, Scham und Sturheit beherrschen meine Antwort. »Es ist lediglich der Babyblues. Es wird nur ein paar Tage dauern, bis ich es überwunden habe.« Ich hoffe, dass die Entschlusskraft in meiner Stimme zumindest ihn hereingelegt hat, weil es bei mir nicht funktioniert hat.

»Warum holen wir uns dann nicht einfach etwas Hilfe? Deine Mutter oder meine Mutter oder Haddie ...«

»Nein!« Der Gedanke daran, dass irgendjemand Bescheid weiß, ist beinahe so unerträglich wie das Gefühl an sich. Selbst bei meiner eigenen Mutter. Das würde bedeuten, dass ich versagt habe. Dass ich nicht gut genug bin. Der Gedanke verstärkt meine Panik lediglich. »Ich will nicht, dass irgendjemand Bescheid weiß.«

Ein Eingeständnis, von dem ich nicht glauben kann, dass ich es gerade laut ausgesprochen habe.

»Dann ein Kindermädchen. Irgendjemand, der ...«

»Ich kann niemandem Ace anvertrauen.« Das ist eine Sache, die für mich in keinster Weise infrage kommt. Mein Körper beginnt zu beben, Panik vibriert durch meinen ganzen Körper beim bloßen Gedanken daran, dass ihn irgendjemand, den wir nicht einmal kennen, anfasst.

»Rylee«, sagt Colton verzweifelt, »ich will dir doch nur helfen, aber du gibst mir absolut keine Chance dazu.«

»Ich brauche einfach nur Zeit«, flüstere ich. Das hoffe ich zumindest. Mein Kopf zittert in seinen Händen, vor meinen Augen ist alles wegen der Tränen ganz verschwommen, und mein Herz rast, als mich eine weitere Woge der Panik erfasst und mich mit sich reißt. »Halte mich bitte einfach nur fest, okay?«

»Es gibt nichts, was ich lieber täte«, erwidert er, während wir auf der Couch sitzen und er mich quer über seinem Schoß zärtlich an sich drückt, sodass mein Kopf auf seiner Schulter ruht. Meine Beine liegen über seinen Schenkeln.

Ich nutze seine Berührung, um mich selbst zu beruhigen. Das brauche ich jetzt. Ich lasse die Wärme seines Körpers und das Gefühl seines Daumens, der meinen Arm auf und ab streicht, das in mir beruhigen, das sich so falsch anfühlt und ich allem Anschein nach nicht in Ordnung bringen oder mich daraus herauskämpfen kann.

Dicht an ihn gekuschelt realisiere ich, wie sehr ich von dieser Verbindung zwischen uns abhängig bin. Diejenige, die wir spüren, wenn wir Liebe machen – was wir nicht mehr machen konnten, seitdem mir Bettruhe verordnet wurde, und was wir auch für einige weitere Wochen nicht mehr tun können –, ist verloren gegangen. Dadurch fühle ich mich so unsagbar weit entfernt von ihm, während doch alles, was ich brauche, ist, mich ihm nah zu fühlen.

Mein Herz schmerzt auf eine Weise, die ich nicht erklären kann. Beinahe so, als ob es sich in Trauer befinden würde. Aber es hat doch keinen Verlust gegeben, nur eine Bereicherung. Eine riesengroße: Ace.

Ich beginne mich schon wieder zu entschuldigen, aber stoppe mich dann selbst. Entschuldigungen sind nur gut, wenn man damit aufhören kann, was einem leidtut. Das Problem ist, dass ich nicht weiß, ob ich es kann.

Doch ich habe zwei riesengroße Gründe, um wie eine Löwin zu kämpfen.

Hoffentlich reicht das aus.

32

COLTON

»Langsam verliere ich die Geduld.« Das und noch jede Menge mehr, doch das muss Kelly nicht wissen.

»Ich weiß. Aber ich hab zwei Spuren, was ihn betrifft. Ich überwache den einen Platz – gerade sitze ich in meinem Auto direkt davor –, und Dean habe ich auf den anderen angesetzt. Vierundzwanzig Stunden, höchstens achtundvierzig … Ich muss dir allerdings sagen, Colton, dass wenn ein Mann in einer Stadt untertauchen will, dann Los Angeles ein ausgesprochen guter Ort dafür ist.« Er macht eine Pause, ungesagte Worte verstopfen die Telefonleitung. »Aber du bist dir sicher? Ich meine …«

»Nimm mich nicht ins Kreuzverhör, Kelly! Wenn du aus der Sache rauswillst, dann geh jetzt. Dann hol ich mir Sammy, damit er das erledigt, für den Fall, dass du es nicht kannst.« Die Drohung in meinem Ton ist nicht zu überhören.

»Entspann dich, Donavan.« Seine Worte gefallen mir nicht. Machen mich sauer. Die Ironie daran ist, dass ich glaube, etwas ganz Ähnliches zu Rylee gesagt zu haben, um sie anzutreiben. »Ich werde alles in die Wege leiten, aber ich denke immer noch, dass du die Polizei das erledigen lassen solltest.«

Mein Lachen ist tief und schwer. Es fehlt jegliche Heiterkeit darin. »Eddie ist ein Punkt auf ihrem Radar. Nicht für mich. Er hat meiner Familie genug angetan.

Ich bin fertig damit, mit ihm herumzualbern. Bring. Es. Hinter. Dich!«

»Hab schon verstanden. Denk nur daran, dass man ein Pferd zwar zur Tränke führen kann, es aber selbst saufen muss.«

»Diesem Pferd hier dürstet es nach Rache. Ich bin mir sicher, dass es saufen wird!«

»Ich ruf an, wenn ich ihn hab. Jetzt geh und verbringe Zeit mit deiner heißen Ehefrau und deinem süßen Baby.« Mir ist klar, dass er mich mit dem Kommentar aufmuntern will, aber keine Chance.

Ich murmele etwas Unzusammenhängendes zum Abschied, weil ich nur zu gern das tun würde – Zeit mit meiner heißen Ehefrau verbringen. Doch ich kann nicht. Sie hat sich wer weiß wo verkrochen, und ich kann nichts tun, um ihr zu helfen.

Gib mir Zeit, hat sie vorhin gesagt. Zeit? Dass ich nicht lache! Mit jeder weiteren Stunde, die verstreicht, entfernt sie sich nur noch weiter von mir.

Selbst jetzt, als ich in unser Schlafzimmer gehe und sie auf dem Bett mit Ace erblicke, kann ich sehen, wie sehr sie sich abquält – die Augen zusammengekniffen, eine Falte auf ihrer Stirn –, während sie versucht, diese Verbindung beim Stillen zu spüren. Sie sagt, dass es die einzige Zeit ist, in der sie sich nicht völlig taub fühlt. Zum Glück hält sie sich irgendwie über Wasser. Gerade noch so. Aber noch genug, dass sie Ace stillen kann, weil die Versuche, ihn mit der Flasche zu füttern, ein absoluter Albtraum gewesen sind.

Nutzlos scheint mein neuer Zweitname geworden zu sein.

Es ist nur der Babyblues. Das ist alles. Circa zehn Tage bis zwei Wochen. So lange dauert es laut Google. Ein Thema, das ganz weit von meinen üblichen Suchen im Internet entfernt ist – Pornoseiten, *Indy Week* und Surf-Reportagen.

Wir sind schon seit acht Tagen dabei. Zur Hälfte fertig.

Das sollte doch alles nicht so schwierig werden. Wir sollten Ace haben – das Baby, von dem wir nie gedacht hätten, dass wir es einmal haben würden – und glücklich sein. Die unerwartete Kirsche auf unserem Glücklich-bis-an-ihr-Lebensende-Eisbecher.

Und nicht dieser Bullshit!

Ich dachte, der schwierige Teil käme, wenn ich mit meinem Vater konfrontiert werde. Dass das unsere größte Herausforderung sein würde. Dass ich derjenige wäre, der alles vermurkst. Ich hatte ja keine Ahnung, dass während ich die verdammte Tür hinter meinen Leichen im Keller verschloss, Rylee langsam die Selbstkontrolle verlor.

Die zweite Hiobsbotschaft muss definitiv gekommen sein.

Falsch gedacht. Der Gedanke ist augenblicklich da – eine andere Zeit, ein anderer Ort, als ich mich so verdammt hilflos fühlte. Dieses Mal jedoch … Ich weiß nicht, wie ich das hier alles wieder in Ordnung bringen könnte.

Ich gehe rüber zum Bett – zu der Person, die für mich das Wichtigste auf der Welt ist, und ich hasse es, dass es sich gerade nicht mehr so vollkommen anfühlt. Ich gebe ihr einen Kuss auf die Schulter und lasse meine Lippen dort für eine Sekunde ruhen, während ich ihren Geruch einatme. Kämpfe, Ry. Wir brauchen dich. Ich brauche dich. Ich bin mir nicht sicher, ob sie schläft oder nicht, weil sie nicht reagiert, und wie sehr will ich es doch, dass sie reagiert. Ich weiß, dass sie alles tut, was in ihrer Macht steht, um sich wieder zu fangen – für uns alle –, während es jedoch irgendwie auch den Anschein hat, als ob sie schwächer werden will.

Meine rauflustige Kämpfernatur, die so verdammt wunderschön ist, selbst jetzt mit Augenringen, wird ihren Weg finden. Ich darf ihr nur keinen Druck machen, ungeachtet dessen, wie sehr ich das will.

Oder zumindest ist es das, was Google sagt. Ihr Verstand betrügt sie.

Ich hebe Ace hoch, der nun mit vollen Bauch glücklicherweise völlig zufrieden ist, und trage ihn aus dem Zimmer.

Was zur Hölle mache ich jetzt mit ihm?

Meine Hände fühlen sich wie Keulen an, als ich die Windeln wechsele.

Ich habe den Dreh mit den Schlafliedern noch nicht so raus.

Die Decken-Sache? Wie zur Hölle lässt man es wie einen Burrito aussehen? Gar nicht so einfach. Was wäre denn, wenn ich einfach etwas Klebeband benutzen würde, um es zu verschließen? Nenn mich einfallsreich.

Oder einen Idioten.

Es fordert mir alles ab, mich nicht für besiegt zu erklären und die Kavallerie zu rufen: unsere Mütter, Quinlan, Haddie. Aber das hieße, eine Niederlage einzugestehen, und das will ich nicht. Außerdem kann ich das Ry nicht antun. Sie ist bereits so anfällig. Andere um Hilfe zu bitten – ohne ihr Einverständnis –, wäre wie ein Schlag in ihr Gesicht. Das würde sie noch weiter unter Wasser drücken, wenn sie doch sowieso bereits am Ertrinken ist. Es würde ihr den Beweis liefern, dass ich ihr nicht zutraue, hiermit fertigzuwerden.

Und das wäre nicht meine Absicht. Aber was Rys derzeitigen Zustand betrifft? Scheiße, ich weiß doch, dass sie es so auffassen würde.

Nichtsdestotrotz liegt mein Handy auf dem Tresen und sieht so verdammt verlockend aus.

Ich fühle mich wie ein Fisch auf dem Trockenen. Nicht schön. Ich bin auf und ab gegangen, habe ihn gewiegt, geschaukelt, aber keine Chance. Nichts davon bringt etwas.

Schlaf einfach nur!

»Schau mal, kleiner Mann«, sage ich, halte ihn hoch, damit ich ihm in die Augen sehen kann, während er damit fortfährt rumzujammern. »Ich bin neu, was das hier angeht. Hab keine Ahnung, was verda… äh, ich hier tue. Kannst du einem Kerl mal eine Pause gönnen und nachsichtig mit mir sein? Bitte!«

Ich fass es nicht, dass ich ein Neugeborenes um etwas anbettle – dass ich so tief gesunken bin –, aber verzweifelte Situationen erfordern verzweifelte Maßnahmen.

»Es sind nur du und ich hier, Kumpel. Männerklub. Deine Mama macht gerade eine harte Zeit durch, also hast du mich jetzt am Hals. Ich weiß, dass ich ätzend bin … ich hab keine Möpse so wie sie. Ich vermisse sie auch, das kannst du mir glauben. Eines Tages wirst du es verstehen. Aber vorerst … musst du deinen Mann stehen. Ich zeig dir wie. Erster Schritt, geh für mich schlafen.«

Bitte. Für einen Moment schließe ich die Augen, bin unsicher, was ich jetzt tun soll. Meine Mutter ist nicht allzu weit weg und könnte hier ganz schnell zu dieser unchristlichen Zeit mitten in der Nacht sein. Als ich die Augen wieder öffne, hat er seine geschlossen.

Gott sei Dank!

RYLEE

Die Dunkelheit ruft nach mir. Zieht mich in sich. Ertränkt mich in ihrer willkommenen Wärme. Es ist wie der Kuss eines Liebhabers, süchtig machend, alles verzehrend und unwiderstehlich.

Ich will sie nicht verlassen.

Aber ich muss.

Heute werde ich mich besser fühlen. Ich werde Ace ansehen, meine Arme um ihn schlingen und ihn ganz nah an mich heranziehen wollen, seinen Geruch einatmen, ihn lieben, bis es schmerzt.

Nähe zu ihm herstellen.

Eine Mutter für ihn sein.

Mein süßer Ace. Mein Wunder-Baby. Mein Ein und Alles.

Das ständige Karussell dreht sich weiter. Colton bringt Ace herein. Gibt ihm etwas zu trinken. Mein Kopf tut weh, mein Herz schmerzt, und meine Seele versucht, unermüdlich das zu sein, was ich für ihn sein muss. Für sie beide.

Es bringt mich um, wenn ich es nicht kann.

Colton beobachtet mich, schätzt ab, ob es mir heute besser geht. Oder schlechter. Ob er Ace ein bisschen länger bei mir lassen sollte. Ob das hilfreich oder schmerzhaft ist. Da sind Fältchen in sein Gesicht eingeätzt. Unruhe. Sorge. Zweifel.

Meine Mutter. Kurze Texte. Unbeantwortete Anrufe und Nachrichten. Ich weiß, dass sie sich Sorgen macht. Ich weiß, dass ich mit ihr reden kann. Aber ich kann mich nicht dazu aufraffen, sie anzurufen.

Colton spricht mit mir. Verbringt endlose Stunden damit, mich in sein Licht zu ziehen.

»Ich denke, dass ich die nächsten ein oder zwei Rennen ausfallen lasse. Denny verdient eine Chance, das Auto zu fahren. Außerdem würde ich Ace zu sehr vermissen, wenn ich weg wäre.«

Du lügst. Du hast Angst, mich mit ihm allein zu lassen.

Und dennoch antworte ich nicht. Ich kann's nicht. Weil ich selbst auch Angst habe, mit Ace allein zu sein.

Die Stille um uns herum schreit förmlich.

»Ich habe heute mit Zander geredet.« Er versucht es erneut.

Mein Zander.

»Er hört sich besser an.«

Wenn ich Erleichterung spüren könnte, dann wäre das jetzt der Fall. Aber ich glaube es nicht, bis ich es nicht mit eigenen Augen gesehen habe.

»Ich habe ihm gesagt, dass wenn es dir besser geht, er wieder vorbeikommen kann. Er vermisst dich. Die Jungs vermissen dich.« Ich kann den Ausdruck in seinen Augen sehen, der mir sagt: *Ich vermisse dich.*

Ich vermiss dich doch auch.

Aber Colton hört nicht auf zu reden, obwohl ich ihm nicht auf seine unausgesprochenen Worte antworte. Er geht langsam mit Ace auf dem Arm auf und ab und schwafelt belangloses Zeug, bis sein Handy klingelt oder unser Sohn einschläft.

Oder bis Ace wieder gestillt werden muss.

Ein endloser Kreislauf. Einer, den ich verabscheue und gleichzeitig verzweifelt ersehne. Weil es bedeutet, dass er mich noch nicht aufgegeben hat.

Schuld frisst mich innerlich auf. Quält mich in meinem Hinterkopf. Bringt mich völlig durcheinander. Ich versuche es. Ich tu es wirklich. Ich kämpfe gegen den Wassersog über meinem Kopf an, ertrinke in der Benommenheit, die verebbt und fließt, bevor ich von ihrem Griff wiederauftauchen kann. Ich kämpfe mich hoch, um nach Luft für meine brennende Lunge zu schnappen, ehe ich wieder zurück in ihren Tiefen abtauche.

Eine Textnachricht von Colton, obwohl er gerade im Erdgeschoss ist.

Erinnerst du dich an dieses hier? Es gilt weiterhin. Ich bin hier. Kämpfe weiter. Ich werde warten. All of Me von John Legend

Eine Rückblende aus unseren früheren Zeiten. Ein Versuch, mich aufzumuntern. Eine Herausforderung an mich, mich an das Gefühl zu erinnern. An die Liebe. An mich selbst. Aber ich fühle mich von allem so begraben, dass ich nicht einmal meinen Kopf heben kann. Oder Luft holen kann.

Es tut mir so leid, Colton. Es tut mir so leid, Ace.

Ich versuche es.

Ich kämpfe.

Gebt mich nicht auf.

Ich liebe euch wirklich. Ich kann es nur einfach nicht spüren. Oder zeigen.

Aber ich werde es.

Es ist nur der Babyblues. Ich bin stärker als das hier. Als es. Ich brauche nur etwas mehr Zeit.

Morgen wird alles besser sein.

34

COLTON

»Ich kann's gar nicht abwarten, den kleinen Kerl anzufassen.« Haddie reibt sich die Hände, während sie sich vorlehnt, mich flüchtig umarmt und bereits ihre Hände ausstreckt, um mir Ace abzunehmen.

»Danke, dass du so schnell gekommen bist. Ich wusste nicht, wen ich sonst hätte anrufen können.« Bei wem Rylee nicht komplett durchdrehen würde, füge ich im Stillen hinzu, weil sie auf jeden Fall in die Luft gehen wird, wenn sie beim Aufwachen Haddie hier vorfindet.

»Jederzeit. Außerdem sollte ich dir danken«, sagt sie und küsst Ace ab. »Ry ist so erpicht darauf, erst einmal eine Routine reinzubekommen, bevor sie Besucher zugelassen hätte, dass ich schon dachte, ihn nie zu Gesicht zu bekommen.«

»Was das betrifft …«, erwidere ich und hole einmal tief Luft, denn ich weiß, dass ich gerade dabei bin, eine Art eheliche Grenze zu überschreiten, was ich eigentlich nicht tun sollte. Aber der Punkt ist bereits überschritten, als dass ich mir deswegen jetzt noch Gedanken machen sollte. »Sie tut sich ein bisschen schwer. Babyblues.« Ich nicke, um meinen Worten Nachdruck zu verleihen und um zu versuchen, den Rest zu übermitteln, von dem mir Ry verboten hat, darüber zu sprechen. Haddie schaut mich mit zusammengekniffenen Augen an.

»Oh, das ist normal. Jede Mutter, die ich kenne, macht

so was ein bisschen durch. Mach dir deswegen keine Gedanken, Donavan. Ich werde sie aufmuntern«, sagt sie mit einem Augenzwinkern.

Ich weiß, dass ich in die Gänge kommen muss. Dass ich sofort zu Kelly muss, aber verdammt, ist das hart, Ry zurückzulassen, wenn sie in so einer Verfassung ist wie im Moment. Das hier könnte in so vielerlei Hinsicht ins Auge gehen. Ry wird mich umbringen. Sie wird nicht in der Lage sein, vor Haddie zu verbergen, was hier los ist. Doch ein kleines bisschen bin ich auch erleichtert, weil ich absolut nicht mehr weiß, was ich tun soll.

Ich bin verloren. Wie auf einer-einsamen-Insel-verloren, und ich hab keine Ahnung, wie ich ihr helfen soll.

Das hier könnte ihr den Rest geben oder ihr helfen, wieder zurückzutaumeln. Ich hoffe, dass es Letzteres ist.

»Geh jetzt. Geh schon! Ich weiß, dass du es eilig hast. Ich hab hier alles im Griff«, sagt Haddie und reißt mich damit aus meinen Gedanken.

»Sie hält oben ein Nickerchen. Ich hab ihr nicht gesagt, dass ich wegmuss.«

»Jetzt geh schon! Ich hab alles unter Kontrolle. Du beginnst mir meine Tanten-Zeit mit Ace streitig zu machen.« Sie beginnt die Eingangstür zu schließen, und ich gehe in Richtung des Autos, in dem Sammy schon auf dem Beifahrersitz hockt, als sie mir noch etwas zuruft. »Hey, Colton?«

Ich drehe mich zu ihr um, meine Hand liegt bereits auf dem Türgriff des Wagens. Erwartungsvoll frage ich: »Ja?«

»Tritt Eddie einmal besonders kräftig in die Eier für

mich, okay? Das hat er verdient, weil er meine beste Freundin verarscht hat!«

»Nur wenn er noch stehen kann, wenn ich mit ihm fertig bin.« Ich rutsche auf den Fahrersitz, während Sammys Lachen den Wagen erfüllt.

»Können wir los?«, frage ich. Mein Blick wandert von Kelly zu Sammy vor und zurück, um sicherzugehen, dass wir alle der gleichen Meinung sind.

»Ja. Dean hat ihn drinnen. Alles andere ist wie geplant.« Unsere Blicke treffen sich. Sammys unausgesprochene Warnung, die ich nicht sehen will, ist offensichtlich: Beruhige dich, zügel dein Temperament, und lass alles einfach nach Plan verlaufen.

Sosehr ich auch weiß, dass er recht hat, drehe ich ihm den Rücken zu, beginne loszugehen, ohne zu bestätigen, dass ich es gesehen habe.

Keiner hat mir zu sagen, wie ich meinen eigenen Kram zu erledigen habe. Ich bin mir über die Konsequenzen meines Handelns durchaus bewusst. Das ist völlig logisch. Aber ich weiß auch, dass Eddie meine Ehefrau und meinen Sohn verarscht hat, und wenn ein Mann nicht für seine Familie einsteht, dann sollte er überhaupt nicht stehen.

Ins Gefängnis zu gehen ist keine Option. Und nicht, weil mich einen Eintrag zu haben oder der Medienrummel interessieren würden, den das Ganze auslösen würde. Sondern weil ich das Ry einfach nicht antun kann in dem Zustand, in dem sie sich gerade befindet, und Ace könnte ich es auch nicht antun, so klein und hilflos, wie er ist. Aber das bedeutet verdammt noch mal nicht, dass ich mich fügen werde.

Zeig's mir, Arschloch. Ich bin bereit für dich. Aufgekratzt und vorbereitet. Drück meine Knöpfe. Ich bitte darum.

Ohne anzuklopfen, öffne ich die Tür zu dem heruntergekommenen Apartment. Kellys Kollege, Dean, steht drin. Unsere Blicke treffen sich. Eine einvernehmliche Verständigung – mein *danke*, sein *lass dir Zeit* –, bevor er rausgeht, ohne einen weiteren Ton zu sagen.

Ich gehe drei Schritte hinein. Ich höre nicht, wie sich die Tür schließt, und bemerke nicht, dass Sammys Rücken gegen sie gelehnt ist, weil meine Augen auf den Mann vor mir auf der zerschlissenen Couch gerichtet sind: Seine Ellenbogen hat er auf den Knien abgestützt, den Kopf lässt er hängen, er bewegt unruhig seine Beine.

Zorn, wie ich ihn erst sehr wenige Male in meinem Leben verspürt habe, tost durch mich hindurch. Ein verdammter Güterzug der Wut, den ich auf dem Gleis behalten muss, bevor er entgleist.

Ich räuspere mich. Als Eddie realisiert, dass noch jemand anderes in der Wohnung ist, hebt er blitzschnell den Kopf, mit Augen so groß wie Untertassen und geöffnetem Mund. Er sieht scheiße aus. Sehr gut.

»Was zum …?«, fragt er zuerst. Er sieht überrascht aus, und seine Augen blinzeln, als er sich von der Couch hochschiebt und mich wieder anstarrt. Dann schmettert er ein lautes, tiefes und herablassendes Lachen heraus, das mich nur noch mehr verwirrt und mich noch wütender macht.

»Ist irgendetwas lustig?«, frage ich. Meine Hände sind zu Fäusten geballt, aber meine Neugierde ist geweckt, warum das hier so witzig ist.

»Ich hätte es wissen müssen«, sagt er kopfschüttelnd. Sein Körper ist sichtlich entspannt.

Nenn mir einen Grund, du Wichser. Nur einen.

»Hast du jemand anderen erwartet?« Ich weiß, dass meine Drohung überhaupt nichts ist im Vergleich zu den anderen, mit denen er noch konfrontiert wird. Das spielt mir unerwartet in die Hände.

»Ja. Nein.« Das höhnische Grinsen ist zurück. »Deine hübsche kleine Ehefrau vielleicht.«

Bingo.

In zwei Sekunden bin ich auch schon bei ihm. Arme gespannt. Die Fäuste fliegen. Die Dehnbarkeit von Fleisch gegen meine Knöchel. Der dumpfe Aufschlag von Knochen gegen Knochen. Das Knirschen, das bei Weitem nicht befriedigend genug ist, wenn man bedenkt, was er meiner Familie alles angetan hat.

Das Geräusch von zerbrochenem Glas, als sein Arm die Lampe streift und sie umreißt, bricht sich durch meine stille Wut, bringt mich zurück ins Hier und Jetzt. Erinnert mich daran, dass ich ein paar Antworten will, bevor ich das beende, was er angefangen hat.

Ich mache mir keine Gedanken, dass uns die Nachbarn hören und die Polizei rufen könnten. An Orten wie diesen passt keiner auf. Sie alle halten ihre Köpfe gesenkt und bleiben in ihren eigenen Schwierigkeiten. Ich sollte es wissen. Schließlich bin ich an so einem Ort wie diesem hier aufgewachsen. Keiner kam dem kleinen Jungen zu Hilfe, der auf der anderen Seite der Wand vor Schmerzen schrie.

Der Gedanke schürt meinen Zorn. Verstärkt meinen Entschluss, nicht diese Person zu sein. Mich nicht auf das

Niveau dieses Mannes herabzulassen, der gerade vor mir steht.

Aber Gott, wie sehr ich mich doch dazu herablassen will.

»Schau mich an«, schreie ich. Meine Stimme erfüllt den Raum. Er hebt seinen Kopf von da aus, wo er quer auf der Couch gelandet ist. Eine rote Strieme schwillt auf seiner Wange an. »Rede nicht noch einmal über meine Ehefrau. Das hier ist eine Sache zwischen dir und mir, du verdammtes Arschloch.«

Das Lachen von ihm ist nun lauter, und ich muss mich stark zurückhalten, um nicht den Zorn freizulassen, der in mir aufkeimt.

Weil ich das will, wofür ich hergekommen bin. Zuerst die Antworten. Dann die Verteidigung. Und oh, wie süß doch Letzteres sein wird. Er hat nicht den blassesten Schimmer, was ihm noch blüht.

»Du willst abrechnen? Tu dir keinen Zwang an. Du denkst, dass du mir Angst einjagst, Donavan? Dann denk noch einmal scharf nach. Du. Kannst. Mich. Nicht. Anfassen. Du bist so ein Weichei, dass du deinen verdammten Handlanger mitnehmen musst«, sagt er und zeigt auf Sammy, der still an der Tür steht, »der die Drecksarbeit für dich erledigen soll.«

»Ich denke, dass dein blaues Auge beweisen wird, dass ich meine Drecksarbeit ganz gut alleine erledigen kann.« Ich blicke über meine Schulter und hebe mein Kinn als Zeichen für Sammy, dass er die Wohnung verlassen soll. So ist es besser.

Keine Zeugen. Keine Aussage gegen Aussage. Nur mein Wort gegen Eddies. Kelly ist so verdammt überzeugt, dass Eddie mich, wenn ich ihn anfasse, ohnehin anzeigen wird.

Ups. Ich nehme an, dass ich diese Regel bereits gebrochen habe. Mein Fehler.

»Ist jeder in deinem Leben deine Marionette? Ein Zug am Faden und sie tanzen?« Er hebt die Augenbrauen, während sein Blick Sammy folgt, der gerade aus der Tür geht. Ich schaue ihn an. Warte den richtigen Augenblick ab. Er ist so verdammt arrogant. Ich kann sehen, wie er sich damit brüsten will, wie er das alles hier durchgezogen hat.

»Du weißt rein gar nichts über mein Leben, Eddie.«

»Zumindest weiß ich, dass ich nicht nach deiner Pfeife tanzen werde. Also wie fühlt es sich an, an den Fäden zu ziehen und lediglich ein riesengroßes *Fick dich* dafür zu bekommen, hä?«

»Ist es das, worum es dir hier ursprünglich ging? Zu beweisen, dass du besser bist als ich?«, frage ich, heuchele Gleichgültigkeit vor, auch wenn ich doch alles andere als das verspüre.

Geh in die Falle, Eddie. Nähre dein Ego. Beweise mir doch das Gegenteil.

Er erhebt sich von der Couch und geht mit einer unheimlichen Ruhe auf mich zu. »Ich bin besser als du«, sagt er, als er genau dorthin tappt, wo ich ihn haben will. Er reizt mich wie noch nie zuvor. »Und ich bin auch nicht bescheuert. Heb dein Shirt hoch. Ich wette, dass dein Weichei-Arsch verkabelt ist. Und du versuchst mich für etwas dranzukriegen, was ich nicht getan habe.«

Ist er jetzt völlig verrückt geworden? Als ob ich die Bullen an unserem kleinen Beisammensein teilhaben lassen würde. Scheiße, er wird sich noch wünschen, dass ich ein Abhörgerät dabeihätte.

»Das Gefängnis war zu gut zu dir, was?«, spotte ich, während ich mein Shirt hochhebe und mich einmal um meine eigene Achse drehe, damit er sieht, dass ich nicht verkabelt bin. »Stehst du jetzt auf Kerle?«

»Fick dich!«

»Nein, danke«, erwidere ich, komme einen Schritt näher an ihn heran. »Ich will nichts anderes von dir als Antworten. Alles andere, was dich noch erwartet, hast du dir selbst zuzuschreiben.«

Er neigt den Kopf, ein arrogantes Grinsen breitet sich auf seinem Gesicht aus. »Danke an deinen Sohn, mehr fällt mir nicht ein. Ich habe das Bild von ihm an die Boulevardblätter verkauft«, höhnt er. »Hab mir damit eine goldene Nase verdient und alte Schulden beglichen. Dank Ace bin ich jetzt absolut frei.«

So ein verdammtes aufgeblasenes Arschloch. Er ist jedoch der Angeschmierte. Das ist der einzige Grund, warum ich ihm nicht noch einmal in die Fresse schlage.

»Bravo«, sage ich, während ich langsam und bedächtig klatsche. Seine Augen verengen sich, er beißt die Zähne zusammen. Gut. Ich mache ihn sauer. »Mit dem Video hättest du jedoch noch weitaus mehr Geld machen können.« Die Lüge ist schnell gesagt, auch wenn ich mich zu den Worten zwingen muss. »Ich wette, daran hast du nicht gedacht, oder?«

Da ist der Köder an dem Haken, Wichser. Nimm einen ganz großen Bissen, sodass ich ihn einstellen kann.

»Das Gefängnis hat so was an sich, die Dinge aufzuschieben.« Er starrt mich an. »Aber es hat mir auch viel Zeit gegeben, um alles in Ruhe zu planen und mir zu überlegen, wie ich es dem Wichser heimzahlen kann, der mich da reingebracht hat.«

»Es mir heimzuzahlen? Weswegen? Weil ich dich nicht aus meinem Büro mit den Entwürfen herausspazieren ließ, dich sie nicht jemandem als deine eigenen verkaufen, die Honorare dafür einsacken und dich dann damit davonkommen ließ? Hast du völlig den Verstand verloren? Hast du allen Ernstes geglaubt, dass ich dich das nehmen lasse, was mir gehört, und dich dann daraus Kapital schlagen lasse?«

»Scheint ja ganz so, als ob ich mir das genommen habe, was dir gehört, und es getan habe.«

Die Zweideutigkeit seiner ruhigen Bemerkung – die gestohlenen Entwürfe und die Vorführung von Rylee auf dem Video – lässt mich ausrasten. Dieses Mal kann ich nicht widerstehen.

Er sieht meinen Schlag kommen und versetzt mir blitzschnell einen Hieb in den Brustkorb, bevor meine Knöchel seinen Kiefer treffen. Sein Kopf schnellt zurück, sein Körper knallt an die Wand hinter ihm. Das Geräusch seines Aufstöhnens hebt das schnelle Brennen des Schmerzes auf – dort, wo er mich erwischt hat.

Mein Körper vibriert vor Zorn. Reine entfesselte Wut, während ich auf diesen Nichtsnutz starre und mir auszureden versuche, das hier jetzt zu Ende zu führen. Und weil er natürlich ein dreister Wichser ist, stellen seine gekräuselten Lippen, als er seinen Kopf wieder hebt, meine Zurückhaltung erneut auf die Probe.

Herrgott noch mal. Das hier ist verdammt noch mal so viel härter, als ich dachte. Sich zusammenzureißen, wenn ich ihn die Wut spüren lassen will, die in mir tobt. Ihm einen Schlag nach dem anderen versetzen. Dem Stress und dem Schmerz Erleichterung verschaffen, die er uns zugefügt hat.

Aber das wird überhaupt nichts bringen.

»Du bist ein nutzloses Stück Scheiße. Du verdienst alles, was du bekommst.«

»Was ich bekomme? Wie ich es bereits gesagt habe, Donavan. Du kannst mich nicht anfassen. Ich habe nichts Illegales getan. Das Video hat nicht dir gehört. Ich habe es nicht gestohlen. Es befand sich in einem Safe, während ich meine Strafe im Gefängnis absaß. Scheiße nur, dass der Wert stieg.«

»Hat dich das innerlich aufgefressen, Eddie?«, frage ich und trete zurück in seine persönliche Distanzzone. »Hat es dich an jedem einzelnen verdammten Tag verhöhnt, während du in einer winzigen Zelle hocktest? Du fühltest dich im Recht, meine Familie zu verarschen, weil du ein nutzloses Stück Scheiße bist, das seine Spielsucht nicht unter Kontrolle hat, also musstest du, um deinen eigenen Arsch zu retten, das eine Loch stopfen, indem du ein anderes aufmachst? Es ist ja so viel leichter, jemand anderem die Schuld in die Schuhe zu schieben, als sich einzugestehen, dass man es sich selbst eingebrockt hat.« Ich stoße meinen Finger in seine Brust, während ich leise lache, ihn verspotte. »So viel zum Thema Weichei.«

Ich halte ihm einen Köder unter die Nase.

»Weichei?«, fragte er. Seine Stimme ist nun lauter, da er aufrechter steht. Typischer Napoleon-Komplex. Er streckt seine Brust raus. »Du schuldest mir einfach alles!« Seine Stimme dröhnt durch das leere Apartment, Speichel fliegt aus seinem Mund, während er langsam verstört wird. »Meine Frau. Meine Kinder. Alles!«

»Betrüger bringen es nie weit«, sage ich mit einer Singsang-Stimme. Er will mir bereits an die Gurgel gehen, seine Nasenlöcher sind geweitet, seine Hände zu Fäusten geballt, aber dann hält er inne, als ich ihn lediglich mit hochgezogenen Augenbrauen anschaue. Mein Mitgefühl ist gleich null. »Du. Kannst. Mich. Nicht. Anfassen«, flüstere ich ihm in demselben Tonfall zu, wie er es vorher bei mir getan hat.

»Fick dich!«, schreit er wutentbrannt. »Du bist derjenige, der das alles hier ausgelöst hat. Nicht ich! Du willst mit dem Finger auf jemanden zeigen? Richte ihn auf dich selbst, du arroganter Hurensohn!«

»Ich habe das hier ausgelöst? Du hast deinen verdammten Verstand verloren!« Geh auf mich los. Bitte. Gib mir einen verdammten Grund, dass ich die Versprechen, die ich mir selbst gemacht habe, vergessen kann. Drecksau! Meine Hände sind zu Fäusten geballt, mein Blut kocht, und es fordert alles von mir ab, dass ich ihm nicht die Zähne ausschlage. Aber ich tu es nicht. Er stellt mir eine Falle. Macht einen verdammt guten Job. Aber ein blaues Auge ist eine Sache. Ausgeschlagene Zähne eine andere.

Aber verdammt, die Versuchung ist gerade echt groß.

Er beißt die Zähne zusammen. Seine Hände sind nach wie vor zu Fäusten geballt. Sein Körper sträubt sich förmlich bei meinem Vorwurf. Sein Ego ist so riesig, dass er dafür sterben würde, mich eines Besseren zu belehren.

»Du bist so ein arrogantes Arschloch. Ich wusste, dass du dich nicht von deinem Geld trennen würdest. Ich hab bei den Klatschblättern nur ein paar Samen gesät, um etwas Druck auf dich auszuüben. Aber verdammt, du bist der verdammte Goldjunge, sodass du dachtest, dass du mit dem Hieb gut klarkommen würdest. Dein Ego etwas streicheln lassen von der Aufmerksamkeit, die du dadurch bekommen würdest. Aber kein einziges Mal hast du dabei an deine ach-so-geschätzte Ehefrau gedacht, oder?« Seine Worte erfüllen ihren Zweck. Sticheln. Ritzen in den Schuldgefühlen. »Sie lieber den gottverdammten Wölfen zum Fraß vorwerfen, als mich zu bezahlen. Du hast mir bewiesen, dass ich recht hatte. Du denkst nur an dich und scheißt auf Rylee oder ihren Ruf ...«

»Nimm nicht noch einmal ihren Namen in den Mund!«, schreie ich. Ich packe ihn, mein Unterarm liegt an seiner Kehle, während ich ihn gegen die Wand drücke. Und er wehrt sich nicht. Er weiß nur allzu gut, dass er gerade meine Knöpfe drückt, und das macht ihm einen Mordsspaß, weil er denkt, dass ich ihm nichts tun kann. Seine ausbleibende Reaktion ist ein nonverbales *Fick dich*.

»Warum? Ärgert es dich, Donavan, dass ich richtig geraten habe? Dass, als ich wusste, dass du nicht zahlen würdest, ich mich dazu entschied, mir deine Frau vorzuknöpfen? Ihr bewies, mit was für einem Stück Scheiße sie verheiratet ist? Dass ihm Geld wichtiger ist als sie?« Ich drücke mit dem Arm fester zu, denn ich will, dass er endlich die Klappe hält, will aber dennoch die Qual über mich ergehen lassen und mehr hören. »Wie hat es sich angefühlt, als sie sich von dir zurückgezogen hat? Als sie dir die Schuld dafür gab, dass sie ihren Job verlor? Ich hoffe, dass es dich innerlich zerrissen hat. Dass es dich richtig fertiggemacht hat, weil es nicht einmal annähernd so war, wie ich mich gefühlt habe, als du mir meine Frau genommen hast!«

»Fahr zur Hölle!«, schreie ich, bin unfähig, mich zu bewegen, weil ich weiß, dass wenn ich es tue, ich nicht mehr imstande sein werde, mich zu zügeln. Mein Zorn hat seinen eigenen Willen, und alles, worauf er wartet, ist auch nur die kleinste Kleinigkeit, um sich zu entladen. »Ich mach nicht bei deinen Psychospielchen mit. Weil du vergisst, dass du derjenige bist, der Mist gebaut hat. Dich hat's dermaßen nach Rache gedürstet, dass du dabei die Kredithaie vergessen hast, die nur darauf warten, sich dir an den Arsch zu hängen. Du hast deine Wut die Oberhand gewinnen lassen, hast das Video hochgeladen, ohne vorher überhaupt zu verhandeln, und zu spät gemerkt, dass dein Druckmittel jetzt futsch ist. Du hast dein Geld verloren und wusstest, dass die Gerichtsvollzieher auf dem Weg sind.« Ich grinse, während meine Fäuste darum betteln, das Gespräch zu beenden.

»Ich lache aber als Letzter, oder?«, höhnt er mit ruhiger, gleichmäßiger Stimme, trotz des Drucks auf seine Brust. »Dieses kleine Video hat aus euch das It-Pärchen für die Medien gemacht. Hat einen Rausch erzeugt. Das bedeutet mehr Kohle. Hat den Preis für das Foto von eurem Sohn auf ein hübsches Sümmchen gesteigert. Hat zwei Fliegen mit einer Klappe geschlagen: hat meine Schulden bezahlt und mir ein finales ›Fick dich‹ mit deinem Kind eingebracht.« Er lehnt seinen Kopf so weit nach vorn, wie er kann, sodass sein Gesicht nur wenige Zentimeter von meinem entfernt ist. Er flüstert, aber ich kann es trotzdem klar und deutlich hören. »Du bist nicht mehr so ein harter Kerl, wenn jeder Mann in Amerika deiner Ehefrau dabei zusieht, wie sie kommt, und sich ausmalt, dass er es gerade mit ihr treibt, oder?«

Mit meiner Zurückhaltung ist es jetzt endgültig vorbei.

Das Versprechen, das ich mir selbst gegeben habe, ist vergessen.

Der Wichser hat es nicht anders verdient.

Der hier ist für Rylee.

Meine Faust fliegt. Der Schlag ist bittersüß, als sein Kopf zur Seite knallt, das Blut aus seiner Nase spritzt und ihm ein Ächzen entfährt, als er an sein Gesicht fasst, während er an der Wand entlang runterrutscht. Ich gestatte mir aber nur einen Schlag.

Scheiße, wird das schwer, jetzt zu gehen. Also tue ich es nicht. Ich komme näher an ihn heran, halte meinen Zorn im Zaum und beschreite den rechten Weg, während ich eigentlich lieber weitermachen würde. Ich reiße an seinen Haaren, sodass sein Kopf hochschnellt und er mich ansehen muss.

»Komm meiner Familie niemals wieder zu nahe.« Meine Drohung ist unmissverständlich. Ich lasse seine Haare los, stoße seinen Kopf zurück. »Wie war das noch mal, was man über Rache sagt? Wer auf Rache aus ist, der grabe zwei Gräber?«, sage ich mit knirschenden Zähnen. Meine Stimme bebt, mein Körper ist ganz heiß vom Adrenalin.

»Vielleicht hättest du den Rat befolgen sollen.« Er schaut auf, Verwirrung flackert in seinen Augen auf, was ich damit wohl meine. Er ist ganz auf das Grab konzentriert, das er für mich ausgehoben hat, und nicht auf das, was er für sich selbst hätte ausschaufeln sollen.

Nun gut, wenn er es jetzt nicht kapiert, dann mit Sicherheit innerhalb der nächsten wenigen Minuten.

»Fick dich!«, sagt er, als ich mich bereits in Richtung Tür aufmache.

Ich halte an und lasse meinen Kopf hängen, während mir ein Lachen entweicht, das mit aller Eindeutigkeit das Gleiche zu ihm sagt. Ich lasse die Stille den Raum vereinnahmen. Ich erlaube ihm zu glauben, dass das jetzt alles war.

Und dann lasse ich die Bombe platzen.

»Du hast vielleicht deine Schulden zurückbezahlt. Aber ich glaube, du hast die Zinsen vergessen, die du ihnen noch schuldest. Ich nehme an, ich werde letzten Endes doch jemand anderen meine Drecksarbeit für mich erledigen lassen.«

Ich öffne die Tür und verlasse die Wohnung. Ein Teil von mir wünscht sich, seinen Gesichtsausdruck sehen zu können, der andere Teil von mir wünscht sich, ihn nie wieder sehen zu müssen. Ich halte meine Hand hoch und gebe den Jungs, die ein paar Meter von mir entfernt stehen, damit zu verstehen, dass ich einen Moment für mich brauche. Eine gottverdammte Sekunde, um Atem zu holen und um mir zu überlegen, wie ich mich fühle, dass ich einerseits genau das bekommen habe, was ich wollte, aber andererseits auch wiederum nicht.

Denn ich habe zwar meine Antworten bekommen – verschnürt mit einer netten kleinen Schleife, sodass ich normalerweise die Ungezwungenheit hinterfragen würde, mit der er sie mir gab. Doch ich kenne den Wichser in- und auswendig. Ich habe jahrelang mit ihm zusammengearbeitet, habe ihn über den Tisch hinweg bei

Schlichtungsverhandlungen und als Zeuge während der Gerichtsverhandlung beobachtet, sodass ich ihn wie ein offenes Buch lesen kann. Hinterfrage ich die Richtigkeit der Antworten? Eigentlich nicht, weil er so scharf darauf war, mich zu übertrumpfen. So erpicht darauf zu beweisen, dass er mich letzten Endes bestraft hat – mir eins ausgewischt hat –, sodass es gar keine Möglichkeit für ihn gab, die Wahrheit zu verdrehen.

Also ja, ich bin zufrieden mit seinen Erklärungen. Aber es quält mich, ihm nicht das zu geben, was er verdient hat, und zwar mit meinen eigenen Fäusten. Rylee. Der Grund. Die Antwort. Das gottverdammte Alles. Deshalb muss ich mich mit diesem Ausgang zufriedengeben. Dass ein anderer meine Drecksarbeit erledigt, um das gleiche Endresultat zu erzielen.

Als ich aufsehe, sind sie da – bereit und gewillt, es für mich zu erledigen. Und für sie. Drei Wichser, auf die man sich absolut verlassen kann. Gruseliger Scheiß, wenn man solchen Kerlen Geld schuldet.

»Ihr habt fünf Minuten Zeit, um mit ihm abzurechnen, bevor Kelly die Bullen ruft. Geht sicher, dass er noch am Leben ist, wenn sie kommen. Er scheint gegen eine einstweilige Verfügung verstoßen zu haben.«

Der Wichser hat ja gar keine Ahnung, was ihm noch blüht. Ziemlich sicher wird es ihm sein schmieriges Grinsen aus dem Gesicht wischen.

Ich denke, er wird es begrüßen, zurück ins Gefängnis zu gehen, wenn sie erst einmal mit ihm fertig sind.

Ich begegne Sammys Blick. Ich sehe die Frage darin. *Du wolltest Eddie so lange, warum gehst du dann jetzt weg?*

Aber Sammy weiß auch warum. Kann vermutlich immer noch den Zorn im Krankenhaus in meiner Stimme hören, auch nach all diesen Tagen danach. *Ihre. Sicherheit. Steht. An. Erster. Stelle!*

Und wenn nicht, ist das auch egal. Ich muss mich vor niemandem rechtfertigen. Ich habe zwei perfekte Gründe, die zu Hause auf mich warten. Sie sind es, die zählen. Mein Ein und Alles.

Der Grund, warum ich nie aufhören werde, zu versuchen, der Mann zu sein, den sie verdienen.

Ich schüttle lediglich den Kopf und setze mich in das wartende Auto. Ich habe genug Zeit wegen Eddie Kimball verschwendet.

Eddie wird dich nicht wieder belästigen. Er wurde in Gewahrsam genommen.

Meine Füße stehen still, als ich auf den Text schaue. Ich brauche eine Minute.

Scheiße, ich brauche mehr als nur eine Minute. Ich muss mich selbst in einer Flasche Jack Daniel's ertränken und mir einen ganzen Abend nehmen, um darin zu schwimmen. Damit ich nachdenken kann. Damit ich das eingebildete Arschloch sein kann, das ich einst war, und nichts und niemanden an mich heranlasse.

Aber ich kann es nicht.

Also setze ich mich auf die Stufe vor der Eingangstür und seufze, schließe die Augen, lasse den Kopf hängen und gestatte mir sechzig Sekunden, die ich mir nicht leisten kann zu nehmen. Denn wenn ich einmal durch die Tür gehe, muss ich der gleiche Mann sein, der gerade von

Eddie weggegangen ist, ohne noch einmal zugeschlagen zu haben. Verantwortungsbewusst. Reif. Selbstlos.

Gerade jetzt will ich aber alles andere als das sein.

Oder ist es so, dass ich in Wirklichkeit ein Weichei bin und mich davor fürchte, in was ich da hereinplatzen könnte? Ein gottverdammtes Pulverfass des Unbekannten. Wird meine Frau hier sein? Weil ich sie so schrecklich vermisse. Oder werde ich nur ihre Hülle antreffen, die ich nicht mehr ertragen kann?

Ja, du bist verweichlicht worden, Donavan. Du brauchst eine Frau, die dich komplett macht, während du früher einmal überhaupt nichts und niemanden brauchtest. Meine Güte, wie der Spieler doch gefallen ist.

Ich lache. Nicht vor Erleichterung, sondern weil ich etwas brauche, um die Wirkung von diesen aufgestauten Gefühlen zu nehmen. Und weil ich weiß, was ich sonst noch machen muss, wenn ich reingehe. Was ich Ry sagen muss, was passieren wird, und ich hoffe nur, dass die Neuigkeiten über Eddie dabei helfen werden, dem Ganzen die Schärfe zu nehmen.

Die Tür öffnet sich hinter mir. Wird wieder geschlossen. Und ich warte darauf. Weiß, dass es kommt.

»Alles okay bei dir?«, fragt Haddie, als sie sich neben mich hockt und mir ein Bier und einen Eisbeutel hinhält. Ich schaue zu ihr rüber, frage mich, woher sie wissen konnte, dass ich beides brauchen würde. »Nenn es einen Zufallstreffer.«

»Danke.« Ich nehme ihr die Sachen ab und mache ein zischendes Geräusch, als ich das Eis auf meine Knöchel lege. Für einige Momente sitzen wir schweigend einfach nur da.

»Shane ist unerwartet vorbeigekommen. Er ist jetzt gerade mit Ace drin«, sagt sie und überrascht mich damit. Aber ich sollte es eigentlich gar nicht sein. Shane ist einer von Rys Jungs. Genau wie ich weiß auch er, dass irgendetwas nicht in Ordnung ist. »Ry ist draußen auf der oberen Terrasse. Ich hab sie überredet, dass sie etwas frische Luft braucht.«

»Wirklich?« Hoffnung schwingt in meiner Stimme mit. Es muss ihr besser gehen. Ich wusste, dass sie sich wieder erholen würde.

»Colton?« Die Art, wie Haddie meinen Namen sagt, macht mir klar, dass es Rylee überhaupt nicht besser geht. Genau genommen bekräftigt es sogar noch das, was ich tun muss.

»Ich werde den Arzt morgen früh anrufen«, beantworte ich ihre unausgesprochene Frage, die sie in der Luft hat hängen lassen, setze das Bier an meine Lippen und nehme einen langen Schluck. Ich hasse mich dafür, das jetzt ausgesprochen zu haben, denn nun muss ich zugeben, dass etwas mit Rylee nicht in Ordnung ist.

Und ich will nicht, dass etwas nicht mit ihr in Ordnung ist.

»Zuerst war ich sauer auf dich, auf sie ... Du hast es mir nicht erzählt, und ich bin doch ihre beste Freundin. Ich sollte Bescheid wissen. Aber ich kapier's jetzt. Ich bin mir darüber im Klaren, wie stolz Ry ist. Dass sie denkt, mit allem zurechtkommen zu müssen, und wenn sie zugibt, dass sie es nicht kann, dann macht das alles noch schlimmer. Aber Colton, hier geht's darum, dass es ihr wieder besser gehen muss, und nicht darum, dass sie schwach ist.« Sie lehnt ihren Kopf an meine Schulter und seufzt.

Ich schüttle den Kopf. Ich bin vollkommen durcheinander. »Ich dachte, dass das mit Eddie heute weiterhelfen würde. Dass ich zurückkommen und ihr erzählen könnte, dass er uns nicht mehr belästigen wird. Vielleicht könnte das Wissen, dass diese Sorgen weg sind, ihr dabei helfen, die Schwierigkeiten zu überwinden ...« Ich höre auf weiterzusprechen, als ich realisiere, wie dämlich das klingt.

»Es könnte ein bisschen weiterhelfen«, sagt Haddie sanft, »aber es wird sie nicht wieder in Ordnung bringen. Wir sind wieder zurück bei Matchbox Twenty – auf Wiederholtaste, aber dieses Mal ist keine Musik mit dabei. Genau genommen gibt's da überhaupt kein Geräusch. Sie braucht Hilfe, Colton.«

Ich reibe mir mit den Händen übers Gesicht. »Ich weiß, Had. Ich weiß.«

»Sie hat für eine Weile versucht, es auf die Reihe zu kriegen, aber ich kenne sie gut genug, um es besser zu wissen«, sagt sie, als sie aufsteht.

»Danke ... für alles.« Unsere Umarmung ist kurz, mein Bedürfnis, Rylee zu sehen, beherrscht meine Gedanken.

»Jederzeit«, sagt Haddie, als ich die Tür öffne und ins Haus gehe.

Ich höre Stimmen, werde aber einmal wieder enttäuscht, als ich Shane auf der Couch sitzen sehe, der zu Ace spricht. Und Scheiße, aus irgendeinem Grund trifft es mich hart, als ich meinen kleinen Jungen sehe. Es bestätigt die Gründe, warum ich von Eddie weggegangen bin.

Er ist mein Ein und Alles.

Shane sieht auf, als er mich bemerkt. »Hey«, sagt er und steht sofort auf. Sein Blick ist auf meinen geheftet.

Ich erkenne eine Bedrohung, sobald ich sie sehe, aber nicht ums Verrecken kann ich mir ausmalen, was Shane damit zu tun haben könnte.

»Was ist los, Shane?«, frage ich. Mein Kopf dreht sich, als er Haddie Ace überreicht, ohne ihn mich vorher sehen zu lassen.

»Können wir reden?«

Wenn er nicht so todernst wäre, könnte ich bei dem plötzlichen Knurren in seiner Stimme und dem Steifwerden seines Rückens loslachen. »Na klar«, sage ich, als ich Haddie einen Blick zuwerfe und ein Schulterzucken als Antwort erhalte. »Warum gehen wir nicht ins Büro?«

Ich gehe voran, lasse ihn als Ersten eintreten und schließe dann die Tür. Wir setzen uns an den Tisch, einander gegenüber, und als er mich dieses Mal anschaut, sehe ich so viel mehr als die Bedrohung von vor wenigen Minuten. Ich sehe ein verängstigtes Kind, das versucht, ein mutiger Mann zu sein, und ich weiß nicht so recht, wie ich hiermit umgehen soll.

Na ja, ich hab ja auch Angst. Aus verschiedenen Gründen. Aber Angst habe ich nichtsdestoweniger.

»Worüber willst du reden, Shane?«

Er rutscht auf seinem Platz hin und her, fummelt an seinen Händen herum, und bevor er überhaupt etwas sagt, kann ich sehen, dass wir noch etwas mehr Zeit miteinander verbringen müssen, damit ich ihm dabei helfen kann, beherrscht auszusehen, auch wenn er sich nicht so fühlt. Das ist ein Muss für einen Mann, und ich habe versäumt, ihm das beizubringen.

»Du bist derjenige, der sich um sie kümmern sollte«,

beschuldigt er mich mit mehr Sicherheit in seiner Stimme, als seine Augen widerspiegeln. Plötzlich ist er nervös, dass er gerade tatsächlich seinen Mann stehen muss. »Du kannst doch sehen, dass etwas mit ihr nicht stimmt, oder?«

Ich verkneife mir die schnippische Bemerkung, die ich normalerweise von mir geben würde – nämlich, dass ich ganz genau weiß, wie ich mich um meine Ehefrau zu kümmern habe. Die Erschöpfung und die Scheiße mit Eddie macht es so verdammt verlockend, aber ich bin in der Lage, mich zu beherrschen. Zu realisieren, dass das hier Shane ist, der vor mir sitzt und der sichergehen will, dass mit Ry alles in Ordnung ist.

Ich lehne mich zurück und rolle meine Schultern, versuche mich in seine Lage zu versetzen. »Das ist alles ganz schön hart für sie, oder?« Ich begegne seinem Blick. Ich weiche nicht zurück, denn er soll sehen, dass ich es begriffen habe: Rylee braucht meine Hilfe.

»Wenn du keinen Arzt für sie rufst, werde ich es tun«, sagt er entschlossen, aber bringt mich dann völlig aus dem Konzept, als sich seine Augen mit Tränen füllen, bevor er schnell zu Boden sieht.

»Ich werde morgen einen anrufen. Sie hat mich gebeten, ihr Zeit zu geben, um zu versuchen, damit zurechtzukommen«, erkläre ich geduldiger, als ich wirklich bin. Doch es ist einer ihrer Jungs, ein Teil ihrer Familie. »Aber es geht ihr nicht besser, also werde ich jemanden um Hilfe bitten. Es wird ihr wieder besser gehen, Shane.«

»Sag das nicht«, presst er zwischen zusammengebissenen Zähnen hervor. Er kneift die Augen zusammen, und sein Gesichtsausdruck verändert sich. »Das haben sie auch über meine Mutter gesagt. Und schau, was mit ihr passiert ist.« Seine Stimme bricht, als er die Worte ausspricht.

Scheiße. Wie konnte ich das nicht kommen sehen? Wie konnte ich nicht realisieren, dass Shane Rylees postnatale Depression mit der Depression seiner Mutter vergleichen würde? Die Krankheit, die sie dazu brachte, ihrem Leben mit einer Überdosis Pillen ein Ende zu setzen. Oder die Tatsache, dass er derjenige war, der sie fand und für immer wegen dieser Erinnerung traumatisiert ist.

»Sieh mich an, Shane.« Ich mache eine Pause, warte darauf, dass er seinen Kopf hebt und mir in die Augen blickt. Der tapfere Mann, der hier hereinging, ist verschwunden. Der gebrochene Junge, dessen Welt zusammenstürzte, als seine Mutter starb, hat ihn abgelöst. Ich versuche, es wieder geradezubiegen. Ihn. Benutze Worte, die rein gar nicht weiterhelfen, aber so klingen werden. »Es wird ihr besser gehen.« Und ich bin mir nicht sicher, ob die feste Entschlossenheit in meiner Stimme ihn überzeugen soll oder mich. »Ich werde einen Arzt anrufen, der morgen kommen und sie anschauen soll. Es könnte eine gewisse Zeit dauern, aber wir werden unsere alte Rylee wieder zurückbekommen, okay?«

Er starrt mich an und entscheidet sich gerade ganz offensichtlich, ob er mir glauben soll oder nicht. Dann nickt er langsam, während er zu sprechen beginnt. »Rylee ist die einzige Mutter, die ich habe. Ich werde alles tun, was in meiner Macht steht, um sicherzugehen, dass es ihr wieder besser geht.«

Ich nicke. Die Worte, die er nicht ausspricht, spiegeln sich in seinen Augen wider: *Ich kann nicht noch einen Menschen verlieren.*

Ich verstehe das mehr, als du wissen kannst, Kleiner.

»Damit sind wir schon zu zweit.«

RYLEE

»Ry?«

Coltons Stimme lässt mich aus der Dunkelheit meiner Gedanken hochschrecken in das blendende Licht auf der Terrasse.

Alles in mir bekriegt sich: Erleichterung gegen Boshaftigkeit, Angst gegen Hoffnung, Taubheit gegen Schmerz.

Er steht in der Türöffnung. Von Giftigkeit versetzte Vorwürfe schreien in meinem Kopf, aber formen sich nicht zu Worten. Können sie nicht. Es ist einfach zu anstrengend.

»Du hast mich verlassen.« Meine Stimme klingt leer, ungerührt. Taub.

Ich habe dich vermisst, so wie eine ertrinkende Person die Luft vermisst.

Das Babyfon knackst, als er es auf dem Tisch ablegt. Die Auflage macht ein rauschendes Geräusch, als er sich neben mich setzt. Seine Augen bitten mich um Vergebung, die ich nicht akzeptieren will.

»Ich musste mich um ein paar Dinge kümmern, Ry.« Er klingt müde. Unwirsch. Irgendetwas ist hier los, und dennoch kann ich nicht genügend Energie aufbringen, dass es mich kümmern würde.

In meinem Körper beginnt es zu wummern. Der Hauch der Panikattacke, als ich bemerkte, dass er gegangen war, kommt wieder zurück, um mich heimzusuchen. Ich ringe meine Hände. Versuche an meiner Kontrolle festzuhalten, obwohl ich spüren kann, dass sie mir langsam entgleitet.

Ich kann nicht mehr atmen.

»Ich war weg, um Eddie zu treffen.«

Die Luft fühlt sich an wie Wasser, füllt bei jedem Einatmen langsam meine Lungen. Verschließt sich über meinem Kopf und zieht mich herunter.

»Zum ersten Mal ist er irgendwo aufgetaucht, also musste ich gehen.«

Je tiefer ich falle, desto mehr beginnt mein Körper zu brennen – von innen nach außen.

»Er wird uns nie wieder belästigen.«

Ich wehre mich. Durchbreche die Oberfläche. Meine Lungen ringen nach Luft, die mir seine Worte bringen.

Meine Augen werden groß und begegnen seinen, ein Moment der Klarheit inmitten von diesem Nebel.

»Danke«, sage ich. Meine Stimme ist heiser, als ich versuche, das Gefühl hervorzurufen, das zu meinen Worten passt.

Aber ich kann nicht fühlen. Wenn ich es nicht will, ist es alles, was ich tun kann, und wenn ich es will, kann ich es nicht.

Ich blicke in seine Augen. Hoffe, dass sie der Rettungsanker sein werden, den ich brauche, um über Wasser zu bleiben und um das Gefühl von Normalität für eine etwas längere Zeit aufrechtzuerhalten. Die Zeitspanne scheint immer kürzer zu werden, während die Tage verstreichen.

Colton streckt seine Hand aus und streicht mir mit der Handrückseite über meine Wange. Tränen treten mir in die Augen. Ich kämpfe gegen sie an. Ich öffne meinen Mund, um zu sprechen, aber die Worte kommen nicht raus.

Ich brauche Hilfe.

Er setzt sich näher neben mich, zieht mich dicht an sich heran. Ich versuche, Trost zu finden. Versuche, die Wärme unserer sich berührenden Körper auszunutzen, um mir zu sagen, dass ich noch am Leben bin. Und wenn ich noch lebe, kann ich auch weiterhin Wasser treten, bis ich an den Rand komme.

Ich schließe die Augen. Eine Träne läuft herunter. Ein kleines Stück von mir verlässt mich mit ihr.

»Shane macht sich wirklich Sorgen um dich.«

Ich hatte es in seinen Augen gesehen: die Angst, die Erinnerungen an seine Mutter, die Sorge. Ich konnte sie nicht aufhalten, konnte ihn nicht beruhigen. Er durchschaute es.

Schuld. Die eine Konstante, die ich ständig fühle, ist zurück, schwirrt durch meinen Kopf.

»Deine Mutter. Ich werde sie nicht noch länger fernhalten können, Ry. Sie macht sich Sorgen.« Ich mir auch. Ich kann die unausgesprochenen Worte in seiner Stimme hören, aber nicht antworten. »Ich habe sie bislang mit Bildern und Videos bei Laune gehalten und ihr gesagt, dass du schläfst, wenn sie angerufen hat. Sie wird allerdings dieses Wochenende noch auftauchen.«

»Nein!« Das ist die einzige Darbietung an Gefühlen, die ich geben kann. Das Bedürfnis, das hier vor denjenigen unter Verschluss zu halten, die von meinem Versagen am meisten enttäuscht wären.

»Dann werde ich Dr. Steele anrufen.« Seine Stimme

ist sanft, aber knallt in meine Ohren wie das raueste aller Geräusche.

»Nein!« Meine Stimme bricht vor lauter Panik – das Wort wiederholt sich ständig in meinem Kopf –, während ich versuche, mich von ihm wegzuschieben. Ich wehre mich, als er mich fest an sich zieht, um meinen Widerstand gegen die Idee zu beenden.

Ich kämpfe, weil ich hiermit allein klarkommen kann.

Nein, ich kann es nicht.

Und weil ich Angst habe. Was ist, wenn ich meinen Weg nie wieder zurückfinde?

Doch, ich kann es.

Die Dunkelheit ist um so vieles verlockender als der Kampf. Weniger Arbeit. Weniger Anstrengung. Aber Ace und Colton sind es wert, dass man um sie kämpft. Ich habe genug von der Dunkelheit. Habe genug von seiner Einsamkeit. Ich tue das Einzige, was ich tun kann: Ich schmiege mich an Colton, mein Licht.

»Ich halte dich fest, damit du loslassen kannst, Ry«, sagt er an meinem Scheitel. Die Hitze seines Atems wärmt die Kälte, die in mir zurückbleibt. »Los, Baby. Setz dich mit dem auseinander, mit dem du dich auseinandersetzen musst. Und denk dran, dass Ace und ich für dich da sind, wenn du zu uns zurückkommst. Dann bekommen wir unser kleines Stück vom Frieden.«

Er liebt mich noch.

Er will mich noch.

Er kämpft um mich.

Selbst wenn ich es nicht kann.

36

COLTON

»Haddie muss die Truppen gerufen haben.«

Das Lachen meiner Mutter klingt tief und schwer durch das Telefon. Dennoch ist es offensichtlich, dass sie besorgt ist. Ich kann hören, wie sie es unterdrückt.

Aber das ist okay. Ich bin es auch.

Ich blicke zu dem zusätzlichen Schlafzimmer, dessen Tür geschlossen ist, und frage mich, warum sie so lange brauchen.

»Du hast ja keine Ahnung. Sie meint es nur gut.« Dann Stille. Scheiße. Jetzt geht's los! »Du hättest es uns sagen sollen, Colton. Es ist nichts, wofür man sich schämen müsste. Wir sind hier, um euch zu helfen.« Ich kann den Schmerz in ihrer Stimme hören und kapiere schon, dass sie jetzt denken muss, dass ich ihr nicht genug vertraue, um ihr Privates anzuvertrauen, und ihr deshalb nicht erzählt habe, was los ist. Und wenn meine eigene Mutter schon solche Gefühle hat, werde ich mich wappnen müssen, wie Rys Mutter damit umgehen wird.

Ich räuspere mich, bin unsicher, was ich sagen soll. »So ist es nicht, Mom. Es ist kompliziert.« Geh vorsichtig vor, Donavan. Sie mischt sich nicht ein, sie will lediglich ihrer Mutterrolle gerecht werden.

Genauso wie Rylee.

»Ich weiß.« Ihre Stimme ist jetzt sanfter. Sie hat ihre verletzten Gefühle wieder unter Kontrolle. Ist wieder

Mutter – schiebt ihren Schmerz beiseite, um mir dabei zu helfen, mit meinem klarzukommen. »Hat die Ärztin bereits ihr Gespräch mit ihr beendet?«

Ich blicke zurück zur Tür. »Nein.«

»Ich bin sicher, dass sie Rylee lediglich beruhigt. Wenn du Dinge manchmal hörst, die du nicht hören willst, und sie von einer anderen Person ausgesprochen werden, hörst du tatsächlich hin.«

»Ich vermisse sie, Mom.«

Oh Gott, ich höre mich wie ein echtes Weichei an. Du kannst doch eine Person nicht vermissen, die rund um die Uhr bei dir ist.

»Natürlich tust du das. Ihr habt in den letzten Monaten viel durchgemacht.«

»Tatsächlich?« Ich schnaube und gebe Ace dann ein Küsschen. Benutze ihn, um mich zu beruhigen. »Ich habe das Gefühl, als hätte man in den letzten Monaten die Scheiße dermaßen aus uns herausgeprügelt, dass es mich überrascht, dass wir nicht grün und blau sind.« In meiner Stimme schwingt dermaßen viel Sarkasmus mit, den sie nicht verdient hat.

»Du lebst nur, wenn du auch mal hinfällst«, sagt sie sanft.

Dann müsste es mir ja richtig gut gehen.

»Ja«, seufze ich. Ich schaue wieder zur Tür, während ich noch über ihre Bemerkung nachdenke.

»Du kannst das hier nicht alles alleine hinkriegen, mein Sohn. Lass es zu, dass wir dir alle helfen. Wir stellen einen Plan auf, sodass wir kommen können und …«

»Ich weiß nicht, ob das so eine gute Idee ist, Mom. Ich weiß das zu schätzen, aber Rylee …«

»Entschuldige, aber das ist etwas, was eine Familie tut. Wir rufen alle zusammen und nehmen die Dinge in die Hand«, sagt sie. Der sachliche Ton in ihrer Stimme versetzt mich zwanzig Jahre zurück – in die Zeit, als ich ein echter Rotzlöffel war, der gemaßregelt wurde. »Du hast keine andere Wahl. Rys Mutter, Quinlan, Haddie und ich werden Schichten übernehmen, wenn es notwendig ist. Alles, was nötig ist. Und du wirst die Hilfe annehmen und nicht argumentieren. Verstanden?«

Ja. Genau wieder da zurück, als ich zehn war und bei dem Versuch erwischt wurde, im Hinterhof Feuerwerkskörper zu zünden.

»Jawohl!«

»Und du brauchst auch mal eine Pause. Du wirst dich noch völlig verausgaben. Ein stolzer Mann ist ein guter Mann. Aber er kann auch ein dummer sein.«

Ich kann mir das Lachen nicht verkneifen. Meine schonungslose Mutter sagt mir, was Sache ist. Sie ist eine der wenigen Frauen, die das können.

»Mom, ich muss los«, sage ich, als sich die Tür öffnet.

»Lass mich wissen, was sie sagt, sodass ich allen Bescheid sagen kann, und ...«

Ich lege auf. Beende das Gespräch. Ich muss es jetzt wissen.

»Dr. Steele?«

»Würden Sie mich bitte hinausbegleiten?«, fragt sie.

»Natürlich.« Wir gehen zur Eingangstür. Das hier klingt nicht gut. Meine Furcht wächst mit jedem weiteren Schritt. Als wir draußen sind und die Tür hinter uns geschlossen haben, ist mir das Herz bereits in die Hose gerutscht.

»Er ist ein liebenswerter kleiner Kerl, oder?« Sie konzentriert sich auf Ace, während ich nur wissen will, was mit Rylee los ist.

»Doktor?«, frage ich schließlich und hoffe, dass sie Mitleid mit mir hat.

»Es war gut, dass Sie mich angerufen haben, Colton.« Die Luft, die ich anhalte, brennt in meinen Lungen. »Sie hat definitiv mit mehr zu kämpfen als nur mit den typischen postnatalen Depressionen.«

Ich verspüre einen Hauch der Erleichterung. Ich weiß auch nicht, warum. Sie hat nichts davon gesagt, dass mit Rylee wieder alles in Ordnung kommt, aber zumindest kenne ich jetzt das Problem, dem wir gegenüberstehen.

»Okay, also was kann ich für sie tun?« Irgendetwas. Alles Mögliche. Ich bin schließlich ein Kerl. Ich muss Probleme aus der Welt schaffen, und dass ich nicht in der Lage bin, das bei Rylee zu tun, macht mich fix und fertig.

Sie schenkt mir ein sanftes Lächeln. »Um ehrlich zu sein, gibt es hier keine eindeutige Antwort. Ich habe mit Rylee gesprochen. Habe ihr erklärt, dass sie nicht allein ist. Dass viele Frauen so etwas durchmachen und sich Hilfe zu holen nicht bedeutet, als Mutter versagt zu haben.« Sie streckt ihre Hand aus und spielt mit Ace' Hand, als sie fortfährt. »Manchmal wird eine postnatale Depression durch eine Reihe von Ereignissen ausgelöst, bei denen die Person das Gefühl hat, keinerlei Kontrolle mehr darüber zu haben. Dazu kommt dann noch der Rausch der Hormone. Und dann ist da noch der Druck zu versuchen, trotz Baby eine gewisse Routine zu bekommen, schließlich sagt einem jedes Buch, das man gelesen hat, dass man so was hinbekommen muss, ansonsten macht man es nicht richtig. All diese Dinge miteinander kombiniert lösen ein unkontrollierbares Chaos aus. In Rylees Fall hat sie das alles verinnerlicht und eine Depression entwickelt.«

Ich stoße den Atem aus, höre ihre Worte und weiß, dass es nicht mein Fehler ist. Aber ich bin ein Kerl, also gebe ich mir trotzdem die Schuld. »Wird es ihr wieder gut gehen?«

Sie nickt. »Ich habe ein Rezept für Antidepressiva ausgestellt und …«

»Kann sie dann immer noch stillen?«, frage ich, denn ich weiß, dass das Stillen die einzige Zeit ist, in der sie sich mit Ace verbunden fühlt.

»Ja. Diesbezüglich gibt es viele Diskussionen. Meiner Meinung nach ist der Kompromiss es wert: Rylee wieder auf den Weg der Besserung bekommen versus einen Hauch der Medikamente, die durch die Muttermilch abgegeben werden.«

»Okay.«

»Sie ist eine Kämpfernatur, Colton. Bringen Sie sie raus an die frische Luft. Ein Spaziergang am Strand. Eine Tour mit dem Wagen. Irgendetwas, das Ihnen einfällt, um sie auf die Beine zu bekommen, ohne dass es Panikattacken auslöst.«

Ich muss lachen. Sie weiß schon, wer wir sind, oder? Hat sie vergessen, dass es einen Grund dafür gibt, warum sie einen Hausbesuch bei uns machen musste?

»Ich weiß. Es ist schwierig in … Ihrer Situation, aber je mehr Impulse, desto besser.«

»Danke«, sage ich ruhig. »Ich weiß es sehr zu schätzen, dass Sie heute zu uns gekommen sind.«

»Es wird ihr wieder gut gehen, Colton. Sie braucht nur ein bisschen Zeit. Es wird nicht über Nacht geschehen. Die Medikamente brauchen ein wenig, bis die Wirkung einsetzt, also üben Sie sich in Geduld, so, wie Sie es bisher getan haben, und bald schon werden Sie wieder Ihre Frau zurückhaben.«

Ihre Worte lassen mein Herz schneller schlagen. Verdammt dämlich, weil sie ja die ganze Zeit hier gewesen ist. Und dennoch rast mein Puls beim bloßen Gedanken daran, dass ich meine beste Freundin wieder zurückbekomme. Ihr Lachen wieder höre. Sehe, wie ihre Augen vor Freude aufleuchten, wenn sie Ace anschaut. Sie zu ihren geliebten Matchbox Twenty falsch singen höre. Es sind die kleinen Dinge, die ich vermisse. Die alltäglichen. Die unwesentlichen.

Verzweiflung ist nichts, was einem Mann gut steht, aber verdammt, ich muss einfach alles dafür tun, um meine Rylee wiederzubekommen.

Nachdem sich die Tore hinter Dr. Steele geschlossen haben, eile ich wieder zurück ins Haus, bin unsicher, welche Rylee ich vorfinden werde: die Kämpfernatur, die ich bewundere, oder die verlorene Frau, die ich nicht einmal wiedererkenne.

»Auf geht's, kleiner Mann. Jetzt lass uns einmal schauen, ob wir nicht deine Mama zum Lächeln bringen können.«

37

RYLEE

Ich werde schwächer.

An meinen Momenten mit Ace – an diejenigen, die ich spüren kann – versuche ich mich festzuhalten. Versuche sie zu benutzen, um mich über Wasser zu halten. Sauge sie förmlich ein.

Eine Nachricht von Colton: *Photograph von Ed Sheeran.*

Ein Rausch von Wärme. Ein Augenblick des Glücks. Die Erinnerung an jene Nacht. Von Süße. Ein Bilderrahmen, der darauf wartet, gefüllt zu werden. Erinnerungen, die gemacht werden wollen.

Panik, dass ich nicht imstande sein werde, es zu schaffen. Ein Bemühen, mich an dem Guten aus dem Lied festzuhalten und nicht an dem Schlechten. Bitte hilf mir, an dem Guten festzuhalten.

Es klappt nicht.

Gedanken kommen. Gedanken gehen.

Unser Haus – eine sich ständig drehende Tür: meine Mutter, Haddie, Dorothea, Quinlan. Frustrieren mich. Beleben mich. Stützen mich, sodass ich fallen kann, nur dass ich nicht alleine bin, wenn es passiert.

Meine Mutter. Öffnet Fensterläden. Schwirrt durchs Haus wie Mary Poppins. Verbreitet ihre Fröhlichkeit, um mich zum Lächeln zu bringen. Abgesehen davon, dass ich nicht lächeln kann. Ich kann überhaupt nichts fühlen. Ich schaue ihr dabei zu, wie sie Ace hält, sie gurrt sanft und leise über ihm. Dass sie mit ihm einen Kontakt herstellt, sollte mich glücklich machen, eifersüchtig – irgendetwas –, und dennoch fühle ich absolut nichts.

Die Uhr tickt. Zeit in Ace' Leben, die ich nicht zurückholen kann.

Mein Colton. Ich beobachte ihn mit Ace. Tag für Tag. Nacht für Nacht. Momente, die ich einfange, ablege und bete, dass ich sie behalten kann. Colton schläft mit Ace auf seiner Brust – winzige, gekrümmte Finger gegen seine Muskeln. Erfundene Schlaflieder, die sich in den Nebel graben und mich etwas … leichter fühlen lassen. Ein Streifen von Wärme. Ein Hoffnungsstrang. Ein Moment, den ich wahrnehmen kann.

Bevor der Bleivorhang wieder fällt.

Sekunden schwinden dahin.

Ein Tauziehen der inneren Willen.

Verlorene Stunden.

Und in jeder Nacht zieht mich Colton an sich heran, während wir im Bett liegen. Er murmelt die wundervollen Erinnerungen in mein Ohr, die wir immer noch machen müssen, um sie in unserem Bilderrahmen abzulegen. Die Wärme seines Körpers an meinem ist seine dezente Erinnerung an seine Ehefrau – die immer noch in ihrer eigenen Gedankenwelt verloren ist –, dass sie nicht allein ist.

Verlorene Tage.

»Teddy hat angerufen«, sagt Colton. Die Meeresbrise ist kühl. Die beruhigende Welle, Ace zu stillen, ist ein wenig stärker. Der Schleier ein bisschen leichter.

»Hm?« Ich habe Angst zu hoffen. Ich will es wissen, fürchte mich aber vor dem Schlimmsten.

»Der Vorstand hat ihn erneut zum Direktor gewählt.« Eine unerwartete Aufregung. Ein Anflug von Begeisterung. »Du wirst wiedereingesetzt, wenn du dich dafür entscheiden solltest, nach deinem Mutterschaftsurlaub wieder zurückzugehen.«

Ein tiefes Einatmen. Ausatmen.

»Hm.« Eine kleine Änderung im Tonfall.

Coltons Lächeln auf meine Reaktion. Ich liebe sein Lächeln. Das Gefühl von Ace' Hand, die meine Brust knetet. Ich liebe seine kleinen Hände. Ein Hoffnungsschimmer.

Ein Haufen von durcheinandergeworfenen Puzzleteilen. Zwei davon passen endlich zusammen.

Eine Nachricht von Colton: *I'll follow you* von Jon McLaughlin.

Er gibt sich alle Mühe, mich bei Laune zu halten. Er tut alles Erdenkliche, um mir dabei zu helfen, es etwas länger durchzuhalten als letztes Mal. Eine Nachricht, um mir zu sagen, dass ich nicht allein bin. Dass es okay ist.

Ein kleines Licht am Ende des Tunnels.

Du kannst es.

Veränderung ist niemals einfach.

Kämpfe, um es durchzuhalten.

Kämpfe, um loszulassen.

Kämpfe, weil sie auf dieser Welt das Wichtigste für dich sind.

38

COLTON

»Ich komme immer noch nicht darüber hinweg.«

»Worüber kommst du nicht hinweg?«, frage ich, als ich meinen Blick von Ace wende, der auf meiner Brust eingeschlafen ist – geöffneter Mund, Hände nach oben ausgestreckt, Beine auseinander. Zufrieden wie sonst was. Glücklicherweise schläft er jetzt gerade, weil er mich vorhin echt fertiggemacht hat.

»Du. Vater«, lacht Becks und schüttelt den Kopf.

»Wie man's nimmt. Er sieht ja gerade richtig niedlich aus … aber lass dich nicht von ihm zum Narren halten. Er ist ein dickköpfiger kleiner Störenfried. Vorhin hat er mich bis zu den Ellenbogen in Scheiße versinken lassen. Kein besonders netter Anblick.« Verdammt ekelhaft. Aber ich würde es noch hundert weitere Male machen, wenn ich dafür von Rylees sanftem Lächeln belohnt werden würde, das sie mir schenkte, als ich aufsah und sie in der Türöffnung stand und uns beobachtete.

Becks wirft seinen Kopf in den Nacken und lacht. »Verdammt, ich hätte dafür bezahlt, um das sehen zu können.«

»Nein. Hättest du nicht«, erwidere ich mit ausdruckslosem Gesicht, »aber man tut, was man tun muss.«

Becks nickt und hebt sein Kinn in Richtung Pooldeck, wo Rylee gerade liest. Kleine Schritte. Ein bisschen von ihr, um zu mir zurückzukehren. »Haddie sagt, dass es ihr besser geht?«

»Einen Schritt nach vorn. Drei zurück.« Ich zucke mit den Achseln. »Aber zumindest tut sich was, richtig? Ich versuche mir nur unser neues ›Normal‹ auszumalen oder so was in der Art.«

»Und du bleibst tapfer?«

»An den meisten Tagen«, lache ich. »Aber ich würde dafür töten, um wieder auf die Rennstrecke zu kommen. Ich brauche etwas Geschwindigkeit, um meinen Kopf wieder klarzubekommen und um mir die Möglichkeit zu geben, für eine Weile an gar nichts mehr zu denken.«

»Nicht denken ist das, was du am besten kannst. Dafür musst du nicht wieder zurück auf die Rennbahn.«

»Fuck! Leck mich am Arsch«, erwidere ich lachend. Und trotz meiner Antwort begrüße ich seine Stichelei. Ich brauche ein bisschen von unseren typischen Scherzen, um ein kleines Stück meiner Normalität zurückzubekommen.

»Kumpel, du hütest besser deine Zunge, oder sonst wird Ace' erstes Wort noch *Fuck* sein. Und während es zwar echt witzig wäre, denke ich, dass du dann bei Rylee in Ungnade fallen wirst.«

»Das ist wohl wahr ... aber scheiße ...«

»Jetzt geht das schon wieder los«, lacht er, was mich dazu bringt, lediglich den Kopf zu schütteln und zu seufzen.

»Das hier wird härter, als ich dachte.«

»Das sind die meisten guten Dinge im Leben«, meint er und zieht die Augenbrauen hoch. Ich starre ihn kurz an und höre, was er sagt. Im Moment ist es richtig hart, aber das ist es wert.

Es ist verdammt in Ordnung.

»Wie ich bereits sagte, sag mir nur wann, und ich werde dir eine Zeit auf der Bahn reservieren«, meint er, als er aufsteht. Sein ungesagtes *Ich stehe hinter dir* ist deutlich.

»Danke ... für alles.«

»Kein Problem, Kumpel. Dafür bin ich ja da.«

Sie sind weg.

Ich bin dankbar dafür, dass die Aasgeier ihre Sachen zusammengepackt haben und verschwunden sind, aber ich kann immer noch nicht wirklich glauben, dass es wahr ist. Ich überprüfe noch einmal die Übertragung auf meinem Telefon von der Sicherheitskamera, die am vorderen Tor montiert ist. Die Straße ist immer noch frei von dem Paparazzi-Abschaum, der dort eine gefühlte Ewigkeit campiert hatte.

Gott sei Dank haben sie wenigstens einmal zugehört. Jagten nach der Story, die ich ihnen über Eddie lieferte. Aufgedeckte Wahrheiten hinter seinen Aktionen: seine verzweifelte und beschissene Tat, um Rache an meiner Frau zu üben, weil er für schuldig befunden wurde. Die Entschuldigungen der Paparazzi bedeuten mir einen Scheißdreck. Sie wollen nur ihren Arsch retten, damit sie nicht wegen Verleumdung angezeigt werden. Im Übrigen weiß ich, dass es sie nicht davon abhalten wird, dieselbe Sache für ihre nächste Story abzuziehen, für ihren nächsten Leitartikel, ihre nächste Chance, das Leben eines anderen zu versauen.

Natürlich ist mir klar, dass sie sich jetzt einschmeicheln, in der Hoffnung, die ersten Bilder von Ace zu bekommen, falls wir uns je dazu entscheiden sollten, diesen Weg einzuschlagen, und die Rechte verkaufen. Also nehme ich ihre Zurücknahmen an. Nutze ihre Hoffnung aus, um unsere Straße wieder freizubekommen und um unsere Leben von ihrer ständigen Anwesenheit zu befreien. Aber mehr als alles andere halte ich an der Tatsache fest, dass ihre Entschuldigungen dabei geholfen haben, Rylees Ruf wiederherzustellen.

Nur schade, dass sie in ihrer Depression dermaßen verloren ist und es nicht erkennt.

Denn während ihre Entschuldigung zwar nach außen hin die Wogen wieder geglättet hat, tobt innen drinnen nach wie vor der Sturm.

Ich sitze auf einem Stuhl auf der Terrasse, lege mein Handy ab und beobachte die Wellen, die hereinströmen und sofort bewirken, dass es mir in den Fingern juckt, mir mein Surfbrett zu schnappen und mich in die Fluten zu stürzen. Meine Gedanken schweifen umher. Rasen. Wird Ace eines Tages wollen, dass ich ihm das Surfen beibringe? Wird er sich für Motorsport interessieren?

Oder werde ich lediglich die Autoritätsperson sein, der er sich widersetzt, bis er alt genug ist, um das Warum hinter meinen Regeln zu verstehen? Wie der Vater, so der Sohn.

Das Babyfon knackst auf dem Tisch neben mir. Ich warte eine Sekunde, um herauszufinden, ob er wach ist, höre dann aber nichts mehr. Ich lehne mich in meinem Stuhl zurück und versinke in meinen Gedanken über das nächste Rennen. Mein früherer Alltag, der sich so verdammt weit weg anfühlt von demjenigen, in dem ich momentan lebe.

»Pst. Pst.« Rys Stimme ertönt durch das Babyfon und lässt mich aufschrecken. Mein Herz rast. Emotionen machen sich breit, die ich nicht fühlen will, die ich aber nicht aufhalten kann, während ich das Babyfon an mein Ohr presse, um mehr zu hören.

Stille. Nichts anderes. Sollte ich nach oben gehen oder hierbleiben und abwarten, was passiert? Wenn ich dort bin, übt das dann noch mehr Druck auf sie aus, da sie einen Schritt nach vorn macht, wenn doch so viele, die wir bereits gemacht haben, nach hinten gingen?

Dann setzen sich diese dunklen Gedanken in meinem Hinterkopf fest. Diejenigen, die ich mir nicht eingestehen wollte, aber die dennoch zurückbleiben. Diejenigen, welche die Überschriften der Abendnachrichten ausmachen und davon handeln, was Mütter mit postnatalen Depressionen mit ihren Kindern gemacht haben.

Innerhalb einer Sekunde bin ich auf den Beinen. Emotionen bekriegen sich, was ich denken und tun soll. Ich stehe im Flur, erstarrt in meiner Unentschlossenheit, was sich so anfühlt, als würde ich die Last der ganzen Welt auf meinen Schultern tragen.

Hoffnung flutet durch mich hindurch. Ich hasse und liebe es gleichzeitig.

Ich entscheide mich dafür, es zu lieben. Das muss ich einfach.

Komm schon, Ry. Gib mir irgendetwas, das mir zeigt, dass ich recht habe.

»Mein süßer Junge, hast du Hunger?« Ich stoße den Atem aus, von dem ich nicht bemerkt habe, dass ich ihn angehalten hatte. Bin sauer auf mich selbst, dass ich an ihr gezweifelt habe, weiß aber zur selben Zeit, dass ich jegliches Recht dazu habe.

Freude, Erleichterung, Angst, Sorge, Vorsicht. Zu viele

verdammte Gefühle treffen mich gleichzeitig. Das größte von ihnen ist jedoch die Erleichterung, dass ich endlich das Licht am Ende des verdammt langen Tunnels sehen kann. Unser Leben wurde für eine gefühlte Ewigkeit in eine Wartestellung gesetzt, und es ist an der Zeit, es zurückzubekommen.

Ihr geht es noch nicht besser. Wir haben immer noch einen langen Weg vor uns. Zur Hölle ja, dieser Moment ist nur ein kleiner Schritt, aber verdammt, wenn ich ihn nicht beanspruchen will, weil wir vor einigen Tagen noch nicht einmal krochen. Dieser Schritt mag auf wackeligen Beinen stehen, aber nichtsdestotrotz ist es immerhin ein Schritt.

Als ich das Schlafzimmer betrete, liegt Rylee in der Mitte des Bettes und stillt den neben ihr liegenden Ace. Es ist das erste Mal, dass ich ihn nicht zu ihr bringen musste. Der Gedanke dringt in mein Bewusstsein und macht sich dort breit, während ich die beiden zusammen beobachte. Ein optischer unerwarteter Hieb der Liebe.

Lass sie in Ruhe, Colton.

Gut in der Theorie, aber nicht in meiner Realität. Ich weiß nicht, warum ich versuche, der Anziehungskraft zu widerstehen, wenn ich doch weiß, dass es am Ende sowieso sinnlos ist. Und so ist es immer, wenn es um Rylee geht.

Ich durchquere den Raum, ziehe mir mein Shirt über den Kopf und rutsche ins Bett hinter sie, ohne ein Wort zu sagen. Ich bin vorsichtig, dass ich Ace nicht störe, lege meinen Arm um ihre Hüfte und richte unsere Körper aus. Und atme ihren Geruch einfach nur ein.

Oh Gott, wie ich sie vermisst habe.

»Entschuldige, ich habe nicht gehört, dass er aufgewacht ist. Es war nicht meine Absicht, dass du kommen musstest, um ihn zu holen.« Ich gebe ihr das Lippenbekenntnis, sanfte Worte, die sie nicht durcheinanderbringen, während es mir in Wirklichkeit überhaupt nicht leidtut.

Stille begrüßt mich. Ich unterdrücke den Seufzer, will die Enttäuschung niederdrücken, dass sie wieder einmal verloren zu sein scheint. Will akzeptieren, dass ihre Willenskraft zehnmal stärker ist als jegliche Liebe, die ich ihr geben kann. Ich versuche, gegen die Angst anzukämpfen, dass ich nicht in der Lage bin, sie wieder zurückzuziehen.

Also beginne ich mit der Routine. Mein nächtlicher Ablauf. Meine Art, ihr zu zeigen, dass ich sie nicht aufgebe. Ich erzähle ihr von einer Erinnerung, von der ich gar nicht abwarten kann, sie mit ihr zu machen.

»Ich habe heute über eine andere nachgedacht. Erinnerung zweihundertdreizehn, von der ich es gar nicht abwarten kann, sie in unseren Bilderrahmen zu tun. Wir sollten eine private Insel mieten. Oder irgendwo einen einsamen Strand. Sand, Sonne und unsere Familie – ganz allein, um nur das zu tun, was uns gefällt. Albern, oder?« Meine eigene Stimme braust in meinen Ohren, doch ihr Körper entspannt sich spürbar an meinem, und ich weiß, dass sie mir zuhört. »Ist es aber nicht. Weil die Regeln der Insel besagen, dass dir vorgeschrieben ist, nur sehr knappe Bikinis zu tragen. Oder oben ohne zu sein. Oben ohne ist wünschenswert. Und ja, um es gerecht zu machen, müsste ich diesen Lendenschurz-Dingsda tragen, sodass was Klamotten betrifft, Gleichberechtigung herrscht. Oh Mist«, murmele ich, als ich ihr einen Kuss ins Haar drücke. »Ich bin immer noch dabei, mich an diese Baby-Sache zu gewöhnen. Ich hab ganz vergessen, dass oben ohne nicht so gut mit Kindern ist. Also nehme ich an, dass oben ohne nur erlaubt sein würde, wenn Ace gerade ein Nickerchen hält. Ich bin sicher, wir könnten Mittel und Wege finden, um unsere Zeit in diesen Stunden irgendwie auszufüllen.«

Ich verliere den Faden. Verliere mich in dem Gefühl von ihrem Körper an meinem und wie sehr ich die körperliche Intimität zwischen uns vermisse. Weil *körperlich* mein Barometer ist. Dadurch fühle ich mich ihr näher, und es sagt mir gleichzeitig, dass alles bei uns in Ordnung ist. Und ohne es hasse ich es, dass ich nicht weiß, ob bei uns alles in Ordnung ist.

»Entschuldige«, sage ich, ziehe mich von meinen Gedanken weg. »Ich hatte einen Tagtraum, in dem ich mit dir am Strand war.«

»Danke.«

Ihre Stimme ist so leise, aber ich höre sie trotzdem sofort. Ich mache die Augen zu, bin überwältigt von diesem einfachen Wort.

Ich ziehe sie ein wenig näher an mich heran, lege mein Kinn auf ihre Schulter. Ich schaue nach unten, geradeaus von ihr, wo Ace eingeschlafen ist, und weiß, dass ich ihn in seine Wiege legen sollte, doch ich tue es nicht. Noch nicht. Das hier fühlt sich ein bisschen zu normal an, während wir alles andere als das gehabt haben, also will ich es ein wenig länger andauern lassen. Nur wir drei.

Es gibt so vieles, das ich ihr sagen will, so viele Gründe, warum sie mir nicht zu danken braucht, aber ich tue es nicht. Ich habe heute Nacht zwei flüchtige Eindrücke von meiner Frau bekommen. Das ist genug, um mir zu sagen, dass bald mehr kommen wird.

Also tue ich das, von dem ich denke, dass es das Beste ist. Ich fahre fort. »Danke mir noch nicht, Rylee. Auf der Insel gibt es keine Innentoilette. Oder Diät-Cola. Und ich weiß, wie sehr du deine Diät-Cola liebst. Aber sie haben ...« Ich fahre fort. Meine abschweifende Abendunterhaltung.

Ich tue doch alles für meine Rylee.

39

RYLEE

Hi, Süße. Ich wollte nur nachfragen, wie es Dir geht. Ich hab Dich lieb. Ich bin für Dich da. Bin Ende dieser Woche erreichbar.

Die Nachricht meiner Mutter auf meinem Handy. Das Display ist erleuchtet. Mein Innerstes immer noch sehr dunkel.

Ich vermisse die Außenwelt.

Entspannte Spaziergänge am Strand. Ausflüge zum Bauernmarkt in der Stadt, wo ich über Colton lache, der sich seine Mütze tief ins Gesicht gezogen hat, um nicht die Aufmerksamkeit der anderen Leute auf sich zu ziehen. Das Dröhnen auf der Rennbahn und das Vibrieren des Motors in meiner Brust, während ich im Innenfeld sitze und E-Mails beantworte und Colton den Wagen testet. Das ununterbrochene Geplapper, das Geräusch von Küchenstühlen, die über das abgenutzte Linoleum rutschen, Beschwerden über Hausaufgaben und heimliches Grinsen hinter dem Rücken eines anderen – das alles ist immer gleich im Haus bei meinen Jungs.

Ich vermisse alles, was mir das Gefühl gibt, lebendig zu sein.

Aber ich bin noch nicht bereit. Ich vermisse den Gedanken an alles, aber nicht die Realität. Weil mit der Realität auch das Chaos kommt. Die aufdringlichen Reporter mit ihren Kameras und die beurteilenden Augen. Die Kontrolle der anderen und die Bloßstellung. Das Fehlen jeglicher eigener Kontrolle oder Privatsphäre. Das niemals endende Gefühl der Verletzlichkeit.

Und außerdem, wie kann ich denn anfangen, irgendetwas von diesen Dingen zu wollen, wenn ich noch nicht einmal meinen schönen kleinen Sohn anschauen kann und die Gefühle verändernde Liebe nicht fühle, die ich aber für ihn spüren sollte? Natürlich ist sie da, tief unten versteckt und vergraben in dem Schleier. Ich weiß, dass sie da ist. Ich habe sie vorher bereits verspürt, und das macht es beinahe noch schlimmer. Etwas zu wollen und es niemals zu haben ist eine Sache, aber etwas zu haben, es zu verlieren und zu wissen, was man vermisst, ist grausam.

Und ich vermisse Ace. Nicht ihn an sich, weil er hier ist und ich ihn gerade füttere, sondern vielmehr das Gefühl. Kurze Momente intensiver Freude und überwältigender Liebe linsen hin und wieder hindurch. Das Bedürfnis, sie wieder zurückhaben zu wollen, verzehrt mich bis hin zu dem Punkt, dass sie mich zurück in die verzerrte und stille Geborgenheit der Dunkelheit zurückbringen.

Und dann, als ich wieder auftauche, ist Colton da. Die Lieder, die er mir textet, um mir dabei zu helfen, mich zu erinnern. Und um mir dabei zu helfen zu vergessen.

Wenn der Himmel am dunkelsten ist, weiß man, welche Sterne die hellsten sind. Da gibt es nur einen Stern, den ich sehe: Coltons Licht strahlt am hellsten. Vielleicht deshalb, weil er derjenige ist, der mich rettet.

Ich wünschte, ich könnte das Vergnügen spüren, von dem ich weiß, dass es unter der Oberfläche ist, wenn ich ihn dabei beobachte, wie er mit Ace umgeht – in seiner liebenswert ungeschickten Art. Die ausgedachten Schlaflieder über Autoteile und Superhelden, die er singt, um Ace vom Weinen abzuhalten, sind so süß. Ich versuche, es ans Licht zu holen, an meinem Lächeln festzuhalten, aber es ist ein ständiger Kampf zwischen Dunkelheit und Licht.

Dann ist da die Nacht. Wenn er mich an sich zieht und mir über die albernen Orte erzählt, an die er mich bringen will. Die Erinnerungen, die wir gemeinsam machen werden, und wie er den Bleivorhang ein wenig anhebt, damit ich mich in seiner Stimme und in seinem Humor verlieren kann. Ich kann auf Ace an meiner Brust herunterschauen, Coltons Körper an meinem Rücken spüren und weiß, dass ich das hier besiegen kann.

Also kämpfe ich, gewinne kleine Teile von mir zurück – Tag für Tag. Moment für Moment. Weil es die Dinge sind, die wir am meisten lieben, die uns zerstören. Die uns zusammenbrechen lassen. Uns innerlich zerreißen. Aber es sind auch die Dinge, die uns wieder aufbauen. Uns heilen. Und wieder ganz machen.

»Hey, Kumpel!« Coltons Stimme ertönt durch den Flur, unterbricht meine Gedanken. Sofort beginne ich, mich von der Couch zu erheben. Ich fühle mich etwas gestört, weil ich es gerade eigentlich genossen habe, einfach nur neben Ace, der in der Babyschaukel sitzt, zu hocken. Ich eile nach oben, weil das Unerwartete für gewöhnlich unkontrollierbare Unruhe in mir auslöst. Und diese Unruhe führt zwangsläufig zu einem weiteren Ausflug in den tiefen Abgrund.

»Tut mir leid, dass ich vorher nicht angerufen habe,

aber ich war gerade auf dem Weg zurück zum College und musste einfach vorher noch vorbeikommen. Kann ich mit dir und Ry kurz sprechen?«

Shanes Stimme hallt durch die Diele und lässt mich zögern. Und es ist nicht das, was er sagt, das mich innehalten lässt, sondern eher der Ton in seiner Stimme – förmlich, nüchtern und besorgt, was mich aufmerksam werden lässt.

»Kein Problem. Lass mich zuerst Ry Bescheid sagen, dass du hier bist«, sagt Colton. Dann senken sie ihre Stimmen. Sie sagen irgendetwas, das ich nicht verstehen kann, aber ich kann davon ausgehen, dass es die typische Frage ist, wie es mir geht, die immer zuerst gestellt wird, wenn sie kommen. »Bin gleich wieder da.« Fußschritte. »Hey, Ry?«

»Ja?« Meine Stimme ist zittrig, als ich antworte, und ich hasse es, dass Beklommenheit in mir aufsteigt, da es doch nur Shane ist. Er ist der Junge, der am längsten bei mir gewesen ist. Derjenige, dem ich dabei zugesehen habe, wie er sich zu einem erwachsenen Mann entwickelte.

»Shane ist vorbeigekommen. Okay?« Colton sieht mir in die Augen. Er bereitet mich darauf vor, dass Shane gleich hereinkommen wird. Meine Zwei-Minuten-Warnung. Ich zwinge mich zu schlucken, während ich mich wieder selbst davon zu überzeugen versuche, dass es doch nur Shane ist. Er stellt keinerlei Gefahr für mich oder Ace oder meine kleine Welt dar.

Ich nicke.

»Komm rein!«, ruft Colton, während er mir in die Augen blickt und darauf wartet, dass Shane hereinkommt.

Komm schon, Ry. Du hast ihm das letzte Mal Angst

eingejagt. Beweise ihm, dass du nicht wie seine Mutter bist. Dass das Problem besiegt werden kann. Sei diejenige, die er kennt. Versuch es, Baby. Bitte.

Und sosehr ich mich auch innerlich darauf vorbereite, so geschieht es dennoch, dass als Shane ins Wohnzimmer kommt, mein Herz unkontrolliert zu rasen beginnt und mir der kalte Schweiß ausbricht. Ich hasse es, dass ich mich nicht besser zusammenreißen kann und nicht mehr zustande bekomme als ein erzwungenes Lächeln, als sich unsere Blicke treffen. Ich öffne den Mund, um Hi zu sagen, aber das Wort bleibt mir im Hals stecken.

Ich sehe Sorge in seinem Gesichtsausdruck, und er blickt zu Colton rüber, zeigt ihm damit unverblümt, dass er ihn angelogen hat, als er ihm erst vor wenigen Minuten an der Haustür sagte, es ginge mir besser. Colton nickt, dass er ihm vertrauen soll.

»Du bist also auf dem Weg zurück zum Campus?«, fragt Colton und bewahrt mich somit davor, etwas sagen zu müssen, während er Shane den Weg ins Wohnzimmer weist und ihm mit einem Handzeichen zu verstehen gibt, er solle sich setzen.

»Ja. Ich habe die Nacht im Haus bei den Jungs verbracht.« Seine Augen schweifen zwischen Colton und mir hin und her, als er sich auf die Kante eines Stuhls setzt, bevor sein Blick an Ace hängen bleibt, der zufrieden in seiner Babyschaukel schläft. »Er ist so groß geworden.«

»Ja. Es ist verrückt, nicht?«, erwidert Colton. Er starrt Shane an, während dieser Ace beobachtet, und ich kann sehen, wie er seine Augen zusammenkneift, weil er das Gleiche herausfinden will wie ich: Warum ist Shane so nervös?

Ich will so viele Dinge fragen: Wie läuft's im College, wie geht's Zander, bleibt Auggie tapfer? Vermisst du mich? Aber meine Unruhe verstärkt nur die unangenehme Stille, die den Raum erfüllt. Schließlich spricht Colton. »Das war echt cool von dir, dass du mit den Jungs abgehangen hast. Ich hab mir gedacht, dass vielleicht in ein oder zwei Wochen – wenn es Rylee ein bisschen besser geht – ihr Jungs mal zum Barbecue vorbeikommt.«

Und sosehr ich auch weiß, dass Colton gerade versucht, dass sich Shane ein bisschen wohler fühlt, fühlt es sich so an, als ob Hände meine Lunge zusammendrücken würden bei dem bloßen Gedanken an so viele Leute auf einmal hier bei mir. Obwohl er gesagt hat, in ein paar Wochen. Wer weiß, was bis dahin ist, vielleicht …

»Ja, äh …« Shane rutscht auf seinem Stuhl herum und reibt sich mit den Handflächen an den Schenkeln herunter. »Nun ja, ich war bei den Jungs, weil wir ein kleines Haus-Meeting hatten, und hm … ich bin hergekommen, um euch davon zu erzählen.«

Undeutlich höre ich ihn über dem Dröhnen meines Herzschlags. Meine Neugierde ist geweckt. Coltons Augen begegnen meinen, und irgendetwas flackert in ihnen auf – ein Moment von unerwarteter Klarheit –, das mich in Unruhe versetzt.

»Rede weiter«, fordert ihn Colton vorsichtig auf.

»Ich habe darüber nachgedacht, was du letztens gesagt hast, Colton. Und nachdem ich Zanders Situation von allen Seiten betrachtet habe, denke ich, dass du recht hast.« Shane wringt seine Hände, und seine Augen sind auf sie konzentriert, während Colton laut aufseufzt.

»Was genau meinst du, Shane?«, fragt er. Seine Stimme ist eindringlich, seine Körpersprache nachdenklich, so als ob er sich davor fürchten würde, die Antwort bereits zu kennen.

»Das, was du über Zander gesagt hast.«

Colton rümpft voller Bedauern die Nase, und ich bin völlig verloren. Mein Körper will zumachen, aber mein Geist kämpft gegen die Verlockung an und will herausfinden, was hier vor sich geht. Ich schaue zurück zu Shane und versuche, ihn aufzufordern, dass er es mir erklären soll, als ich Colton kopfschüttelnd die Worte »Nicht jetzt« formen sehe.

Panik, meine eine Konstante, kehrt wieder zurück, rüttelt durch mich hindurch, als ich von Colton zu Shane hin und her schaue. Beide haben bemerkt, dass ich ihre ausgetauschte Warnung gesehen habe. Irgendetwas ist hier los, und es hat etwas mit Zander zu tun. Ich muss es jetzt wissen, oder sonst werde ich noch verrückter, als ich mich ohnehin schon fühle. Ich öffne meinen Mund, schließe ihn, öffne ihn erneut. Ich will, dass meine rasenden Gedanken die Stimme finden, die für eine so lange Zeit still gewesen ist.

»Nein«, sagt Shane, bietet Colton die Stirn und bringt uns beide dazu, unsere Köpfe zu ihm zu drehen. »Sie hat es verdient zu wissen, dass wir abgestimmt haben und damit einverstanden sind.«

Schnell blinzele ich, während ich versuche, seine geheimnisvolle Bemerkung zu verstehen. Ich habe das Gefühl, als hätte ich gerade einen Film eingeschaltet, dessen erste Hälfte bereits vorbei ist und ich deswegen in der Handlung nicht mehr mitkomme. Sosehr ich auch auf

Colton sauer sein will, fürchtet er sich ganz offensichtlich davor, dass was auch immer Shane zu sagen hat, mich die paar Schritte, die ich in den vergangenen Tagen gemacht habe, wieder zurückwerfen wird.

»Was?« Meine Stimme bricht. Sie klingt fremd in meinen eigenen Ohren. Meine Augen werden größer, während ich in ihren Gesichtern nach Antworten suche. Jetzt sind sie an der Reihe, mich anzusehen.

»Ich versuche nur, alles wieder in Ordnung zu bringen, was ich ausgelöst habe«, sagt Shane, und ich habe keine Ahnung, wovon er spricht. Er schaut mich an mit den Augen eines kleinen Jungen in dem Körper eines erwachsenen Mannes, fleht mich förmlich darum an, ihn mir helfen zu lassen. »Es ist meine Schuld.«

»Worüber redest du?«, fragt Colton. Seine Stimme ist fordernd, dennoch klingt sie genauso verwirrt, wie ich es bin.

»Ich habe dir über Zanders Treffen mit seinem Onkel an jenem Tag erzählt, während ich es nicht hätte tun sollen. Ich hätte es besser wissen müssen. Aber woher hätte ich wissen sollen, dass Zander Dinge sagen würde, die dich so durcheinanderbringen würden, dass du die Wehen bekommst? Und dann sind wir hergekommen, um Ace zu treffen. In der einen Minute ging's dir noch gut, und dann hast du mit Z gesprochen und ...« Seine Stimme driftet ab, und ich versuche mich krampfhaft an Bruchteile von diesem Tag zu erinnern, als die Jungs zu uns kamen. Aber ich schaffe es nicht – nur das Aufblitzen von weit aufgerissenen Augen und erschreckten Gesichtern –, und ich weiß, dass ich sie offenbar irgendwie erschreckt habe. »Ich will nur, dass es dir wieder besser geht, Rylee. Und ich will, dass Zander in unserer Familie bleibt, in der er sicher ist. Wir alle wollen das! Und ich habe weiter gedacht, dass wenn du wüsstest, dass Zander in Sicherheit ist, es dir dann vielleicht auch wieder besser gehen würde.«

Ein Teil von mir erwacht, als ich diese Worte höre. Ich will ihm sagen, dass es so viel mehr ist als das, aber die Liebe und Sorge in seinem Tonfall flechten sich irgendwie in mich ein und umhüllen mich, erwärmen die Stellen, welche die postnatale Depression kaltgelassen hat. Es ist beängstigend, fremd und aufregend, diese Dinge zu spüren, obwohl es lediglich ein Bruchteil dessen ist, was normal ist.

»Und dann habe ich mich an die Bemerkung erinnert, die du gemacht hast, Colton. Dass ihr Zander adoptieren würdet, wenn es die Situation in Ordnung bringen würde, und ...«

»Nein!«, schreie ich, erhebe mich protestierend. Shane und Colton starren mich beide an, als ich damit ringe, mein Argument vorzubringen, und versuche zu begreifen, warum das plötzliche Aufflackern von Wärme, das ich noch vor wenigen Augenblicken verspürte, jetzt plötzlich wieder weg ist. Innerhalb von Sekunden dreht sich mein Geist in einem Tornado von Gedanken, mit einer Schärfe, die klarer ist als alles, was ich innerhalb der letzten Wochen gespürt habe.

Shane ist nicht nervös, aber er ist total durcheinander. Mitgenommen und verletzt, dass ich selbst in seiner dunkelsten Stunde nie daran dachte, ihn zu adoptieren, ihn auserwählte, und jetzt ist auf einmal Zander in so einer Situation, und Colton hat ihm offensichtlich von seinem

Vorschlag erzählt, den ich nie im Leben in Betracht gezogen hätte.

Der Tornado gerät außer Kontrolle. Wut, Verrat, Mitleid, Verzweiflung, Liebe. Sie alle wirbeln in meinem Inneren. Ich kann nicht atmen. Kann nicht sprechen. Und dennoch sind die Gefühle in mir dermaßen heftig, krachen ohne Rückgriff ineinander, sodass ich sie nicht verarbeiten kann. Ich beginne dichtzumachen. Krieche mit eingezogenem Schwanz in die Dunkelheit zurück. Ganz offensichtlich dachte ich, dass ich stärker wäre, aber ich bin es nicht.

Ich brauche mein Bett. Muss mir die Decke über den Kopf ziehen und versuchen, den Aufruhr in meinem Kopf zu beruhigen, aber ich rühre mich nicht. Stattdessen beginne ich zu hyperventilieren, meine Lunge verkrampft sich, als Panik die Kontrolle über meinen Körper übernimmt. Ich kann lediglich in die Couch zurücksinken und versuchen, tief durchzuatmen.

Colton ist sofort an meiner Seite. Seine Augen blicken beunruhigt, aber seine Hände streichen sanft über meinen Rücken, und er sagt mir, dass er bei mir ist. Ich brauche Sauerstoff, mein Blut steht in Flammen, und mir wird schwindelig. Ich umklammere meinen Kopf, brauche verzweifelt irgendeine Art von Kontrolle.

»Nicht gucken, Scooter!«, ertönt Shanes Stimme. Wie kann sie von vorne kommen, wenn er doch neben mir sitzt? Trotzdem zieht mich ihr Klang wieder zurück in die Gegenwart. Ich öffne die Augen, und er hält sein Handy so, dass ich sehen kann, dass ein Video auf dem Display abgespielt wird. Die Kamera schwenkt quer durch den Raum, und ich kann gesenkte Köpfe erkennen: die von

Connor, Aiden, Ricky, Kyle, Scooter und Auggie. Neugierde zieht meinen Kopf wieder über Wasser. Der Anblick meiner Jungs hält ihn dort, während meine Atmung langsam wieder gleichmäßiger wird.

»Okay. Seid ihr bereit?« Es ist Shanes Stimme am Telefon, der das Ganze aufnimmt, als eine Reihe von Jas ertönt. »Wie ihr alle wisst, wurde Zander heute gesagt, dass dem Antrag seines Onkels, seine Pflegschaft zu übernehmen, zugestimmt wurde.«

»Was?«, sagt Colton geschockt. Seine Hand liegt beschwichtigend auf meinem Rücken. Gleichzeitig gerät mein Atem, den ich gerade erst zurückgewonnen hatte, wieder ins Stocken. In meinen Augen, hypnotisiert von dem Anblick meiner Jungs, brennen ungewollte Tränen. Unglaube gesellt sich an die Seite der Panik.

Gewunden. Verdreht. Wegrutschend. Wieder zurück in die Finsternis.

»Hör einfach nur zu«, bittet Shane eindringlich. Seine Stimme gibt mir eine Anlaufstelle, an der ich mich festklammern kann.

Das Video geht weiter. »Wer ist dafür, und für wen ist es absolut in Ordnung, und wer weiß, dass es absolut nichts damit zu tun hat, irgendjemand würde hier bevorzugt ...«

»Mensch, wir haben's geschnallt, Alter!«, brummt Aiden. »Wir alle wissen, dass wir Donavans sind. Wir brauchen keinen offiziellen Adoptionsprozess oder eine Namensänderung, damit uns das klar ist. Klar wie Kloßbrühe. Lass uns einfach nur abstimmen, Shane.«

Colton schnappt neben mir hörbar nach Luft. Mein Puls beginnt schon wieder zu rasen. Erst nur ein bisschen. Dann sehr. Aber dieses Mal hat es nichts mit Angst zu tun. Das Fehlen von Panik und das Vorhandensein von ungläubiger Hoffnung zieht mich ein wenig näher in Richtung Oberfläche.

»Klappe, Aid!«

»Immer musst du den Chef raushängen lassen«, knurrt Aiden und verdreht die Augen, während ihm Connor mit dem Ellenbogen in die Rippen stößt.

»Wer ist dafür, dass Rylee und Colton einen Adoptionsantrag für Zander einreichen?« Ohne auch nur einen Moment zu zögern, schnellen sechs Arme in die Höhe. Shane schwenkt die Kamera auf sich, um seine Hand zu zeigen, die er ebenfalls in die Luft gestreckt hat. »Und es wurde einstimmig dafür abgestimmt«, sagt er. Die Kamera ist wieder auf meine Mannschaft gerichtet – alle haben ihre Köpfe gehoben, lächeln, und ihre Geduld ist futsch.

Ich bin wie hypnotisiert von den Bildern, als einige der Jungs anfangen, mir etwas zuzurufen, bis eine kleine Rauferei darum entsteht, wer meine Aufmerksamkeit auf sich ziehen kann, und dann stoppt das Video. Aber als Shane das Telefon weghält, greife ich reflexartig danach und schnappe es mir. Ich schaue ihm in die Augen.

Ich weiß nicht, was ich sagen soll. Alles, was ich weiß, ist, wie ich mich fühle. Und dass ich tatsächlich etwas fühle, während da so eine lange Zeit einfach überhaupt nichts gewesen ist. Wie ein plötzlicher Regenschauer in einer ausgedörrten Wüste.

Meine Hand drückt sein Handgelenk, während ich darauf dränge, die Worte auszusprechen, die sich wie ein Damm in mir aufgestaut haben. Nichts kommt heraus, aber ich kann ihn nicht loslassen. Und ich kann auch nicht wegsehen.

Colton fährt beruhigend mit seiner Hand meinen Rücken rauf und runter, als sich Shane vor mir niederkniet, seine freie Hand auf meine legt und sie festhält. In seinen Augen sehe ich Sorge und Liebe, als er in meine blickt.

»Wir wissen, dass du Zander uns anderen nicht vorziehst. Du tust, was du immer getan hast. Du versuchst, ihn zu retten, genauso wie du es bei jedem anderen von uns getan hast.« Seine Stimme bricht, und Tränen treten ihm in die Augen, obwohl er versucht, sich zusammenzureißen. »Wir haben Zander nichts von der Abstimmung erzählt. Wir wollten nicht, dass er sich falsche Hoffnungen macht, falls ihr euch doch anders entscheiden solltet … aber wir wollten auch nicht, dass du die Idee ablehnst, nur weil du denkst, das würde uns traurig machen.«

»Ich weiß nicht einmal, was ich sagen soll«, meint Colton mit belegter Stimme.

»Da gibt's nichts zu sagen.« Shane zuckt mit den Achseln, lässt meine Gedanken zurück zu dem kleinen Jungen wandern, den ich damals kennenlernte. »Ich gebe zu, dass ich, als du mir zum ersten Mal davon erzähltest, ein bisschen geschockt war. Überrascht. Aber das, was du danach sagtest, war dann das, was ich am deutlichsten hörte.«

Coltons Blick geht zwischen uns hin und her. Er schüttelt den Kopf, während er versucht, sich daran zu erinnern, was Shane meint.

»Du hast mir erzählt, dass Rylee die Idee ablehnte, weil es den Rest von uns vor den Kopf stoßen würde. Das war für mich wichtiger als alles andere. Sie war bereit, Zander zu verletzen, um uns andere nicht zu verletzen. Das fühlte sich irgendwie nicht richtig an. Ry, du hast uns beigebracht, dass wir aufeinander aufpassen sollen, dass wir uns umeinander kümmern sollen. Dass wir eine Familie sind. Na ja, Zander gehört zu unserer Familie. Also habe ich es vor Aiden erwähnt. Habe es verharmlost. Hab so getan, als ob ich so einen Traum gehabt hätte, um erst mal zu schauen, wie er überhaupt darauf reagiert. Aber er fand die Idee genial. Hatte kein Problem damit. Und wir haben dann ein bisschen weitergesponnen.« Seine Stimme wird schwächer, aber ich höre Hoffnung aus seinem Tonfall und sehe Optimismus in seinen Augen.

»Shane.« Es ist der Klang von Coltons ermahnender Stimme, die die erste Träne zum Laufen bringt.

»Ich habe nur versucht, alles richtig zu machen.«

Der Schleier hebt sich. Große Schluchzer überkommen mich, als sich der Schleier so weit hebt wie noch nie zuvor, seitdem ich in diese Depression gefallen bin. Ich kann immer noch nicht sprechen. Alles, was ich tun kann, ist, ihnen zu zeigen, dass das Lächeln auf meinem Gesicht nicht mehr erzwungen ist – ein Bruch in den schwarzen Wolken. Ein Lichtstrahl überflutet mich mit dem Wissen, dass es noch das Gute in dieser Welt gibt. Dass ich sieben Jungen großgezogen habe, die, als sie zu mir kamen, kaputt und ohne jegliche Hoffnung waren – deren Chancen alles andere als gut aussahen –, und ich sie zu mitfühlenden, liebevollen Individuen erzogen habe, die eine Familie aufgebaut haben.

Meine Familie. Ihre Familie.

»Ry? Baby, schau mich an.« Es ist Coltons Stimme, die mich aus dem Sturm der Gefühle reißt. Eigentlich würde ich gerne noch etwas länger in ihnen verweilen, weil es sich so verdammt gut anfühlt, etwas anderes zu fühlen als die Last der Traurigkeit. Aber ich sehe dennoch zu ihm auf. Ich will, dass er einen flüchtigen Blick auf mein wahres Ich bekommt, das hindurchlugt, weil ich weiß, so gut, wie sich das jetzt auch gerade anfühlen mag, so hat es doch bereits schon so lange angedauert, dass es vermutlich bald wieder verschwunden ist. Was meine gefährdete Psyche betrifft, weiß ich, dass man eine postnatale Depression nicht so leicht wieder loswird.

Aber es gibt mir Hoffnung. Sagt mir, dass ich das hier schaffe. Dass der flüchtige Eindruck zu mehr werden wird. Kleine Schritte, wie Colton sagt.

»Das hier sind Freudentränen, oder?«, fragt er, während ich zu Shane herüberblicke und dann wieder zurück zu ihm. In den Augen der beiden sehe ich einen zurückhaltenden Optimismus.

»Ja.«

Es könnte sein, dass ich am Ende doch nicht so kaputt bin.

40

COLTON

Verdammter Beckett.

Er weiß einfach, wie man meine Knöpfe drückt. Bekommt mich dahin, wo ich sein muss. Selbst wenn es einiger Flunkereien bedarf, wie er sie nennt. Wenn auch besonders leicht durchschaubare.

Aber wer ist hier der Dummkopf? Ich bin auf sie hereingefallen. Ich bin richtig da, wo er mich haben will. Auf der Rennstrecke. Im Auto, und ich bin gerade in meiner dreizehnten Runde so richtig in Fahrt gekommen – nach einigen kleinen Korrekturen.

Oh Gott, wie habe ich das gebraucht. Einfach alles, was damit zusammenhängt: die Routine, die Kameradschaft unter den Crewmitgliedern, die Vibration des Fahrzeugs um mich herum, die Kontrolle und Resonanz, während sich alles andere so chaotisch angefühlt hat.

Die Freiheit.

Ich schalte, komme in Kurve eins. Lasse meinen Wagen die Bahn in Besitz nehmen, da ich allein auf ihr bin, bekomme ein Gefühl dafür, ob die letzte Korrektur richtig oder falsch war.

»Wood?« Mehr muss er gar nicht sagen, damit ich weiß, wie seine Frage lautet.

»Fühlt sich gut an. Das Heck schlittert nicht mehr, wenn ich aus der Kurve komme.« Ich nehme einen Schluck Wasser aus dem Schlauch. Es ist pisswarm. Fuck.

»Okay. Nimm sie für ein paar Runden etwas ran, wenn du über die Linie bist. Drücke auf den Überholknopf. Lass mich sehen, was die Anzeigen sagen, wenn wir das tun.«

»Sie rannehmen? Hattest du letzte Nacht etwa Sex, Daniels? Ich glaube nicht, dass ich dich jemals diese Worte habe sagen hören.« Meine Hände umklammern das Lenkrad, und mein Körper ist verspannt wegen der Wucht, als ich aus Kurve vier komme in Richtung der Start/Ziel-Linie.

»Das wüsstest du wohl gerne, was?«, lacht er. Das ist eine Bestätigung, dass man jemanden flachgelegt hat. »Jetzt lass uns mal sehen, was sie draufhat.«

Ich hol noch einmal alles aus ihr raus. Rase mit dem verdammten Wind um die Wette. Lasse die Vibration des Wagens und den Kampf des Rades meinen Geist und meinen Körper beherrschen: Ich flüchte vor den Sorgen um Rylee – die ständige Verantwortung für Ace, einfach allem, das sich so anfühlt, als ob es auf meinen Schultern lasten würde – und bin einfach nur.

Der Wagen und ich. Maschine und Mann. Geschwindigkeit gegen Geschick. Chaos versus Kontrolle. Jede Runde löst die Welt um mich herum etwas mehr auf. Zieht mich in die Unschärfe. Lässt mich ein Teil des Fahrzeugs werden, jedes Geknatter hören, jede Vibration spüren und dem zuhören, was sie mir sagt.

Ob sie eine Hure oder Ehefrau für das nächste Rennen sein wird: Sie lässt mich sie benutzen, missbrauchen, bis ich an der Start/Ziel-Linie das bekomme, was ich will, oder ob ich sie loben, sie mit einem Vorspiel liebkosen muss und sie mich hoffen lässt, dass sie kommt, wenn die karierte Flagge geschwenkt wird.

»Die Anzeigen sehen gut aus. Wie fühlt sie sich an?«

»Eine gute Mischung.« Er weiß, dass ich damit meine, dass sie ein bisschen etwas von beidem ist – Hure und Heilige –, die perfekte Mischung, um ein Rennen zu gewinnen.

»Für das nächste Rennen brauchen wir ein bisschen mehr von der Hure. Nimm sie ein bisschen härter ran. Schau, ob sie bläst oder schluckt.«

Ich lache ins Mikro, als ich in Kurve drei lenke. Alles Routine. Während ich den Gang herunterschalte, fällt mein Blick ein letztes Mal auf die Anzeigen, bevor die Bahn und der Wagen meine Konzentration wieder in Beschlag nehmen, den die Kurve erfordert.

Das Heck wackelt, kommt in der Kurve ins Schleudern. Gummiräder treffen auf Kügelchen. Ich schwimme über sie rüber, glatte Reifen über Gummikügelchen.

Fuck!

Bruchteile einer Sekunde. Zunahme der Gedanken. Routine der Bewegungen. Die Nase kommt ins Schwanken. Arme verspannen sich, um gegen das Lenkrad anzukämpfen. Ein Aufblitzen der Betonmauer.

Ace. Ein Bild von ihm flackert vor meinen Augen auf. Eine Diashow von Rahmen. Ich höre sein Weinen in dem Heulen des Motors.

Ich lasse das Lenkrad los. Überkreuze meine Arme, sodass ich mich am Gurt festhalten kann.

Ryles. Sanftes Lächeln. Großes Herz. Unglaubliche Stärke. Ihr altes Ich kehrt zu mir zurück.

Meine Schultern drücken sich in den Sitz. Der Wagen kommt ins Schleudern. Die Nase trifft die Mauer. Das Metall sprüht Funken, als es zerfetzt.

»Wood!«

Schleudern. Hände greifen fest nach den Sicherheitsgurten. Warten auf den nächsten Aufprall.

Nichts.

Komm schon. Komm schon. Komm schon.

Schleudern.

Die Bahn heruntergleiten.

Schleudern.

Gras fliegt, als ich das Innenfeld erreiche.

Ich halte.

Hole tief Luft.

Meine Hände sind vom Festhalten der Sicherheitsgurte ganz steif.

»Gottverdammt, Colton! Antworte!«

Die Geräusche kommen wieder zurück. Das Adrenalin macht sich in mir breit. Mein Herz hämmert. Mein Mund ist trocken.

Aber mir geht's gut.

»Mir geht's gut«, sage ich mit rauer Stimme, als mein Körper von den Nachwirkungen ins Schwanken gerät. »Die Nase und die vordere rechte Seite sind im Arsch.«

»Geht's dir gut?« Seine Stimme ist zittrig.

»Mir geht's gut.« Na ja, zumindest wird es mir wieder gut gehen. Nachdem ich einen starken Drink gehabt habe.

»Fuck, Colton! Ich hab dir gesagt, dass du sie rannehmen, nicht dass du sie zerfetzen und in die gottverdammte Wand rammen sollst!«, schreit er durch das Mikro, als ich das Lenkrad löse, um rauszukommen.

Ich fange an zu lachen – der Anflug von Hysterie darin ist so klar wie der helle Tag. Ich bin dankbar für seine Bemerkung. Dafür, dass er mich zurück in die Normalität holt, während ein Teil von mir noch so verloren in meinem eigenen Kopf ist wegen all der Scheiße, über die ich mir nicht erlaube nachzudenken.

Und dennoch wird manchmal, wenn man dazu gezwungen wird, die Augen zu schließen, alles andere so viel klarer.

»Colton?«

»Kann ich reinkommen?« Ich schaue meinen Vater an. Es gibt so vieles, was ich sagen will. Nein, was ich ihm sagen muss.

Ich bin keine Minute zur Ruhe gekommen, seitdem ich die Rennbahn verlassen habe. Der kleine Unfall hat mir meine Sterblichkeit wieder einmal klar vor Augen geführt, so stark wie noch nie zuvor. Ich habe jetzt ein Kind. Verantwortung. Menschen, die mir etwas bedeuten, wohingegen die einzige Person, um die ich mich früher scherte – von meinen Eltern, Quin und Becks einmal abgesehen –, nur ich war und sonst niemand.

Ich stieg aus dem Wagen und wollte sofort Rylee anrufen. Mit ihr sprechen. Ihre Stimme hören. Nach Hause kommen, damit ich Ace halten konnte. Aber jetzt kann ich es nicht.

Es war nur ein weiterer Tag auf der Rennbahn. Ich bin ins Schleudern geraten. Berufsrisiko. Ich konnte sie nicht anrufen, denn obwohl sie riesige Fortschritte macht, ist sie immer noch nicht zu einhundert Prozent wiederhergestellt, und ich wollte nichts tun, was hätte auslösen können, dass sie sich wieder zurückzieht.

Also fuhr ich los. Ziellos. Landete am Strand. Dann

fuhr ich noch ein bisschen weiter. Schaute mit Haddie bei uns zu Hause vorbei, um sicherzugehen, dass alles bei Ry in Ordnung war, und landete schließlich hier. Der Kreis schließt sich.

»Komm rein. Alles okay? Mit Ry und Ace?«, fragt er, als ich ihm in das Haus folge, in dem ich aufgewachsen bin.

»Ja.« Scheiße. Er macht sich Sorgen. »Entschuldige. Es geht ihnen gut. Alles ist gut.« Wir gehen an der Treppe vorbei, die ich früher auf Pappe herunterrutschte, und an der Hausbar, aus der ich mir, als ich noch zur Highschool ging, heimlich Flaschen stibitzte. Ich konzentriere mich auf diese alten Geschichten, weil ich plötzlich ängstlich und nervös bin. Ich komme mir dämlich vor, dass ich hierhergekommen bin, muss es ihm aber dennoch sagen.

»Es ist gut zu sehen, dass du unterwegs bist«, meint er.

»Haddie ist bei Ry«, erkläre ich, auch wenn er nicht danach gefragt hat. »Ich brauchte ein wenig Zeit für mich auf der Rennbahn.«

»Wie ist es gelaufen?«

»Gut. Ausgezeichnet. Bin gegen die Wand geknallt.«

Zeit zu kämpfen oder um abzuhauen, Colton. Sag, was du zu sagen hast.

»Colton?«

Ich werde aus meinen Gedanken gerissen. Der Scheiß, den ich zu sagen habe und weshalb ich überhaupt hier bin, aber wofür mir jetzt gerade die Worte fehlen. »Entschuldige«, seufze ich, hebe den Kopf und fahre mir mit einer Hand durchs Haar.

»Ich sagte, in die Wand zu krachen hört sich nicht gerade danach an, als ob es ausgezeichnet gelaufen wäre. Alles bei dir in Ordnung?« Er schaut mich mit seinen grauen Augen an – genau in der Art, wie er es schon getan hat, seitdem ich ein Kind war. Er sucht nach Dämonen, die er nicht finden wird.

»Ja. Nein.« Ich schüttle den Kopf. »Verdammt, wenn ich das selbst doch nur wüsste.« Ich lache nervös, während ich ihn dabei beobachte, wie er sich auf die Couch setzt und sich zurücklehnt. Sein Gesichtsausdruck ist zurückhaltend, seine Augen gleichen einer offenen Tür, die mir sagt: »Rede mit mir, mein Sohn.«

Ich schiebe mich von dem Sitz hoch, auf dem ich gerade eben noch saß, und gehe auf den Kamin zu, der mit Bilderrahmen mit Kinderfotos von Q und mir vollgestellt ist. Das hier ist ein Haus, das in jeder bekannten Einrichtungszeitschrift präsentiert worden ist, und meine Mutter behält unsere selbst gemachten Bilderrahmen, die auf dem Kaminsims stehen und genau zu dem Louis-was-auch-immer-Stuhl passen, auf dem ich nie sitzen durfte. Ich bin unruhig, zappelig und muss diesen Scheiß nun endlich mal hinter mich bringen, damit ich aufhören kann, darüber nachzudenken, und wieder nach Hause fahren kann.

»Ich hatte kein Recht dazu, dich neulich zu fragen, ob du mitkommst.« Das war eigentlich nicht das, was ich sagen wollte, aber scheiß drauf, ich kann genauso gut damit anfangen. Er starrt mich an, der Vater seinen Sohn. In seinem Körper und seinen Augen tobt ein Kampf, ob er nachhaken oder es lieber mir überlassen soll, wie viel ich erzählen will.

»Ich kann dir nicht ganz folgen.«

War ja klar, dass er es mir nicht einfach machen würde. Fuck. Ich seufze. Bewege mich. Laufe auf und ab. Fahre mir wieder mit der Hand durchs Haar.

»Als ich dich darum bat, mich zu fahren, sodass ich meinen ... äh ...« Scheiße. Ich kann das Wort nicht aussprechen. Kann für dieses Stück Scheiße nicht denselben Begriff benutzen wie für den Mann vor mir, meinen persönlichen Superhelden.

»Dad. Du kannst es ruhig sagen, Colton. Ich bin vertraut mit meiner Stellung in deinem Leben.«

»Ich weiß, aber es war für dich ein Schlag ins Gesicht, und es hat mich innerlich aufgefressen. Ich hätte dich vorher fragen sollen«, sage ich, als ich mich umdrehe und ihm wieder in die Augen blicke. »Ich hätte dir vorher zumindest mitteilen sollen, wohin wir fahren. Hätte dir eine Wahl geben müssen.«

»Es ist für mich nie ein Schlag ins Gesicht, wenn du Zeit mit mir verbringen willst, mein Sohn. Die Tatsache, dass du mich dabeihaben wolltest, sagt mir mehr, als du je wissen wirst.«

Ich starre ihn mit zusammengebissenen Zähnen an, in meinem Kopf herrscht ein heilloses Durcheinander. Ich habe ihn nicht verdient. Das habe ich noch nie. Aber mit absoluter Sicherheit werde ich ihn niemals gehen lassen.

»Das war feige von mir.« Das ist alles, was ich herausbringe.

»Es ist ganz natürlich, dass du neugierig warst. Aber das, was du dich selbst fragen musst, ist – hast du dadurch das bekommen, was du wolltest?«

»Ja. Nein. Verdammte Scheiße, ich bin total sauer, aber ich weiß selbst nicht, warum.« Ich fange wieder an, auf und ab zu gehen. Bin wütend, dass ich immer noch wegen des Ganzen genervt bin.

»Warum? Weil du wolltest, dass er dich sieht, dich in seine Arme schließt und ihr sofort eine Bindung habt?«, reizt er mich. Er weiß ganz genau, dass es nicht das war, was ich wollte. »Eine Kennenlern-Session haben?«

»Nein!«, rufe ich laut, schlage mit der Hand auf den Tisch neben mir. Das Geräusch hallt durch den Raum, während ich mein Temperament zügele. Ich will keine Gefühle wegen dieses Losers haben. Überhaupt gar keine! Also warum fühle ich mich so beschissen, wenn ich doch dachte, dass ich alles unter Verschluss hätte? »Ich wollte überhaupt nichts von ihm, außer ihn sehen, damit ich einen Blick auf das verdammte Spiegelbild werfen kann, das ich niemals für Ace sein will. Bist du jetzt zufrieden?«

»Absolut«, antwortet er mit dem Anflug eines Lächelns, das mich verspottet. Ich habe Kerle schon für weniger verprügelt. Aber ich zwinge mich dazu, tief durchzuatmen. Öffne meine Fäuste. Lenke meinen Zorn um. Versuche es zumindest.

»Wirklich? Mein abgefuckter Kopf macht dich zufrieden?«, krächze ich zwischen zusammengebissenen Zähnen.

»Nee. Aber du hast diesen Monat viel Mist durchgemacht, Colton. Hast eine Menge Verantwortung übernommen und bist nicht dazu gekommen, dich mit irgendetwas davon mal in Ruhe auseinanderzusetzen – hier bin ich dann also. Schrei und brülle. Die Vase da neben dir? Mach sie kaputt. Schmeiß sie gegen die Wand. Was deine Mutter angeht, werde ich dich decken. Ich erzähl ihr einfach, ich wäre hingefallen oder so.« Er macht eine Pause und hebt die Augenbrauen.

»Was? Sie wird dich umbringen. Das ist irgend so ein antikes Ding, das wir nie anfassen durften.«

»Noch besser. Teure Sachen klingen besser, wenn sie kaputtgehen.«

»Du bist verrückt.« Ich muss lachen, bin mir nicht so recht sicher, was ich sonst noch sagen soll, weil er todernst aussieht. Was ist hier los?

»Ja. Na ja, du musst auch verrückt sein, wenn du ein guter Elternteil sein willst.« Seine Lippen verziehen sich, seine Augen leuchten wegen irgendetwas auf, und ich weiß, dass ich kurz davorstehe, eine Unterrichtsstunde zu bekommen. Zu blöd nur, dass ich keinen blassen Schimmer habe, worüber die Lektion sein wird. Also starre ich ihn lediglich an und warte ab. Aus Erfahrung weiß ich, dass jetzt etwas ganz anderes kommt. Aber der Unterschied zu früher ist, dass es mir als Kind in das eine Ohr rein und aus dem anderen wieder raus ging, wohingegen es mir dieses Mal – da bin ich mir ziemlich sicher – nicht so gleichgültig sein wird.

»Hast du einen Rat für mich, Dad? Ich weiß echt nicht mehr weiter.« Die weiße Flagge flattert. Hilf mir.

»Vater zu sein war für mich immer die schwerste Aufgabe überhaupt. Es hat mich häufiger, als du dir vorstellen kannst, an meinem Verstand zweifeln lassen«, sagt er trocken, und ich weiß, dass es viele Male meinetwegen war. »Und es gibt Zeiten, in denen du dir so fest auf die Zunge beißen musst, dass du dir nicht sicher bist, ob sie noch ganz ist, wenn du deinen Mund wieder aufmachst. Es ist anstrengend, und ständig zweifelst du an dir, fragst dich, ob du das Richtige tust, das Richtige sagst, das Richtige bist.«

Ich schaue ihn an, als ob er verrückt geworden wäre, und dennoch ist jeder einzelne Punkt, den er sagt, Gold wert. So verdammt wahr, dass ich nichts davon anfechten kann.

»Aber dann gibt es da diese Momente, mein Sohn, in denen du dein Kind dabei beobachtest, wie es etwas tut, und du bist so verdammt stolz, dass es dir die Sprache verschlägt. Und diese Momente nehmen dir alle Zweifel, Ängste, Sorgen und Momente des Wahnsinns, die du je gehabt hast, und machen das alles ungeschehen. So fühlte ich mich, als ich dich dabei beobachtete, wie du deinen Vater trafst. So fühle ich mich, weil du und Ry Zander adoptieren werdet. So fühle ich mich, wenn ich dich in deiner neuen Vaterrolle beobachte. Zur Hölle, Colton, als du dich der Herausforderung stelltest, nachdem Rylee krank wurde, und es gemeistert hast, indem du dich um Ace gekümmert hast? Noch nie bin ich stolzer auf dich gewesen!«

Tränen, die ich nicht vergießen will, brennen in meinen Augen wegen seines Lobes, was mir immer unangenehm ist. Dennoch begreife ich zur selben Zeit absolut, dass ich nun Vater bin.

»Nie bin ich stolzer gewesen, dein Vater zu sein, als jetzt gerade. Dieser Mann«, sagt er und deutet mit dem Finger hinter seine Schulter, um mir zu zeigen, dass er damit meinen leiblichen Vater meint, »hat es nicht verdient herauszufinden, was für ein unglaublicher Mensch du bist.«

Der Kloß in meinem Hals fühlt sich an, als hätte er

die Größe eines Footballs. »Danke.« Ich fühle mich wie ein schüchternes kleines Kind, das der bedingungslosen Liebe, die er mir mein ganzes Leben hindurch geschenkt hat, nicht würdig ist, während ich nicht immer einfach gewesen bin. Scheiße. Wen verarsche ich hier eigentlich gerade? Ich war ein Albtraum. Und dennoch erstirbt der Witz, der mir auf der Zunge liegt, als ich zurück in seine Augen blicke. Ich sehe Liebe und Anerkennung und Stolz und verdammt … es ist mir unangenehm, es zu sehen. Ich weiß, dass Ace es an jedem Tag seines Lebens sehen muss, damit er das Gefühl ganz genau kennt, das ich gerade verspüre.

»Kein Grund, mir zu danken, mein Sohn.« Einen Moment lang starren wir einander einfach nur an, Jahre der unausgesprochenen Worte werden in der Stille ausgetauscht. »Nun … ich bin sicher, du bist nicht vorbeigekommen, um dir mein blödes Gequatsche anzuhören. Was kann ich für dich tun?«

Es ist genau seine Art, erst alles rauszulassen und dann so zu tun, als ob nichts passiert wäre.

»Glaub es mir oder nicht, aber du hast mir die Antwort auch so schon gegeben.«

Und das hat er. Eigentlich sogar eine Menge Antworten. Er hat Wunden in Weisheiten umgewandelt.

Das Wichtigste ist, dass er mich immer der Mensch sein ließ, der ich sein musste, mich anleitete, wenn ich es brauchte, und mich Dinge selbst herausfinden ließ, wenn ich zu dickköpfig war, um um Hilfe zu bitten. Trotzdem ließ er mich reifen, ließ mich meine eigenen Erfahrungen machen, ließ mich dem gottverdammten Wind hinterherjagen, wenn ich Rennen fuhr, und die Tatsache, dass er an meiner Seite war, ohne über mich zu urteilen, ließ mich zu dem Mann werden, der ich heute bin.

Nun kann ich es kaum noch abwarten, der gleiche Mann für Ace zu sein.

41

RYLEE

Ich schrecke aus dem Schlaf hoch.

Coltons Arme sind von mir im Schlaf gefallen, und ich bemühe mich, mich daran zu erinnern, wann ich das letzte Mal so tief und fest geschlafen habe. Das Letzte, woran ich mich erinnern kann, war Erinnerung Nummer was-weiß-ich, die etwas mit Seilrutschen durch die Wälder in Costa Rica zu tun hatte.

Nackt.

Es scheint, als wäre ich in jeder seiner Erinnerungen nackt. Irgendwie ist das lustig. Irgendwie auch wieder nicht.

Ich setze mich auf und schaue auf Ace, der in seiner Wiege schläft. Seine Hände hat er über seinem Kopf ausgestreckt, seine Lippen scheinen selbst im Schlaf zu nuckeln. Ich starre ihn an und frage mich, was für eine Person er einmal sein wird. Was wird die Zukunft für ihn bereithalten? Ich sehe alles schon bildhaft vor mir: erstes Lächeln, erste Schritte, erster Schultag, erstes Date. In so vielen von ihnen ist es dieser kleine Junge mit dem dunklen Haar, den grünen Augen und den Sommersprossen auf dem Nasenrücken, sodass ich schon fast das Gefühl habe, als ob ich zuvor schon mal ein Foto von ihm gesehen hätte und deshalb weiß, wie er später einmal aussehen wird.

Aber die eine Sache, die ich nicht erwarte, die mir nicht einmal aufgefallen ist, bis sie mich wie aus heiterem Himmel wie ein Blitzeinschlag trifft, ist, dass die bedrückende Last der Furcht und des Untergangs sich nicht einstellt. Sie stürzt kein einziges Mal über mich herein, um meine Gedanken zu verdunkeln oder mir meine Ruhe zu rauben.

Ich warte darauf. Hoffe das Beste, erwarte für einen Moment das Schlimmste. Aber die Panik, der Schweißausbruch, die Finger, die sich um meine Kehle krallen und mein Herz zusammendrücken, kommen nicht.

Alles, was sich einstellt, ist ein sanftes Lächeln auf meinen Lippen. Keines, das erzwungen ist oder durchsetzt ist mit Schuld, weil ich zeigen muss, dass sich bei mir eine Besserung einstellt, sondern weil ich es wirklich fühle.

Tränen treten mir in die Augen. Große, fette Tränen kullern mir die Wangen herunter. Und das Lustige daran ist, dass der Geschmack des Salzes, als es meine Lippen trifft, wie Riechsalz ist, das mich weckt, damit ich nicht das Bewusstsein verliere. Und ich habe keine Ahnung, wie lange dieser Zustand andauern wird, aber zum ersten Mal in den sechs Wochen seit Ace' Geburt fühle ich mich optimistisch, hoffnungsvoll ... wie ich selbst.

Also sitze ich in diesem riesigen Bett mit meinem süßen kleinen Jungen neben mir – den ich so gerne hochheben würde, aber heute Nacht war er so verspielt, sodass Colton Schwierigkeiten hatte, ihn hinzulegen. Ich möchte ihn dicht an meine Brust ziehen und ihm sagen, dass er immer mein Herzschlag gewesen ist, selbst in diesem ganzen Chaos. Will mich bei ihm entschuldigen. Will ihm Worte sagen über Ereignisse, über die er nicht einmal Bescheid weiß oder sich an sie erinnern wird, aber wodurch ich mich besser fühlen werde.

Ich bin von ihm fasziniert, habe das Gefühl, als würde

ich ihn zum ersten Mal ansehen, und in gewisser Hinsicht ist es ja auch so, weil er bereits gewachsen ist und sich schon so verändert hat. Ich habe das Gefühl, als müsste ich die verlorene Zeit wiedergutmachen, obwohl ich weiß, dass ich ein ganzes Leben dafür Zeit haben werde. Zögernd strecke ich meine Hand aus, um ihn zu berühren, und ziehe sie dann schnell wieder zurück, als er sich windet, denn er riecht meine Muttermilch.

Obwohl ich zurück ins Bett rutsche, kann ich meinen Blick einfach nicht von ihm nehmen. Er ist so wunderschön. Alles, was ich je wollte. Mein Ass in einem voll beladenen Kartenstapel.

Der Gedanke lässt mich lächeln. Erinnerungen an die erste Begegnung zwischen Colton und mir prallen zusammen – versperrte Kammern, erste Küsse und Furcht darüber, wie stark die Chemie zwischen dem Spieler und diesem anständigen Mädchen war –, als ich ihn zum ersten Mal Ace nannte.

Eine Zufallsbegegnung, die zu diesem Moment führte. Genau hier. Genau jetzt. Ich bin mit so viel Liebe erfüllt, dass ich davon förmlich überschwemmt werde. Zumindest nehme ich an, von Liebe überschwemmt zu werden, weil ich eine gefühlte Ewigkeit in Traurigkeit ertrunken bin.

Ich schaue ihn jetzt an. Mein schmerzlich schöner Ehemann. Sein dunkles Haar ist ein bisschen länger als normalerweise, es fällt ihm über die Stirn. Dunkle Wimpern an bronzefarbener Haut. Seine perfekt unperfekte Nase. Und diese Lippen, die mir Erinnerungen in jeder Nacht in diesen letzten etwas mehr als fünf Wochen zugemurmelt haben, die er mit mir teilen will.

Gefährlich, rebellisch, draufgängerisch. Diese Worte treffen immer noch auf ihn zu. Wie auch noch so viele andere Dinge, die ihn erröten, mit den Augen rollen lassen und er sie abtun würde, weil so was diesem sonst so gelassenen Mann unangenehm ist. Mein *Fels in der Brandung* ist der Ausdruck, den ich scheinbar nicht aus meinem Kopf bekommen kann. Weil es genau das ist, was er für mich gewesen ist.

Mein Ein und Alles.

Genauso wie bei Ace strecke ich meine Hand nach ihm aus und ziehe sie wieder zurück. Er hat eine angenehme Nachtruhe verdient. Etwas Frieden und Ruhe, weil er derjenige gewesen ist, der mit meinem ganzen Durcheinander klarkommen musste. Und dennoch kann ich einfach nicht widerstehen. Das kann ich nie, wenn es um ihn geht.

Ich lehne mich nach vorn und drücke einen sanften Kuss auf seine Lippen, will nichts mehr als diese Verbindung mit ihm. Mein Körper ist immer noch dabei, sich zu erholen, und der Gedanke an Sex ist der entfernteste, den ich haben könnte, und dennoch macht diese einfache Berührung, Lippen an Lippen, das Gefühl komplett, dass irgendetwas noch fehlt.

Wahrscheinlich ist es unecht. Mein Verstand trickst mich immer noch aus, und dennoch erweckt der Funke, der mich trifft, als ich ihn küsse, jeden Teil meines Körpers, der noch von der postnatalen Depression betäubt ist, wieder zum Leben.

Mit meinen Händen umfasse ich seine Wangen, küsse ihn erneut. Bedürfnis wird zu Lust, Lust wird alles verzehrend. Das Verlangen danach, seine Berührung zu spüren, in einer Art, die sich nicht beruhigen lässt, sondern befriedigt werden muss.

Ein hörbares Einatmen. Ein aufblitzendes Öffnen von überraschten Augen. Er greift nach meinen Händen, die ihn halten.

»Rylee.« Seine Stimme. Diese erotische, schlaftrunkene Stimme, die mich ruft, als er meinen Namen sagt und meine Seele einnimmt.

»Ja. Ich bin's.« Und ich meine es so, wie ich es gesagt habe. Seine grünen Augen werden groß, und seine Lippen öffnen sich überrascht, während er mich an sich zieht. Mit einem Arm umschlingt er meinen Rücken, mit der anderen Hand drückt er zärtlich meinen Hinterkopf.

Unsere Herzen werden eins. Seines fühlt sich so an, als wolle es aus seiner Brust springen und mit meinem zusammenprallen, da es in einem unkontrollierten, aber dennoch vertrauten Rhythmus schlägt, der zu einhundert Prozent unser Rhythmus ist.

Seine Hände halten mich fest, lassen mich nicht los. Er hat mich bereits einmal verloren, und ich liebe es zu wissen, dass er verdammt noch mal sichergehen wird, dass ich ihn nicht noch einmal verlasse.

Das Kratzen seiner Bartstoppeln, als er seine Wange an meiner reibt, ein feiner Stich, von rau gegen weich, sagt mir, dass das hier echt ist, dass das hier er ist. Und dass ich geliebt werde. Unwiderruflich.

Der Duft nach Seife und Shampoo ist nach seinem letzten Duschen noch zurückgeblieben. Der Geruch nach Zuhause, Geborgenheit ... nach Sicherheit, als ich ihn einatme.

Alles scheint so neu und trotzdem so vertraut zu sein –

alles zur selben Zeit. Wer immer auch gesagt haben mag, dass der einzige Weg, sich selbst zu finden, ist, sich zuvor völlig zu verlieren, wusste genau, wovon er sprach.

Seine Hände greifen in mein Haar und ziehen meinen Kopf nach hinten. Grüne Augen nehmen meine Seele in Besitz, als er in meine blickt. Sie fragen, ob das hier ein Traum ist, ob ich wirklich hier bin, und ich tue das Einzige, was ich kann. Ich lehne mich vor und nippe an seinen Lippen – der Geschmack von seinem Kuss brennt sich in meine Seele. Es ist ein Geschmack, den ich nie vergessen werde, und er erweckt meine Sinne in dem Moment aufs Neue, als er meine Zunge trifft.

Wir bewegen uns in der Dunkelheit.

Zwei Seelenverwandte, die sich wiedervereinigen.

Zwei beste Freunde, die dafür dankbar sind, ihre andere Hälfte zu haben.

Zwei Liebende, die sich wieder neu entdecken in einem intimen Tanz der Zungen und dem Gleiten von Fingerspitzen über ausgehungertem Fleisch.

Zwei Puzzleteile, die endlich ihr Stück des Friedens bemerken, das sie vermisst haben, haben sich wiedergefunden.

Wieder einmal.

Epilog 1

COLTON

Acht Monate später.

Die Turbulenzen rütteln mich wach.

Na ja, zumindest werde ich das den ungefähr zwanzig Leuten auf der anderen Seite der Tür erzählen. Weil es mit Sicherheit nicht die Turbulenzen sind, die mich aufgeweckt haben. Nein. Es ist Rys Hand, die in meine Hose gleitet. Fingernägel kitzeln meine Eier, und verdammt süße Lippen küssen die Unterseite meines Kiefers.

»Ry …«, stöhne ich.

»Sei still«, warnt sie mich. Ihre Lippen sind immer noch an meine Haut gepresst, mein Körper ist bereits in absoluter Alarmbereitschaft von diesem unerwarteten Weckruf. Mit der anderen Hand fährt sie mir unter mein Shirt. Nägel gegen nackte Haut. Zähne knabbern an meinem Ohrläppchen. Heißer Atem an meinem Hals. »Deine Mutter hat Ace. Du hast geschlafen. Und ich war geil.«

Verdammt.

Ich blicke rüber zur Abteiltür, gehe sicher, dass abgeschlossen ist, bevor ich meinen Kopf wieder zurücklehne und die Augen schließe. Ihre Zunge macht etwas mit mir, das einen Stromstoß direkt meine Wirbelsäule herunter dorthin sendet, wo mich ihre Finger langsam streicheln.

»Geil ist gut.« Ihre Lippen treffen meine, als sie sich rittlings auf mich setzt. Zungen und Zähne. Heißes Verlangen. Feucht an hart. Verdammt, ist sie heiß. So sexy und verdammt heiß. »Aber es wird mir noch viel mehr abverlangen, dich dazu zu bringen, mir zu sagen, wohin wir unterwegs sind.«

Das Zucken in ihrer Bewegung verrät mir, dass ich recht habe. Ich kenne ihre heimliche Absicht: ein Geständnis für einen Orgasmus. Nicht gerade das Schlechteste, um gefoltert zu werden, aber meine Lippen sind versiegelt.

Vielleicht werde ich jedoch noch damit warten, es ihr zu erzählen. Ich bin bereits an vielen Orten mit ihr gewesen, aber der Mile High Club ist noch keiner davon gewesen.

Vielleicht ist es an der Zeit, es einmal dort zu wagen.

Sie setzt sich auf und sieht mich spöttisch an, wirkt aber entschlossen. Ihr Schmollmund sagt mir, dass sie bereit ist, meine Meinung zu ändern.

Dann fang mal an, Ryles.

»Ich nehme an, dass ich mich dann um mich selbst kümmern muss.«

Wage es ja nicht! Meine Augen sagen es, aber nicht meine Lippen. Ich bin zu sehr auf ihre Hände konzentriert, die über ihre Brüste wandern, harte Nippel erkennbar durch den dünnen Stoff und weiter runter, wo ihre Finger das lockere Röckchen Zentimeter für Zentimeter langsam nach oben schieben. Dann verschwinden ihre Hände unter dem fließenden Stoff, sodass ich nichts mehr sehen kann.

Doch ich sehe, wie ihr Kopf zurückfällt, ihre Lippen öffnen sich, und ich höre ihr Aufseufzen, als sich ihre Hände auf die Art zu bewegen beginnen, die ich nur allzu gut kenne. Schnelles Streicheln mit dem Finger, um die Reibung an ihrem Kitzler zu verstärken.

Scheiße. Ein weiteres leises Stöhnen. Ihr Rücken drückt sich durch. Ihre Brüste drücken sich nach vorn. Hände bewegen sich schneller, härter. Ihr Rock rutscht weiter hoch, sodass ich bereits die feuchte Erregung an ihren Fingern sehen kann.

Sie spielt mit mir, und ich kann ihr noch nicht einmal zeigen, was ich draufhabe. Spielt mit dem Feuer, wenn ich doch der Einzige sein will, der das gottverdammte Streichholz anzündet.

Meines hat sich jedenfalls bereits aufgerichtet. Jetzt muss ich nur noch die Flamme anzünden.

Im Nu habe ich Rylee umgedreht, ihre Hände halte ich neben ihrem Kopf fest, unsere Gesichter sind nur wenige Zentimeter voneinander entfernt. »Du spielst mit dem Feuer, Süße«, necke ich sie zwischen vor Zurückhaltung zusammengebissenen Zähnen.

Der Geruch ihrer Erregung an ihren Fingern erfüllt meine Nase. Versuchung vom Feinsten. Zwei können dieses Spielchen spielen, Süße. Ich senke meinen Mund, nehme ihre Fingerspitzen zwischen meine Lippen und sauge daran. Meine Zunge fährt über sie, ich genieße ihren süchtig machenden Geschmack. Ihr Körper windet sich unter meinem. Ein Stöhnen brummt hinten in ihrer Kehle.

»Sei mucksmäuschenstill«, flüstere ich mit meinem Mund um ihre Finger.

Ein letztes Saugen. Ein letztes Mal schmecken. Ein letzter Zug. Ich schaue auf sie unter mir. Ihre Lippen sind geöffnet, ihre Wangen gerötet und ihre Augen schwer vor Verlangen. Der gottverdammte personifizierte Sex.

Und dafür bin ich dankbar, weil ich nun mit meiner Zunge in sie eindringe und mir das nehme, was mir gehört. Ihren Orgasmus. Ihr Stöhnen. Ihre Kratzspuren. Und alles andere dazwischen.

»Brenn, Baby, brenne«, neckt sie mich mit einem Leuchten in ihren Augen, als ich ihre Hände loslasse, damit ich meinen Schwanz befreien kann. Und bevor ich noch meine Hose weit genug runterziehen kann, um meine Schenkel zu befreien, zieht sie auch schon mit einer Hand ihren Rock hoch und bringt sich selbst wieder zurück an die Schwelle zum Orgasmus.

Es macht mich so verdammt scharf, sie dabei zu beobachten, wie sie ihre Sexualität offen zeigt. Wie sie sich selbst einen Orgasmus verschafft. Aber es ist verdammt noch mal einfach zu viel – das Verlangen zu haben, zu nehmen, einzufordern –, und so tu ich es dann auch.

Mit einer Hand an ihrem Hals und meinem Schwanz in ihrer Muschi tauche ich kopfüber in diese Sucht, die einfach alles an ihr ist. Und bei elftausendsechshundert Metern über dem Nirgendwo kommt sie schnell – Beine angespannt, ihre Augen in meinen versunken und die Lippen fest zusammengepresst. Ich halte meine Hand über ihren Mund, um ihr Stöhnen zu dämpfen. Der Ausdruck auf ihrem Gesicht und ihre Muschi, die um meinen Schwanz pulsiert, lässt mich den Verstand verlieren, und ich komme.

Als ich wieder zu Atem komme und zu ihr runtersehe, kann ich nur den Kopf schütteln. »Es verlangt mir wirklich einiges an Mühe ab«, flüstere ich und lehne mich herunter, um meine Lippen auf ihre zu drücken, »aber selbst deine Voodoo-Muschi hat nicht genug Zauberkraft, um mich zum Reden zu bringen.«

Sie lacht. Das ist alles, was sie tun kann.

Ich bin ein wirklich verdammt glücklicher Mann.

Epilog 2

RYLEE

Der Flughafen war eine Strohhütte. Wir marschierten direkt vom Privatjet zu den auf uns wartenden Autos. Die Straße, auf der wir nun sind, ist ausgefahrener Schmutz. So eine Straße müsste ernsthaft gesperrt werden. Ben Montague wird gerade im Radio gespielt, als ich das dichte grüne Laub um uns herum auf mich wirken lasse, was meine Neugierde mit jeder weiteren heftigen Unebenheit die Straße entlang nur noch größer werden lässt.

Wo zur Hölle bringt er mich nur hin?

Ich denke zurück an den Gesichtsausdruck unserer Jungs, als wir aus dem Flieger auf die Rollbahn traten. Ihr nicht enden wollendes Geplapper erfüllte die Luft. Das Lachen meiner Eltern, als sie über Coltons mysteriösen Familienurlaub informiert wurden. Der wissende Blick zwischen Becks und Colton. Wie Haddie meine Hand drückte, bevor wir alle in unsere wartenden Fahrzeuge stiegen. Die unzähligen Küsse, die auf Ace von seinem adoptierten Bruder und seinen sechs anderen Brüdern niederprasselten – die einfach auf ihn Anspruch erheben, weil wir ebenfalls ohne Umschweife auf sie Anspruch erheben –, bevor wir drei verschiedenen Fahrzeugen zugeteilt wurden. Das Glücksgefühl in meinem Herz, als Zander aufsah und mir in die Augen blickte. Unausgesprochene Worte wurden zwischen uns ausgetauscht. Danke an Colton und mich, dass wir ihn gerettet haben, und was ihm gleichzeitig erlaubt, auch weiterhin ein Teil der Familie mit den anderen Jungs zu sein. Das leichte Lächeln auf seinen Lippen und das Heben seines Kopfes, um zu fragen, ob es in Ordnung sei, mit den anderen Jungs, anstatt mit uns, zu fahren. Das war alles, damit ich wusste, dass wir die richtige Entscheidung getroffen haben. Dass wir die anderen nicht verletzt haben, indem wir Zander gerettet haben.

Und los ging's.

Zwei Kleinbusse: Einer wurde gefahren von Becks, mit Haddie und den Jungs im Wagen, den anderen fuhr Andy, mit dem Rest unserer Familie an Bord. Viele lächelnde Gesichter, als sich die Türen schlossen. Es gab keine großartige Erklärung von Colton durch die Walkie-Talkies, außer »Wir sind fast da«.

Und dann sind da wir drei in unserem Jeep. Die SUV-Stöße auf dem Gelände, und es zieht mich zurück zu der Aussicht um uns herum, erinnert mich die ganze Zeit daran, wie glücklich ich bin, jeden Einzelnen hier dabeizuhaben. Meine Jungs. Meine Familie. Meinen Ehemann.

Mein Ein und Alles.

Na ja, alles außer, dass ich keine Ahnung habe, wo wir sind, warum wir getrennt wurden oder wohin es uns verschlagen wird.

Ich blicke zu Colton rüber. Ich weiß, dass es sinnlos ist, noch einmal zu fragen, weil er mir sowieso keine Antwort geben wird.

Lebe gefährlich mit mir, Rylee.

Seine Worte flimmern durch mein Gedächtnis, und ich kann mir ein Lächeln nicht verkneifen. Ich will ihm sagen, dass ich gefährlich leben werde – eine Million Mal, so lange, wie er mich nicht aufgibt. Aber ich weiß, dass ich mir deswegen gar keine Sorgen machen muss, dass so etwas jemals passieren könnte. Er hat mir bereits bewiesen, dass er es nicht tut. Also tue ich das Einzige, was ich kann. Ich schüttle ungläubig den Kopf und akzeptiere es einfach, wie voller Liebe mein Herz für ihn ist.

Im vergangenen Jahr haben wir so viel durchgemacht. Dinge, von denen ich nie gedacht hätte, dass wir jemals mit so etwas konfrontiert werden würden, trafen uns wie aus heiterem Himmel und ließen uns auf unsere Hintern fallen. Dennoch sind wir jetzt hier, sind aufgrund der Vorfälle stärker als je zuvor. Und ich bin mir dessen durchaus bewusst, dass wir es gemeinsam durchgestanden haben, während es bei vielen Paaren nicht der Fall gewesen wäre.

Wie hätten wir es denn auch nicht meistern können? Du weißt schon, dass das von Dauer ist?

Und ich schaue zurück, um einen prüfenden Blick auf Ace zu werfen – er ist der Grund, warum wir so hart kämpften, um unser kleines Stück vom Frieden wiederzufinden. Er scheint von dieser holprigen Fahrt völlig unbeeindruckt zu sein. Ich nehme sein dunkles Haar, das an den Spitzen etwas gewellt ist, in mir auf – die perfekte Kombination aus Coltons Haarfarbe und der Beschaffenheit meines Haars –, und mein Lächeln kommt automatisch. Grüne Augen sehen auf und stehlen mir mein Herz, so wie sie es jedes Mal tun, wenn sie mir in die Augen blicken. Genauso wie die seines Vaters.

Er plappert irgendetwas, pausbackige Wangen wölben sich vor, und Hände winken mit Nachdruck. Ich mag vielleicht keine Ahnung haben, wohin wir fahren, aber ich weiß, dass er sich hier wie im Himmel fühlen wird mit all seinen Brüdern, Großeltern, Tanten und Onkeln, die mit ihm spielen und ihm pausenlos ihre Aufmerksamkeit schenken werden.

»Wir haben sie verloren«, sage ich, als ich von Ace aufsehe und sich die Unruhe in mir ausbreitet, weil ich bemerkt habe, dass die Kleinbusse nicht mehr hinter uns sind.

»Becks weiß, wohin wir fahren. Es geht ihnen gut.« Das ist alles, was er sagt. Sonst nichts. Ich würde gerne meine Hände um seinen sexy Hals legen und ihn dazu zwingen, mir zu sagen, wo wir sind und wohin er mich bringt.

»Bist du sicher?«

»Na klar.«

Oje! Ich hatte es mit Sex im Flugzeug versucht, Schmeicheleien und so ziemlich allem anderen, das mir einfiel, aber nein – der Mann ist einfach nicht umzustimmen. Ich hoffe nur, dass – wo immer wir gerade auch sein mögen – meine Kleidung passend ist, weil er mir noch nicht einmal eine Chance gab zu packen. Wer hätte denn schon wissen können, dass Colton uns alle, nach dem ersten Rennen der Saison, überraschen würde, indem wir von St. Petersburg wohin auch immer flogen.

Ich jedenfalls definitiv nicht.

Ich schaue zurück auf Ace und sehe, dass er seine Augen geschlossen hat. Das Schaukeln des Wagens hat ihn in den Schlaf gelullt. Als ich mich umdrehe, verschlägt mir der Ausblick durch die Windschutzscheibe schier den Atem: weißer Sand, Palmen, die in der Brise wedeln, und eine kleine Hütte auf Pfählen über kristallklarem Wasser.

»Colton!« Ich schaue zu ihm rüber und dann wieder zurück zu dem Ausblick vor mir und dann wieder zurück zu ihm. Ein langsames, scheues Lächeln hebt einen seiner Mundwinkel – ein Grübchen zeichnet sich ab –, aber es ist der Ausdruck in seinen Augen, der mich verzaubert.

Und irgendetwas feuert in meinem Innersten los, dass irgendwo unter Spinnenweben eingehüllt war, aber ich muss verrückt sein, wenn ich jetzt dahintersteigen will, wenn doch all das hier gerade vor mir ist.

Colton öffnet die Tür, und ich werfe noch einen Blick ins Wageninnere, entscheide mich aber dann dazu, Ace ein Weilchen schlafen zu lassen. Ich klettere aus dem Wagen, während Colton um die Motorhaube herumgeht, ein wissendes Lächeln spielt noch immer um seine Lippen, und Liebe ist in seinen Augen zu sehen.

»Kennst du diesen Ort?«, fragt er mich. Er hat den Kopf zur Seite geneigt und streckt seine Hände aus, um mich an sich zu ziehen.

»Was? Colton! Das hier ist einfach ...« Ich bin überrascht, neugierig, sprachlos und dankbar, als ich verwirrt zu ihm aufsehe.

»Ich wollte einen Familienurlaub machen. Wir haben es uns alle nach diesem Jahr verdient, denkst du nicht auch?«, fragt er. Ich kenne ihn gut genug, um zu wissen, dass er irgendetwas für sich behält. Aber was es ist, weiß ich nicht.

»Dieser Ort ist unglaublich.« Ich bin immer noch in seinen Armen, doch mein Kopf dreht sich nach allen Seiten, um alles in mir aufzunehmen.

»Und abgelegen«, fügt er hinzu, woraufhin ich mich wieder zu ihm umdrehe.

»Ich mag abgelegen«, murmele ich.

»Und Badeklamotten sind freiwillig.«

Ich lache unbekümmert. »Davon gehe ich aus«, antworte ich, als ich innerlich wieder losfeuere, aber dieses Mal kommt alles zurück zu mir. Haut mich völlig um. Nimmt mein Herz in Besitz und drückt meine Brust so verdammt fest, dass es vor Liebe schmerzt.

Meine Augen schauen in seine – veilchenblaue in grüne –, und die Worte kommen flüsternd aus meinem Mund. »Das hier ... das ist aus ...« Er nickt. Ein Lächeln breitet sich auf seinem Gesicht aus, und er wartet, als ich innehalte und mir die Geschehnisse wieder in Erinnerung rufe. »Als ich krank war. Das hier ist eine der Erinnerungen, von der du sagtest, dass du sie mit mir machen wolltest«, sage ich ehrfürchtig, während ich versuche nachzuvollziehen, dass er das hier nur für mich getan hat.

»Ja«, flüstert er und küsst mich auf die zärtlichste Weise überhaupt. In der Art, die deine Seele in Besitz nimmt und dein Herz komplett ausfüllt. »Es ist die erste von vielen gemeinsamen Erinnerungen, die ich für dich wahr werden lassen möchte. Wir werden noch viel mehr Bilderrahmen kaufen müssen, um sie dort hineinzulegen.«

»Colton ...« Tränen treten mir in die Augen, als ich ihn näher an mich heranziehe. Der Moment ist dermaßen ergreifend, dass mir jegliche Worte fehlen.

»Und ja, da liegt ein sehr knapper Bikini auf dem Bett für dich, der lediglich für meine Augen bestimmt ist. Oder du kannst ihn auch weglassen und einfach nackt herumrennen.«

»Nackt herumrennen?«, frage ich, während ich zum Wagen zurückblicke, in dem Ace schläft.

»Und das ist auch der Grund, warum unsere Familie in einem riesigen Haus ungefähr fünf Kilometer die Straße herunter wohnt. Samt einem Babysitter«, sagt er mit einem Zucken seiner Augenbrauen.

»Du hast ja wirklich an alles gedacht«, murmele ich an seinen Lippen.

»Hm, hm«, murmelt er, als er mir einen Kuss auf die Nasenspitze gibt.

»Ich kann's kaum abwarten, dich in dem Lendenschurz zu sehen.«

Er wirft seinen Kopf in den Nacken und lacht. Die Vibrationen davon hallen in meiner Brust nach, und alles, was ich tun kann, ist, ihn anzustarren. Und dann mit ihm zu lachen. Denn wenn wir eine Sache in unserer Ehe gelernt haben, dann ist es, dass wir so viel lachen müssen, wie wir atmen, und lieben, als ob wir die Luft wären, die uns beides erlaubt.

Ich starre ihn an – unrasierte Wangen, grüne Augen und dunkles Haar –, und alles, was ich sehe, ist Glück. Und ich verspüre Liebe in mir. Alles, was bleibt, ist Vollkommenheit. Alles, was ich will, ist, auf ewig mit ihm zusammen zu sein.

Mein Ehemann.

Mein Fels in der Brandung.

Mein kleines Stück vom Frieden.

Mein Erinnerungen-Macher.

Mein Glücklich-bis-an-ihr-Lebensende.

ENDE

Dank

Mein Dank geht an all die Frauen in meinem Leben, die aus mir eine bessere Autorin, Freundin, Mutter, Tochter und, am allerwichtigsten, einen besseren Menschen machen: an Brook, CJ, Willy, Wendy, Jeni, Susan, Christine, Laurelin, Lauren, Amy und an EUCH. Weil ich EUCH mit einschließe – die Leserinnen, Bloggerinnen, Admins, *VP Pit Crew*- Mitglieder – in dieser Gruppe der unglaublichen Frauen, die mich kontinuierlich herausfordern, unterstützen, anleiten und stärken. Ohne euch wäre nichts von diesem hier möglich.

Monica Murphy

Für die Liebe muss man manchmal ein Risiko eingehen – ohne Wenn und Aber.

»Superheiße Romance... voll Spannung, Lügen, Geheimnissen und prickelnder Erotik.« *Rockstars of Romance*

978-3-453-41972-8   978-3-453-41962-9   978-3-453-41963-6

Leseprobe unter **www.heyne.de**